KB153082

프리티 씽

프리티 씽

반짝이는 것은 위험하다

자넬 브라운 지음 | 김소정 옮김

마시멜로

그렉에게

당신을 만났을 때 내가 당신을 좋아하지 않았더라도 나는 당연히 내 태도를 바꾸어야 했습니다. 왜냐면 누군가를 직접 만났을 때는 그가 특정 생각을 담고 있는 캐리커처가 아니라 사람임을 즉시 깨닫기 때문입니다. 내가 문학계 사람들과 잘 어울리지 않는 이유도 어느 정도는 그 때문입니다. 경험을 통해 나는 누군가를 만나 이야기를 나누면 그 뒤로는 다시는 그에게서 지적인 야만성을 보지 못한다는 걸 깨달았습니다. 내가 그래야 한다고 느끼는 순간에도 말입니다.

조지 오웰이 스티븐 스펜더에게 보낸 1938년 4월 15일 자 편지 중에서

프리티 씽
반짝이는 것은 위험하다

차례

아름다운 것은 수명이 짧다
둘 중 하나는 돌이킬 수 없는 파멸을 맞아야 한다

프롤로그

몸이 일단 타호호수(Lake Tahoe) 밑으로 가라앉으면 다시는 떠오르지 않는다고 한다. 몹시 차가운 수온과 너무나 깊은 수심 때문에 호수 밑에 박테리아조차 살지 않는다. 그렇기에 한때 사람이었던 존재도 부패하지 않는다. 그 몸은 호수 바닥을 떠돌며 영원히 림보(limbus: 가톨릭교에서 천국도 지옥도 연옥도 아닌 죽은 자가 가는 경계 장소-옮긴이)에 갇힌다. 그저 호수 깊은 곳, 알 수 없는 장소에서 살아가는 신비한 동물들에게 유기물을 공급하는 몸이 되고 마는 것이다.

죽음에 있어 그곳은 공평하다.

타호호수는 수심이 500미터 가까이 되고 생겨난 지도 200만 년이 넘는다. 호수 주변에 사는 사람들은 '미국에서 가장 깊은 호수 가운데 하나, 가장 맑은 호수 가운데 하나, 가장 투명한 호수 가운데 하나, 가장 차가운 호수 가운데 하나, 가장 오래된 호수 가운데 하나'라는 식으로 자신들의 호수에 여러 최상급 형용사를 붙인다. 실제로는 그 누구도 호수 바닥이 어떤 모습인지 알지 못했지만, 누구나 어둡고 불가사의한 곳이라고 확신했다.

타호 테시라고 하는 네스호의 괴물 같은 괴생물체가 타호호수에도 살고 있었고, 테시 덕분에 티셔츠는 많이 팔았지만 정말로 테시를 진지하게 생각하는 사람은 아무도 없었다. 하지만 500미터나 되는 호수 바닥으로 카메라를 내려보내서 촬영한 사진에는 정체 모를 물고기의 모습이 담겨 있었다. 영하에 가까운 차가운 호수 바닥에서 견딜 수 있게 진화한 생명체, 창백한 흰색 상어처럼 생긴 그 생명체의 혈관에서는 아주 느린 속도로 피가 흐르고 있었다. 확신할 수는 없지만 그 생명체는 호수만큼이나 오래된 존재일 것이다.

호수에 얽힌 이야기는 또 있다. 마피아가 네바다주 카지노 사업을 통제하고 있을 당시에는 이 호수를 희생자를 처리하는 장소로 활용했다고 한다. 골드러시가 한창이던 때에는 철도 왕국의 제왕들이 타호호수에 산맥을 뚫어 철도를 놓다 숨진 중국인 노동자들의 공동묘지로 삼았다고 한다. 복수심에 불타는 아내, 부패한 경찰, 호숫가에서 멈춘 살인의 흔적, 그 밖에도 오싹한 숱한 이야기들. 아이들은 침실에 모여 영원한 림보, 호수 바닥에서 두 눈을 부릅뜬 채 머리카락을 너울거리며 흘러 다니다가 서로 부딪치곤 하는 시체들 이야기를 주고받는다.

호수 위로 하얀 눈이 부드럽게 내려앉는다. 호수 밑에서는 그 몸이 천천히 움직이면서 생명이 꺼진 두 눈을 들어 수면에 어른거리는 빛을 뚫어지게 바라본다. 저물어가는 해가 어둠 속으로 가라앉아 완전히 사라질 때까지.

1 PRETTY THINGS

나나

1

나이트클럽은 방종을 경배하는 신성한 신전이다. 신전을 둘러싼 벽 안에서는 어떠한 벌도 받지 않는다. 이 신전 안에는 포퓰리스트도, 시위대도, 흥을 깨는 자도 없다. (입구에 친 벨벳 로프가 그 모든 것을 막아 주며 보초를 선다.) 그곳에는 디자이너가 만든 모피 코트와 실크 드레스로 이국적인 새처럼 한껏 치장하고서 즐기러 온 여자들과 치아에 다이아몬드를 박은 남자들이 있다. 1,000달러짜리 보드카 병에서 불꽃이 터져 나온다. 대리석과 가죽, 황동 제품은 황금처럼 보일 때까지 광을 냈다.

디제이(DJ)가 낮은 비트의 음악을 틀고 춤추는 이들은 환호한다. 모두 스마트폰을 높이 치켜들고서 유혹하듯 춤을 추고 사진을 찍어 댄다. 이곳이 신전이라면 소셜 미디어는 성서였다. 손바닥만 한 스마트폰 화면이 그들 스스로 신이 되게 해줄 테니까.

이것 봐라! 여기 1퍼센트가 있다! 젊고 엄청난 부자들, 억만장자 아이들, 백만장자 밀레니얼들, 일류 고등학교 졸업생들. '인플루언서들'. 모든 것을 다 가진 이들은 그 사실을 세상이 알기를 원했다. "아름다운 것들, 이 세상에 있는 수많은 아름다운 것들을 우리는 모두 가지고 있어." 그들이 인스타그램에 올리는 사진은 모두 그렇게 말한다. "너희가 우리 인생을 갈망하는 건 당연해. 우리 인생이야말로 최고니까. 우리는 #축복받은 존재들이니까."

그곳에, 그 모든 것의 한가운데에 한 여자가 있었다. 여자는 조명이 섬세하게 내려와 피부를 돋보이게 하는 곳에 자리 잡고서 되는 대로 몸을 흔들며 춤을 추고 있었다. 땀에 젖은 여자의 얼굴은 반짝였고 끝도 없이 흘러나오는 음악에 맞춰 빙글빙글 돌고 있는 그녀의 얼굴에 윤기 흐르는 검은 머리카락이 휘감겼다. 술병이 있는 탁자로 가려면 여자 옆을 지나야 했기에 웨이트리스들은 쟁반 위 스파클 와인 잔에 여자의 머리카락이 달라붙지 않게 조심하며 잔을 날랐다. 웨이트리스들에게 그 여자는 그저 즐기러 온 평범한 로스앤젤레스의 파티걸일 뿐이었다.

하지만 가까이에서 보면 반쯤 감은 그 여자의 눈이 얼마나 날카롭고 세심하게 어둠을 응시하고 있는지 알 것이다. 여자는 특히 몇 미터 떨어진 탁자 앞에 앉은 남자를 주시하고 있었다.

남자는 취해 있었다. 그는 머리카락에 젤을 바르고 가죽 재킷을 입고 밤인데도 구찌 선글라스를 쓴 남자 무리와 함께 부스에 있었다. 이 풋내기들은 음악보다 큰 소리로 엉망진창인 영어를 외쳐대면서 자기들 옆을 빠르게 지나쳐 가는 여자들을 상당히 음흉한 눈길로 훑어봤다. 남자는 이따금 탁자에 고개를 박고서 어지럽게 널려 있는 유리잔들을 피해 간신히 코카인을 들이켰다. 제이 지의 노래가 나오자 남자는 안락의자에서 일어나 한정판으로 나온 커다란 크리스털 샴페인 병을 마구 흔들어 사람들에게 샴페인을 흩뿌렸다. 5만 달러짜리 샴페인이 드레스를 망치고 바닥으로 떨어져 하이힐 신은 발걸음을 위태롭게 만들자 여자들은 외마디 비명을 질러댔고 남자는 거의 뒤로 넘어갈 정도로 자지러지게 웃었다.

웨이트리스가 새 샴페인을 가져와 탁자에 내려놓는 동안, 남자는 마치 샴페인과 함께 여자도 산 것처럼 웨이트리스의 치마 밑으로 손을 집어넣었다. 웨이트리스는 얼굴이 하얗게 질렸지만 한 달 집

세는 족히 될 팁을 주겠다는 약속이 날아갈까 봐 차마 남자의 손을 밀어내지 못했다. 어디에도 도움을 청할 수 없는 웨이트리스가 고개를 들었을 때 여전히 몇 미터 떨어진 곳에서 춤을 추고 있던 검은 머리 여자와 눈이 마주쳤다. 그때 여자가 움직이기 시작했다.

남자 가까이 다가온 여자는 (이런!) 발을 헛디딘 듯 그대로 남자 위로 쓰러졌고 그 충격에 남자는 웨이트리스의 치마 속을 더듬던 손을 멈추었다. 웨이트리스는 고마워하며 얼른 자리를 떴다. 남자는 러시아어로 욕을 내뱉었지만, 자기 무릎 위에 내려앉은 존재를 제대로 인식하기 전까지만 그랬다. 남자가 욕을 멈춘 이유는 자기 무릎 위에 앉은 여자가 예뻤기 때문이다. 물론 클럽 입구를 지키는 경비들이 예쁜 여자들에게만 문을 열어주니 예쁘지 않은 여자는 없을 테지만 말이다.

이 검은 머리의 늘씬한 여자는 라틴계나 스페인 사람인 듯 보였다. 지금 클럽에 있는 여자들 가운데 가장 섹시한 여자도 가장 화려한 여자도 아니었지만 옷을 멋지게 차려입었고 치마가 끝내주게 짧았다. 무엇보다 중요한 것은 남자가 재빨리 여자 쪽으로 시선을 옮겼을 때도 눈 하나 깜빡하지 않았다는 것이다. 여자는 허벅지에 닿는 탐욕스러운 손길에도, 귓가를 적시는 시큼한 숨결에도 전혀 반응하지 않았다.

여자는 남자와 남자의 친구들 사이에 앉아 남자가 자기 몸에 샴페인을 쏟아부을 때도 가만히 있었다. 여자는 남자가 술을 여섯 잔 비우는 동안에도 천천히 샴페인을 홀짝이면서 그대로 앉아 있었다. 여러 여자가 남자들이 둘러앉은 탁자에 왔다가 갔지만 그동안에도 여자는 계속 머물러 있었다. 여자는 남자가 조금 떨어진 자리에 앉은, 타블로이드판 신문에 자주 등장하는 농구 선수에게 시선을 빼앗길 때까지 계속 남자를 보고 웃으며 추파를 던졌다. 남자의 시선이 잠시 농구 선수에게 닿아 있는 사이 여자는 재빨리 투명한 약병에 든 액체를 아무도 모르게 남자의 술잔에 따랐다.

남자가 약을 탄 술을 마신 지 몇 분이 지났다. 남자는 몸을 일으켜 세우며 안락의자에서 일어나려고 했다. 여자가 남자에게 몸을 기울여 키스한 것은 그때였다. 여자는 끈적하고 허연 민달팽이 같은 남자의 혀가 자기 입술 사이로 파고드는 동안 구역질을 참으려고 두 눈을 질끈 감았다. 깜짝 놀라 두 눈을 휘둥그레 뜨고서 두 사람을 지켜보던 남자의 친구들이 러시아어로 음란한 말을 내뱉으며 두 사람을 놀렸다. 더는 남자의 혀를 참을 수 없었던 여자는 몸을 뒤로 빼며 남자의 귀에 대고 은밀하게 속삭인 뒤 안락의자에서 일어나 남자의 손을 잡아당겼다. 몇 분 지나지 않아 두 사람은 클럽에서 빠져나왔고, 남자를 본 주차 요원은 재빨리 남자의 차가 바나나색 부가티임을 생각해냈다.

하지만 남자는 이때쯤 기절할 것만 같은 기분이 들었다. 그 이유가 샴페인 때문인지 코카인 때문인지는 알 수 없었지만 남자는 여자가 자기 손에서 차 열쇠를 낚아채 운전석에 앉는데도 그녀를 막지 못했다. 조수석에 앉은 남자는 정신을 잃기 전에 간신히 할리우드 힐스에 있는 집 주소를 여자에게 일러주었다.

여자는 부가티를 조심스럽게 몰아 선글라스와 송아지 가죽 가방을 선전하는 화려한 옥외 광고판과 에이미상 후보에 오른 텔레비전 시리즈를 홍보하는 15미터짜리 포스터를 걸어놓은 건물이 즐비한 웨스트할리우드 거리를 지나쳤다. 멀홀랜드로 이어지는 훨씬 조용하고 구불구불한 도로를 달리는 동안 여자는 손가락 관절이 하얘질 정도로 세게 핸들을 쥐고 있었다. 조수석에서 곯아떨어진 남자는 코를 골면서 사타구니를 벅벅 긁었다. 마침내 남자의 집에 도착하자 여자는 몸을 숙여 남자의 뺨을 힘껏 꼬집었다. 남자는 깜짝 놀라 잠에서 깼고, 여자가 묻는 대로 현관 비밀번호를 불러주었다.

남자의 집 정문이 뒤로 밀리면서 열리자 온통 유리로 만든 벽이, 도시 위에 떠 있는 거대한 반투명 새장이, 웅장한 현대식 궁전이 모습을 드러냈다.

남자를 달래 차에서 내리게 하는 일은 조금 더 힘이 들었다. 여자는 남자가 쓰러지지 않도록 떠받치면서 현관을 향해 걸어갔다. 보안 카메라를 확인하면서 카메라가 닿지 않는 곳을 골라 걸었고 남자가 누르는 현관문 비밀번호를 기억해뒀다. 현관문이 열리면서 날카로운 도난 경보기 소리가 두 사람을 맞이했다. 남자는 손을 더듬어 도난 경보기를 해제했고 여자는 그 방법을 눈으로 익혔다.

남자의 집은 박물관만큼이나 추웠다. 그리고 박물관만큼이나 매혹적이었다. "많으면 많을수록 좋다"라는 신조를 충실하게 지키고 있는 남자의 집은 소더비 경매 목록에 실린 물품들을 죄다 쓸어다 늘어놓은 곳처럼 보였다. 크리스털 샹들리에 아래에는 작은 자동차만 한 가구들이 놓여 있었고, 모든 벽에는 미술 작품이 걸려 있었고, 집을 채운 모든 것이 가죽, 금, 유리 가운데 하나였다. 거울처럼 반들거리는 대리석 바닥 위로 여자의 하이힐 부딪치는 소리가 선명하게 울려 퍼졌다. 창문 너머로 로스앤젤레스의 불빛이 반짝거렸다. 이 남자가 높은 하늘에 안전하게 떠 있는 동안 땅에서는 서민들의 삶이 펼쳐지고 있는 거였다.

여자가 침실을 찾아 남자를 반쯤 질질 끌면서 휑뎅그렁한 집을 헤매고 다니는 동안 남자는 다시 망각의 강을 건너갔다. 침실은 2층에 있었다. 바닥에는 얼룩말 가죽을, 베개 위에는 친칠라 가죽을 깔아놓은 하얀 묘지 같은 냉랭한 방에서 외계인이 보내는 무선 신호처럼 빛이 반짝이는 수영장이 보였다. 여자는 남자를 끌고 가 잔뜩 구겨진 침대 시트 위에 눕혔다. 남자가 몸을 돌려 토하기 직전에 여자는 재빨리 뒤로 물러나 자신의 샌들을 구한 뒤 냉랭한 표정으로 남자를 내려다보았다.

남자가 다시 정신을 잃자 여자는 욕실로 들어가 미친 듯이 이를 닦았다. 하지만 남자의 체취를 몰아내지는 못했다. 몸을 부르르 떨면서 거울을 뚫어지게 쳐다보던 여자는 숨을 깊이 들이마셨다가 내뱉었다.

침실로 돌아간 여자는 바닥에 쏟아놓은 토사물을 조심스레 피해 침대로 다가갔다. 그러고는 손가락으로 남자를 살짝 찔러보았지만 남자는 꼼짝도 하지 않았다. 침대에 남자의 오줌이 흥건했다.

이제 여자가 진짜 자기 일을 해야 할 시간이다. 맨 먼저 여자는 침실에서 가장 큰 벽장으로 갔다. 벽장 안에는 바닥부터 천장까지 일본산 청바지와 한정판 스니커즈가 채워져 있었고 골라 먹는 아이스크림처럼 다양한 색상의 버튼다운 실크 셔츠와 커버도 벗기지 않은 고급 슈트가 가득 걸려 있었다. 여자의 목표는 벽장 한가운데 있는 유리 덮개를 씌운 진열장이었다. 그 안에는 다이아몬드가 박힌 시계가 줄지어 진열되어 있었다. 여자는 가방에서 스마트폰을 꺼내 사진을 찍었다.

벽장에서 물러나 다시 거실로 나온 여자는 거실에 놓인 가구와 그림, 미술품을 아주 세심하게 살펴보았다. 거실에는 은제 액자를 잔뜩 늘어놓은 보조 탁자도 있었다. 호기심에 여자는 액자 하나를 집어 들어 자세히 보았다. 사진 속에서 남자는 나이가 훨씬 많은 남자의 어깨에 팔을 두르고 있었다. 아기 같은 분홍색 입술 사이로 이를 드러내고 웃으며 덜렁거리는 턱살을 방어하듯 안쪽으로 당기고 있는 남자였다. 잔뜩 거들먹거리고 있는 그 남자는 산업계 거물 같은 느낌이었는데, 실제로 정말 거물이었다. 미카엘 페트로프. 러시아 칼륨을 거머쥔 신흥 재벌로 러시아 독재자와 자주 어울리는 인물이었다. 술에 취해 침대에 널브러져 있는 남자는 이 거물의 아들, 알렉세이였다. 친구들 사이에선 '알렉스'라고 불리는 알렉세이는 전 세계에 친구들이 있었다. 저택을 가득 채우고 있는 예술품과 골동품 들은 당연히 알렉세이가 전통적인 방법으로 돈을 세탁하고 있다는 증거였다.

여자는 집 안을 돌아다니며 알렉세이가 SNS에서 자랑하던 물건들을 하나하나 확인했다. 가치가 3만 5,000달러쯤 될 법한 1960년대산 지오 폰티의 안락의자 한 쌍이 보였고, 가격이 족히 수십만 달러는 나갈 로즈우드로 만든 룰만의 다이닝 세트도 보였다. 이탈리아산 빈티지 엔드 테이블(end table: 안락의자나 의자 곁에 놓는 작은 탁자-옮긴이)은 6만 2,000달러짜리였다. 알렉세이의 인스타그램에서 이 엔드 테이블을 본 뒤 직접 가격을 알아봤기에 확신할 수 있었다. 로베르토 카발리 쇼핑백에 담긴 채 *#있는남자의쇼핑*이라는 해시태그가 달려 있었다. 알렉세이는 자신의 친구들처럼, 그 클럽에 있던 다른 사람들처럼, 특권을 누리는 열세 살부터 서른세 살까지의 모든 부유층 자녀들처럼 자신의 일상을 항상 온라인에 기록했기 때문에 여자는 알렉세이의 일상을 세세하게 관찰할 수 있었다.

여자는 거실을 돌면서 물품들을 기억하고 방이 들려주는 소리에 귀를 기울였다. 수년 동안 여자는 집들이 어떤 식으로 저마다의 특색을 갖추는지 배웠다. 고요한 순간에 알아낼 수 있는 그 집 고유의 감정의 색상을 파악하는 법을 배웠다. 집은 자기만의 방식으로 흔들렸다가 진정되고, 자기만의 방식으로 뚝딱거리고 탄성을 내지르면서 품고 있던 비밀을 드러낸다. 희미한 침묵 속에서 이 집은 이곳에서의 삶이 삭막하다고 말하고 있었다. 이 집은 고통에는 무관심한 공간이었다. 그저 번쩍이는 광택과 빛만 신경 쓰고, 표면에 보이는 것만 신경 쓰는 그런 집이었다. 완벽하게 채워져 있는데도 텅 빈, 공허한 집이었다.

그래서는 안 됐지만, 여자는 잠시 알렉세이가 소유하고 있는 아름다운 작품을, 크리스토퍼 울과 브라이스 마든, 엘리자베스 페이턴의 그림을 감상했다. 리처드 프린스의 어두운 그림자에게 붙잡혀 있는 마스크 쓴 간호사 앞에서는 한참을 머물렀다. 간호사의 짙은 눈이 기회를 기다리며 조심스럽게 바깥세상을 탐색하고 있었다.

이제 시간이 얼마 없었다. 벌써 새벽 3시에 다가가고 있었다. 여자는 마지막으로 집을 돌면서 모퉁이마다 보안 카메라가 있는지 살폈고, 단 한 개도 없음을 확인했다. 파티광인 알렉세이로서는 자신의 비행 행위를 영상에 담아 보관하는 위험을 감수할 수 없었던 게 분명했다. 마침내 여자는 남자의 집에서 나와 하이힐을 벗어 들고서 맨발로 멀홀랜드 드라이브까지 걸어가 그곳에서 택시를 불렀다. 이미 아드레날린은 사라져버렸고 너무 피곤했다.

택시는 동쪽으로 달렸다. 거대한 정문 뒤에 집을 숨기지 않은 곳, 잘 다듬은 잔디가 아니라 잡초가 가득한 곳을 향해 달려갔다. 택시가 부겐빌레아 덩굴이 벽을 덮은 방갈로 앞에 멈춰 섰을 때 여자는 거의 잠들어 있었다.

여자의 집은 어둡고 조용했다. 여자는 옷만 겨우 갈아입고 그대로 침대로 들어갔다. 몸을 뒤덮은 땀과 담배 냄새를 씻어내기에는 너무나도 피곤했다.

◇◇◇◇◇

침대에는 이미 한 남자가 누워 있었다. 남자는 아무것도 걸치지 않은 가슴 위에 시트를 덮고 있었다. 여자가 침대 위로 올라가자 곧 잠에서 깬 남자는 팔에 턱을 괴고 어둠 속에서 여자를 쳐다보았다.

"그 남자한테 키스하던데, 내가 질투해야 하나?"

아직 잠이 덜 깼지만 남자의 목소리는 경쾌했다.

여자는 지금도 입에서 다른 남자의 체취가 느껴졌다.

"설마, 그럴 리가."

남자는 여자 위로 손을 뻗어 침실 등을 켜고 조금 더 가까이에서 여자 얼굴을 보며 멍이 든 곳이 있는지 살폈다.

"얼마나 걱정했는지 알아? 러시아 놈들, 장난 아니잖아."

남자는 여자의 뺨을 쓰다듬었다. 여자는 갑자기 살아난 불빛에 눈이 부셔 빠르게 눈을 깜빡였다.

"괜찮아."

그렇게 대답했지만 그 순간 여자의 몸에서 마침내 허세는 모두 빠져나갔다. 그리고 스트레스에 시달린 여자의 몸이 심하게 떨리기 시작했다(하지만 여자의 몸이 떨리는 건 짜릿함 때문이기도 했다).

"내가 그 남자 부가티를 몰았어. 라클란, 그 남자 집에도 들어갔고. 모두 다 보고 왔어."

여자의 말에 라클란의 표정이 밝아졌다.

"잘했어! 당신, 정말 영리하다니까."

남자는 여자를 와락 끌어안으며 거칠게 입을 맞췄다. 까슬까슬한 남자의 수염이 여자의 뺨을 긁었다. 남자가 여자의 상의 속으로 두 손을 집어넣었다.

여자는 남자의 몸에 팔을 둘러 그의 부드러운 등을 손으로 쓸면서 단단한 근육을 느꼈다. 각성과 실신 사이, 그 어디쯤으로 빠져들며 여자는 과거, 현재, 미래가 마구 뒤섞여 경계가 사라지는 곳에서 백일몽을 꾸기 시작했다. 멀홀랜드에 있는 유리로 만든 집을 생각했고, 리처드 프린스의 그림을 생각했고, 냉혹한 방을 내려다보며 조용히 밤을 지키는 피 흘리는 간호사를, 유리 감옥에 갇혀 자신의 시간을 기다리는 간호사를 생각했다.

알렉세이는 어떨까? 아침이 밝으면 말라붙은 오줌 위에서 눈을 뜰 테고, 숙취 때문에 목 위에 붙어 있는 머리를 뽑아버리고 싶다는 소망을 품게 되겠지. 친구들에게 문자메시지를 보낼 테고, 끝내주는 흑갈색 머리칼의 여자와 밖으로 나갔다는 소리를 듣겠지만, 정작 기억나는 것은 하나도 없겠지. 알렉세이는 오줌을 싸기 전에 자신이 그 여자와 해야 할 일은 마쳤는지가 틀림없이 궁금하겠지. 그걸 기억해내는 게 중요한 일인지 아닌지도 고민할 테고. 그리고 어쩌면 그 여자가 누구였는지 조금쯤은 궁금해할 수도 있겠네. 그 여자가 누군지 알려줄 수 있는 사람은 한 명도 없을 테지만 말이야.

하지만 나는 그 여자가 누군지 알려줄 수 있다. 왜냐고? 내가 바로 그 여자니까.

2

○

범죄자는 모두 나름의 작업 방식이 있는데, 내 방식은 이렇다. 나는 관찰하고 기다린다. 사람들이 가진 것들을, 그것들을 보관하는 장소를 조사한다. 조사는 어렵지 않다. 그들이 스스로 나에게 보여주니까. 사람들의 소셜 미디어 계정은 그들의 세상을 보여주는 창문

과도 같다. 사람들은 그 창문을 활짝 열어젖히고 제발 창문 안쪽을 엿보아달라고, 빨리 들어와서 자신이 가진 물건의 가치를 조사하고 어림해보라고 애걸한다.

알렉세이 페트로프는 인스타그램에서 찾았다. 여느 날처럼 스크롤을 내리며 낯선 이들이 올린 사진들을 쭉 넘겨 보다가 바나나색 부가티와 자기 스스로를 어떻게 생각하는지 확연하게 드러나는 표정으로 자신만만하게 웃으며 자동차 보닛 위에 걸터앉은 남자를 보았다. 그리고 그 주가 지나기도 전에 그 남자에 관한 모든 것을 알아냈다. 그 남자의 친구와 가족은 물론이고 파티를 즐겨 여는 장소, 쇼핑하는 가게, 밥을 먹는 식당, 술을 마시는 술집까지. 여자를 우습게 여기고 과한 민족주의에 빠져 있으며 쉽게 화를 내는 성격이라는 사실도 알았다. 인스타그램이 알려주는 위치 정보, 해시태그, 글 목록, 게시글 분석만으로도 이런 고급 정보를 편하게 얻을 수 있다.

나는 계속 관찰하면서 기다렸고, 때가 왔을 때 재빨리 기회를 잡았다.

이런 사람들에게 접근하는 건 생각보다 쉽다. 이 사람들은 분 단위로 자신이 어떤 일을 하고 있는지 세상에 알려주니까. 내가 할 일은 그저 그들의 일정에 나 자신을 끼워 넣는 것뿐이다. 사람들은 잘 차려입은 예쁜 여자들에게는 이런저런 질문으로 귀찮게 굴지 않고 쉽게 자신들 세상에 받아들여준다. 일단 그 세상으로 들어가기만 하면 그때부터는 전적으로 시간문제일 뿐이다. 가방을 탁자에 두고 화장실에 가는 순간을, 전자담배를 꺼내는 순간을, 적절하게 술에 취하는 순간을, 나를 믿고 자신들이 감추고 있던 것을 꺼내 보이는 순간을 기다리기만 하면 된다.

나는 부자는, 특히 젊은 부자는 너무나도 조심성이 없다는 사실을 알게 되었다.

아무튼 알렉세이 페트로프는 앞으로 이런 일을 겪게 될 것이다. 지금부터 몇 주 지나, 오늘 밤에 겪었던 사건을 (그리고 나의 존재를) 코카인 때문에 겪은 사소한 에피소드쯤으로 여기게 될 무렵이면 제트족 친구들과 함께 멕시코 로스카보스로 일주일 동안 휴가를 즐기러 떠날 것이다. 그리고 그의 인스타그램에는 *#베르사체*를 입고 *#멕시코만류*를 즐기러 가는 사진과 *#순금* 얼음통에서 *#돔페리*뇽을 꺼내 마시는 사진, *#멕시코*에서 *#아름다운사람*들과 요트를 타는 사진이 올라올 것이다.

알렉세이가 멕시코에 가 있는 동안 으리으리한 그의 집 앞에는 밴이 한 대 멈춰 설 것이다. 혹시라도 요새처럼 으리으리한 이웃집들에서 밴에 주목하는 사람이 있을지도 모르니까(물론 그런 사람은 없을 테지만) 밴의 옆면에 이 세상에는 존재하지 않는 가구 수리·예술품 전문 보관 업체명을 적어놓을 것이다. 나의 파트너, 그러니까 나와 한 침대를 쓰는 라클란은 내가 알아낸 현관문 비밀번호와 도난 경보기 잠금 번호를 이용해 집 안으로 들어갈 것이다. 거기서 라클란이 해야 할 일은 조금 가치가 덜한 시계 두 점을 비롯해 다이아몬드 커프스단추 한 쌍, 지오 폰티의 안락의자 한 세트, 이탈리아산 엔드테이블 같은 내가 미리 일러둔 물품들을 가지고 나와 밴에 싣는 것이다.

알렉세이 집에서 훨씬 많은 걸 가지고 나올 수도 있겠지만, 우리는 그러지 않는다. 몇 년 전에 이 작업을 시작하면서 내가 세운 규칙을 철저하게 따른다. 너무 많은 것을 취하지 말 것, 탐욕을 부리지 말 것, 주인이 그리워할 물건은 건드리지 말 것, 오직 기꺼이 남에게 줄 만한 물건만을 가져갈 것.

절도의 규칙

1. 예술품은 절대로 훔치지 않는다. 유명 예술가가 만든 수백만 달러짜리 예술품을 보면 갖고 싶다는 유혹이 들겠지만 그런 작품은 도저히 처리할 방법이 없다. 라틴아메리카의 마약왕조차도 어차피 공개된 시장에서 되팔 수 없는 바스키아 같은 예술가의 작품은 절대로 사들이지 않는다.
2. 보석은 훔치기가 쉽지만 정말 가치 있는 보석은 아주 독특해서 누구나 쉽게 알아볼 수도 있다. 가치가 조금 떨어지는 보석을 훔쳐서 해체한 뒤에 팔아야 한다.
3. 값비싼 시계, 디자이너의 의상과 가방 같은 명품은 언제나 옳은 선택이다. 이베이에 올린 파텍 필립 시계는 호보컨에서 이제 막 잘나가기 시작한 IT 회사에 입사해 처음으로 굉장한 월급을 받은 젊은이가 친구들에게 으스대려고 넙죽 사들일 것이다. (여기서 중요한 것은 명품을 팔 때는 인내심이 필요하다는 점이다. 경찰이 인터넷에 올라오는 장물을 찾고 있을 수도 있으니 6개월쯤 기다렸다가 처분하는 게 좋다.)
4. 현금. 절도범에게 현금만큼 좋은 건 없다. 하지만 가장 얻기 어려운 것도 현금이다. 부유한 집안의 아이들은 대부분 센츄리온카드를 쓰기 때문에 현금을 많이 지니고 있을 이유가 없다. 그래도 청두에서 온 텔레콤 거물의 아들이 모는 리무진 사이드포켓에서 1만 2,000달러를 찾은 적이 있었다. 정말 근사한 밤이었다.
5. 가구. 가구는 정말 주의해서 봐야 한다. 절도범이라면 고가구를 보는 안목이 있어야 한다. 나처럼 예술사 학위를 따면 그런 안목을 기를 수 있다. 그것 말고는 방법이 거의 없다. 그리고 고가구를

팔 수 있는 경로를 확보해두어야 한다. 나카시마가 나무로 제작한 '민거렌 커피 테이블'을 길거리로 들고 나가 지나가는 사람이 3만 달러에 사 가기를 바랄 수는 없는 노릇이니까.

한번은 텔레비전 리얼리티 쇼 〈쇼퍼홀릭〉에 나오는 스타의 옷장에서 펜디 밍크코트와 에르메스 버킨백 세 개를 가져온 적도 있다. 헤지펀드 매니저의 저택에서 열린 파티에서는 명나라 시대 도자기를 토트백에 넣어서 나왔고, 베벌리힐스호텔 욕실에서는 중국 철강왕의 딸이 기절한 틈을 타 손가락에서 노란색 다이아몬드 반지를 빼 오기도 했다. 무모한 자동차 스턴트로 유명해진 20대 유튜브 스타의 차고에서는 마세라티를 몰고 나왔다. 물론 너무 유명한 차여서 팔아넘길 데가 없으니 컬버시티에 있는 도랑에 밀어 넣고 말았지만 말이다.

그러니까, 알렉세이의 커프스단추는 도심에 있는 악명 높은 보석상의 손에서 해체된 뒤에 팔려 나갈 테고, 시계는 도저히 뿌리칠 수 없는 가격으로 온라인 중고 사이트에서 거래가 될 테고, 가구는 최종 목적지가 정해지기 전까지는 밴나이즈의 보관창고에 머물게 될 것이다.

결국에는 이스라엘 고가구 중개상인 에프람이 물건을 살펴보려고 보관창고를 찾을 것이다. 에프람은 우리 물건을 대형 나무 상자에 집어넣어 물건의 출처 따위는 묻지도 따지지도 않고 기꺼이 현금으로 사줄 사람들이 즐비한 스위스의 자유무역항으로 보낼 것이다. 우리가 알렉세이에게서 가져온 물건은 상파울루, 상하이, 바레인, 키예프 같은 곳에서 자기 자리를 찾게 될 것이다. 이 일을 해주는 대가로 에프람이 가져가는 돈은 전체 수익의 70퍼센트였다. 정말이지 노상강도 같은 놈이긴 하지만, 에프람이 없다면 우리도 아무것도 건질 수 없었다.

이 모든 과정이 끝나면 나와 라클란은 14만 5,000달러를 나누어 가질 것이다.

알렉세이는 우리가 다녀간 걸 언제쯤 알게 될까? 알렉세이의 인스타그램 계정 활동으로 판단하건대, 멕시코에서 돌아오고 숙취가 완전히 해소되기까지 사흘은 걸린 것이 분명하다. 3일째 되던 날 알렉세이는 거실로 나와 어슬렁거리다가 몇 가지 물건이 사라졌음을 알아차린다. '어? 저기, 구석에 황금색 벨벳 안락의자가 있지 않았나?' (그날 알렉세이는 아침 8시에 자신의 인스타그램에 "젠장, 미쳐버리겠네. 테킬라가 필요해"라는 글과 함께 패트론 테킬라 병을 찍은 사진을 올릴 것이다.) 그리고 머지않아 시계가 사라졌음을 깨닫는다. (이제 그의 인스타그램에는 또 다른 사진과 글이 올라올 것이다. 베벌리힐스의 펠드마 시계 회사 위치를 붙인 사진에 털북숭이 손목에서 번쩍이고 있는 새 시계가 보일 테고, 사진 아래에는 "뭘 고를지 몰라서 다 사버림"이라는 글이 적혀 있을 것이다.)

그래도 그는 경찰에 신고는 하지 않는다. 알렉세이 같은 부류는 그런 일로 결코 경찰을 부르지 않는다. 어차피 찾지도 못할 테고, 손쉽게 대체할 수 있는 그런 자잘한 물건을 잃어버렸다고 굳이 경찰을 불러 귀찮은 서류 작업을 하고 시끄러운 경찰들 소리를 참아가면서 불쾌하고 긴 행정절차를 감수할 이유가 알렉세이 같은 사람들에게는 전혀 없다.

알겠지만, 정말로 부자인 사람들은 나나 당신 같지 않다. 우리는 우리 돈이 정확히 어디에 있는지를 매 순간 분명하게 인지하고, 소중하게 여기는 물건은 그 가치도 보관한 장소도 분명하게 기억한다. 하지만 터무니없이 부유한 사람들은 너무나도 많은 곳에 돈이 있어서 어디에 무엇을 두었는지 잊을 때가 아주 많다. 소유한 물건의 가치에 대한 그들의 자부심은("이 맥라렌 컨버터블은 230만 달러지!") 흔히 그런 물건을 돌보지 않는 게으름으로 가장될 때가 많다. 자동차는 아무 데나 들이박고 예술 작품은 담배 연기로 훼손하고 유명 디자이너의 의상은 한 번 입고 쓰레기통에 던져버린다. 하나의 물건이 뽐낼 권리는 곧바로 옆으로 비켜나고, 아름다움은 수명이 짧다. 그들에게는 언제나 새로운 것이 찾아온다. 한때 밝게 빛나던 보석은 늘 더 비싼 새로운 보석으로 대체된다.

쉽게 온 것은 쉽게 간다.

3

○

11월의 로스앤젤레스는 거의 모든 곳에서 여름을 느낄 수 있다. 산타아나의 바람이 폭염을 불러오고, 태양이 계곡에 다져진 흙을 달구는 동안 스컹크 냄새와 재스민꽃 향기가 피어오른다. 나의 방갈로 안에서는 부겐빌레아 덩굴이 창문에 부딪치며 열정적인 절망 속에서 잎사귀를 떨어뜨린다.

알렉세이 집에서의 작업을 끝내고 한 달쯤 지난 어느 금요일, 나는 텅 빈 집에서 느지막이 일어났다. 차를 몰고 시내로 나가 커피를 마시고 요가 수업을 마친 뒤에 집으로 돌아와 소설책 한 권을 들고 현관으로 나가 웅크리고 앉아 조용한 아침을 만끽했다. 옆집 리사가 자동차에서 자기 밭 대마초에 뿌릴 비료임이 거의 분명한 짐을 꺼내 옮기고 있었다. 우리 집 앞을 지나면서 리사는 나에게 고개를 끄덕여 인사했다.

나는 이곳으로 3년 전에 이사 왔다. 나의 작은 둥지, 나무로 만든 이 2층짜리 방갈로는 100년 전에 사냥꾼의 오두막으로 그 삶을 시작했다. 이곳에서 나는 엄마와 함께 산다. 우리 집은 사람들 시선을 끌지 않는, 잡초가 자라는 후줄근한 에코 파크의 구석진 모퉁이에 있어서 부동산 개발업자들이 접근하기 어렵고, 언덕 아래 젠트리피케이션 힙스터들에게도 전혀 매력이 없었다. 하늘이 구름으로 뒤덮인 날에 집 밖에 서 있으면 언덕 아래에서 고속도로가 신음하는 소리를 들을 수 있다. 하지만 그것 말고는 도시에서 완전히 동떨어져 있는 것처럼 느껴진다.

이웃들은 정원에 화분을 놓고 식물을 길렀다. 그들은 깨진 도자기를 모아 왔고 시나 정치 성명서를 썼으며 해변에서 가져온 유리 조각으로 담장을 장식했다. 이곳 주민들 가운데 잔디를 가꿔야 한다는 걱정을 하는 사람은 아무도 없었다. 잔디를 깎는 사람조차 한 명도 없었다. 내 이웃이 중요하게 생각하는 가치는 따로 있었다. 자신들의 공간과 프라이버시, 판단 받지 않을 권리가 중요했다. 이곳으로 이사를 오고 1년이 지나도록 나는 리사의 이름을 알지 못했다. 리사의 이름을 알게 된 건 리사의 집으로 가야 할 〈허브 쿼털리〉 잡지가 우리 집으로 잘못 왔기 때문이었다.

리사가 또다시 우리 집 앞을 지날 때 나는 그녀를 손짓해 불렀다. 그러고는 가꾸지 않고 방치해둔 나의 다육식물들 곁을 지나 우리 두 사람의 영토를 가르는 무너져 내린 담장 쪽으로 걸어갔다.

"잠깐만요, 줄 게 있어요."

리사는 원예용 장갑을 낀 손으로 얼굴에 달라붙은 하얀 머리카락을 옆으로 떼어내면서 나에게 다가왔다. 리사가 충분히 다가왔을 때 나는 담장 너머로 손을 뻗어 리사의 청바지 주머니에 접은 수표를 쑤셔 넣었다.

"아이들을 위해 써 주세요."

리사는 엉덩이에 장갑을 문질렀고, 청바지 뒤쪽에 초승달 같은 흙 자국이 생겼다.

"또요?"

"일이 잘됐거든요."

내 말에 리사는 고개를 끄덕이면서 입술을 살짝 일그러뜨리며 웃었다.

"잘됐네요. 당신한테도, 우리한테도요."

이웃집 '고가구 중개인'이 자주 만 단위 숫자가 찍힌 수표를 준다는 사실이 미심쩍을 만도 한데 리사는 아무것도 묻지 않았다. 왠지 내가 하는 일을 리사가 알게 된다고 해도 나를 크게 비난할 것 같지는 않다는 생각이 들었다.

리사는 학대를 받거나 방치되어 법정에 설 수밖에 없는 아이들을 위해 활동하는 비영리단체를 운영하고 있었다. 어쩌면 내가 주는 그 돈이 이 세상 최고 응석받이 아이들에게서 가져와 이 세상에서 가장 가진 것 없는 아이들에게로 가는 것임을 알게 된다면 리사도 속으로는 나처럼 좋아할지 모른다고도 생각했다. (맞다. 그 수표가 양심의 가책을 조금이라도 덜려는 시도라는 걸 나도 안다. 악덕 자본가들이 자선단체에 돈을 기부하면서 자신을 '독지가'라고 부르는 것과 같은 행위라는 걸 말이다. 하지만 사실 이건 누이 좋고 매부 좋은, 일거양득이다. 안 그런가?)

리사는 내 어깨 너머로 우리 집을 쳐다보았다.

"아까 새벽에 어머니가 택시 타고 나가시는 걸 봤어요."

"CT 촬영하러 가셨어요."

"이런, 아무 일 없는 거죠?"

리사의 얼굴이 걱정으로 찌푸려졌다.

"네, 없어요. 그냥 정기검진하러 가신 거예요. 주치의가 아주 긍정적이에요. 징조가 좋다고 했어요. 그러니까 아마도……."

나는 잠시 입을 다물었다. 내가 가장 하고 싶은 말은 차도가 있어 보인다는 거였다. 그런데 그 말을 입 밖에 내면 왠지 부정을 탈 것 같았다.

"한결 걱정을 덜었겠어요."

리사는 작업용 부츠의 앞코를 세워 몸을 앞뒤로 움직였다.

"그럼 이제 어쩔 거예요? 완치되셔도 어머니랑 살 거예요?"

'완치'라는 단어를 들으니 왠지 몸속에서 경련이 일어나는 것 같았다. 나에게 완치란 엄마의 병이 나았다는 의미이기도 했지만, 파란 하늘, 자유, 미래를 향해 활짝 열린 길을 의미하기도 했다. 얼마 전에는, 아주 조금, 상상해본 적이 있다. 밤에 잠에서 깨어 라클란의 얕은 숨소리를 들으면서 어떤 식으로 살아갈 것인지 생각해보기도 했다. '다음번에는 어떤 일이 생길까?' 재정적으로 도움이 되고 아드레날린이 솟구쳐 전율을 느낄 수 있다고 해도 이 일을 영원히 할 생각은 전혀 없었다.

"잘 모르겠어요. 여기 있으면 조금 초조해지는 거 같아요. 뉴욕으로 돌아갈까 생각 중이에요."

정말로 그런 생각을 하고 있기는 했다. 몇 달 전에 엄마에게 "엄마가 정말 완전히 건강해지면 동부 해안으로 갈지도 몰라"라고 말했을 때 엄마 얼굴에 떠오른 공포를 보고는 하고 싶었던 나머지 말들은 꾹 눌러 삼켜야 했지만 말이다.

"새롭게 시작하는 게 당신에게는 좋을지도 몰라요."

리사는 부드럽게 말했다. 눈을 가린 머리카락을 정리하면서 리사는 나를 똑바로 보았다. 나는 얼굴이 빨개졌다.

도로 위에 차가 한 대 나타나더니 아스팔트 길을 덜컹거리며 달려왔다. 언덕을 올라오느라 잔뜩 지친 엔진이 거칠게 윙윙 소리를 내뱉고 있는 라클란의 빈티지 BMW였다.

라클란의 차를 본 리사는 눈썹을 치켜올리더니 새끼손가락으로 바지 주머니에 꽂힌 수표를 깊숙이 밀어 넣고 비료 자루를 어깨에 둘러멨다.

"언제 우리 집으로 와요. 말차(차나무의 애순을 말려 가루로 만든 차-옮긴이)가 있거든요."

라클란이 내 뒤에 있는 진입로에 BMW를 세우는 모습을 보면서 리사는 자기 집 정원으로 돌아갔다.

차 문이 닫히는 소리가 들리고, 라클란이 내 허리에 팔을 둘렀다. 라클란의 몸이 내 몸에 바짝 닿았다. 나는 안긴 채로 몸을 돌려 라클란을 바라보았다. 라클란의 입술이 내 이마에 닿더니 뺨을 타고 그대로 목으로 내려갔다.

"기분이 좋은가 봐."

내가 말했다.

라클란은 뒤로 물러나 셔츠 깃의 윗단추를 풀고 이마에 맺힌 땀을 닦았다. 그러고는 한 손을 들어 얼굴로 쏟아지는 햇살을 가렸다. 내 파트너는 야행성이다. 반투명한 그의 파란 눈과 창백한 피부는 작열하는 로스앤젤레스의 햇빛보다는 어두운 장소에 더 적합했다.

"음, 사실은 상당히 짜증이 난 상태야. 에프람이 약속 장소에 나타나지 않았거든."

"뭐라고? 왜?"

알렉세이 건이 마무리되었는데도 에프람은 아직 우리에게 4만

7,000달러를 주지 않고 있었다. '이런, 리사한테 수표를 주는 게 아니었는데.' 왠지 조금 초조해졌다.

라클란은 어깨를 으쓱했다.

"난들 아나? 전에도 이런 적 있잖아. 분명히 뭔가 엉망진창이 돼서 전화할 수 없는 상황이겠지. 문자는 보내놨어. 아무튼 오늘 늦게 집으로 가서 잠시 점검해볼까 해. 서쪽에 가 있는 동안 에프람한테 가볼 수도 있을 거 같아."

"아."

그러니까 라클란은 나와 함께 다른 작업을 시작하기 전에 또다시 잠시 사라질 계획인 거다. 라클란에게는 언제 돌아올 거냐는 질문 같은 건 하지 않는 편이 좋았다.

라클란에 관해 내가 아는 건 이런 정도다. 아일랜드에서 찢어질 정도로 가난하고 모든 벽장마다 아이가 한 명씩 들어갈 만큼 형제 많은 가톨릭 집안에서 자랐다. 궁핍한 삶에서 탈출할 방법은 연극이라고 생각하고 스무 살 때 브로드웨이에서의 성공을 꿈꾸며 미국으로 건너왔다. 그게 벌써 20년도 더 전의 일이었고, 3년 전에 나를 만날 때까지의 일들은 나로서는 모르는 상태로 남아 있다. 그가 알려주기로 작정한 일 말고는 내가 알 수 있는 사실이 아무것도 없었다.

하지만 그래도 더 아는 것이 있었다. 배우로서는 성공하지 못했다는 것. 뉴욕에서, 시카고에서, 그리고 마지막으로 로스앤젤레스에서 전위극에 작은 배역을 맡아 무대에 섰고, 독립 영화에 출연해 거대한 도약을 하려던 첫날 '아일랜드 억양'이 너무 강하다는 이유로 배역을 뺏기고 쫓겨났다. 그래도 결국에는 자신의 연기 재능을 살려 합법이라고는 할 수 없지만 수익성 좋은 사업을 할 수 있게 되었다. 사기꾼이 된 것이다.

우리가 처음 만났을 때 나는 라클란을 그다지 좋아하지 않았다. 하지만 시간이 흐르면서 그가 나와 같은 부류의 사람임을 알았다. 인생의 가장자리를 떠돌며 인생을 들여다보는 것이 어떤 의미인지를 아는 사람. 통조림 콩을 먹으면서 저녁으로 스테이크를 먹는 사람이 되려면 어떻게 해야 하는지 고민하는 아이로 산다는 것이 어떤 의미인지를 아는 사람. 예술이(라클란에게는 연극이, 나에게는 순수 미술이) 비참한 삶에서 벗어나게 해줄 길이라고 믿었지만, 그 길의 양옆이 벽으로 막혀 있음을 깨달은 사람. 과거를 숨기는 이유를 말하지 않아도 저절로 그 이유를 이해하는 사람임을 말이다.

라클란은 믿을 수 있는 파트너였지만 아주 좋은 남자 친구는 아니었다. 함께 작업을 할 때는 작업 기간이 얼마가 걸리든지 껌딱지처럼 붙어 있었다. 하지만 작업이 끝나면 몇 주씩 사라져서는 그 어떤 전화도 받지 않았다. 그가 나 없이도 다른 작업을 한다는 사실은 알고 있었지만 그게 무슨 일인지는 알지 못했다. 그저 어느 날 밤 조용히 침대로 들어와 내 다리 사이로 손을 넣으면 그제야 그가 돌아왔음을 알 뿐이다. 그의 손길이 느껴지면 나는 몸을 돌려 그에게 내 몸을 활짝 열어주었다. 어디에 다녀왔는지는 묻지 않았다. 알고 싶지도 않았다. 그저 그가 돌아왔음을 기뻐할 뿐이다. 솔직히 말하자면 나로서는 그가 너무나도 필요했기에 그런 문제로 징징댈 수가 없었다.

라클란을 사랑하냐고? 사랑한다고는 분명하게 말할 수 없다. 하지만 사랑하지 않는다고도 분명하게 말할 수 없다. 그에 관해 내가 분명하게 아는 것은 하나였다. 내 몸에 그의 손이 닿으면 녹아내린다는 것. 내가 있는 방으로 그가 들어올 때면 우리 사이에 전류가 흐르는 느낌이 든다는 것. 라클란은 이 세상에서 내가 누구이며 어디에서 왔는지 알고 있는 유일한 사람이었다. 그래서 나는 그에게 약할 수밖에 없었고, 그래서 고통스럽기도 하고 황홀하기도 했다.

이 세상에는 온갖 종류의 사랑이 있다. 사랑이라는 메뉴에는 한 가지 음식만 있는 것이 아니다. 내가 라클란에게 느끼는 감정이 사랑이 아닐 이유는 없다고 생각한다. 두 사람이 동의만 한다면 사랑이라는 단어는 그 어떤 형태로든 존재할 수 있다.

우리가 만난 지 몇 주 되지 않아 라클란은 나를 사랑한다고 했고, 나는 그를 믿는 쪽을 택했다. 하지만 어쩌면 그는 아주 탁월한 배우일 수도 있었다.

"엄마 데리러 병원에 가야 해."

내가 말했다.

한낮의 태양이 떠 있는 서쪽으로 차를 몰아 나의 표적들이 주로 사는 지역을 향해 달려갔다. 웨스트할리우드에 있는 영상 클리닉은 시더스사이나이병원에 붙어 있는 따개비처럼 보이는 낮은 건물이다. 병원 경내로 들어서는데 계단에 앉아 있는 엄마가 보였다. 엄마는 불을 붙이지 않은 담배를 들고 어깨 밑으로는 여름 원피스 끈이 흘러내린 채로 있었다.

자동차 속도를 줄이면서 눈을 가늘게 뜨고 앞 유리 너머로 엄마를 보았다. 주차장 입구를 지나는 동안 심상치 않아 보이는 엄마의 모습에 기분이 이상해졌다. 엄마와 나는 병원 안에서 만나기로 했었다. 그런데 지금 엄마는 밖에 나와 있었다. 게다가 3년 전에 끊은 담배까지 들고 있었다. 11월의 옅은 햇살을 바라보고 있는 엄마의 얼굴은 공허하고 황량했다.

병원 계단 앞에 차를 세우고 창문을 내리자 그제야 엄마가 고개를 들었다. 나를 본 엄마가 살며시 웃었다. 엄마가 바른 지나치게 짙은 분홍색 립스틱이 윗입술 가장자리를 따라 살짝 번져서 지저분해 보였다.

"내가 늦었어?"

"아니야, 내가 빨리 끝났어."

나는 대시보드의 시계를 쳐다보았다. 엄마는 12시에 맞춰서 오라고 했고, 지금은 11시 53분이었다.

"왜 밖에 나와 있어? 안에서 만나기로 했잖아."

내 말에 엄마는 한숨을 쉬면서 일어나려고 애썼다. 몸을 일으켜 세우는 엄마의 손목 주름이 고통스러울 정도로 팽팽해졌다.

"안에 있을 수가 없었어. 너무 추워서. 햇볕을 쬐는 게 좋겠다 싶어서 나왔어. 어쨌든 빨리 끝났으니 됐지 뭐."

엄마는 차 문을 열고서 갈라진 가죽 시트 위로 조심스럽게 몸을 실었다. 아주 능숙한 솜씨로 바지 뒷주머니에 재빨리 담배를 밀어 넣은 엄마는 손가락으로 머리카락을 부풀리면서 앞 유리창을 쳐다보았다.

"가자."

나의 엄마는, 나의 아름다운 엄마는, 나의 신이었다. 나는 아이처럼 엄마를 경배했다. 코코넛 같은 향기가 나고 햇살을 받으면 황금처럼 빛나던 엄마의 머리카락을, 플럼프 립글로스를 끈적하게 남기며 내 뺨에 입을 맞춰주던 엄마의 입술을, 부드러운 살 속으로 파고들면 안전하게 숨은 느낌을 주는 포근하던 엄마의 가슴을, 음계처럼 단계별로 높아지면서 잔잔하게 퍼져 나가던 엄마의 웃음을 경배했다. 엄마는 어떤 일이 일어나도 웃었다. 저녁으로 해동하지 않은 냉동 콘도그(corn dog: 뜨거운 식용유에 튀긴 옥수숫가루 반죽으로 만든 핫도그-옮긴이)를 주는 엄마를 향해 내가 인상을 찡그릴 때도, 미납된 할부금 대신 차를 회수하러 온 사람이 우리 차를 견인차에 연결하면서 거대한 엉덩이를 벅벅 긁어댈 때도, 밀린 월세를 내라며 현관문을 쾅쾅 두드려대는 집주인을 피해 욕실에 숨어 있을 때도 엄마는 웃었다.

"그저 웃기만 하면 돼."

엄마는 언제나 어쩔 수 없다는 듯이 고개를 저으며 웃었다.

그런 엄마가 더는 그다지 많이 웃지 않았다. 엄마에게 일어난 모든 일들 가운데 그 점이 내 마음을 가장 아프게 했다. 의사가 진단서를 써주었던 날부터 엄마는 웃지 않았다. 엄마가 완고하게 주장했던 것처럼 엄마는 그저 '피곤한' 게 아니었다. 식욕이 없어서 살이 빠지는 것이 아니었다. 엄마는 비호지킨림프종이었다. 치료는 할 수 있지만 지독하게 돈이 많이 드는 암이자 치료가 될 것 같으면서도 지긋지긋하게 반복되는 경향이 있는 악랄한 병이었다.

도저히 그저 웃기만 해서는 안 되는 일이었지만 그래도 엄마는 웃어보려고 했다. "이런, 우리 딸, 괜찮아. 엄마는 이겨낼 거야. 결국에는 모두 다 잘될 거야."

의사가 병명을 알려주고 떠난 진료실에서 엄마는 울고 있는 내 손을 잡으며 말했다. 엄마는 밝게 말하려고 애썼지만, 분명히 거짓말이었다.

엄마는 늘 기차 여행을 하는 사람처럼 살았고, 다음에 내릴 정거장은 멋질 거라고 기대했다. 진료실에서 병명을 들었던 날 엄마는 하필이면 가장 안 좋은 역에서 내렸고, 그 역이 종점일 수도 있음을 깨달았다.

벌써 3년 전 일이다.

지금 엄마의 상태는 이랬다. 마지막 화학요법을 끝낸 뒤로 자라기 시작한 머리카락은 아직도 짧고 성겨서 쥐가 파먹은 것 같았고, 머리카락을 아름답게 물들이던 금색은 절망에 가까울 정도로 거의 남아 있지 않았다. 가슴은 오목해져서 갈비뼈가 드러날 정도였고, 보드랍던 손은 이제 체리색 매니큐어를 발라 시선을 분산시키려는 엄마의 바람을 저버리며 핏줄을 선명하게 드러내고 있었다. 부드럽지도 빛나지도 않는 엄마는 노쇠했고 수척했다. 마흔여덟 살이었지만 10년은 더 늙어 보였다.

엄마가 오늘은 원피스도 입고 립스틱도 발랐다는 사실이 조금 위로가 됐다. 하지만 무언가 잘못됐다는 느낌은 사라지지 않았다. 엄마의 셔츠 주머니에 4분의 1로 접어 꽂은 종이가 보였다.

"그거 뭐야? 벌써 결과 나왔어? 의사가 뭐래?"

"아무 말도 안 했어. 아무 말도."

"웃기지 마."

나는 조수석으로 손을 뻗어 엄마의 셔츠 주머니에서 종이를 잡아 빼려고 했다. 그러자 엄마가 내 손을 찰싹 때리고는 손을 흔들어 뿌리쳤다.

"페디큐어 받으러 갈까?"

엄마의 목소리는 아스파탐으로 만든 막대사탕을 물고 있는 어린아이의 목소리처럼 끈적이고 진실하지 못했다.

"아니, 검사 결과나 말해줘."

나는 다시 한번 종이로 손을 뻗었다. 이번에는 엄마도 주머니에서 종이를 꺼내는 나를 말리지 않았다. 종이가 찢어지지 않도록 조심스레 펴는 동안 내 심장은 엄청난 속도로 뛰기 시작했다. 이미 결과를 알고 있었기 때문이다. 엄마의 얼굴에 서려 있는 체념 어린 표정에서, 눈물 맺힌 눈을 손으로 문질러 퍼뜨린 엄마의 눈 밑 마스카라 자국에서 나는 이미 검사 결과를 알아버렸다. 나는 인생이 어떤 것인지 잘 알고 있었기에 검사 결과도 이미 알았다. 인생이란 목표 지점에 다 왔다고 생각하고 눈앞에 있는 잔디에만 집중하고 있으면 불현듯 골대가 저 멀리 달아나버렸음을 깨닫게 해주는 독한 녀석이니까.

이해하기 어려운 표와 의학 전문용어가 빼곡한 종이에서 CT 촬영 결과를 찾아 급하게 훑는 동안에도 내가 그 종이에서 보게 될 것을 이미 알았던 건 바로 그 때문이었다. 그리고 당연히 마지막 장에서 그것을 찾았다. 익숙한 회색 종양이 그 시커먼 그림자를 엄마의 몸 전체로 뻗어나가 보이지 않는 손으로 엄마의 비장을, 위를, 척추를 움켜잡고 있었다.

"재발했어, 또."

엄마가 말했다.

엄마의 목소리를 듣는 순간 익숙하고 친숙한 시커먼 무기력이 내 배 속에서 몸 전체로 퍼져 나가는 것이 느껴졌다.

"아냐, 아냐, 아냐. 안 돼. 안 된단 말이야."

엄마는 내 손에서 종이를 빼앗아 접힌 자국을 따라 조심스럽게 다시 접었다.

"이럴 거 알고 있었잖아."

엄마는 부드럽게 말했다.

"아니, 전혀 몰랐어. 한 번만 더 치료를 받으면 된다고 그랬잖아. 그 의사가 그랬어. 그래서 우리가……, 나는 도저히 이해할 수가……."

하지만 내가 정말로 하고 싶은 말은 그런 것이 아니었기에 중간에 입을 다물었다. 하지만 왠지 우리가 사지도 않은 물건에 돈을 내라는 청구서를 받은 것만 같은 기분이 들었다. '틀림없이 의사가 그렇게 말했는데……. 이건 불공평해.' 나는 잔뜩 골이 난 아이처럼 고집스럽게 생각했다. 자동차 변속기를 급히 주차로 바꿨다.

"의사를 만나봐야겠어. 분명히 뭔가 잘못됐을 거야."

"아니야. 그러지 마. 호손 박사님이랑 이미 이야기했어. 계획도 다 세웠고. 이번엔 방사 면역 치료를 할 거야. 새로운 약이 나왔대. 에드버트릭스인가, 아마 그런 이름이었던 거 같아. 이제 막 FDA 승인을 받았는데, 효과가 기대된대. 줄기세포를 이식하는 것보다 훨씬 좋을 거래. 호손 박사님 말이 나한테는 그 약이 잘 들을 거라고 했어."

그 말을 하고 엄마는 살짝 웃었다.

"좋은 점은 이번에는 머리카락이 빠지지 않는다는 거야. 당구공 같은 내 머리를 네가 안 봐도 된다는 뜻이지."

"뭐야, 엄마."

나도 가까스로 웃었다.

"난 엄마 머리가 어떤 모습이든 상관없어."

엄마는 단호한 표정으로 자동차들이 쌩쌩 달리는 베벌리 대로를 앞 유리창으로 뚫어지게 보았다.

"약 말이야. 아주 비싸. 내 의료보험으로는 감당 못 해."

당연히 감당할 수 있을 리가 없었다.

"내가 알아서 할게."

엄마는 마스카라가 엉겨 붙은 속눈썹을 깜빡이며 곁눈으로 나를 보았다.

"한 번 투여하는 데 1만 5,000달러가 든대. 열여섯 번이나 맞아야 하고."

"돈 걱정은 하지 마. 엄마는 그냥 다시 건강해질 생각만 하면 돼. 나머지는 모두 나한테 맡겨."

"그래. 나야 우리 딸만 믿으면 되지."

엄마가 나를 쳐다보았다.

"딸, 그렇게 심각한 표정 짓지 마. 중요한 건 아직 우리가 함께 있다는 거야. 이제껏 우린 그거면 됐잖아."

나는 고개를 끄덕이며 엄마 손을 잡았다. 그리고 아직도 내 책상 위에 놓여 있는 청구서를 떠올렸다. 엄마가 마지막으로 받은 치료비 청구서. 에프람한테 돈을 받으면 낼 계획이었다.

벌써 세 번째 재발이었다. 처음 재발했을 때 받은 기본적인 화학요법은 엄마의 빈약한 보험으로 치료비 일부를 감당할 수 있는 정도였고, 공격적인 줄기세포 이식으로 1년 이상 종양을 억제할 수 있었던 두 번째 재발 때는 엄마의 의료보험은 전혀 도움이 되지 않았다. 얼마 전에 지금까지 들어간 엄마의 치료비를 계산해봤다. 여섯 자리 숫자에 육박했다. 이번에 세 번째 치료를 받으면 일곱 자리 숫자도 넘길 것이 분명했다.

나는 비명을 지르고 싶었다. 줄기세포 이식 치료 성공률은 82퍼센트에 달한다고 했었다. 엄마가 완치되리라 내가 믿었던 건 그 때문이었다. 우리 엄마가 치료에 실패하는 18퍼센트에 들 것이라고는 전혀 생각지 않았다. 그래서 그 어마어마한 이식 치료 비용을 보고도 눈 하나 깜짝하지 않고 고개를 끄덕인 거였다. 지난 몇 년 동안 내가 해온 일에 정당성을 부여했던 건 그게 마지막 치료라고 확신했기 때문이었다.

자동차에 시동을 걸고 달리는 차들 틈으로 끼어들면서 나는 '거의 끝났었단 말이야'라고 생각했다. 내 손 위로 엄마의 차가운 손을 느끼고, 엄마가 티슈를 쥐여줄 때에야 나는 내가 울고 있음을 깨달았다. 왜 우는 거지? 보이지 않는 종양에 또 한 번 삼켜진 엄마 때문에? 아니면 또다시 안개에 휩싸인 것처럼 뿌옇게 변한 내 미래 때문에? 나로서는 답을 알 수 없었다.

집으로 돌아오면서 엄마와 나는 말을 거의 하지 않았다. 종양이 재발했다는 사실이 무거운 거석처럼 우리 두 사람 사이에 놓여 있었다. 머릿속에서 앞으로 해야 할 일이 정신없이 떠올랐다. 약값은 전체 비용의 절반 정도일 뿐이고, 전체 치료비는 50만 달러가 넘을 게 분명했다. 엄마의 병을 완전히 낙관하고 있었기에 준비해둔 새로운 표적이 전혀 없었다. 이제는 완전히 다른 삶을 살 수 있을 거라고 생각하다니, 정말 순진했다.

나는 머릿속으로 재빨리 SNS에서 즐겨찾기 해둔 얼굴들을 떠올렸다. 지금 베벌리힐스를 종횡무진하며 활약하고 있는 어린 왕자들과 유명한 여자들을 생각해내고, 그들이 인스타그램에서 떠벌리는 화려한 재산 목록을 떠올려봤다. 그러자 '자, 여기 있으니까 또다시 시도해봐!'라고 부추기는 것만 같아 약간은 심술궂은 생기가 돌았고, 내 삶의 근원을 이루는 싫증과 피로를 뚫고 분노가 일었다.

집에 도착했을 때 진입로에 여전히 라클란의 차가 있는 것을 보고 놀랐다. 주차를 할 때 커튼 근처에서 움직임이 보였다. 창문 뒤로 하얀 라클란의 얼굴이 얼핏 보였다가 사라졌다.

전등이 하나도 켜져 있지 않았고 블라인드도 모두 내려져 있어서 집 안은 아주 어두웠다. 현관 등 스위치를 켜자 문 뒤에 서 있는 라클란이 보였다. 갑작스러운 불빛에 라클란은 눈을 깜박거렸다. 그는 재빨리 현관 등을 끄고 나를 안으로 끌어당겼다.

엄마가 안으로 들어오지 못하고 현관 앞에서 머뭇거리자 라클란은 내 어깨 너머로 엄마를 보면서 말했다.

"릴리 벨, 괜찮아요? 결과는 어떻대요?"

"그렇게 좋지는 않아. 하지만 지금은 별로 이야기하고 싶지 않아. 불은 왜 꺼둔 거야?"

엄마가 물었다.

라클란이 나를 쳐다보았다. 그의 얼굴에는 걱정이 가득 묻어 있었다.

"할 말이 있어."

목소리를 낮춘 라클란이 내 팔꿈치를 잡고 거실 구석으로 갔다.

"릴리 벨, 잠깐, 괜찮죠? 니나하고 할 말이 있어서요."

라클란의 말에 엄마는 고개를 끄덕였지만 눈 속에 호기심을 가득 머금은 채 빙하가 흘러가듯이 느릿느릿 주방으로 걸어갔다.

"가서 점심을 좀 만들게."

우리 목소리가 들리지 않을 정도로 엄마가 멀어지자 라클란이 나에게 다가와 귀에 대고 속삭였다.

"경찰이 왔었어."

"뭐라고? 언제?"

나는 당황해서 뒤로 주춤 물러섰다.

"한두 시간쯤 전에. 당신이 병원으로 출발하고 얼마 안 있다가."

"왜 온 거래? 경찰이랑 말해봤어?"

"미쳤어? 경찰이란 얘길 왜 해? 내가 그렇게 바보는 아니라고. 경찰들이 문을 두드릴 때, 욕실에 숨어 있었어. 하지만 당신을 찾아온 건 틀림없어. 여기가 당신 집이 맞느냐고 이웃한테 묻는 소리를 들었거든."

"리사한테? 리사는 뭐라고 했어?"

"여기 사는 사람 이름은 모른다고 하던데. 괜찮은 사람이더라, 그 여자."

'고마워요, 리사.'

"나를 왜 찾는 건지, 경찰이 리사한테 말했어?"

라클란은 고개를 저었다.

"정말로 심각한 문제 때문에 왔으면 예의 바르게 노크를 하거나 하진 않았겠지. 안 그래?"

내 목소리는 떨리고 있었다.

인기척을 느끼고 뒤를 돌아보자 크래커가 담긴 쟁반을 들고 선 엄마가 보였다. 엄마는 나와 라클란을 번갈아 쳐다보고 있었다. 내 목소리가 너무 컸던 게 분명했다.

"대체 무슨 일을 한 거니?"

엄마의 말에 나는 잠시 가만히 있었다. 뭐라고 대답해야 좋을지 몰랐다.

지난 3년 동안, 그러니까 엄마가 아파서 일을 쉬는 동안 우리 집 가계를 책임진 사람은 나였다. 엄마와 나, 우리 두 사람이 공유하는 정보대로라면 나는 독립적으로 일하는 고가구 중개인이며 도시 동쪽에 사는 힙스터들에게 1950년대와 1960년대 사이에 만들어진 스칸디나비아 가구와 브라질 현대 가구를 공급하는 일을 한다. 그래서 나는 하이랜드파크에 가로세로 3미터, 6미터짜리 조그만 가게를 하나 얻어 먼지 앉은 토브욘 아프달의 가구 몇 점을 창가에 놓고 가게 출입문에 '예약제로만 운영합니다'라는 안내판을 붙여두었다.

일주일에 몇 번씩 조용한 가게로 가서 소설을 읽거나 노트북으로 인스타그램을 살펴보았다. (내 조그만 가게는 또 다른 비합법적인 방법으로 돈세탁을 할 수 있는 유용한 수단이기도 했다.)

그 가게 덕분에 나는 가끔 장식장을 판매하고 받는 20퍼센트 수수료를 생활비로도 쓰고 치료비로도 쓰고 대학 등록금 대출금 상환에도 쓸 수십만 달러로 탈바꿈시킬 수 있었다. 고가구 거래로 그렇게 많은 돈을 번다는 건 쉽지 않은 일이었지만 그렇다고 아주 불가능한 일도 아니었다. 하지만 엄마가 내 말을 완전히 믿는 것 같지는 않았다. 어쨌거나 엄마도 사기꾼, 좀 더 정확하게 말하면 전직 사기꾼이었으니까. 게다가 애초에 나에게 라클란을 소개해준 사람도 엄마였다.

엄마가 현역으로 뛰던 4년 전에 엄마와 라클란은 판돈이 큰 포커 게임을 하다가 만났다고 했다.

라클란은 "선수가 선수를 알아보는 법이지"라고 말했다.

두 사람이 함께 작업에 들어가기 전에 엄마가 암에 걸렸지만, 동종 업계 종사자로서 서로를 인정했던 두 사람은 친구가 되었다. 침대에서 일어나지도 못하는 엄마를 간호하려고 내가 로스앤젤레스로 오기 전까지 엄마를 돌본 건 라클란이었다.

그러니까 이게 라클란이 나에게 들려준 말이다. 가족, 실패, 죽음 같은, 건드리지 않고 그저 내버려두는 여러 주제처럼 엄마와 나는 라클란의 직업에 관해서도 서로 아무 말 하지 않았다.

그 때문에 엄마는 라클란이 나를 사기꾼으로 만든 것인지, 아니면 우리가 밤에 사라지는 이유가 그저 나이트클럽에 가려는 것인지 궁금해하기는 했지만, 나의 가식과 엄마의 의지로 우리는 서로 눈감은 채 까치발을 하고서 경계선 위를 위태롭게 걸으며 실제로 내가 하는 일에 관해서는 대화하지 않으려고 조심했다. 엄마가 내 일에 의심을 품는다고 해도 나는 절대로 내 입으로 그 일을 고백하지 않을 것이다. 나에게 실망하는 엄마의 모습을 내가 견딜 수 있을 리 없으니까.

하지만 지금, 그동안 엄마를 제대로 속여왔다고 생각한 내가 멍청했던 게 아닌가 하는 생각이 들었다. 엄마의 표정으로 보건대, 엄마는 우리 집에 경찰이 찾아온 이유를 정확하게 알고 있는 것이 분명했다.

"아무 일도 안 했어. 그러니까 걱정할 필요 없어. 뭔가 착오가 있었나 봐."

나는 서둘러 대답했다.

하지만 나를 보는 엄마의 눈이 정신없이 움직이는 것으로 미루어 엄마는 불안한 것이 분명했다. 엄마는 내 뒤에 있는 라클란을 보았고, 그에게서 무엇을 읽었는지 표정이 바뀌었다.

"넌 떠나야 해, 지금 당장. 당장 이 도시를 벗어나. 경찰들이 다시 오기 전에."

엄마가 단호하게 말했다.

엄마의 말에 나는 웃음을 터뜨렸다.

'떠나라니. 엄마라면 당연히 그렇게 말하겠지.'

내가 성장하는 동안 엄마가 정말로 전문적으로 해낸 일이 하나 있다면, 그건 떠나는 거였다. 우리가 처음으로 떠났던 건 내가 일곱 살 때, 엄마가 엽총을 들고 아빠를 우리 집에서 쫓아냈던 밤이었다. 그리고 내 계산대로라면 우리는 내가 고등학교를 졸업할 때까지 스무 번도 넘게 떠났다. 월세를 내지 못했을 때도 떠났고, 질투에 사로잡힌 아내가 우리 집에 쳐들어왔을 때도 떠났고, 경찰이 카지노를 급습해 엄마를 경찰서에 연행해 갔을 때도 떠났다. 가만히 있으면 엄마가 잡혀갈 거라고 생각했을 때도 떠났고, 기회가 사라졌다고 판단될 때도 떠났고, 그저 우리가 있는 곳이 더는 엄마의 마음에 들지 않을 때도 떠났다. 우리는 마이애미를 떠났고, 애틀랜틱시티를 떠났고, 샌프란시스코를 떠났고, 라스베이거스를 떠났고, 댈러스를 떠났고, 뉴올리언스를 떠났고, 타호호수를 떠났다. 엄마가 더는 떠나지 않을 거라고 약속했을 때에도 우리는 떠났다.

"나는 안 떠나, 엄마. 웃기는 소리 하지 마. 엄마가 암인데, 내가 가긴 어디를 가. 엄마한테는 내가 필요해."

나는 엄마가 무너져서 눈물을 흘릴 것이라고 생각했다. 하지만 엄마는 눈물을 흘리는 대신 한 치도 물러서지 않겠다는 듯이 굳은 표정으로 말했다.

"제발, 니나. 떠나야 해. 네가 감옥에 가면 어차피 나를 못 도와."

엄마의 목소리는 부드러웠지만 표정은 환멸을 드러내고 있었다. 화가 난 것도 같았다. 엄마는 내가 엄마를 실망시켰다는 듯한 표정을, 그 때문에 우리 두 사람이 대가를 치르는 거라는 표정을 짓고 있었다. 로스앤젤레스로 돌아오고서 처음으로 나는 내가 되어버린 존재 때문에 몹시 두려워졌다.

4

그렇다. 나는 사기꾼이다. "사과는 사과나무 근처에 떨어지는 법이지"라고 한대도 틀린 말은 아니다. 나의 조상들은 마약 판매상, 좀도둑, 우발적 범죄자, 완전 범죄자 들로 가득하니까. 그렇지만 나는 범죄자로 길러지지는 않았다. 나에게는 미래가 있었다. 적어도 내가 밤늦은 시간에 손전등을 켜고 《오만과 편견》을 읽는 모습을 보고 엄마는 그렇게 말했었다. "너에게는 미래가 있어, 아가. 우리 가족 가운데 네가 처음으로 미래를 갖게 될 거야." 움푹 꺼진 안락의자 위에서 더티 마티니를 홀짝이는 엄마의 남자 손님들 앞에서 내가 외운 긴 대사를 읊조릴 때면 엄마는 "우리 딸 정말 똑똑하지? 저 애한테는 미래가 있어"라고 말했었다. 대학에 가고 싶은데 등록금을 마련할 수 있을지 몰라 걱정하는 나에게 엄마는 "돈 걱정은 하지 마, 우리 딸. 네 미래를 위한 건데, 당연히 대학에 가야지"라고 했었다.

그래서 얼마간은 진심으로 엄마를 믿었다. 위대한 미국이라는 신화를, 노력하는 자에게는 성공이 따라온다는 청교도의 윤리를 믿었다. 그건 이 세상이라는 경기장은 공평한 곳이 아니라는 사실을 배우기 전, 이 세상이라는 경기장이 공평하리라고 믿었던 어린 시절의 이야기다. 하지만 실제로는 특권을 타고나지 않은 대부분의 사람들에게는 위로 올라가기엔 너무나도 경사가 가파른 곳이었고, 발목을 묶고 있는 엄청난 돌덩이 때문에 바닥에서 꼼짝도 못 하고 붙잡혀 있어야 하는 곳이 바로 이 세상이라는 경기장이었다.

하지만 엄마에게는 자기 말을 믿게 하는 능력이 있었다. 그 능력은 엄마의 위대한 재능이었고, 사기를 치는 달콤한 기술이었다. 봄날의 호수처럼 넓고 파란 순진한 눈으로 남자를 뚫어지게 바라보면서 자신이 원하는 것을 해주도록 만들 수 있는 것도 엄마의 그 능력 덕분이었다. 남자들이 엄마에게 수표를 써주는 이유도, 엄마의 가방 안에 엄마 것이 아닌 목걸이가 들어 있는 것은 실수 때문이라고 생각하는 이유도, 엄마가 자신을 다른 어떤 남자보다도 진심으로 사랑하고 있다고 믿는 이유도 다 엄마의 그런 능력 덕분이었다.

하지만 엄마가 진심으로 사랑하는 사람은 나뿐이라는 걸, 나는 분명히 알고 있다. 이 세상에 우리는 우리 두 사람뿐이었다. 엄마가 아빠를 집에서 쫓아냈을 때부터 우리는 우리 둘뿐이었다. 그런 엄마가 내가 장차 되어야 할 사람에 관해 거짓말을 하리라고는 생각해본 적이 없었다.

엄마는 나에게 거짓말을 했던 것이 아닐지도 모른다. 적어도 거짓말할 의도는 없었는지도 모른다. 어쩌면 내가 아니라 엄마 자신한테 거짓말을 했던 것인지도 모른다.

엄마는 사기꾼이기는 했어도 냉소적인 사람은 아니었다. 엄마는, 진심으로 삶이 위대한 기회를 주리라고 믿었다. 우리는 언제나 이제 곧 성공할 수 있는 상황에 놓여 있었다. 닳아서 떨어진 내 신발을 덕트 테이프로 감고, 3주씩이나 구운 감자만 먹으며 버텨야 했을 때도 우리는 곧 성공하리라고 믿었다. 그러다 가끔 정말로 성공했다. 엄마가 카드 게임에서 큰돈을 따거나 거물을 낚으면 우리는 여왕처럼 살았다. 호텔 식당에서 저녁을 먹었고 빨간색 컨버터블 자동차를 몰았고 리본 달린 '바비 인형 드림하우스'를 샀다. 미래를 멀리 내다보지 못한 나머지 결국 미납된 할부금 대신 차를 회수하러 온 사람이 빨간색 컨버터블 자동차를 견인해 가리라는 사실을 짐작도 못 했다는 이유로 엄마를 비난할 수 있을까? 엄마는 언제나 삶이 우리를 돌봐주리라고 믿었다. 그리고 삶은 정말로 돌보기를 그만두기 전까지는 어쨌거나 우리를 돌봐주기는 했다.

엄마는 예쁘기는 했지만 아름답지는 않았다. 그러나 아름다움보다 더 위험한 자질을 갖추고 있었다. 순수하고 도발적인 엄마에게는 어린아이처럼 말간 여름날 복숭아 같은 피부와 커다란 파란 눈과 술을 마시면 조금 더 선명해지는 금발 머리카락이 있었다. 어떻게 흔드는 게 좋은지 정확하게 훈련된 풍성한 몸도 있었다. (라스베이거스에서 중학교에 다닐 때 한 남자아이가 지나가는 우리 엄마를 보고 "슈퍼 유방이다"라고 말하는 걸 들은 적이 있다. 나한테 얻어맞은 뒤로 다시는 그런 말을 하지 못했지만.)

엄마의 진짜 이름은 릴라 루소였지만 대부분 릴리 로스라고 불렀다. 엄마는 이탈리아 출신으로, 엄마의 가족은 마피아 비슷한 사람들이라고 했다. 엄마 말로는 그렇다. 나로서는 엄마의 가족이 어떤 사람들인지 모른다. 할아버지나 할머니를 한 번도 만나본 적이 없다. 엄마의 부모님은 엄마가 콜롬비아 출신 도박꾼과의 사이에서 아기(나)를 가지자 곧바로 딸을 내쫓았다. (엄마의 부모님이 엄마를 용서할 수 없었던 이유는 무엇일까? 임신한 것? 결혼도 하지 않고 남자랑 잔 것? 아니면 딸이 사랑한 남자가 콜롬비아 사람이라는 것? 잘 모르겠다.) 엄마는 할아버지가 볼티모어의 갱단 두목으로 부하도 여섯 명쯤 있었다고 했다. 내가 보기에는 엄마의 가족이 엄마와 함께하기 싫었던 것만큼이나 엄마도 자기 가족과 함께하기 싫었던 것 같다.

나의 유년기 삶을 좌지우지한 사람은 아빠였다. 도박꾼이었던 아빠 때문에 우리는 철새처럼 옮겨 다녀야 했다. 도박 시즌이 끝나거나 아빠의 운이 다하면 우리는 다른 장소로 옮겨 갔다. 아빠에 대해 내가 기억하는 것이라곤 레몬 냄새가 나는 애프터쉐이브로션을 발랐다는 것, 그리고 머리카락이 천장에 닿을 만큼 나를 번쩍 들어 올리고는 두려움에 사로잡혀 질러대는 나의 비명과 나를 내려놓으라는 엄마의 외침을 들으며 재밌다는 듯 웃었다는 것뿐이다. 아빠는 사기꾼이라기보다는 불량배에 가까웠다.

그때 엄마는 온갖 잡다한 일을 다 했는데(주로 식당 종업원 일을 했

다) 그중에서 엄마가 가장 전력을 다해야 했던 일은 아빠에게서 나를 보호하는 것이었다. 아빠가 술을 마시고 집에 들어오는 날이면 엄마는 나를 내 방에 들여보내고 내게 향하는 주먹을 엄마에게 돌려 막는 일을 했다. 한번은, 내가 일곱 살 때였는데, 엄마의 방어막이 속절없이 뚫렸고 나는 아빠의 손에 들려 벽에 내동댕이쳐진 뒤 정신을 잃고 말았다. 다시 정신이 들었을 때는 엄마가 얼굴에 피를 흘리며 엽총으로 아빠의 사타구니를 겨냥하고 있었다. 평소라면 부드럽고 나긋나긋했을 엄마의 목소리는 경직되어 있었고 날카로웠고 단호했다.

"한 번만 더 내 딸한테 손대면 네 물건을 박살 내 버릴 거야. 당장 내 집에서 나가. 다시는 돌아오지 마."

아빠는 다리 사이에 꼬리를 감춘 개처럼 풀이 죽어 집에서 나갔고, 다음 날 동이 트기 전에 엄마는 짐을 싸 나를 자동차에 태웠다. 뉴올리언스를 빠져나와 엄마의 친구였던 사람이 사는 플로리다로 가면서 엄마는 조수석에 앉은 내 손을 잡으며 말했다.

"우리는 이제 서로뿐이야. 이제 다시는 절대로, 누구든 너를 다치게 하면 가만두지 않을 거야. 약속해."

나에게 속삭이는 엄마의 목소리는 잔뜩 쉬어 있었다.

그 뒤로 엄마는 정말로 아무도 나를 건드리지 못하게 했다. 옆집에 사는 남자아이가 내 자전거를 훔쳤을 때 엄마는 곧장 정원을 가로질러 가 그 아이가 울음을 터뜨리며 자전거를 숨긴 장소를 털어놓을 때까지 벽에 밀어붙였다. 같은 반 여자아이들이 내 몸무게를 가지고 놀렸을 때는 곧바로 그 아이들의 집을 하나하나 찾아가 벨을 누르고 그 부모들한테 고함을 질러댔다. 나에게 낙제점을 준 선생님들은 어김없이 학교 주차장에서 엄마의 분노를 고스란히 맞닥

뜨려야 했다.

하지만 정면 승부로도 문제가 해결되지 않을 때면 엄마는 늘 자신이 구사하는 궁극의 해결책을 사용했다.

"좋아. 다른 곳에 가서 다시 한번 시작해보는 거야!"

아빠를 쫓아낸 일은 엄마로서는 의도치 않았던 결과를 불러왔다. 시간제 식당 종업원 일로는 더는 우리 두 사람의 생활비를 감당할 수 없었다. 그래서 엄마는 자신이 잘 아는 좀 더 전문적인 일을 다시 하기 시작했다. 범죄자가 된 것이다.

엄마의 범죄 행위는 조금 부드러운 강압이라고 분류할 수 있다. 엄마는 유혹이라는 기술을 활용해 신용카드나 은행 계좌, 한동안 우리 집 월세를 내줄 얼간이에게 접근했다. 엄마의 표적은 예금 계좌에서 갑자기 5,000달러가 사라져도 부인에게 들키는 게 무서워 경찰에 신고하지 않을 행실 나쁜 유부남이었다. 권력이 있는 남자들은 자존심이 지나치게 강해서 자신이 여자한테 사기당했다는 사실을 인정하지 않는다. 엄마가 남자들을 표적으로 삼은 건 엄마를 성추행한 고등학교 선생님, 엄마를 내쫓은 아버지, 엄마의 눈을 멍들게 한 남편처럼 자신을 하찮게 여겼던 남자들에게 복수하기 위함인 것 같았다.

마땅한 표적이 없을 때면 엄마는 카지노에 가서 카드를 하면서 기회가 오기를 기다렸다. 가끔은 나에게 가장 좋은 옷(초저가 상품을 취급하는 로스아웃렛에서 산 파란색 벨벳과 분홍색 호박단으로 만든 옷인데, 입으면 너무나도 간지러운 노란색 레이스가 달려 있었다)을 입혀서는 엄마가 부지런히 작업을 해야 하는 화려한 곳으로 나를 데려가기도 했다. 엄마는 늘 카지노에서 가장 좋은 식당에 나를 앉혀놓고는 두툼한 책과 10달러짜리 지폐를 쥐여주고 사라졌다. 엄마가 부지런히 작업을 하는 동안 식당 종업원은 나에게 땅콩이나 오렌지 탄산음료 같은 간식을 가져다주었다.

한가한 밤이면 엄마는 나를 데리고 카지노를 돌면서 재킷 주머니에서 지갑을 슬쩍 빼내는 방법이며 의자 뒤에 놓인 가방에서 지갑을 꺼내는 방법을 보여주면서 "열려 있는 지갑보다 불룩한 뒷주머니가 좋아", "남자들은 지갑이 두툼해야 자존심이 산다고 생각하지만 여자들은 현금을 귀찮아해", "충동적으로 행동해선 안 돼", "항상 기회를 포착해야 해", "세 단계가 남기 전까지는 절대로 행동에 나서면 안 돼" 등등 중요한 팁도 일러주었다.

"그렇게 큰돈은 아니네. 하지만 자동차 할부금은 낼 수 있겠다. 그러니까, 나쁘지 않지?"

카지노 화장실에서 머니 클립에 꽂혀 있는 돈을 세면서 엄마가 말했다.

어린 나에게는 그 모든 일이 당연하게 느껴졌다. 그건 그저 엄마의 직업이었다. 어떤 아이들의 부모는 다른 사람들 집을 청소하고, 어떤 아이들의 부모는 다른 사람들 치아에 낀 치태를 제거하고, 어떤 아이들의 부모는 책상에 앉아 자판을 두드리고, 우리 엄마는 카지노를 돌아다니면서 낯선 사람들의 돈을 가져온다. 그뿐이다. 엄마의 일은 카지노 사장이 하는 일과 전혀 다를 게 없었다. 적어도 엄마는 그렇게 말했다.

"이 세상에 존재하는 사람은 두 가지 부류로 나눌 수 있어. 자신에게 무언가가 주어지기를 기다리는 사람, 직접 나서서 자신이 원하는 걸 가져오는 사람, 이렇게 말이야."

엄마는 나를 꼭 끌어안고는 인조 속눈썹 붙인 눈을 내 이마에 대고 깜빡였다. 엄마의 살갗에서는 늘 달콤한 냄새가 났다.

"나는 가만히 기다리는 사람이 아니야."

내 세상은 엄마가 전부였다. 엄마의 몸은 내가 알고 있는 유일한 집이었다. 엄마는 다른 모든 것이 끊임없이 변하는 세상에서, '친구들'이란 남겨두고 온 뒤 직사각형 엽서 위에 적힌 이름으로나 남는 세상에서 내가 유일하게 속한 곳이었다. 그렇게 엉망인 어린 시절을 보냈다고 해서 엄마를 원망하지는 않았다. 그건 지금도 마찬가지다. 우리가 자주 떠나야 했던 이유는 엄마가 좋은 엄마이기를 포기했기 때문이 아니라 좋은 엄마가 되려고 너무나도 노력했기 때문이었다. 엄마는 늘 다음 정거장은 엄마에게도, 나에게도 더 좋은 곳이 될 거라고 믿었다. 엄마의 부모님에게 연락하지 않은 이유도, 아빠의 곁을 떠난 이유도 하나였다. 모두 나를 보호하기 위해서였다.

청소년기에 나는 나를 보이지 않게 하는 방식으로 학교생활을 해나갔다. 교실에서는 언제나 뒤에 앉았고 교과서 사이에 몰래 소설책을 펼쳐놓고 읽었다. 그때 나는 과체중에 머리카락은 무지개색이었고 세 보이는 옷을 입었다. 친구가 될 수 있는 아이들을 밀어냈고 나를 거절하는 아이들한테 상처를 받지 않도록 감정을 차단하는 갑옷을 세 겹씩 두르고 있었다. 학교 성적은 내 존재를 드러낼 위험이 있을 만큼 나쁘지는 않지만 주목받을 만큼 좋지도 않을 정도로만 유지했다.

하지만 커다랗고 금 간 콘크리트 담장으로 둘러쳐진 라스베이거스의 고등학교에서 한 영어 선생님이 1학년인 나에게 "잠재력을 발휘하지 못하고 있는 아이"라는 평가를 내렸고, 그 바람에 엄마가 학부모 회의에 참석하게 된 뒤로 나는 갑자기 왜인지도 모르는 상태에서 이런저런 시험을 봐야 했다. 엄마는 나에게 시험 결과를 보여주지 않았지만 시험 결과가 나올 때마다 입가에 옅은 결의를 머금고 아파트 안을 서성거렸다. 우리 집 조리대 위에 작은 책자가 쌓이기 시작했고, 엄마는 두툼한 봉투들에 의기양양하게 우표를 붙였다. 나를 위한 새로운 미래를 계획하고 있었던 것이다.

고등학교 1학년이 끝나가던 봄날의 어느 밤, 불을 끄고 잠들기 직전에 엄마가 내 방으로 들어왔다. 칵테일 드레스를 입은 엄마는 침대 끝에 걸터앉더니 내가 읽고 있던 책을 가져가 잠시 뒤적이다가 부드러운 목소리로 속삭이듯 말했다.

"니나, 우리 아가. 이제 정말로 네 미래에 집중해야 할 시간이 된 것 같아."

그 말에 나는 크게 웃었다.

"음, 그러니까 엄마 말은, 내가 우주 비행사나 발레리나 같은 사람이 되고 싶어야 한다는 뜻이야?"

나는 엄마가 들고 있는 책으로 손을 뻗으며 말했다.

엄마는 책을 든 손을 높이 들어 올렸다.

"지금 정말 진지하게 말하는 거야, 니나 로스. 너는 나처럼 살면 안 돼. 알겠어? 기회가 왔을 때 붙잡고 제대로 활용하지 못한다면 너도 엄마처럼 되고 말 거야."

"엄마처럼 되는 게 무슨 문제가 있는데?"

그렇게 말하기는 했지만, 엄마의 말이 무슨 뜻인지 정확히 알았다. 엄마들은 딸이 밤에 나가고 낮에는 잠만 자는 삶을 살기를 원하지 않는다. 엄마들은 딸이 이웃집 우편함을 기웃거리며 신용카드나 수표책을 빼내는 삶을 살기를 원하지 않는다. 엄마들은 딸이 경찰이 포위망을 좁혀 온다는 사실에 두려워 한밤중에 짐을 싸 들고 도망치는 삶을 살기를 원하지 않는다.

나는 엄마를 사랑했고 엄마가 한 모든 일을 용서했지만, 바퀴벌레가 들끓는 임대 아파트에서 울퉁불퉁 뭉친 침대에 앉아 엄마의 말을 듣던 그때 나는 엄마처럼 되고 싶지는 않다는 사실을 깨달았다. 절대로 엄마처럼은 되고 싶지 않았다. 엄마와 나란히 학교 복도를 걸을 때면 몸에 딱 달라붙는 드레스에 스틸레토 힐을 신고 과산화수소수로 탈색한 머리카락에 산딸기를 먹은 것처럼 빨간 입술을 한 엄마를 뚫어지게 바라보는 선생님들의 시선을 느끼며 나는 엄마와는 전혀 다른 사람이 되고 싶은 소망을 품게 된다는 사실을 알았다.

하지만 그렇다고 해서 내가 어떤 사람이 되고 싶다는 소망을 품는 일이 가당키나 할까?

엄마는 도통 이해가 안 된다는 표정으로 들고 있던 책을 내려다보았다. 그때 나는 나에게 여러 시험을 치르게 했던 영어 선생님이 준 찰스 디킨스의 《위대한 유산》을 읽고 있었다.

"'상당히 우수함.' 그게 네 IQ 검사 결과야. 너는 네가 원하는 건 뭐든지 될 수 있어. 싸구려 사기꾼보다 훨씬 나은 사람이 될 수 있단 말이야."

"그래서? 내가 발레리나가 될 수 있다고?"

내 말에 엄마는 잔뜩 풀이 죽은 표정을 지었다.

"엄마는 살면서 한 번도 공평한 기회를 가진 적이 없어. 하지만 너는 가질 수 있어. 그러니까, 젠장, 니나, 당연히 기회를 잡아야지. 그래서 우린 또 떠날 거야. 시에라네바다 타호호수 부근에 사립 인문계 학교가 있어. 거기서 네 학비를 대주겠대. 그러니까 우리는 거기로 갈 거야. 거기서 너는 열심히 공부하고 나는 일을 하고."

"진짜 일을 할 거라는 뜻이야?"

내 말에 엄마가 고개를 끄덕였다.

"그래. 일다운 일을 할 거야. 거기 카지노에서 호스티스로 일할 생각이야."

엄마 말에 갑자기 내 안에서 뭔가 튀어 오르는가 싶더니 가벼운 전율이 느껴졌다. 이제는 정말 우리도 평범한 가족이 될 수 있으리라는 기분이 들었다. 하지만 모든 일에 지쳐 있던 냉소적인 열다섯 살 사춘기 소녀는 엄마의 말을 온전히 믿을 수 없었다.

"그래서, 내가 시험을 봤으니까, 언젠가는 하버드라도 갈 거라고 생각하는 거야? 미국 최초 여자 대통령이 될 수 있다고 생각해? 엄마, 제발."

엄마는 뒤로 물러나 앉더니 1달러짜리 은화만큼이나 크고 보름달이 뜬 밤만큼이나 고요하고 투명한 파란 눈으로 나를 똑바로 바라보면서 말했다.

"이런, 얘. 안 될 건 또 뭐니?"

굳이 말할 필요도 없지만, 내가 여성 최초로 미국 대통령이 되는 일은 일어나지 않았다. 우주 비행사도 되지 못했고, 망할 발레리나도 되지 못했다.

나는 (하버드는커녕 그 근처에도 가지 못하고) 평범한 단과대학에 진학해 예술 학사 학위를 받았다. 졸업할 때 수십만 달러에 달하는 학자금 대출금을 갚아야 할 의무와 어디에서도 써먹지 못할 학위증만 얻었을 뿐이다. 그래도 영리해졌으니 열심히 노력하기만 하면 전혀 다른 삶을 살아갈 수 있으리라 생각했다.

하지만 나는 결국 사기꾼이 되고 말았다. 그런데 그게 과연 그렇게 놀라운 일일까?

5

○

"당신 엄마 말이 맞아. 우린 떠나야 해. 오늘 당장."

그날 오후, 라클란과 나는 할리우드의 어느 스포츠 바(술을 마시면서 텔레비전으로 스포츠 경기를 시청할 수 있는 술집-옮긴이) 구석 자리에 앉아 다른 사람이 듣지 못하도록 낮은 목소리로 속삭였다. 술집에는 잔뜩 취해서 우리한테는 신경 쓸 겨를도 없는 저지 축구복 차림의 축구 동아리 회원들만 몇 명 있었을 뿐인데도 말이다. 술집의 모든 벽면에 설치된 텔레비전에서는 다양한 스포츠 게임이 중계되고 있었다.

"잠시만 떠나 있으면 돼. 상황을 파악할 때까지만 말이야."

"하지만 아무 일도 아닐 수 있잖아. 우리하고는 전혀 상관 없는 일일 수도 있어. 경찰이 우리 집에 온 건 그냥……, 잘은 모르지만, 아, 대민 봉사 때문일지도 몰라. 아니면 우리 마을에 범죄자가 있어서 경고해주려고 온 걸 수도 있잖아."

내 말에 라클란이 크게 웃었다.

"달링. 우리가 바로 그 범죄자야."

라클란은 주먹 쥔 손을 다른 손으로 문질렀다.

"들어봐. 경찰이 다녀간 뒤에 여기저기 전화를 해봤어. 에프람을 본 사람이 아무도 없어. 지난주 내내 에프람을 봤다는 사람이 단 한 명도 없다고. 에프람도 전화를 받지 않아. 그가 경찰에 잡혀갔다는 소문도 있어. 그러니까……."

"나, 에프람한테 4만 7,000달러 받아야 해! 게다가 창고에 아직 처분해야 할 물건도 몇 개 남아 있잖아. 지오 폰티 안락의자, 그건 적어도 1만 5,000달러는 된다고 했단 말이야."

내 말에 라클란은 혀끝으로 마른 입술을 콕콕 찔렀다.

"음, 그건, 우리가 해결해야 할 문제 가운데 가장 사소한 것 같은데? 당신 집에 경찰이 왔다 갔어. 에프람이 감형 조건으로 경찰에 우리를 밀고한 걸 수도 있고, 에프람의 거래 장부에 당신 이름이 있어서 더 많은 정보를 알아내려고 온 걸 수도 있어. 어쨌거나 우리는 잠시 이곳을 떠나 있어야 해. 상황이 조금 잠잠해질 때까지 말이야. 우리한테 체포 영장이 발부됐다는 소식이 들리면 그때는 정말로 도망쳐야겠지만, 어쨌거나 우리가 한발 앞서 대책을 세워야 해."

"도망친다고? 그건 안 돼. 난 엄마를 돌봐야 한다고."

갑자기 머리가 빙글빙글 도는 것 같았다.

"음, 그것도 당신 엄마 말이 맞아. 당신이 감옥에 들어가면 어차피 돌볼 수 없어."

라클란은 손가락 마디를 차례차례 소리 나게 꺾으며 말을 이었다.

"그러니까 잠시 쉬면서 다른 일을 해보자. 솔직히 LA는 너무 덥잖아. 어쨌든 여기서는 당분간 일을 할 수 없을 테니 새로운 사냥터를 찾는다고 손해 볼 건 없어. 적어도 몇 달은 말이야."

라클란이 새끼손가락을 딱 꺾었고, 나는 움찔했다.

"몇 달이나?"

나는 엄마의 몸속으로 촉수를 뻗으며 퍼져 나가는 암을 생각했다. 엄마 혼자서 정맥주사를 맞고 기계가 끊임없이 윙윙대는 병원에 누워 있는 모습을 상상했다. "나는 이 정도까지 일을 벌일 생각은 없었어"라고 말하고 싶었지만, 그건 사실이 아니었다. 모든 건 다 내가 벌인 일이었다. 단지 나는 라클란이 자기가 하는 일을 분명하게 아니까 우리는 절대로 붙잡히지 않을 거라고 믿었을 뿐이다. 우리는 언제나 신중했으니까. 할 수 있었어도 너무 많은 걸 가져온 적은 한 번도 없었으니까. 우리가 세운 규칙이 우리를 지켜주리라 생각했으니까.

라클란이 차갑게 나를 쳐다보았다.

"아니면 각자의 길을 갈 수도 있겠지. 그건 당신이 정해. 어쨌든 난 여기를 뜰 거야."

냉정하게 선을 긋는 라클란의 말투에 놀라 나는 아무 말도 할 수 없었다. 라클란에게 나는 그저 사업 파트너일 뿐이고, 그래서 귀찮아지면 쉽게 버릴 수 있는 존재일까? 너무 당황한 나머지 술도 마실 수가 없었다. "내 생각엔……"이라고 운을 뗀 말을 끝맺을 수도 없었다. 나는 무슨 생각을 하고 있었던 걸까? 우리 두 사람이 영원히 함께하리라고 생각한 걸까? 언젠가는 범죄 생활을 청산하고 교외에 집을 사고 아이를 하나나 둘쯤 낳아 같이 살 거라고? 아니, 그런 생각은 해본 적도 없었다. 그렇다면 왜 이렇게 쓰라린 기분이 드는 걸까? 물론 그 이유는 안다. 라클란이 없으면 나에게는 아무도 없기 때문이었다. 그래서 이런 기분이 드는 거였다.

"이런, 안심해, 니나. 사랑해. 그런 눈으로 쳐다보지 않아도 돼."

라클란은 팔을 뻗어 내 손에 깍지를 꼈다.

"모두 다 괜찮을 거야. 나랑 가자. 내가 해결할게. 약속해. 당신이 여기 와서 엄마를 자주 들여다볼 수 있도록 가까운 곳으로 가는 거야. 노던 캘리포니아나 네바다처럼 차로 움직일 만한 거리로 가면 돼. 하지만 한동안은 인적 없는 곳에 몸을 숨길 필요가 있어. 몬테레이나 나파 같은 휴양지로 가도 되고."

라클란이 내 손을 꼭 잡았다.

"아, 맞다. 타호호수는 어때? 거기라면 주말을 즐기러 오는 실리콘밸리 억만장자가 많을 거 아냐. 누구 눈여겨봐둔 사람 없어?"

그때 나는 내가 로스앤젤레스를 떠나면 해야 할 일들을 생각하고 있었다. 치료를 받느라 기운 없는 엄마를 돌봐주고 집안일도 거들어줄 사람이 필요할 테고, 엄마와 함께 병원에 다녀줄 사람이 필요할 테고, 어마어마한 청구서를 확인하고 돈을 내줄 사람이 필요할 거다. 물론 이 모든 일은 내가 그 사람들에게 줄 돈이 있어야 가능하다. 엄마의 목숨은 위태로웠다. 지금처럼 우리 집 은행 잔고가 바닥을 치는 상황이라면 엄마는 절대로 방사 면역 치료를 받을 수 없다.

작업을 서둘러야 한다. 그것도 큰돈이 들어오는 일을 찾아야 한다. 라클란이 '타호'라는 말을 꺼냈을 때 내 머릿속에서 한 가지 생각이 번뜩 떠올랐다.

갑자기 술집이 시끌벅적해졌다. 한 남자가 바닥에 토하고 있었다. 남자의 친구들은 아주 재미있는 일이 벌어지고 있다는 듯이 박장대소했다. 팔에 타투를 한 금발 머리 바텐더 아가씨와 내 눈이 마주쳤다. 여자는 살인이라도 저지를 듯 분노한 표정이었다. 그러니까 저 남자들이 벌여놓은 일을 수습하는 건 그 여자의 몫이었던 거다. 여자는 항상 그런 취급을 받는다.

나는 라클란에게 시선을 돌리며 말했다.

"한 명 알아. 혹시 바네사 리블링이라고 들어봤어?"

바네사 리블링. 바네사가 소셜 미디어에 등장한 건 4년 전이지만, 지난 12년 동안 나는 바네사의 이름과 얼굴을 유심히 지켜보았다. 바네사는 부동산부터 카지노까지, 대를 이어 온갖 사업에 손을 댄 부유한 집안인 웨스트코스트 리블링 일족의 상속녀였다. 하지만 바네사는 가업을 잇지 않고 '인스타그램 패션 인플루언서'가 되었다.

바네사는 자신이 입는 옷을 바느질하는 여자들이 받는 연봉보다 훨씬 많은 돈을 주고 산 드레스를 입고 전 세계를 돌아다니며 사진을 찍었다. 바레인에서는 발맹을, 프라하에서는 프라다를, 코펜하겐에서는 셀린느를 입는 기이한 재주를 부리며 50만 명에 달하는 팔로어를 확보하고 있었다. 바네사의 인스타그램 계정 이름은 'V 라이프'였다.

바네사가 가장 초기에 인스타그램에 올린 피드들은 초점은 흔들렸어도 사랑스러운 사진들로 채워져 있었다. 새로 산 발렌티노 가방, 말티푸인 '미스터 버글스'를 꼭 끌어안은 자신의 모습, 트라이베카 고층 건물의 창문 밖으로 보이는 뉴욕 하늘처럼 전부 평범한 부잣집 아가씨의 일상을 보여주는 사진들이었다. 하지만 그런 게시물을 50개쯤 올린 뒤부터는 인스타그램에서 유명해지려면 포스팅 방식을 완전히 바꾸어야 한다는 사실을 깨달은 것처럼 사진 기술이 극적으로 향상됐다. 그때부터 더는 바네사가 직접 찍은 사진은 올라오지 않았다. 그 대신에 다른 사람이 찍은 사진들이 올라왔다. 바네사가 갈아입는 모든 옷을, 바네사가 홀짝이는 마키아토를 기록할 사진 기사를 고용한 것 같았다. 헬륨 풍선을 잔뜩 들고 미스터 버글스와 함께 소호 거리를 걷는 바네사의 사진이, 어두운 실내에서 선글라스를 쓰고 샤넬 패션쇼 맨 앞줄에 앉아 있는 바네사의 사진이, 하노이에서 빨간색 실크 드레스를 입고서 끈적한 밥을 파는 덧니가 난 노점상과 함께 찍은 바네사의 사진이 올라왔다. *"베트남 사람들은 정말 다채롭고 진실해!"* (드레스 by #구찌, 샌들 by #발렌티노)

바네사는 자신이 *#스타일군단*이라는 태그를 단 부유한 여성 인플루언서들과 함께 이국적인 장소로 여행을 떠났다. 인스타그램에는 바네사와 같은 일을 하는 여자들이 수백 명, 아니 수천 명 있었다. 바네사는 인스타그램에서 특별히 순위가 높은 인플루언서도 아니었고 유난히 호사스러운 인플루언서도 아니었다. 하지만 바네사에게는 충실한 추종자들이 있었다. 실링 주얼리와 녹즙 같은 스폰서 광고가 붙은 뒤로는 인스타그램 활동으로 수입까지 창출했다.

바네사의 인스타그램에는 잘생긴 남자 친구 사진도 올라왔다. 바네사의 남자 친구는 연인을 격정적으로 포옹함으로써 팔로어들에게 자신이 바네사를 얼마나 사랑하는지 보여주었다. 미스터 버글스도 버글스만의 해시태그가 생겼다. 시간이 흐르면서 바네사는 점점 더 날씬해졌고, 피부는 점점 더 황갈색으로 바뀌었으며, 머리카락은 점점 더 진한 금발이 되었다. 그리고 마침내 수줍은 듯 손으로 얼굴을 가린 사진으로 번쩍이는 다이아몬드 반지를 자랑했다. *"여러분, 알려줄 소식이 있어요."* 바네사는 그렇게 썼다. 최고급 결혼용품 상점에서 찍은 사진들이 올라왔고 부케를 쳐다보는 바네사의 사진에는 *"모란으로 선택할까 생각해요"*라는 글이 적혀 있었다.

하지만 지난 2월부터 바네사의 인스타그램은 분위기가 완전히 달라졌다. 침대에 놓인 노인의 손을 찍은 사진이 올라왔다. 검버섯이 핀 남자의 손이었다. 사진 아래에는 *"불쌍한 우리 아빠, 편히 쉬어요"*라는 글이 적혀 있었다. 그 뒤로는 몇 주 동안 사진도 글도 올라오지 않았다. 그저 *"미안해요, 여러분. 가족과 함께 지내야 할 것 같아요. 곧 돌아올게요"*라는 짧은 공지만 올라와 있었다. 그리고 다시 돌아왔을 때는 온통 검은색 옷을 입은 사진에 *"'불가능한 것은 없다'라는 말은 사실 '나는 할 수 있다'라는 뜻이야. 내가 되기 위해 노력해야 하는 사람은 오직 어제의 나보다 나은 나일 뿐이야. 행복은 가게에서 사 올 수 있는 기성품이 아니야. 내가 직접 만들어가야 하는 거야"* 같은 영감 어린 글이 올라왔다.

그리고 바네사의 왼손에서 다이아몬드 반지가 사라졌다.

마침내 바네사의 인스타그램에는 가구는 온데간데없고 상자들만 높이 쌓여 있는 맨해튼 로프트 사진과 함께 *"여러분, 이제 새로운 모험에 나설 때가 됐어요. 나는 우리 가족이 늘 휴가를 갔던 타호호수의 집으로 돌아갈 거예요. 그곳에서 집을 수리하면서 위대한 어머니인 자연 속에서 '나만의 시간'을 가져보려고 해요! 나의 새로운 모험을 지켜봐줘요!"*라는 글이 올라왔다.

•~~~~~~~~•

지난 몇 년 동안 나는 이 모든 과정을 멀리서 지켜봤고, 역겨움을 느꼈다. 바네사는 신탁 기금이 망쳐놓은 부잣집 아이임이 분명했다. 특별한 재능도 없고 쓸모 있는 기술도 없으면서 자기과시만으로 내부자 접근 권한을 이용해 자신이 받을 자격이 없는 혜택까지 모두 누리는 아이임이 틀림없었다. 이미지를 만드는 데는 탁월하지만 진심은 없는 아이. 자신이 어떤 특권을 누리고 사는지에는 관심이 없고 실제 세계와는 접촉하지 않은 채 자신보다 없는 사람들을 발판 삼아 자신의 위대함을 기르려는 아이. 자신이 정말로 대중의 인기를 얻고 있다고 생각하는 특권층 아이. 그런 바네사가 지금은 인생의 저점을 찍고 있었고, 동기를 부여하는 말들로 자아실현을 해보려고 애쓰고 있었다.

하지만 내가 바네사에게 진짜 흥미를 느끼고 조금 더 자세하게 살펴보기 시작한 건 바네사가 타호호수로 가겠다고 선언했을 때부터였다. 바네사가 타호호수로 옮겨 간 지난 6개월 동안 나는 바네사의 인생을 계속해서 면밀하게 들여다보았다. 전문가가 찍은 화려한 사진은 사라지고 다시 스스로 찍은 사진이 올라오는 모습을 지켜보았다. 멋진 옷을 입은 바네사는 사라지고 위풍당당한 소나무 숲에 둘러싸인 투명한 산악 호수 사진이 계속 올라왔다. 그 사진들 속에서 나는 내가 잘 알고 있는 익숙한 집을 발견하기를, 10대 때부터 늘 나의 꿈에 나타났던 집을 볼 수 있기를 바랐다.

바로 스톤헤이븐을 찾고 있었던 것이다.

몇 달 전, 드디어 보았다. 바네사는 젊은 연인들과 함께 하이킹하는 사진을 올렸다. 세 사람 모두 태닝을 한 건강하게 빛나는 갈색 피부를 뽐내고 있었다. 발아래 넓게 펼쳐진 호수가 보이는 산 정상에서 세 사람은 서로의 몸에 팔을 두르고 활짝 웃고 있었다. 사진 아래에는 *"새로 만난 영원한 절친들에게 타호에서 내가 가장 좋아하는 곳 보여주기!" #하이킹 #애슬레저 #아름다운풍경*이라는 글과 해시태그가 달려 있었다. 친구들도 태그가 되어 있었다. 한 태그를 클릭하자 미국 전역을 여행하고 있는 젊은 프랑스 여자의 인스타그램 계정이 나왔다. 그 계정에는 사진이 석 장 있었다. 그 사진들 가운데 양치식물에 둘러싸인, 내가 익히 알고 있는 현관 계단에 앉아 있는 젊은 연인들 사진이 있었다. 두 사람 뒤로 보이는 현관은 열려 있었고, 열린 문 사이로 양단을 덮은 고풍스러운 안락의자가 놓인 아늑한 거실이 보였다. 그 사진을 보자 내 심장은 빠르게 뛰기 시작했다. 사진 아래에 적힌 프랑스어 문장 때문이었다. *"Cet JetSet était merveilleux. Nous avons adoré notre hôtesse, 바네사."*

고등학교 때 배운 프랑스어 실력은 녹이 슬었지만, 그 정도 문장은 이해할 수 있었다. 바네사는 지금 그 오두막에 머물 사람을 찾고 있었다.

가방 한 개에 짐을 싸는 데 한 시간 정도밖에 걸리지 않았다. 엄마에게 잠시 떠나 있겠다고 말하자(물론 자주 전화를 할 테고, 가능한 한 빨리 돌아오겠다고는 했지만) 엄마는 아주 빠른 속도로 눈을 깜박였다. 나는 엄마가 우는 게 아닐까 걱정했지만 엄마는 울지 않았다. 그저 "잘 생각했어. 정말 현명한 결정이야"라고만 했다.

"엄마, 작년에 왔었던 가사 도우미한테 전화할 생각이야. 엄마 방사선치료 시작하면 하루에 한 번씩 와서 엄마를 살펴봐줄 거야. 청소랑 장 보는 일도 해주고."

"세상에, 니나. 이 집 관리 정도는 나 혼자서도 할 수 있어. 꼼짝도 못 할 정도는 아냐."

'아직은 그렇겠지'라고 생각하며 나는 말을 이었다.

"그리고 청구서는, 엄마가 나 대신 처리해야 해. 내 은행 계좌는 알고 있지? 돈 들어오는 대로 채워놓을게."

내가 돈을 제대로 입금하지 못했을 때 엄마에게 생길 일 같은 건 생각조차 하기 싫었다.

"내 걱정은 하지 마. 이제는 뭐든지 거뜬히 할 수 있으니까."

엄마의 이마에 입을 맞춘 뒤 엄마가 보이지 않는 곳에 가서야 나는 울음을 터뜨렸다.

라클란과 나는 샌타바버라에 있는 싸구려 호텔에 묵었다. 호텔 주변에는 파도 소리를 들을 수 있는 해변 말고는 아무것도 없었다. 그저 콘크리트 조각과 타일이 떨어져 나가 흙이 드러나고 바닥에서 자라고 있는 풀 때문에 미끄덩거리는 수영장뿐이었다. 욕실에는 조악한 조립식 샤워기가 있었지만 그나마도 줄줄 샜고, 작은 병에 담긴 샴푸와 보디 워시 대신 올인원 '세제' 한 통이 있었다.

라클란과 나는 침대에 나란히 누워 일회용 컵에 따른 와인을 홀짝이면서 JetSet.com을 들여다보고 있었다. 검색창에 '타호호수'라고 입력하고 사진이 한 장 나올 때까지 계속 스크롤을 내렸다. 마침내 노트북을 돌려 라클란에게 화면을 보여주었다.

"여기야."

"여기라고?"

라클란은 영문을 알 수 없다는 표정을 지었고, 나는 라클란의 생각을 이해했다. 사진 속에는 평범한 지붕널을 덮고 연한 녹색으로 칠한 통나무 오두막이 소나무 숲에 둘러싸여 있었다. 호수를 전경으로 찍은 화려한 산장과는 달리 사진 속 오두막은 지나치게 소박해서 휴식을 찾는 사람들이 주의 깊게 볼 것 같지 않은 곳이었다. 나무 널로 만든 셔터, 양치류로 뒤덮인 창문, 이끼가 자라는 석조 기둥은 마치 《헨젤과 그레텔》에 나오는 농부의 집처럼 보였다. 사진 아래에는 *"아늑한 관리인의 오두막. 호수가 보이는 침실 두 개, 장기 또는 단기 임대 가능"*이라고 적혀 있었다.

"한번 클릭해봐."

내 말에 라클란이 한쪽 눈썹을 올렸지만 순순히 노트북을 받아 들었다.

오두막을 소개하는 사진은 모두 여섯 장이었다. 첫 번째는 거실을 찍은 사진이었다. 석조 벽난로와 색이 바랜 양단 안락의자가 있었고, 벽에는 예술 작품이, 구석에는 골동품이 있었다. 오두막에 들여놓기에는 조금 커 보이는 가구들은 여러 집에서 가져와 아무렇게나 놓아둔 것처럼 보였다. 두 번째는 클래식 에나멜 오키프-메릿 스토브, 스텐실 기법으로 수작업한 목재 수납장이 있는 주방 사진이었다. 오염되지 않은 깨끗한 호수, 깔끔한 욕실, 처마 밑에서 슬레이 침대 두 개를 맞붙여놓은 침실을 찍은 사진도 있었다.

라클란은 눈을 가늘게 뜨고 사진을 보았다.

"이 분야 전문가는 당신이지 나는 아니지만, 이 장식장……, 루이 14세 때 거 아니야?"

나는 라클란의 말을 무시하고 노트북 화면으로 손을 뻗어 마지막 사진을 클릭했다. 얇은 커튼을 친 전망 창과 기둥이 네 개인 침대가 있는 침실 사진이었다. 하얀 레이스 침대 시트가 침대 위에 드리워 있었고, 작은 폭포가 쏟아지는 강 위쪽에 자리한 농가를 그린 그림이 있었다. 전망 창의 두툼한 유리는 세월을 받아 휘어져 있었지만 그래도 창문 너머로 파란 호수가 보였다.

나는 그 침대를 알았다. 그 그림을 알았다. 그 풍경을 알았다.

"이 침대에서 첫 경험을 했어."

그런 말을 하는 내 목소리가 귓가에 울렸다.

라클란이 재빨리 나를 보았고 심각한 내 얼굴을 보더니 크게 웃었다.

"진짜? 여기, 이 침대에서?"

"침대 시트는 달라. 하지만 나머지는 똑같아. 그리고 아까 그 장식장, 루이 14세 때가 아니라 로코코 시대에 만들어진 거야."

라클란은 몸이 앞뒤로 흔들릴 정도로 크게 웃었다.

"세상에, 어째서 당신이 고가구에 관심을 가지는지 알겠다. 망할, 로코코 물건 위에서 꽃이 꺾였구먼."

"로코코는 장식장이라니까. 침대는 정확히 어느 시대 물건인지 몰라. 하지만 로코코는 아니야. 실제로 침대가 그 정도 가치가 있을 것 같지는 않아."

나는 조그맣게 웅얼거렸다.

"도대체 여긴 뭐 하는 곳이야? 도대체 어떤 인간이 다 쓰러져 가는 오두막에 18세기 프랑스 고가구를 가져다놓은 거야?"

라클란은 스크롤을 내려 오두막을 소개한 글을 읽기 시작했다. 나도 라클란의 어깨 너머로 노트북 화면을 보았다.

> 타호호수 서쪽에 있는 고풍스러운 영지에 자리한 관리인의 오두막에서 마법과 같은 시간을 즐겨보세요! 두 개의 안락한 침실은 매력으로 가득 차 있고 빈티지 식당, 아름다운 고가구, 실제로 작동하는 석조 벽난로도 있어요. 침실에서는 호수가 보이고, 가까운 곳에 하이킹 코스도 있고, 계단만 내려가면 호숫가에서 오붓한 시간을 보낼 수도 있답니다. 사랑하는 연인은 물론 영감을 추구하는 예술가에게도 더할 수 없이 완벽한 숙소입니다!

"고풍스러운 영지라고?"

"스톤헤이븐을 말하는 거야."

'스톤헤이븐'이라는 말을 하는 순간 다양한 감정이 가슴속에서 용솟음쳤다. 회한과 그리움, 상실과 극심한 분노. 나는 마지막 사진을 확대해 자세히 들여다보았다. 왠지 육신이 분리되어 사진 속 침실과 실제 호텔 방 안에 각각 존재하는 것만 같았다. 하지만 과거의 나도, 현재의 나도 왠지 진짜 나라는 기분은 들지 않았다.

"100년 이상 리블링가(家)에서 소유하고 있는 호숫가 저택이야."

"리블링이라고? 누구나 아는 그 리블링 말이야?"

"샌프란시스코를 근거로 활동하는 부동산 투자회사 리블링그룹의 창업자들이지. 금방 내려가긴 했지만, '〈포춘〉 500'에도 올랐고. 그래도 대대로 돈이 있는 집안이야. 서부 해안 지대의 왕족이라고 할 수 있는."

"그러니까, 그 사람들을 안단 말이잖아?"

라클란은 내가 지금껏 아주 귀중한 정보를 꼭꼭 감추고 있던 배신자라도 되는 양 나를 물끄러미 쳐다보았다.

내 안 깊숙한 곳에서 잠자고 있던 기억의 단편들이 표면으로 떠올랐다. 유리 창문 틈으로 햇빛이 들어오고 있는데도 너무나도 어두웠던 오두막이, 벌거벗은 내 허벅지 살갗이 거칠게 쓸리던, 나로서는 알 수 없는 문장이 수놓인 파란색 모직물 침대 덮개가, 하얗게 거품을 일으키며 강물 위로 떨어져 내리던 폭포와 곧 쏟아져 내려 내 몸을 성수처럼 덮칠 것만 같던 그림의 가장자리를 향해 가던 강물이, 마리화나 냄새와 스피어민트 껌 냄새가 나던 오렌지색 곱슬머리 남자아이가 생각났고, 내 안의 소중한 무언가가 처음으로 밖으로 끌려 나와 노출돼버렸다는 상실감과 연약함이 느껴졌다.

당시에는 그토록 중요했던 많은 일을 나는 간신히 잊고 살았다.

갑자기 나는 방향을 잃고 10여 년 전으로 돌아가 한때 나로 살았던 통통하고 어쩔 줄 모르는 10대가 되어버린 것만 같았다.

"알았었지. 아주 조금. 정말 오래전 일이야. 1년 동안 타호호수에서 살았거든. 고등학교 2학년 때. 리블링가 아들이랑 친했어."

나는 어깨를 으쓱했다.

"솔직히 기억은 잘 안 나. 그때는 어렸잖아."

"조금 아는 건 아닌 것 같은데?"

라클란은 다시 사진을 한 장씩 넘겨가며 유심히 들여다보았다.

"잠깐만. 그러니까 이 여자가……."

"바네사야."

"음, 바네사라. 이 여자가 당신을 기억할까?"

나는 고개를 저었다.

"내가 거기 살 때 바네사는 이미 대학에 가고 없었어. 내가 알고 지낸 건 바네사의 동생이야. 바네사는 딱 한 번, 12년 전에 아주 잠깐 봤을 뿐이야. 그러니까 나를 기억하지 못할걸. 내가 지금과는 아주 달랐거든. 뚱뚱했고 머리도 분홍색이었어. 그 뒤로는 길에서 서로 지나친 적이 한 번 있는데, 날 쳐다보지도 않았어."

나는 그 순간을 분명하게 기억하고 있었다. 너무나도 보잘것없어서 가까이에 내가 있다는 사실을 알아채는 수고조차 할 필요가 없다는 듯이 나를 스쳐 지나갔던 바네사의 눈을, 사춘기의 여드름과 걷잡을 수 없는 불안을 숨기려고 공들여 했던 두꺼운 화장 밑으로 발갛게 달아오른 나의 얼굴을 똑똑히 기억하고 있었다.

그래도 베니는 그렇지 않을 것이다. 베니는 지금도 나를 알아볼 것이다. 하지만 요즘 베니가 어디에 있는지 알고 있었다. 베니는 스톤헤이븐에 있지 않았다.

아직은 베니를 생각할 준비가 안 되었다. 나는 마음속에서 베니를 밀어내고 라클란이 점검할 수 있도록 바네사의 인스타그램을 보여주었다.

마우스를 클릭하며 인스타그램을 살펴보던 라클란은 베네치아에서 곤돌라를 타는 바네사의 사진에서 멈추었다. 부드러운 바람을 맞고 있는 바네사의 발렌티노 드레스가 살며시 뒤로 나부끼는 사진이었다. 라클란은 바네사가 억지로 예쁨을 꾸미고 있음을, 일부러 곤돌라 사공을 무시하고 있음을, 그 아름다운 운하와 땀에 전 늙은 사공이 오로지 자신의 즐거움을 위해서만 존재한다는 듯이 자기만족에 젖은 표정을 짓고 있음을 눈치챈 듯했다.

"여전히 이해가 안 되는 게 있어. 그렇게 부자라며 어째서 오두막을 세놓으려는 거지?"

"내 생각에는 외로워서 그런 거 같아. 아버지는 죽고 약혼자랑 헤어지고, 그 뒤에 뉴욕을 떠나기까지 했잖아. 스톤헤이븐은 정말로 한적한 곳이거든. 사람이 그리운 거지."

"그럼 우리가 함께 있어줘야겠네."

바네사의 사진을 쭉쭉 훑어 내리며 라클란은 해야 할 일을 계산하고 있는 것이 틀림없었다. 이미 그는 앞으로의 계획을 세우고 있는 것이다. 일단 바네사를 설득해 그녀의 세계로 우리를 초대하게 한다. 우리가 찾아내고 이용해야 하는 건 바네사의 약한 면이었다.

"그래서, 여기서 우리가 가져올 건 뭐야? 고가구? 대대로 내려오는 보석? 이 여자가 모은 핸드백?"

"이번 목표는 고가구가 아니야."

나는 살짝 떨고 있었다. 내가 떠는 이유는 아마도 그토록 오랜 시간이 지난 지금 마침내 내가 그 문을 열려고 한다는 사실을 믿을 수 없었기 때문인지도 몰랐다. 아름다운 호숫가 오두막에서 시작해 사기꾼 남자와 함께 범죄를 계획하고 있는 이 싸구려 호텔에 이르기까지 10년이라는 세월이 나를 데려온 곳이 이런 곳이라니. 그 믿기지 않음을 바탕으로 내 마음을 휩쓴 감정은 드디어 복수를 할 수 있다는 기대였다. 이제 내가 철저하게 지켰던 두 가지 규칙인 '탐욕을 부리지 말 것, 주인이 그리워할 물건은 건드리지 말 것'을 깨뜨리려 한다는 사실에 가슴 한구석이 따끔거렸다.

"스톤헤이븐 안에 금고가 하나 있어. 거기 현금 100만 달러가 있을 거야. 그리고, 그거 알아? 내가 그 금고 비밀번호를 알아."

내 말에 옆에 누워 있던 라클란이 정신이 번쩍 드는지 몸을 부르르 떨었다.

"세상에, 니나! 그걸 지금까지 나한테 숨기고 있었던 거야?"

라클란이 내 쪽으로 몸을 기울이더니 귀에 입김을 불어 넣었다. 그의 차가운 코가 귓불에 닿았다.

"그건 그렇고, 당신 처녀성은 리블링이 가져간 거야, 관리인이 가져간 거야?"

라클란이 음탕하게 말했다.

6

라클란과 나는 햇살을 받으며 서던캘리포니아를 떠났다. 카페 문을 활짝 열어놓고 야외에서 아침을 먹으면 딱 좋을 그런 아침이었다. 하지만 작은 언덕이 즐비한 시에라네바다에 도착할 무렵에는 기온이 10도 이상 떨어졌고, 비구름이 보이기 시작했다.

우리는 산 중턱에 있는 작은 마을에 들러 골드러시 시대를 주제로 꾸민 파이어니어버거라는 식당에서 햄버거를 먹었다. 그 식당은 빨간색 체크무늬 식탁보를 덮은 식탁과 벽에 걸어둔 마차 바퀴, 여자 화장실 근처에 놓여 있는 나무 그루터기로 만든 야생동물 조각상이 어우러진 곳이었다. 내가 시킨 버거는 놀라울 정도로 맛있었고 함께 나온 감자튀김은 놀라울 정도로 맛이 없었다.

라클란은 인상을 잔뜩 찌푸린 채 버튼다운 셔츠에 묻은 케첩을 쳐다보며 무릎에 떨어진 빵 부스러기를 조심스럽게 털어냈다. 라클란은 맞춤 양복은 로스앤젤레스에 두고 왔고 지금은 청바지에 스니커즈 차림이었다.

"당신 이름은……."

라클란이 불쑥 말했다.

"애슐리 스미스."

거울 앞에서 수십 번 연습했는데도 애슐리 스미스라는 이름이 아직 입에 착 달라붙지 않았다.

"줄여서 애시라고 불러. 당신은 마이클 오브라이언, 나의 헌신적인 남자 친구지. 당신은 내가 걷는 땅조차도 숭배하는 사람이야."

"당신이야 당연히 그럴 자격이 있지."

비꼬는 표정으로 라클란이 말했다.

"고향은 어디라고?"

"오리건주 벤드. 당신은 안식년을 보내고 있는 교수인데……."

"영어학 개론을 가르치고 있지. 마셜주니어칼리지에서."

씩 웃는 걸 보니 라클란은 내일의 젊은이들을 가르친다는 설정이 퍽 마음에 드는 모양이었다.

"난, 좋은 교수야?"

"아주 좋은 교수야. 학생들이 사랑하는."

나는 라클란을 따라 웃었지만, 라클란이라면 실제로 선생님이 되었어도 아주 잘했을 거라는 생각이 들었다. 라클란은 사람들이 하는 말을 잘 이해했고, 사기를 치는 데 필요한 인내심도 있었다. 사실 대학 교육이라는 게 그렇지 않나? 결국 가장 긴 시간 사기를 치는 장소가 바로 대학교니까. 대학은 한 사람이 희망을 품고서 기꺼이 주머니에 있는 돈을 모두 꺼내 바치게 할 약속을 하지만, 약속했던 결실을 맺게 해주는 경우는 거의 없는 곳이지 않은가. 하지만 라클란의 재주는 어쩌면 집중적으로 교육하고 친근함도 쌓을 수 있는 일대일 과외수업에 있는지도 모른다. 나를 가르쳤던 것처럼 말이다.

우리는 함께 바네사의 인스타그램을 들여다보면서 수천 개 사진과 글을 분석해 바네사의 약한 면을 공략할 방법을 궁리했다. 사진 속 바네사는《안나 카레니나》나《폭풍의 언덕》같은 고전소설을 들고 해변에 누워 있거나 카페에 앉아 있을 때가 많았다. 바네사는 똑똑하고 창의적인 사람으로 보이고 싶은 게 확실했다. 그래서 라클란은 바네사의 '예술가의 영혼'이 이끌릴 만한 작가이자 시인이 되었다. 최근 인스타그램에 올리는 영감 어린 글들로 보아 바네사는 지난날, 유명 디자이너의 제품에 탐닉했던 자신의 경솔함을 보상해 줄 깊이 있고 현실적인 사람이 되고 싶어 하는 것이 분명했다. 그래서 나는 바네사가 열망하는 참선의 이상을 실현해줄 요가 강사가 되었다.

바네사는 외로웠다. 그런 바네사에게 우리는 친구가 되어 줄 것이다. 바네사의 인스타그램에는 짧은 드레스나 비키니를 입고 온갖 도발적인 자세로 찍은 사진들도 있었다.

"이 여자는 틀림없이 사람들이 자기를 원하길 바라. 그러니까 추파를 던지는 게 좋겠어. 아주 살짝 말이야. 이 여자가 흥미를 잃지 않게."

"내 앞에서는 안 돼. 그랬다간 바네사가 당신을 비열한 인간이라고 생각할 테니까."

라클란은 감자튀김에 케첩을 듬뿍 묻혀 입에 밀어 넣으면서 윙크했다.

"그럴 생각은 전혀 없어."

우리 계획에서 마지막 설정은 무엇보다도 중요했다. 라클란이 바네사가 확인할 수 없는 유서 깊은 아일랜드 부자 가문의 일원이라는 설정이었다. 부자들은 언제나 부자 옆에 있을 때 가장 편안한 법이다. 친숙함이 애정을 낳는다.

집을 나서기 전에 우리는 인터넷에 우리의 새로운 정체성을 심어놓았다. '애슐리'의 페이스북에는 오프라 윈프리와 달라이 라마의 영감 어린 말들과 다른 웹 사이트에서 가져온 곡예사처럼 요가를 하는 여자들 사진을 가득 올렸다. (단돈 2.95달러를 투자해 '친구'도 1,000명 확보했다.) 또 전문 웹 사이트에 개인 요가 수업을 한다는 광고도 올렸다. (로스앤젤레스에 있는 비크람 요가 교실에서 열심히 땀을 흘렸으니 충분히 요가 강사 흉내를 낼 수 있었다.) '마이클'의 개인 웹 사이트에는 마이클이 쓴 글을(미네소타에 있는 한 실험적인 소설가의 홈페이지에서 미출간 작품을 긁어 왔다), 링크드인 인물 소개란에는 교원자격증을 올려놓았다.

이 모든 일을 준비하는 데 일주일이 채 걸리지 않았다. 이것이 인터넷이 우리 세대에게 부여한 재능이었다. 신처럼 행동할 수 있는 능력 말이다. 우리 세대는 우리 자신의 이미지를 스스로 만들어낼 수 있다. 완전한 무(無)에서 한 사람을 창조해낼 수 있다. 번득이는 재기발랄함과 수십억 개나 존재하는 다른 사람들의 홈페이지, 페이스북, 인스타그램 계정만 있으면 된다. 프로필과 사진 한 장, 인물 소개글만 있으면 갑자기 한 존재가 생명을 얻는다. (그렇게 창조한 존재를 소멸하는 건 훨씬, 훨씬 어렵지만, 그건 완전히 다른 이야기니까 넘어가자.)

우리가 바네사만을 위한 소셜 미디어 계정을 부지런히 구축했다는 사실을 바네사가 알아볼 가능성은 크지 않다. 인터넷상에는 마이클 오브라이언과 애슐리 스미스가 수천 명이나 존재한다. 그러니 우리가 구축한 가상공간을 찾을 가능성은 크지 않다. 하지만 바네사가 충분히 노력한다면 인터넷에서 우리를 찾아낼 수 있을 테고, 혹시라도 느낄지 모를 두려움을 완화할 수 있을 것이다. 이제 사람들은 대중이 자신을 해부해 속을 들여다볼 수 있도록 기꺼이 온라

인상에 자신을 펼쳐놓지 않으면 정직하지 못하고 믿을 수 없는 사람이라고 단정한다.

조금만 뒤져보면 바네사는 주택 임대 사이트에 올라와 있는 프로필 내용이 알려주는 것처럼 애슐리와 마이클이 정상적인 사람임을 알 수 있을 것이다. 애슐리와 마이클은 포틀랜드에서 온 젊은 연인으로, 1년 동안 일상에서 벗어나 미국 전역을 여행하면서 창조적인 일을 하려고 노력하고 있다. 우리 두 사람은 오래전부터 타호호수에서 지낼 시간을 꿈꾸었으며, 눈이 쌓여 스키를 탈 수 있는 계절이 될 때까지 머물 생각이라고 바네사에게 메일을 보냈다. 우리 메일을 받은 바네사는 곧바로 답장을 보내왔다.

> 정말로 사랑스러운 계획이네요. 그때가 되면 이곳은 정말 조용해져요. 두 분이 원하는 만큼 머물 수 있어요.

우리가 얼마나 오래 머물 거냐고? 바네사의 인생에 침투해 스톤헤이븐의 비밀을 벗기고 큰돈을 갈취할 수 있을 때까지 머물 것이다. 그런 생각을 하니 조금은 만족스러웠다. 그 만족감은 복수할 수 있다는 감정 때문에 생기는 것인데, 일을 제대로 해내려면 사실 조금은 억누를 필요가 있는 감정이었다. '감정이 개입되면 안 돼. 이 작업을 과거와 엮으면 안 돼.'

탄산음료를 다 마신 라클란은 냅킨을 구겨 우리가 앉은 자리 뒤에서 금방이라도 덮칠 기세로 울부짖고 있는 목각 곰을 향해 던졌다. 쩍 벌리고 있는 곰의 입으로 들어간 냅킨은 갈라진 곰의 앞니에 걸렸다.

"자, 이제 슬슬 시작해볼까?"

라클란이 말했다.

산속에는 이미 황혼이 내려앉고 있었다. 파이어니어버거에서 나오고 얼마 안 돼 비가 내리기 시작했다. 미세한 안개 때문에 위험할 정도로 도로가 미끄러워졌다. 대형 트럭들이 배기가스를 뿜어내면서 서행 차선을 타고 산으로 올라가고 유압 장치를 단 사륜구동 SUV가 왼쪽 차선에서 질주하는 동안 라클란의 빈티지 BMW는 꾸준한 속도로 중앙 차선을 따라 올라갔다. (위조한 오리건주 번호판을 달고 달리는 차라면 당연히 제한속도를 지킬 수밖에 없다.) 도너패스를 다 올랐을 때는 이미 산 정상에 쌓인 눈이 흙과 섞여 사라져가는 햇빛 속에서 반짝이고 있었다.

지금 나는 낯선 길을 달려가고 있다. 이 길을 달린 건 딱 한 번, 엄마와 함께 불확실한 미래가 기다리는 타호호수를 향해 언덕 아래에서 달려갔던 날뿐이었다. 그런데도 나는 향수를 불러일으키는 추억이 되살아나기를 기대하며 잔뜩 신경을 곤두세운 채 호수를, 습기 머금은 소나무를 유심히 관찰했다.

타호시로 내려가는 동안, 트러키강 주변을 달리는 동안 향수가 찾아들기 시작했다. 갑자기 BMW가 친숙한 느낌으로 커브를 돌기 시작했다. 자욱한 안개 속에서 쓰러져가는 오두막집을 개조해 만든 독일 식당과 물가 개간지에 낮게 지은 양철 지붕 통나무집과 표면으로 강물이 흘러내리는 거대한 화강암 바위 같은 기억에 담긴 지형물이 계속 휙휙 스쳐 지나갔다. 그런 지형물들은 눈에 보이는 메아리가 되어 나에게 되돌아왔다. 오래전 더 시급한 걱정들이 덮어버렸던 기억들이 마음 밑바닥에서 표면 위로 계속 떠올랐다.

낮은 상점이 모여 있는 타호시 외곽에 도착했을 때는 이미 어두웠다. 호숫가 남쪽으로 가려고 오른쪽으로 방향을 틀었다. 도시에서 멀어질수록 거대한 최신식 별장의 수가 점점 늘어났다. 전통적인 A자형 별장은 2층 창문과 별장의 허리를 두른 덱이 있는 거대한 스카이홈에 자리를 내주었다. 소나무는 도로 가까이 진출해 있었고 아직은 눈이 쌓이지 않아 흙 위로 지난여름 산악자전거가 지나간 흔적을 여실히 드러내고 있는 스키 리조트가 보였다. 우리는 스키 리조트를 빠른 속도로 지나쳐 달려갔다.

가끔은 겨울 대비가 한창인 호숫가 집들 사이로 거대한 공동(空洞) 같은 호수가 보이기도 했다. 이미 건선거(항구에서 물을 빼고 배를 만들거나 수리하는 곳-옮긴이)로 들어간 유람선들은 5월은 되어야 다시 나올 것이다. 선착장의 불들도 모두 꺼져 있었다. 해는 사라졌지만 아직 눈은 내리지 않는 타호의 11월은 여름에 찾아온 휴가객은 모두 떠나고 스키를 탈 사람은 아직 오지 않아 무인도 같은 느낌을 준다. 모든 것이 너무나도 조용하고 고요한 휴면 상태에 빠져버린다. 지나치게 춥고 습해서 하이킹조차 할 수 없는, 겨울의 즐거움이 결여된 쓸모없는 추위만 있는 시기, 부지런히 도토리를 모으는 다람쥐처럼 일상을 살아가는 지역 주민밖에 없는 시간이 돌아온다.

목적지까지 몇 킬로미터를 남겨두고 라클란과 나는 아무 말도 하지 않았다. 나는 멍하니 나무를 쳐다보면서 모든 것이 부드럽게 들어맞을 때까지 우리가 만들어낸 애슐리와 마이클의 이야기의 세세한 부분을 고민하고 또 고민했다. 왠지 기분이 이상했다. 기대와 향수가 한데 섞인 느낌이랄까? 소나무 그늘에는 뭔가가 숨어 있어서 훨씬 세심하게 들여다봐야 한다는 기분이 들었다. 라클란이 손으로 내 다리를 지그시 눌렀을 때에야 내가 정신없이 다리를 떨고 있음을 깨달았다.

"마음이 바뀐 거야, 달링?"

라클란이 미심쩍은 눈으로 나를 보면서 길고 따뜻한 손가락으로 내 허벅지를 힘주어 잡았다.

그런 라클란의 손길이 나를 진정시켰다. 나는 라클란의 손에 깍지를 끼었다.

"전혀 아니야. 당신은?"

라클란은 나를 물끄러미 쳐다보았다.

"이제 물러나기엔 너무 늦었어. 안 그래? 그 여자는 우리가 취침 시간 전에는 도착할 거라고 생각할 거야. 우리가 가지 않으면 경찰에 신고할 수도 있어. 그런 일은 결단코 막아야지."

곧 내비게이션이 목적지라고 알려준 곳에 도착했다. 도로에서 보면 그곳에 사유지가 있다는 생각은 들지 않았다. 사유지임을 알려주는 표지 하나 없었다. 그저 높은 돌담과 레이크쇼어 드라이브 쪽으로 나 있는 철문이 있을 뿐이었다. 라클란이 인터컴 버저를 누르자, 버저에서 손가락을 떼기도 전에 철문 경첩이 엄청난 소리를 냈고, 정문이 활짝 열렸다. 정문 안쪽 태양광 조명 아래에서 은은하게 빛나는 소나무 숲이 쭉 뻗어 진입로를 이루고 있었다.

나는 조수석 창문을 내리고 바깥 공기를 듬뿍 들이마셨다. 나무뿌리와 썩고 있는 침엽수 낙엽, 호수에서 자라는 이끼 같은 축축한 생명체가 뿜어내는 냄새가 났다. 이 냄새들은 내 몸속에서 한데 뒤섞여 어린 시절 내가 느꼈던 우울함으로 다시 태어났다. 소나무 숲을 비추는 불빛은 바람에 흔들리는 나무 속에서 춤을 추는 정령처럼 보였다. 헤드라이트 불빛을 받아 다이아몬드처럼 반짝이는 안개, 숲이 발산하는 마법과도 같은 분위기, 이 모든 것들이 지나가버린 나의 어린 시절에 존재했던 온갖 가능성과 오랫동안 잊고 있던 감정을 다시 불러일으켰다.

우리는 흰 곰팡이 때문에 네트가 여기저기 끊어져 있는 테니스 코트를 지나갔다. 고용인의 숙소와 관리인의 오두막 같은 작은 목조 건물도 있었다. 건물은 모두 어두웠고 셔터가 내려져 있었다. 호수로 내려가는 경사로 아래로 호수를 감싸고 있는 거대한 석조 건물이 얼핏 보였다. 보트 창고였다. 마침내 급하게 꺾인 도로를 지나자 어둠 속에서 높이 솟은 스톤헤이븐이 모습을 나타냈다. 거대하고 음침한 유령 같았다. 나도 모르게 목구멍 깊은 곳에서 기이한 소리가 흘러나왔다. 인터넷에서 오랫동안 스톤헤이븐의 사진을 보았지만 그 사진들에는 지금 내가 느끼는 스톤헤이븐의 장엄하고도 엄숙한 분위기가 존재하지 않았고, 그 친숙한 차가움 앞에서 마음을 단단히 다잡게 하지도 못했다.

현대와는 어울리지 않는 거대한 목조 건물은 타호호수 서쪽에 조성되어 중세의 해자처럼 건물을 둘러싸 보호하는 조밀한 소나무 숲 안에 웅크리고 있었다. 영지 한가운데 있는 스톤헤이븐의 본채는 3층 건물로, 꼭대기에 좁은 창문이 여러 개 있는 탑 양쪽으로 부속 건물이 한 채씩 붙어 있었다. 부속 건물들은 마치 옛 성채에서 침략자에 맞서 성문을 지키던 망루처럼 보였다. 저택의 양쪽에는 이끼가 끼고 세월이 흘러 주황색 줄무늬가 선명해진 굴뚝이 있었다. 전체적으로 저택은 웅장한 소나무가 기둥처럼 늘어서 있는 포르티코(기둥을 받쳐 만든 현관 지붕-옮긴이)에 둘러싸여 있었다. 저택 주변에서 석조 구조물이 아닌 것은 모두 나무 널을 대거나 갈색으로 칠해놓았는데, 분명히 주변 경치와 조화를 이루려는 의도였을 것이다. 하지만 손님들에게는 그런 장치가 영지를 침입한 어두운 숲속에 저택이 은둔한 것처럼 보이게 했다.

'스톤헤이븐'.

본채에는 방이 마흔두 개나 있었고, 영지의 전체 면적은 168제곱미터, 별채는 일곱 채였다. 집에서 출발하기 전에 스톤헤이븐에 관한 기사를 몇 편 읽었고 〈헤리티지 홈〉에서 사진도 찾아놓았다. 스톤헤이븐은 가장 먼저 미국에서 태어난 리블링이 1900년대 초에 지은 집이다. 골드러시로 기회를 잡은 이 선조 리블링은 가족이 가난한 이민 계층에서 벗어나 미국 귀족으로서 새로운 세기를 맞게 했다. 지난 세기가 끝날 무렵이면 타호호수는 이미 이 서부 해안 산업계 부자 집안의 여름 거주지로서의 간택이 끝난다. 리블링은 호수 앞에 펼쳐져 있는 원시림 1.6킬로미터를 사들여 거대한 건물을 짓고 호수 건너편에 머무는 동료 백만장자들을 지켜보는 아지트로 활용했다.

리블링가 사람들은 무슨 이유인지는 모르지만 5대에 걸쳐 그 영지를 처분하지 않고 간직했다. 스톤헤이븐은 가끔 상속자가 변덕을 부려 인테리어를 바꾸기는 했지만 그럴 때를 빼고는 처음 지어진 모습을 거의 그대로 유지하고 있었다.

라클란이 진입로에 BMW를 세웠고, 우리는 저택을 뚫어지게 쳐다보며 앉아 있었다. 확실히 내가 내쉬는 숨소리에는 어딘지 모르게 잘못된 점이 있는 게 분명했다. 정확하게 말하면 나는 숨을 거의 쉬지 않고 있는 것 같았다. 라클란이 미심쩍은 얼굴로 나를 쳐다보는 걸 보면 분명히 그런 것 같았다. 라클란이 갑자기 내 허벅지를 세게 움켜잡았다.

"이곳에 대해서는 기억나는 게 거의 없다고 했던 것 같은데?"

"기억나는 거 별로 없어."

스톤헤이븐에 관해서는 왠지 솔직하지 못하고 자꾸 거짓말을 하게 됐다. 라클란은 자신의 패를 들고 있고, 나는 내 패를 들고 있는 것이다.

"솔직히 말해서 기억할 만한 것도 없어. 고작 세 번인가 네 번밖에 안 왔고, 그것도 10년도 전의 일이니까."

"혼란스러워 보여. 정신 차려야 할 것 같은데."

라클란의 목소리는 차분했고 가라앉아 있었지만 그 뒤에 숨은 불만을 충분히 느낄 수 있었다. 나는 너무나도 감정적이라는 것. 라클란은 처음 만났을 때부터 늘 그게 내 단점이라고 지적했다. "사기를 제대로 치려면 감정적이어선 안 돼. 감정은 사람을 나약하게 만들거든"이라고.

"혼란스러운 거 아냐. 그냥, 기분이 좀 이상할 뿐이야. 아무래도 오랜만에 왔으니까."

"이 계획은 당신 거야. 혹시라도 작업을 망칠 만한 일이 있다면 그 점을 기억해내는 게 좋을 거야."

나는 허벅지를 잡은 라클란의 손을 뿌리쳤다.

"나도 잘 알아. 작업을 망칠 만한 일도 없고."

나는 연기를 뿜고 있는 커다란 굴뚝과 스톤헤이븐의 모든 창을 밝히고 있는 불빛을 쳐다보았다.

"나는 애슐리야. 당신은 마이클이고. 우리는 휴가 중이야. 이렇게 멋진 집에 와서 너무나도 놀라고 기뻐하는 중이야. 타호호수에 와 본 적은 한 번도 없지만 늘 오고 싶어 했고, 드디어 왔지. 그래서 너무나도 신이 났어."

"좋아. 잘했어."

라클란이 고개를 끄덕였다.

"그러니까 가르치려 들지 마."

우리 앞에 있는 저택에서 움직임이 보였다. 현관문이 활짝 열리더니 문틈이 만들어내는 직사각형 불빛 속에서 한 여자가 나타났다. 여자를 감싼 후광에서 금발 머리가 반짝였지만 어둠 때문에 여자의 얼굴은 보이지 않았다. 추운지 두 팔로 몸을 감싸고 우리를 보고 있는 여자는 우리가 진입로에 멈춰 선 채 움직이지 않는 이유를 추측해보려는 것 같았다. 나는 운전석으로 손을 뻗어 시동을 껐다.

"바네사가 보고 있어. 웃어."

"이미 웃고 있다고."

라클란이 대꾸하며 라디오를 켜더니 클래식 채널이 나올 때까지 채널을 돌리고는 볼륨을 높였다. 뒤이어 손을 뻗어 내 목을 감싸 안고서 오랫동안 격렬하게 입을 맞추었다. 나에게 사과하고 싶다는 뜻인지, 바네사에게 보이기 위함인지(바네사가 '젊은 연인이 차에서 내리기 전에 잠시 시간을 갖고 싶은가 보다'라고 생각하게 만들고 싶은 건지) 라클란의 의도를 정확히는 알 수 없었다.

마침내 내게서 몸을 뗀 라클란이 손등으로 입술을 훔치고 셔츠를 똑바로 매만지며 말했다.

"자, 그럼 이곳의 주인을 만나러 가볼까?"

7

13년 전

고등학교 1학년이 끝나던 날, 엄마와 나는 여덟 시간을 달려 라스베이거스에서 타호시로 왔다. 네바다주와 캘리포니아주의 경계를 따라 뻗어 있는 고속도로를 타고 북서쪽으로 달리는 동안 급감하는 기온을 느낄 수 있었다. 숨이 막힐 것 같은 사막의 열기는 시에라네바다산맥에 들어서서는 냉기가 느껴지는 산속 추위로 바뀌었다.

베이거스를 떠나는 건 아무렇지도 않았다. 엄마와 나의 시간으로 따지면 영원이라고도 할 수 있는 2년 동안 베이거스에서 살았지만, 그곳에서의 일분일초가 정말 싫었다. 베이거스의 압도적인 열기에는 무언가 싫은 점이 있었다. 가혹하게 내리쬐는 태양열 때문에 누구나 말이 적었고 인색했다. 사람들은 언제나 멸균 에어컨이 있는 장소만 찾아다녔다. 고등학교 복도에서는 모든 학생의 몸이 끊임없는 공포 상태에 놓여 있는 것처럼 언제나 땀에 젖은 자극적이고 동물적인 냄새가 났다. 베이거스는 실제로 사람이 살아가는 장소라는 기분이 들지 않았다. 우리가 사는 아파트는 도심에서 멀리 떨어져 있었는데도 서쪽 교외가 무분별하게 확장되는 것을 막는 쿠키 커터 스투코 개발 때문에 스트립 거리의 그림자가 여전히 우리가 사는 동네에 드리워져 있었다. 베이거스는 도시 전체가 중심에 있는 돈 구덩이 쪽으로 쏠려 있는 것만 같았다. 하긴 불로소득을 얻으려고 혈안이 된 사람이 아니라면 그곳에서 살아야 할 이유가 없을 테니 당연한 일이었다.

엄마와 나는 비행기가 지나가는 길목에 살았기 때문에 몇 분에 한 번씩 도착하는 비행기와 어마어마한 행운과 마르가리타를 찾아 일시적으로 머물려고 몰려오는 사람들을 볼 수 있었다. 그러니까 '호구들' 말이다. 엄마는 애초에 우리가 라스베이거스로 온 이유가 그런 호구들 때문은 아니라는 듯이 그 사람들을 경멸했다. 매일 밤, 엄마는 나를 텔레비전 앞에 붙박이처럼 앉혀놓고는 카지노를 돌면서 호구들에게서 돈을 뜯어내려고 애썼다.

하지만 지금 우리는 드디어 그런 라스베이거스를 떠나 별장과 여름을 즐기는 사람과 빈티지 목재 스키 보트가 있는 고상한 타호 호수를 향해 달리고 있었다.

"타호호수에 살 곳을 찾았어. 캘리포니아 쪽 호수 지역이야."

여덟 시간을 달리는 동안 엄마는 타호호수에 관해 설명했다. 영화배우처럼 금발 머리에 스카프를 두른 엄마는 에어컨이 가동됐다가 멈추곤 했던 혼다 해치백이 아니라 빈티지 컨버터블을 몰고 있었다.

"카지노가 있는 호수 남쪽보다는 세련된 곳이야."

엄마는 그렇게 말했다.

나는 엄마를 믿고 싶었다. 우리가 정말로 세련된 곳으로 가고 있다고 믿고 싶었다. 산 정상을 향해 올라갔다가 호수를 향해 내려가는 동안 나는 오래된 자아를 벗어던지고 훨씬 나은 새로운 자아로 갈아입은 기분을 느꼈다. 나는 우등생이 될 것이다. 나는 두 눈을 감고서 하버드라는 글씨를 새긴 사각모를 쓰고 졸업생 대표로 연설문을 들고 단상으로 걸어가는 내 모습을 상상했다. 그리고 엄마는 …… 카지노에서 합법적인 일을 하며 엄청난 성과를 내게 된다는 상상도 했다. 빽빽하게 늘어선 소나무를 보면서 이 조용한 산악 도시에서 마침내 길었던 이주를 끝내고 정착하게 되리라 믿었다. 지금까지는 발휘하지 못했던 잠재력을 이곳에서 발휘할 수 있으리라 믿었다.

내가 너무 순진했다고? 나도 안다. 맞는 말이다.

타호시는 사실상 도시가 아니었고, 그저 호수 앞에 있는 조그만 숲속 마을이었다. 타호시의 경제를 이끌어가는 동력은 드문드문 자리한 햄버거 가게와 스키 장비 대여점, 부동산 중개소, 물감을 두툼하게 바른 산악 풍경화를 판매하는 예술품 가게 들이었다. 마을 남쪽 끝에 있는 호수에서 갈라져 나온 트러키강은 유유히 산 아래쪽으로 흘러 이제는 고무보트와 튜브를 타고 노는 관광객으로 가득 찬 계곡에 닿았다.

엄마가 아파트라고 말했던 우리 집도 사실 아파트가 아니었다. 그저 숲으로 들어가는 인적 드문 도로에 있는 오두막집이었다. 경쾌한 노란색 페인트, 강에서 가져온 돌로 만든 벽돌, 가운데가 정확히 반으로 갈라져 있는 창문 셔터, 안으로 들어가면 행복을 찾을 수 있을 거라는 약속. 나는 오두막집을 보자마자 사랑에 빠졌다. 오두막집의 앞뜰은 발밑에서 서서히 썩어가는 소나무 잎이 카펫을 이루고 있었다. 오두막집은 내부보다는 외부가 훨씬 제대로 관리되고 있었다. 어두운 거실에 깔린 카펫에서는 먼지가 자욱하게 일었고, 주방의 내열 플라스틱판은 조각조각 부서져 있었고, 침실 벽장은 문이 사라지고 없었다. 하지만 내부의 모든 표면이 울퉁불퉁한 소나무로 덮여 있어서 우리가 마치 나무 안에 둥지를 튼 다람쥐가 된 것 같은 기분이 들었다.

6월이 시작되던 때라 고속 모터보트가 겨울을 난 창고에서 나오고 있었고 보트 경사로도 다시 중요한 도로 역할을 하고 있었다. 처음 몇 주 동안은 아침마다 호수로 나가 보트를 운반하는 남자아이들이 꽥꽥거리는 뚱뚱한 핫도그처럼 부두 너머로 고무 범퍼를 던지는 모습이나 식당 주인들이 창고에서 파라솔을 꺼내 와 접힌 부분에 숨어 있는 검은과부거미를 찾아내 죽이는 모습을 구경했다. 오전 8시의 호수는 유리처럼 투명해서 얕은 물가로 내려가면 미세한 모래 위를 기어가는 가재를 볼 수 있었다. 오전 10시가 되면 고속 모터보트와 수상스키가 지나가면서 만드는 하얀 물 자국이 호수 표면에 생겼다. 아직은 잠수복을 입어야 수영을 할 수 있는 차가운 물이었지만 호숫가를 걷다 보면 대포처럼 물속으로 뛰어드는 사람들이 어김없이 있었다. 첨벙 소리를 내며 물로 들어간 사람들은 몇 분 뒤 파리하고 해쓱해진 모습으로 바들바들 떨면서 뭍으로 돌아왔다.

나는 수영을 하지 않았다. 그저 여름 내내 모래사장에서 찾아낸 녹슨 간이의자에 앉아 토머스 하디의 《캐스터브리지의 시장》, 존 스타인벡의 《토티야 플랏》, 어니스트 J. 게인스의 《죽음 앞의 교훈》 같은 이제 곧 다니게 될 학교에서 내준 필독서를 읽었다. 나는 대부분의 시간을 혼자 보냈지만 그런 걸로 신경이 쓰이지는 않았다. 나에게 친구는 언제나 그다지 중요한 존재가 아니었으니까. 매일 밤 엄마는 팬티가 보일 정도로 옆선이 길게 트이고 스팽글이 잔뜩 달린 코발트색 칵테일 드레스를 입고서 움푹 파인 가슴 라인에 '릴리'라고 적힌 이름표를 달았다. 엄마는 매일 차를 몰고 45분을 달려 네바다주 경계 너머에 있는 폰드 두 락 카지노로 가 포커판 손님들에게 물 탄 진토닉을 가져다주었다.

처음 받은 월급 수표를 가지고 돌아와 새로 산 장난감을 자랑하고 싶어 안달이 난 어린아이처럼 의기양양하게 내 방으로 들어왔던 엄마를 기억한다. 담배 냄새와 변질된 향수 냄새를 맡고 눈을 뜨자 두 손으로 봉투를 들고 침대 끝에 걸터앉은 엄마가 있었다. 엄마는 나를 향해 봉투를 흔들면서 말했다.

"짠, 수표야, 아가. 정말 합법적인 일을 했어!"

엄마는 열정적으로 봉투를 뜯더니 그 안에 들어 있던 얇은 종이를 꺼냈다. 하지만 수표에 적힌 숫자를 읽는 순간 엄마의 표정은 일그러졌다.

"이런, 이렇게 세금이 많은지 몰랐어."

한참 수표를 바라보던 엄마는 몸을 똑바로 세우고 웃었다.

"알아. 이런 일은 월급보다는 팁이 중요한 거야. 오늘 한 남자가 나한테 술 한 잔 마시라면서 녹색 칩을 줬어. 25달러짜리야. 일단 판돈이 큰 테이블에 배정되면 팁으로 수백 달러를 받을 수도 있대."

웃고는 있었지만 엄마의 목소리는 불안했다. 딸을 위해 택한 길에 확신을 갖지 못하고 두려워하는 엄마의 마음이 느껴졌다. 엄마는 드레스 목깃을 잡아당겼다. 목깃 가장자리에 달린 금속 장식 때문에 가슴골을 이루는 엄마의 하얀 피부가 벌겋게 성이 나 있었다. 그런 모습을 보니 엄마가 지금까지 제대로 된 직업을 갖지 않은 이유가 고등학교 졸업장이 없다거나 이력서를 채울 경력이 없어서가 아니라 어쩌면 진심으로 취직할 마음이 생기지 않았기 때문일지도 모르겠다는 생각이 들었다.

"나도 일을 할게. 엄마가 싫으면 카지노에 가지 않아도 돼."

수표를 뚫어져라 응시하던 엄마가 고개를 저었다.

"아니, 해야 해. 너를 위한 거니까, 충분히 해낼 가치가 있어."

엄마는 손을 뻗어 베개 위에 놓인 내 머리카락을 어루만졌다.

"아가, 네가 할 일은 열심히 공부하는 거야. 나머지는 내가 알아서 할게."

노동절 다음 날, 나는 노스레이크아카데미에 다니기 시작했다. 여름휴가로 호수를 찾았던 사람들도 그날 산 아래로 떠나고 없었다. 화려한 SUV가 줄지어 늘어서 있던 도로는 텅 비었고 브런치를 먹으려고 로지식당 앞에 줄을 서던 사람들도 보이지 않았다. 늦게까지 일하느라 아직 잠이 덜 깬 눈에 마스카라 자국을 그대로 묻힌 채로 엄마는 나를 태우고 학교에 갔다. 학교 정문을 통과한 엄마는 나와 함께 들어갈 생각인지 주차장으로 차를 몰았다. 엄마가 자동차 열쇠를 빼려고 할 때, 나는 손을 뻗어 엄마의 손목을 지그시 눌렀다.

"아냐, 엄마. 나 혼자 갈게."

엄마는 차에서 내리는 아이들을 물끄러미 쳐다보더니 나를 보고 환하게 웃었다.

"알았어, 알았어, 아가."

노스레이크아카데미는 아담한 사립 고등학교로, 학교가 추구하는 공식 목표는 49세에 은퇴해 자선가와 아마추어 베이스 점핑 선수가 된 실리콘밸리 거물이 부여한 과제인 '다재다능한 시민을 양성하는 것'이었다. 소나무에 둘러싸여 있고, 유리로 만든 건물들로 채워진 교정은 스키 리조트가 보이는 계곡에 자리하고 있었다. 학교 홈페이지에는 '도전, 독립심, 자아실현, 협동' 같은 고무적인 단어가 즐비했고, 졸업생의 20퍼센트가 아이비리그에 진학했다는 자랑이 가득했다.

학교 현관문을 통과해 고작 몇 분 걸었을 뿐인데도 베이거스 근교 여자아이의 전형적인 차림새(머리카락의 분홍색 브리지만 빼면 머리부터 발끝까지 온통 검은색으로 온몸을 휘감은)를 하고 있던 나는 이 학교에 어울릴 운명이 아님을 직감했다. 복도를 가득 메운 아이들은 모두 파타고니아 상의에 청바지를 입었고 가방에는 운동기구를 매달고 있었다. 여자아이들은 모두 화장을 안 한 민낯이었고 탄탄한 근육질 종아리를 드러내고 있었다. 그러고 보니 학교 정문에서도 자동차보다는 산악자전거를 타고 온 아이들이 더 많이 보였다. 하지만 나는 운동하고는 거리가 멀었다. 평생 패스트푸드를 먹고 앉아서 책만 읽었기에 엉덩이는 두툼했고 얼굴을 말랑말랑했다. 나는 통통한 아기 고스(1980년대에 유행한 록 음악으로, 고스 음악 애호가들은 검은색 옷을 입고 검은색과 흰색으로만 화장했다-옮긴이)였다.

첫 시간에 선생님이 칠판에 자기 이름(이름은 조 딜라드였고, 학생들에게 자신을 조라고 부르라고 했다)을 적고 있을 때 내 앞에 있던 여자애가 뒤를 돌아보더니 나를 보고 웃었다.

"난 힐러리야. 너 전학 왔지?"

"응."

"2학년에도 새로 전학 온 남자애가 있어. 벤저민 리블링이래. 혹시 만나봤어?"

"아니. 만나지 못했을 거야. 여기 있는 애들도 모두 처음 보는걸."

앞자리 여자애는 머리카락을 손가락으로 비비 꼬아 얼굴 쪽으로 잡아당겼다. 그 애의 코는 껍질이 벗겨져 있었고 수영장 물에 섞인 염소에 바랜 머리카락은 푸석했다. 나는 그 애의 어깨 너머로 책상에 놓인 바인더를 힐끔 쳐다보았다. 바인더 표지가 스노보딩 스티커로 온통 도배되어 있었다.

"네 잼(jam)은 뭐야?"

"몰라. 딸기 잼 말하는 거야? 난 살구 잼도 좋아해."

내 말에 그 애가 웃었다.

"내 말은, 네 종목이 뭐냐는 거야. 보드 타?"

"평생 스키도 타본 적 없어."

내 말에 그 애는 눈썹을 추켜올렸다.

"세상에! 너, 정말 여기 처음이구나. 그럼, 뭐 해? 산악자전거? 라크로스?"

나는 어깨를 으쓱해 보였다.

"책을 읽는데?"

"아."

그 아이는 내 대답이 깊이 생각해봐야 할 난제라도 되는 것처럼 진지하게 대답했다.

"음, 너는 진심 새로 온 남자애를 만나봐야겠다."

하지만 그 뒤로도 몇 달 동안은 복도에서 몇 번 보는 것 말고는 그 남자애를 만날 일이 없었다. 그 아이는 나를 빼면 그 학교에서 늘 고독의 거품에 둘러싸여 있는 것 같은 유일한 학생이었다. 그렇다고 다른 아이들이 나에게 친절하지 않았다는 말은 아니다. 힐러리처럼 노스레이크아카데미의 아이들은 전체적으로 유쾌하고 책임감 있는 시민이었다. 아이들은 나를 스터디 모임에 불러주었고 점심도 함께 먹어주었으며 내가 영어 숙제를 도울 수 있게 해주었다. 하지만 그 정도가 친구들과 내가 맺은 관계의 전부여서 학교에서 나오면 함께할 수 있는 일이 거의 없었다. 엄마가 나를 위해 등록한 이 학교는 '야외 수업'의 장점을 믿는 곳으로, 카약을 타거나 밤새 캠핑을 하거나 운동장에 있는 소나무 숲을 거닐면서 '스트레칭을 하고 휴식을 취하는' 학교였다. 시험을 보는 대신 로프 코스를 통과해야 하는 학교였다.

아이들이 이 학교에 다니는 이유는 대부분 이 학교에 적합한 아이들이었기 때문이다. 아이들의 부모가 결국 이런 산악 마을로 들어온 이유는 자신의 아이들이 야외 활동을 하는 아이들로 자라기를 바랐기 때문이다. 하지만 우리 엄마가 이 학교를 택한 이유는 순전히 내 학비를 면제해주었고, 엄마가 호수 남쪽에 있는 카지노에 가기 쉬웠고, 이 학교가 뛰어난 학생보다는 '잠재력이 있는' 학생을 택하는 곳이었기 때문이다. 그에 반해 이 학교가 나를 택한 이유는 아마도 반쪽 콜롬비아 조상과 저소득 싱글 맘이라는 조건에서 '다양성'을 보았기 때문일 것이다.

벤저민, 그러니까 베니 리블링은 나를 빼면 야외 활동가들을 기른다는 학교의 목표에 완벽하게 부합하지 않는 유일한 학생이었다. 베니가 샌프란시스코에서 왔고 호수 서쪽에 멋진 대저택을 여러 채 소유한 부잣집 아들이라는 소문이 돌았다. 아이들은 베니가 아주 엄청난 인문 고등학교에 다니다가 쫓겨나 이곳으로 왔다고 했다. 베니는 불타는 것처럼 강렬한 오렌지색 머리카락과 관절이 도드라진 긴 팔다리 때문에 눈에 띄지 않으려고 해도 눈에 띌 수밖에 없는 아이였다. 그 아이는 창백한 기린이 목을 숙이고 걷는 것처럼 문을 통과했다. 베니도 나처럼 낯선 이방인이라는 분위기를 풍기며 교정에 들어섰다. 베니는 나처럼 라스베이거스 교외의 악취를 풂고 온 것이 아니라 부를 몰고 온 거지만 말이다.

베니는 언제나 티끌 하나 없이 완벽하게 다린 셔츠를 입었고 덕트 테이프로 안경다리에 새겨진 로고를 감싼다 해도 구찌임을 똑똑히 알 수 있는 선글라스를 썼다. 매일 아침, 어머니가 운전하는 황금색 랜드로버 조수석에서 몸을 펴고 나오는 순간 베니는 학교 현관문을 향해 엄청난 속도로 달려갔다. 빨리 달리면 다른 사람들 눈에 띄지 않으리라고 생각하는 것 같았다. 하지만 베니가 다른 사람들 눈에 띄지 않기란 불가능했다. 머리카락 색깔이 잭 오 랜턴처럼 강렬한 188센티미터짜리 남자아이를 안 볼 방법은 없었다.

베니에게 호기심을 느낀 나는 학교 도서관 컴퓨터에서 리블링 가족을 검색해봤고 가장 먼저 베니의 부모님 사진을 찾았다. 베니의 어머니로 보이는 하얀색 모피를 걸치고 굵은 다이아몬드 목걸이를 목에 건 여자가 턱시도를 입은 나이 든 대머리 남자의 팔짱을 끼고 있었다. 베니의 아버지인 그 남자는 살찌고 늘어진 얼굴에 시큰둥한 표정을 짓고 있었다. "샌프란시스코 오페라 개막 공연을 보러 온 주디스 리블링과 윌리엄 리블링 4세 부부".

점심으로 땅콩버터와 잼을 바른 흰 빵을 허겁지겁 먹어치우고 책을 읽으려고 달려간 도서관에서 가끔 베니를 보았다. 도서관에서 베니는 몸을 숙이고서 짙은 검은색 볼펜으로 공책에 만화 같은 그림을 그리고는 했다. 몇 번인가는 서로 눈이 마주쳐 쑥스럽게 웃기도 했다. 둘 다 '새로 온 아이'라는 우리의 위치를 자각하고 있는 웃음이었다.

한번은 조회 시간에 베니가 내 앞에 앉았다. 그때 나는 더부룩한 베니의 머리카락을 뚫어지게 쳐다보면서 혹시 그 아이가 뒤를 돌아보고 나에게 인사를 하지 않을까 생각하기도 했다. 베니는 끝내 뒤돌아보지 않았지만 목덜미가 서서히 빨개진 것으로 보아 내가 쳐다보고 있다는 사실을 충분히 의식했던 게 분명했다. 베니가 나보다 한 학년 위였던 터라 우리가 함께 듣는 수업은 없었다. 더구나 어쩔 수 없이 상호작용을 해야 하는 단체 모임에 함께 들어간 적도 없었다.

우리는 가족의 사정도 서로 달랐다. 베니의 가족은 무엇이든지 넘쳤지만, 우리 엄마는 다달이 내야 하는 가스비를 마련하기도 벅찼다. 학교에서 원하는 건전하고 책임감 있는 시민이 되는 건 베니도 나도 어려운 일이었지만, 그 점 말고는 우리 두 사람이 대화를 해야 할 이유는 하나도 없었다.

나는 계속 고개도 들지 않고 공부했다. 여기저기 학교를 옮겨 다니느라 대부분의 과목에서 다른 아이들보다 뒤처졌기에 따라잡으려면 정말로 있는 힘껏 노력해야 했다. 여름은 가을이 되었고, 곧 겨울이 찾아왔다. 겨울이 되자 마을은 수도원처럼 변했고, 세상은 얼음과 진흙탕에 맞서 싸울 준비를 했다. 건물들은 난방을 시작했고, 사람들은 장갑을 끼기 시작했다. 나는 중고품 가게에서 산 파카를 입고 물이 새는 부츠를 신은 채 하루에 두 번 버스에 앉아 눈 덮인 숲의 장엄함과 가슴 저미도록 아름다운 푸른 호수를 넋을 잃고 바라보았다. 그 모든 것이 나에게는 너무나도 낯설었다. 그때까지도 나는 콘크리트 블록과 높이 솟은 유리로 만든 고층 건물이 나오는 꿈을 꿨다.

엄마의 일은 자리를 잡아갔다. 속임수를 써서 결국 판돈이 많이 오가는 포커 룸으로 옮겨 갔고, 그곳은 엄마가 기대했던 꿈의 낙원은 아니었지만(100달러 칩을 팁으로 받는 일은 여전히 거의 일어나지 않았다), 엄마는 그곳에서 행복해했다. 밤이면 내가 깨진 식탁 앞에 앉아 공부할 동안 엄마는 하이힐 신은 발을 이리저리 움직여 달그락 소리를 내면서 마스카라를 발랐다. 엄마에게서는 샬리마 향수와 레몬 버베나 비누 냄새가 났다. 이제 더는 우편함에서 '독촉장'이라는 문구가 선명하게 찍힌 공과금 청구서를 꺼내는 일은 없었다. 아무래도 얼마 전부터 엄마가 시작한 추가 야간 근무와 관계가 있는 것 같았다. 엄마는 스팽글이 축 늘어진 드레스를 입고 부스스한 머리로 커피포트 옆에 서서 만족감이라고도 할 수 있고 자랑스러움이라고도 할 수 있는 몽롱하고도 흐뭇한 표정으로 내가 가방에 책을 챙겨 넣는 모습을 바라보고는 했다.

하루는 엄마가 머리카락 색을 메릴린 플래티넘에서 기네스 골드로 몇 단계 어둡게 했음을 알아차렸다. 왜 머리카락 색을 바꿨느냐고 묻자 엄마는 머리를 매만지며 거울을 보고 살짝 웃었다.

"이 색이 더 우아하지 않아? 우린 이제 베이거스에 있는 게 아니잖아, 아가. 이곳 남자들은 거기랑 취향이 달라."

엄마가 남자를 찾고 있다는 생각이 들어 걱정스러웠다. 하지만 겨울이 다 가도록 새벽 3시에 우리 집 거실에 들어온 남자는 없었고, 그것을 나는 정말로 우리 삶이 바뀌었다는 증표로 받아들였다. 이번에는 진짜 제대로 된 정거장에 내렸다고 믿었다. 어쩌면 엄마가 카지노에서 차근차근 위로 올라가 플로어 매니저가 되는 모습을 그려보기도 했고, 어쩌면 호텔의 프런트 데스크 같은 곳에서 진짜 직업을 갖는 상상도 했다. 엄마와 함께 일요일마다 가면 우리가 주문한 베이글 위에 훈제 연어를 서비스로 올려주는 수염이 희끗희끗한 친절한 카페 매니저 같은 정상적인 좋은 남자를 만나는 상상도 했다.

그때는 수년 동안 내가 구축한 경계심이 스르르 흘러내리고 있었다. 노스레이크아카데미에서 가장 인기 있는 여자아이도 아니었고 하버드는 너무나 먼 곳에 있었는데도, 그때 나는 상당히 만족스러운 삶을 살고 있었다. 안정이라는 건 이토록 사람에게 커다란 영향을 끼친다. 나의 행복은 엄마의 행복과 너무나도 확고하게 묶여 있어서 어디가 엄마 행복의 끝이고 어디가 내 행복의 시작인지 그때는 도저히 알 수 없었다.

1월 말, 눈 내리던 어느 날에는 수업이 끝나는 종이 치자마자 우리 반 아이들은 대부분 스키를 타러 떠나버렸고, 나는 다시 마을로 돌아가려고 버스에 올랐다. 버스에는 나 말고도 한 명이 더 있었다. 벤저민 리블링은 맨 끝자리에 앉아 그 기다란 팔과 다리를 사방으로 쭉 뻗고 있었다. 내가 버스에 올라탈 때 벤저민은 분명히 나를 보고 있었다. 하지만 나와 눈이 마주치자 재빨리 고개를 돌렸다.

나는 버스 앞쪽 자리에 앉아 수학 교과서를 펼쳤다. 덜거덕거리며 버스 문이 닫혔고 스노타이어를 장착한 버스는 들썩거리고 흔들리면서 얼음 덮인 도로 위를 달렸다. 나는 몇 분 동안 대수식(代數式)을 머리에 넣으려고 애썼지만 내 의식은 유일하게 버스를 나누어 타고 있는 학생에게 또렷하게 향해 있었다. 혹시 외롭지는 않을까? 지금까지 한 번도 말을 걸지 않은 게 무례한 일이었을까? 어째서 전혀 교류가 없었다는 사실이 이렇게 어색하게 느껴지는 걸까? 이 모든 의문이 궁금했던 나는 의자에서 일어나 고무 발판을 밟으며 뒷좌석으로 걸어가 베니 바로 앞에 앉았다. 곧이어 버스 통로 쪽으로 다리를 내밀고 몸을 틀어 베니를 쳐다보았다.

"벤저민이지?"

내가 물었다.

베니의 눈동자는 황갈색이었고, 속눈썹은 터무니없이 길었다. 베니는 내 행동에 깜짝 놀랐는지 눈을 깜빡였다.

"나를 벤저민이라고 부르는 건 아빠밖에 없어. 다들 날 베니라고 불러."

베니가 대답했다.

"안녕, 베니. 난 니나야."

"알아."

"아."

갑자기 베니 앞에 앉아 있다는 사실이 어색해져서 나는 자리에서 일어나 다시 앞자리로 돌아가려고 했다. 그때 베니가 몸을 똑바로 세우더니 허리를 구부려 머리가 거의 내 머리에 닿을 정도로 고개를 앞으로 쭉 내밀었다. 베니의 입에서는 박하 향이 났다. 베니의 숨결이 느껴지고 베니가 말을 할 때 이 부딪치는 소리가 들릴 정도로 우리는 가까이 있었다.

"아이들이 계속 너랑 내가 만나야 한다고 하던데, 도대체 왜 그러는 것 같아?"

베니가 그 말을 하는 순간 스포트라이트가 켜진 것만 같아서 제대로 눈을 뜰 수가 없었다. 뭐라고 대답해야 할까? 나는 잠시 고민하다가 말했다.

"그건 우리랑 친구가 되어야 할 책임을 지고 싶은 아이가 없어서 아닐까? 우리가 서로 친구가 되면 그 애들이 부담을 덜 수 있을 테니까. 그게 여기 아이들이 짐을 더는 방법일지 모르잖아. 우리를 연결해주면 스스로 좋은 일을 한 좋은 사람이 됐다고 생각할 수 있으니까?"

베니는 생각을 하는지 발밑을 내려다보았다. 베니의 발밑에는 큼직한 검은색 스노부츠가 아무렇게나 널브러져 있었다.

"그래, 그럴 수 있겠네."

베니는 주머니에 손을 집어넣어 작은 깡통을 꺼내더니 나에게 내밀었다.

"민트 껌 씹을래?"

나는 껌을 한 개 집어 입에 넣고 향기를 듬뿍 맡았다. 모든 것이 신선하고 깨끗하게 느껴졌고, 차가운 버스 안에서 우리의 숨결이 서로 뒤섞이고 있었기에 나는 너무나도 명백한 것을 물어볼 만큼 용기가 났다.

"그러니까, 우리가 친구가 되어야 하나?"

"글쎄, 그건 상황에 따라 다르겠지."

"어떤 상황?"

베니는 다시 고개를 숙여 발밑을 쳐다보았고, 나는 베니가 두른 스카프 밑으로 목덜미가 발개지는 것을 볼 수 있었다.

"우리가 친구가 될 수 있을 만큼 서로를 좋아하는 상황?"

"그런 걸 어떻게 아는데?"

내 말에 베니는 잠시 생각했다.

"음, 이렇게 하면 어떨까? 우리 둘 다 타호시에서 내려서 시드로 가는 거야. 거기서 핫초콜릿을 마시면서 서로가 어디에서 살았었는지, 그곳이 얼마나 엉망이었는지, 각자의 엄마, 아빠는 얼마나 지겹고 싫은 사람들인지 같은 얘길 해보는 거지."

"난 우리 엄마 싫어하지 않아."

내 말에 베니는 놀란 것 같았다.

"그럼 아빠는 어때?"

"일곱 살 이후로는 본 적이 없어. 아마도 나는 아빠를 미워한다고 할 수 있을 것 같아. 하지만 지금 아빠랑 서로 교류가 있어서 미워하는 건 아니야."

내 말에 베니가 웃었고, 그 순간 베니의 얼굴은 완전히 달라졌다. 주근깨투성이에 부리처럼 뾰족한 코, 거대한 눈만 보이던 불안정한 이목구비의 조합에서 거의 어린아이 같은 순수하고 즐거운 표정을 담은 아름다운 얼굴로 바뀌었다.

"좋아, 알았어. 이미 어느 정도 합의를 이룬 거 같네. 그럼, 일단 시드로 가자. 거기서 15분에서 20분쯤 대화를 해도, 서로한테 흥미로운 게 하나도 없고 둘 다 눈물이 날 만큼 지루하면 네가 집에 가서 숙제를 해야 한다고 말하고 나를 두고 나가. 그럼 올해가 끝날 때까지 복도에서 마주쳐도 서로 절대로 아는 체하지 않는 거야. 왜냐면 어색할 테니까. 아니면 두 번째 대화도 하고, 세 번째 대화도 할 만큼 충분히 재미가 있다면 아이들이 옳았다는 걸 확인할 수 있겠지. 그러면 우리도 책임 있는 시민으로서 마땅히 해야 할 의무도 다하고 그 애들도 자기들이 좋은 사람이 됐다는 기분이 들 테니까, 이건 모두가 이기는 게임이야."

베니와 나누는 대화는 어른의 대화 같았고 너무나도 솔직해서 왠지 어지러울 지경이었다. 내가 아는 10대 아이들 가운데 이런 식으로 말하는 아이는 한 명도 없었다. 그 애들은 모두 말하지 않은 진실 주위로 아슬아슬하게 걸어 다녔고, 말하지 않은 것은 무엇이 되었건 간에 가장 의미 있는 것으로 남기를 바랐다. 버스 안에서 나는 이미 베니와 내가 다른 아이들은 이해할 수 없는 비밀 모임에 가입했다는 기분이 들었다.

"그러니까 네 말은 핫초콜릿을 마시고 싶다는 거지? 나랑 함께?"

"사실, 나는 커피를 좋아해. 널 생각해서 핫초콜릿이라고 말한 거야, 니나."

"나도 커피가 더 좋아."

내 말에 베니가 웃었다.

"좋아, 조짐이 좋네. 결국 우정이 생길 수도 있겠어."

우리는 마을에서 버스를 내려 질퍽한 길을 따라 큰 거리에 있는 카페로 걸어갔다. 나는 커다란 방한 부츠를 신고 성큼성큼 걷는 베니를 쳐다보았다. 스카프로 턱을 감싸고 모직물 모자를 이마까지 눌러쓰고 있어서 눈 주위만 겨우 보였다. 힐끔 나를 쳐다본 베니는 내가 자기를 뚫어지게 보고 있음을 깨닫고는 다시 얼굴이 빨개졌다. 그제야 나는 베니가 자신의 감정을 피부에 드러내는 방식을 내가 좋아한다는 사실을 깨달았다. 베니의 감정은 정말 쉽게 알아차릴 수 있었다. 베니의 속눈썹에 눈송이가 달렸다. 손을 뻗어 그 눈송이를 떼어주고 싶은 마음이 간절했다. 둘이 이렇게 함께 있는 것이 너무나도 자연스럽게 느껴져서 이미 모든 게임을 끝내고 우리 둘 다 승자라고 선언하고 있는 것만 같았다.

"오늘은 왜 버스를 탄 거야?"

카페에서 줄을 섰을 때 내가 물었다.

"우리 엄마 멘탈이 완전히 나가서 나를 데리러 올 수 없었거든."

베니가 너무나도 평온하게 말해서 놀랐다.

"멘탈이, 완전히 나가다니? 그러니까, 너희 어머니가 울면서 교무실로 전화해서 너한테 버스를 타고 오라고 전하랬다는 거야?"

베니는 고개를 저었다.

"아니, 전화를 한 건 아빠였어. 나한테 휴대전화가 있으니까 교무실로 전화를 걸 필요도 없고."

"아."

나는 살아오면서 휴대전화를 가진 아이들을 수없이 만난 것처럼, 지금 이 상황이 완벽하게 익숙한 상황인 것처럼 꾸미느라 애썼다. 나는 베니를 힘껏 잡아당겨 그가 속한 세상을 속속들이 알고 싶었다. 밑에 숨어 있는 맨살이 드러날 때까지 베니를 덮고 있는 깃털을 모두 잡아 뜯고 싶었다.

"그럼 아버지가 운전기사나 뭐, 그런 사람한테 태워주라는 말을 안 한 거야?"

"내 교통수단에 굉장히 관심이 많네. 재밌냐고 물어본다면, 아주 따분한 주제라고 대답하고 싶어."

"미안. 그냥, 너는 버스를 타고 다닐 것 같지 않아서."

나를 쳐다보는 베니의 얼굴에 잠시 슬픔이 머물다 사라졌다.

"그 말은 우리 집이 어떤 집인지 알고 있다는 거네."

이번에는 내 얼굴이 빨개지는 게 느껴졌다.

"정확히는 몰라. 미안해. 주제넘은 말이었어."

그때까지 부자와는 이야기를 나누어본 적이 없었다. 그래서 부자를 대하는 방법을 몰랐다. 부자들이 누리는 사치에 대해서는 그냥 적당하게 얼버무리고 못 본 척하는 게 예의인가? 부자들의 부는 그 사람들의 머리카락 색이나 인종, 운동 능력만큼이나 분명한 본질적인 정체성 아니었나? 어째서 그 이야기를 꺼내는 게 무례하다는 걸까?

"아니야. 적절한 추정이었어. 운전기사는 있어. 하지만 그렇게 했다가는 내가 엄마 아빠를 죽일지도 몰라. 이미 충분히 최악인데……."

베니는 하던 말을 끝맺지 못했고, 나는 갑자기 베니가 입고 있는 부가 나의 덧없는 삶이 나를 소외시키는 것만큼이나 베니를 소외시키고 있는 게 분명하다는 사실을 깨달았다.

카페 계산대 앞으로 간 우리는 커피를 주문했다. 내가 동전 지갑을 꺼내려고 하자 베니가 내 팔을 잡으며 말렸다.

"엉뚱한 짓 하지 마."

"나도 내 커피값 정도는 낼 수 있어."

그 말을 내뱉는 순간, 내 몸은 단단하게 굳어버렸다. 베니가 우리 집에 관해 얼마나 알고 있는지 몰라 갑자기 조심스러워졌다.

"그래, 물론 낼 수 있다는 거 알아."

베니는 내 팔을 잡고 있던 손을 황급히 놓더니 바지 뒷주머니에서 나일론 지갑을 꺼내 빳빳한 100달러 지폐 한 장을 빼냈다.

"하지만 그럴 필요가 없을 땐 괜한 낭비를 할 이유가 없잖아."

100달러 지폐에서 눈을 떼지 못하고 있던 나는 바보처럼 굴고 싶진 않았지만 그렇다고 물어보지 않을 수가 없었다.

"부모님이 용돈을 100달러짜리 지폐로 준단 말이야?"

내 말에 베니가 크게 웃었다.

"맙소사, 그럴 리가. 엄마 아빠는 이제 더는 나한테 용돈을 줄 만큼 나를 신뢰하지 않아. 아빠 금고에서 훔쳤어. 금고 비밀번호가 내 생일이거든."

베니는 내가 공모자인 것처럼 은밀한 표정을 지으며 씩 웃었다.

"원래 자기가 다른 사람들보다 훨씬 똑똑하다고 생각하는 사람이 진짜 멍청한 법이거든."

우리의 우정이 시작됐던 시기를 지금 와서 돌이켜 보면 달콤함과 쓰라림이 공존했던 기이한 시간이었다는 생각이 든다. 우리는 둘 다 그때까지 살아왔던 방식과는 전혀 다른 방식으로 살아야 했고, 우리 모두 자기 삶에 불만을 품고 있다는 공통점이 있었다. 우리는 기이하고도 어울리지 않는 조합이었다. 그때부터 우리는 일주일에 한 번이나 두 번, 학교가 끝나면 함께 시간을 보냈다. 혼자 버스 정류장에 서서 부르르 떨고 있을 때 랜드로버의 미등이 나를 지나쳐 빠르게 달려가는 모습을 보게 되는 날도 있었다. 하지만 점점 더 많은 날을 베니는 버스 정류장에서 나를 기다렸고, 버스를 기다리며 추위에 몸을 웅크리고 있을 때면 가방에서 손난로를 꺼내 나에게 건네주었다.

우리는 시드에 가서 함께 숙제를 했다. 베니는 그림 그리기를 좋아했고, 나는 베니가 공책에 잔뜩 그려놓은 만화 캐릭터를 구경했다. 그리고 마침내 우리는 눈 덮인 호숫가를 걸으며 바람이 물을 휘저어 거품을 만드는 것을 지켜보곤 했다.

"그래서, 나랑 같이 버스를 타는 건 그러고 싶기 때문이야, 아니면 어머니 멘탈이 계속 나가 있기 때문이야?"

2월 어느 날, 눈 덮인 피크닉 탁자 앞에 앉아 급속도로 차가워지는 커피를 두 손으로 꼭 잡고서 내가 물었다. 베니는 장갑 낀 손으로 탁자 끝에 매달린 고드름을 뚝 부러뜨리더니 무기처럼 들었다.

"엄마한테 더는 데리러 올 필요 없다고 말했어. 엄마는 다행스러워했고."

베니는 고드름 끝부분을 찬찬히 살피더니 마법의 지팡이처럼 호수를 향해 겨누었다.

"엄마는 집을 떠나기 싫을 때는 그걸 할 때도 있거든."

"그거라니?"

"그러니까, 뭐랄까, 평정을 잃는 거지. 그때 엄마가 맨 먼저 하는 일은 사람들 눈에 띄는 거야. 알잖아. 대리 주차를 해주는 사람에게 고함을 지른다거나 속도위반 딱지를 뗀다거나 니먼마커스(백화점)에 가서 흥청망청 쓰는 거. 그러다가 결국 아빠가 엄마를 못 참게 되면 엄마는 침대로 들어가서 몇 주씩 나오지 않으려고 해. 애초에 우리가 처음 만난 것도 다 그것 때문이지. 아빠는 사는 환경이 바뀌면 엄마가 나아질 거라고 생각했어. 그래서 샌프란시스코를 떠나 여기로 온 거야. 사교 생활의 모든……."

베니는 장갑 낀 손을 치켜들어 조롱하듯이 허공에 인용 부호를 그리며 말을 이었다.

"'즐거움'을 버리고 말이지."

나는 랜드로버 운전석에 앉아 거의 모습을 보이지 않던 여인을 떠올렸다. 베니의 어머니는 늘 가죽 장갑을 끼고 있었고 털 달린 파카 모자를 푹 눌러쓰고 있었다. 나는 실크와 다이아몬드로 치장하고 아침으로 샴페인을 마시고 오후에는 스파를 하는 베니의 어머니를 상상해보려고 애썼다.

"파티에 가는 게 그렇게 힘들 수 있다는 건 몰랐어. 다음에 무도회에 초대받으면 네 얘길 꼭 기억할게."

내 말에 베니가 크게 웃다가 갑자기 얼굴을 찡그렸다.

"내 생각에는 엄마가 이상한 행동을 하는 건 대부분 아빠를 당황하게 만들려고 그러는 거 같아."

베니는 잠시 주저하다가 말을 이었다.

"엄마랑 나, 우리 둘이서 그러는 거야. 훌륭한 리블링 가문의 이름을 더럽히는 거지. 그래서 우리를 끌고 이 퀴퀴한 조상들 땅으로 들어온 거야. 한동안 여기 있으라고. 버릇없는 아이들을 혼내주는 거지. '똑바로 행동하지 않으면 영원히 여기 가둬둘 테다'라고 협박하는 거야. 우리 아빠는 무서운 사람이야. 자기가 원하는 게 생기면 그걸 손에 넣을 때까지 협박하는 사람이거든."

나는 베니의 말을 곰곰 생각해보았다.

"하지만 잠깐만. 너는 무슨 일을 저질렀길래?"

베니는 고드름을 눈 속에 푹 꽂더니 완벽하게 원을 그렸다.

"음, 먼저, 학교에서 쫓겨났지. 반 애들한테 리탈린도 주었고. 그 애들이 나를 마약 공급원으로 만든 거야. 그렇다고 마약을 주고 돈을 받지는 않았어. 그냥 공공서비스의 일환이라고 생각했거든."

베니는 어깨를 으쓱했다.

"잠깐. 조금만 천천히 말해봐. 리탈린을 먹었다는 거야?"

"그 사람들은 나한테 뭐든지 먹였어."

베니는 호수에 뜬 하얀 거품을 쳐다보며 얼굴을 찌푸렸다.

"리탈린은, 너무 많이 자고 수업 시간에 집중 못 하는 건 주의력

결핍장애니까 먹어야 한다고 했어. 방에 오래 처박혀 있는 건 우울한 데다 반사회적인 경향이 있는 거니까 온갖 항우울제를 먹어야 한다고 했고. 어떤 일에 참여하기 싫다는 건 당연히 정신 질환이 있기 때문이라고 했어."

나는 베니의 말을 깊이 생각해보았다.

"그럼 나도 정신 질환이 있는 거네."

"이래서 내가 널 좋아해."

베니는 씩 웃더니 무언가를 피해 숨는 사람처럼 고개를 숙였다.

"분명히 엄마 아빠는 내가 누나처럼 되기를 바라는 거야. 바네사 누나는 엄마 아빠가 기대하는 모든 걸 해내거든. 사교 모임에서도 눈에 띄고 무도회에서는 여왕으로 뽑혀. 테니스 팀 주장이기도 하고. 아빠 모교에 들어가서 아빠가 동창회에서 자랑도 할 수 있지. 분명히 어린 나이에 결혼해서 상속자들을 몇 명 낳아 예쁜 얼굴로 가족사진을 찍을 거야."

"아주 끔찍한 사람일 것 같은데?"

베니는 어깨를 으쓱했다.

"내 누나 이야기라니까."

베니는 잠시 입을 다물었다.

"아무튼, 아빠는 내가 엄마처럼 아주 기묘한 인간이 될까 봐 걱정하는 게 분명해. 그래서 늦기 전에 내 몸에서 기묘함을 빼내고 싶은 거야. 엄마도 나를 제대로 고치려고 최선을 다하고 있어. 나한테 집중하면 정말로 고쳐야 할 사람은 자기라는 걸 생각하지 않아도 돼서 그러는 것 같아."

베니 옆에 앉아서 나는 방금 들은 정보를 어떻게 처리해야 하는지 고심했다. 그때까지 나에게는 마침내 커튼을 걷고 그 뒤에 놓인 모습을 보여주는 친구가, 자기 사생활을 고백하는 친구가 없었기에 이런 상황이 낯설었다. 우리는 우리 몸에서 나간 입김과 숨결이 하얀 구름이 되었다가 흩어져 사라져가는 모습을 지켜보며 피크닉 탁자 앞에 앉아 있었다.

"우리 엄마는 경솔해."

나도 모르게 내 입에서 불쑥 말이 나왔다.

"엄마는 경솔한 데다 바보 같은 일을 해. 문제가 생길 때마다 도망치고 말아. 알아. 엄마의 의도는 좋다는 걸. 적어도 내 일에 있어서는 그래. 엄마가 원하는 건 나를 보호하는 것뿐이야. 하지만 나쁜 결과를 감당해야 하는 게 이제는 좀 벅차. 엄마하고 있으면, 엄마가 아니라 내가 어른인 것 같아."

베니가 곰곰이 생각하는 표정으로 나를 쳐다보았다.

"그래도 너희 엄마는 너를 바꾸려고는 안 하잖아."

"농담해? 엄마는 내가 엄청나게 훌륭한 학자나 유명한 인물, 대통령, 회장 같은 게 돼야 한다고 이미 결정해놓았어. 알아. 나한테 막 압력을 가하고 그런 건 아니야. 그저 엄마가 실패한 모든 일을, 엄마가 되지 못했던 모든 것을 내가 채워 넣고 이뤄내야 하는 거야. 나는 엄마의 선택이 내 삶을 완전히 망가뜨리진 않았다는 걸 증명하고 엄마를 안심시켜야 해."

나는 커피잔을 들어서 남은 커피를 바닥에 쏟았다. 하얀 눈 위로 커피가 튀어 갈색 반점을 만드는 모습을 보면서 나는 나 자신에게 놀랐다. 방금 입에서 뱉은 말을 후회했다. 엄마를 배신했다는 기분이 들었다. 하지만 내가 절대로 인정하지 않았어도 내 마음속 깊은 곳에서는 어둡고 쓰라린 격렬한 분노가 일고 있다는 걸 알았다. 나는 그 분노를 음미했고, 그 분노가 내 몸을 가득 채우도록 내버려두었다. 도대체 내 인생은 왜 이 모양인 걸까? 어째서 엄마는 컵케이크를 굽거나 동물 병원이나 간호대학 같은 곳 접수계 직원으로 일할 생각은 하지 않는 거지? 어째서 내가 처한 환경 때문에 나는 완전히 망해버렸고, 공정한 기회 따위는 예전에도 없었고 앞으로도 없을 거라는 기분이 드는 걸까?

그때 내 등 위로 묵직한 것이 내려앉았다. 베니의 팔이었다. 베니의 팔이 우리를 가르는 공간을 조심스럽게 넘어와 부드럽게 내 등에 안착했다. 완벽한 포옹은 아니었지만, 우리는 포옹에 가까운 자세를 취하고 있었다. 두툼한 파카가 우리 두 사람을 완벽하게 분리하고 있어서 여러 겹의 옷 밑에 존재할 베니 따뜻한 몸은 전혀 느낄 수 없었다. 나는 베니의 어깨에 머리를 기댔고, 우리는 한참 그렇게 있었다. 다시 내리기 시작한 눈이 내 얼굴에 내려앉아 차가운 물방울로 변해가는 걸 느꼈다.

"하지만 이곳이 그렇게 나쁘진 않은 거 같아."

마침내 내가 말했다.

"맞아. 그렇게 나쁜 곳은 아니야."

베니가 대답했다.

어째서 우리는 서로에게 끌렸을까? 그저 다른 선택지가 없었기 때문일까, 아니면 우리 두 사람에게는 서로 끌릴 수밖에 없는 본질적인 요소가 있었을까? 10여 년이 흐른 지금, 그때를 생각해보면 우리가 함께였던 이유가 서로 비슷했기 때문인지, 아니면 너무나도 달랐기 때문인지 잘 모르겠다. 어쩌면 극과 극인 전혀 다른 삶을 살았기에 두 사람의 삶을 정확하게 비교 대조할 수가 없어서 서로의 결핍을 찾지 못해 함께한 것인지도 모르겠다. 우리 두 사람에게는 이미 너무나도 큰 차이가 있었기에 우리가 할 수 있는 일은 서로에게 이끌리는 것밖에 없었는지도 모르겠다. 그때 우리는 어렸고, 함께 있는 것보다 더 좋은 것을 알지 못했다.

하지만 이런 설명은 하나의 대답일 뿐이다. 우리가 서로 끌린 이유에 관해서라면 다른 식으로도 대답할 수 있을 것이다. 어쩌면 첫사랑이란 생애 최초로 나에게 순수하게 신경을 써주는 사람을 만났을 때 필연적으로 느낄 수밖에 없는 감정, 그 이상도 이하도 아닐 수 있다.

3월 초가 되자 북극에서 불어오는 바람 때문에 기온이 크게 떨어져서 그림책에서 보는 것 같은 눈 덮인 풍경은 단단한 얼음 세상으로 바뀌었고, 우리는 함께 버스를 타고 가 커피를 마신 뒤 호숫가를 산책하는 일상을 더는 누릴 수가 없었다. 도로 한쪽에는 길에서 쓸어낸 흙 섞인 눈이 쌓여 있었다. 시커먼 눈은 3개월 동안 겨울을 견디며 살아내야 하는 지역 주민들의 마음 상태를 그대로 나타내고 있었다.

어느 오후, 마을로 가던 중에 베니가 나를 보면서 말했다.

"오늘은 너희 집으로 가자."

나는 잠시 우리 오두막집을 생각했다. 벽에 걸린 스팽글 달린 드레스들, 중고 가게에서 사 온 가구들, 깨진 포마이카로 덮인 식탁이 떠올랐다. 하지만 그런 부수적인 모든 것들보다도 내 머리에 선명하게 떠오른 건 베니를 보고 야단법석을 떨 엄마였다. 게다가 우리 집으로 가면 베니는 비누 냄새를 풍기면서 머리를 말리며 출근 준비를 하는 엄마를 지켜봐야 할 게 뻔했다. 또 거실 탁자에는 분명 엄마가 어젯밤에 붙였다가 떼어내 아무렇게나 던져놓는 인조 속눈썹도 뒹굴고 있을 것이다.

"안 돼."

내 말에 베니가 얼굴을 찡그렸다.

"그렇게 나쁘지는 않을 거야."

"우리 집은 너무 좁아. 게다가 엄마가 우리 일에 사사건건 참견할 거야."

나는 잠시 머뭇거리다가 덧붙였다.

"그냥 너희 집으로 가는 건 어때?"

나는 베니가 내가 선을 넘었다는 표정으로 눈을 모로 뜨고 쳐다보기를 기다렸다. 하지만 베니는 그저 재빨리 웃을 뿐이었다.

"좋아. 단, 흥분하지 않겠다고 약속해줘."

"난 흥분하지 않아."

베니의 눈이 슬퍼 보였다.

"아니, 그럴 거야. 하지만 좋아. 용서해줄게."

타호시에 도착한 우리는 그곳에서 시간을 보내지 않고 곧바로 버스를 갈아타고 서쪽 호숫가로 향했다. 자기네 집에 가까워질수록 베니는 점점 더 활기를 띠었다. 팔과 다리를 계속 옆으로 뻗으면서 베니는 내가 한 번도 들어보지 못한 만화책에 관한 이해하기 어려운 강의를 잔뜩 늘어놓았다.

그러다 갑자기 베니가 말했다.

"좋아, 여기야."

베니는 벌떡 일어나 버스 운전사에게 내리겠다는 신호를 보냈다. 버스가 부르르 몸을 떨면서 급하게 멈췄고 우리는 차갑게 얼어붙은 도로 위로 내려섰다. 버스 정류장 건너편에 강돌로 만든 벽이 끝없이 펼쳐져 있었다. 뒤에 있는 모든 풍경을 가릴 정도로 높이 솟은 벽 위에는 못이 촘촘하게 박혀 있었다. 베니는 길을 건너 정문으로 걸어가더니 잠금장치에 비밀번호를 입력했다. 정문은 얼어붙은 바닥을 긁으며 거친 소리를 내더니 활짝 열렸다. 정문을 통과하자 갑자기 모든 것이 너무나도 고요해졌다. 바람에 소나무 잎이 흔들리는 소리도, 나무가 묵직한 눈에 깔려 힘들어하는 소리도 선명하게 들렸다. 우리는 거대한 저택이 우리 앞에 솟아날 때까지 진입로를 따라 한참을 느리게 걸어갔다.

그런 집은 태어나서 그때까지 본 적이 없었다. 그곳은 내가 직접 본 건물 가운데 실제로 성에 가장 가까운 건물이었다. 물론 그 집이 정확하게는 성이 아니라는 건 알고 있었지만, 너무나도 이국적인 분위기를 내뿜고 있어서 정말 성처럼 느껴졌다. 그 집을 보고 있자니 젊고 발랄한 여자들과 가든파티, 빠른 속도로 호수를 가르며 나아가는 번쩍이는 나무 보트, 바닥이 평평한 크리스털 잔에 따른 샴페인을 나르는 유니폼 입은 하인들이 떠올랐다.

"도대체 왜 내가 너희 집을 보고 흥분할 거라고 생각했는지 모르겠다. 우리 집은 이거보다 더 커."

"하하."

베니는 나를 보며 혀를 쑥 내밀었다. 분홍색 혀와 빨간 뺨이 선명하게 대조를 이뤘다.

"페블 비치에 있는 삼촌 집을 봤어야 하는데. 여기하고는 비교도 안 돼. 더구나 아주 오래됐고 말이야. 엄마는 항상 이 집이 너무 구식이고 퀴퀴하다고 생각해. 다시 꾸미고 싶어 하지만 절대로 그러지 못할 거야. 이 집이 이대로 있고 싶어 하니까."

베니는 계단을 뛰어 올라가더니 그 거대한 건물이 평범한 집인 양 현관문을 활짝 열고 안으로 들어갔다.

나도 베니를 따라갔지만, 입구에서 그만 멈춰 서고 말았다. 집의 내부는 너무나도 놀라웠다. 그때까지 내가 가본 곳 중에서 이 집과 비교할 수 있는 곳은 외장을 온통 금색으로 치장하고 진짜 귀중한 물건인 것처럼 착시 현상을 일으키게 꾸민 벨라지오호텔이나 베네시안호텔 같은 라스베이거스의 거대한 카지노뿐이었다. 하지만 베니의 집은 카지노하고는 아주 달랐다. 내 앞에 펼쳐져 있는 그림과 가구, 사이드보드와 책장 위에 놓여 있는 예술품들의 가치가 정확히 어느 정도인지는 알 수 없었지만, 어둡고 차가운 현관에서 그저 쳐다보는 것만으로도 그 물건들이 진짜임은 느낄 수 있었다. 나는 그곳에 있는 모든 물건을 만져보고 싶었다. 마호가니 탁자를 마감한 새틴과 도자기의 매끈한 표면을 느껴보고 싶었다.

내가 서 있는 현관을 시작으로 집의 내부는 사방으로 펼쳐져 있었다. 격식을 갖춘 방을 감추고 있으리라 여겨지는 10여 개의 문이 보였고 끝없이 펼쳐진 복도와 안에 자동차를 주차해도 될 만큼 커다란 석조 벽난로가 보였다. 고개를 들면 2층 높이까지 솟아 있는 천장이 보였다. 천장까지 이어진 나무 기둥은 황금색 덩굴 스텐실이 감싸고 있었다. 멀리 있는 벽을 감고서 뻗어 있는 거대한 계단에는 진홍색 카펫이 깔려 있었고, 천장에는 크리스털 티어드롭이 주렁주렁 매달린 거대한 황동 샹들리에가 번쩍이고 있었다. 거의 살아 있는 것처럼 보일 때까지 깎고 장식하고 새기고 광택을 낸 조각상들이 집안 내부의 벽 곳곳에서 번쩍이고 있었다.

거대한 계단 양옆에는 유화로 그린 초상화가 두 점 걸려 있었다. 금박을 두른 액자 안에서 정장을 입고 뻣뻣하게 서 있는 남자와 여자는 용납할 수 없다는 표정으로 서로를 뚫어지게 쳐다보고 있었다. 지금 그 초상화를 보았다면 사전트 같은 사람들이 20세기 초반에 마구 쏟아내던 하찮은 작품임을 분명히 알아보았을 테지만, 그

때는 아주 귀중한 예술 작품인 줄 알았다. 초상화 밑에는 마치 박물관 전시품처럼 '윌리엄 리블링 2세', '엘리자베스 리블링'이라고 새긴 작은 황동 판이 각각 붙어 있었다. 나는 그 여인(베니의 증조할머니였던 것 같다)이 새틴으로 만든 풍성한 치마를 입고 나와 왁스 칠한 바닥을 치맛자락으로 쓸고 다니는 모습을 상상했다.

"여기, 근사하다."

나는 간신히 말했고, 베니는 정신 차리라는 듯이 내 어깨를 쿡 찔렀다.

"아니, 전혀. 그냥 벼락부자의 집일 뿐이야. 우리 고조할아버지가 이 거지 같은 집을 지었는데, 건축가하고 건설업자들한테 돈을 주지 않아서 고소당했대. 고조할아버지는 이 집이 마음에 안 들었다거나 줄 돈이 없어서 대금을 지불하지 않은 게 아니야. 그냥 망할 인간이라서 그런 거야. 고조할아버지가 돌아가셨을 때 신문 부고란에 '용의주도하고 부정직한 사람'이라는 글귀가 실렸대. 아빠는 그 부고를 액자에 넣어서 서재에 걸어두었어. 그걸 자랑스러워한다니까. 내 생각에는, 아마 고조할아버지가 아빠의 롤 모델인 것 같아."

베니의 말을 듣다 보니 목소리를 낮추어야 하는 것 아닌가 하는 생각이 퍼뜩 들었다.

"너희 아버지, 집에 계셔?"

베니는 고개를 저었다. 높이 솟은 천장 아래에서는 그토록 큰 베니조차도 아주 작게 느껴졌다.

"아빠는 대부분 주말에만 와. 주중에는 바다가 보이는 멋진 사무실에 앉아서 이제 막 일자리를 잃은 공장 노동자들이 맡긴 담보를 빼앗는 일을 해."

"어머니가 너무 싫어하시겠다."

"아빠가 여기 없어서? 그럴지도. 엄마가 나한테 정확하게 말해주는 게 없으니까, 잘은 몰라."

베니는 쓸쓸해 보였다.

"어머니는 지금 집에 계셔?"

내가 베니의 어머니가 집에 있기를 바라는지, 아닌지는 분명히 알 수 없었다.

"응. 하지만 2층 엄마 방에서 텔레비전을 보고 있을 거야. 네가 왔다는 걸 알아도 아마 내려오지 않을걸? 너를 보려면 옷을 갖춰 입어야 할 테니까."

베니는 메고 있던 가방을 거대한 계단 맨 아래 단에 툭 던지고는 그 소리에 반응하는 2층의 움직임이 있는지 살폈다. 2층에서는 아무런 움직임도 없었다.

"아무튼 주방에 가서 먹을 걸 찾아보자."

나는 베니를 따라 집 뒤쪽에 있는 주방으로 갔다. 주방에서는 나이 든 라틴계 여자가 커다란 칼로 채소를 잘게 자르고 있었다.

"루르드, 여긴 니나야."

베니는 루르드의 옆을 간신히 비집고 지나 냉장고로 걸어가면서 말했다.

"학교 친구?"

루르드는 얼굴에 붙은 머리카락을 손등으로 밀어내면서 눈을 가늘게 뜨고 나를 쳐다보았다.

"네."

내 대답을 듣자 루르드가 주름 많은 얼굴로 이가 드러날 만큼 활짝 웃었다.

"그래, 배가 고픈가?"

"아니에요. 고맙습니다."

내가 대답했다.

"당연히 배고프지."

베니는 퉁명스럽게 말하고서 냉장고 문을 열어 안을 뒤지더니 반 남은 치즈케이크를 꺼냈다.

"이거 먹어도 될까?"

루르드가 어깨를 으쓱했다.

"너희 엄마는 안 드실걸. 다 먹어도 돼."

루르드는 산더미처럼 쌓여 있는 채소 쪽으로 몸을 돌리더니 다시 무자비하게 채소들을 공격하기 시작했다. 서랍에서 포크 두 개를 꺼낸 베니는 다른 쪽 문으로 나갔고, 여전히 정신이 멍한 채로 나는 베니를 따라갔다. 우리는 기다란 검은색 식탁이 있는 식당으로 들어갔다. 식탁을 어찌나 윤이 나게 닦았는지 내 모습이 비칠 정도였다. 머리 위에 매달린 크리스털 샹들리에가 어두운 식당에 무지개색 빛을 흩뿌리고 있었다. 베니는 케이크를 든 손을 치켜든 채 근엄한 식탁을 바라보면서 잠시 생각에 잠겼다.

"사실, 더 좋은 생각이 났어. 관리인의 오두막에 가서 먹자."

하지만 나는 베니의 말을 알아들을 수가 없었다.

"어째서 관리인이 필요한데?"

"아, 이제 관리인은 없어. 그러니까 오두막에는 아무도 살지 않지. 그냥, 뭐랄까, 주말에 손님이 오면 묵게 하는 일종의 게스트 하우스로 쓰고 있어. 물론 손님이 온 적은 한 번도 없지만 말이야."

"그럼 우리는 뭐 하러 가는데?"

"완전히 뻥가게 해줄게."

베니가 환하게 웃으며 말했다.

그래서 우리에게는 학교가 끝나면 함께하는 새로운 일이 생겼다. 일주일에 두세 번, 우리는 버스를 타고 베니의 집으로 갔다. 주방에서 간식을 꺼내 뒷문으로 나가면 여름이면 잔디밭이 보일 테지만 그때는 눈이 보이는 넓은 들판이 나왔다. 지난번 왔을 때 우리가 만들어놓은 발자국을 따라 눈길을 걸으며 영지 끝에 숨어 있는 관리인의 오두막에 닿았다. 오두막에 들어가면 베니는 마리화나 담배에 불을 붙였고, 우리는 쾨쾨한 양단 안락의자에 누워 마리화나를 피우면서 이야기를 나누었다.

나는 뽕가는 게 좋았다. 평소의 나와는 정반대로 팔다리는 무거워지고 머리는 가벼워지는 그런 상태가 좋았다. 특히 베니와 함께 뽕가 있는 게 좋았다. 그럴 때면 베니와 나를 가르는 경계선이 흐릿해지는 것만 같았다. 안락의자에 나란히 누워 우리 둘의 다리가 뒤엉켜 있을 때면 우리가 연속적으로 이어진 유기체의 일부인 것만 같았다. 나의 정맥 속에서 뛰는 맥박이 베니의 정맥 속에서 뛰는 맥박과 일치하는 것만 같았고, 우리 몸이 맞닿아 있는 곳에서는 서로의 에너지를 교환하고 있는 것만 같았다. 그때는 우리가 하는 말들이 너무나도 중요하게 느껴져서 우리가 나눈 대화를 하나도 빠짐없이 기억하고 싶다는 바람을 가졌지만, 사실 그때 우리가 나눈 대화는 반 친구들에 대한 소문, 선생님에 대한 불만, 외계인의 우주선이 있을지도 모른다는 추정, 사후 세계, 호수 바닥을 떠돈다는 시체 이야기처럼 멍청한 10대들이 나누는 시시껄렁한 잡담일 뿐이었다.

그 오두막 안에서 나에게 어떤 감정이 자라나던 순간을, 우리 두 사람의 관계가 조금은 혼란스러운 방식으로 모호해지던 순간을 기억한다. 그때는 이런 의문이 들었다. 우리는 정말 친구일 뿐일까?

그렇다면 어째서 비스듬히 들어오는 오후의 햇살이 비추는 베니의 얼굴을 보면서 베니의 턱선에 있는 주근깨에 혀를 대고 짠맛이 나는지 알아보고 싶어지는 걸까? 내 다리를 누르는 베니의 다리가 가하는 힘이 어떤 대답을 기대하는 것처럼 느껴지는 건 왜일까? 가끔 뽕간 상태에서 벗어나 우리가 상당히 오랫동안 아무 말도 하지 않고 있다는 사실을 깨달을 때가 있었다. 그럴 때 베니를 쳐다보면 그가 긴 속눈썹 너머로 나를 뚫어지게 쳐다보고 있음을 알게 되곤 했다. 나와 눈이 마주치면 베니는 얼굴이 빨개져서는 황급히 고개를 돌렸다.

베니의 집을 드나들던 초기 몇 주 동안 베니의 엄마를 만난 건 딱 한 번뿐이었다. 현관을 지나 주방으로 가고 있을 때 집 안의 무거운 침묵을 깨고 어떤 목소리가 우리에게 날아왔다.

"베니, 너니?"

베니는 급히 걸음을 멈추고 아주 신중한 표정으로 엘리자베스 리블링의 초상화가 걸려 있는 쪽 벽의 어느 한 곳을 보았다.

"어, 엄마."

"와서 엄마한테 인사해야지."

베니의 엄마는 목구멍 뒤쪽에 소리가 갇혀버린 것 같은 목소리를 냈다. 그녀의 목소리는 성대 뒤쪽 어딘가에 걸리고 말았고, 베니의 엄마는 그 소리를 삼켜야 할지 뱉어야 할지 몰라 당황하고 있는 것만 같았다.

베니는 미안하다는 듯이 고개를 살짝 기울이며 나를 보았다. 베니가 내가 한 번도 가보지 못한 미로 같은 복도를 따라 걸어가는 동안 나도 그 뒤를 따라 걸었다. 우리는 바닥부터 천장까지 책장이 꽉 차 있는 방으로 들어갔다. 그곳은 매력도 없고 커버도 없는 책들이 가득한 서재 같아 보였다. 책장에 꽂혀 있는 책들은 분명히 수십 년 전에 꽂힌 채 단 한 번도 그 자리에서 벗어나지 못한 것 같았다. 나무 패널에는 사냥에서 가져온 전리품이 쭉 걸려 있었다. 엘크의 머리, 무스, 서재 한구석에 서 있는 박제한 곰. 동물들 모두 자신들이 겪어야 하는 치욕에 분노하고 있음이 분명한 허망한 표정을 짓고 있었다.

베니의 엄마는 인테리어 디자인 잡지를 잔뜩 펼쳐놓은 채 난로 앞 푹신한 벨벳 안락의자 위에 무릎을 세우고 앉아 있었다. 서재 문을 등지고 앉은 베니의 엄마는 굳이 뒤돌아보려고 하지 않았다. 하는 수 없이 우리가 안락의자 앞으로 걸어가 그녀 앞에 섰다.

'꼭 애원하러 온 사람 같아'라고 나는 생각했다.

커다랗고 촉촉한 눈, 너무나도 작은 여우 같은 얼굴. 가까이에서 본 베니의 엄마는 정말로 놀라웠다. 베니의 붉은 머리카락은 분명히 엄마에게서 온 것일 텐데, 베니 엄마의 머리카락은 훨씬 더 진한 적갈색이었고, 비싼 돈을 들여 단장한 말의 갈기처럼 보였다. 몹시 말라서 나 정도의 힘으로도 번쩍 들어서 무릎에 대고 반으로 똑 부러뜨릴 수 있을 것 같았다. 실크로 만든 점프 슈트를 입었고 목에 스카프를 두른 베니 엄마는 이제 막 프랑스 식당에서 근사한 점심 식사를 마치고 온 사람처럼 보였다. 이 마을에 그런 점심을 먹을 수 있는 곳이 있을지는 모르겠지만.

"그러니까……."

베니의 엄마는 잡지를 내려놓더니 나를 뚫어지게 쳐다보았다.

"이 집에서 계속 들려오던 목소리의 주인이 바로 너였구나. 베니, 엄마한테 소개해줘야지."

베니는 두 손을 주머니에 푹 찔러 넣었다.

"엄마, 얘는 니나 로스야. 니나, 여긴 우리 엄마, 주디스 리블링이셔. 인사해."

"만나서 반갑습니다, 리블링 부인."

내가 악수를 하려고 손을 내밀자 베니의 엄마는 짐짓 놀라는 시늉을 했다.

"어머, 이 집에 예의를 아는 사람이 오다니!"

베니의 엄마는 뼈만 남은 보드라운 손으로 재빨리 내 손을 잡았다가 바로 놓았다. 그러고는 손가락으로 잡지를 휙휙 넘기며 글을 읽는 척했지만 내 모습을, 색 빠진 자홍색 브리지를, 눈가에 짙게 바른 검은 아이라이너를, 다른 사람 이름의 태그가 달린 얼룩진 파카를, 벌어진 앞코를 덕트 테이프로 둘둘 감은 방한 부츠를 관찰하고 있음을 느낄 수 있었다.

"그래, 니나 로스. 어째서 친구들이랑 스키를 타러 가지 않았니? 여기 아이들은 모두 그걸 한다고 생각했는데?"

"전 스키 안 타요."

"아."

베니의 엄마는 멋진 뉴욕 아파트를 찍은 사진을 한참 보다가 나중에 읽을 생각인지 사진이 실린 페이지의 모서리를 접었다.

"베니는 스키를 정말 잘 타는데, 얘가 말 안 했니?"

나는 베니를 보았다.

"정말?"

베니는 아무 말도 하지 않았고 베니의 엄마는 고개를 끄덕였다.

"얘 여섯 살 때부터 늘 스위스의 장크트모리츠로 휴가를 갔어. 그때는 얘가 좋아했거든. 요즘에는 뭐든지 다 싫다고 하는 데 재미가 들린 모양이야. 온통 눈에 둘러싸여 사는데도 절대로 스키를 타려고 하지 않아. 안 그러니, 베니? 스키, 조정, 체스, 다 네가 정말 좋아하던 거잖아. 그런데 이제는 자기 방에 틀어박혀서 만화만 그린다니까."

베니 목의 힘줄에 힘이 잔뜩 들어갔다.

"엄마, 그만해."

"아, 얘는 농담을 몰라."

베니의 엄마는 크게 웃었지만, 즐거워서 웃는 웃음은 아니었다.

"그래, 니나. 너에 대해 말해주렴. 알고 싶구나."

"엄마!"

베니의 엄마는 내가 특별히 재미있는 표본이라도 되는 것처럼 고개를 살짝 옆으로 기울여 뚫어지게 쳐다봤다. 왠지 그녀의 눈길에 맞아 로드킬이라도 당할 것 같은 기분이었다. 완전히 얼어붙어서 베니의 엄마가 나를 덮칠 때까지 한 발짝도 움직이지 못하고 그대로 서 있을 것만 같았다.

"음, 어, 우리는 작년에 여기로 이사 왔어요."

"우리?"

"엄마랑 저요."

"아."

베니의 엄마는 고개를 끄덕였다.

"그래서, 여기에는 왜 온 거니? 엄마 일 때문에?"

"비슷해요. 엄마가 폰드 두 락에서 일해요."

베니의 인내심이 마침내 바닥이 났다.

"제발, 엄마. 이제 그만 물어. 얘는 그냥 내버려둬."

"아, 그래. 쯧쯧, 엄마가 아들 인생을 조금 알고 싶다는 게 그렇게나 잘못한 거니, 베니? 아무튼, 그래, 가. 가서 매일 오후에 하던 일을 계속해. 몰래 빠져나가는 거 말이야. 나는 신경 쓰지 말고."

베니의 엄마는 다시 잡지를 들여다보면서 세 페이지를 연달아 넘겼다. 어찌나 세게 넘기는지 잡지가 찢어지겠다는 생각이 들었다.

"아 참, 베니. 오늘 아빠가 와서 저녁을 먹는다고 했어. 알고 있으라고. 가족끼리 하는 식사 말이야."

베니의 엄마는 "너는 초대받지 않았으니까, 어떻게 해야 하는지 알지? 어두워지기 전에 집에 돌아가"라는 표정으로 나를 쳐다보았다.

이미 반쯤은 서재에서 나가고 있던 베니가 주저하듯 말했다.

"하지만 오늘은 수요일이잖아."

"맞아. 수요일이야."

"아빠는 금요일에 오는 거 아니었어?"

"글쎄."

베니의 엄마는 다른 잡지를 집어 들었다.

"엄마랑 아빠가 이야기를 해봤지. 아빠가 좀 더 자주 오기로 했어. 우리랑 있으려고."

"끔찍해."

베니가 잔뜩 빈정거렸다.

당연히 아들의 빈정거림을 알아챈 베니의 엄마가 경고하듯 목소리를 한껏 낮추었다.

"베니."

"엄마."

베니가 자기 엄마 목소리를 흉내 냈다. 그 모습을 지켜보고 있자니 어쩐지 불편해졌다. 베니는 늘 엄마를 저렇게 대하는 걸까? 무례하고 거들먹거리면서? 하지만 베니의 엄마는 아무렇지도 않은지 손가락 끝을 입술에 댔다가 떼 베니에게 키스를 보냈다. 그러고는 곧바로 새로운 잡지로 눈을 돌려 빠르게 페이지를 넘겼다. 우리는 베니의 엄마에게서 완전히 잊혔다.

"미안."

주방으로 가면서 베니가 사과했다.

"그렇게 나쁘지는 않았어."

나는 조심스럽게 대답했다.

"네가 잘 몰라서 그래."

베니는 얼굴을 찡그렸다.

"하지만 어머니가 침대에서 나왔고, 아버지도 집에 온다며? 그럼 모두 잘된 거 아냐?"

"상관없어. 그런 건 중요하지 않으니까."

베니가 표정을 일그러뜨리는 것으로 보아 나에게는 솔직하게 말하지 않았지만, 둘 다 베니에게는 아주 중요한 문제임이 틀림없었다.

"진실은, 아빠가 저녁을 먹으러 오는 이유가 엄마가 자기 의견을 강하게 주장할 만큼 정신을 차렸기 때문이라는 거지. 식사를 마치면 곧바로 떠날 거야. 아빠가 여기서 자지는 않을걸. 사실 엄마가 아빠와 함께 있는 걸 정말로 원하는 건 아니니까. 엄마가 원하는 건 자기가 아빠를 부를 때마다 아빠가 오는 거지. 두 사람 사이를 좌지우지하는 사람은 자기라는 걸 증명해 보이고 싶은 거라니까."

베니의 다양한 진단 덕분에 나도 그 가족의 상황을 이해하기 시작했다.

"어째서 두 분은 그냥 이혼하지 않는 거야?"

내 말에 베니가 씁쓸하게 웃었다.

"돈 때문이지, 바보야. 모두 돈 때문이야."

그날 오후 내내 베니는 엄마의 행동을 곱씹어볼 수밖에 없다는 듯이 생각에 잠겨 있었다. 나 역시 자신이 어쩔 수 없는 충동에 억지로 떠밀리고 있다는 듯이 잡지를 휙휙 넘기던 베니의 엄마를 생각했다. 우리는 마리화나를 피웠고 내가 숙제를 하는 동안 베니는 공책에 그림을 그렸다. 이따금 안락의자 끝에 있는 베니가 나를 뚫어지게 쳐다보고 있음을 느꼈다. 엄마의 눈을 통해 나를 본 것이 그가 생각하고 있던 내 모습을 깨뜨린 것은 아닌지 궁금했다.

그날 나는 해가 지기 전에 일찍 집으로 갔다. 집에서는 엄마가 롤러로 머리카락을 만 채로 마카로니를 만들고 있었다. 엄마를 보는 순간 고마움에 마음이 포근해졌다. 나는 뒤에서 엄마를 껴안았다.

"우리 아가 왔어?"

엄마가 몸을 돌려 나를 꼭 끌어안았다. 엄마의 가슴이 느껴졌다.

"왜 이러는 거야?"

"아무것도 아니야. 엄마는 괜찮지? 응?"

나는 엄마의 어깨에 입을 대고 웅얼거렸다.

"그 어느 때보다 좋아."

엄마는 나를 뒤로 밀더니 내 표정을 찬찬히 살피면서 분홍색 매니큐어를 칠한 손가락으로 내 얼굴선을 쭉 어루만졌다.

"너는 어때? 학교는 다닐 만해? 마음에 들어? 성적은 잘 나오고?"

"그럼, 엄마."

물론 지금까지 베니와 함께 있다가 왔지만 그렇게 대답했다. 나는 내가 해내야 하는 숙제가 좋았다. 학교의 진보적인 분위기도 좋았고 그저 다지선다형 문제를 풀게 하는 게 아니라 학생들의 생각을 적극적으로 듣고 토론하는 선생님들이 좋았다. 전학을 오고 6개월쯤 흐른 지금, 나는 거의 모든 과목에서 A를 받았다. 영어 선생님 조는 얼마 전에 나를 따로 불러 스탠퍼드대학교에서 진행하는 여름 프로그램 안내 책자를 주었다.

"내년에, 2학년을 마치면 여기 참가해보는 게 좋겠다. 대학에 진학하는 데 훨씬 도움이 될 거야. 내가 이 프로그램 책임자를 아니까, 미리 말해둘게."

나는 그 안내 책자를 책장에 꽂아놓고서 가끔 꺼내 표지 속 아이들을 가만히 바라보곤 했다. 똑같은 자주색 티셔츠에 환한 미소를 짓고 있는 그 아이들은 책이 가득 든 가방을 어깨에 메고 팔짱을 끼고 있었다. 여름 프로그램은 물론 비쌀 것이다. 하지만 살면서 처음으로 나의 인생이 내 힘닿는 곳에 있다는 기분이 들었다. 우리가 제대로 길을 찾은 것만 같았다.

엄마의 표정이 밝아졌다.

"좋아. 아가, 네가 정말 자랑스러워."

엄마의 웃음은 진짜였다. 그런 조그만 성취에도 엄마는 정말로 기뻐했다. 나는 주디스 리블링을 생각했다. 무슨 결점이 있든 우리 엄마는 절대로 차갑지 않았다. 우리 엄마는 절대로 나를 하찮게 만들지 않았다. 우리 엄마는 절대로 내가 부족한 사람이라는 느낌이 들게 하지 않았다. 엄마는 거듭해서 나에게 모든 것을 걸고 또 걸었다. 그리고 이제 우리는 둥지를 만들었다. 모든 위험을 무릅쓰고 안전하고 따뜻한 둥지를 틀었다.

"오늘 아프다고 전화하고 집에서 영화 보는 건 어때?"

내 말에 엄마가 곤란하다는 표정을 지었다.

"너무 늦었어, 얘. 근무 시간에 제대로 나타나지 않으면 매니저가 얼마나 짜증을 낸다고. 하지만 일요일은 비번이야. 그때 코블스톤에 가서 영화를 보자. 아마 제임스 본드 영화를 할 거야. 그 전에 피자를 먹고."

"알았어."

나는 팔을 툭 떨어뜨렸다.

타이머가 울렸고, 엄마는 마카로니를 꺼내려고 스토브로 달려갔다.

"아, 오늘은 엄마가 늦게 와도 걱정하지 마. 오늘은 두 배 더 일한다고 했거든."

얼굴이 보이지 않을 정도로 모락모락 김이 피어오르는 그릇을 들고 싱크대로 가면서 엄마는 보조개가 파일 정도로 아주 밝게 웃었다.

"자, 이리 와. 우리 몸에 마카로니를 넣자꾸나!"

4월 중순 어느 날, 문득 주위를 둘러보니 봄이 와 있었다. 산봉우리는 여전히 얼음 관으로 덮여 있었지만 산 아래에 펼쳐진 호수에는 비가 내려 마지막 남은 눈 더미까지 없애버렸다. 새로운 계절이 되자 스톤헤이븐은 완전히 다른 공간처럼 느껴졌다. 서머타임이 시작됐고, 한낮이면 소나무 숲을 뚫고 내려온 햇살이 집 안을 가득 채웠다. 마침내 대저택 앞에 넓게 펼쳐진 대지에서 초록색 잔디가 자라는 모습을 볼 수 있었다. 그 모습은 마치 잔디가 겨울잠을 자고 밖으로 나오는 것만 같았다. 보이지 않는 정원사가 심어둔 제비꽃이 길을 따라 모습을 드러냈고, 스톤헤이븐의 모든 것이 위압감과 불길함을 한껏 덜어냈다.

하지만 그런 느낌이 드는 건 순전히 내가 스톤헤이븐이 편해졌기 때문인지도 몰랐다. 이제 더는 계단을 올라갈 때 겁을 먹지 않았다. 베니가 계단 밑에 가방을 내려놓을 때면 나도 이곳이 내 집인 것처럼 함께 가방을 털썩 내려놓았다. 꽃병을 들고서 유령처럼 이 방에서 저 방으로 돌아다니던 베니의 엄마를 만난 적도 있었다. 베니의 말에 따르면 그때 베니의 엄마는 재정리 단계에 있었기 때문에 방에 있는 가구를 이쪽에서 저쪽으로 옮겼다가 다시 제자리로 옮기기를 되풀이하고 있었다. 내가 인사를 하자 베니의 엄마는 고개를 끄덕이며 팔등으로 뺨을 문질렀고, 뺨에 회색 먼지 자국이 남았다.

봄방학이 시작되던 어느 일요일 아침에 엄마와 나는 베이글과 커피를 먹으려고 시드로 걸어갔다. 우리가 주문할 차례를 기다리는데(엄마는 수염 난 친절한 매니저와 시시덕거리고 있었다) 다른 손님들 너머로 나를 부르는 베니의 목소리가 들렸다. 몸을 돌리자 한 번도 본 적 없는 여자와 함께 서 있는 베니가 보였다.

나는 처음 보는 그 여자를 쳐다보면서 베니에게 걸어갔다. 그 여자는 지역 주민은 아닌 것 같았다. 그녀는 오스카상 트로피처럼 온통 금색으로 번쩍였다. 머리카락과 손톱, 화장한 얼굴은 물론이고 온몸이 부드러운 빛에 감싸여 있는 것 같았다. 프린스턴 스웨트 셔츠와 청바지를 입었을 뿐이지만, 청바지의 마감에서, 스웨트 셔츠 밑으로 보이는 다이아몬드 테니스 팔찌에서, 가죽 가방에서 풍기는 냄새에서, 나는 베니에게서는 한 번도 느껴보지 못했던 돈 냄새를 그 여자에게서 맡았다. 밝고 깨끗하고 청량한 그녀는 아이비리그 안내 책자 표지에 실린 아이들처럼 보였다.

여자는 내가 가까이 가는 것도, 주변의 소음도 전혀 의식하지 않은 채 그저 휴대전화만 쳐다보고 있었다. 베니가 내 어깨에 팔을 두르고 나와 그 여자를 번갈아 쳐다보았다.

"니나, 인사해. 우리 누나야. 바네사 누나, 여기는 내 친구 니나."

아, 누나. 그래, 누나일 수밖에 없었다. 갑자기 상반되는 두 감정이 나를 마구 잡아당겼다. 나는 바네사가 나를 좋아해주기를 바랐고, 내가 그녀처럼 되기를 바랐다. 하지만 나는 결코 그녀처럼 될 수 없으니 그런 바람은 품지 말아야 했다. 하지만 그럼에도 그녀처럼 되고 싶다는 소망을 품게 되리라는 사실도 알고 있었다. 바네사는 엄마가 내게 바라는 바로 그런 모습을 하고 있었다. 그녀를 보는 것만으로도 나는 엄마의 소망이 실현되는 건 너무나도 힘든 일임을 깨달을 수 있었다.

바네사는 고개를 들었고 마침내 동생이 다른 사람의 어깨에 팔을 두르고 있음을 알아차렸다. 나를 보는 바네사의 커다란 녹색 눈에 잠시 어떤 감정이(놀람 같았다. 어쩌면 기쁨이었는지도 모르겠다) 얼핏 떠올랐지만 나를 계속 바라보는 동안 그 감정은 사라졌다. 바네사는 예의가 바른 사람이라 내 몸을 위아래로 훑어보지는 않았지만 나는 바네사를 보자마자 바네사도 다른 사람을 평가하는 여자임을 알아보았다. 바네사는 세심하게 관찰하는 사람이었다. 그녀가 내 모습을 구석구석 관찰하고 평가하고 가치를 매겨 합계를 낸 뒤에 어울릴 가치가 별로 없는 사람이라는 결론을 내렸다는 기분이 들었다.

"귀엽네."

바네사는 조금은 무성의하게 말하고는 그것으로 나와의 만남을 마무리 지었다. 바네사는 다시 휴대전화를 쳐다보면서 살짝 뒤로 물러났다.

나는 얼굴이 발개졌다. 아마도 그때가 살면서 처음으로 내 외모에 잘못된 점이 있음을 깨달은 순간일 것이다. 나는 서툰 화장을 너무나도 진하게 하고 있었다. 배와 엉덩이를 가리는 옷을 입었지만 실제로는 포대 자루처럼 보였다. 멋있지도 깔끔하지도 않은 내 머리카락은 드럭 스토어에서 산 싸구려 염색약으로 물들어 있었다. 한마디로 싸구려처럼 보였다.

"학교 친구니?"

갑자기 내 옆에서 엄마의 목소리가 들렸다. 다른 생각을 할 수 있다는 사실이 기뻤다.

"베니입니다."

베니가 씩씩하게 엄마에게 손을 내밀었다.

"만나 뵙게 되어 기쁩니다, 로스 부인."

엄마의 얼굴에 잠깐 놀라움이 떠올랐다가 사라졌다. 아마도 평생 처음으로 다른 사람이 부인이라는 호칭으로 불러줬기 때문인 것 같았다. 하지만 그 표정은 이내 사라졌다. 엄마는 베니의 손을 잡고 정중하게 악수를 했지만, 베니의 얼굴이 붉어질 정도로 조금 오래 손을 잡고 있었다.

"어떤 친구인지 미리 알고 있었다면 좋았을 텐데. 우리 니나가 새로 사귄 친구 이야기를 전혀 해주지 않았지 뭐니."

"나한테 친구가 많지 않으니까 그랬지. 친구는 얘 하나뿐이야."

나와 눈이 마주치자 베니가 싱긋 웃었다.

"적어도 사랑스러운 친구를 한 명 사귀었다는 거랑 그 친구 이름 정도는 말해줄 수 있었잖아. 베니는 부모님한테 친구들 얘기 모두 하지?"

엄마는 베니를 보면서 보조개가 생길 정도로 활짝 웃었다.

"아니요. 전혀 안 합니다."

"어머, 그러니? 우리 부모들이 만나서 서로 위로를 좀 해야겠다. 정보도 교환하고."

엄마는 괜스레 내게 눈을 흘기는 시늉을 했지만, 사실은 베니가 나를 보고 웃는 모습과 내 뺨이 살짝 붉어지는 모습을 세심하게 관찰하고 있었다. 살짝 어색한 침묵이 흐를 때쯤 엄마가 주위를 둘러보며 말했다.

"근데 크리머는 어디 있을까? 설탕을 잔뜩 넣어야 커피를 마실 수 있는데. 그럼, 갈 준비가 되면 말해줘, 니나."

엄마는 한껏 꾸민 모습으로 카운터 끝으로 걸어갔다. 그곳에서 엄마는 우리가 단 1미터도 떨어져 있지 않다는 사실을 잊은 사람처럼 설탕 통을 들고 호들갑을 떨었다. 나는 묵묵히 엄마의 그런 사려 깊음에 감사했다.

주문 차례가 될 때까지 나와 베니는 말없이 웃으면서 걸음을 옮겼고 바네사는 조용히 우리 뒤를 따라왔다.

"커피 한 잔, 카푸치노 한 잔 주세요."

베니가 음료를 주문했다.

"두유는 없어?"

바네사가 여전히 휴대전화에서 눈을 떼지 않으며 물었다.

베니가 누나를 노려봤다.

"응, 그건 없어. 잊어버려."

베니가 지갑에서 100달러를 꺼냈다. 바네사는 마침내 베니의 행동을 인지할 정도로 오랫동안 휴대전화에서 눈을 뗐고, 재빨리 베니의 손목을 잡으며 베니가 들고 있는 지폐를 보았다.

"맙소사, 베니. 너 아직도 금고에 손대니? 언제든 아빠가 알게 되면 정말 크게 혼날 거야."

베니는 바네사의 손을 떨쳐냈다.

"금고에 100만 달러나 있어. 몇백 달러쯤 없어져도 눈치 못 채."

바네사는 재빨리 나를 쳐다보고는 고개를 돌렸다.

"입 다물어, 베니."

바네사가 입을 앙다물고 말했다.

"도대체 요즘 왜 그래, 누나?"

바네사는 한숨을 내쉬며 손을 번쩍 들었다.

"조심하라는 거야, 아기 동생아. 이제 좀 클 때도 됐잖아."

바네사는 나를 무시하면 베니의 실수를 기억 못 할 거라고 생각하는지 이번에도 나를 쳐다보지 않았다. 그때 바네사의 휴대전화가 울리기 시작했다.

"잠깐, 전화 좀 받고 올게. 곧 올 거야. 활주로에 들러서 내 선글라스 찾아야 한다는 거 잊지 마."

바네사는 몸을 돌려 카페 밖으로 나갔다.

"미안, 원래는 저렇게 무례하지 않은데, 누나가 친구들이랑 멕시코에 간다는 걸 엄마가 못 가게 하고 가족이랑 파리에 가기로 했거든. 그래서 지금 저기압이야."

하지만 내 마음은 이미 바네사의 오만함에서 벗어나 스톤헤이븐의 컴컴한 금고 안에 보관되어 있을 100만 달러를 그려보느라 정신이 없었다. 도대체 누가 그렇게 큰돈을 집에 현금으로 보관하는 걸까? 100만 달러라니, 어떤 모습일까? 현금 100만 달러는 공간을 얼마큼이나 차지할까? 밝은 녹색 지폐를 더플백 하나 가득 쓸어 담아 은행을 빠져나오는 강도 영화를 상상했다. 강도 둘이 금고를 숨겨 놓은 거대하고 둥근 강철 문을 여는 상상을 했다.

"너희 아빠는 100만 달러를 집에 보관해?"

베니가 불편한 표정을 지었다.

"그런 말은 하지 말았어야 했는데."

"하지만 왜? 너희 아빠는 은행을 못 믿어?"

"그렇기도 하지만 그런 이유만은 아냐. 물론 은행에도 넣는데 그 돈은 위급할 때 쓰려고 둔 거야. 아빠는 언제나 당장 쓸 수 있는 현금을 가지고 있는 게 중요하다고 말하거든. 일이 완전히 틀어져서 수습할 방법이 없으면 그냥 도망쳐야 할 때도 있으니까. 샌프란시스코에 있는 집에도 현금을 숨겨놨어."

베니는 일곱 자리 숫자의 돈이 들어 있는 금고가 어느 집에나 있는 것처럼 덤덤하게 말했다. 하지만 나로서는 좀처럼 이해가 되지 않았다. 도대체 왜? 좀비가 나오면 도망쳐야 해서? FBI가 쳐들어올 때를 대비하는 거야? 바리스타가 베니에게 커피를 건넸고, 나를 돌아보는 베니의 목에는 익숙한 붉은 기가 올라와 있었다.

"이제 우리 아빠 이야기는 그만할까?"

베니의 표정에서 우리가 해왔던 무언의 합의가 깨졌음을 알 수 있었다. 나는 베니가 부잣집 아들임을 모른 척해야 했고, 설사 안다고 해도 신경 쓰지 않는다는 합의 말이다. 하지만 이제는 그럴 수가 없었다. 베니의 집에는 '위급할 때'를 대비해 숨겨둔 100만 달러가 있었고, 베니의 가족에게는 그들을 파리로 데려다줄 전용기가 기다리는 활주로도 있었다. 그 두 가지 사실은 우리 사이에 놓여 있는 거대한 격차를 알려주는 증표였다. 나는 크리머 옆에 서 있는 엄마를 쳐다보았다. 월마트에서 산 파카를 입는 엄마가 매일 밤 도박장에서 수만 달러를 아무 의미 없는 종이처럼 써버리는 사람들을 보면서 어떤 생각을 할지 궁금해졌다.

그리고 갑자기 엄마가 선택한 인생의 이면에 숨은 의도를, 엄마의 (이전 직업인) 절도 행위에 숨은 동기를 똑똑히 깨달았다. 우리는 유리창에 얼굴을 대고서 우리보다 훨씬 많이 가진 사람들을 지켜보면서 그들이 특권을 누리며 우리 얼굴을 아무렇지 않게 문질러대는 모습을 지켜보며 살아왔던 것이다. 특히 이런 휴양지 마을은 노동자 계층과 130달러나 하는 스키 리프트 표를 끊고 호화로운 SUV를 소유하고 1년에 320일은 비워둘 호수 앞 별장을 사들이는 휴가객이 서로 부딪칠 수밖에 없는 곳이었다. 그러니 유리창 너머에 있는 사람들이 결국 망치를 가져와 유리창을 깨뜨리고 그 안으로 손을 넣어 부자들의 부를 일부 가져가는 것이 그렇게 이상한 일은 아닐 수도 있었다. 엄마는 "이 세상에 존재하는 사람은 두 가지 부류로 나눌 수 있어. 자신에게 무언가가 주어지기를 기다리는 사람, 직접 나서서 자신이 원하는 걸 가져오는 사람, 이렇게 말이야"라고 말했었다. 확실히 엄마는 멍하니 유리창 안을 들여다보면서 언젠가는 그쪽으로 건너갈 수 있기를 바라기만 하는 사람은 아니었다.

그럼 나는 어느 쪽이지?

물론 지금은 그 물음에 대한 답을 알고 있다.

하지만 그날은 베니와 멀어지고 싶지 않았기에 나도 모르게 구더기가 가득 든 깡통을 열어버렸다는 죄의식에 사로잡혔고, 결국 "미안해"라고 사과하고 말았다.

"괜찮아. 별일도 아닌걸."

나의 내면에서 일어나고 있는 격동을 알지 못했던 베니는 내 팔을 세게 움켜잡으며 말했다.

"참, 우리는 내일 떠나. 하지만 파리에서 돌아오자마자 만나자. 알았지?"

"바게트 사다 줄 거지? 잊지 마."

나는 뺨이 아플 정도로 활짝 웃었다.

"당연하지."

베니가 대답했다.

봄방학이 끝나던 날, 마치 봄이 와서 신경 강박증에 걸린 듯 초조하고 불안해 보이는 상태로 베니는 다시 버스로 돌아왔다. 내가 버스에 오르는 모습을 본 베니는 자리에서 벌떡 일어나 바게트 두 개를 칼처럼 이리저리 휘둘렀다.

"자, 마드모아젤을 위한 바게트야!"

베니가 자랑스럽게 외쳤다.

나는 바게트 하나를 받아 조금 잘랐다. 오래되어 굳은 바게트였지만 나와 한 약속을 기억한 베니의 정성에 감동했기에 어쨌거나 잘라낸 조각은 다 먹었다. 하지만 마음 한구석에서는 백만장자의 아들이 나에게 고작 이런 빵이나 사다 주다니, 라는 생각도 분명히 하고 있었다(그리고 또다시 내 마음속에서는 녹색 지폐가 가득 든 비밀 금고가 떠올랐다). 물론 정말로 중요한 것은 베니가 내가 한 말을 기억했고 나를 생각했고 나를 위해 바게트를 사 왔다는 점이었다. 그것이야말로 정말로 중요한 거였다. 내가 가장 가치 있게 여기는 건 바로 그런 마음이었다. 아닌가?

하지만 그래도 그렇지.

"우아, 정말 만나서 반갑다. 드디어 정신이 드는 것 같아."

베니는 이상하다는 기분이 들 정도로 세게 내 어깨에 팔을 둘렀다. 뭐라고 딱 꼬집어 말할 수는 없었지만 베니에게 무슨 일이 일어나고 있는 게 분명했다.

"파리는 어땠어?"

내 말에 베니는 어깨를 으쓱했다.

“엄마랑 누나가 쇼핑하는 동안 나는 그냥 앉아서 페이스트리를 먹으면서 기다렸어. 아빠가 마침내 참을 수 없게 되면 호텔로 가서 엄마랑 누나가 얼마나 썼는지 확인을 했지. 아주 스릴 넘쳤어.”

“페이스트리와 쇼핑이라니. 와. 정말 근사하다! 난 방학 내내 도서관에서 생물 개체성을 파고들었지. 네가 그 모습을 봤다면 정말 부러워했을걸?”

“진짜 그랬을 거야. 가족이랑 파리에 가는 것보다 어디든 너랑 함께 있는 게 더 좋아.”

베니가 내 어깨에 두른 손에 힘을 줬다.

베니의 말을 듣는 순간, 또다시 이해할 수 없는 화가 살짝 치밀었다가 사라졌다. 파리는 나에게는 너무나도 멋진 단어였고, 당연히 베니는 자신이 행운아임을 인정하는 태도 정도는 갖추어야 했다. 프랑스에서 휴가를 보내는 것보다 나와 함께 있는 편이 훨씬 흥미롭다고 진심으로 믿다니, 어떻게 그럴 수 있을까? 게다가 그런 칭찬을 무시하고 싶은 나라는 인간은 또 어떻고?

우리는 스톤헤이븐의 정문 앞에 도착할 때까지 발밑에 부스러기를 떨어뜨리면서 계속 바게트를 먹었다. 하지만 일단 스톤헤이븐 안으로 들어온 뒤에는 언제나처럼 집으로 들어가는 계단 쪽으로 걷지 않았다. 베니는 나를 데리고 자동차 진입로로 들어갔고, 내 팔을 잡아당겨 집 옆쪽에 있는 소나무 숲으로 갔다.

“뭐 하는 거야?”

내가 묻는 말에 베니는 조용히 하라는 시늉으로 손가락을 자기 입술에 갖다 대더니 위층 창문을 가리키며 소리 없이 입 모양으로만 “엄마!”라고 말했다.

베니가 왜 그런 행동을 하는지 이해할 수 없었지만 어쨌거나 우리는 소나무 숲을 지나 스톤헤이븐의 영지 가장자리를 따라가 관리인의 오두막에 도착했다. 오두막에 들어가자마자 베니는 간식을 보관해두는 작은 주방으로 가 진열장에서 병을 하나 꺼냈다. 베니는 내가 그 병을 살펴볼 수 있도록 높이 들어 올렸다. 아주 비싸 보이는 핀란드산 보드카였다.

"마리화나는 이제 없어. 그래서 아빠 장식장에서 이걸 훔쳐 왔지."

"없다고? 설마 그걸 다 피웠어?"

"아니. 우리가 프랑스에 가기 전에 엄마가 내 방을 급습했어. 침대에서 그걸 찾아내서는 모조리 변기에 쏟아버렸어."

베니가 창피하다는 표정을 지었다.

"내가 개집에서 살고 있어서 그래. 사실, 너도 여기에 있으면 안 돼. 엄마 아빠가 너랑 만나지 말라고 했거든. 그래서 집 안으로 들어갈 수 없었던 거야."

그 말을 듣는 순간 이상했던 베니의 행동이 모두 이해됐다. 어울리지 않았던 허세와 버스에서 내가 자기 것인 양 어깨에 팔을 두르던 행동. 그 모든 행동이 자기 부모에게 가운뎃손가락을 날리는 것이었다.

"그러니까, 네 말은……, 너희 부모님이 나를 원망한다는 거야? 마리화나 때문에? 내가 너한테 나쁜 영향을 끼친다고? 내 분홍색 머리 때문에? 내가 스키를 타지 않아서?"

내 안에서 견딜 수 없는 분노가 부글부글 끓어올랐다.

베니는 고개를 저었다.

"너랑은 아무 상관 없다고 말했어. 너를 만나기 전부터 하던 거니까. 엄마 아빠도 그건 알아. 두 사람은 그냥……, 나를 과보호하는 거야. 논리고 뭐고 없지. 그냥 늘 그랬어. 진짜 이상한 사람들이야."

보드카 병은 전이를, 반항을, 어쩌면 사과를 상징하는 토템으로 여전히 우리 사이에 떠 있었다. 마침내 나는 손을 뻗어 보드카 병을 잡았다.

"주스 있어? 스크루드라이버 만들 수 있는데."

"아니, 없어. 보드카뿐이야."

나와 눈이 마주친 베니의 얼굴이 빨개졌다. 그 모습을 보니 어떤 책에서 본 '술기운'이라는 단어가 생각났다. 나는 보드카 뚜껑을 열어 꿀꺽꿀꺽 마셨다. 엄마의 마티니를 조금 맛본 적은 있었지만, 술을 이렇게 급하게 많이 마셔본 건 처음이었다. 목구멍이 타는 것 같았다. 숨이 막혀 죽을 것만 같았다. 베니는 식식거리고 있는 내 등을 세게 두드려주었다.

"나는, 잔으로 마시려고 했어. 하지만……."

내 손에서 보드카 병을 가져가 베니도 꿀꺽꿀꺽 마셨고 보드카가 식도를 타고 내려가는 동안 온몸을 부르르 떨었다. 입술 사이로 보드카가 주르륵 흘러나왔다. 베니는 티셔츠 소매로 보드카를 닦았다. 벌겋게 충혈된 눈에 눈물이 고였다. 나와 눈이 마주친 순간 베니도 나도 미친 듯이 웃기 시작했다.

위가 불타오르는 것 같았다. 자극적이었고 강렬했고 뜨거웠다.

"자, 여기."

베니가 보드카 병을 나에게 내밀었고, 나는 이번에는 한 모금 가득 마시고 숨을 내쉬었다. 그 뒤로 5분 동안 우리는 술을 마셨다. 나는 어지러워서 식당 의자에 발이 걸려 넘어지면서도 몽롱해진 머리로 크게 웃었다. 나를 붙잡은 베니가 내 몸을 돌려 넘어지지 않게 막아주었고, 마침내 나는 용기를 내어 베니에게 키스했다.

그때부터 지금까지 나는 정말로 많은 남자와 키스를 했고, 그 남자들은 대부분 베니보다 훨씬 키스를 잘했다. 하지만 첫 키스는 언제나 기억에 남는 법이다. 잔뜩 텄지만, 아주 부드러웠던 베니의 입술. 내가 눈을 떴을 때도 꼭 감고 있던 베니의 눈. 심각하고 잔뜩 긴장해 있던 베니의 얼굴. 위치를 제대로 잡으려고 몸을 움직이는 동안 맞부딪쳐 끔찍한 소리를 냈던 두 사람의 치아. 베니의 가슴을 짚고서 까치발을 해 몸을 높이려고 했던 나와 두 사람의 얼굴 높이를 맞추려고 몸을 숙였던 베니. 키스하는 내내 마치 물속에 있었던 것처럼 키스를 멈춘 뒤 거칠게 숨을 몰아쉬었던 우리 두 사람. 나는 그날의 키스를 완벽하고 상세하게 기억하고 있다.

나는 베니의 팔에 안겨 그의 심장 소리를 들었다. 베니의 심장이 어찌나 격렬하게 뛰는지 가슴을 뚫고 나와 문을 향해 달려가버릴 것만 같았다. 우리 둘이 잠시 서서 이 새로운 현실에 적응하고 있는 동안 베니의 심장은 서서히 고요해졌다.

"동정심 같은 거 때문에 이런 일을 할 필요는 없었는데."

베니가 내 머리에 대고 조용히 속삭였다.

나는 베니에게서 몸을 떼고 그의 팔을 힘껏 때렸다.

"난 너한테 키스한 거거든, 멍청아."

베니의 속눈썹이 파르르 떨렸다. 베니의 눈은 사슴처럼 부드럽고 조심스러웠다. 베니의 숨결에서 달콤한 휘발유 같은 보드카 냄새가 났다.

"넌 예쁘고 똑똑하고 냉정해. 왜 나한테 키스했는지 모르겠어."

"알아야 할 건 하나도 없어. 심각하게 생각할 거 없어. 이런저런 추론은 하지 말고 그냥 내가 널 좋아하게 해줘."

하지만 베니의 말에는 일리가 있는지도 몰랐다. 이 세상에는 얼뮛 보기에는 순수한 것 같아도 사실 정말로 순수한 것은 하나도 없다. 예쁜 것들의 흠잡을 데 없는 표면을 벗겨내면 언제나 훨씬 복잡한 내면이 드러난다. 청명하고 깨끗한 호수 바닥에는 검은 침니가 존재하고, 아보카도의 한가운데에는 단단한 씨가 들어 있다. 지금 돌이켜보면 그날 내가 베니에게 키스했던 건 증명서를 발급한 것이나 마찬가지 행위였는지도 모른다는 생각이 든다. 베니에게 표식을 남기고 싶었기 때문인지도 몰랐다. 베니의 부모님이 아들에게 나를 만나지 말라고 했다고? 내가 아들에게 나쁜 영향을 끼친다고 생각한단 말이지. 그러니까 내가 베니에게 키스를 한 건 베니의 부모님에게 항의하는 방법이었는지도 몰랐다. '이것 봐, 베니는 내 거야. 절대로 당신들은 베니를 가질 수 없어. 당신들은 이 세상 모든 걸 다 가졌는지도 몰라. 하지만 당신들 아들은 내 거라고!'

어쩌면 내가 그토록 확신에 차서 베니의 손을 잡은 채 발을 헛디뎌가면서 지붕창이 있는 방의 침대로 간 건 그 때문인지도 몰랐다. 보드카의 불길이 나 자신도 깨닫지 못했던 대담함에 불을 지폈던 건 그 때문인지도 몰랐다. 자포자기하는 심정으로 밀고 당기는 일에, 바닥에 옷을 벗어 던지고 서로의 살에 혀를 대는 일에 내 자신을 그토록 쉽게 내던져버린 것은 그 때문인지도 몰랐다. 한순간의 찢어질 듯한 고통, 헐떡거림과 밀고 들어옴. 내 미래를 향해 나아가는 길에 내 몸을 내던져버린 것은 정말 그 때문인지도 몰랐다.

그때, 우리의 동기는 그다지 깨끗하지 못했는지 모르지만, 그날부터 몇 주 동안 우리에게 일어난 일들은 순수했다고 생각한다. 오두막은 온전히 우리의 것이었고 그 안에 감추어진 공간에서 일어난 일들은 모두 시간이나 공간의 변화와 맞물려 있는 경계 지점, 경계

공간에서 일어나는 일처럼 느껴졌다.

학교에서의 우리 관계는 변함이 없었다. 교실로 가는 길에 복도에서 서로 지나쳤으며, 가끔 점심시간에 함께 피자를 먹기는 했지만 식탁 밑에서 가끔 서로의 발을 더듬어 찾았을 뿐 서로의 몸을 어루만진 적은 없었다. 심지어 집으로 가는 버스 안에서도 짜릿한 기대를 품기는 했지만 우리는 전형적인 남자 사람 친구와 여자 사람 친구의 역할에서 벗어난 적이 없었다. 손을 잡지도 않았다. 파란색 볼펜으로 서로의 팔에 이름을 적지도 않았고, 음료 한 잔에 빨대 두 개를 꽂고 마시지도 않았다. 두 사람 사이에 벌어지고 있는 일을 드러낼 만한 행동은 전혀 하지 않았다. 두 사람 사이를 추론할 만한 일도 전혀 하지 않았다.

하지만 일단 오두막 안으로 들어가면 모든 것이 바뀌었다. 우리가 반란을 시작해도 된다는 확신을 얻으려면 하루를 이루는 시간 대부분과 버스를 타고 오는 시간 30분을 더한 긴 시간이 필요했다.

"그래, 어떤 남자애니?"

어느 날, 저녁을 먹기 직전에 집에 들어온 나에게 엄마가 물었고, 그 뒤로 모든 것이 틀어졌다. 여전히 내 피부에 묻어 있는 베니의 냄새를 맡을 수 있었던 나는 청소년의 욕망이 발산하는 페로몬이라는 붉은 기 때문에 엄마도 베니의 냄새를 맡을 수 있었던 건지 궁금했다.

"남자애 얘긴 왜 하는 건데?"

엄마는 욕실 문 앞에 서서 말아놓았던 롤러를 풀었다.

"얘, 내가 뭔가 아는 게 있다면, 그건 바로 사랑이야."

엄마는 잠시 말을 멈추고 생각했다.

"사실은 섹스지만 말이야. 너희, 피임은 하는 거지? 엄마 방 작은 탁자 맨 위 서랍에 콘돔 있으니까 필요한 만큼 가져다 써."

"엄마! 제발, 그만. 그냥 '너는 아직 너무 어려' 같은 말만 하고 더는 아무 말도 하지 마."

"너는 아직 너무 어려, 아가."

엄마는 손가락으로 머리카락을 부드럽게 펴고 헤어스프레이를 뿌려 컬을 고정했다.

"뭐야, 처음에 할 때 난 열세 살이었어. 이런 내가 누구한테 뭐라고 하겠니. 아무튼 그 애를 만나봐야겠다. 언제 한번 저녁 먹으러 오라고 해."

엄마의 말을 듣고 잠시 생각했다. 그 남자애가 바로 카페에서 만났던 그 애라는 사실을 고백하는 게 좋을까? 아니면 엄마는 이미 그 사실을 알고 있고 내가 제대로 말해주기를 기다리고 있을까? 하지만 베니에게 두 세계를 가르고 있는 루비콘강을 건너게 한다는 생각은 썩 내키지 않았다. 너무나도 위험한 생각 같았고, 그 과정에서 무언가 아주 중요한 것이 부서질 것만 같았다.

"글쎄."

엄마는 변기 위에 걸터앉더니 한쪽 발을 무릎에 올리고 발가락을 부드럽게 주물렀다.

"좋아. 이제 너한테 가르침을 줘야 할 때가 온 것 같으니까 말해줄게. 섹스는, 당연히 사랑에 관한 이야기일 수도 있어. 사랑이 있는 섹스는 아주 근사해. 오, 아가. 너의 섹스도 사랑이 있는 거였음 좋겠다. 하지만 섹스는 도구이기도 해. 남자들은 섹스를 자기 자신을 증명하는 도구로, 자신이 원하는 것을 얻을 힘을 입증하는 증거로 쓴단 말이야. 남자들에게 여자는 그저 세계를 제패하려는 남자들이 세운 사다리의 첫 번째 가로대일 뿐이야. 그러니까 그런 섹스를 할 때는, 뭐 섹스는 대부분 그런 경우지만, 너도 섹스를 도구로 사용한다는 점을 분명히 해야 해. 두 사람이 평등한 관계를 맺고 있다고 믿느라 남자들이 널 이용하게 내버려둬서는 안 돼. 너도 남자들만큼이나 섹스를 도구로 철저하게 이용해야 해."

엄마는 부어오른 발을 신발에 밀어 넣고 일어섰지만 하이힐 때문에 중심을 잡지 못하고 살짝 비틀거렸다.

"최소한, 즐기기라도 해야지."

엄마의 말이 주는 느낌이 싫었다. 베니하고 나의 관계는 절대 거래가 아니었다. 그런데도 엄마의 말은 내가 그리는 예쁜 그림에 독을 주입하면서 엄마와 나 사이에 계속 떠 있었다.

"엄마, 그건 너무 고리타분한 옛날 관점이야."

"그래?"

엄마는 거울을 물끄러미 바라보았다.

"카지노에서 내가 매일 밤 목격하는 대로라면 절대로 그렇지 않을걸?"

엄마와 내 눈이 거울 속에서 마주쳤다.

"얘, 그냥 조심하라고."

"엄마처럼?"

생각지도 않았던 악의적인 말이 느닷없이 내 입에서 튀어나왔다.

엄마는 마스카라 같은 게 눈에 들어가서 재빨리 빼내야 할 때처럼 빠르게 눈을 깜박거렸다. 그런 말을 하다니, 너무 후회됐다.

"나는 정말 힘들게 알게 된 거야. 너는 나처럼 힘든 일을 겪지 않았으면 하는 마음이고."

내 마음이 누그러졌다. 당연히 누그러질 수밖에 없었다.

"내 걱정은 안 해도 돼, 엄마."

"어떻게 안 할 수 있겠니?"

엄마가 한숨을 쉬었다.

내가 베니를 마지막으로 본 건 5월 중순의 어느 날이었다. 학기가 끝나려면 불과 3주밖에 남지 않았을 때였고, 우리는 한창 기말고사를 치르고 있었다. 그때 나는 몇 개 남지 않은 B를 A로 끌어올리려고 마지막 박차를 가하며 벼락치기에 몰두해 있었던 터라 거의 일주일째 베니를 보지 못했다.

그 마지막 날에, 버스에 올라 내 옆에 앉은 베니는 나에게 종이 한 장을 건넸다. 베니가 준 두툼한 종이에는 내가 그려져 있었다. 그림에서 나는 딱 붙는 검은색 옷을 입고 분홍색 브리지를 한 머리카락을 뒤로 휘날리며 강인한 다리로 하늘 높이 솟아오르고 있었다. 한 손에는 피가 뚝뚝 떨어지는 칼을 쥐고 있었고 내 발밑에는 잔뜩 겁먹은 모습으로 불을 내뿜는 용이 있었다. 종이에 그려진 내 눈은 '그냥 해봐, 인마'라는 표정으로 커다랗게 부릅뜬 채 광선을 내뿜고 있었다.

그 그림을 한참 들여다보면서 나는 베니가 나를 어떻게 보고 있는지 알게 되었다. 베니에게 나는 실제의 나보다 훨씬 강한 구원 능력이 있는 슈퍼히어로였다.

나는 초상화를 접어 가방에 넣고서 아무 말 없이 베니의 손을 잡았다. 베니는 내 손에 깍지를 끼고 해맑게 웃었다. 버스가 매연을 뿜으며 호숫가를 달리는 동안 따뜻한 봄날의 공기가 벌어진 창문 틈새로 스며들어 왔다.

"이번 주에 엄마는 샌프란시스코에 있을 거야."

버스가 베니의 집 가까이 왔을 때 베니가 말했다.

"거기서 약을 지어 올 거야. 한 번에 가구를 너무 많이 옮겨서 아빠가 단서를 잡은 거지."

베니는 웃으려고 했지만 베니의 목에서는 죽어가는 갈매기가 고통스럽게 울부짖는 것 같은 소리만이 흘러나왔다.

나는 깍지 낀 손에 힘을 주었다.

"어머니는 괜찮으셔?"

베니는 어깨를 으쓱했다.

"이런 일이야 늘 반복되니까. 약을 받으면 엄마는 돌아올 테고, 그럼 내년에 다시 같은 일이 생기겠지."

눈을 감은 베니의 긴 속눈썹이 떨리고 있었다. 아무렇지도 않다는 건 거짓말이었다. 베니가 먹어야 하는 그 많은 약, 그 약들 때문에 베니의 입술은 늘 마르고 갈라져 있었다. 나는 불규칙하게 뛰는 베니의 맥박을 느끼며 어쩌면 베니는 자신이 엄마를 아주 많이 닮았다는 생각에 걱정하고 있을지도 모르겠다는 생각이 들었다.

"그럼 오늘은 너희 집에 들어갈 수 있는 거야?"

나는 마침내 스톤헤이븐의 위층으로 올라가 우리가 만난 날부터 지금까지 나에게는 수수께끼로 남아 있는 베니의 방으로 들어가는 상상을 했다. 지금까지는 거실, 복도, 주방, 응접실, 서재만 볼 수 있었다. 스톤헤이븐을 채우고 있는 마흔두 개의 방은 (이제는 정말로 그렇다는 사실을 알고 있지만) 내가 얼마나 그곳에서 환영받지 못하는 존재인지를 또렷하게 상기시켜주었다.

베니는 고개를 저었다.

"나, 외출 금지인 거 알지? 엄마 아빠는 나를 루르드한테 맡기는 걸로는 안심하지 못해. 그래서 엄마가 샌프란시스코에 가 있는 동안은 아빠가 와 있을 거야. 그게 두 사람한테도 잘된 일이고."

베니가 얼굴을 찡그렸다.

"진입로에 아빠 차가 있으면 더 조심해야 해. 알았지? 엄마보다 아빠가 훨씬 세심하게 살필 거야."

진입로에 베니 아빠의 재규어는 없었고 소나무 숲에는 진흙이 잔뜩 묻은 루르드의 토요타만 조심스럽게 세워져 있었다. 그래서 우리는 스톤헤이븐이 우리 집인 양 느긋하게 집 안으로 들어가 주방에서 콜라 두 캔과 팝콘 한 봉지를 꺼내 들고 관리인의 오두막으로 갔다. 오두막에 도착해서는 서로 다리를 엇갈리게 걸치고 계단에 앉아 잔디밭으로 올라오는 거위들을 구경했다. 가끔 팝콘을 던져주면 용감한 거위가 가까이 달려와 경계하는 눈을 우리에게서 떼지 않은 채 허겁지겁 팝콘을 먹었다. 거위들은 부지런히 풀을 뜯고 끼루룩 울면서 아름다운 푸른 풀밭 여기저기에 시커먼 알갱이를 흩뿌려놓았다.

"그런데 나쁜 소식이 있어."

베니의 목소리가 침묵을 깨뜨렸다.

"엄마 아빠가 이번 여름에 날 유럽으로 보낸대."

"뭐라고?"

"내가 문제를 일으킬 수 없는, 이탈리아 알프스의 개조 캠프에 보낼 거래. 알지? 신선한 공기를 마시면서 육체 활동을 하면 캠프 직원들이 마법처럼 나를 엄마 아빠가 원하는 경이로운 소년으로 만들어줄 거라고 믿는 거지."

베니가 거위를 향해 팝콘을 던지자 거위는 항의의 표시로 날개를 퍼덕였다.

"엄마 아빠는 유럽 공기가 미국 공기보다 개조 능력이 좋다고 생각하는 것 같아."

베니가 나를 흘끗 쳐다보았다.

"내가 세 과목 낙제했잖아. 아마도 이번이 우리 부모님이 나를 완전히 포기하기 전에 고쳐보려는 마지막 시도인 것 같아."

"그럼 시험을 잘 보면 되지 않을까? 부모님이 보내지 않을 수도 있잖아."

"그럴 것 같지 않아. 내가 시험을 잘 볼 가능성도 없고, 시험을 잘 본다고 뭔가 달라질 것 같지도 않거든. 난 너처럼 벼락치기로 A를 받을 수는 없어. 책은 5분도 보기 힘들단 말이야. 내가 왜 그렇게 만화책을 좋아한다고 생각해?"

베니의 말을 듣고 나는 내 여름방학 일정을 생각했다. 그해 여름에 나는 전몰장병 기념일부터 노동절까지 타호시 래프팅 회사에서 정말로 보잘것없는 돈을 받으면서 트러키강에 쌓여 있는 고무보트를 싣고 내리는 일을 계속할 예정이었다. 힘든 일을 마친 뒤에도 나를 기다려줄 베니가 없다는 생각이 들자 베니 부모님의 프로젝트가 더욱 못마땅하게 느껴졌다.

"싫어. 네가 없으면 난 어떡해?"

"네가 쓸 휴대전화를 하나 줄게. 전화도 매일 할 거야."

"좋아. 하지만 그거랑 네가 없는 건 너무 달라."

우리는 아무 말 없이 호수를 바라보면서 한참을 가만히 있었다. 아직 호수에 떠 있는 보트는 없었고, 수면 위로 떨어져 반사되는 햇빛이 호수의 파란빛을 가려버렸다. 결국 베니는 나에게 키스를 했다. 여름날의 작별 인사를 미리 하기라도 하는 것처럼 베니의 입술이 평소보다 훨씬 슬프게 느껴졌다. 잠시 입술을 뗀 베니는 눈을 뜨지 않은 채 거의 속삭이듯 "사랑해"라고 말했다. 심장이 미친 듯이 뛰었고, 계속 베니의 말이 생각났다. 그 순간, 우리는 우리에게 필요한 모든 것을 이미 다 가진 것 같았다. 사랑한다는 말만 있으면 우리 앞을 가로막는 모든 것을 다 물리칠 수 있을 것만 같았다.

나는 그토록 순수하고 완전한 기쁨은 그 전에도 그 뒤에도 느껴본 적이 없었다.

우리는 오두막으로 들어가 침대로 향했다. 침대로 가면서 우리는 옷을 벗었고, 헨젤과 그레텔이 빵 부스러기를 여기저기에 뿌려놓은 것처럼 티셔츠와 양말을 아무렇게나 던져버렸다. 흐릿한 침실 조명 아래서 베니의 하얀 피부가 빛났다. 나는 베니의 가슴에 있는 주근깨를 잠시 보다가 베니 위로 올라갔다. 그때는 이미 10여 차례의 밀회를 경험한 우리였기에 어떻게 해야 우리가 완벽하게 하나가 되는지 알았다. 무릎과 팔이 어색하게 부딪치는 일이 줄어들었고, 새로운 사실을 발견한다는 짜릿함은 더욱 커졌다. 이곳을 만지면 어떤 느낌이 들어? 이곳은? 이곳과 저곳이 만나면 어떤 일을 할 수 있지? 우리의 섹스는 어린아이들의 과학 실험 같았지만, 그보다 훨씬 위험했다.

그것 때문에, 내 가슴에 닿는 놀랍도록 뜨거운 베니의 입술이, 나와 베니의 배가 마주치면서 만들어내는 습기 때문에, 우리는 베니의 아빠가 오두막으로 들어오는 소리를 듣지 못했다. 우리는 서로에게 너무나도 열중해 있었기에 베니의 아빠가 이미 복도를 지나 그 거대한 몸으로 거실에서 흘러들어 오던 빛을 막아설 때까지도 침대 시트로 우리 몸을 가릴 시간조차 없었다. 베니의 아빠는 거칠게 내 팔을 잡아 아들에게서 나를 떼어놓았다. 내가 비명을 지르며 침대 시트를 붙잡으려고 애쓰는 동안 베니는 완전히 넋이 나가 눈만 끔벅이면서 그대로 침대 위에 누워 있었다.

윌리엄 리블링 4세. 커다랬고 대머리였고 비싼 양복을 입고 있었다. 베니의 아빠는 내가 인터넷에서 본 사진과 똑같았다. 하지만 실제로 본 베니의 아빠는 그 누구보다도 컸다. 심지어 베니보다도 큰 것 같았다. 분명히 60대일 텐데 전혀 약하지 않았다. 그에게는 상속받은 돈이 부여한 진중함과 힘이 있었다. 오페라극장 앞에서 찍은, 한없이 평온해 보이고 인자해 보이던 사진과 달리 얼굴은 홍당무처럼 빨갰고, 주름지고 살진 얼굴에서 두 눈이 석탄처럼 불타오르고 있었다.

베니의 아빠는 사타구니를 움켜잡고 침대에서 내려오는 베니는 거들떠보지 않고 나만 뚫어지게 쳐다보고 있었다.

"너, 누구야?"

베니의 아빠가 고함을 질렀다.

나는 쓰러져버릴 것만 같았고, 폭발해버릴 것만 같았다. 가슴속에서는 심장이 여전히 불에 타오르고 있었고 발갛게 달아오른 내 피부는 여전히 예민했다.

"니나……."

나는 말을 더듬었다.

"니나 로스예요."

나는 베니를 쳐다보았다. 베니는 자기 발에 걸려 넘어질 뻔하면서도 바닥에 던져놓은 팬티를 간신히 움켜잡았다. 팬티를 손에 쥔 베니는 복도에 떨어져 있는 청바지를 쳐다보면서 문 쪽으로 조금 걸어갔다.

베니의 아빠가 몸을 돌려 베니에게 소리쳤다.

"거기 안 서?"

베니의 아빠는 다시 나를 향해 몸을 돌리더니 한참을 뚫어지게 쳐다보았다.

"니나 로스라고?"

베니의 아빠는 내 이름을 확실히 기억하겠다는 듯이 중얼거렸다. 그는 우리 엄마에게 전화를 걸어 한바탕 퍼붓는 부류의 아빠일까? 어쩌면 그럴지도 모른다. 아니면 아내를 시켜 전화를 걸게 할지도 모른다. 우리 엄마라면 누가 전화를 걸든 완벽하게 받아칠 테지만.

가까스로 팬티를 입은 베니는 벌거벗은 가슴을 두 팔로 감춘 채 침실 문 옆에 엉거주춤하게 서 있었다.

"아빠……."

베니가 입을 열었다.

베니의 아빠가 몸을 홱 돌리더니 한 손가락을 치켜세웠다.

"벤저민! 아니다, 넌 한마디도 하지 마라."

다시 나에게 몸을 돌린 베니의 아빠는 양복 재킷을 아래로 잡아당겨 똑바로 폈다. 그렇게 해야 진정이 되는 모양이었다.

"니나 로스, 지금 당장 여기서 나가."

아주 차가운 목소리였다.

"그리고 다시는 오지 마. 벤저민을 내버려두고 다시는 만나지 마라. 알겠니?"

공기에서 신랄하고 날카로운 냄새가 났다. 그건 무기력한 얼굴로 나를 쳐다보는 베니가 쏟아내는 불안함이었다. 베니는 자기 아빠보다 15센티미터밖에 작지 않았는데도 갑자기 줄어들고 어려져 아주 작은 소년처럼 보였다. 내 마음속에서 베니를 부술 수 있는 모든 것으로부터 그를 지켜주고 싶다는 감정이 솟구쳐 올랐다. 베니가 그림으로 그렸던 니나, 피가 뚝뚝 떨어지는 칼을 들고 있는 슈퍼히어로 니나를 생각했다. 내 심장은 더는 쿵쾅대지 않았다. 움켜잡고 있던 시트를 가슴까지 끌어당기면서 이제는 차분해지고 있음을 느꼈다.

"아니요. 저한테 이래라저래라 하실 수는 없어요. 우린 서로 사랑해요."

베니 아빠의 얼굴이 마치 전기 충격을 받은 사람처럼 일그러졌다. 그는 내게 가까이 다가와 몸을 숙이고서 낮고도 쉰 목소리로 말했다.

"어린 아가씨가 이해를 못 하는군. 내 아들은 이런 일을 감당하지 못해."

나는 구석에서 몸을 웅크리고 서 있는 베니를 보면서 아주 잠깐 베니 아빠의 말이 맞을지도 모른다고 생각했다.

"내가 아저씨보다 베니를 더 잘 알아요."

베니의 아빠는 아주 듣기 거북한 소리로 거들먹거리며 웃었다.

"난 쟤 아빠야. 그리고 넌……."

베니의 아빠가 나를 평가하듯이 쳐다봤다.

"너는 아무것도 아니지. 너는 그저 일회용이라고. 지금 당장 떠나지 않으면 경찰을 불러서 끌어낼 거야."

베니의 아빠는 손으로 문을 가리킨 뒤 다시 베니 쪽으로 몸을 돌렸다. 그러고는 자기 두상이 어떻게 생겼는지 점검하는 사람처럼 머리카락이 빈 부분을 손으로 더듬거렸다.

"그리고 너는, 5분 안에 서재로 와. 옷 다 입고. 알았어?"

"알았어, 아빠."

베니는 기어들어 가는 목소리로 대답했다.

베니의 아빠는 오랫동안 아들을 쳐다보면서 축 늘어뜨린 긴 팔과 다리를, 오목한 가슴을 훑었다. 그러다 마침내 한숨 같은 소리를 냈다. 그의 몸속에서 무언가가 빠져나간 것 같았다.

"벤저민."

베니의 아빠가 아들에게 손을 뻗자 베니가 움찔했다. 그는 허공에서 손을 멈추었고, 그대로 머무는 대신 다시 맨머리가 드러난 부분을 매만졌다. 그러고는 몸을 돌려 침실 밖으로 나갔다.

우리는 베니의 아빠가 오두막 문을 세게 닫고 나갈 때까지 기다렸다가 옷을 집어 들고 벗었을 때만큼이나 빠른 속도로 입었다. 스웨트 셔츠를 입고 스니커즈의 끈을 다 묶을 때까지도 베니는 나를 쳐다보지 않았다. 그저 "미안, 니나. 정말 미안해"라는 말만 되풀이했다.

"네 잘못 아니야"라고 말하며 베니의 허리를 끌어안았지만 베니는 척추가 부러진 사람처럼 흐느적거리며 서 있을 뿐이었다. 베니에게 키스하려고 했지만 베니가 고개를 돌렸다. 그때 깨달았다. 내가 아무리 베니의 아빠에게 맞선다고 해도 베니는 나와 함께하지 않으리라는 것을. 베니가 아무리 가족을 미워하는 척해도 나와 가족 가운데 하나를 택해야 하는 문제라면 베니는 고민도 하지 않으리라는 것을. 나는 베니를 위해 용을 죽이는 슈퍼히어로가 아니었다. 나는 아무것도 아니었다. 나를 비추던 거울이 산산조각 나버렸지만 나로서는 도저히 다시 붙일 방법이 없는 상황에 빠진 것 같았다.

스톤헤이븐으로 가는 길을 따라 무거운 발걸음을 옮기는 동안에도 베니는 내 손을 잡지 않았다. 나는 오른쪽으로 돌아 밖으로 나가고 베니는 왼쪽으로 돌아 저택의 주방으로 이어지는 계단으로 가야 할 때도 나를 안아주지 않았다. 그저 머리 안쪽에 감춰져 있는 것을 보려고 노력하는 사람처럼 눈을 굳게 감고 있다가 거의 들리지도 않는 목소리로 간신히 "미안해, 니나"라고만 말했다. 우리는 그렇게 끝이 났다.

기말고사가 끝나고 방학식 날이 왔다. 노스레이크아카데미 전교생이 호수로 내려가 카약도 하고 워터 스키도 타고 누군가의 사유지인 호숫가에 있는 선착장에서 두부 도그도 먹어야 하는 날이 되었다는 뜻이었다. 그때까지 나는 베니를 몇 번 스치듯이 보았을 뿐이다. 아주 멀리서 수척해진 베니의 모습을 볼 때마다 함께하고 싶다는 조건 반사적인 갈망으로 내 목은 바짝 타들어 갔다.

나는 호숫가에서 파티를 할 때 베니와 이야기를 할 수 있으리라 생각했다. 결국에는 호숫가에 앉아 있는 나를 보고 베니가 다가와 울면서 사과를 하리라 생각했다. 당연히 나는 베니를 용서할 테고 우리는 포옹을 하고 다시 한번 하나가 되리라 생각했다. 그렇게 갈등은 영원히 막을 내리리라고 믿었다.

하지만 베니는 호숫가 파티에 오지 않았고, 나는 힐러리와 그 애 친구들 옆 모래 위에 누워서 울지 않으려고 애쓰면서 그 아이들이 여름에 안전 요원으로 일할 거라는 이야기를 듣고 있었다.

그때 문득 힐러리가 내 쪽으로 몸을 돌리더니 한 손으로 턱을 괴고 물었다.

"근데 네 남자 친구는 오늘 왜 안 왔어? 가족끼리 요트라도 타러 간 거야?"

"남자 친구?"

나는 바보처럼 힐러리의 말을 따라 했고, 힐러리는 다 안다는 표정을 지었다.

"누굴 속이려고 그래. 모두 알아. 너희 다 티 났단 말이야. 난 너희 둘이 사귈 줄 알았어. 처음부터!"

나는 비치 타월 위에 똑바로 누워서 빨간빛이 번쩍일 때까지 두 눈을 세게 눌렀다.

"남자 친구 아니야. 헤어졌어."

"어머, 정말? 세상에!"

힐러리는 엎드리더니 비키니 끈을 풀었다.

"이번 여름에는 우리랑 함께 다니자. 너한테 더 잘 어울리는 남자를 찾아줄게. 안전 요원을 하면 좋은 게, 진짜 남자를 만나기가 쉽거든."

나에게 새로운 남자 친구를 만들어주겠다는 힐러리의 작전에 따라 구릿빛 남자아이들과 호숫가에서 시간을 보낸다는 수상쩍은 계획에 관해 내가 무슨 생각을 했건, 그런 생각은 그날 오후에 집으로 돌아가자마자 사라지고 없었다. 집이 보이는 모퉁이를 도는 순간 알 수 있었다. 엄마의 해치백에는 상자와 커다란 가방이 잔뜩 실려 있었다.

나는 엄마 차 옆으로 걸어가 짐이 잔뜩 실려 있는 뒷좌석을 들여다봤다. 덕트 테이프를 붙인 내 방한 부츠가 유리창 밖으로 튀어나갈 것처럼 눌려 있었다. 나는 더는 참을 수가 없었다. 불과 몇 주 만에 너무나도 근사했던 세상이 완전히 끔찍한 세상으로 바뀔 수 있다는 사실에 절망하며 정말 큰 소리로 울기 시작했다.

엄마가 밖으로 나와 나에게 다가오더니 두 팔을 벌려 나를 안으려고 했다.

"미안해, 아가. 정말 미안해."

나는 살짝 옆으로 비켜나 팔등으로 코를 문질러 닦았다.

"약속했잖아. 졸업할 때까지는 아무 데도 가지 않겠다고 했잖아."

엄마도 울 것 같았다.

"알아. 엄마가 그렇게 말했어. 하지만 엄마의 바람대로 되지 않았는걸."

엄마는 셔츠 밑단을 만지작거리며 말았다가 펴기를 반복했다.

"너 때문이 아니야, 아가. 넌 약속을 지켰어. 이건 그저……."

엄마는 말을 끝내지 못하고 머뭇거렸다. 엄마의 표정에서 모든 걸 알 수 있었다.

"베니 때문이구나? 맞지?"

엄마의 눈에서 금방이라도 눈물이 쏟아질 것 같았지만 엄마는 부인하지 않았다.

"니나……."

"그 사람들이 전화한 거지? 그렇지? 베니의 부모, 리블링 집안에서? 엄마한테 베니랑 내가 잤다고 말했어? 나는 자기네 아들이랑 어울리지 않으니까 만나지 못하게 하라고?"

엄마는 내 눈을 피했고, 결국 마스카라 때문에 시커먼 눈물이 줄줄 흘러내릴 때까지 계속해서 셔츠를 말았다 펴기만 했다. 그곳에 서서 엄마를 보면서, 고작 작은 상자 몇 개가 내 전 생애를 채울 수 있음을 목격하면서 나는 깨달았다. 그들은 우리를 마을에서 쫓아내려고 하고 있었다. 리블링 사람들에게 우리는 그저 쓰레기였다. 자신들이 지배하는 세상에서 우리는 그저 사소한 골칫거리일 뿐이었다. 그러니까 우리는 떠나야 했다. 부자인 그들은 뭐든지 자기들이 하고 싶은 대로 할 수 있었으니까.

우리를 내쫓으려고 어떤 모략을 꾸몄을까? 우리 엄마가 직장도, 집도, 딸의 빛나는 미래도 모두 포기할 수밖에 없도록 어떤 계략을 썼을까? 분명 강압적으로 위협했을 테지. 그게 리블링 가족이 살아가는 방식이니까. 베니도 이미 자기 가족에 관해 나에게 충분히 알려줬었다. "우리 아빠는 무서운 사람이야. 자기가 원하는 게 생기면 그걸 손에 넣을 때까지 협박하는 사람이거든." 학교에 전화해서 내 장학금을 취소하게 했겠지. 엄마 상사에게 연락해서 엄마의 생계 수단을 뺏게 했겠지. 우리가 가진 이 작은 것들을 빼앗는 일이 그들에게는 식은 죽 먹기였을 거다. 어차피 그들에게 우리는 하찮은 존재니까.

내 팔을 살살 어루만지는 엄마의 손길이 느껴졌다.

"울지 마, 아가. 너한테는 그 애가 필요하지 않아. 너한테는 내가 있잖아. 너한테는 나만 있으면 돼. 너랑 나, 이 세상에서 믿을 건 우리 둘뿐이야."

엄마는 갈라진 목소리로 속삭였다.

"게다가 넌 내가 만난 그 어떤 사람보다 나은 사람이야. 그 사람들의 끔찍한 아들보다 네가 훨씬 나아."

"근데 왜 그 사람들이 이렇게 하도록 내버려둬? 우리가 그 사람들 말을 따라야 할 필요는 없잖아. 그 사람들이 원하는 대로 하게 내버려둘 수는 없어. 우리, 그냥 여기 있자, 응?"

나는 점점 더 정신이 나갔고, 계속 고집을 부렸다.

하지만 엄마는 고개를 저었다.

"미안해, 아가. 하지만 너무 늦었어."

"그럼 아이비리그는? 스탠퍼드 여름학교는?"

"그런 걸 하려고 굳이 비싼 사립 고등학교에 다닐 필요는 없어."

엄마는 몸을 펴고 내 팔을 세게 잡더니 나를 빼놓고 이미 결론을 내린 사람처럼 차를 향해 몸을 돌렸다.

"열심히만 하면 어디에 있건 넌 해낼 수 있어. 그래, 이건 내 잘못이야. 우리는 애초에 여기에 올 이유가 전혀 없었어."

∞∞

그래서 우리는 다시 라스베이거스로 돌아왔고, 또 다른 커다란 콘크리트 건물에서 2학년을 시작했다. 어쩌면 엄마 말이 옳을지도 몰랐다. 내가 탁월해지려고 반드시 사립 고등학교에 다닐 필요는 없었는지도 몰랐다. 하지만 타호시에서 보낸 시간은 내 안에 있던 중요한 무언가를 망가뜨려버렸다. 내가 나의 잠재력을 믿는 능력을 깨뜨려버렸다. 이제 나는 내가 진짜 누구인지 알았다. 나는 아무것도 아니었고 일회용일 뿐이었다. 내가 될 수 있는 것은 아무것도 없었다.

타호시에서 돌아온 뒤부터는 엄마도 중심을 잃고 휘청거렸다. 라스베이거스로 돌아오고 처음 몇 달은 왠지 들떠서 아파트에 놓을 물건도 사러 다니고 이제 곧 좋은 기회가 올 거라는 희망에 차 있었다. 하지만 겨울이 되자 엄마는 부쩍 말이 없어지고 암울해졌고, 밤마다 카지노에 가기 시작했다. 나는 엄마가 카지노에 취직한 게 아니라는 걸 알고 있었다. 결국 엄마는 신용카드 사기와 신원 도용 죄로 구속됐다. 엄마가 감옥에 가 있는 6개월 동안 나는 위탁 가정에서 생활해야 했다. 감옥에서 나온 엄마는 나를 데리고 피닉스로, 앨버커키로 도망쳤다가 결국 로스앤젤레스로 돌아왔다.

이 모든 혼란 속에서도 나는 수준이 떨어지는 우리 학교 가난한 학생들보다 훨씬 나은 성적으로 동부 해안에 있는 중위권 대학에 진학할 수 있었다. 하지만 아이비리그에 가거나 장학금을 받을 만큼 높은 성적은 아니었다. 그때까지만 해도 나는 엄마의 생활과 가능한 한 멀리 떨어지고 싶어서 장학금을 주겠다는 지역 2년제 대학을 거절하고 대출을 받아야 하는 먼 곳에 있는 4년제 대학을 선택했다. 그때도 여전히 스톤헤이븐의 기억에 맹목적으로 사로잡혀 있었던 터라 생존하기에 적합한 직업을 찾아야 한다는 생각 따위는 하지 않고 예술사 학사 학위를 받아야겠다는 목표를 세웠다. 그 결과, 당연히 4년 뒤에는 훨씬 심각한 상태가 되었다.

재정적으로는 파산했고 직업을 갖기에는 자격이 부족했고 야심 찼던 목표는 사라져버렸다. 프린스턴대학교의 스웨트 셔츠를 입은 아이들이, 스탠퍼드 여름학교 안내 책자 표지에 실려 있던 아이들이 누릴 빛나는 미래는 결국 나를 위한 운명이 아니었다.

그 모든 것을 앗아 간 것은 리블링 사람들이었다. 나는 결코 그들을 용서할 수 없었다.

오랫동안 나는 내가 베니에 관해 잘못 안 것이기를 바랐다. 베니는 그의 가족들과는 전혀 다른 사람이기를, 그저 진정한 자신이 누구인지 생각해낼 시간이 필요한 것뿐이기를 바랐다. 라스베이거스에 돌아오고 나서도 한동안은 베니에게 편지를 썼다. 외로움에 관한 두서없는 생각들을, 새로 다녀야 하는 우울한 학교 소식을, 여전히 나를 생각하고 있음을 알려달라는 무언의 간청을 편지에 담아 보냈다. 베니는 몇 달이 지나서야 답장을 보냈다. 체임버스 랜딩 부두의 보트 하우스 사진이 인쇄된 우편엽서였다. 엽서에는 어린아이 같은 글씨로 딱 한 줄이 적혀 있었다. *"제발 그만해."*

우리 엄마가 옳았던 것일까? 우리 관계가 베니에게는 거래였을 뿐일까? 애초에 본질적으로 동등하지 않은 두 사람 사이에서 있었던 권력 장악 놀음이 실패했던 것뿐일까? 나는 그저 베니가 갖고자 원했던 작은 것, 그저 탐냈던 조그만 것이었을 뿐일까? 베니는 그저 다른 사람에 대한 지배권을 주장한 것뿐이며, 자기 조상이 모범을 보였던 길을 따르려던 것뿐이었을까? 어쩌면 우리가 경험한 건 사랑이 아닐지도 몰랐다. 그저 섹스와 외로움과 통제에 관한 이야기였는지도 몰랐다.

이야기가 전혀 다른 식으로 흘러갔다면 나는 베니가 나를 그린 그림을, 내가 만화 주인공처럼 보였던 그 그림을 간직했을 것이다. 그리고 나 자신을 믿기 어려워지는 순간마다 살며시 꺼내 다시 용기를 얻는 보물로, 내가 특별한 사람임을 보여주는 증거로 내 옆에 두었을 것이다. 하지만 나는 그 마지막 날, 타호시의 오두막집을 떠나기 전에 그 그림을 난로에 던져 태워버렸다. 그날 나는 난로 앞에 부지깽이를 들고 앉아 그림이 타들어가며 오그라드는 모습을 지켜보았다. 난로의 불길이 그 확신에 가득 찬 눈을, 길게 뻗어 칼을 쥔 손을 완전히 태워 재로 만들 때까지 지켜보았다.

또 다른 이야기라면, 훨씬 상냥하고 관대한 주인공이 등장하는 이야기라면 몇 년이 지난 뒤에 내가 베니에게 연락하고 서로를 안쓰럽게 여기며 우리를 갈라놓았던 불행을 극복하고 다시 성인으로서의 우정을 쌓을 수도 있었을 것이다. 하지만 이번에도 이야기는 그렇게 흘러가지 않았다. 나는 리블링 가족의 소식을 계속해서 추적하고 있었지만(나는 주디스 리블링이 내가 끔찍한 엽서를 받고 난 뒤 얼마 되지 않아 보트 사고로 죽었을 때도, 바네사 리블링이 인스타그램 유명인이 되었을 때도, 윌리엄 리블링 4세가 죽었을 때도 모두 알고 있었다) 베니에게는 절대로 연락하지 않았다. 베니가 나에게 연락해 그토록 쉽게 나를 버린 이유를 설명하지 않는데, 내가 굳이 베니에게 연락할 이유가 있을 리 없었다. 나는 너무나도 오랫동안 베니에게 화가 나 있었기에 그 분노는 내 존재의 본질적인 일부가 되었다. 그 분노는 내 위장에 들어박혀 아픔이 되었고, 이 세상을 향한 나의 모든 분노의 부드러운 기원이 되었다.

하지만 또 다른 이야기도 있다. 몇 년 뒤에 나는 뉴욕에서 힐러리를 우연히 만났다. 힐러리는 베니가 조현병이라는 소식을 전했다. 프린스턴대학교 기숙사에서 어떤 여자를 공격한 뒤 발가벗고 뛰어나가 고래고래 소리를 지르다가 집으로 쫓겨 왔다고 했다. 힐러리의 말을 들으면서 나는 내가 오랫동안 느껴왔던 감정이 분노가 아니라 연민임을 깨닫고 깜짝 놀랐다. 힐러리가 지금 베니는 멘도시노 근처의 호화로운 요양원에서 지내고 있다는 사실을, 한 동창이 면회를 가 그저 정신이 나간 식물인간처럼 지내고 있는 모습을 보고 왔다는 사실을 이야기하는 동안 나는 '불쌍한 베니'라고 생각했다.

그러다 울음이 터져 나왔다. '불쌍한 베니와 나'.

그러니까 나는 그때까지도 베니를 사랑하고 있었는지 모른다.

하지만 베니의 가족에게는, 나머지 리블링 가족에게는 미움만이 느껴졌다.

8

○

바네사, 바네사다. 저기 바네사가 있다.

바네사는 내가 자갈 깔린 진입로를 걸어서 자기에게 다가가는 동안 번쩍이는 전기를, 자신의 앞날을 암시하는 짜릿함을 방출하고 있다는 사실을 전혀 느끼지 못했을까? 엄청난 노력으로 간신히 익

흰 요가 강사 걸음걸이에서, 입이 찢어질 듯 과장해서 웃는 얼굴에서 이상한 점을 발견하지 못했을까? 창문에 판자를 치고 정원에 있는 가구를 모두 집으로 들이고 문을 단단히 걸어 잠그고 지하실에 숨고 싶다는 충동이 느껴지지 않았을까?

아니, 그런 것 같지는 않았다. 나는 바네사를 덮칠 5등급 허리케인이었지만 그녀는 전혀 눈치를 채지 못하고 있었다.

2 PRETTY THINGS

바네사

9

ㅇ

'내가 스톤헤이븐에 오다니.'

이 거대한 무덤 속에서 살게 되리라고는 정말 꿈에도 생각하지 못했다. 스톤헤이븐은 점점 더 리블링 가족의 목에 매달린 귀찮은 짐이 되었다. 리블링이라는 이름에 너무나도 단단하게 매달려 있어서 우리를 놓아줄 것이라는 생각을 조금도 할 수가 없었다. 스톤헤이븐은 일말의 새로움도 허용하지 않는 시대착오적인 거대한 암석이 되어 타호호수 서쪽에 영원히 서 있을 것만 같았다. 리블링 가문이 다섯 세대를 이어오는 동안 스톤헤이븐은 언제나 첫째 아들에게 물려주었다. 그 말은 이 집이 내가 아니라 내 동생 베니의 소유가 되었어야 한다는 뜻이다.

'그게 무슨 어처구니없는 남녀 차별 발언이냐!'라고 생각할지도 모르겠다. "그런 부당함에는 맞서 싸워야지!"라고 말할지도 모르겠다. 하지만 솔직히 말해서 나는 정말로 스톤헤이븐과는 상관없이 살고 싶었다.

여섯 살 크리스마스에 처음 왔을 때부터 나는 스톤헤이븐이 싫었다. 나의 조부모님인 캐서린 리블링과 윌리엄 리블링 3세가 휴가철에는 리블링 가문의 모든 가족이 스톤헤이븐에서 지내야 한다고 명령했기 때문에 눈 내리는 12월 오후에 조부모님의 자손들은 타운카로 길 위에 진흙 자국을 남기면서 모두 천천히 스톤헤이븐 주차장으로 모여들었다. 캐서린 할머니('캐트'나 '키티'는 절대로 안 되고 언제나 첫 번째 모음 '애'를 강하게 발음하는 캐서린이었던)는 가족 모임을 위해 인테리어 업자를 불렀는데, 솔직히 말해 할머니의 취향은 과한 데가 있었다.

휴가는 현관에서부터 우리를 덮쳤다. 화려한 천과 화환이 모든 처마 돌림띠마다 주렁주렁 매달려 있었고 중앙에는 포인세티아가 치명적인 꽃잎을 휘두르고 있었다. 천장에 닿는 크리스마스트리는 은색 장식품과 금색 반짝이 조각을 늘어뜨리고 있었다. 어두운 구석마다 빅토리아풍의 반쯤 웃고 있는 근엄한 산타들이 사람만 한 몸집으로 몰래 숨어서 나를 기겁하게 했다. 방금 막 잘라 온 소나무 향이 온 집 안에 가득했는데, 마치 약 냄새 같아서 그 냄새를 맡을 때마다 나무가 살해됐다는 생각이 들곤 했다.

캐서린 할머니는 유럽 장식미술을 수집했고 금박이 많이 들어간 정교한 작품을 선호했다. 하지만 할아버지는 중국 작품을 선호했다. (그분들보다 더 전의 조상들은 18세기 미국 양식, 17세기 초 영국 양식, 20세기 초 프랑스 리바이벌 양식, 빅토리아 양식을 좋아했다.) 그러한 취향 덕분에 스톤헤이븐은 수많은 양식의 우아한 장식품들이 거미의 발처럼 균형을 이루며 여기저기 널려 있었고, 뼛가루를 원료로 만든 얇은 도자기 안에는 귀중한 물건이 가득 들어 있었다. 결론적으로 말해, 스톤헤이븐은 아이라면 대부분 누려야 하는 평범한 유아기에 엄청난 타격을 입히는 곳이었다.

우리가 스톤헤이븐에 도착한 날이면 할머니는 손주들을 모두 모아놓고 말했다.

"스톤헤이븐 안에서는 누구도 뛰면 안 된다."

할머니는 준엄하게 우리에게 경고했다. 베니와 나는 응접실에 있는 실크 안락의자에 나란히 앉아 어린이용 컵에 담긴 코코아를 홀짝였다. 백발인 캐서린 할머니는 마치 나무에 거는 장식품처럼 빳빳해지고 윤이 날 때까지 머릿기름을 발라 머리카락을 정리하는 분이었다. 우리 엄마(엄마는 우리한테 자신을 '마망'이라고 부르라고 했고, 베니는 싫다고 했다)는 할머니 뒤에서 잠자코 다이아몬드 귀걸이를 잡아당기면서 아이들 교육에 자신을 배제했다는 사실에 짜증을 내고 있었다.

"공을 던져도 안 되고, 몸싸움을 해서도 안 돼. 위험한 게임을 해서도 안 되고. 알겠니? 내 집에서 규칙을 어기는 아이는 볼기짝을 맞을 줄 알아라."

할머니는 이중 초점 안경 너머로 아이들을 빤히 쳐다보았고, 우리는 할머니의 눈길에 당황해서 일제히 고개를 끄덕였다.

하지만 나는 잊어버리고 말았다. (잊어버리는 게 당연하다. 고작 여섯 살밖에 안 됐을 때니까!) 내가 아기 동생과 함께 잠을 잘 3층 손님 침실에는 귀여운 도자기 새가 가득 든 유리 장식장이 있었다. 그곳에는 유리처럼 빛나는 작고 검은 눈을 가진 밝은 녹색 앵무새가 한 쌍 있었는데, 그 새들을 보자마자 나는 정신없이 빠져들고 말았다.

샌프란시스코에 있는 내 침실은 전적으로 나의 즐거움을 위해 존재했다. 내가 바비 인형 얼굴에 화장을 해도, 개한테 퍼즐 조각을 먹여도 나에게 뭐라고 하는 사람은 없었다. 그러니 그 새들도 나를 위해 존재하는 장난감이라고 생각했다. 나는 잠에서 깨어났을 때 가장 먼저 새가 보고 싶은 마음에 장식장에서 도자기 앵무새 한 마리를 꺼내 와 내 침대 옆에 놓고 잤다. 자는 동안 화려한 내 이불이 스르륵 바닥으로 미끄러져 내리면서 앵무새를 함께 데리고 갈 줄은 몰랐다. 새벽에 눈을 떴을 때 침대 옆에 앵무새는 없었고, 그저 바닥에 도자기 조각들이 여기저기 흩어져 있었을 뿐이다.

깨진 도자기를 본 순간 나는 울음을 터뜨렸고, 내 울음소리에 놀란 베니도 서럽게 울기 시작했다. 곧바로 엄마가 차가운 스톤헤이븐의 추위를 막으려고 입은 실크 잠옷을 한 손으로 단단히 여미며 미처 잠이 덜 깬 눈을 껌뻑이면서 우리 방으로 들어왔다.

"이런, 마이센 자기를 깼구나. 괜찮아. 천박한 싸구려 장식품이야."

엄마는 발로 녹색 도자기 조각들을 쓱쓱 밀어내면서 얼굴을 찡그렸다.

"할머니가 나한테 화낼 거야."

내가 코를 훌쩍이면서 말했다.

"할머니는 모르실 거야. 도자기 새는 아주 많잖니."

엄마가 엉킨 머리카락을 풀면서 내 머리를 쓰다듬었다.

"하지만 앵무새는 부부란 말이야. 하나만 있으면 할머니가 알아차릴 거야. 내 볼기짝을 때릴 거야."

나는 장식장에 홀로 있는 앵무새를 가리키며 말했다. 앵무새는 죽은 친구를 찾으려는 듯이 장식장 밖을 유심히 내다보고 있었다.

옆 침대에서 계속 울고 있는 베니는 이제는 숨도 제대로 쉬지 못했고 골이 난 것도 같았다. 엄마는 한쪽 팔로 베니를 안아 올려 업더니 장식장으로 걸어갔다. 장식장 유리문을 열고 남은 앵무새를 들어 올려 손바닥에 놓았다. 잠시 앵무새를 보던 엄마는 손바닥을 기울였다. 엄마 손 위에 있던 앵무새는 바닥으로 떨어져 산산이 부서져버렸다. 나는 비명을 질렀고 베니는 신이 나서 "와!" 하고 소리를 질렀다.

"자, 이제 우리 둘이서 하나씩 깼지? 할머니가 엄마는 혼내지 못하거든. 그러니까 너도 혼내지 못해."

엄마는 다시 내 침대로 걸어와 옆에 걸터앉더니 부드럽고 하얀 손으로 내 얼굴에 묻은 눈물을 닦아주었다.

"엄마의 아름다운 딸. 우리 딸은 절대로 볼기짝을 맞지 않아. 엄마가 하는 말 이해하지? 엄마가 절대로 그런 일이 일어나게 놔두지 않아."

나는 너무 놀라서 아무 말도 하지 못했다. 엄마는 방에서 나가 빗자루와 쓰레받기를 가져와(마망의 손에 들려 있는 빗자루와 쓰레받기가 너무나도 비현실적으로 느껴졌던 기억이 난다) 도자기 조각을 봉지에 쓸어 담더니 봉지를 들고 나가버렸다. 할머니는 크리스마스 때까지 우리 방에 단 한 번도 들어오지 않았고(보통 할머니는 우리를 피해 다녔다) 내가 아는 한 도자기 새 한 쌍이 사라졌다는 사실을 끝내 눈치채지 못했다. 남은 휴가 동안 베니와 나는 사촌과 보모 들과 함께 너무 추워서 얼굴이 발갛게 트고 방한 바지가 완전히 젖을 때까지 밖에서 이글루를 만들며 보냈다. 그러니 적어도 집 안에 도사리고 있던 위험에서는 안전하게 떨어져 있었던 셈이다.

나는 스톤헤이븐이 싫었다. 정말이다. 명예, 기대, 그 많은 격식, 내 목을 두르고 있는 역사라는 올가미. 나는 스톤헤이븐이 상징하는 모든 것이 싫었다. 그 크리스마스 만찬에서 할머니가 아이들이 둘러앉은 식탁을 내려다보면서 "이 모든 게 언젠가는 너희 것이 될 거다, 아가들아. 언젠가는 너희가 이 리블링이라는 이름을 관리하는 사람들이 되는 거야"라고 중얼거리듯이 말하는 소리를 들었을 때도 스톤헤이븐이 싫었다. 내가 받기로 예정되어 있다는 이 유산은 나를 커다란 사람이 된 것처럼 느끼게 해주지 않았다. 오히려 이 거대한 그늘 속에서 나를 너무나도 작게 만드는 것만 같았다. 이토록 넓게 펼쳐져 있는 저택은 내가 얼마나 하찮은 존재인지 깨닫게 했고, 내가 이곳에 어울리는 사람이 아니라는 기분이 들게 했다.

나는 결코 스톤헤이븐의 관리자가 될 운명이 아니었다. 그런데도 지금은 내가 이곳에 살고 있다. 와, 인생은 정말 터무니가 없다. 안 그런가? (음, 인생은 달콤 쌉싸름하다거나 불공평하다거나, 아니면 그저 옛날 사람들처럼 지랄 맞다고 표현하는 게 좋을지도 모르겠다.) 어쩌면 언젠가는 이 방들을 거닐면서 내 안에 존재하는 조상들의 울림을 느낄 날이 올지도 모르겠다. 나 또한 방문객을 기다리며 계속 시계태엽을 감는 우아한 여주인 대열에 합류하게 될지도 모를 일이다.

하지만 그보다는 내가 스티븐 킹의 《샤이닝》에 나오는 호텔 관리인 잭 토랜스이고 스톤헤이븐은 나의 오버룩호텔이 아닐까 하는 생각을 할 때가 더 많다.

몇 달 전, 스톤헤이븐에 돌아오고 얼마 되지 않아 나는 그 앵무새들의 감정 평가서를 찾아냈다. 앵무새 한 쌍은 3만 달러였다. 감정 평가서를 읽으면서 나는 남은 앵무새를 살며시 떨어뜨리던 엄마를 생각했다. 1만 5,000달러짜리 새였다는 걸 알았다면 엄마는 그 앵무새를 깨뜨리지 않았을까? 아니, 당연히 깨뜨렸을 것이다. 엄마는 가격 따위는 신경 쓰지 않았을 것이다. 엄마가 자기 딸 말고 정말로 가치 있다고 여겼던 건 없었으니까. 베니와 나, 우리 남매만이 엄마의 마이센 자기였으니까. 우리만이 엄마가 유리 장식장 안에 넣고 지켜야 하는 소중한 보물이었으니까.

엄마는 죽는 순간까지 평생을 내 동생과 내가 볼기짝을 맞지 않게 지켜주었다. 그때부터 나는 인생이 우리 남매를 아무 의미 없이 마구 때리고 있다는 기분이 느껴질 때가 있다.

10

ㅇ

아마도 당신은 이런 생각을 하고 있을 것이다. '저 응석받이로 자란 부잣집 딸내미를 봐. 혼자서 저렇게 큰 집에서 살면서, 사실은 자신이 받으면 안 되는 동정을 구걸하다니.'

당신은 나를 보면서 우쭐한 기분을 느낄지도 모르겠다. 그러면서도 나에게서 시선을 떼지 못하겠지. 당신은 내 SNS 계정을 계속 들여다보고 내가 링크한 주소를 찾아가보고 유튜브에서 내가 조언한 패션 정보를 살펴보고 내 여행 이야기를 모두 읽고 잡지 가십난에 실린 내 소식을 빠짐없이 찾아 읽을 것이다. 모든 사람에게 내가 싫다고 말하면서도 또다시 내 이름을 클릭하는 걸 멈출 수가 없겠지. 당신은 나에게 사로잡혀 있으니까.

나를 괴물로 만들어야 당신이 완벽하게 나와는 반대편에 설 수 있고 우월함을 느낄 수 있겠지. 당신이 자부심을 느끼려면 내가 필요할 거야.

하지만 당신이 절대로 입 밖으로 꺼내 말하지 않을 또 다른 진실이 있다. 나를 볼 때마다 당신은 생각할 것이다. '나도 저 여자가 가진 걸 갖고 싶다. 저 여자의 인생이 내 인생이었어야 했다. 저 여자처럼 마음대로 쓸 수 있는 재산이 있었다면 나는 훨씬 제대로 쓸 수 있었을 것이다.'

어쩌면 당신 생각이 그리 틀린 건 아닌지도 모르겠다.

11

°

스톤헤이븐의 응접실에 앉아 황혼을 뚫고 내가 있는 곳으로 달려오고 있을 연인을 기다렸다. 아침에는 폭우였던 비가 차츰 잦아들어 지금은 진입로 불빛에 비치는 보슬비로 바뀌었다. 나는 사람을 만난다는 사실에 잔뜩 긴장해 있었고 리탈린을 먹은 10대처럼 초조했다. (사실은 아주 많이 들떠 있었다. 붕붕 떠 있었다!) 지난 2주 동안 창틀 먼지를 닦으라는 말을 번번이 무시하는 가사도우미에게 더듬거리는 스페인어로 몇 마디 한 것 말고는 다른 사람과 대화를 나눈 적이 없었다.

오늘 아침에 잠에서 깨어났을 때 나는 거의 1년 동안이나 나를 짓누르고 있던 암울한 걱정이 사라졌음을 느꼈다. 걱정이 차지하던 자리에서 내 안의 무언가가 불을 지펴 다시 타닥 소리를 내며 되살아나듯이 익숙한 피식 소리와 펑 터지는 소리가 들렸다. 나는 또다시 모든 것을 선명하게 볼 수 있었다.

아침에는 머리를 감고 검은색이 드러난 뿌리 부분을 마을에 있는 지저분한 식료품점에서 사 온 싸구려 클레롤 염색약으로 다시 금발로 염색했다(아쉬운 건 나니까, 이런저런 걸 가릴 처지가 아니었다). 손톱과 발톱도 직접 다듬고(마찬가지로, 아쉬운 사람은 찬밥 더운밥 가리지 않는다), 한국산 마스크 팩을 석 장이나 붙이고, 시골 영지에 어울리는 편안한 복장을 찾으려고 한 시간 동안이나 상자를 뒤져 청바지와 검은색 디자이너 티셔츠, 회색 후드가 달린 가닛 벨벳 블레이저를 찾아냈다. 멋지지만 충분히 누구나 입을 수 있는 옷들을 찾아낸 것이다. 나는 인스타그램 팔로어들을 위해 셀피를 찍어 올렸다. *"산에서는 '이렇게' 입는 거지!" #호수생활 #산악스타일 #미우미우*

나는 정말 급하게 집을 정리했다. 내팽개쳐져 있던 와인 잔과 음식물 찌꺼기가 붙어 있는 쟁반을 닦고 침실에 쌓여 있는 빨랫감을 치우고 응접실 탁자에 흩어져 있는 패션 잡지를 똑바로 세웠다(하지만 다시 고민해보고 재빨리 다시 흐트러뜨렸다). 나는 스트레스 때문에 울지도 모른다는 생각이 들 때까지 주방에서 간식을 정리하고 또 정리했다. (불안을 잠재우려고 내가 인스타그램에 적어둔 글을 다시 읽었다. 온라인에서 찾은 마야 안젤루의 글이었다. "내면에서 빛나는 빛은 그 무엇도 꺼뜨릴 수 없다.")

그런 다음에야 와인 한 병을 들고 앞쪽 창가에 앉아 두 사람을 기다렸다.

진입로에 자동차 헤드라이트가 보였을 때는 와인 한 병을 거의 다 비운 뒤였다. 차를 보고 벌떡 일어나다가 내가 살짝 취했음을 깨달았다. ("디클라세는 그래." 마망은 늘 그렇게 말했다. 저녁을 먹을 때면 마망은 아주 신중한 모습으로 와인을 정확하게 반 잔 따랐다.) 하지만 나는 속임수에 능했다. 4년 동안 나의 일거수일투족을 온라인에 게시하면서 상황이 정말로 나쁠 때도 멀쩡해 보이는 법을 익힐 수 있었다(*인서트: 행복한/사려깊은/신나는/사색하는*).

그래서 나는 재빨리 현관으로 달려가서 심호흡을 해 현기증을 가라앉히고 얼굴을 찰싹 한 번 때린 뒤 집 밖으로 나가 두 사람을 맞았다. 뺨이 화끈거렸다.

겨울 공기는 차가웠고 돌 위에는 습기가 서려 있었다. 이곳에서 지내면서 내 몸은 가장 작은 치수도 헐렁거릴 만큼 말라서(한 명이 먹을 요리를 하는 건 너무나 우울했고 게다가 식료품 가게도 너무 멀리 있었다) 추위가 곧장 내 살을 뚫고 뼈까지 스며드는 것 같았다. 자동차가 미끄러운 진입로를 따라 조심스럽게 움직이는 동안 나는 스톤헤이븐의 그림자 아래에 숨어 벌벌 떨었다. 두 사람이 몰고 온 빈티지 BMW의 오리건주 번호판은 고속도로에서 묻은 진흙으로 얼룩져 있었다. BMW는 천천히 100미터쯤 이동했다. 안개와 어둠 때문에 두 사람의 얼굴이 정확히는 보이지 않았지만 두 사람이 스톤헤이븐을 자세히 살펴보려고 목을 쭉 빼고 있다는 것은 알 수 있었다. 당연히 그럴 수밖에 없을 것이다. 스톤헤이븐을 둘러싼 소나무와 호수, 그리고 거대한 저택까지. 이곳은 무엇이든지 너무나도 넘쳐서 그저 창밖을 내다보는 것만으로도 마음이 아플 때가 있을 정도였으니까. (그런 날은 수면제를 세 알이나 먹고 침대로 들어가 이불을 머리끝까지 덮어쓴다. 하지만 그건 그다지 중요한 이야기는 아니다.)

BMW가 집 앞까지 다가와 주차를 하자 갑자기 차 안에 앉아 있는 두 사람이 분명하게 보였다. 두 사람이 차 안에서 둘만의 시간을 가지며 웃고 떠드는 모습을 보니 내 안에서 갈망이 둥지를 텄다. 저 두 사람은 온종일 함께 자동차를 타고 왔는데도 두 사람만 있던 시간에서 서둘러 벗어나야겠다는 조급함이 조금도 보이지 않았다. 그러다가 여자가 남자 쪽으로 몸을 기울여 길고 진하게 키스를 했다. 두 사람은 정말 오랫동안 키스를 했다. 내가 보이지 않는 것이 분명했다. 불현듯 내가 히치콕 영화에 나오는 관음증 환자처럼 두 사람을 바라보고 있다는 사실에 화들짝 놀랐다.

나는 다시 깊숙한 어둠 속으로 몸을 숨기면서 차라리 집으로 들어가 두 사람이 벨을 누를 때까지 기다리는 게 좋겠다고 생각했다. 그때 BMW의 조수석 문이 벌컥 열리더니 여자가 차에서 내렸다.

여자의 이름은 애슐리라고 했다.

애슐리가 차에서 내리자 차갑기만 했던 숲이 생명을 찾은 것 같았다. 익숙했던 영지의 고요는 자동차 라디오에서 나오는 엄청난 음악 소리에 흩어져버렸다. (마망이라면 절정으로 치닫고 있는 저 오페라 아리아가 무슨 곡인지 알았을 텐데.) 6미터는 족히 떨어져 있었는데도 닫힌 차 안에서 달궈진 애슐리의 피부에서 뿜어 나오는 열기가 느껴질 정도였다. 애슐리는 자신의 주변 환경을 스스로 만들어내는 사람 같았다. 나에게 등을 돌린 채 애슐리는 요가를 하듯이 두 팔을 위로 부드럽게 뻗어 몸을 풀었다. 그리고 몸을 돌려 자신을 쳐다보고 있는 나를 발견했다. 자신을 관찰하는 나 때문에 짜증이 났을지도 모르지만 애슐리는 그런 내색은 전혀 하지 않았다. 다른 사람의 시선을 느끼는 일은 익숙하다는 듯이 그저 나를 보고 조금은 기분 좋게 웃었을 뿐이다. (물론 타인의 시선에 익숙할 것이다. 요가 강사니까! 애슐리에게는 몸이 정말로 중요하겠지. 그래, 우리에게는 공통점이 있다.)

애슐리는 침착하면서도 신중한 모습이 어딘지 모르게 고양이 같은 면이 있었다. 주변을 살펴보는 검은 눈동자는 자신이 뛰어야 할 거리를 측정하고 있는 것 같았다. 윤기가 흐르는 기다란 검은색 머리카락은 뒤로 넘겨 하나로 묶었고 연한 올리브색 피부는 주변의 빛을 흡수하고 있었다. (라틴계인가? 아니면 유대계?) 애슐리는 심란할 정도로 예뻤다. 지난 몇 년간 내가 알고 지낸 아름다운 여자들은 대부분 자신을 과시하는 사람들이었다. 머리카락과 얼굴, 몸을 강화하고 개선하고 밖으로 드러냈다. 하지만 애슐리는 몸의 굴곡을 감추는 색이 바랜 청바지를 입고 있었다. 소박한 차림새였다. 그러니까 애슐리는 다른 사람의 시선을 신경 쓰지 않는 사람인 것이다.

그리고 물론 나는 애슐리를 뚫어지게 쳐다보았다. ("그만 좀 쳐다봐. 그런 얼빠진 표정을 짓고 있을 땐 꼭 못된 노인네 같아." 내 머릿속에서 마망이 말했다.)

"아, 바네사, 맞죠?"

애슐리는 내 손을 잡으려는 듯이 두 손을 내밀면서 다가왔다. 하지만 애슐리는 내 손을 잡지 않았다. 애슐리는 나를 와락 끌어안았고, 내 얼굴은 애슐리의 머리카락에 파묻혔다. 애슐리에게서는 바닐라와 오렌지 냄새가 났다. 나를 꼭 끌어안은 애슐리가 주는 열기 때문에 나는 무장해제가 되어버리고 말았다. 내 안에서 무언가가 화려하게 살아났다. 마지막으로 포옹을 한 게 언제더라? (포옹까지는 아니더라도 마지막으로 누군가가 나를 만진 게 언제였지? 나는 몇 달 동안 자위도 거의 하지 않았다.) 포옹은 내 예상보다 0.5초쯤 더 지속됐다. 살며시 밀어내야 하나? 정해진 규칙이 있는 걸까? 마침내 애슐리가 나를 풀어주고 뒤로 물러났을 때는 얼굴이 살짝 달아오르고 덥고 약간 어지럽기까지 했다.

"애슐리죠? 오, 정말 근사해요. 아, 너무 신나요! 드디어 왔군요!"

내 입에서는 거의 끼익거리는 것 같은 새된 소리가 마구 쏟아져 나왔다.

"운전은 끔찍하지 않았어요? 비가 너무 많이 왔죠? 정말 가차 없이 내렸어요."

아무 소용이 없는데도 나는 보슬비를 막으려는 듯이 우리 두 사람 머리 위로 한 손을 번쩍 들어 비를 가렸다.

"아, 난 비를 사랑해요."

애슐리는 웃으며 말했다. 그러고는 눈을 감더니 콧구멍이 벌름거릴 정도로 크게 숨을 들이마셨다.

"여긴 아주 신선한 냄새가 나요. 아홉 시간 동안 자동차 안에 앉아 있었더니, 솔직히 좀 씻어낼 필요가 있을 것 같아요."

"하하!"

내 입에서 너무나도 명랑한 소리가 튀어나왔다. ('이런, 제발, 그만해.' 나는 속으로 소리쳤다.)

"여기서는 충분히 그럴 수 있을 거예요. 비 말이에요, 내 말은. 정말 씻는 거 아니고요. 물론, 둘 다 할 수 있지만요."

내 말에 애슐리는 조금 당황한 것 같았다. 나도 내가 무슨 말을 하는 건지 알 수가 없었다.

진입로에서 덜커덩거리는 소리가 들렸다. 여행 가방을 끌고 돌바닥을 지나 주랑현관의 계단을 올라오는 소리였다. 나는 애슐리의 어깨 너머로 계단을 올라오고 있는 사람을 보았고, 순간 애슐리의 남자 친구와 눈이 마주쳤다.

'마이클이라고 했지?'

마이클이 나를 보는 눈길에는 무언가 아주 놀라운 점이 있었다. 티 하나 없이 깨끗한 파란 눈은 너무나도 투명해서 그 눈을 뚫고 밝게 빛나고 있을 마이클의 마음 한가운데를 곧바로 들여다볼 수 있을 것만 같았다. 나는 얼굴이 빨개졌다. 내가 또 뚫어지게 쳐다보고 있었던 걸까? 그랬다. 문제는 마이클도 내 안을 들여다볼 수 있다는 표정으로 강렬하게 나를 응시하고 있다는 것이었다. 마이클은 내가 절대로 보여주고 싶지 않은 것들을 보고 있다는 표정을 짓고 있었다. (내가 방금 자위를 생각했었다는 걸 알까?) 목 끝까지 빨갛게 달아오르는 느낌이었다. 분명히 내 목은 랍스터 비스크 색으로 변해버렸을 것이다. 이런, 터틀넥을 입었어야 했다.

나는 정신을 차리고 손을 내밀었다.

"마이클이죠?"

마이클은 살짝 고개를 숙이고 짓궂은 미소를 지으며 내 손을 잡았다.

"바네사군요."

그건 질문이 아니라 선언이었다. 또다시 왠지 마이클이 나를 알고 있다는, 내가 말하지 않은 것들까지 알고 있다는 이상한 기분이 들었다. 우리가 서로 아는 사이였나? 그럴 리는 없을 것 같았다. 영어과 교수라고 하지 않았나? 포틀랜드에서 온?

하지만 마이클은 나를 아는 게 아닐까? 그럴 가능성은 충분히 있을 것 같았다. 어쨌거나 나는 조금 유명하니까. 인터넷에서 얻는 유명세는 전통적인 명성과는 완전히 다르다. 인터넷 스타가 된다는 것은 록스타나 영화배우처럼 만인의 우상이 되어 떠받들어진다는 의미가 아니라 언제라도 팬과 접촉할 수 있다는 뜻이었다. 특별하기는 하지만 충분히 접근할 수 있는 사람이라는 뜻이었다. 야망을 가지면 자신도 충분히 비슷한 삶을 살 수 있다는 환상을 심어주는 사람이라는 뜻이었다. 그러니까 절반의 매력을 느낄 수 있는 사람이라는 뜻이었다. 뉴욕의 식당에서는 내가 올린 사진과 글을 좋아한다는 사실이 우리가 서로의 절친임을 입증하는 증거라도 되는 것처럼 모르는 사람이 오랜 친구처럼 다가올 때가 많았다. (물론 그렇게 접근해 오는 사람이 무섭게 느껴질 때도 나는 친절하고 우아하게 대했다. 나는 충분히 접근 가능한 사람이니까.)

하지만 청바지와 플란넬 셔츠 차림에 머리카락이 헝클어진 마이클은 소셜 미디어의 패션 인플루언서를 쫓아다니는 사람처럼은 보이지 않았다. 실제로 온라인에서 마이클을 찾아봤을 때 인스타그램에서는 찾을 수가 없었다. 마이클은 학자라고, 애슐리는 메일에 그렇게 썼다. 그러니까 인스타그램 계정이 없는 것도 그리 놀랄 일은 아닐지도 몰랐다. 학문을 연구하는 사람들은 자기를 과시하는 일에 그다지 관심이 없으니까. 실제로 만난 마이클도 냉철한 지성을 뿜어내고 있었다. 그렇다면 나는 나 자신을 점검해볼 필요가 있었다. 바보처럼은 보이고 싶지 않았다. (어쩌면 《안나 카레니나》를 읽고 있다고 말해야 할지도 모르겠다는 생각이 들었다.)

하지만 수년 동안 나는 타인의 겉모습 뒤에 숨은 진짜 모습에 관해서는 판결을 유보해야 한다는 걸 배웠다. 카메라 앞에서 정신없이 웃고 떠들면서 대형 송풍기 앞에 서 있는 것처럼 머리카락을 휘날리며 서커스 사회자처럼 행동하지만 사실은 배수구 뚫는 세제나 한 병 마시면 소원이 없겠다고 생각한 적이 얼마나 많았는지 모른다. 가짜를 진짜처럼 보이게 하는 능력이야말로 우리 세대에게는 반드시 갖추어야 할 기술일지도 몰랐다. 밖으로 드러내 보이는 이미지는 눈을 뗄 수 없을 정도로 강렬해야 하며, 스스로 하나의 상표가 되어야 하며, 아무리 내면이 망가지고 완전히 부서져버렸다고 해도 겉으로는 단단히 결합해 있는 척해야 한다. 그렇지 않으면 팬들이 사기꾼이라고 생각할 테니까.

작년에 나는 '프레시 X'라는 소셜 미디어 콘퍼런스에서 이 주제로 강연을 했고, (모두 나의 변이들처럼 보이는) 인플루언서 지망생들은 내가 하는 말을 성실하게 받아 적었다. 내 글을 받아 적는 사람들을 보면서 나는 나의 비운을 목격하고 있는 것만 같았다.

마이클과 애슐리는 여전히 계단 위에 서서 기대에 찬 표정으로 나를 쳐다보고 있었다. 나는 퍼뜩 정신을 차리고 다시 우아한 저택 주인이 되어 활짝 웃었다.

"들어와요. 배고프시죠. 간식을 좀 준비해놨어요. 그거 먹고 오두막을 보러 가요."

나는 스톤헤이븐의 문을 활짝 열고 나의 손님들을 초대했다.

현관으로 들어서자마자 갑자기 멈춰 서서 6미터가 넘는 천장을 멍하니 바라보는 모습에서 나는 두 사람이 깜짝 놀랐음을 바로 알아차릴 수 있었다(천장에는 손님들이 올 때면 캐서린 할머니가 손으로 가리키곤 하던 스텐실로 찍어낸 오래된 가문의 문장이 있었다). 웅장한 계단에는 흥분한 혀 같은 진홍색 카펫이 깔려 있었고, 머리 위로는 크리스털 샹들리에가 흔들리고 있었고, 복도를 따라 늘어서 있는 유화 속에서는 나의 리블링 조상들이 방문객을 차가운 표정으로 응시하고 있었다. 무늬가 새겨진 마호가니 바닥 위에 마이클이 여행 가방을 툭 떨어뜨렸다. 바닥에 자국이 났을지도 모른다는 생각에 나도 모르게 움찔했다.

"이 집은……."

애슐리가 감정을 그대로 드러낸 얼굴로 입을 열더니 현관 입구 전체를 한데 담을 것처럼 손가락으로 원을 그렸다.

"이 집을 소개할 때 이런 말은 안 했잖아요. 정말 놀라워요."

애슐리는 이런 장관은 생전 처음 본다는 듯이 천천히 계단 위로 눈길을 돌렸다.

"음, 알겠지만, 우리 집에 관해 굳이 떠벌리고 싶지는 않았어요. 잘못하면 나쁜 사람들을 끌어들일 수도 있으니까요."

"아, 맞아요. 인터넷에는 너무 소름 끼치고 이상한 사람들이 많으니까요."

애슐리가 입술을 살짝 씰룩이며 웃었다.

"그런 사람들을 정말 많이 만나봤어요."

그렇게 말하다가 갑자기 정신이 들었다.

"아, 당신들이 그렇다는 말은 절대 아니에요."

"아, 우리야말로 진짜 나쁜 사람들입니다. 정말로요."

마이클은 두 손을 조심스럽게 청바지에 문지르며 발뒤꿈치를 세워 몸을 앞뒤로 흔들었다.

애슐리가 마이클의 팔을 다정하게 잡았다.

"그만해, 마이클. 바네사가 놀라잖아."

하지만 나는 다른 일에 신경이 쓰였다.

"당신은 영국 사람이군요."

"정확히는 아일랜드 사람입니다. 하지만 미국에서 아주 오래 살았어요."

"어머, 나, 아일랜드 정말 사랑해요. 작년에는 더블린에 갔었어요."

잠깐, 내가 더블린에 갔던가? 스코틀랜드 아니었나? 기억이 잘 나지 않았다.

"어디에서 살았어요?"

"작은 마을이라 못 들어봤을 겁니다."

마이클은 약간 무시하듯이 우스꽝스러운 몸짓을 해 보였다.

나는 웅장한 현관 앞을 벗어나 장중한 응접실로 손님들을 데리고 갔다. 애슐리는 우리가 지나치는 물건들에는, 주위에 놓인 화려한 물건들에는 관심이 없는지 그저 무심하게 흘려 보았다. 하지만 애슐리의 눈빛은 분명히 살아 있었다. 스톤헤이븐을 보면서 애슐리가 무엇을 느끼고 있을지 궁금했다. 애슐리가 어떤 환경에서 자랐는지도 궁금했다. 더러운 테니스화와 브랜드 없는 플리스 셔츠를 입은 걸 보면 평범한 집에서 자란 것이 분명했다. 하지만 보헤미안 같은 외모에 엄청난 재력을 숨기고 있는 부잣집 딸일 수도 있었다. 화려하고 비싼 물건을 넋을 잃고 바라보지 않는다는 건 애슐리가 돈을 아주 편하게 생각한다는 증거일 수도 있었다(솔직히 말해 부자라면 안심이 될 것 같았다). 애슐리가 정확히 어떤 사람인지는 알 수 없었지만 내가 애슐리를 힐끔 쳐다볼 때마다 애슐리는 나를 보며 웃었다. 그건 정말로 중요했다.

애슐리는 삼강 세공을 한 사이드보드 위에 살며시 손가락을 댔다. 그 사이드보드는 캐서린 할머니가 언제나 이 집에서 가장 귀한 보물이라고 말했던 흉물스러운 고대 괴물이었다.

"정말 고가구네요."

애슐리가 웅얼거렸다.

"맞아요. 너무 많죠? 이 집은 얼마 전에 상속받았어요. 가끔은 박물관에서 살고 있는 기분이 들어요."

나는 이 집은 예스러운 싸구려 장식품일 뿐이니 압도될 이유가 없다는 듯이 크게 웃었다.

애슐리가 몸을 돌려 나를 쳐다보았다.

"정말 멋진 곳이에요. 이렇게 아름다운 것들에 둘러싸여 산다는 건 행운이에요. 엄청난 특권이고요."

애슐리의 목소리에는 힐책이 담겨 있었지만 표정은 웃고 있었기에 말과 행동이 다른 이유를 어떻게 받아들여야 할지 알 수 없었다.

이 집에 있는 물건들이 아름답다고 생각해본 적은 없었다. 물론 값비싼 물건들이지만 대부분은 흉측했다. 가끔은 바닥에서 천장까지 닿는 창이 있고 먼지 하나 없는 간소한 하얀 상자 속에서 살아가는 꿈을 꾼다. 나는 애써 적절한 열정을 끌어모았다.

"아, 그건 정말 맞는 말이에요. 여기 물건들 절반은 사실 뭔지도 모르지만 대부분은 그 위에 앉으면 안 된다는 생각이 들어요."

마이클은 우리보다 한참 뒤처져 걸으면서 인류학자 같은 호기심으로 모든 물건을 뚫어지게 관찰했다. 그는 리블링의 먼 친척 할머니를 그린 유화 초상화 앞에 멈춰 섰다. 그림에는 흰색 테니스복을 입은 할머니가 그레이하운드 몇 마리와 함께 서 있었다.

"애시, 그거 알아? 여기 있으니까 왠지 그 성이 생각나. 여기, 이 그림에 있는 사람은 꼭 우리 시오반 증조할머니랑 닮았어."

마이클의 말에 나도 걸음을 멈추었다.

"성이라니, 무슨 성이요?"

애슐리와 마이클이 시선을 교환했다.

"아, 마이클이 아일랜드 귀족 출신이에요. 어렸을 때 성에서 살았었나 봐요. 하지만 마이클은 그 성 이야기는 하기 싫어해요."

애슐리가 대신 대답했다.

나는 마이클을 쳐다보았다.

"정말요? 어디 있는 성이에요? 나도 알만 한 성인가요?"

"3만 개나 되는 아일랜드 성에 관해 정통한 게 아니라면 말해도 모를 겁니다. 북쪽에 있는데 다 무너져서 거의 돌무지라고 표현해도 될 만한 곳이에요. 유지비가 너무 많이 들어서 내가 어렸을 때 부모님이 팔아버렸습니다."

그 말을 듣자 그제야 이해가 됐다. 어째서 마이클을 봤을 때 이상하게 신경이 쓰였는지 알 수 있었다. 우리 두 사람은 보이지 않는 끈으로 연결되어 있었다. 마이클은 나보다도 더 유서 깊은 돈과 연결되어 있었다. 그건 마치 격식을 차린 드레스를 입고 있다가 이제는 드레스를 벗어버리고 편한 캐시미어 스웨트 팬츠로 갈아입어도 된다는 말을 듣고 안도하는 기분이었다.

"그럼 마이클도 이런 곳에서 산다는 게 어떤 의미인지 잘 알겠네요."

"그럼요. 저주이기도 하고 특권이기도 하죠. 안 그런가요?"

마이클의 말은 내 생각을 뚫고 곧바로 내 마음속으로 들어왔다. 우리는 정말로 이해한다는 표정으로 살짝 미소를 띠며 서로를 쳐다보았다.

"오, 맞아요. 정말 그래요."

나는 조용히 속삭이듯 말했다.

그때 애슐리가 이상할 정도로 친근하게 내 팔을 잡았다. 요가 선생님이라서 그런 걸까? 사람들을 만지는 데 익숙해서? 조금은 도가 지나친 행동이었지만, 나는 애슐리의 그런 행동이 좋았다. 내가 입은 벨벳 재킷 아래로 애슐리의 따뜻한 손가락이 느껴졌다. 애슐리는 얼굴을 찡그렸다.

"여기서 사는 게 정말로 그렇게 끔찍해요?"

"아, 사실은, 그렇게까지 나쁘진 않아요."

나는 요가 강사에게, 그러니까 페이스북에 "내면의 평화가 없다면 외면의 평화도 이룰 수 없다"라고 적어놓은 여자에게 가진 것에 감사하지 않는 사람처럼 보이고 싶지는 않았다. (내 인스타그램에 애슐리의 페이스북에서 본 글을 올릴까 하다가 혹시라도 애슐리가 나를 찾아보고 자기 글을 도용했다는 걸 알 수도 있다는 생각이 들었다. 그래서 헬렌 켈러의 글을 대신 올렸다.)

"계속 혼자 지내는 거예요? 외롭지 않아요?"

애슐리의 눈에는 연민이 가득했다. 두 사람은 내가 세워둔 행복이라는 합판을 저 멀리 치워버렸다.

"음, 조금 외로워요. 맞아요. 많이 외로울 때도 있어요. 하지만 두 사람이 왔으니까 이제는 외롭지 않겠네요."

나는 가볍게 웃었지만, 편안함을 느끼기에는 너무나도 정직하게 말했는지도 몰랐다. 그러니까 지금은 입을 다물어야 하는 순간인지도 몰랐다. 하지만 도저히 손쓸 수 없이 고장 나 물이 콸콸 쏟아지는 수도꼭지처럼 내 입에서는 많은 말이 쏟아져 나왔다.

그러니까 와인을 마시면 안 되는 것이었다.

나는 마이클의 모습을 계속 주시하면서 내가 마음속으로 그려가고 있는 초상화에 계속해서 또 다른 이야기들을 추가했다. 목과 어깨가 만나는 부근에서 지나치게 많이 자란 머리카락이 위로 말린 모습을 보면 마이클에게는 머리카락을 자르는 일보다 더 중요한 일이 있음이 분명했다. 바짝 마른 입술 위에는 살짝 비웃는 듯한 웃음이 나른하게 서려 있었다. 마이클의 입에서 부드럽게 진동하는 '아르(R)'는 그의 혀에서 떨어지는 자음들을 뱀처럼 감쌌다. 마이클이 일부러 나를 보지 않으려고 애쓰고 있는 것이 분명했기에 나는 다시 애슐리에게 눈길을 돌렸다.

애슐리는 우리 두 사람의 분위기를 전혀 눈치채지 못한 것 같았다. 애슐리는 르네상스 시대의 식기 진열장 상판 대리석 가장자리를 따라 손가락을 움직이면서 말했다.

"이런 곳은 어떻게 치워요? 하루 내내 치워도 힘들 거 같아요. 세 명이 치우면요. 입주 관리인은 없는 거죠? 혹시 바깥에 따로 일하는 사람들이 거주하는 건물이 있나요?"

"가사 도우미만 한 명 와요. 일주일에 하루. 혼자서 영지 전부를 청소하는 건 아니에요. 지금은 내가 쓰는 방만 부탁했어요. 3층이랑 외부 건물은 그냥 내버려두고 있지요. 오랫동안 아무도 살지 않았거든요. 침실도 절반은 그냥 잠가뒀어요. 솔직히 말해서 고조할아버지가 사냥해 온 전리품들은 번지를 닦을 필요성도 못 느끼겠어요. 그런 건 정말 아무도 원치 않는 끔찍한 유산이에요. 한 번도 만난 적 없는 조상이 곰을 쐈다는 이유로 평생 내가 돌봐야 하는 거란 말이죠."

말을 너무 많이 하는 걸까? 왠지 내가 말을 너무 많이 하는 것 같았다. 하지만 두 사람이 무척이나 흥미롭다는 표정으로 입을 벌리고 나를 쳐다보고 있으니 말을 하지 않을 수가 없었다. 스톤헤이븐은 추웠지만 내 몸은 너무나도 뜨거워서 겨드랑이에서 난 땀이 티셔츠 옆구리를 타고 흘러내렸다.

"그런 물건은 치워버리는 게 맞는 거예요. 모두 자선단체에 보내야 하는 건지도 모르겠어요. 배고픈 아이들에게 도움이 되게요."

그리고 우리는 주방으로 들어갔다. 이미 나는 주방 창문 옆에 탁자를 놓고 그 위에 엄마가 아끼던 찻잔 세트를 꺼내두었다. 찻잔 세트가 놓여 있는 탁자는 정말 예뻤다(사실 이미 사진을 찍어 인스타그램에 올렸다. *"세 사람이 마실 차" #전통 #정말우아하다*). 하지만 꽃과 멋진 도자기, 한 소대가 먹어도 될 만큼 많은 음식을 보니, 아무래도 좀 과하다는 느낌이 들었다. 그래도 우리 세 사람은 자연스럽게 탁자로 가서 앉았다.

애슐리는 스콘을 한 입 베어 물면서 너무나도 환하게 웃었고 마이클은 엄마의 찻잔을 뒤집어 들고서 찻잔에 찍힌 상표를 유심히 들여다보았다. 두 사람 모두 지나치다 싶게 서로를 어루만졌고 나와는 아무런 격의도 없이 대화를 주고받았다. 두 사람이 알아서 모두 하고 있었기에 나는 대화를 이끌어가려고 애쓸 필요가 전혀 없었다. (마이클이 와인 잔이 넘치기 직전까지 조심스럽게 따른) 와인처럼 스톤헤이븐은 생기로 가득 찼다. 와인을 마시며 두 사람의 농담에 웃고 반응하는 동안 나는 내 안에서 절망이 떠나가고 있음을 느꼈다.

맥박이 한 번 뛸 때마다 계속 같은 생각을 했다. '나는 혼자가 아

니야. 나는 혼자가 아니야. 나는 더는 혼자가 아니야.'

하지만 두 사람이 차가운 공기를 집 안으로 불러들인 채 여행 가방을 끌며 관리인의 오두막으로 떠나버리자 갑자기 나는 또다시 혼자가 되었다. 두 사람을 맞을 계획을 제대로 세워뒀어야 했는데, 그러지 못했다. 함께 저녁을 먹자고 했어야 하는데, 두 사람을 초대할 생각을 하지 못했다. 함께 하이킹을 하자고 했어야 하는데. 타호호수를 둘러보고 영화를 보자고 했어야 하는데. 어째서 나는 두 사람이 밤의 어둠 속으로 사라지고 나만 홀로 남는 상황을 만들어버렸을까? 어째서 두 사람은 나를 초대하지 않았을까? (내 안에서 반짝이는 빛을 너무 많이 보여주었기 때문일까?)

두 사람이 떠나고 나는 세 시간 동안 인스타그램에 올라온 강아지 사진들을 보다가 흐느껴 울었다.

12

○

인생에는 승자와 패자가 있을 뿐, 그사이에는 다른 것이 들어갈 공간은 그다지 많지 않다. 나는 승자와 패자로 나뉜 세상에서 옳은 쪽에 속해 있음이 분명하다고 안심하며 자랐다. 나는 리블링이었으니까. 리블링으로 태어났다는 건 분명히 유리한 이점을 타고났으며, 이 세상에는 그 이점을 뺏고 싶어 하는 사람이 언제나 있기 마련이지만 애초에 나는 그 어떤 위험에도 흔들리지 않을 아주 높은 곳에 올라와 있다는 뜻이었으니까.

나의 행운은 아주 처음부터, 그러니까 내가 만들어졌을 때부터 시작됐다. 본래대로라면 나는 존재할 수 없었다. 마망은 임신 중기에 심한 임신중독으로 산모와 태아가 모두 위험하다는 소리를 들었다. 의사는 혈류역동학이니 윤리적 종결이니 하는 어려운 전문용어를 사용하면서 부모님에게 막달까지 임신을 유지할 수 없으니 임신중절수술을 해야 한다고 말했다.

하지만 엄마는 의사의 말을 따르지 않기로 했다. 엄마는 꿋꿋하게 40주를 모두 버텨 결국은 나를 낳았다. 출산할 때 엄마가 피를 너무 많이 흘려서 의료진은 가망이 없다고 생각했다. 하지만 엄마는 음압 병실에서 치료를 받고 혼수상태에서 깨어났고, 의사는 엄마처럼 어리석은 결정을 내린 산모는 처음 본다고 말했다.

"또다시 그런 상황이 된다고 해도 난 똑같이 할 거야."

향수를 잔뜩 뿌린 엄마는 나를 안아 올리면서 그렇게 말했었다.

"정말로 똑같이 할 거야. 너를 위해서라면 죽어도 좋으니까."

마망은 정말로 나를 너무나도 사랑했다.

3년 뒤에 내 동생 베니가 태어났다. 대리모 출산이었다. 그러니까 엄마의 두 아이 가운데 엄마의 자궁에서 태어난 아이는 나밖에 없었다. 엄마는 늘 엄마의 자궁에서 나왔느냐 아니냐는 전혀 중요하지 않다고, 우리는 둘 다 '엄마의 아기'라고 했지만 나는 언제나 엄마가 나를 더 사랑한다는 기분이 들었다. 나는 엄마의 가장 소중한 딸이었다. 아무리 힘들어도 엄마에게 빛을 주는 존재였다. (마망은 "우리 딸의 웃음이 엄마에게는 환한 빛이야"라고 했었다.) 베니는 그렇지 않았다. 베니는 언제나 자기 방에 틀어박혀 있었고, 베니의 기분은 늘 바다를 짓누르는 묵직한 회색 안개 같았다. 엄마는 베니에게서 자기가 싫어하는 자신의 모습을 보는 것 같았다. 엄마에게 베니는 자신의 단점을 극대화한 거울 같은 존재였다.

마망은 오래된 프랑스 가문의 딸이었다. 황금을 찾겠다는 꿈을 꾸며 미국으로 건너왔지만 오히려 가진 재산만 탕진한 프랑스 가문의 딸. 그에 반해 캘리포니아를 조성하는 부동산 붐에 올라탄 리블링 집안은 정말로 큰돈을 벌었다. 엄마는 1978년에 있었던 사교계 데뷔 무도회에서 세 형제 가운데 맏이이자 자신보다 열여덟 살이나 많은 아빠를 만났다. 세인트 프랜시스 무도장에서 춤추는 두 사람을 찍은 사진을 보면 엄마보다 훨씬 큰 아빠의 발은 솜사탕처럼 풍성한 엄마의 치마에 가려 보이지 않았다. (엄마의 드레스는 연한 장미색 잔드라 로즈였다. 엄마의 취향은 언제나 섬세하고 아름다웠다.)

본래 결혼이라는 것은 묵시적 협상이다. 안 그런가? 우리 부모님의 경우에는 아빠의 부와 권력을 엄마의 아름다움과 젊음하고 맞바꾼 것이라고 생각한다. 하지만 두 사람은 서로를 사랑하기도 했다는 걸 나는 안다. 두 사람이 춤을 추는 사진을 보면 엄마는 너무나도 행복한 표정으로 아빠를 올려다보고 있고 아빠는 보호해주겠다는 결의에 찬 표정으로 엄마를 내려다보고 있으니까. 하지만 함께 살면서 그 사랑은 변했다. 베니와 내가 고등학교에 다닐 때가 되면서 두 사람은 따로 떨어져 살기 시작했다. 아빠는 리블링그룹을 이끌어가는 자신의 형제와 사촌 들과 함께 유리로 덮인 사무실이 있는 샌프란시스코 금융가에서 생활했고, 엄마는 커다란 저택의 응접실에서 사교계 명사들과 사담을 나누며 시간을 보냈다.

나는 누구나 내가 리블링 집안의 일원임을 아는 샌프란시스코에서 자랐다. 나의 성은 〈포춘〉에 실렸고 마리나에는 우리 집안 성을 딴 거리도 있으며 퍼시픽 하이츠에서 가장 오래된 저택 가운데 한 채를 소유하고 있었다(대니엘 스틸의 집만큼 크지는 않지만 아주 위풍당당한 이탈리아식 저택이었다). 내 성을 알고 나면 평범하게 대화를 나누던 사람도 태도가 바뀌었다. 내가 가지고 있는 것들이 자신에게 옮겨 오기를 바라는 사람처럼 갑자기 내 쪽으로 몸을 기울이고 내 말을 훨씬 더 유심히 들었다. 머리가 똑똑한 건 중요하다. 외모가 뛰어난 건 훨씬 더 중요하다. 유명 디자이너 제품으로 옷장을 채우고 끊임없이 저탄수화물 다이어트를 했던 엄마가 그 사실을 알려주었다.

하지만 이 세상에서 무엇보다도 중요한 것은 돈과 권력이었다. 그것을 알려준 것은 아빠였다.

어렸을 때 리블링그룹 빌딩 꼭대기에 있는 아빠의 집무실에 간 적이 있다. 마켓 스트리트 페리 빌딩 근처에 있는 건물이었다. 아빠는 나를 한쪽 무릎에 앉히고 다른 쪽 무릎에는 베니를 앉히고 의자에 앉아 바깥 창문을 향해 의자를 돌리고 있었다. 그날은 바람이 부는 맑은 날이어서 항구에는 샌프란시스코반도의 소금기 어린 평지를 향해 남쪽으로 내려가려는 요트가 가득했다. 하지만 아빠는 바다에서 일어나는 일에는 관심이 없었다.

"저기를 보렴."

아빠는 우리 이마가 창문에 살짝 닿을 정도로 우리를 눌러 빌딩 밑을 보게 했다. 52층 아래에 있는 거리에서는 아주 작은 점처럼 보이는 사람들이 보이지 않는 자석에 이끌려 움직이는 쇳가루들처럼 인도 위에서 서둘러 이동하고 있었다.

나는 어지러웠다.

"아래까지 너무 멀어."

"그렇지."

내 말에 아빠는 기쁜 듯이 대답했다.

"모두 어디로 가는 거야?"

"저기 저 사람들? 대부분은 중요한 곳에 가지 않아. 앞으로 나가지 못하고 그저 햄스터처럼 쳇바퀴를 돌리고 또 돌리는 거지. 그게 바로 존재의 엄청난 비극이란다."

나는 그 말이 무슨 뜻인지 몰라 아빠를 올려다보았다. 아빠는 내 정수리에 입을 맞추면서 말했다.

"걱정 안 해도 돼. 너한테는 그런 문제가 생기지 않을 테니까, 컵케이크야."

아빠가 들려주는 삶의 교훈보다는 그의 만년필에 훨씬 더 관심을 보이던 베니가 불편한지 칭얼대기 시작했다. 나는 아래에 있는 작은 사람들이 안 됐다는 생각을 했다. 누군가 벌레를 밟듯이 밟아대기를 기다리고 있는 그들의 처지를 생각하며 약간은 죄책감도 느꼈다. 하지만 아빠가 우리에게 해주고자 하는 말이 무슨 뜻인지는 알았다. 우리는 여기, 위에 속해 있었다. 베니와 나는 아빠와 함께 안전하게 위에 올라와 있었다.

'아, 아빠.' 나는 아빠를 굳게 믿었다. 그의 든든한 몸이 인생의 고난과 역경에서 우리를 구해주리라 믿었다. 베니와 내가 아무리 길을 잃어도(프린스턴대학교를 자퇴하고 나오거나! 독립 영화에 돈을 대거나! 모델을 하겠다고 헤매고 다니는!), 나를 파괴할 통제하지 못하는 변덕을 부려도 너무 늦기 전에 그가 우리를 보호하고 다시 옳은 길로 이끌어 줄 것이라는 믿음이 있었다. 그리고 아빠는 정말로 그렇게 했다. 정작 가장 중요한 순간에는 그럴 수 없었지만.

DNA는 운명이라고 말하는 사람도 있다. 아마도 보기 드문 아름다움이나 뛰어난 지능, 단거리달리기 선수나 농구 선수가 될 자질, 타고난 사기꾼이 될 자질, 만족을 모르는 욕구 같은 재능을 유전자에 심고 태어난 사람들에게는 맞는 말일 것이다. 하지만 이 세상을 살아가는 나머지 사람들, 명백한 위대함을 타고나지 않은 사람들이 앞서 나가게 해주는 것은 DNA가 아니라 어떤 인생을 타고났느냐다. 힘들이지 않고도 기회를 잡을 수 있느냐 없느냐가 중요하다. 환경이 중요한 것이다.

나는 리블링이다. 나는 그 누구보다도 좋은 환경에서 태어났다.

하지만 환경은 바뀔 수 있다. 전혀 생각지도 않았던 사건 때문에 인생이 완전히 흐트러져 잘나가던 인생의 궤도가 완전히 바뀔 수 있다. 인생의 경로가 너무나도 달라져버려 다시 제자리로 돌아갈 수 있을지 도무지 알지 못할 수도 있다.

나에게는 그런 사건이 12년 전에 일어났고, 지금도 다시 내 길로 돌아가려고 애쓰고 있다.

자라면서 나는 주변에서 나에게 어떤 기대를 하는지 알게 되었다. 나는 사립학교에 진학해서 토론반과 테니스부에서 활동했고, 샌프란시스코 번화가에 있는 빌딩에 자기 성을 건 남자 친구를 만나야 했고, 아주 좋은 성적을 올려야 했다(하지만 솔직하게 말해서 내 성적은 아빠가 학교에 보내준 넉넉한 기부금 덕분에 유지될 수 있었다). 물론 가끔은 마망의 마세라티를 빌려 타고 나가 술에 취해 무언가를 들이받거나 전국 청소년 테니스 대회에서 심판의 불공정한 판정 때문에 테니스 라켓을 집어 던지는 등, 부모님이 '충동 조절 장애'라고 말하는 상태가 될 때도 있었다. 하지만 대부분은 내가 어떤 역할을 해야 하는지 잘 알았고 나에게 정해준 기준을 맞출 수 있었다. 내 보조개와 미소, 수표로 해결하지 못할 일은 아무것도 없었다.

회복할 수 없이 손상된 건 내 동생이었다. 내가 고등학교에 들어갈 무렵 베니는 (마망이 조심스럽게 언급한 것처럼) '문제가 있음'이 분명하게 드러났다. 베니가 열한 살 때 엄마는 베니의 침대 밑에서 공책을 한 권 찾았다. 공책에는 용의 내장을 꺼내고 있는 얼굴이 녹아버린 사람들이 정교하게 그려져 있었다. 엄마는 베니를 정신과 의사에게 보냈다. 베니는 모든 과목에서 낙제했고 사물함 위에 낙서를 했으며 학교 친구들에게 괴롭힘을 당했다. 열두 살 때는 ADHD 약을 먹어야 했고, 곧 항우울제도 복용하기 시작했다. 열다섯 살 때는 같은 반 아이들에게 마약을 주다가 퇴학당했다.

그때 나는 졸업을 한 달 앞둔 3학년이었고, 이미 프린스턴대학교 티셔츠를 입고 잠자리에 들고 있었다(당연히 티셔츠는 우리 집 유산이었다). 베니가 학교에서 리탈린을 나누어 주다 쫓겨난 날 밤에 엄마 아빠가 아래층 음악실에서 서로에게 고함을 지르는 소리를 들었다. 그 방에 방음장치가 되어 있다고 생각했기 때문에 엄마 아빠는 싸울 때면 그 방으로 들어갔다. 하지만 음악실에서 나는 소리는 난방용 관을 타고 온 집 안으로 퍼졌다. 그 무렵에는 엄마 아빠가 정말로 고함을 지르면서 싸울 때가 많았다.

"당신이 여기서 지내면 베니가 바보 같은 일을 할 이유가 없어. 베니가 그러는 건 관심을 끌려는 거야."

"당신이 정신만 차리고 있었어도 베니가 이 지경이 될 때까지 눈치채지 못했을 리가 없잖아."

"감히 지금 내 탓이라고 하는 거야?"

"당연히 당신 탓이지. 그 애가 누굴 닮았는데, 주디스? 당신이 정신을 못 차리고 있는데 베니라고 정신을 차릴 수 있겠어?"

"베니가 잘못된 건 다 돈 때문이야. 당신 돈 말이야……. 당신이나 정신 차려! 당신, 당신의 중독이 우리 가족 모두를 망치고 있다고. 여자, 카드, 또 뭘 숨기고 있는지 누가 알아."

"이런, 망할, 주디스. 제발 그런 말도 안 되는 망상은 그만둬. 다 당신 상상이라고 몇 번을 말해야 해? 그거 편집증이야. 당신, 병 때문에 그런 생각을 하는 거라고."

나는 조용히 베니의 방으로 가서 방문을 두드리고 베니가 대답하기도 전에 방으로 들어갔다. 베니는 바닥에 깐 양탄자 한가운데에 대자로 누워 있었다. 그 모습은 마치 다빈치의 〈비트루비안 맨〉 같았지만 그림의 남자와 달리 베니는 깡말랐고 너무나도 새하얬다. 베니는 청소년기로 평온하게 진입하지 못했다. 아직은 아이인데 몸만 훌쩍 자라서 어린 자아가 기이하고 거대한 그릇 속에서 마구 흔들리고 있는 것만 같았다. 베니는 양탄자 위에 누워 멍하니 천장을 쳐다보고 있었다.

나는 베니 옆에 앉아 치마를 앞으로 잡아당겨 무릎을 덮었다.

"나는 이해를 못 하겠어. 학교 규칙에 어긋나는 행동이라는 걸 알았어야지. 그런 짓을 해서 네가 얻은 게 뭐야?"

베니는 어깨를 으쓱했다.

"약을 주면 애들이 친절해져."

"다른 방법으로 애들이 널 좋아하게 만들 수도 있잖아, 바보야. 그러니까 노력을 좀 해봐. 체스 클럽에 들어가는 건 어때? 공책에 괴상한 그림만 그리지 말고 점심시간에 애들이랑 얘기도 하고 같이 시간을 보내봐."

"그건, 이제 상관없어."

"아냐, 안 그래. 아빠가 강당 같은 걸 지어서 학교에서 용서하게 해줄 거야."

"안 그럴걸."

축 늘어진 채 아무 감정도 없이 내뱉는 베니의 말을 들으니 왠지 불안해졌다.

"아빠가 우리를 타호로 보낸대. 거기서 학교에 다니래. 나를 폴버니언인지 뭔지로 만들어줄 사립학교에 다니래."

"타호에? 뭐야, 너무 끔찍해."

나는 모든 문명과 동떨어진 채 타호호수 서쪽에 서 있는 거대하고 차가운 집을 생각했다. 아빠가 어떻게 했길래 엄마가 그곳에 가겠다는 마음을 먹게 됐을까? 1년 전에 아빠가 그 집을 상속받은 뒤로 우리 가족은 딱 한 번, 봄방학 때 스키를 타러 다녀왔을 뿐이다. 그때 엄마는 얼굴을 찡그린 채 방마다 돌아다니며 오래된 막대기 같은 가구들을 조심스럽게 만지는 것으로 그곳에서의 시간 대부분을 보냈다. 나는 엄마가 하는 생각을 분명하게 알 수 있었다.

베니는 마치 스노엔젤을 만들려는 것처럼 팔과 다리를 양탄자에 대고서 위아래로 움직였다.

"그렇게 끔찍하지는 않아. 아무튼 난 여기가 싫어. 거기가 여기보다 끔찍하지는 않겠지. 아마 더 나을지도 몰라. 여기 애들은 너무 자기 생각만 해."

베니는 이제 막 올라와 잔뜩 성이 난 턱 여드름을 마구 긁었다. 베니의 여드름은 빨간 머리카락 때문에 훨씬 선명해 보였다. 아무 생각 없는 내 동생은 스스로가 자기 인생을 얼마나 힘들게 만들고 있는지 모르는 것 같았다. 그저 리블링이 됨으로써 얻을 수 있는 이

득을 던져버리려고 하는 것 같았다. 그때 나는 베니가 겪는 문제는 모두 베니 자신이 만든 것이라고 믿었다. 그래서 방에 앉아서 그림만 그리고 괴상하게 행동하는 것만 멈추면 모든 것이 괜찮아질 줄 알았다. 그때 왜 그런 생각을 했는지는 아직도 이해할 수 없다.

"네가 누구한테도 기회를 주지 않는 거야. 그만 긁어. 흉터 생겨."

베니는 나를 향해 가운뎃손가락을 들어 올렸다.

"어차피 누나는 대학에 갈 거잖아. 그러니까 괜히 신경 쓰는 척하지 마."

나는 양탄자에 손바닥을 대고 결을 따라 쓰다듬었다. 이 두툼한 파란색 양탄자는 베니가 버린 수성 펜에서 흘러나온 잉크를 가리려고 인테리어 업자가 깔아놓은 것이었다.

"거기 가면 마망은 미쳐버릴 텐데."

베니가 벌떡 일어나더니 나를 매섭게 노려보았다.

"엄마는 벌써 미쳤어. 그걸 몰라?"

"미친 거 아니야. 그냥 우울한 것뿐이야."

나는 재빨리 대답했지만 내 마음 뒤쪽에서는 조그만 속삭임이 들려왔다. 엄마의 기분이 일반적인 중년의 권태와는 전혀 다르다는 사실을 나도 분명히 알고 있었다. 베니와 나는 단 한 번도 엄마의 기분 변화에 관해 서로 말을 해본 적이 없지만 나는 베니가 엄마의 얼굴이 풍향계라도 되는 것처럼 뚫어지게 쳐다보면서 폭풍이 다가오는 것은 아닌지 살필 때가 있음을 알고 있었다.

나도 엄마의 내부 스위치가 켜졌다 꺼지는 순간을 기다리며 엄마를 살필 때가 있었다. 엄마는 어느 날은 타운카를 타고 학교에 나를 데리러 와서 창문을 내리고 두 눈을 반짝이며 "피부과 예약해놨어!"라거나 "니먼마커스 가자!"라고 내게 외치곤 했다. 정말로 기분이 좋을 때는 "맛있는 프랑스 음식 먹고 싶어. 뉴욕 가서 저녁 먹고 오자!"라는 말도 했다. 하지만 바로 그다음 날이면 방에 틀어박혀 나오지 않았다. 테니스 강습을 받거나 공부를 하고 돌아왔을 때 온 집 안에 정적이 흐르는 날이 많았다. 그럴 때면 엄마는 방 안 커튼을 완전히 내리고 아무 말도 없이 침대에 누워 있었다.

"편두통이 있어."

엄마는 속삭이듯이 그렇게 말하지만 엄마가 먹는 약이 두통약은 아님을 잘 알았다.

"타호가 그렇게 나쁘진 않을지도 몰라. 엄마한테는 좋을 수도 있어. 왜냐하면……, 온천 휴양지 같을 수도 있잖아. 엄마 온천 좋아하잖아."

희망이 있다는 듯이 얘기하는 베니의 말을 들으며 나는 스톤헤이븐의 두툼한 돌벽에 갇혀 그 어떤 목적도 없이 외롭게 지낼 베니와 마망을 생각했다. 스톤헤이븐이 온천 휴양지와는 완벽하게 정반대인 곳처럼 느껴졌다.

"그 말이 맞을지도 모르겠다. 엄마한테 좋을지도 몰라."

나는 거짓말을 했다. 가끔은 나쁜 생각을 좋은 생각인 것처럼 말해주는 것이 옳을 때도 있었다. 어차피 결과를 바꿀 수 없을 때는 말이다. 그럴 때는 저울에 쌓인 평가 위에 거짓으로 올려주는 낙관주의가 저울의 눈금을 올바른 방향으로 돌려주기를 바랄 수밖에 없으니까.

"엄마는 스키를 사랑하잖아."

베니가 다시 의견을 제시했다.

"너도 그렇잖아. 스키는 네가 나보다 더 잘 타잖아."

베니가 질벅하고 신경질 많고 흐리멍덩한 이상한 청소년으로 변해버렸고, 베니의 방에서는 가사 도우미가 아무리 노력해도 스컹크 같은 냄새가 났지만, 나에게 베니는 언제나 '아기 동생'이었다. 아장아장 걸어 내 침대로 올라와 애정을 바라는 부드럽고 따뜻한 몸을 내 몸에 꼭 붙인 채 그림책을 읽어달라고 조르던 아기 베니였다. 부모님은 우리를 둘 다 사랑했지만, 내가 좀 더 사랑하기 쉬운 아이였기에 부모님은 나를 베니보다 아주 조금 더 사랑했다. 그래서 나는 어느 정도는 베니에게 죄책감을 느꼈다. 나는 베니가 받지 못한 사랑을 내가 채워줘야 한다고 생각했다.

그래서 나는 내 작은 동생을 무조건 사랑했다. 지금도 나는 내 동생을 절대적으로 사랑했다. 동생을 사랑하는 것이 내가 가진 가장 좋은 자질이라는 생각이 들 때도 있었다. 확실히 베니를 사랑하는 건 내가 전혀 힘들이지 않고 할 수 있는 유일한 일이었다.

그날 나는 베니가 여전히 아기였을 때처럼 엄청난 열기를 뿜어내는지 궁금해서 베니의 목덜미를 만져보았다. 내 손길을 느끼자마자 베니는 재빨리 몸을 틀어 내 손을 떨쳐냈다.

"아, 좀! 이런 짓은 이제 하지 마."

베니가 말했다.

어쨌거나 나는 우리 가족이 타호호수로 거처를 옮긴다는 사실이 세상이 끝날 일은 아니라고 애써 생각하면서 프린스턴으로 갔다.

하지만 그건 정말로 세상이 끝나는 일이었다. 돈이 많다는 건 반창고 역할은 해주지만 예방접종을 하는 효과는 내지 못한다. 병색이 깊다면, 돈은 아무런 도움이 되지 못한다.

나는 프린스턴에서의 삶에 집중했다. 사교 모임, 공부, 파티. 나는 프린스턴과 잘 맞았다. 적어도 사교 생활은 잘해냈다(학업을 잘해냈는지는 또 다른 이야기지만). 엄마와는 일주일에 한 번 통화했고 베니하고는 가끔 통화했지만, 두 사람 모두 걱정할 만한 문제가 있는 것 같지는 않았다. 그저 두 사람 모두 상당히 지루해하는 것 같았다.

크리스마스 휴가는 스톤헤이븐에서 보냈다. 〈포춘〉이 정한 500대 사업가에 속하는 사촌과 남자 어른들, 그리고 가족의 친구들이 모두 모여 성대한 파티를 열었고, 모두 축제 분위기에 젖었다. 리블링들은 함께 모여 스키를 탔고, 먹고 마셨고, 함께 선물을 풀었다. 모든 것이 정상처럼 느껴졌다. 스톤헤이븐조차도 어릴 적 기억과 달리 훨씬 따뜻한 곳처럼 느껴졌다. 사방에 친척이 있었고 주방에서는 갓 만든 음식과 뜨거운 음료가 끊임없이 나왔다. 그렇게 시간이 흘러갔고, 나는 안심하며 다시 프린스턴으로 돌아갔다.

그리고 3월이 되었다. 기숙사 파티에 갔다가 밤늦게 방으로 들어왔을 때 전화가 왔다. 처음에 나는 동생의 목소리를 알아듣지 못했다. 베니의 목소리는 우리가 마지막 만났을 때보다도 한 옥타브는 낮아져서 남자 어른 목소리처럼 들렸다. 우리가 못 본 몇 달 사이에 베니는 완전히 다른 사람이 되어버린 것 같았다.

"멍청아, 여긴 새벽이거든. 시차는 생각하고 전화한 거지?"

"어쨌든 안 자고 있었을 거 아냐?"

나는 침대에 누워서 매니큐어 바른 손가락 끝을 뚫어지게 쳐다보며 대답했다.

"잤으면 어쩌려고? 얼마나 중요한 일이길래 자는 사람을 깨워?"

하지만 이미 나는 알고 있었다.

베니는 주저하듯 목소리를 한층 더 낮추었다.

"엄마가 더는 침대에서 나오지 않는 상태가 됐어. 적어도 일주일 정도는 집에서 나가지도 않았어. 내가 어떻게 해야 해?"

우리가 할 수 있는 일이 있나? 엄마의 기분은 계속 바뀌지만 한 번도 완전히 부서진 적은 없었다. 엄마는 언제나 다시 돌아왔다.

"아빠한테 말해봐."

내가 말했다.

"아빠는 여기 없어. 주말에만 와. 그것도 오고 싶을 때만."

나는 고개를 푹 숙였다.

"알았어. 내가 해결할게."

"정말? 멋져. 누나가 최고야."

전화기를 타고 베니의 안도감이 흘러나오는 것 같았다.

하지만 그때는 학기 중이었고 수업을 따라가기가 너무 벅차서 집에서 일어나는 사건을 수습할 만한 여유가 없었다. 끊임없이 되풀이되는 엄마의 기분 변화는, 엄마의 폭풍 주기는 나를 지치게 했다. 그러니까 "내가 해결한다"라는 말은 그저 엄마에게 전화를 걸어 건성으로 "엄마가 괜찮은지 알아보려고 전화했어. 그러니까 제발 내가 원하는 대답을 들려줘"라는 의식을 치르는 과정에 지나지 않았다.

엄마도 정확히 내가 원하는 반응을 보여주었다.

"아, 정말로, 괜찮아."

엄마는 간결하고 귀족적인 말투로 단어를 끊어가며 대답했다. 캘리포니아에 살고 있음을 전혀 느낄 수 없는 억양. 엄마의 목소리는 마치 내 목소리를 듣는 것만 같았다. (남부 사람 특유의 느린 말투와 서퍼가 쓰는 속어를 우리 가족은 절대로 쓸 수 없었다!)

"그냥 조금 피곤한 것뿐이야. 여긴 눈이 너무 많이 와. 눈이 얼마나 번거로운 건지, 완전히 잊고 있었어."

"엄마는 뭐 하는 거 없어? 지겹지는 않아?"

"지겹냐고?"

전화기 너머에서 약간 짜증 난다는 듯이 숨을 살짝 들이마시는 소리가 들렸다.

"전혀 안 지겨워. 여길 어떻게 꾸밀지 고민하고 있어. 너희 할머니 취향은 정말 끔찍해. 너무 잡다하고 저급해. 감정사를 불러서 몇 개는 경매에 넘길까 해. 대신에 여기에 어울리는 것으로 몇 개 들여놓으려고."

엄마는 분명히 내가 안심해도 좋을 말들을 하고 있었지만, 엄마의 목소리에는 생기 있고 활기차게 말하려고 애를 써야 한다는 것이 너무나도 피곤하다는 기색이 역력했다. 불쾌한 기운이, 두툼한 무력감이 엄마를 감싸고 있었다.

한 달 뒤, 봄방학 때 만난 엄마는 폭풍 주기에서 다음 단계인 활동 과잉 단계로 넘어가 있었다. 그 사실은 스톤헤이븐에 발을 들여놓자마자 알 수 있었다. 이 방에서 저 방으로 정신없이 돌아다니는 엄마의 움직임은 날카롭게 날이 서 있어서 온 집 안에 가득 차 있는 긴장을 느낄 수 있었다.

방학 첫날 우리 가족은 마을에 있는 근사한 식당에 가서 저녁을 먹었다. 저녁을 먹는 동안 엄마는 인테리어 계획에 관해 아주 빠른 속도로 떠들어댔고 아빠는 엄마가 텔레비전의 화면 조정 시간이라도 되는 것처럼 완전히 무시하고 있었다. 미처 디저트가 나오기도 전에 주머니에서 휴대전화를 꺼낸 아빠는 도착한 문자메시지를 보고 얼굴을 찡그리더니 자리에서 일어났다. 1분도 되지 않아 아빠는 재규어를 타고 떠났고, 식당 창문으로 흘러들어 온 재규어 헤드라이트 불빛이 엄마의 얼굴을 스치고 지나갔다. 초점을 잃은 엄마의 눈은 멍하니 앞을 보고 있었다.

동생과 나는 의미심장한 표정으로 서로 쳐다보았다. 우리 둘 다 '아, 또 시작이야' 하는 표정을 짓고 있었다.

다음 날, 베니와 나는 마을에서 커피를 마시고 온다는 핑계를 대고 스톤헤이븐을 빠져나왔다. 카페에서 주문을 하려고 줄을 선 채로 나는 동생을 힐끔힐끔 쳐다보았다. 동생의 몸에서는 전에는 보지 못했던 자신감이 흘렀고, 늘 어디론가 사라지고 싶다는 듯이 움츠리고 다녔던 어깨는 활짝 펴져 있었다. 이제 드디어 얼굴 씻는 법을 알게 된 것처럼 여드름도 사라졌다. 그러니까 아주 보기 좋게 변해 있었다. 하지만 어딘가에 정신이 팔려 있었고 헤매고 있는 것 같았다. 하지만 정확히 무엇 때문에 그런지는 알 수 없었다.

그때 나는 시차 때문에 힘들어하고 있었고 집중력도 흐트러져 있었다. 카페에서 베니와 이야기를 하던 여자아이를 제대로 살펴보지 않은 건 그 때문일 것이다. 어디선가 갑자기 나타나 우리 앞에서 있던 그 아이는 묵직함을 감추는 데 실패한 어울리지 않는 옷을 입고 두툼하고 시커먼 화장으로 그 아래에 있을 자연스러운 아름다움을 숨기고 있는 평범한 10대 아이였다. 집에서 염색한 머리는 분홍색이었다. 그 아이가 스스로 만들어놓은 엉망인 상태를 뚫어지게 쳐다보지 않으려면 나로서는 시선을 돌릴 수밖에 없었다.

그 애 가까이에서 서성이는 그 애의 엄마는 딸과는 완전히 다른 외모를 하고 있었다. 금발 머리에 지나치게 섹시했고 사람들 시선을 끌려고 지나치게 애썼다. '베니의 가여운 친구는 자기에게 맞게 꾸미는 법을 배우고 자존감을 높일 필요가 있을 것 같은데, 걔 엄마가 그런 쪽으로 도움이 될 것 같지는 않네.' 내가 이런 생각을 하고 있을 때 동부로 돌아간 친구에게서 문자메시지가 왔다. 그래서 엄마와 딸이 떠나고 난 뒤에야 동생의 표정을 살필 수 있었다.

커피를 홀짝이던 베니는 내 시선을 느끼고 커피를 잔 받침 위에 내려놓았다.

"왜?"

베니도 나를 뚫어지게 보았다.

"저 여자애, 이름이 뭐랬지? 좋아하는 애, 맞지?"

베니의 얼굴이 빨개졌다.

"누구 말하는 거야?"

빨간 반점이 베니의 가슴에서 시작해 얼굴 쪽으로 맹렬하게 번지고 있었다. 나는 베니의 셔츠 안쪽을 손으로 가리키며 말했다.

"너, 완전 빨개지고 있어."

베니는 빨간 반점을 숨기려는 듯이 손으로 목을 가렸다.

"우리 그런 사이 아니야."

카페 유리창에 김이 서렸다. 나는 수수께끼 소녀를 조금 더 자세히 보려고 밖을 내다보았지만 엄마와 딸은 이미 길모퉁이를 돌아 사라지고 없었다.

"그럼 어떤 사인데?"

"나도 몰라."

베니는 웃으면서 의자에서 주르륵 미끄러지더니 다른 사람들이 쉽게 지나가지 못할 정도로 길게 다리를 뻗었다.

"똑똑해. 누구한테도 우습게 보이지 않고. 그 애와 함께 있으면 웃게 돼. 그 앤 다른 사람들하고는 달라. 우리 가족이 누구든 신경 쓰지 않아."

베니의 말에 나는 웃었다.

"그거야 네 생각이지. 누구나 우리 가족에 대해 자기만의 생각이 있어. 그저 그걸 아주 잘 숨기는 사람이 있을 뿐이야."

베니가 나를 노려보았다.

"누나는 그걸 즐기고? 안 그래? 누나는 사람들 시선을 즐기잖아. 부자고 예쁘고 우리 가족을 '중요하게' 생각하는 것 같으니까. 맞지? 하지만 솔직히 말해서, 사람들이 누나를 리블링이 아니라 그저 누나 자신으로, 한 사람으로 봐주기를 바란 적은 없어?"

물론 베니의 질문에 내가 해야 할 정답은 '있어'임을 알고 있었다. 하지만 사실은 없었다. 나는 리블링이라는 이름 뒤에 숨는 것이 좋았다. 솔직히 말해서 리블링이라는 이름이 아니면 사람들이 나를 어떻게 볼지 걱정이 됐다. 특별한 재능도 없고 특별히 영리하지도 않고 특별히 아름답지도 않은 여자애라고 생각할 것이 분명했다. 파티를 아주 좋아하지만 그다지 중요하지 않은 여자애. 나보다 앞선 사람들의 성공 위에서 스케이트를 타고 있는 사람이라고 생각할 것이 분명했다.

나는 나를 잘 알았다. 내 안에는 강력한 힘이 없었다. 나를 위대하게 만들어줄 자질은 하나도 없었다. 나는 그저 그럭저럭 괜찮기는 한 사람일 뿐이었다. (아, 내가 이런 식으로 자신을 인식하고 있다는 사실이 놀랍다고? 내가 부자이고 예쁘고 인터넷 유명 인사라고 해서 자기혐오 시간을 갖지 않는 건 아니다. 오히려 요즘은 나를 혐오하는 시간이 더 많아졌다.)

전체적으로 보았을 때 내가 가진 것은 보통 다른 사람들에게는 그다지 중요한 의미를 지니지 않는 이름뿐이었다. 고등학교 성적이 평점 3.4였는데도 나는 프린스턴에 갔다. 그건 우리 집안 덕분이다. 정말이다. 그러니까 나는 내가 리블링인 게 좋았다. (누구나 그렇지 않을까?) 이 세상에서 내가 아는 사람들 가운데 우리 가족의 성에 거의 아무 영향도 받지 않는 사람은 지금 내 옆에 앉아 있는 사람이 유일했다. 나와 리블링이라는 성을 나누어 가진 베니 말이다.

"어쨌거나, 멍청아. 그 애가 그렇게 근사하다면 데이트 신청을 해."

나는 카푸치노 잔을 내려놓고 베니 쪽으로 몸을 숙였다.

"진심으로 하는 말이야. 네가 그 애를 좋아한다면 행동을 해. 너를 좋아하지 않는다면 그 애도 너랑 그렇게 온종일 붙어 있지는 않을 거 아냐."

"하지만 엄마가……."

"엄마 아빠는 상관 말고. 네 데이트랑 엄마 아빠가 무슨 상관이야. 제발. 그냥……, 그 애가 좋으면 키스해. 걔도 좋아할 거야."

그때 나는 이런 생각을 했었다. '당연히 좋아하겠지. 백만장자랑 키스하는 걸 싫어할 사람이 어딨어! 그 애가 아무리 리블링 집안 돈에 관심이 없는 척해도 너한테는 그 애가 거부할 수 없는 매력이 있다고.'

"그렇게 쉬운 문제가 아니야."

베니가 불편한지 몸을 살짝 꼬았다.

"아니, 쉬워. 봐, 그냥 먼저 술을 마셔. 술이 도움이 될 때가 있으니까. 술을 마시면 용기가 생긴다니까."

"내 말은, 그게 아니라, 지금 내가 외출 금지라서 어렵다는 거야. 이틀 전부터 밖에 못 나가. 엄마 아빠가 그 애랑 만나지 말랬단 말이야."

"뭐? 왜?"

베니가 잔 받침 위에서 커피잔을 빙글빙글 돌리자 잔에 남아 있던 커피가 깨진 탁자 위로 후드득 떨어졌다.

"엄마 아빠가 내가 숨겨둔 마약을 찾아냈는데, 그것 때문에 니나를 욕하고 있어. 그 애가 나한테 나쁜 영향을 끼친대."

"정말? 그 애가 그래?"

나는 그 여자아이의 검은색 옷과 두툼한 화장, 분홍색 머리를 떠올렸다. 분명히 그 애는 타호산에 거주하는 건전한 여자아이들과는 달랐다.

"엄마 아빠는 니나가 어떤 앤지 잘 몰라."

나를 바라보는 베니의 눈은 내가 보지 못하는 걸 볼 수 있는 능력이 있는 것처럼 이상할 정도로 밝게 빛나고 있었고 동공도 커져 있었다. 그런 베니를 보면서 베니가 약하다는 사실을 새삼 깨달았다. 베니는 엄마처럼 쉽게 부서질 수 있는 아이였다. 내 동생은 칼날 위에서 불안하게 움직이고 있었다. 틀린 방향으로 조금만 밀어도 결국에는 떨어질 것이 분명했다.

그러나 그때 나는 내가 옳은 방향을 알고 있다고 생각했다. 그때 나는 내가 너무나도 자랑스러웠다. 베니에게 여자 친구라니. 베니는 지금 미칠 듯이 사랑을 하는 거야! 사랑은 부모님의 과보호로는 절대로 할 수 없는 방법으로 베니를 제자리에 돌려놓을 것이다. '나 좀 봐. 동생한테 정말로 실질적인 조언을 해주고 있잖아. 이 세상에서 제대로 기능하고 엉망으로 뒤엉킨 머리를 풀 방법을 알려주고 있잖아.' 그때 나는 그렇게 생각했었다. 의도는 좋지만 도무지 방법을 모르는 부모님과 달리 나는 동생을 제대로 돕고 있다고 생각했다. 나는 세상이 우리 같은 아이들에게 작동하는 방식을 안다고 믿었다.

하지만 그건 지독하게 틀린 생각이었다.

결국 베니는 내 충고를 받아들였다. 베니는 그 애에게 키스했고, 그 아이들은 사랑을 나눈 것이 분명했다. 그건 틀림없이 베니에게 좋은 일이었다. 아닌가? 문제는 두 아이가 사랑을 나눌 때 아빠가 두 아이를 찾아냈다는 것이고, 우리 부모님이 그 때문에 완전히 정신이 나가버렸다는 것이다.

동생은 이탈리아에 있는 여름 캠프에 강제로 참가하게 되었다. 그리고 그곳에서 너무나도 우울한 엽서를 보내오기 시작했다. "이탈리아가 감옥 같다는 걸 누가 알겠어?", "엄마 아빠랑은 절대로 말 안 할 거야." 짧은 엽서는 시간이 흐르면서 점점 더 길고 불안한 편지로 바뀌었다. "어두운 곳에 누워서 잠들려고 하면 자꾸 말을 거는 목소리가 들려. 누나도 그런 적 있어? 그 소리가 들리면 내가 미쳐가는 건지, 아니면 혼자인 게 너무 외로워서 외로움을 달래려고 그런 소리가 들리는 건지 궁금해져." 여름이 거의 끝나갈 무렵에는 이탈리아어로만 쓴 편지가 왔다. 나는 이탈리아어를 몰랐다. 편지 끝에 베니의 서명이 적혀 있기는 했지만 글씨가 너무 작고 기이해서 베니가 직접 쓴 편지인지도 확신할 수가 없었다. 베니가 이탈리아어를 모르는 것은 확실했다.

그때 나는 첫 번째 여름방학을 맞아 샌프란시스코에 가 있었다. 마망이 나와 함께 여름방학을 보낼 거라고 생각하고 있었지만 내가 샌프란시스코에 도착했을 때 엄마는 말리부에 있는 온천으로 떠나버린 뒤였다. 그곳에서 엄마는 하루에 다섯 시간씩 걷고 액체가 될 때까지 끓인 채소를 먹고 피부 관리를 받는 대신 관장을 했다. 본래는 2주만 머물 예정으로 떠난 온천이었지만 엄마는 6주 뒤에야 돌아왔고, 엄마가 왔을 때는 내가 이틀 뒤에 프린스턴으로 돌아가야 했다. 엄마는 끔찍하게 말라 있었는데 까무잡잡해진 얼굴에서 눈이 튀어나올 것만 같았다.

"마음이 아주 경이로워. 마치 인생의 모든 쓰레기가 내 안에서 빠져나가서 완전히 정화된 것 같아."

엄마는 신이 나서 떠들었지만 당근 주스를 만드는 엄마의 손은 불안하게 떨리고 있었다. 당근 주스는 요양을 다녀온 엄마가 자신의 새로운 주식으로 택한 음식이었다.

나는 서재로 갔다. 아빠는 손익계산서를 꼼꼼하게 들여다보고 있었다.

"엄마한테는 약이 필요해."

아빠는 한참 동안 나를 쳐다보았다.

"자낙스 먹고 있잖아."

"알아. 하지만 엄마한테 별 효과가 없는 것 같아, 아빠. 온천도 도움이 되지 않고. 엄마는 전문적인 치료를 받아야 해."

아빠는 다시 서류로 눈을 돌렸다.

"엄마는 괜찮아. 요즘 같을 때도 있지만 언제나 다시 괜찮아지곤 하잖아. 너도 알지? 엄마한테 치료사를 만나보라고 하면 더 흥분할 거야."

"아빠, 엄마 얼굴 못 봤어? 완전히 해골 같아. 정말 안 좋다고."

아빠는 밑에 있는 파일을 살펴보려고 손가락 끝으로 맨 위에 있는 종이를 옆으로 밀었다. 인터넷에서 작은아버지가 최고 경영자 자리를 넘봐서 리블링그룹에서 아빠의 위치가 위태롭다는 기사를 읽었다. 그 때문에 스트레스를 받아서인지 아빠의 눈 밑은 시커멨고 이마에는 선명하게 세로 주름이 나 있었다. 아빠는 무언가를 결정한 사람처럼 몸을 뒤로 빼 의자에 기댔다.

"그래. 다음 주에 스톤헤이븐으로 가자. 베니가 돌아온 뒤에. 루르드가 요리를 아주 잘하니까, 뭐든 너희 엄마가 먹을 수 있는 걸 해줄 거야. 엄마한테도 거기가 좋아. 조용하고 고요하잖아."

베니가 보낸 불안한 편지 이야기를 아빠에게 해야 할지 나는 잠시 고민했다. 그 이야기를 들으면 부모님은 어떻게 할까? 베니에게 더 많은 약을 먹이거나, 베니를 개조할 다른 학교로 보내버린다는 더 심한 결정을 내릴 수도 있을까? 베니에게는 분명히 도움이 필요하지만, 이미 충분히 많은 일을 겪었다는 생각이 들었다. 베니는 스톤헤이븐에 고립됐고 이탈리아로 보내졌으며 마망은 베니의 친구들을 감시했다. 어쩌면 베니에게 필요한 것은 단 한 번만이라도 사랑을 받고 있음을 느끼며 그냥 혼자 남겨지는 것인지도 몰랐다.

베니의 편지에 관해 어떻게 해야 할지 결정을 내리지 못하고 있는데 아빠가 갑자기 일어나 다가오더니 나를 꼭 끌어안았다. 아빠가 쉽게 하지 않는 행동이었다. 아빠의 몸에서는 전분과 레몬 냄새가 났고, 아빠의 숨결에서는 위스키 냄새가 풍겼다.

"넌 좋은 딸이야. 언제나 우리 가족을 보살피는 딸이지. 네 걱정은 하지 않아도 된다는 게 얼마나 다행인지 몰라."

아빠는 크게 웃으면서 말했다.

"우리가 네 동생을 얼마나 걱정하고 있는지는 신만이 아실 거다."

그때 베니의 편지에 관해 이야기를 할 수도 있었다. 하지만 나는 하지 않았다. 편지 이야기를 하는 게 베니를 배신하는 것처럼 느껴졌기 때문이다. 왠지 베니를 나의 반대편에 세우게 될 것만 같았기 때문이다. 기르기 쉬운 아이와 기르기 어려운 아이로 나누는 것만 같았기 때문이다. 베니가 다시 그런 취급을 받게 할 수는 없었다.

그래서 나는 그대로 프린스턴으로 돌아왔다. 프린스턴으로 돌아온 뒤, 나는 엄마를 다시는 보지 못했다. 8주 뒤에 엄마가 죽었다.

엄마가 세상을 떠난 건 10월의 마지막 화요일이었다. 지금도 엄마가 죽기 전 몇 주를 그냥 흘려보낸 나를 용서할 수가 없다. 엄마가 내 안부를 묻는 전화를 전혀 하지 않았다는 사실을 눈치채지 못한 나를 용서할 수가 없다.

그때 나는 새로 사귄 남자 친구에게 완전히 빠져 있었다. 하지만 그 남자는 곧 차버렸다. 그리고 또 다른 남자를 만났다. 그 때문에 성적은 (또다시) 완전히 망해버렸다. 엉망인 일상에서 벗어날 필요가 있었기에 나는 주말에 바하마에 다녀오기로 했다. 바하마에서 피부를 태우고 프린스턴으로 돌아와 조금 더 시간을 허비한 뒤에야 나는 엄마가 '거식증'이라는 사실을 깨달았다. 하지만 전화기 너머에 어떤 일이 기다리고 있을지 몰라 마음을 다잡고 전화를 걸기까지 또다시 며칠이 걸렸다.

마침내 내 전화를 받은 엄마의 목소리는 구름이 잔뜩 낀 날씨처럼 나지막했고 무미건조했고 어두웠다.

"너희 아빠가 바람을 피웠어."

엄마는 오페라극장 이사회 회의 결과를 전하는 사람처럼 담담하게 말했다.

기숙사 아래층에서는 파티가 한창이었고, 내 발이 울릴 정도로 커다랗게 에미넴 음악이 울려 퍼지고 있었다. 그러니까 내가 엄마 말을 잘못 들은 것일 수도 있었다.

"아빠가? 확실해? 어떻게 알았는데?"

"편지가 있……."

엄마는 말을 제대로 끝맺지 못하고 들리지 않는 작은 소리로 웅얼거렸다.

아래층에서 여자애들이 시끄럽게 소리를 질러댔다. 나는 손으로 전화기를 막고서 문을 향해 소리쳤다.

"조용히 해! 조용히 해! 조용히 좀 하라고!"

순간 모든 소리가 완전히 사라졌다가 곧 키득거리는 소리가 들렸다. '바네사 리블링 완전 열받았나 봐.' 그런 생각을 할 게 뻔했지만, 아무래도 상관없었다.

바람이라고? 당연히 바람일 수밖에 없었다. 아빠가 평일에는 가족이 있는 스톤헤이븐이 아니라 샌프란시스코에 머문 것도 그 때문일 테니까. 아니, 애초에 가족을 모두 스톤헤이븐으로 보낸 것이 그 때문일 수도 있었다. 자기 정부랑 가족을 멀리 떼어놓으려고. 불쌍한 마망. 엄마가 그렇게 무너진 것도 당연했다.

하지만 나는 놀라지 않았다. 당연히 놀랄 이유가 없었다. 객관적으로 봤을 때 우리 아빠는 정말 지독하게 못생겼다. 하지만 그런 게 전혀 문제 되지 않는 여자들은 있기 마련이다. 아빠가 가진 권력은 그 자체로 최음제 역할을 할 테니까. 사람들은 타인의 소유물을 갖고 싶어 한다. 타인의 것이라서 훨씬 강렬하게 원하는 것이다. 엄마 친구들은 대부분 이미 이혼했다. 그 사람들의 전남편들은 훨씬 어린 여자들과 결혼했고(엄마 친구들은 그 여자들을 꽃뱀, 트로피 와이프, 싸구려 매춘부라고 불렀다), 엄마 친구들은 이혼하면서 받은 넉넉한 위자료로 포시즌스호텔 펜트하우스에 새 보금자리를 틀었다.

그러니까 아빠가 바람을 피운 건 분명했다. 그건 어쩔 수 없는 일이니까.

"아빠 거기 있어?"

내가 물었다.

엄마는 텅 빈 상자 속에서 돌멩이가 구르는 것처럼 무시무시한 소리를 내며 크게 웃었다.

"얘, 너희 아빠는 절대로 여기 안 와. 여기 이 낡아 빠진 곳으로 우리만 보낸 거야. 네 동생이랑 나만. 이 끔찍한 집이라면 우리 때문에 자기가 곤란해질 일이 없을 테니까. 그거 제목이 뭐더라? 아, 《제인 에어》. 알지? 우리는 네 아빠가 다락에 가둔 미친 가족이야. 너희 아빠는 우리 가족한테 정신 질환 유전자가 있다고 생각하잖아. 하지만 솔직히 말해서 자기 가족이……."

"아빠는 샌프란시스코에 있어?"

나는 엄마의 말을 끊었다.

"플로리다에 있을걸? 어쩌면 일본에 있는지도 모르지."

엄마는 흥미 없다는 듯이 말했다.

이제 아래층에서는 나른한 콧소리로 느리게 노래하는 스눕 독의 목소리가 들려왔다.

"마망, 베니 좀 바꿔줘."

"아, 그건 좋은 생각이 아닌 것 같아."

"왜?"

"베니가 제정신이 아니거든."

"제정신이 아니라니, 어떻게 제정신이 아닌데?"

"음."

엄마는 잠시 말이 없었다.

"이제 채식주의자가 되겠대. 얼굴이 있는 건 뭐든지 먹지 않겠다고 했어. 심지어 접시 위에 있는 고기랑 이야기도 한다니까."

나는 베니가 보낸 편지가 생각났다. '맙소사, 두 사람 모두 엉망이잖아.'

"내가 집으로 갈게. 알았지?"

"아니. 너는 그냥 거기서 공부나 해."

엄마의 목소리는 음침했다.

나는 전화기 너머로 팔을 뻗어 엄마가 다시 엄마처럼 말할 수 있을 때까지 안아주고 싶었다.

"마망……."

"바네사, 네가 여기 오는 거 싫어."

엄마의 목소리는 차가웠다.

"하지만, 마망……."

"사랑해, 우리 딸. 그만 끊을게."

엄마는 전화를 끊어버렸다.

나는 방에 앉아 밖에서 들려오는 시끄러운 파티 소리를 들으며 흐느껴 울었다. 나는 파문된 것이었다. 엄마는 언제나 나를 원했다. 엄마가 원하는 건 내가 전부였다. 그런 엄마가 어떻게 그런 식으로 나를 거부할 수 있을까? 어떻게 나에게 집에 오지 말라는 말을 할 수 있을까?

지금 생각해보면 엄마가 왜 그랬는지 알 수 있다. 엄마는 나를 멀리 떨어뜨려놓으려고 일부러 상처를 준 것이다. 엄마는 자기가 무슨 일을 할지, 자기가 어떤 계획을 세울지 이미 알고 있었던 것이다. 자기가 그다음 날, 베니가 학교에 간 직후에 우리 집 요트 주디버드를 타고 호수 한가운데로 나가 닻을 내린 뒤 입고 있던 실크 목욕 가운의 여섯 개나 되는 주머니에 서재에서 가져간 법률서 초판본 여섯 권을 모두 꽂아 넣고서 차갑고 거친 호수 속으로 뛰어들어 익사하게 될지를 이미 알고 있었던 것이다.

엄마는 그때 내가 집에 없기를 바랐던 것이다. 엄마는 삶을 끝내는 순간까지도 나를 지키려고 노력했다.

그때 알았어야 했다. 엄마가 얼마나 심각한 일을 하려고 하는지를 깨달았어야 했다. 하지만 그때는 몰랐다. 나는 그저 샌프란시스코에 있는 아빠 사무실에 전화를 걸었을 뿐이고(전화를 받은 아빠의 비서는 아빠가 도쿄로 출장을 갔다고 했다), 베니에게 음성메시지를 남겼을 뿐이다(베니 역시 전화를 받지 않았다). 하지만 내가 했어야 하는 일은 그길로 비행기를 타고 집으로 가는 것이었다. 그런데도 그때는 완전히 공황 상태에 빠져서 한참이 지난 뒤에야 리노행 비행기에 오를 수 있었다. 타운카를 타고 스톤헤이븐에 도착했을 때는 이미 엄마가 사라지고 거의 하루가 지난 뒤였다.

내가 마을에 도착하고 몇 시간 뒤에 호수 한가운데에 떠 있는 주디버드를 찾았다. 엄마의 목욕 가운은 키에 걸려 있었다. 엄마는 호수 바닥에 닿지 못했다. 수면에서 팔 하나 들어갈 만큼 얕은 물에서 강한 발길질 한 번으로 삶을 끝내버린 것이다.

그런 일을 겪다니, 내가 너무 불쌍하다고? 글쎄, 동정심을 자극하려고 한 이야기는 아니지만(어쩌면 동정심을 기대했는지도 모르겠다. 아주 조금은 말이다. 본래 타인에게 하는 이야기는 자신을 이해받고 싶어서 내지르는 외침이니까), 죽은 엄마가 나를 사람으로 만들지 못한다면 그 무엇도 마찬가지 아닐까 싶다. 결국 우리는 모두 엄마의 아이들이니까. 엄마가 선한 사람인지 악한 사람인지는 상관없다. 그런 엄마의 사랑을 잃는다는 건 우리의 토대를 완전히 무너뜨리는 지진이 일어난 것과 다름없다. 엄마가 사라지면 아이들은 영원히 복구되지 않는 손상을 입는다.

그런 손상을 더욱 증폭하는 경우가 있다. 엄마가 자살한 경우다. 엄마가 자살한 이유가 병 때문이란 걸 알고 있다고 해도 엄마가 자살을 하면 아이들의 내면에서는 자신에 대한 의심이 절대로 사라지지 않는다.

'내가 살아갈 가치가 있을까? 나에게 뭔가 문제가 있어서 내 사랑만으로는 충분하지 않았던 걸까? 나는 어째서 엄마가 계속 살아가려는 마음을 먹을 수 있는 말을 해주지 못한 걸까? 어째서 좀 더 빨리 와서 엄마를 설득하지 못했을까? 엄마가 자살한 데는 내 책임도 어느 정도 있지 않을까?'

12년이 흘렀지만 지금도 나는 한밤중에 깨어나 공포에 질린 채 이런 질문들을 끝없이 쏟아낸다. 12년이 흘렀지만 지금도 나는 나 때문에 엄마가 죽었을지 모른다는 생각에 너무나 두렵다.

어쩌면 그때 아빠에게 왜 바람을 피웠냐고 따졌어야 했는지도 모른다. 하지만 엄마가 죽은 뒤로 아빠는 몇 달 동안이나 실의에 빠져 있어서 감히 물어볼 수가 없었다. 더구나 그때 우리에게는 훨씬 더 중요한 문제들이 있었다. 베니가 너무 약해져 있다는 것 같은 문제 말이다. 엄마가 죽은 뒤로 베니는 거의 집 밖으로 나가지 않았고 노스레이크아카데미에는 절대로 가지 않겠다고 버텼다. (가끔 베니의 방 앞에서 귀를 기울이면 베니가 아무도 없는 방에서 낮은 목소리로 누군가와 대화를 하는 소리를 들을 수 있었다.) 그 밖에도 우리에게는 해야 할 일이 많았다. 누군가는 끔찍한 기억을 떠오르게 하는, 보트 창고에 있는 주디버드도 처리해야 했고, 이제는 누구도 머물고 싶어 하지 않는 스톤헤이븐에서 짐을 싸 퍼시픽 하이츠에 있는 집으로 이사할 준비도 해야 했다. 그것은 베니의 위태로운 정신 상태를 눈감아주고 베니를 받아줄 새로운 학교를 찾아야 한다는 뜻이기도 했다.

하지만 나도 그런 일을 할 수 있는 상태가 아니었다. 나는 엄청난 속도로 달리다가 갑자기 충돌하고 완전히 멈춰버린 것 같았다. 아침이면 침대에서 일어나 호수를 보다가 주디버드에서 뛰어내린 엄마를 생각하면서 나도 호수로 뛰어들고 싶다는 생각을 할 때도 있었다.

결국 작은아버지 부부가 우리 엄마가 벌여놓은 일을 수습하려고 사촌 동생들과 보모들을 데리고 스톤헤이븐으로 왔고, 나머지 일은 엄마의 개인 비서가 정리하기로 했지만, 나는 학교로 돌아가야 한다는 생각이 들지 않았다. 그래서 남은 학기를 휴학하고 베니와 함께 서재에 앉아 블라인드를 치고 아무 말 없이 계속해서 〈웨스트 윙〉만 보았다. 결국 엄마 친구 한 명이 말을 타고 격렬하게 달리기만 하면 베니의 모든 슬픔과 이제 막 시작되려고 하는 광기를 완전히 떨쳐버릴 수 있다는 듯이 캘리포니아에서 '승마 치료'를 전문으로 하는 기숙학교를 찾아냈다. 어쨌거나 승마하는 학교에 간다는 것은 다른 모든 생각만큼이나 괜찮은 생각처럼 느껴졌다.

1월 초에 우리는 스톤헤이븐을 떠났다. 마지막 저녁 식사 때 루르드는 라자냐를 만들어주었다. 아빠와 베니, 그리고 나는 웅장한 식당에 앉아 크리스털과 은으로 만든 식기에 나온 라자냐를 먹었다. 엄마가 죽은 뒤로 가족이 처음으로 함께 먹는 제대로 된 식사였다. 우리에게 라자냐를 가져다주면서 루르드는 서럽게 울었다.

아빠는 먹는 일이 인내하고 감내해야 하는 힘든 일이라도 되는 것처럼 라자냐를 정확히 사각형으로 잘라서 한 조각씩 입에 넣었다. 아빠의 눈 밑 피부는 바람 빠진 풍선처럼 축 늘어져 있었고 계속 코를 푼 탓에 양쪽 콧방울이 빨갛게 벗겨져 있었다.

베니는 라자냐에는 손도 대지 않고 이글거리는 눈으로 아빠를 노려보고 있었다. 그러다 불쑥 내뱉었다.

"아빠가 엄마를 죽인 거야."

아빠의 입으로 향하던 포크가 허공에서 멈췄고, 포크에 매달린 라자냐는 치즈를 아래로 길게 늘어뜨렸다.

"진심이 아니라는 거 안다."

"아니, 진심이야. 그게 아빠가 하는 일이니까. 다른 사람 인생을 망가뜨리는 거. 아빠가 내 인생을 망가뜨렸어. 아빠가 엄마 인생도 망가뜨렸어. 아빠가 하는 사업은, 아빠가 하는 일은 모두 다른 사람들 삶에 거머리처럼 달라붙어서 망가뜨리는 거잖아."

"넌 지금 네가 무슨 말을 하고 있는지도 몰라."

아빠는 라자냐를 뚫어지게 쳐다보면서 말했다.

"바람피웠잖아."

베니가 라자냐 접시를 거칠게 밀면서 말했다. 접시에 부딪혀 베니의 물컵이 쓰러졌고, 컵에 담겨 있던 물이 천천히 아빠를 향해 흘러갔다.

"아빠가 엄마를 속여서 엄마가 자살한 거야."

아빠는 냅킨을 집어 살며시 물 위에 덮었다.

"아니, 너희 엄마는 아파서 죽은 거야."

"아빠가 엄마를 아프게 한 거잖아. 이곳이 엄마를 아프게 한 거라고."

베니가 벌떡 일어섰다. 베니는 스톤헤이븐을 반으로 가르기라도 할 것처럼 깡마른 팔을 길게 뻗어 허공에 대고 휘둘렀다.

"내일 이후로 아빠가 한 번만 더 나를 이곳으로 끌고 오면, 맹세하지만, 정말로 이 망할 집에 불을 질러버릴 거야."

"벤저민, 앉아라."

아빠가 말했지만 베니는 이미 밖으로 나가버렸다. 나무 바닥 위를 전속력으로 달려 스톤헤이븐의 깊은 어둠 속으로 사라지는 베니의 발소리를 들을 수 있었다.

아빠는 다시 포크를 들어 조심스럽게 라자냐를 입에 넣었다. 아빠는 라자냐가 자신을 너무나도 아프게 한다는 듯이 힘겹게 삼키더니 나를 보았다. 아빠의 얼굴에서는 누군가 자신을 때려주기를 몇 주 동안이나(어쩌면 몇 년 동안!) 기다렸다가 드디어 한 대 맞은 사람 같은 암울한 만족감이 엿보였다. 이제 아빠는 숙제를 끝냈다는 사실에 안도했고 다시 앞으로 나갈 수 있었다.

"여긴 네 동생한테 도움이 안 될 거야. 엄마 생각이 너무 많이 날 테니까."

나는 목구멍을 막고 있는 커다란 덩어리를 꿀꺽 삼켰다. 1분쯤 지났을 때 나는 몇 달이나 무서워서 물어보지 못했던 질문을 했다.

"그 여자, 아직도 만나?"

"이런, 아니. 그 여자는 아무것도 아니었어."

아빠는 은 포크를 무게를 재는 것처럼 들었다.

"내가, 엄마한테, 늘 좋은 남편이었던 건 아니야. 나도 안다. 여느 부부들이 그렇듯이 우리도 문제가 있었어. 하지만 내가 엄마를 보호하려고 최선을 다했다는 건 믿어주면 좋겠다. 너희 엄마가…… 섬세한 사람이라는 걸 알았다. 나는, 그 사람을 위해 최선이라고 생각한 일을 한 거야."

아빠는 포크로 나를 가리켰다.

"너와 네 동생에게 가장 좋은 일을 하려고 노력하는 것처럼 말이야."

아빠는 내 얼굴을 뚫어지게 쳐다보았다. 아빠의 표정에서 내가 얼마나 화났는지 살피고 있음을 알았다. 그때 나는 화를 내고 있었는지도 모르겠다(아니, 정말로 화가 나 있었다. 너무나도 화가 나 있었다). 하지만 나는 이미 한 부모를 잃었다. 남은 부모마저 잃을 수는 없었다. 그러니 내 화는 아빠가 아니라 샌프란시스코 아파트에 숨어서 우리 가족을 박살 내려고 애쓰는(아니, 이미 박살 내버린!) 기회주의자를, 얼굴도 모르는 아빠의 정부를 향해 쏟아버리는 편이 더 쉬웠다.

"알았어, 아빠."

나는 내 접시에 있는 라자냐를 포크로 푹 찔렀다. 그러고는 그 여자의 내장을 짓이기는 상상을 하면서 라자냐 소를 쭉 잡아 빼 하얀 접시 위에서 마구 흐트러뜨렸다.

아빠는 내가 라자냐 소를 잡아 빼고 있는 모습을 잠시 불안한 듯이 쳐다보다가 포크를 접시 위에 올려놓고 칼도 포크 옆에 나란히 놓았다.

"컵케이크, 우리는 정갈한 모습을 보여야 한다. 우리는 리블링이야. 그 누구도 우리 내면을 들여다봐서는 안 되고 우리 안에 무엇이 있는지 알아서는 안 돼. 바깥에는 우리가 약하다는 징후를 보이기만을 기다리는 늑대들이 우글거린다. 스스로 강하지 않다고 느낄 때는 절대로, 절대로 그 모습을 사람들에게 들켜서는 안 돼. 그러니까 네 삶으로 돌아가서 다시 멋진 네가 되어야 해. 이 일에서 벗어나 앞으로 나가야 하는 거야."

고개를 들어 나를 보는 아빠의 눈에는 엄마가 자살한 이후 처음으로 눈물이 맺혀 있었다.

"하지만 무슨 일이 있어도 이것만은 알아주렴. 아빠는 우리 딸을 사랑한단다. 이 세상, 그 무엇보다도 사랑해."

그다음 날 아침, 우리는 먼지가 쌓이지 않도록 모든 방의 가구에 천을 덮고 외부에서 어떤 물질도 들어오지 않도록 모든 창문을 단단히 잠근 뒤 스톤헤이븐을 떠났다. 그 뒤로 번쩍이는 골동품과 값진 예술품이 산더미처럼 쌓여 있는 이 박물관은 꽁꽁 잠긴 채 10년 동안 연옥 상태에 빠져 있었다. 아빠는 왜 스톤헤이븐을 팔아버리지 않았을까? 어쩌면 리블링의 과거를 존중했기 때문에, 조상들의 관례를 깨지 않아야 한다는 의무감 때문에 그랬는지도 모르겠다. 아무튼 아빠는 스톤헤이븐을 팔지 않았다. 그리고 지난봄에 내가 이삿짐 트럭 뒤에 매달려 끌려올 때까지 우리 세 사람 가운데 그 누구도 스톤헤이븐에 오지 않았다.

엄마의 죽음은 우리 세 사람 모두에게서 가장 본질적인 것을 망가뜨려버렸다. 그 뒤 몇 년 동안 남은 가족의 삶은 위기의 연속이었다. 프린스턴으로 돌아온 나는 대여섯 개나 되는 과목에서 낙제를 했고, 결국 학사 경고를 받고 2학년을 다시 다녀야 했다. 샌프란시스코에서는 리블링그룹이 무너진 시장에서 살아남으려고 발버둥 치고 있었다. 부동산 가격이 급락하면서 아빠는 작은아버지에게 회장 자리를 빼앗기고 물러나야 했다.

하지만 그 누구보다도 망가진 것은 베니였다. 불쌍한 베니. 기숙학교는 간신히 졸업했지만(말이 정말로 베니에게 도움이 됐는지도 모르겠다) 프린스턴에 들어갔을 때는 다시 병이 그 아이의 마음을 차지하기 시작했다. 교정에서 가끔 온통 검은색 옷을 입고 길 잃은 까마귀처럼 학생들 사이를 급하게 빠져나가는 베니를 볼 수 있었다. 그때 베니의 키는 거의 2미터에 이르렀지만 몸을 숙이기만 하면 그 누구도 자신을 볼 수 없다고 생각하는 것처럼 몸을 거의 반으로 접고 다녔다. 베니가 메스암페타민이나 코카인같이 독한 약을 엄청 많이 한다는 소문이 돌았다.

가을 학기가 시작되고 몇 달 지나지 않았을 때 베니의 룸메이트가 갑자기 이사를 갔다. 베니의 방에 들어가자마자 그 이유를 알 수 있었다. 베니의 방 벽에는 그림이 잔뜩 그려져 있었다. 불길한 터널임이 분명한 그 미로에서는 무시무시한 눈들이 어둠 속에서 웅크리고 앉아 방을 노려보고 있었다. 바닥부터 천장까지 빈틈없이 붙인 종이에 베니의 악몽이 재현되어 있었다.

베니의 미로를 보며 가슴에 둔탁한 두려움이 느껴졌다.

"다음부터 이런 그림은 그냥 공책에 그리면 안 될까? 새 룸메이트도 몰래 도망가면 어떡해?"

베니는 벽에 그린 그림들을 아직도 풀지 못한 수수께끼라도 되는 것처럼 계속 이리저리 바라보았다.

"그 애는 이 소리가 들리지 않는대."

베니가 불쑥 말했다.

"무슨 소리?"

베니의 눈은 아래로 축 처져 있었고 자주색 멍 때문에 눈 밑 주근깨가 훨씬 진해 보였다. 실망이 베니의 얼굴 위에 잔뜩 칠해져 있었다.

"누나도 안 들리는구나, 그렇지?"

"베니, 학교 치료사랑 상담해 봐."

하지만 베니는 벌써 책상으로 돌아가 새로 펜과 종이를 꺼내고 있었다. 베니의 책상 표면에는 검은 선이 깊게 파여 있었다. 종이를 뚫을 정도로 펜을 세게 눌러 그림을 그린 흔적이었다. 베니의 방에서 나온 나는 한참을 떠나지 못하고 복도에 서 있었다. 너무나도 무서웠고, 울음이 터져 나올 것 같았다. 축구 시합을 하고 왔거나 콘서트를 보고 온 정상적인 아이들이 내 앞을 스쳐 지나갔다. 그 아이들은 베니의 방이 감염원이라도 되는 것처럼 멀리 피해 갔다. 그 모습을 보니 심장이 부서지는 것 같았다.

나는 교내 의료 센터로 가서 의사를 만나고 싶다고 했다. 하지만 의사는 만나지 못했고, 잔뜩 곤란해하는 간호사만 만날 수 있었다.

"자해를 하거나 다른 학생을 위협하는 상황이 아니라면 우리가 할 수 있는 일은 많지 않아요. 학생이 자유의지로 우리를 찾아와야 우리도 도울 수 있어요."

간호사는 그렇게 말했다.

그로부터 2주 뒤, 대학 경찰이 한밤중에 베니의 기숙사로 출동했다. 베니가 같은 층에 있는 여학생 방으로 들어가 잠들어 있던 여학생의 침대로 올라갔던 것이다. 베니는 그 여학생을 곰 인형을 끌어안듯이 안고서 자신에게 다가오는 것을 물리쳐달라고, 자신을 보호해달라고 애원했다. 잠에서 깨어난 여학생은 비명을 질렀고, 베니는 밖으로 달아났다. 대학 경찰이 베니를 찾아냈을 때 베니는 실오라기 하나 걸치지 않은 몸으로 도서관 밖 숲에서 고래고래 소리를 지르고 있었다.

정신병원에서는 베니를 조현병이라고 진단했다. 아빠가 전용 비행기를 타고 와서 베이 에어리어에 있는 집으로 베니를 데리고 갔다. 두 사람이 나를 뉴저지에 두고 떠날 때 나는 울었지만, 비행기에 오르기 전 아빠는 나를 가까이 끌어당겨 꼭 안아주며 베니가 듣지 못하게 귀에 대고 속삭였다.

"컵케이크, 힘들어도 침착하게 해내는 거야."

하지만 나는 침착하게 해내지 못했다.

전에 내가 프린스턴을 중퇴했다고 말했던가? 물론 적절한 선택은 아니었다. 하지만 어쨌거나 그때 나는 실패하기 직전이었고, 닷컴 회사를 차리느라 돈이 필요했던 공대 학생을 만나고 있었다. 나에게는 묵혀둔 신탁 펀드가 있어서 그 돈을 이용해 투자자가 되면 좋겠다는 생각을 했다. '기업가가 되는 거야! 대학 졸업장이 굳이 왜 필요해?' 내가 사업가로서의 자질을 입증해 보이기만 한다면 대학을 그만둔 것 정도는 아빠도 용서해주리라 믿었다. 내 힘으로 100만 달러를 벌면 아빠도 나를 자랑스러워할 것이라고 생각했다.

뭐, 그 일은 잘되지 않았다. 하지만 그건 지금 할 이야기는 아닌 것 같다.

그때부터 베니는 증세가 호전되었다가 나빠지기를 반복하면서 기나긴 10년을 보내야 했다. 샌프란시스코 거리를 미친 듯이 돌아다니다가 어느 뒷골목으로 들어가 메스암페타민을 잔뜩 복용하는 것으로 끝이 나는 나날들이 계속됐다. 몇 달 동안 멀쩡하게 지내는 것 같다가 불쑥 자살을 시도하는 날들이 이어졌다. 정신과 의사들이 베니의 약물 복용량을 늘리고 또 늘리면서 베니의 항상성은 균형을 잃었다. 약을 먹으면 멍해지고 나른해졌기에 베니가 약을 완전히 거부할 때도 많았다. 결국 아빠는 베니를 멘도시노카운티에 있는 호화로운 정신 요양 시설인 오손요양원에 집어넣었다.

그때 나는 닷컴 사업을 집어치우고 뉴욕에 가 있었지만 캘리포니아에 갈 때마다 베니를 만나러 갔다. 오손요양원은 유키아 외곽에 있는 멘도시노 해변 숲속에 있었다. 명상 휴양지와 나이 든 히피들이 미네랄이 가득한 온천에서 느긋하게 누워서 쉬는 누디스트 리조트가 즐비한 곳이었다. 풍성한 잔디밭과 언덕이 보이는 커다란 현대식 건물인 오손요양원은 충분히 쾌적한 곳이었다. 몇십 명밖에 안 되는 환자들은 미술 치료를 받고 멋진 채소밭을 가꾸고 미슐랭급 요리사들이 해주는 맛있는 음식을 먹었다. 그러니까 이곳은 우리 같은 사람들이 거식증에 걸린 아내를, 치매에 걸린 할아버지를, 불을 지르는 아이들을, 문제가 있는 가족을 숨겨놓는 곳이었다. 베니 같은 아이가 가야 하는 곳이었다.

시설에서 주는 약 때문에 베니는 늘 멍하니 정신이 나가 있었고 운동복 바지 밑으로 배가 볼록하게 솟아올랐다. 베니는 경내를 돌아다니며 곤충을 잡아 플라스틱으로 만든 이유식 단지에 집어넣는 일을 하며 주로 시간을 보냈다. 베니의 스위트룸은 다리가 가늘고 긴 거미와 번쩍이는 지네 그림으로 도배가 되었다. 적어도 베니가 그리는 괴물은 현실에 존재하고 있었고, 다행히 베니에게 말을 걸지도 않았다. 이렇게 맥없이 살아가고 있는 베니를 보면 가슴이 찢어졌지만 그래도 이곳은 베니에게 안전하다는 사실을 알았다.

가끔은 무엇이 베니의 뇌를 점화하지 못하게 하는지, 베니의 병은 어느 정도나 엄마에게서 받은 유전인지 궁금할 때가 있었다. 오손요양원 경내를 함께 걸으며 어떠한 목표도, 목적도, 목적지도 없는 무기력한 베니를 볼 때면 엄청난 죄의식이 느껴졌다. 어째서 내가 아니고 베니일까? (하지만 그런 생각을 할 때마다 내 머리 뒤쪽으로 둔탁한 통증이 느껴졌고, 짜증 나는 목소리가 들려왔다. '나도 이미 병에 걸렸는데, 그 사실을 아직 모르는 거면 어떡해?')

베니를 두고 집으로 돌아갈 때는 주로 분노를 느꼈다. 조현병은 태어날 때부터 뇌에 기록되는 질병임을 알았다('지금은 안다'고 하는 게 옳을지도 모르겠다). 하지만 그런 일이 하나도 일어나지 않는 인생을 베니는 살아갈 수도 있었다. 그저 (나처럼!) 변덕은 심하지만 이 세상에서 정상적으로 기능하며 살아가는 평범한 아이가 될 수도 있었을 것이다. 엄마가 결코 자살하는 일은 없는 인생을 살 수도 있었던 것처럼, 베니의 인생도 이런 식으로 전개되지 않을 수 있었을 것이다.

나는 오손요양원에 있는 베니의 주치의에게 전화를 걸어 물었다.
"어째서 베니죠? 왜 지금 병이 발현된 거죠?"

"조현병은 유전적인 요인이 있기는 하지만 외부 요인이 문제를 악화시킬 수도 있습니다."

의사가 말했다.

"외부 요인이라니, 어떤 거요?"

내가 물었다.

전화기 너머로 종이를 뒤적이는 소리가 들렸다.

"동생분은 약을 너무 많이 했어요. 약물 남용 자체가 조현병의 원인이 되는 건 아니지만 취약한 사람들에게는 증상이 발현되는 계기가 되기는 합니다."

의사의 말을 듣는 동안 내 머릿속에서는 시간표가 펼쳐지기 시작했다. 베니가 마약을 하기 시작한 타호에서 처음 조현병 증상이 나타났다. 여자 친구 때문에 나쁜 일을 겪으면서. 그 여자애 이름이 뭐더라? 그래, 니나. 그러니까 엄마가 옳았다. 그날 나는 베니에게 끔찍한 조언을 해준 것이다. 니나에게 키스하라고 베니를 부추기는 게 아니었는데. 니나에게서 멀어지라고 조언했어야 하는데. (베니가 미친 듯이 사랑에 빠지는 게 도움이 된다고 생각하다니, 세상에, 도대체 나는 무슨 생각이었던 걸까?)

그러니까 베니가 발병한 건 모두 내 탓일 수도 있었다. 베니의 행동을 부모님에게 곧바로 말하지 않은 것도 나였고, 베니가 보내온 이탈리아어 편지에 관해 아빠에게 말하지 않은 것도 나였고, 프린스턴에서 베니를 데리고 치료사를 찾아가지 않은 것도 나였다. 베니를 아프게 하고 싶지 않다는 이유로 하지 않았던 모든 일이 오히려 베니를 아프게 만들었다.

오손요양원을 나와 집으로 날아갈 때는 우리가 가질 수도 있었던 또 다른 삶을 상상할 때가 많았다. 부모님은 샌프란시스코에서 살아가고 내 동생은 너무 늦기 전에 적절한 치료 방법을 발견하고 아빠는 바람을 피지 않은 삶을, 스톤헤이븐의 쓸쓸함이 엄마와 동생을 다시는 올라오지 못할 벼랑으로 내몰지 않은 삶을 생각해보는 것이다. 어쩌면 조현병도, 자살도 모두 없는 삶이 가능했을지도 몰랐다(적어도 그렇게까지 극단적이지는 않은 삶은 가능하지 않았을까?). 그랬다면 엄마는 여전히 살아 있을 테고 베니의 문제는 충분히 감당할 수 있었을 테고 아빠는 훨씬 안정적으로 살아갈 수 있었을 테고, 우리는 모두 다 괜찮았을 것이다. 심지어 행복했을지도 모른다!

물론 너무나도 낙관적인 공상이지만, 세월이 흐르면서 내 마음속에서 점점 더 커져버린 상상이기도 했다. 잃어버린 대체 우주가 존재할 수도 있다는 가능성. 내가 이해할 수도 없는 힘에 밀려 정상 범위를 한참 벗어나버린 우주가 아닌, 중심축이 제대로 돌아가는 우주가 있을 수도 있다는 상상은 시간이 흐르면서 점점 더 내 안에서 힘을 키웠다.

13

○

현대 문화는 규범에서 벗어나는 것이야말로 모든 사람이 지켜야 하는 규범인 것처럼 위험을 추구하는 일을 사랑한다. (영감을 주는 수호성인 세스 오프라의 말을 인용하면 "살면서 겪는 가장 큰 위험 가운데 하나는 결코 위험을 무릅쓰려 하지 않는 것이다.") 충분히 많은 시간을 들여 잘 팔린 자서전을 읽어보면, 그저 과감하고 무모하고 터무니없는 일을 하면 위대해질 수 있다는 결론을 내릴 수 있을 것 같다. 하지만 사람들이 대부분 깊게 생각하고 싶어 하지 않는 점은 위험이 진정한 선택 사항이 되려면 무엇보다도 먼저 행운을 타고나야 한다는 사실이다.

한동안 나는 나에게 필요한 행운을 모두 가지고 있었다. 돈을 풍족하게 가지고 자랄 수 있다는 것은 충동적으로 행동할 수 있는 자유가 있다는 뜻이다. 한 가지 시도가 실패한다고 해도 언제나 충격을 흡수해줄 신탁 펀드가 기다리고 있다. 프린스턴을 그만두고 나와서도 처음 몇 년 동안 수많은 위험을 감수할 수 있었던 것은 그 때문이다. 안타깝게도 그때 시도한 모든 위험이 나를 위대하게 만들어준 것 같지는 않다. 1,000만 달러를 날렸던 두 번의 영화 투자도, 내가 디자인한 핸드백도(이 사업은 1년 안에 폐업했다), 내가 돈을 댄 테킬라 브랜드 사업도(동업자가 돈을 가지고 장난을 치는 바람에 제대로 되지 못했다) 모두 나를 위대하게 만들어주지 않았다. 그런 위험이 나에게 가져다준 것은 그저 파산뿐이었다.

우리 가족이 정기적으로 많은 돈을 기부하는 소아백혈병 환자를 위한 트라이베카 자선 행사에서 사스키아 루반스키를 만났을 때, 나는 파티에서 늘 말하던 대로 한 가지 프로젝트를 끝내고 다른 프로젝트를 준비하는 중이었다. 소호에 사무실을 두고서 사람들에게 나를 '인터넷 혁신 전문가'라고 소개했지만 사실 대부분의 시간을 웹 서핑을 하거나 앞으로 해야 할 일을 찾아 정보를 모으면서 보냈다. 그 무렵에는 샌프란시스코에서 살던 아빠가 가끔 나를 보러 왔다. 나에게 올 때마다 아빠는 시내로 나가 자기 딸은 아주 유용한 최신 정보를 사람들에게 전해주며 최첨단 사업을 하고 있다고 선언했지만, 나의 천재성에 관한 이야기를 듣고 있어야 하는 사람들에게 아빠가 큰 소리로 자랑하는 모습을 보면 그가 자신에게 과잉 보상을 하고 있음을 알 수 있었다. 아빠가 내 눈을 피하는 모습에서 아빠의 온몸이 실망으로 뒤덮여 있음을 알 수 있었다.

하지만 그렇다고 내가 아빠를 비난할 수 있을까? 베니는 오손요양원에서 길을 잃고 무기력하게 표류하고 있었지만, 나 역시 분명하게 내세울 변명 하나 없이 내 인생의 목표를 세우지 못하고 있었다.

나는 너무나도 불안정했다. 사교 모임을 돌아다니며 가볍게 사귄 사람은 수도 없이 많았지만, 800만 명이 사는 도시에서 친한 친구는 거의 없었다. 그래서 사교 모임에 정말 많이 나갔다. 맨해튼은 수없이 많은 미드타운 펜트하우스 평지붕 위에서 파티, 예술 전시회, 자선 행사가 열리는 곳이었다. 언제나 시음 메뉴와 칵테일을 마실 수 있는 화려한 도시였다. 그런 맨해튼에는 신탁 펀드 아이들과 헤지펀드 매니저들이 만날 수 있는 곳이 너무나도 많았다.

그런 곳에 가려면 쇼핑을 해야 했다. 패션은 빠른 속도로 내 몸 밖으로 흘러나와 나를 익사시키겠다고 위협하는 권태에서 나를 지켜주는 갑옷이 되었다. 나는 새 옷을 살 때 분비되는 세로토닌에 의존해 살아갔다. 패션쇼에서 모델이 입었던 드레스, 부드럽고 주름이 자연스러운 완벽한 스카프, 사람들의 시선을 한 몸에 받으며 걸을 수 있는 신발에 의지해 살아갔다. 거리의 패션 사진작가 빌 커닝햄도 그냥 지나치지 못할 완벽한 패셔니스타가 되는 것. 그것이야말로 나의 진정한 즐거움이었다. 나는 매달 신탁 펀드 배당금을 탈탈 털어 구찌, 프라다, 셀린느를 사들였다.

사스키아 루반스키의 유혹에 그토록 쉽게 넘어갈 수 있었던 건 내가 바로 그런 상태였기 때문이다.

소아백혈병 자선 행사의 밤이 열린 장소에서는 로어 맨해튼이 한눈에 내려다보였다. 카나페 쟁반을 든 종업원들이 쪽마루 바닥을 쓸고 다니는 드레스 자락을 조심스럽게 피하면서 부지런히 움직이고 있었다. 나뭇가지처럼 생긴 캔들라브라 위에서는 촛불이 껌뻑이고 있었고, 천장에서는 연한 색 시폰 장식이 펄럭이고 있었다. 흰 장미로 장식한 벽 앞에서는 브로드웨이 스타들이 협찬받은 드레스로 감싼 엉덩이에 손을 얹고서 사진기자들을 위해 포즈를 취해주고 있었다.

디자이너 드레스로 근사하게 차려입은 많은 여자들 사이에서도 사스키아는 단연 눈에 띄었다. 그 누구보다도 예뻤기 때문은 아니었다(사실 에어브러시 파운데이션으로 가린 사스키아의 얼굴은 아주 소박했다). 사스키아가 입은 깃털로 뒤덮인 빨간색 돌체앤가바나 드레스는 그날 모인 사람들 가운데 상당히 상위 순위에 드는 멋진 옷이었다. 하지만 그렇다고 사스키아가 그 누구보다도 뛰어난 패션 감각을 보여준 것은 아니었다. 사스키아에게 눈길이 쏠리는 이유는 그녀를 따라다니며 일거수일투족을 모두 사진에 담는 헌신적인 사진작가 때문이었다. 사스키아가 행사장 안으로 들어와 브리지한 머리카락을 어깨 뒤로 넘기고 천장을 보면서도 정확한 순간에 사진작가에게 눈짓하면 사진작가는 찰칵, 셔터를 눌렀다. 저 사람은 누굴까? 궁금해졌다. 유명한 사람인 건 분명한데, 누군지 생각이 나지 않았다. 남아메리카 대륙에서 온 가수일까? 리얼리티 쇼에 나오는 사람인가?

결국 나는 행사에 참가한 여자들 절반이 립스틱을 다시 바르고 리넨 타월로 겨드랑이를 닦아내려고 모이는 파우더 룸에서 사스키아 옆에 서게 됐다. 사스키아의 사진작가는 화장실 바깥 복도에서 기다리고 있었고, 사스키아는 이제 곧 다시 시작될 관심에 대비해 자신을 억누르고 있는 압력을 조금이나마 내뱉으려는 듯이 거울을 살피며 살며시 한숨을 내쉬었다. 거울에서 나와 눈이 마주친 사스키아가 곁눈으로 인사했다.

나는 몸을 돌려 사스키아를 보았다.

"미안한데, 혹시 내가 아는 분인가요?"

사스키아는 거울 앞으로 몸을 숙여 휴지로 입술을 닦았다.

"사스키아 루반스키예요."

나는 재빨리 머릿속에 입력된 사교 모임 명단을 살펴보았지만 그런 이름은 생각나지 않았다.

"미안해요. 누군지 모르겠어요."

사스키아가 휴지를 쓰레기통에 던졌지만, 휴지는 쓰레기통으로 들어가지 않고 바닥에 떨어졌다. 사스키아는 휴지를 줍지 않았다. 나는 화장실 관리인과 눈이 마주쳤고 사스키아 대신 사과하듯 살짝 웃었다.

"괜찮아요. 난 인스타그램에서 유명해요. 인스타그램, 들어봤죠?"

물론 들어봤다. 사실 팔로어가 열 몇 명밖에 안 되고(그 가운데 한 명은 베니다) 인스타그램이 정확히 어떤 목적으로 사용되는 곳인지는 몰랐지만, 아무튼 계정은 있었다. 인스타그램에는 새로 같이 살게 된 강아지와 점심에 먹은 음식 사진을 올렸다. 하지만 내가 받는 '좋아요' 개수를 보면 내 인스타그램에 신경을 쓰는 사람은 아무도 없는 게 분명했다.

"뭘로 유명한데요?"

내 질문에 사스키아는 웃긴 질문을 들었다는 듯이 웃었다.

"이걸로 유명해요."

사스키아는 우아하게 손목을 굴려 자기 얼굴과 머리카락, 드레스에 차례로 원을 그렸다.

"나로 존재하는 거요."

사스키아의 자신감은 너무나도 충격이었다.

"팔로어가 몇 명이에요?"

"160만 명이에요."

사스키아는 천천히 몸을 돌려 나를 쳐다보았다. 그리고 내가 입은 드레스(루이뷔통)와 내가 신은 신발(발렌티노)과 화장대 위에 올려놓은 구슬 달린 클러치(펜디)를 쭉 훑어보았다.

"바네사 리블링, 맞죠?"

나중에 사스키아의 진짜 이름이 에이미라는 사실을 알았다. 사스키아는 오마하에 사는 견고한 폴란드계 중산층 가족의 일원으로 패션디자인 학위를 받으려고 뉴욕으로 탈출했다. 〈프로젝트 런웨이〉 프로그램에 출연하려고 오디션을 네 번이나 봤지만 모두 떨어졌다. 그 뒤로 사스키아는 '거리 패션' 블로그를 운영하다가 천천히 인스타그램 피드를 채워갔다. 그리고 1년 안에 카메라의 방향을 바꿔 지나가는 멋진 이방인 사진이 아니라 멋진 옷을 입은 자기 사진을 찍기 시작했다. 그때부터 사스키아의 인스타그램은 팔로어가 엄청나게 증가했다. '인스타그램 패션 인플루언서'라는 용어는 사스키아가 만들어냈다고 해도 과언이 아니었다.

사스키아는 하루에 보통 여섯 번 정도 옷을 갈아입었고, 수년 동안 옷을 사는 데 돈을 들인 적이 없었다. 사스키아는 자신을 '브랜드 홍보 대사'라고 불렀고 우븐 샌들, 스파클링 워터, 수분 로션, 플로리다 리조트 할 것 없이 자신에게 돈을 주는 기업이 있다면 그 기업을 위해 디자이너 드레스를 입고 제품을 열심히 홍보해주었다. 사스키아는 자신을 후원하는 기업이 전세 낸 전용기를 타고 전 세계를 돌아다녔다. 사스키아는 결코 부유하다고는 할 수 없었지만 인스타그램만 보는 사람들은 그 사실을 전혀 알 수가 없었다.

사스키아에 관해 알아야 할 사실이 또 있다. 사스키아에게는 우연히 가는 곳이란 없었다. 사스키아가 어떤 행사장에 나타났다는 사실은 그 행사에 관해 오랫동안 세심하게 연구해왔다는 뜻이었다. 행사장에 참석하는 사람들의 패션, 행사장에 참석했을 때 얻을 수 있는 마케팅 효과, 여러 유명 잡지에 실리는 사람들의 참석 여부도 면밀하게 조사했다. 사스키아는 어떤 행사에 참석해야 또다시 계층의 사다리를 한 계단 올라가게 해줄 사람을 만날 수 있는지 알았다. 사스키아에게는 명성이 있었다. 그래서 나 같은 사람을 가까이함으로써 얻을 수 있는 존경을 원했다. 사스키아는 내가 행사장으로 걸어오는 순간부터 나를 점찍어두었다.

솔직히 사스키아의 노력은 인정해주어야 한다.

"당신도 한번 해봐요. 정말 재밌어요. 게다가 옷, 여행, 가전제품을 모두 공짜로 누릴 수 있어요. 지난주에는 진짜 끝내주는 안락의자를 받았다니까요."

사스키아는 어리벙벙할 정도로 심드렁하게 말했다.

"인스타그램 계정은 있죠?"

나는 고개를 끄덕였다.

"그럼, 뭐. 당신은 이미 브랜드잖아요. 사람들이 열광하는 오래된 가문의 돈과 이름, 특권층의 삶, 미국 귀족이라는 지위, 그 밖에 온갖 헛소리들을 이미 다 가지고 있잖아요."

사스키아는 립스틱을 클러치 안에 툭 던져 넣더니 우리 사이에 이미 무언가가 결정되었다는 듯이 딸칵, 경쾌한 소리를 내며 클러치를 닫았다.

"내가 인스타그램에 당신을 몇 번 태그할게요. 아마 우리가 몇 번만 어울리면 한 달 안에 당신 팔로어 수가 5만은 넘을 거예요. 두고 봐요."

어째서 나는 사스키아의 제안을 그냥 흘려듣지 못했을까? 어째서 다음 날 사스키아가 나에게 전화를 걸어 함께 르꼬꼬에서 샐러드를 먹자고 말할 수 있도록 내 전화번호를 그녀의 휴대전화에 입력해 넣었을까? 어째서 나는 화장실에서 나와서 사스키아와 함께 장미의 벽으로 가 샴페인을 높이 들고 사실은 아무도 농담을 하지 않았는데도 큰 소리로 웃으면서 사스키아의 사진작가가 우리 사진을 찍게 내버려두었을까?

당신은 분명히 내가 왜 그랬는지 알 것이라고 생각한다. 나는 사랑받고 싶었다. 누구나 다 그렇지 않나? 다른 사람들보다 훨씬 눈에 띄는 방법으로 사랑을 갈구하기를 선택하는 사람도 있다. 내가 받았던 엄마의 사랑은 사라져버렸고, 나는 어디에서든 그런 사랑을 또 찾아야 했다(내담료를 한 시간에 250달러를 받던 치료사가 해준 말이다).

하지만 다른 이유도 있었다. 사스키아의 확신에 놀랐기 때문이었다. 나는 리블링이었다. 나는 늘 선망의 대상이어야 했다. 하지만 엄마가 주디버드에서 강으로 뛰어내린 날부터 나는…… 표류하고 있다는 기분이 들었다. 한밤중에 깨어나 숨도 쉬지 못하는 상태로 이제는 모든 것이 영원히 엉망이 되어버렸다는 공포를, 내 이름에 먹칠을 하는 비참한 실패자가 되어버렸다는 익숙하고도 두려운 공포를 물리치려고 애써야 했다. 그것은 내가 지구에서 흔적도 없이 사라져버릴 수도 있다는 공포였다.

나의 20대 시절은 나라는 존재를 이 세상에 확고하게 심어놓으려고 노력하던 시기였고, 사스키아가 해낸 일은 내가 보기에는 나도 충분히 할 수 있는 일이었다. 나도 무언가 잘하는 것이 있음을 입증해 보일 수 있는 일 같았다. 어쩌면 사스키아가 드러내는 호탕한 우월감이 내 승부욕을 자극했는지도 몰랐다. 아니면 그저 '한번 해보지 뭐'라는 기분이 들었던 건지도 모른다.

어쨌거나 다음 날 아침에 나는 사스키아가 나를 태그한 사진을 여러 장 발견했다(*"새로운 베프! 여자들의 밤, 아픈 아이들을 도왔던, 아주 재미있었던 밤!" #돌체앤가바나 #백혈병 #인생친구*). 그로부터 여덟 시간이 안 되어 나에게는 새로운 팔로어 232명이 생겼다.

드디어 나는 내가 해낼 수 있는 일을 찾은 것이다.

고작 수십 명이었던 인스타그램 팔로어가 50만 명으로 늘어난 이유를 정확하게는 설명할 수 없다. 하루는 선글라스를 낀 강아지 사진을 올리고, 그다음 날에는 다른 SNS 잇걸 네 명과 메이저급 패션 웹 사이트에서 협찬한 옷을 가득 담은 여행 가방 스무 개, 아이스크림을 먹는 척하면서 무심하게 발맹 드레스를 빙그레 돌리는 여자들을 사진에 담을 사진작가와 함께 전용기를 타고 코첼라로 날아간다.

그 발맹 드레스 사진에는 낯선 사람들이 4만 2,031명이나 '좋아요'를 눌렀다. 그런 사진에 달린 답글(*"예뻐요! 우아, 죽여요! 바네사, 정말 좋아요. 정말 멋져요!"*)을 보면 그 어느 때보다도 내가 중요한 사람이 된 것 같은 기분이 든다. 친구들에게 둘러싸여 자기 자신에게 회의는 전혀 느끼지 않는 화려한 제트족 여왕이 된 것 같은 기분이 든다. 가장 화려한 상상 속에서도 누리지 못했던 존경과 사랑을 받는다. 누구나 누리고 싶어 하지만 그와 가까운 삶에 다가가기라도 하는 행운을 누릴 수 있는 사람은 극히 소수에 불과한 성공한 삶을 살아가는 것이다.

한 가지 역할을 충분히 오랫동안 수행한다면 나도 모르는 사이에 정말로 그런 사람이 될 수 있을까? 그런 사람인 척한다면, 정말로 그런 사람이 내 안으로 들어와 훨씬 행복하고 발전한 사람이 될 수 있을까? 매일같이 나를 경배하는 수십만 명을 위한(하다못해 단 한 명을 위한) 공연을 하다 보면 언젠가는 그저 공연을 하는 것이 아니라 진짜 그 사람이 될 수 있을까?

이 질문에 대한 답은 지금도 찾고 있다.

그때부터 몇 년간은 패션쇼와 캐비어 식당에서의 저녁 식사, 코모호수를 가르는 요트 여행을 하면서 이름을 기억할 이유도 없는 수많은 부자들과 어울렸다. 인스타그램 팔로어가 30만 명이 되었을 때 나는 아빠에게 내가 하는 일을 말했지만, 아빠를 조금도 기쁘게 하지는 못했다.

"뭘 한다고?"

나는 인스타그램 인플루언서가 무엇인지 설명하려고 했지만 아빠는 고함을 질렀다. 실망한 아빠의 관자놀이에는 얼룩덜룩한 분홍색 반점이 올라왔고, 노화 때문에 정맥이 붉어지고 쭈글쭈글해진 콧구멍에서는 분노한 황소처럼 화염이 뿜어 나왔다.

"나는 너를 신탁자금에만 의지해서 살아가는 사람으로 키우지 않았다. 바네사, 이건 정말 현명하지 못한 일이야."

나는 반박했다.

"아니, 이건 진짜 일이야."

그건 진짜 일이었다! 인스타그램 인플루언서로 살아가는 일에 들이는 품을 생각해보면 그건 정말로 일이 분명했다. 점점 더 늘어나는 나의 팔로어들은 하루에도 여덟 개, 아홉 개, 열 개가 넘는 새로운 콘텐츠를 원했다. 나는 인플루언서가 되고 싶은 사람들이 찾아내 결국 미국 중산층들의 공유 문화가 되기 전에 인스타그램에 올릴 수 있는 옷과 장소를 찾는 일을 주로 할 조수들을 고용했다. 하지만 수익에 관해서라면……, 내가 실제로 받는 돈보다 상품을 구입하는 데 더 많은 돈이 들어갔고, 직원이 한 명 늘 때마다 지출은 급속도로 증가했다.

나에게는 SNS 4인조라고 할 수 있는 새 친구들이 생겼다. 사스키아와 독일 귀족 출신 비키니 모델 트리니, 절대로 선글라스를 벗지 않는 스타일리스트 에반젤린, 우리 셋의 팔로어를 합친 것보다 더 많은 팔로어를 보유하고 메이크업 라이브 방송 진행자로 활동하는 아르헨티나에서 온 마야. 우리는 한 묶음으로 초대를 받을 때가 많았다. 유명 의류 회사들이 우리를 태국으로, 칸으로, 버닝맨으로 데려가면 우리는 와인을 마시고 맛있는 음식을 먹으면서 스폰서의 의도에 맞는 '옷'을 입고 사진 찍기 좋은 곳을 찾아 여기저기 돌아다녔다. 우리는 기록되는 삶이 요구하는 기묘한 속도를 이해했다. 즉흥적이어야 할 순간을 완벽한 모습으로 만들려고 같은 순간을 반복해서 찍어야 하는 이유를 이해했다. 에스프레소를 마시는 척했지만 립스틱이 지워지지 않도록 정말로 마시는 법은 없었다. 멋진 사진을 위해서라면 15미터를 걷는 데도 10분이 걸렸다.

나는 사스키아의 재능을 철저하게 연구했다. 가장 일상적인 일도 이국적인 새처럼 화려한 동작으로 인상 깊게 해내는 법을, 무기력하게 카메라를 바라보지 않도록 카메라 앞에서 말을 할 때 손가락으로 머리카락 꼬는 법을, 약한 턱의 부드러운 떨림을 감추려고 고개를 옆으로 기울이는 방법을 연구했다. 인스타그램에 글을 쓸 때는 느낌표를 적는 것이 중요하다는 사실도, 인생의 근사한 부분들을 아낌없이 찬양해야 한다는 사실도 배웠다. 그 결과 온라인에서 살아가는 나는 긍정적이고 언제나 신나고 *#행복한* 사람이 되었다. 잔뜩 연습한 목소리로 "신발은 루부탱, 드레스는 몬세, 가방은 맥퀸이에요!"라고 말하며 카메라를 몸의 위아래로, 좌우로 움직이면서 라이브 패션 방송을 찍는 방법도 배웠다. 내가 하는 말들은 주문이었다. 내가 보고 싶지 않은 일들로부터, 내 타운카의 선팅한 창문 너머에 존재하는 세상으로부터 나를 보호해주는 안전한 담요였다.

나는 새로운 인생이 주는 모든 것을 사랑했다. 아침부터 저녁까지 정신없이 펼쳐지는 바쁜 활동을 사랑했다. 패션쇼, 해외여행, 음악 페스티벌, 쇼핑 여행, 잡지 행사, 영화 시사회, 팝업 식당을 바쁘게 돌아다니는 일을 사랑했다. 소셜 미디어는 내가 매일 타고 싶은 감정의 롤러코스터였다. 소셜 미디어 안에서 나는 살아 있음을 느꼈다. 새로 올리는 게시글과 그 게시글에 대한 반응은 작은 감정을 거대한 희열로 바꿔주었다. 물론 악성 댓글도 모두 빠짐없이 읽었다. 그런 사람들에게 나는 다시 엔도르핀이 분비되기를 기대하면서 레버를 밀고 있는 쥐에 불과하다는 사실을 알고 있다. 하지만 그런 사람들을 내가 신경 써야 할까? Bien sûr que non!(당연히 아니다!)

나에게는 내 인스타그램을 꾸준히 보는 팔로어들이 있었다. 닉네임과 그들이 쓰는 이모티콘으로 식별할 수 있는 팔로어들이다. 그러니까 나는 나만의 공동체를 만들어낸 것이다! 기분이 우울해질 때면 내 포스트에 달린 댓글을 읽으며 스마일도 보내고 키스도 보낸 최상급 댓글들을 즐기면서 시간을 보냈다. 중독되고 갈망하고 소망하는 멋진 것들. 원하는 모든 것들. 필요로 하고 사랑하는 모든 것들이 내 인스타그램에 있었다. 나의 새로운 세상에는 어정쩡한 감정은 없었다. 모든 것이 극단적이었다. 누구나 나의 베프였다.

그렇게 몇 년이 지나자 (아마도 당연히 그럴 수밖에 없는 일인지도 모르지만) 늘 행복을 느끼는 시기는 지나가버렸고, 감정은 다시 추처럼 요동쳤다. 상파울루에서 일주일간 파티를 하고 오면 그다음 한 주는 침대에서 나오지 못했다. 댄스파티에서 돌아온 날이면 인스타그램에 올라와 있는 *#서사적인* 밤을 기록한 스물여덟 편의 게시글을 보면서 울음을 터뜨렸다. 저 여자는 누구지? 어째서 나는 저 여자처럼 행복하지 않은 거지? 베네치아에서 곤돌라를 탈 때도, 하노이의 거리를 걸을 때도 나는 그저 자신의 소박한 삶을 살아가는 지역 주민들에게서 눈을 떼지 못했다. 나로서는 가늠하기도 힘든 삶을 살아가느라 애쓰는 그들을 보면서 질투가 나 울고만 싶었다. 그럴 때면 나는 이렇게 생각했다. '저렇게 눈에 띄지 않는 삶을 살아갈 수 있다니, 얼마나 자유로울까? 그 누구의 시선도 신경 쓰지 않고 살아갈 수 있다니!'

혼자서 외국 호텔 스위트룸에서 불을 끄고 누워 있거나 잠이 들 수 없을 정도로 시끄럽게 소음을 내는 전용기의 공기 여과기 소리를 듣고 있을 때면 '이것보다는 더 나은 삶을 살 수 있지 않을까? 나는 어쩌면 현재를 사는 방법을 잊어버린 거 아닐까? 솔직히 내 행동 하나하나에 신경을 쓰고 지켜보는 사람이 누가 있겠어?'라는 생각이 들기도 했다. 폭풍우가 소풍을 망치려고 하강하고 있었다. 스르르 잠이 들 때면 이런 생각도 했다. '내일이 되면 내 인생에서 인터넷을 영원히 추방해버릴 거야. 그냥 모든 걸 버려버릴 거야. 훨씬 나은 사람이 될 거야.'

하지만 다음 날 날이 밝으면 구찌에서 새로 나온 봄버 재킷 발표회에 초대되고(지금까지도 초대장이 온다!) 누군가 바베이도스로 휴가를 떠나자고 제안하고 50만 명의 낯선 사람들이 나에게 정말로 근사하다고 말해준다. 그럴 때면 우울했던 내 마음은 잠시 스쳐 지나가는 질풍처럼 느껴지고 나는 다시금 행복해진다.

그렇게 몇 년이 더 흘러 빅터를 만났다.

빅터를 만났을 때 나는 서른 살이었고, SNS에서의 나의 유통기한이 끝나가고 있음을 자각하고 있었다. 내 팔로어 수는 50만을 조금 넘은 상태로 정체되어 있었고, 열 살이나 어린 여자들이 나를 훌쩍 뛰어넘어 세상의 주목을 받고 있었다. 그 무렵에 나는 거리를 걷다가 만나는 아이들을 아쉬운 눈길로 슬쩍 쳐다보는 일이 점점 더 많아졌다. 내가 유모차 안으로 시선을 옮길 때마다 엄마들은 내가 놓친 우주의 비밀을 알고 있다는 표정을 지으며 미소를 띠었다. 그 엄마들에게는 끝까지 믿을 수 있는 사랑이 있었다. 아이의 사랑 말이다.

나는 아기를 향한 나의 호기심이, 말랑하고 부드러운 살에 대한 나의 참을 수 없는 갈망이 어디에서 왔는지를 깨달았다. 나의 생체시계가 나에게 그런 갈망을 가지게 하는 것이었다. 하지만 단지 그 이유만이 아니었다. 나는 내가 잃어버린 가족을 대신해줄 완벽한 새로운 가족을 원했다. 가족이야말로 내가 놓친 것이었다. 가족만이 사라지지 않는 나의 권태를 물리쳐줄 수 있었다. 나는 아이를 한 명 원했다. 아니, 어쩌면 두 아이, 세 아이일지도 몰랐다.

매주 다른 도시에서 지내야 하는 상황에서 데이트는 쉽지 않다. 하지만 나는 혼신의 힘으로 결국 파티에서 한 남자를 만났다. 그 남자 이름은 빅터 콜먼이었다. 빅터의 어머니는 메릴랜드주 상원 의원이었고 빅터는 금융계에서 일했다. 그는 모든 면에서 바람직한 신랑감이었다. 내 아이들의 멋진 아버지가 될 자질을 갖춘 남자였다. 물론 처음에는 논평에 굶주린 나만의 공동체에 빅터를 보여주고 싶지 않았다. 빅터는 나만이 간직하고 싶었다. 하지만 그러기에는 빅터가 너무나도 뛰어난 피사체였다. 고대 조각상처럼 멋지게 각이 진 얼굴과 북유럽 혈통임을 보여주는 완벽하게 물결치는 금발 머리를 숨길 수는 없었다.

빅터가 뛰어나지 않은 곳이 있다면, 그것은 침대뿐이었다. 어둠 속에서 우리는 서툴게 더듬었고, 서로에게 손을 내밀기는 했지만 완벽하게 붙잡을 수는 없었다. 하지만 그 밖에 다른 모든 점에서 우리 관계는 완벽하고 수월했다. 미스터 버글스와 산책하기, 일요일 늦게 브런치 먹기, 침대에서 텔레비전 보기 등 우리는 취향도 일상도 잘 맞았다. 빅터와 나누는 일상은 사랑은 반드시 이래야 한다는 느낌이 들게 했다.

어느 봄날 아침, 센트럴파크를 걷고 있을 때 빅터가 마침내 나에게 청혼을 했다. 빅터는 잔디밭에서 한쪽 무릎을 꿇고 "바네사, 당신은 정말 활기차고 생기가 넘쳐. 당신보다 더 좋은 배우자는 생각할 수가 없어"라고 말했다. 하지만 내 귀에서 윙윙거리는 소리가 너무나도 크게 들려서 빅터의 말을 제대로 알아들을 수가 없었다.

아마도 아드레날린이 솟구쳐서 그런 것 같았다.

"어머, 좋은 결정을 했네."

약혼 소식을 들은 사스키아는 그렇게 말했다. 그때 우리는 수영할 때는 절대로 입을 수 없는 코바늘 뜨개 비키니를 입고서 아침 내내 카메라 앞에서 자세를 취한 다음 줄기세포 피부 관리를 받으려고 팜스프링스의 한 스파 대기실에서 기다리고 있었다. 우리의 사진작가는 가까운 곳에 털썩 주저앉아 우리가 실물보다 스물다섯 배는 예뻐 보이도록 노트북을 펴놓고 부지런히 우리 몸에 있는 얼룩과 지방을 포토샵으로 지우고 있었다.

“아! 이제부터 완전히 새로운 포스팅을 할 수 있겠다. 웨딩드레스를 고르고 부케랑 결혼식장도 골라야 하잖아. 당연히 약혼 파티도 해야지. 성대한 파티가 되게 SNS 스타들을 다 부르자. 네 팬들이 완전 난리도 아니겠네. 후원도 엄청 들어올 거야.”

내가 사실은 사스키아를 조금 미워하고 있다는 걸 깨달은 건 바로 이때였다.

“잘못된 반응이야. 다시 해봐.”

내가 말했다.

사스키아는 무슨 뜻인지 모르겠다는 얼굴로 멍하니 나를 바라보았다. 얼마 전에 밍크 눈썹 연장술을 받은 사스키아는 눈썹 너머로 사물을 보려면 눈을 한껏 크게 떠야 했다. 그래서 놀란 알파카처럼 보였다.

“축하해?”

“훨씬 낫네.”

“좋아. 까칠하기는. 내가 당연히 기뻐할 거 알잖아. 그걸 꼭 말로 해야 하는지 몰랐을 뿐이야.”

“내가 결혼하는 건 빅터를 사랑하기 때문이지, 인스타그램에 올리기 좋은 소재이기 때문이 아니야.”

사스키아는 우리에게 다가오는 피부미용사를 향해 재빨리 고개를 돌렸지만, 별꼴이라는 듯이 눈을 굴리는 모습을 나는 똑똑히 보았다.

사스키아는 “당연하지”라고 대꾸하며 내 손을 꼭 잡고는 자리에서 일어났다.

“내가 신부 들러리 드레스 골라도 되지? 제발 그렇다고 말해줘.

엘리 사브한테 말해볼 거야."

당연히 사스키아가 옳았다. 내 약혼 소식은 그 어떤 소식보다 인기가 있었다. 내 팔로어 수는 다시 조금 늘었다. 사진작가를 동반하고 치프리아니와 플라자에 있는 리셉션 룸을 돌 때만 해도 빅터는 순순히 내 뜻에 따라주었다. 하지만 웨딩 케이크를 고르려고 시식할 때 내 게시글에 쓸 문구(*"멋진 날을 준비하며!" #웨딩케이크 #뭉개면안돼요*)를 생각하면서 레드 벨벳 케이크를 나에게 먹여주는 모습을 연출하라고 부탁하자 멈칫했다. 그는 뉴욕대학교를 졸업하고 우리 팀 사진 보조작가로 취업해서 이제 막 셔터를 누르려고 준비하고 있는 에밀리를 곁눈으로 힐끔 쳐다보았다. 에밀리는 용기를 내라는 듯이 빅터를 보고 웃었다.

"꼭 훈련받는 물개가 된 것 같아."

빅터가 얼굴을 찌푸렸다.

"하고 싶지 않으면 안 해도 돼."

"도대체 왜 이렇게까지 하는 거야?"

빅터는 초콜릿 라즈베리 무스케이크를 덮고 있는 프로스팅을 손가락으로 살짝 찍어 입에 넣으면서 말했다.

빅터의 말에 너무나도 충격을 받은 나는 쉽게 대답할 수가 없었다. 지금까지 빅터는 내가 하는 일에 의문을 제기한 적이 없었다.

"왜 그런지 알잖아."

"내 생각엔……."

빅터는 쉽게 대답하지 못하고 천천히 손가락을 입에서 뺐다. 그러고는 휴지로 손가락을 닦더니 에밀리가 듣지 못하게 아주 작은 소리로 말했다.

"바네사 당신이 훨씬 괜찮은 일을 할 수 있을 거라고 생각해. 당신은 똑똑해. 바로 활용할 수 있는 자본도 있고. 당신이 원하는 건 뭐든지 할 수 있어. 이 세상을 훨씬 나은 곳으로 만들 수 있어. 나는 당신이 잘할 수 있는 일을 찾았으면 좋겠어."

"이게 바로 내가 잘할 수 있는 일이야."

나는 내 말을 입증해 보이려고 레드 벨벳 케이크를 앞으로 끌어당겨 우아하게 한 입 베어 물고는 에밀리가 사진에 담을 만족스러워하는 표정("나는 쿨하고 현실적이야. 열량 따위는 생각하지 않고 케이크를 먹을 수 있어!")을 완벽하게 지어 보였다.

레드 벨벳 케이크는 너무나도 달콤했다. 설탕 맛이 고통스럽게 어금니 속으로 깊숙이 파고들었다.

결혼식을 다섯 달 남기고 아빠가 전화를 했다. 아빠는 죽어가고 있었다.

"컵케이크, 아빠가 췌장암 말기라는구나. 의사들 말이 그렇대. 몇 달이 아니라 몇 주쯤 남았다는구나. 혹시 올 수 있으면 와주겠니?"

"어떡해, 아빠. 당연히 가야지. 어떡해, 아빠."

아빠답지 않게 전화기 너머의 아빠는 감정을 꾹 누르고 있었다.

"바네사, 이 말을 꼭 하고 싶었다. 아빠가, 미안하다. 그냥……, 모든 게 다 말이야."

눈물은 나오지 않았다. 하지만 숨을 쉴 수가 없었다. 저항할 수 없는 날카로운 무언가가 내 몸의 무게중심을 아래로 강하게 잡아당기는 것만 같았다.

"그만해. 아빠는 나한테 미안할 일이 하나도 없어."

"힘든 일을 견뎌야 할 때도 있어. 하지만 네 능력을 의심하면 안 돼. 너는 리블링이니까."

전화기 너머로 숨 쉬기가 힘든 듯 약하게 쌕쌕거리는 소리가 들렸다.

"그걸 잊으면 안 돼. 네가 해내야 하는 거야. 베니를 위해서도, 너를 위해서도."

나는 샌프란시스코로 날아가 오손요양원에서 베니를 데리고 짧았지만 고통스러웠던 아빠의 임종을 지켜보려고 퍼시픽 하이츠에 있는 집으로 달려갔다. 아빠의 내부 장기는 빠른 속도로 망가졌다. 아빠는 모르핀에 의존해 하루 종일 잠을 잤고 아빠의 몸은 내가 힘껏 안으면 터져버릴 것처럼 부풀어 올랐다.

아빠가 잠들어 있을 때 베니와 나는 우리가 어린 시절을 보낸 집을 정처 없이 돌아다니며 이제 막 닥칠 상실을 두려워하며 떨리는 손으로 익숙한 표면들을 어루만졌다. 엄마가 자살한 뒤로 손을 대지 않은 나와 베니의 아이 적 침실은 한때 부모님이 우리가 되리라고 믿었던 사람들을 위한 성지처럼 보였다. 내 방에는 프린스턴대학교 배너와 테니스 대회에서 받은 트로피가 있었고, 베니의 방에는 스키 대회에서 받은 메달과 체스 세트가 그대로 남아 있었다. 과거가 되어버린 우리 가족의 흔적이 고스란히 남아 있었다.

동생과 나는 죽어가는 아빠를 함께 지켜보았다. 인생에서 사투를 벌였던 것처럼 끙끙거리고 훌쩍이면서 아빠가 죽음과 싸우며 잠들어 있는 동안 베니와 나는 안락의자에 나란히 앉아서 어렸을 때 보았던 〈70년대 쇼〉, 〈프렌즈〉, 〈심슨네 가족들〉을 다시 보았다. 피곤하고 약에 취해 슬며시 잠이 든 베니가 옆으로 쓰러져 내 머리에 어깨를 기댔다. 나는 베니가 여전히 아기 동생이기라도 한 것처럼 덥수룩한 머리를 토닥였고, 왠지 모르게 아주 평온해졌다.

동생은 지금 무슨 꿈을 꾸고 있을까? 약 때문에 전혀 꿈을 꾸지 않을까? 나는 궁금해졌다. 한 명 남은 부모마저 떠나면 베니는 또다시 무너질까? 그렇다면 나는 이번에는 누굴 원망해야 할까?

"두려워하지 마. 내가 돌봐줄게."

나는 조용히 속삭였다.

베니가 눈을 떴다.

"어째서 내가 누군가의 도움을 받아야 하는 사람이라고 생각하는 거야?"

그 말을 하고 베니가 웃음을 터뜨려서 농담임을 알았지만, 나는 왠지 불안해졌다. 베니는 엄마 안에 있었던 무언가가 자신 안에 있으며, 그것이 내 안에도 있음을 알고서 그런 말을 하는 것만 같았다. 내가 칼끝에 얼마나 위태롭게 서 있는지를 알고서 그런 말을 하는 것만 같았다.

아빠는 너무나도 갑자기 떠나버렸다. 가슴이 살짝 떨리고 팔과 다리에 경련이 한 번 일더니 아빠의 영혼이 떠나갔다. 언젠가는 아빠의 죽음을 지켜봐야 하리라는 생각은 했었다. 그때는 영화에서 본 것처럼 죽어가는 아빠가 나를 보며 "네가 무척 자랑스구나" 같은 말을 할 줄 알았다. 하지만 마지막 순간에 아빠는 의식이 없었다. 나는 그저 아빠의 노쇠한 손이 내 손에서 차가워질 때까지 아빠의 손을 붙잡고 하염없이 울기만 했다. 베니는 침대 맞은편에 서서 두 손으로 가슴을 감싸고 몸을 앞뒤로 흔들고만 있었다.

호스피스 간호사가 우리 옆에서 조심스럽게 움직이면서 반드시 해야 하는 다음 단계의 일들(의사, 장의사, 부고를 작성할 작가, 변호사를 부르는 일)을 우리가 해낼 마음이 생기기를 기다리고 있었다.

하지만 황망함에 해야 할 일을 전혀 알 수 없었던 나는 내가 가장 잘할 수 있는 일을 했다. 주머니에서 휴대전화를 꺼내 모든 것이 정말로 속절없이 끝나버리기 전에 우리가 연결되어 있음을 입증하는 증거를 남기려고 여전히 꼭 잡고 있던 아빠와 나의 손을 찍었다. 그리고 거의 아무 생각 없이 *#불쌍한우리아빠*라는 태그를 달아 내 인스타그램에 올렸다. (아무 생각 없이 이런 생각을 했다. '나를 봐. 내가 얼마나 슬픈지 봐줘. 이 텅 빈 가슴을 사랑으로 채워줘.') 몇 초도 되지 않아 사진 아래에 나를 위로하는 글들이 달리기 시작했다. *"바네사를 생각하면 너무 마음이 아파요."*, *"너무 슬픈 사진이에요."*, *"바네사, DM을 보내줘요. 랜선 포옹을 보내줄게요."* 관대한 이방인들이 친절한 댓글을 달아주었다. 하지만 그들이 달아주는 댓글은 영화관 차양에 적힌 글자처럼 허무하게 느껴질 뿐이었다. 내 글에 답글을 단 사람들이 몇 초도 되지 않아 나를 까맣게 잊어버리고 다음 게시글로 넘어가리라는 사실을 잘 알고 있었다.

나는 인스타그램을 닫고 2주 동안 전혀 들여다보지 않았다.

우리는, 베니와 나는 둘만 남았다. 우리에게는 오직 서로밖에 없었다.

빅터는 아빠의 장례식에 참석해 울고 있는 나를 꼭 안아주었다. 하지만 곧 다가올 대통령 선거에 부통령 후보로 지명되리라고 예상되는 어머니를 위해 곧바로 돌아가 선거 자금을 모아야 했다.

일주일 뒤, 아빠의 재산을 정리하며 여전히 샌프란시스코에 머물고 있을 때 빅터가 전화했다. 처음에는 이런저런 가벼운 이야기를 하던 빅터가 마침내 작은 폭탄을 투하했다.

"저기, 바네사, 생각해봤는데, 아무래도 우리 결혼식은 취소해야 할 것 같아."

"아냐, 괜찮아. 아빠도 결혼식을 미루는 건 원치 않으실 거야. 내가 내 삶을 살아가기를 바라실 테니까."

전화기 너머로 불편한 침묵이 흐른 뒤에야 나는 내가 잘못 이해했음을 알았다.

"잠깐만. 농담이지? 지금 나를 버리겠다고 말하는 거야? 이제 막 아빠가 돌아가셨는데, 나를 버리겠다고?"

"시기가……, 좋지 않은 건 알아. 하지만 이런 결정은 미루면 더 나빠질 뿐이야. 정말 미안해, 벤."

빅터가 잔뜩 잠긴 목소리로 말했다.

그때 나는 부모님 방 바닥에 앉아서 앨범에 있는 사진을 정리하고 있었다. 도저히 참지 못하고 벌떡 일어나자 내 무릎에 놓여 있던 사진들이 우수수 바닥으로 떨어졌다.

"그게 도대체 무슨 말이야? 어째서 그런 말을 하는 거야?"

"계속 생각해왔어."

빅터는 잠시 입을 다물었다.

"나는 더 많은 걸…… 원해. 무슨 말인지 알겠어?"

"아니. 전혀 모르겠어. 도대체 당신이 무슨 말을 하고 있는지, 전혀 모르겠단 말이야."

내 목소리는 차가웠다. 강철 같았고 분노하고 있었다.

또다시 긴 침묵이 이어졌다. 빅터는 사무실에 있음이 분명했다. 전화기 너머로 빅터의 사무실 아래에서 펼쳐지는 부산한 맨해튼 거리의 소리가, 막힌 차를 뚫고 지나가려는 택시들이 울리는 경적 소리가 들렸다.

"그 사진, 당신 아버지가 돌아가신 뒤에 찍은 손 사진 말이야."

마침내 빅터가 말하기 시작했다.

"당신 인스타그램에서 그 사진을 봤을 때, 내 마음이 식은 것 같아. 그게 앞으로 우리가 견뎌내야 할 인생이라는 생각을 하니까 그렇게 된 거야. 당신과 함께 살면 사람들 앞에 우리의 모든 걸 드러내야 한다는 생각이 들었어. 우리가 나눈 아주 은밀한 순간도 당신은 낯선 사람들의 클릭을 유도하는 미끼로 사용할 거야. 나는 그런 삶은 살고 싶지 않아."

나는 바닥에 흩어진 사진을 바라보았다. 갓 태어난 베니를 내 작은 무릎 위에 조심스럽게 올려놓은 세 살인 나와 우리 둘을 보호하려고 몸을 숙이고 있는 엄마를 함께 찍은 사진이 보였다. 사진에서 엄마와 나는 모두 긴장한 모습이었다. 우리 두 사람 다 생과 사가 손목 한번 제대로 쓰지 못하면 결정 나는 문제임을 분명히 알고 있다는 표정을 짓고 있었다.

"당신 어머니 때문이지? 내가 당신 일에 도움이 안 된다고 생각하는 거야. 사람들에게 너무 많이 노출됐다고 생각하는 거지?"

"글쎄……."

전화기 너머로 구급차 사이렌 소리가 들렸다. 꼼짝도 하지 않는 차들 틈에서 이러지도 저러지도 못하는 구급차 안에 죽음을 향해 가는 사람이 갇혀 있을 거라는 생각이 들었다.

"어머니가 틀린 건 아니지, 바네사. 당신이 살아가는 방식은…… 그건…… 그런 방식은 좋지 않아. 비싼 옷을 입고 전 세계를 돌아다니는 것으로 유명한 신탁 펀드 수혜자. 그런 사람은 사람들이 공감하지 못해. 더구나 계급투쟁 이야기가 나오는 지금 같은 때는……. 내 말은, 루이스 린튼이 겪은 일을 생각해보라는 거야."

"아니야. 난 내가 스스로 해낸 거야. 난 내가 모두 혼자서 해낸 거란 말이야!"

(전화기에 대고 고함을 지르고 있는 순간에도 맨해튼의 내 책상 위에 있는 신탁 펀드 월간 배당금 수표를 떠올리고 일말의 죄의식을 느끼기는 했다.)

"그러니까, 당신 어머니는 우리 아빠 돈을 정치자금으로 냉큼 받을 수는 있어도 자기 아들이 전용기를 타고 전 세계를 돌아다니는 모습을 자랑하는 상속녀하고는 같이 있으면 안 된다는 거지? 당신 어머니는 위선자야. 사람들이 언제 우리한테 화를 내는지 알아? 기회만 있으면 자기 삶을 우리 삶과 바꿀 거라는 걸 알고 있을 때야. 그 사람들은 우리가 되기를 원해. 전용 제트기를 탈 수 있다면 살인도 할 거라고. 도대체 내 팔로어가 왜 50만 명이나 된다고 생각해?"

"어쨌거나, 바네사."

빅터는 한숨을 쉬었다.

"어머니 때문만은 아니야. 내가 정치라도 하게 되면 어떻게 할 거야? 그동안 정말 많이 고민했어. 당신이 하는 일이, 당신의 인생이, 그냥 너무…… 얄팍한 것 같아. 텅 비어 있는 것 같아."

"나는 공동체를 만들었어. 사람에게 공동체는 정말 중요한 거라고."

내 목소리가 격해졌다.

"현실도 중요해, 바네사. 당신은 공동체 사람을 실제로는 한 명도 모르잖아. 그 사람들이 하는 건 그저 굉장하다고 당신을 찬양하는 것뿐이잖아. 그 사람들에게 진심은 없어. 그저 매일 늘어놓는 뻔한 가식뿐이지. 파티, 화려한 옷, 우아, 4성 호텔 계단에 앉아 있는 저 여자 정말 귀엽지 않아? 이런 찬사만 늘어놓는 거야."

빅터의 말은 뼈를 벨 정도로 깊숙이 내 가슴에 파고들었다. 나는 날카롭게 쏘아붙였다.

"그래서 뭐? 당신은 금융계에서 일하잖아, 빅터. 나한테 얄팍하다고 말하지 마. 그러니까 나만 사라져주면, 당신은 깨우친 사람이 되는 거야? 당신 일을 그만두고 모잠비크에 가서 공중화장실이라도 만들 거냐고?"

"사실……."

빅터는 헛기침을 했다.

"명상 수업에 등록하기는 했어."

"뭐야, 그냥 망해버려!"

나는 고함을 지르고는 휴대전화를 집어 던졌다. 손가락에서 반지를 빼내 휴대전화를 던진 곳으로 던져버렸다. 며칠 뒤 구석으로 날아간 반지를 찾아봤지만, 찾을 수 없었다. 청소부가 가져간 것이 분명했다.

'잘됐네. 그 사람들은 가져갈 자격이 충분해.' 나는 생각했다.

그다음 주에 아빠의 유언장이 발표됐다. 당연히 아빠는 내 동생에게 스톤헤이븐을 남기지 않았다. 스톤헤이븐에 불을 질러버린다고 맹세한 사람에게 그곳을 남길 수는 없는 노릇이니까. 그래서 스톤헤이븐은 나의 짐이 되었다. 나는 5대에 걸쳐 내려온 우리 가문의 재산, 리블링가의 유산을 관리해야 하는 사람이 되었다.

하지만 스톤헤이븐은 선물이기도 하다는 사실을 깨닫는 건 오래 걸리지 않았다. 마침내 뉴욕으로 돌아갔을 때 나에게는 다시 V 라이프를 살아낼 열정이 남아 있지 않았다. 여행을 계획하고 사진을 찍고 쇼핑을 하는 대신에 나는 아파트에 틀어박혀 솔트 캐러멜 젤라토를 먹으며 넷플릭스만을 봤다. 내 인스타그램은 계속 잠잠했다. 인플루언서의 황금률은 '청중이 볼거리를 소진하지 마라'였지만 전혀 웃을 기분이 아니었다. 사스키아, 트리니, 마야는 "왜 포스팅을 하지 않는 거야? 괜찮은 거야? 무슨 일 있어? 너무 걱정돼"라는 문자메시지를 보내왔지만 내가 없어도 아무 문제 없이 자신들의 삶을 살아가고 있음을 인스타그램을 통해 알 수 있었다. 세 사람은 나 대신 마르셀이라는 스물한 살짜리 스위스 팝 가수를 데리고 칸으로 날아갔다.

미스터 버글스는 브라이언트 파크에 가던 길에 택시에 치였다.

내 팔로어들은 내가 포스팅을 하지 않는다는 이유로 짜증을 내기 시작했다. 그리고 서서히 팔로잉을 취소했다. 나는 점점 더 나에게 아첨하는 댓글보다는 악의적인 댓글에 시선이 갔다. "*허영과 자기 집착 좀 버려, 이 여우야. 반지는 어디 갔어? 차인 거야? 하하. 돈 좀 있다고 자기가 멋지다고 생각하나 본데 그 흉한 드레스를 팔아서 난민 아이들을 도울 생각은 전혀 들지 않는 거야?*"

소셜 미디어에서는 전부가 아니면 아무것도 없었다. 아낌없는 찬사가 아니면 끔찍한 분노를 퍼부었고 아첨하지 않으면 비방했다. 글을 올리고 댓글을 남기는 덧없는 온라인 문화는 인생의 대부분에서 찾을 수 있는 중간 지대를 박탈해버린다. 그러니 나에 대해 아무것도 모르는 사람들이 외치는 이 공허한 소음에는 신경을 꺼버려야 한다는 사실을 알지만, 도저히 그럴 수가 없었다. 도대체 나를 전혀 모르는 사람들이 왜 이렇게까지 나를 혐오하는 걸까? 이 위에서 들이마시는 공기는 너무나도 옅어서 나는 고통을 느끼지 못할 거라고 생각하는 걸까?

새로 달린 악플을 읽을 때마다 빅터의 말이 계속 생각났다. "그냥 너무…… 얄팍한 것 같아." 그리고 내가 하는 일을 말했을 때 아빠가 짓던 표정도 생각났다. "컵케이크, 그런 일은 진짜 직업이 아니야. 그건 곧 낡아버릴 번쩍이는 장난감일 뿐이야."

어쩌면 두 사람 말이 맞는지도 몰랐다.

하지만 궁금해지지 않을 수가 없었다. 사람들은 그저 나를 미워하려고 내 팔로어가 되는 걸까? 애초에 내가 특권층임을 과시하려고 인스타그램을 시작한 것은 아니었다. 그저 인스타그램에 사진을 올리면 기분이 좋아졌기 때문에 한 것뿐이었다. 하지만 이제는 아니었다. 나는 옷장에 쌓인 옷들을 들여다보았다. 다섯 자리 숫자가 찍힌 가격표가 그대로 붙어 있는 새 드레스들을 보고 있자니 속이 울렁거렸다. 도대체 나는 어쩌다 이런 사람이 된 걸까? 이제 더는 인스타그램 인플루언서로 살아가고 싶지 않았다.

이제 V 라이프는 끝났다. 뉴욕에서 벗어나 새로운 일을 해야 했다. 하지만 무슨 일을 할 수 있을까?

그 생각은 잠들지 못하던 어느 밤에 갑자기 떠올랐다. '스톤헤이븐으로 가는 거야.' 스톤헤이븐으로 옮겨 가서 정말로 이 세상을 평온하게 살아가는 사람, 균형 잡힌 자신감 있는 사람이 되어보는 것이다. (그래서 오랫동안 비워둔 인스타그램 피드에 사람들에게 영감을 주는 말들을 가끔 올리는 거야. *"오늘의 명언은 이거야, 친구들!" #마더테레사 #평정 #친절함)* 어쩌면 스톤헤이븐에 활기를 불어넣어서 그 집을 (언젠가는 태어날지도 모를) 내 아이들이 정말로 가고 싶어 하는 살 만한 멋진 장소로 거듭나게 할 수도 있을 것 같았다. 건물을 개조해서(적어도 다시 꾸며서!) 비극의 흔적을 지우고 리블링의 역사를 완전히 새롭게 쓸 수도 있을 것 같았다. 그렇게 되면 소셜 미디어에 올릴 수 있는 완전히 새로운 이야기를 만들어낼 수 있다는 것도 또 다른 보너스가 될 터였다. '바네사 리블링이 자신을 찾으려고 타호에 있는 유서 깊은 가족의 영지로 들어가다!'

나는 베니에게 전화를 걸어 내가 하려는 일을 설명했다. 베니는 길게 말하지 않았다.

"나는 거기 안 갈 거야. 알지? 그곳에서 지낼 수는 없어."

"너한테는 내가 가면 되지. 게다가 잠깐만 머물 거야. 뭘 할지 결정할 때까지."

"누나는 정말 끔찍하게 충동적이야. 다시 한번 생각해봐. 정말 끔찍한 생각이란 말이야."

나도 내가 지푸라기를 잡았다는 건 알았다. 하지만 나에게는 지푸라기밖에 없었다. 그때부터 몇 주 만에 나는 입을 기회조차 없었던 웨딩드레스를 포함해 그동안의 내 인생을 상자들에 모두 담고, 필요 없는 물건을 모두 태우고, 트라이베카에 있는 집의 임대계약을 끝냈다.

사스키아와 에반젤린이 차이나타운 루프탑에서 DJ와 맨해튼 거주자들 절반을 초대한 작별 파티를 열어주었다. 나는 크리스찬 시리아노가 나를 위해 디자인해준 은색 미니드레스를 입고 키스를 날리면서 사람들에게 우리 가족의 영지로 놀러 오라고 초대했다. 나는 스톤헤이븐이 더 햄프턴스(뉴욕주 롱아일랜드 동쪽 끝에 있는 휴양지-옮긴이)의 영지 같은 곳이라고, 다른 점이 있다면 더 멋진 곳일 뿐이라고 말했다.

"여름에 놀러 갈게! 여자들 데리고 가면 협찬도 받을 수 있을 거야. 일주일 통째로 그곳에서 휴가를 보내는 거지. 꼭 스파 리조트에 간 것 같겠다!"

마야가 신이 나서 말했지만 나는 스톤헤이븐 근처에는 스파도 없고 소울 사이클 스튜디오도 없고 아보카도 토스트를 먹을 수 있는 식당도 없다는 말을 차마 할 수가 없었다. 하지만 사스키아는 무언가 짐작하는 것이 분명했다. 파티가 끝나자 사스키아는 다시는 나를 볼 수 없는 사람처럼 작별 인사를 했다.

하지만 나는 충분히 빨리 떠날 수는 없었다.

다음 날 도착한 이삿짐 트럭이 나를 끌고 내 인생을 스톤헤이븐으로 실어 날랐다. 이삿짐 트럭이 모든 짐을 싣고 자갈길 위를 덜커덩거리며 움직이기 시작할 때 나는 마지막으로 사진을 찍어 인스타그램에 올렸다. *"이제 새로운 여행을 떠난다! '위대한 모든 꿈은 꿈꾸는 자와 함께 시작한다' by 헬렌 켈러" #정말그렇다*

나중에 나는 빅터가 이 사진에 '좋아요'를 눌렀다는 걸 알았다. 도대체 뭐가 좋았을까? 긍정적인 글귀가 좋았던 걸까, 아니면 내가 뉴욕을 떠난다는 사실이 좋았던 걸까?

나를 맞이한 스톤헤이븐은 마치 타임캡슐 같았다. 스톤헤이븐은 내가 떠났을 때 기억하고 있는 모습을 그대로 간직하고 있었다. 가구는 여전히 흰 천에 덮여 있었고, 현관에 걸려 있는 할아버지의 시계는 여전히 11시 25분을 가리키고 있었고, 식료품 저장실에 있는 푸아그라 통조림은 유통기한이 2010년까지였다. 스톤헤이븐 내부에는 먼지 하나 없었고, 전체 영지는 잘 관리되어 있었다. 모두 아빠가 죽기 전까지 영지 끝에 있는 오두막에 살면서 스톤헤이븐을 돌본 관리인 부부 덕분이다. 아빠가 죽고 더는 월급이 들어오지 않자 두 사람은 스톤헤이븐을 떠났다. 하지만 생명의 흔적이 없는 어두운 방들을 돌아다니면서 나는 묘지로 들어왔음을 알았다. 모든 물건이 만지기 힘들 정도로 차가웠고 모든 것이 무기력하게 죽어 있

었다.

집 안을 돌아다니며 가구를 덮은 천을 벗기거나 책장을 살필 때면 엄마의 유령이 느껴지는 순간이 있었다. 서재 안락의자에는, 엄마가 즐겨 앉았던 쿠션에는 살짝 눌린 곳이 있었다. 엄마가 남겨놓은 흔적 속으로 몸을 집어넣자 누군가 내 머리카락에 부드럽게 입김을 부는 것처럼 목덜미가 따끔거렸다. 나는 눈을 감고서 마망이 나를 안아주던 기억을 떠올리려고 했지만 뼈만 앙상한 손가락이 무덤에서 튀어나와 나를 움켜잡는 듯한 느낌에 배 속이 뒤엉키는 것만 같았다.

한번은 어렸을 때 내가 묵었던 손님 방에 들어갔다. 그곳에는 여전히 자유를 기다리는 마이센 도자기 새들이 진열장 안에 놓여 있었다. 나는 노란색 카나리아를 꺼내 이리저리 돌리며 엄마가 녹색 앵무새를 꺼내 떨어뜨리던 순간을 생각했다. 엄마는 어쩌면 이 새들이 자신과 같은 처지라고 생각했는지도 몰랐다. 엄마가 자살을 한 건 실패한 결혼과 말썽 많은 아이에게서뿐 아니라 자신이 갇힌 새장에서 벗어나려는 시도였는지도 모른다는 생각이 들었다.

'이 집이 나를 죽이게 내버려두지 않을 거야.' 나는 생각했다. 그리고 살짝 몸을 흔들어 병적인 생각을 떨쳐버렸다.

아주 외롭게 지내는 건 나에게 도움이 되지 않았다. 타호시는 지도에서 볼 때는 그리 먼 곳 같지 않지만 실제로는 세상에서 동떨어진 곳처럼 느껴졌다. 조용한 서쪽 호숫가에서는 친구를 사귈 수 있을 것 같지도 않았다. 타호는 사람들이 왔다 가는 곳이었다. 타호 호숫가에서 반짝이는 빛은 한 주 동안 휴가를 보내고 그다음 주에는 집으로 돌아갈 사람들이 내뿜는 불이었다. 길 끝에 있는 잡화점으로 커피와 〈르노 가제트 저널〉을 사러 온 지역 주민들은 나의 뉴욕식 옷차림과 메르세데스 SUV를 보고는 잠깐 머물다 가는 휴가객으로 생각하고 스쳐 지나갔다.

그래서 나는 많은 날을 혼자인 채로 스톤헤이븐의 방들을 돌고 또 돌면서 점점 더 새장에 갇힌 새라는 기분을 느껴야 했다. 종아리가 아플 정도로 스톤헤이븐의 영지를 돌고 길을 따라 호숫가를 걷고 또 걸어도 한 사람도 만나지 못하는 날들이 계속됐다. 따뜻한 날이면 수상스키를 타려는 사람들이 유리처럼 투명한 물을 가르는 선착장으로 내려가 비키니 수영복을 입은 사진을 찍어 *"사랑스러운 나의" #호수생활!*이라고 쓴 글과 함께 인스타그램에 올렸다. 컨디션이 나쁜 날에는 빛이 들어오지 못하게 블라인드를 내리고 침대에 누워 내가 인스타그램에 저장해놓은 사진을, 나와 이름이 같은 낯선 여자가 올려놓은 수십만, 수백만 장의 사진을 들여다보았다.

그럴 때마다 나는 생각했다. '소셜 미디어는 우리 모두의 내면에 들어 있는 나르시시스트 괴물을 키우고 있는 거야. 소셜 미디어는 그 괴물이 자라나서 우리 자리를 차지할 때까지 괴물을 먹여 기르고, 결국 소셜 미디어 밖으로 쫓겨난 본체는 그 괴물의 이미지를 소셜 미디어를 들여다보는 다른 사람들처럼 그저 쳐다만 보게 되는 거야. 도대체 나 자신이 만들어낸 저 괴물은 누구이며, 어째서 저 괴물은 내가 갖고 싶었던 삶을 살아가고 있는 건지 궁금해하면서 말이야.'

그러니까 가끔은 나에게도 끔찍할 정도로 자기 인식 능력이 발휘될 때가 있는 것이다.

어느 날 아침, 영지를 돌아다니다 오래된 석조 보트 창고의 나무 문을 열었다. 나는 그 안에 있는 주디버드를 발견하고서 시선을 떼지 못했다. 아빠가 굳이 주디버드를 팔려고 하지 않아서 여전히 호수 표면에서 몇십 센티미터 위에 떠 있는 수압 승강기에 올려져 있었다. 영지 관리인이 계속 요트에 연료를 채웠고 배터리도 교체해두었지만 주디버드는 버려지고 잊힌 해변을 떠도는 고래처럼 보였다. 주디버드의 표면은 온통 거미줄과 처마에 둥지를 튼 제비들의 배설물로 뒤덮여 있었다.

주디버드 옆에 있는 나무 경사로 위로 올라가자 차가운 물이 내 운동화에 철썩 부딪쳤다. 섬유 유리가 엄마의 유령을 느끼게 해줄지도 모른다는 생각에 주디버드를 살며시 만졌다. 선착장의 널빤지가 삭아서 내 발밑에서 삐걱거리며 신음했다. 그 순간, 아주 잠시지만 정말로 주디버드를 몰고 호수 한가운데로 나가 주머니에 돌을 가득 넣고 물에 뛰어들면 어떤 기분일지 궁금해졌다. 평온해지지 않을까? 꿈처럼 몽롱한 상태에서 나는 요트를 아래로 내리는 수압 승강기 스위치를 향해 손을 뻗었다.

하지만 스위치를 누르기 직전에 황급히 손을 치웠다. 나는 엄마가 아니었다. 절대로 엄마처럼은 되고 싶지 않았다. 나는 허둥지둥 몸을 돌려 보트 창고에서 나와 문을 닫았고, 다시는 그 안에 들어가지 않겠다고 다짐했다.

여름이 되자 호수는 보트로 가득 찼고, 도로는 관광객으로 가득 찼다. 하지만 스톤헤이븐은 그 무엇도 변하지 않았다. 그러다가 어느 날, 부두에서 집으로 돌아오던 길에 문득 사람이 살지 않는 관리인의 오두막을 쳐다보았다. 오두막으로 다가가 안을 들여다보았다. 나는 한 번도 관리인의 오두막에 들어가본 적이 없었다. 놀랍게도 오두막 안은 가구가 그대로 남아 있었고 깨끗하고 단정하게 정리가 되어 있었다. 갑자기 내 안에서 무언가가 점화됐고, 한 가지 생각이 구체적으로 떠올랐다. '이거야. 여기가 내 문제의 해답이 되어줄 거야!' 이 오두막에 세를 놓는 것이다! 안 될 게 뭐 있어? 가사 도우미 말고는 대화할 사람이 한 명도 없다면 나는 미쳐버릴지도 몰라. 그러니까 오두막에 세를 놓고 영지에 활력을 불어넣는 거야! 함께 지낼 사람이 오면 무엇 하나 풀리지 않는 문제로 가득한 내 삶에도 집중할 일이 생길 것이다.

2주 뒤 JetSet.com에서 찾은 첫 번째 손님이 도착했다. 물가에 앉아서 하루 종일 와인을 마시는 프랑스 부부였다. 마지막 불빛이 호수를 지나가면 프랑스 부부의 아내는 기타를 들고나와 꿈꾸는 것 같은 혀 짧은 발음으로 옛 팝송을 불렀다. 두 사람 옆에 앉아 우리가 사랑하는 파리의 명소들을 이야기할 때면 이상하게도 6개월 전까지 내가 살아온 삶이 그리워졌다. 바네사 리블링, 전 세계 여행자, 패셔니스타, 브랜드 홍보 대사, 인스타그램 인플루언서. 다시 그런 사람이 되고 싶었을까? 어쩌면 조금은 그랬는지도 모르겠다. 하지만 두 사람과 함께 있으면 내 기분은 고조됐고, 함께 비틀스의 〈웬 아임 식스티포(When I'm Sixty-four)〉를 부를 때면 실제로 내가 될 수도 있는 새로운 사람을, 중심을 제대로 갖춘 사람을 조금은 엿보고 있다는 기분이 들었다.

프랑스 부부가 떠난 뒤에는 피닉스에서 온 은퇴한 부부, 자전거로 시에라산맥을 횡단하는 독일 남자들, 여자들만의 시간을 보내려고 샌프란시스코에서 온 세 엄마, 여행 가방에 로맨스 소설을 잔뜩 담아 온 과묵한 캐나다 여자가 차례로 다녀갔다. 모두 정상적인 삶을 살아가는 정상적인 사람들이었다. 손님 중에는 비사교적이라 혼자 지내는 사람도 있었지만, 진심으로 가이드 투어를 하고 싶어 하는 사람도 있어서 그런 사람들과 함께 나는 에메랄드 베이에서 하이킹을 하고, 타호호수 옆에서 야외 콘서트를 관람하고, 파이어 사인 카페에서 에그 베네딕트와 핫코코아를 먹고 마셨다. 목적으로 가득 찬 날들이었고, 나의 고독을 무디게 하는 날들이었다. 수없이 많은 사진을 찍을 수 있는 날들이었고, 또 너무나도 빠르게 지나가는 날들이었다.

여름은 끝을 향해 나아갔고 관리인의 오두막을 빌리겠다는 사람은 사라져갔다. 다시 텅 빈 날들이 찾아오자 내 머리 뒤에서 또 검은 속삭임이 들려왔다. "그래서 이제 뭘 하려고? 여기서 뭘 할 수 있을 것 같아? 여기서 얼마나 버티려고 그래? 너는 정말 누구고, 인생을 어떻게 살아가고 있는 거니?"

11월 초 어느 날, 메일함에서 '마이클과 애슐리'가 보낸 메일을 발견했다. 관리인의 오두막을 빌릴 수 있는지 묻는 메일이었다.

> 안녕하세요! 우리는 포틀랜드에 사는 창조적인 남자와 여자랍니다. 몇 주 동안 지낼 평화로운 곳을 찾고 있는데, 몇 주면 너무 길까요? 마이클은 책을 쓸 시간이 조금 필요하고, 나는 요가 강사예요. 얼마간 안식 주간을 즐기려고 하는데, 관리인의 오두막이 우리가 찾는 숙소인 것 같아요. 그곳을 쓸 수 있을까요? JetSet을 이용하는 건 처음이라 아직 남긴 후기가 없지만, 원하신다면 기꺼이 우리 정보를 조금 더 보내드릴게요!

나는 오랫동안 두 사람의 사진을 쳐다보았다. 사진 속에서 애슐리는 마이클 앞에 서 있었고 마이클은 애슐리의 어깨를 감싸 안고 애슐리 머리에 턱을 댄 채 두 사람 모두 서로만 알고 있는 농담을 하는 것처럼 밝게 웃고 있었다. 두 사람 모두 파타고니아 광고에 나오는 모델처럼 지적이고 매력적이고 현실적이었다. 나는 즉시 두 사람에게 끌렸다. 두 사람의 웃음에 서려 있는 평온한 확신과 두 사람이 함께 드러내고 있는 행복에 끌렸다. 마이클은 누가 봐도 잘생겼다. 애슐리는, 나는 검색창에 애슐리를 입력해보았고, 수천 명이 넘는 다른 애슐리 스미스를 살펴본 뒤에야 마침내 진짜 애슐리의 홈페이지를 찾아냈다. '애슐리 스미스 요가 오리건'. 홈페이지에는 해변에서 가부좌로 평화롭게 아래쪽을 응시하면서 두 팔을 위로 높이 뻗은 애슐리가 있었다.

"달라이 라마는 '우리는 우리가 원하는 것을 갖는 것이 아니라 우리가 가진 것을 원하는 법을 배워야 한다'라고 했다. 선생으로서(그리고 사람으로서!) 내 역할은 사람들이 이 진리를 깨우칠 수 있도록 돕고 마음의 평화를 찾을 수 있게 해주는 것이라고 믿는다. 인생의 많은 시간을 다른 곳에서 찾으려고 애쓰는 인정(認定)을 찾을 수 있는 곳은 우리 내면뿐이다."

애슐리가 올려놓은 글은 오직 나를 위해 쓴 글처럼 느껴졌다. 나는 애슐리의 사진을 확대해 모든 것을 아는 듯한 표정을 짓고 있는 아름답고 차분한 얼굴을 찬찬히 음미했다. 그녀는 내가 되고자 노력하는 사람처럼 보였다. 내가 소셜 미디어에 진짜 나인 것처럼 올리는 사람처럼 보였다. 애슐리에게서 나는 무엇을 배우게 될지, 궁금했다.

내 안에서 무언가가 올라오는 것이 느껴졌다. 내 심장이 다시 살아나고 있음이 느껴졌다. 나는 두 번 생각하지 않고 임대 승인 버튼을 누르고 답장을 썼다.

오두막은 비어 있어요. 원하는 만큼 머물러도 돼요. 당신을 직접 만나면 정말 좋겠어요!

14

애슐리가 여기 있다.

애슐리는 떠오르는 아침 해를 등 뒤로 받으며 잔디 위에서 요가를 하고 있었다. 애슐리의 피부 위로 수증기가 피어오르고 있었고, 애슐리의 요가 매트는 호수를 핥는 혀처럼 펼쳐져 있었다. 나는 한 번도 요가에 흥미를 느껴본 적이 없었다. 언제나 요가보다는 부트캠프나 스핀 클래스에서 생기는 지워지지 않는 화상을 선호했다. 하지만 애슐리가 태양맞이 요가를 하는 모습을 보면서 나는 나에 대해 바꾸어야 할 점이 또 한 가지 있음을 깨달았다. 요가는 정말로 자기중심적인 수련 같았다. 주방 창문에서 바라보는 애슐리는 공기 속에서 헤엄치고 있는 것 같았다. 한 발만 더 땅을 박차면 하늘 위로 날아오를 것만 같았다.

아, 맞다! 아침 빛은 정말로 사진 찍기에 좋았고, 마지막 게시글을 올린 지도 벌써 열두 시간이 지났다. (아침에는 정말로 노쇠해져서 내 머리가 잘 돌아가지 않는다.) 나는 휴대전화를 꺼내 애슐리를, 호수를 등진 애슐리의 평온한 얼굴을, 손가락으로 하늘을 찌르며 삼각형으로 만든 애슐리의 몸을 사진에 담고서 *"우리 집 뒤뜰에서 발견한 전사" #요가 #태양경배 #좋은아침*이라는 글을 적었다. 인스타그램에 올리기 전에 애슐리에게 허락을 받아야 했는지도 모르지만 애슐리는 내가 사진을 올렸다는 사실을 알 리가 없을 것 같았다. 아니, 애초에 신경도 쓰지 않을 것 같았다. 애슐리도 자신을 널리 알려야 하는 직업을 가지고 있으니까, 사진을 올리는 건 홍보에도 도움이 되리라고 생각했다. 사진을 올리고 첫 번째 '좋아요'가 나타날 때까지 계속 '새로 고침'을 누르면서 도파민이 솟구쳐 올라 나를 생명의 땅으로 데려다주기를 기다렸다. 그리고 당연히 그런 순간은 왔다.

창문 앞에 서서 넋을 잃고 지켜보는 30여 분 동안 애슐리는 좌법을 마치고 마지막으로 송장 자세를 취했다. 이슬을 머금은 풀 위에 똑바로 누워 있는 애슐리는 혹시 잠든 건 아닐까 싶을 정도로 오랫동안 꼼짝도 하지 않았다. 그러다 갑자기 일어나더니 재빨리 몸을 돌렸고, 자신을 지켜보고 있는 나를 발견했다. 애슐리가 나를 스토커라고 생각할 것 같았다. (내가 생각해도 스토커 같았다.)

나는 애슐리에게 손을 흔들었다. 애슐리도 나에게 손을 흔들었다. 나는 '이쪽으로 오라'는 신호를 보냈다. 애슐리는 매트를 접더니 뒷문으로 걸어왔고, 나는 커피잔을 들고 애슐리를 맞이했다.

애슐리는 관리인 오두막에서 가져온 것이 분명한 목욕 수건으로 이마에 땀을 닦더니 살짝 기울어진 매력적인 왼쪽 앞니를 드러내며 웃었다.

"잔디밭에서 요가를 해도 되는지 미리 물어봤어야 하는데 미안해요. 일출이 너무 아름다워서 어쩔 수가 없었어요. 나를 부르는 아침이었거든요."

"아니에요. 사실, 내일은 나도 같이 해야겠다고 생각하고 있었어요."

그 말을 하고서야 내가 너무 강압적이고 단정적으로 말했다는 사실을 깨달았다.

하지만 애슐리는 그저 웃었다.

"꼭 같이 해요. 커피 좀 달라고 애원해도 될까요? 오두막에는 아직 커피가 없어서요."

애슐리가 내가 들고 있는 커피잔을 가리키며 말했다.

"아! 물론이에요. 전혀 애원할 필요 없어요."

나는 지나치게 기뻐하며 말했다.

애슐리가 집 안으로 들어오자 또다시 애슐리 주위로 따뜻한 반그림자가, 그녀의 생명력이, 그녀의 빛이 생겼다. 애슐리가 나의 공간으로 들어오자 전기 충격을 받은 것처럼 온몸이 따뜻해졌다.

"마이클은 같이 요가 안 해요?"

나는 아직 사용법을 제대로 익히지 못한 복잡한 이탈리아제 커피 머신을 만지작거리며 물었다. 내 말에 애슐리가 낮은 목소리로 웃었다.

"이렇게 일찍 깨웠다가는 나를 죽이려 들걸요."

애슐리는 커피잔을 받아 들더니 한 모금 마시고 입에 잔을 댄 채로 살짝 웃었다.

"요가는 내 일이지 그 사람 일은 아니니까요."

"아."

나는 내 잔에 커피를 더 따르고 무슨 말을 해야 할지 몰라 어정쩡하게 서 있었다. 내가 마지막으로 친구를 사귀려고 노력했던 때가 언제더라? 그때 무슨 말을 했었지? 어쨌거나 명목상으로는 내 성실한 친구이자 동료인 뉴욕 친구들 사스키아, 에반젤린, 마야, 트리니를 떠올려보았다. 우리는 많은 시간을 함께 보냈지만 제대로 된 대화를 나눈 적은 거의 없었다. 우리가 나누는 대화는 대부분 브랜드 이름, 다이어트 트렌드, 맛집에 관한 정보뿐이었고, 그때는 밑에 드리워진 어둠은 생각하지 않고 표면 위에서만 조심스럽게 미끄러져가는 그런 대화가 안전하게 느껴졌었다. 하지만 지금은 그때의 대화들이 너무나도 얄팍하게 느껴졌다. 아빠가 죽었을 때 네 사람은 문자메시지를 보냈지만 전화는 하지 않았다. 우리의 우정에는 훨씬 더 깊은 곳으로 가는 길을 막는 장벽이 있음을 깨달은 것은, 우리의 우정이 사실은 호수 표면 위에 얼어붙은 얼음판만큼이나 얇다는 사실을 깨달은 것은 바로 그때였다.

내가 애슐리에게 강하게 끌렸던 이유는 그때 내가 택할 수 있는 유일한 친구 후보가 애슐리였기 때문인지도 모르겠다. 하지만 애슐리에게는 무언가 특별한 것이 있었다. 의미 있는 무언가에 연결된 것처럼 보이는 모습이 나에게는 신선했다. 얼마나 견고한지 확인하려는 듯이 주방 물건을 가볍게 만져볼 때도 애슐리는 자신을 향한 나의 호기심을 신경 쓰지 않는 것 같았다. 내가 자기를 물에 빠져 익사하지 않게 나를 지켜줄 부표처럼 바라보고 있음을, 애슐리는 알고 있었을까?

'제발 나를 미워하지 마요. 나에게 미워해야 할 많은 이유가 있다는 걸 알아요. 나는 허영심이 많고 피상적이고 특권을 누리는 사람이에요. 나는 이 세상을 좀 더 나은 곳으로 만들지 못했어요. 이 사회가 아니라 우리 가족의 슬픔만을 신경 썼어요. 실제로 좋은 사람이 되려고 노력하지 않고 좋은 사람처럼 보이는 데만 신경을 썼어요. 하지만 이제부터는 좋은 사람이 되어보려고 해요. 새롭게 시작하려고 해요. 그건 좋은 일 아닌가요? 바깥에서 시작해 안으로 들어가려고 노력하는 모습이 좋지 않나요? 내가 어떻게 해야 하는지 당신이 보여주세요.'

"서재로 가는 게 좋겠어요. 거긴 여기보다 따뜻하거든요."

나도 모르게 불쑥 말했다. 애슐리의 표정이 밝아졌다.

"좋아요!"

나는 애슐리를 데리고 스톤헤이븐에서는 그나마 타인에게 개방해도 되는 공간인 서재로 갔다. 서재에서는 난롯불이 타고 있었고 안락의자는 부드러웠고 책들은 묵직했다. 나는 애슐리가 앉을 공간을 남겨두고 안락의자 위 쿠션에 앉았다. 하지만 애슐리는 문가에서 무언가를 찾는 것처럼 한참 눈을 깜빡이며 책장을 살펴보다가 조심스럽게 들어와 안락의자 위에 앉았다. 요가 바지에 묻은 땀이 벨벳 안락의자에 묻을까 봐 걱정하는 것 같았다. 전혀 아무 문제 없다고 말해주고 싶었다.

애슐리는 이상한 표정을 지으며 방 한곳을 응시했다. 그녀의 눈길을 따라간 곳에는 난로 위에 놓인 가족사진이 있었다.

"아, 우리 가족이에요. 엄마, 아빠, 그리고 동생이에요."

애슐리는 자신의 행동이 들켰다는 데 당황한 듯이 약간 멋쩍게 웃었다.

"굉장히…… 가까워 보여요."

"그랬었죠."

"그랬었다고요?"

애슐리는 여전히 사진에서 눈을 떼지 않았다. 애슐리의 얼굴에 또다시 알 수 없는 표정이 스쳐 지나갔다. 애슐리가 내 옆에 와서 앉았다.

"내가 열아홉 살 때 엄마가 돌아가셨어요. 익사였어요. 아빠는 올해 초에 돌아가셨고요."

그런 말을 하고 나서야 나는 부모님의 죽음을 지난 몇 달 동안 언급한 적이 없다는 사실을 깨달았다. 갑자기 예상치도 못했던 슬픔이 내 안에서 솟구쳐 올라와 흐느껴 울기 시작했다. 너무나도 비통해서 숨도 제대로 쉬어지지 않았다. 애슐리가 놀란 눈으로 나를 보았다. '어떡해. 애슐리가 나를 이상한 사람이라고 생각할 거야.'

"이런, 미안해요. 아직까지 이런 감정을 느끼고 있는지 몰랐어요. 나는 그냥…… 가족이 떠났다는 사실이 아직 믿기지 않나 봐요."

애슐리가 눈을 깜빡였다.

"동생은요?"

"엉망이에요. 그래서 별로 도움이 되지 않아요. 어머, 세상에. 미안해요. 이런 이야기를 떠벌릴 생각은 없었어요."

"사과하지 않아도 돼요."

말은 그렇게 했지만 애슐리의 얼굴에는 복잡한 감정이 스치고 지나갔다. '역겨운 걸까? 내가 모든 걸 망쳐버린 걸까?' 하지만 애슐리의 표정은 다시 차분해져서 왠지 마음을 놓게 되는 부드러움이 느껴졌다. 애슐리가 팔을 뻗어 내 손에 자기 손을 얹었다.

"아버지는 어떻게 돌아가셨어요?"

"암이었어요. 진행이 아주 빨랐어요."

애슐리가 침을 꿀꺽 삼키는 것을 보았다.

"아, 너무 끔찍해요."

"정말로요. 암으로 죽는 게 가장 고통스러울 거예요. 암은, 서서히 모든 걸 삼켜버려요. 암이 아빠를 훔쳐 간 것 같았어요. 마지막 몇 주 동안은 이미 죽어버린 몸으로 버티는 것 같았거든요. 하지만 내가 할 수 있는 일이라고는 그저 옆에 앉아서 죽어가는 아빠를 지켜보는 것뿐이었어요. 그러면서 그 모든 게 끝나고 아빠가 고통에서 벗어나기를, 아빠가 떠나기를 바라는 거예요. 하지만 한편으로는 아빠가 나를 위해 조금만 더 버텨주었으면 하고 바라는 거죠."

나는 계속 말하려다가 애슐리의 표정이 너무 굳어 있어서 입을 다물었다. 애슐리는 내 손을 더욱 꽉 잡아주었다.

"정말 너무 끔찍하네요."

애슐리는 목멘 듯한 소리로 울 것처럼 말했다. 내 아버지의 죽음에 애슐리가 이토록 감정적으로 반응하다니, 놀랍기도 하고 감동적이기도 했다. 애슐리는 공감 능력이 뛰어난 것이 분명했다(나로서는 가져야 했지만 가지지 못했던 또 다른 능력이었다).

눈물이 내 콧방울 위에 모이기 시작해 닦아내야 했지만, 애슐리와 맞잡은 손을 놓기 싫어서 그대로 흘러내리게 두었다. 내 눈물은 벨벳 안락의자 위에 뚝뚝 떨어져 작게 비통함의 웅덩이를 만들었다.

"그래서…… 지금은…… 너무 외로워요."

내가 아주 작은 소리로 말했다.

"나는 상상도 하지 못하겠어요."

애슐리는 잠시 아무 말도 하지 않았다.

"아니, 어쩌면 상상할 수 있을 것도 같아요."

갑자기 애슐리의 목소리가 바뀌었다. 왠지 이제부터 자신의 입에서 나올 소리들을 완전히 믿는 것은 아니라는 듯이 머뭇거리고 있었다.

"저도 아빠가 돌아가셨어요. 그리고 엄마는…… 아프시고요."

우리는 눈이 마주쳤고, 날카롭고도 아픈 무언가가 우리 사이를 뚫고 지나갔다. 그것은 어린 나이에 부모를 잃은 사람들만이 공유할 수 있는 말로 표현할 수 없는 공감이었다. 부모 없이 이 세상을 살아가는 것이 얼마나 끔찍한지 아는 사람만이 나눌 수 있는 이해심이었다.

"애슐리 아버지는 어떻게 돌아가셨어요?"

내 질문에 애슐리는 잠시 고개를 돌렸다. 다시 나를 보는 애슐리는 뇌의 아주 깊숙한 곳에서 기억을 발굴하고 있는 사람처럼 아쉽고도 공허한 눈빛을 하고 있었다. 애슐리는 내 손을 잡고 있던 손을 살며시 거두었다.

"심장마비였어요. 너무 갑자기, 너무 끔찍하게 끝나버렸어요. 아빠는…… 친절하고 부드러운 분이었어요. 치과 의사였고요. 우린 아주 친했어요. 내가 대학에 들어간 뒤에도 아빠는 날마다 전화를 했어요. 보통 아빠들은 그렇지 않잖아요."

애슐리는 기억을 떨쳐버리려는 듯이 조금은 과장되게 어깨를 올렸다가 내렸다.

"아무튼 늘 하는 말이 있어요. '미래는 들이마시고 과거는 내뱉어라.'"

나도 좋아하는 말이었다. 나는 숨을 길게 들이마셨다가 내뱉었다. 하지만 여전히 울음이 날 것만 같았다.

"어머니는요?"

"엄마요?"

애슐리는 이 질문에는 미처 준비되어 있지 않다는 듯이 빠르게 눈을 깜빡였다. 손으로 안락의자의 벨벳 천을 아주 세게 문질렀다.

"아, 엄마는 사랑스러운 분이세요."

"무슨 일을 하시나요?"

"무슨 일을 하냐고요?"

애슐리는 잠시 주저했다.

"간호사예요. 사람들을 돌보는 걸 좋아하세요. 아, 좋아하셨죠. 아프시기 전까지는요."

"그럼 어머니한테 물려받은 거군요."

애슐리가 벨벳에 흠집을 내고 있었지만 나는 굳이 그만두게 하고 싶지 않았다.

"물려받다니, 뭐를요?"

"사람들을 돌보는 거요. 애슐리는 요가를 하잖아요. 그것도 사람들을 치유하는 직업이니까. 안 그래요?"

"아, 그러네요. 맞아요."

나는 애슐리에게 몸을 기울였다.

"다른 사람을 돕는 일에 평생을 바치다니, 정말 성취감이 장난 아닐 거 같아요. 밤에도 분명히 푹 자겠죠?"

애슐리는 자기 손을 내려다보면서 쿠션 안으로 손을 푹 집어넣더니 살며시 웃었다.

"잠이야 충분히 잘 자죠."

"요가는 견뎌야 할 필요가 없는 것을 치료하고 치료할 수 없는 것을 견디는 법을 가르친다."

두 번 생각하지 않고 불쑥 말이 튀어나왔다.

"애슐리, 당신 페이스북에서 봤어요."

"아, 그렇죠. 물론이에요. 아헹가……, 요가의 가르침이죠. 맞아요. 그런데 나를 찾아봤어요?"

애슐리는 재미있다는 표정을 지었다.

"미안해요. 모른 척했어야 하는 거죠? 내 말은, 요즘에는 모두들 사전 정보를 찾아보잖아요. 당신도 내 인스타그램, 찾아봤을 것 같아요."

애슐리의 눈이 흐려졌다. 너무나도 어두워서 헤아리기 어려웠다.

"사실 소셜 미디어를 잘 안 해요. 자신이 하는 모든 일을 기록하다 보면 자신을 위한 삶을 살지 못하고 다른 사람을 위해 연기하는 삶을 살아야 해요. 실재하는 순간 속에서 살지 못하고 그 순간에 반응하는 사람이 되는 거예요."

애슐리는 잠시 주저하다 말했다.

"음, 바네사 인스타그램을 봐도 될까요?"

"아!"

내가 얼마나 끔찍한 실수를 했는지 깨달았지만, 이제는 허둥대는 것 말고는 할 수 있는 일이 없었다. 왜 인스타그램 이야기를 한 걸까? 애슐리는 감명을 받은 것 같지는 않았다. 오히려 그 반대 같았다. '세상에, 애슐리가 옳아.'

"나는 인스타그램에서는 일종의 유명인이라고 할 수 있어요. 내 일상을 올리는 유명인이에요. 세계 문화에 영감을 받은 콘텐츠를 올려요. 그러니까 꿈과 창조성을 구현하는 거예요. 패션을 통해서요. 하지만 얼마 전에 삶의 방향을 바꾸기는 했어요. 좀 더 자연과 영적 성취에 관한 내용을 올리고 있어요."

나는 '의미 없음'이라는 소스를 뿌린 언어의 샐러드를 애슐리에게 대접하고 있었다. 애슐리는 분명히 그 의미 없음을 뚫고 들어가 그 안에 아무것도 없음을 꿰뚫어 보았을 것이다.

하지만 애슐리가 한 일은 내게 웃어준 것이었다. 기울어진 앞니까지 보일 정도로 밝게 웃어주었다. (아버지가 치과 의사였다면서 어째서 딸의 치아를 교정해주지 않았는지 궁금했다.)

"정말 매혹적으로 들리네요. 나중에 시간 될 때 좀 더 자세하게 들려주세요."

인스타그램에 사진을 올리던 허세에 찌든 시절이 나도 너무나 지겨운데, 애슐리는 얼마나 지겨울까? 애슐리가 그저 예의상 웃는 건 아닌지 궁금했다. 뜬금없이 울음을 터뜨린 데다가 소셜 미디어를 자랑해대는 내가 끔찍함에도 애슐리는 그런 감정을 숨기는 데 뛰어난지도 몰랐다. 갑자기 애슐리의 얼굴에서 웃음이 사라지더니 콧구멍이 살짝 벌어졌다.

"어머나, 세상에! 바네사는 친절해서 아무 말도 하지 않았지만, 내 땀 냄새를 나도 맡을 수 있을 정도예요. 빨리 가서 샤워를 해야겠어요."

애슐리는 재빨리 일어났고, 나는 그녀의 손을 잡아 다시 안락의자에 앉히고 싶었다. '가지 마요. 나를 또다시 혼자 두지 마요.' 하지만 나는 말없이 안락의자에서 일어나 애슐리를 따라 문을 향해 걸었다.

벽난로 옆을 지날 때 애슐리가 갑자기 우리 가족사진 앞에 멈춰 서더니 손가락을 액자 유리에 댔다. 애슐리의 손가락이 우리 아빠 머리 바로 아래를, 자랑스럽게 웃고 있는 아빠의 얼굴을 쿡 찔렀다.

"어떤 분이셨어요? 아버지는요?"

애슐리의 목소리가 왠지 모르게 시험문제를 내는 감독관처럼 들렸다. 그 질문에 대답하기 전에 나는 잠시 생각했다. 아빠는 바람을 피웠고 도박을 했고 경솔했다. 하지만 아빠는 엄마의 빈 자리를 채워주려고 너무나도 힘들게 노력했고, 베니와 나의 그 모든 실수에도 불구하고 우리를 사랑해주었다. 누군가에게 우리 딸은 천재라고 말하면서 밝게 웃었던 아빠의 얼굴이 떠올랐다.

"좋은 분이었어요. 늘 우리를 보호해주려고 애썼고요. 특히 자신이 한 실수에서 우리를 보호하려고 애썼어요. 그 과정에서 나쁜 결정을 할 때도 있었지만, 의도만은 좋았어요."

애슐리는 다른 각도에서도 사진을 보려는 듯이 고개를 살짝 기울였다.

"그게 부모라는 사람들이 하는 일이겠죠. 우리는 모두 부모의 아이들이니까, 부모가 우리를 사랑한다는 명목으로 하는 모든 일을 용서해줘야 하는 걸 테고요. 맞아요. 우리는 그런 부모를 용서해줘야 해요. 그래야 언젠가는 우리도 같은 일을 하는 우리 자신을 용서할 수 있을 테니까요."

애슐리는 나를 쳐다보았지만 그런 문제를 깊이 생각하고 싶지 않았던 나는 고개를 돌렸다.

우리는 서둘러 차가운 복도를 지나 뒷문을 향해 걸었다. 거의 주방에 도착했을 때 갑자기 애슐리가 멈췄다.

"이런, 서재에 요가 매트를 두고 왔어요!"

애슐리가 소리를 지르더니 재빨리 몸을 돌려 뛰어갔다. 애슐리는 집 안 깊숙한 곳으로 사라져버렸다. 애슐리가 나를 두고 떠난 자리에 서서 그녀를 기다리는 시간은 지독히도 길게 느껴졌다. 마침내 팔에 매트를 끼고 다시 돌아온 애슐리는 얼굴이 빨개져 있었고 감정에 젖어 있었다. 애슐리는 나와 눈을 마주치지 않으려고 했다. '혹시 운 걸까?' 어쩌면 내가 너무 많이 캐묻고 아직 아물지 않은 상처를 너무 깊게 파고들었는지도 몰랐다. 애슐리는 재빨리 나를 지나쳐 문으로 나가려고 했다. 왠지 애슐리가 영원히 내 삶에서 빠져나가고 말 것만 같았다.

나는 애슐리의 손을 잡고 멈춰 세웠다.

"정말로 솔직하게 말하면, 지금까지 여자 친구를 그다지 많이 사귀지는 못했어요. 이런 것들 때문에……."

나는 스톤헤이븐뿐 아니라 내 생애 전체를 표현하려고 애슐리를 잡지 않은 손을 애매하게 휘저었다.

"더 어려웠죠. 내가 하는 일도 그렇고, 나로서는 사적으로 고백하는 것보다는 사람들 앞에서 선포하는 게 더 익숙해요. 그게 덜 위태로우니까요. 더 쉽기도 하고요. 하지만 나에게는 여자들의 우정이 필요한 것 같아요. 솔직히 말하면요. 이해할 수 있겠어요? 하지만 내가 당황스럽게 만들었다면 미안해요."

여전히 어두운 복도에 서 있는 우리 옆에서 대리석 콘솔 위에 놓인 장식용 시계 소리가 낭랑하게 울려 퍼졌다. 애슐리는 나를 보며 눈을 껌뻑였지만 주위가 너무 어두워서 표정은 잘 보이지 않았다.

"그런 건 괜찮아요. 정말로요. 그저, 너무 힘든…… 한 해를 보낸 것 같아 마음이 안 좋네요."

충동적으로 나는 애슐리를 끌어안았다. 시큼한 땀 냄새가 났고 손바닥에 따뜻한 끈적함이 느껴졌다. 당황했는지 애슐리의 몸이 굳어졌지만 그녀의 내부에서 무언가 무너지고 있음을 느낄 수 있었다. 애슐리는 내 등 뒤로 팔을 둘러 마치 붙잡고 기어오를 지렛대를 찾는 것처럼 앙상한 내 어깨뼈를 움켜잡았다.

"내 이야기를 들어줘서 정말 고마워요. 애슐리랑 친구가 되어서 정말 기뻐요."

나는 애슐리의 귀에 대고 속삭였다.

3
PRETTY THINGS
나나

15

○

바네사는 우리가 친구라고 생각한다.

나를 안은 바네사의 팔이 나를 죄는 바이스처럼 느껴졌다. 바네사가 내뱉는 말 한 마디 한 마디에는 그녀의 갈망이 그대로 드러나 있었다. 바네사의 숨결은 달콤하면서도 불쾌했다. 좁은 복도, 차가운 석조 건물, 똑딱거리며 움직이는 오래된 시계가 불러일으키는 모계유전된 밀실 공포증. 나는 질식해 죽을 것만 같았다. 내가 바네사를 목 졸라 죽일 것만 같았다.

바네사는 나를 와락 움켜잡았다. 당연히 나도 바네사를 안아주리라 생각하는 게 분명했다. 너무나도 혐오스러웠지만 나는 니나가 아님을, 애슐리임을 잊지는 않았다. 애슐리라면 당연히 바네사를 안아줄 것이다. 사랑으로 가득 차 있는 애슐리는 이해심 많고 너그러우니까. 애슐리는 이제 막 고아가 된 이 이상한 여자가, 엉망으로 망가진 채 초조해하며 울고 있는 이 여자가 불쌍할 것이다. 애슐리는 나보다 훨씬 나은 사람이니까.

그래서 애슐리는 바네사의 마른 몸에 팔을 둘러(바네사는 캐시미어로 감싼 뼈다귀처럼 느껴졌다) 바네사를 안아주었다.

"물론 우린 친구예요."

나는 조용히 속삭였고, 내 목 뒤에서 무언가가 딸깍 소리를 냈다.

웃으면서 나는 이제 막 서재에 두고 온 물건을 생각했다.

16

하루 전날

내가 생각했던 바네사와 실제 바네사는 완전히 같지 않았다.

그 사실은 몸을 반쯤 가리고 어두운 스톤헤이븐의 현관 앞에 서 있는 바네사를 발견했을 때 바로 알 수 있었다. 바네사는 너무 작았다. 내 기억 속의 바네사는 언제나 훨씬 컸다. 물론 바네사를 연구하느라 오랜 시간을 보냈으니 내 상상 속에서 바네사가 아주 커진 건 당연한 일인지도 몰랐다. 하지만 고저택을 지탱하는 거대한 나무 기둥 옆에 서 있는 바네사는 너무나도 왜소하고 가냘팠다. 현관이 바네사를 감싸 통째로 삼켜버린 것만 같았다. 가족의 역사가 살아 있는 바네사를 먹어버린 것만 같았다.

내가 자동차 밖으로 나와 웃을 준비를 하고 바네사 쪽으로 몸을 돌리는 동안 바네사는 내가 있는 곳으로 오려고 했다. 하지만 곧 걸음을 멈추고 나를 유심히 지켜보았다. 잠시 바네사가 나를 알아본 것인지도 모른다는 생각에 두려웠다. 하지만 그럴 가능성은 거의 없었다. 12년 전에 고개조차 거의 들지 않고서 잠시 스쳐 간 동생의 친구를 기억할 리가 없었다. 게다가 동생의 친구를 기억한다고 해도 그건 아직 젖살이 남아 있고 통통했던 니나였다. 별다른 특징이 없는 검은색 옷을 입고 부스스한 분홍색 머리를 하고 있던 니나였다. 그 니나는 깔끔하게 머리를 정리하고 단정하게 염색한 어른 니나와는 닮은 점이 거의 없었다. 그 니나는 애슬레저의 영광을 입은 애슐리와는 훨씬 닮은 점이 없었다.

바네사는 블레이저에 청바지와 후드 티를 받쳐 입고 있었는데,

모든 옷의 재단 상태는 그 옷을 걸치려면 들여야 하는 비용이 어느 정도인지를 분명하게 말해주고 있었다. 바네사가 신고 있는 스니커즈는 이제 막 표백하고 칫솔로 빡빡 씻은 것처럼 새하얬다. 머리카락을 어깨까지 늘어뜨리고 깔끔하게 화장해 완벽하게 꾸미고 있었지만, 바네사는 어딘지 모르게 이상해 보였다. 금발로 물들인 머리카락은 지나치게 밝은 황동색이었다. 눈 밑은 부어 있었고, 엉덩이뼈는 칼날 같아서 청바지가 엉덩이 부근에서 툭 튀어나오고 허벅지 부분에서는 헐렁하게 축 늘어져 있었다.

"가사 도우미가 아닌 거 확실해?"

내 뒤에서 라클란이 속삭였다.

"바네사 맞아."

"내가 예상한 거랑은 많이 다른데? V 라이프는 어디 갔데?"

라클란이 아주 작은 소리로 말했다.

"여긴 더 햄프턴스가 아니라 타호야. 뭘 예상했는데? 다이아몬드랑 쿠튀르 의상?"

"그래도 기본 개인위생은 지켜야지. 그런 요구가 지나친 거야?"

"당신, 정말로 진짜 속물인 거 알지?"

자동차에서 떨어져 바네사가 서 있는 곳으로 걸어가면서 나는 이제 막 바네사를 발견한 것처럼 보이려고 얼굴을 일그러뜨리며 놀란 표정을 지었다.

"아, 바네사, 맞죠?"

"애슐리죠? 오, 정말 근사해요. 아, 너무 신나요! 드디어 왔군요!"

바네사의 끼익거리는 목소리에 온몸이 움츠러드는 것 같았다. '맙소사! 이 여자에게는 진실한 게 하나도 없어.' 나는 계단으로 올라가고 바네사는 나를 향해 다가오면서 갑자기 우리는 서로를 마주

보고 섰다. 그건 정말 어색한 순간이었고, 바네사가 그 순간을 어떻게 해야 할지 몰라 당황하고 있음을 분명히 느낄 수 있었다. 바네사는 악수를 선택할까, 포옹을 선택할까? 이 게임을 처음 시작했을 때 라클란은 "항상 상황을 통제해야 해. 이끌려 가지 말고"라고 했었다. 그래서 나는 재빨리 손을 뻗어 바네사의 위쪽 팔을 잡고 끌어당겨 다정하게 내 뺨을 바네사의 뺨에 댔다. 요가 강사 애슐리는 라이크라 소재 요가복을 입고서 땀에 젖은 몸을 밀고 당기는 데 익숙할 테니 신체 접촉을 아주 편하게 생각할 것이 분명했다.

"우릴 이곳으로 초대해줘서 고마워요."

바네사의 귀에 대고 속삭이자 내 품에서 바네사가 붙잡힌 찌르레기처럼 부르르 떨었다. 바네사에게서는 사향 냄새 같은 야생의 냄새가 났다.

우리가 인사를 건네는 동안 라클란이 두 손에 여행 가방을 하나씩 들고 계단을 올라왔다. 그때까지도 바네사 가까이 있었기에 라클란을 인지한 바네사의 분위기가 바뀌었음을 알 수 있었다. 바네사는 포식자가 다가오고 있음을 눈치챈 사슴처럼 경직됐다. 내 곁에서 살짝 떨어진 바네사는 블레이저의 소맷단을 끌어당기며 느긋하게 다가오는 라클란을 뚫어지게 쳐다보았다. 뒤를 돌아보자 라클란이 으레 짓는 그 깔끔하고도 환한 웃음을 짓고 있었다.

'그래, 일이 그렇게 될 거란 말이지?' 나는 생각했다.

이 모든 것이 그저 쇼라는 사실을 떠올렸다. 지금 여기에 진짜는 하나도 없었다. 나조차도 진짜가 아니었다. 우리는 모두 그저 허울뿐인 위조품들이었다.

내 인생을 통틀어 스톤헤이븐 본채에서 보낸 시간은 한 시간이 채 되지 않는다. 이곳에서 내가 시간을 보낸 곳은 관리인의 오두막이었다. 하지만 내 상상 속에서 스톤헤이븐은 늘 아주 거대한 곳이었다.

스톤헤이븐에서 나는 사회계층과 유산이 지니는 의미를 알았고, 자동차보다 비싼 가구를 소유한다는 것이 어떤 의미인지를 알았고, 벽난로 선반 위에 조상들의 초상화를 걸어둔다는 것이 어떤 의미인지를 알았다. 열다섯 살에 이곳에 들어왔던 첫날, 나는 살면서 처음으로 가족이 소유한 많은 돈은 영원히 지속되는 선물임을 깨달았다. 그때 나는 그런 돈이 있으면 기본적인 생존을 위해 날마다 투쟁하며 애쓸 걱정을 할 필요가 없을 뿐 아니라 과거와 미래로 확장된 끊이지 않는 연결고리가 생긴다는 사실을 깨달았다. 구성원이 둘뿐이고 진짜 집도 없는(사실은 이름조차도 가짜인) 가족의 일원으로 살던 나는 정말로 한곳에 정착하고 싶었다. 베니가 자기 가족은 거만한 포식자라며 불만을 터뜨릴 때마다 그 마음에 공감하고 진지하게 고개를 끄덕여주면서도 마음속에서는 질투가 부글부글 끓어올랐다.

스톤헤이븐은 나의 모든 것을 바꾸어놓았다. 나에게 갈망과 분노를 동시에 안겨주었다. 내 삶과 이 세계를 이끌어가는 사람들의 삶 사이에 가로놓인 거대한 심연을 보여주었다. 지금도 나에게서 떠나지 않는 미학을 향한 관심을 불러일으켜주었다. 내가 학부 전공을 경제나 공학 같은 실용적인 학문이 아니라 예술사라는 학문을 택한 것도 모두 스톤헤이븐 때문이었다. 그 뒤로 12년이나 지났지만 스톤헤이븐은 지금도 나에게서 없애지 못한 분노를 일깨웠다.

내가 마지막으로 본 뒤로 스톤헤이븐의 실내 모습은 변한 것이 전혀 없었다. 그 오랜 세월 동안 그 누구도 감히 내부에 손을 대려는 시도를 못 한 것 같았다. 스톤헤이븐은 얼어붙은 시간을 보낸 것만 같았다. 현관 입구에 놓여 있는 번쩍이는 탁자에는 여전히 델프트 발러스터 꽃병이 두 개 놓여 있었고 핸드 페인팅 장미가 프린트된 거실 벽화도 세월이 흘러 조금은 노란색으로 변했지만 여전히 그대로였다. 층계참에서는 둥근 괘종시계가 지금도 시간을 알려주고 있었고, 벽에서는 리블링가의 조상들이 완고한 표정으로 밑을 내려다보고 있었다.

내 기억 속 스톤헤이븐은 동화에 나오는 성처럼 거대했다. 하지만 12년 만에 현관 입구에 서서 바라보는 스톤헤이븐은 내가 기억하고 있는 것만큼 아주 거대한 곳은 아니었다. 물론 아주 인상적인 곳이었지만 지난 몇 년 동안 로스앤젤레스에서 경험한 대저택들에 비하면 크다고는 할 수 없었다. 현대의 부자들은 유리를 선호했다. 막힘 없는 전망과 최소한의 공간만을 감싼 벽. 광활하고 텅 빈 공간 자체가 진정한 사치인 시대가 되었다. 그에 반해 스톤헤이븐은 다른 시대에 속한 건물이었다. 스톤헤이븐의 방들은 종종걸음으로 움직이는 하인들과 번쩍이는 은 식기, 자욱한 담배 연기를 숨기기 위해 지어진 토끼굴 같은 곳이었다. 밀실 공포증을 불러일으킬 것만 같은 어두운 집 안에는 100년도 전에 만들어진 가구와 예술품이 방마다 그득했고, 5대에 걸친 다양한 리블링 사람들의 취향이 한데 뒤섞여 있었다. 집의 거대한 골격을 제외한 그 밖의 모든 것이 조화롭지 못하고 제멋대로인 것처럼 느껴졌다.

하지만 그것이 전부는 아니었다. 스톤헤이븐에는 그 어떤 현대 예술의 거장도 구현해낼 수 없는 강렬한 분위기가 있었다. 스톤헤이븐은 살아 있는 것만 같았다. 돌로 만든 구조물 안에 자신의 심장을 숨겨놓은 것처럼 심장박동이 느껴졌다.

12년 전, 처음으로 현관 입구에 섰을 때처럼 다시 열다섯 살로 돌아간 것만 같았다. 그저 아무것도 갖지 못했고 그 어디에도 속하지 못한 아무것도 아닌 사람이 되어버린 것만 같았다. 정신이 멍해져서 아무 말도 할 수 없었다. 바네사는 스톤헤이븐의 역사에 관해 떠들고 있었고 라클란은 거실 가장자리를 돌면서 여러 방문을 들여다보며 거실과 응접실을 자세히 살폈다. 라클란이 왜 그러는지는 알고 있었다. 금고를 숨겨둘 만한 곳을 찾는 거였다. 금고는 그림 뒤에 숨겨져 있을 수도 있었고, 벽장 안이나 양탄자 밑에 감추어진 문 아래에 있을 수도 있었다.

나는 12년 전 기억을 불러일으키는 주위에 가득한 아름다운 물건들을 쳐다보면서 머릿속으로 재빨리 목록을 작성했다. 베니가 쏟아내는 벼락부자에 대한 엄청난 비난을 들으면서 뚫어지게 쳐다보았던 저 현란한 델프트 시누아즈리 단지는 2만 5,000달러쯤 할 것이다. 그때는 몰랐지만 지금은 분명히 안다. 저 괘종시계? 자세히 살펴봐야 정확히 알겠지만, 18세기 프랑스 제품으로 보이고 10만 달러는 족히 넘을 것이 틀림없었다.

라클란은 잔뜩 신경질 난 개들과 함께 있는 나이 많은 여자를 그린 유화 앞에 서 있었다.

"애시, 그거 알아? 여기 있으니까 왠지 그 성이 생각나."

마이클은 우리가 시에라산맥을 넘어오면서 연습했던 그대로 말하기 시작했다. 그다음 차례는 내가 아무렇지도 않게 '마이클'은 '아일랜드 귀족'이라고 말하는 것이었지만, 내가 대사를 하기도 전에 바네사가 먼저 마이클의 말에 반응했다.

"성이라니, 무슨 성이요?"

바네사는 낚싯줄에 걸려 파닥대는 송어처럼 흥분해 잔뜩 힘을 준 채 긴장하고 있었다.

라클란은 충분히 모호한 대답을 했다. (우리는 이미 아일랜드의 성에 관해 조사해 왔다. 실제로 아일랜드에는 오브라이언 소유의 성이 10여 개 있었다.) 라클란 쪽으로 몸을 기울이는 바네사의 몸에서 긴장감이 빠져나간 것 같았다. 얼굴에도 안도감이 잔뜩 묻어났다.

"그럼 마이클도 이런 곳에서 산다는 게 어떤 의미인지 잘 알겠네요."

"그럼요. 저주이기도 하고 특권이기도 하죠. 안 그런가요?"

바네사에게 대답하면서 오브라이언은 곁눈질로 나를 보더니 의기양양하게 웃었다. '아주 쉬운데!'라는 뜻이었다.

"오, 맞아요. 정말 그래요."

바네사는 한숨을 쉬었고, 나는 정말로 바네사를 한 대 치고 싶었다. 저주라고? 그 어떤 노력도 없이 이 모든 걸 가지고 누렸으면서? 남들은 구경도 하지 못하는 이 귀한 보물들을 소유했으면서? 그걸 저주라고 부른단 말이야? 아니, 특권만 가지고 있는 거야. 바네사에게 있는 건 특권뿐이야. 그런데 어떻게 감히 저주라는 말을 입에 담을 수 있지?

"여기서 사는 게 정말로 그렇게 끔찍해요?"

나는 은근히 바네사를 떠보았다. 내가 바네사를 조금 더 미워할 수 있도록 바네사가 징징거리는 소리를 더 듣고 싶었다. 그래야 이 프로젝트를 훨씬 수월하게 끝낼 수 있을 테니까. 하지만 내 얼굴에 서려 있는 무언가가 바네사를 멈추게 한 게 분명했다. 바네사는 눈을 깜빡이더니 약간 경계하듯이 작은 소리로 말을 더듬었다.

"아, 사실은, 그렇게까지 나쁜 건 아니에요."

바네사 뒤에서 라클란이 나를 죽일 듯이 쳐다보고 있었다. 그제야 내가 전혀 애슐리답지 않게 매정한 평가를 내렸음을 깨달았다.

나는 목소리를 부드럽게 바꾸고 연민에 가까운 감정을 실으려고 눈을 깜빡여 살짝 눈물이 맺히게 했다.

"계속 혼자 지내는 거예요? 외롭지 않아요?"

"음, 조금 외로워요. 맞아요. 많이 외로울 때도 있어요. 하지만 두 사람이 왔으니까 이제는 외롭지 않겠네요."

바네사는 탁자 위에 있는 꽃병이 흔들릴 정도로 높은 진동을 일으키며 조금 과하게 웃었다. 내가 그런 사실을 내가 눈치챘는지 확인하려고 힐금 나를 쳐다보는 바네사의 얼굴에는 이제 막 네온사인의 전원을 켠 것처럼 분명히 보이는 겉핍이 한가득 묻어 있었다. 그 순간, 바네사가 스톤헤이븐에 혼자 있는 상황을 끔찍해한다는 사실을 깨달았다. 물론 외롭기 때문이다. 하지만 그 이유가 전부는 아니었다. 어쩌면 바네사는 이곳을 혐오하고 있는지도 몰랐다. 혹시 라클란과 내가 이곳에 오는 바람에 바네사의 과거 유령들이 겁을 먹고 달아나는 건 아니겠지?

그 유령들은 어떤 존재일까? 궁금해지는 건 어쩔 수 없었다.

스톤헤이븐 뒤쪽에서 왼쪽으로 길게 뻗은 주방은 본래 요리사와 주방 하녀들, 주방에는 절대로 들어가지 않는 여자 주인이 있던 시대에 만든 널찍한 공간이었다. 하지만 세월이 흐르면서 좀 더 현대적인 곳으로 바꾸려는 노력이 가미된 것이 분명했다. 실제로 요리를 하던 화덕에는 자작나무 통나무를 장식용으로 쌓아두었고, 대신 다른 쪽 벽에 현대식 바이킹 스토브를 설치했다. 주방에 놓여 있는 보트만 한 아일랜드는 세월의 흔적을 고스란히 드러내며 나무로 만든 윗면이 얼룩져 있었고 칼자국처럼 보이는 매력적인 흠집도 여러 개 나 있었다. 아일랜드 위에 있는 선반에는 잘 닦은 구리 냄비들이 진열되어 있었다. 하지만 조리대 위에는 아무것도 놓여 있지 않았다. 마치 부동산업자들이 보여줄 모델하우스처럼 텅 비어 있어서 버너가 여덟 개인 바이킹 스토브를 실제로 사용할 거라는 생각은 물론이고 이 거대한 공간에서 누군가 요리를 한다는 것도 상상하기 힘들었다.

호수를 내려다볼 수 있는 전망창이 늘어선 벽에는 아침 식사용 식탁이 길게 놓여 있었고, 그 위에는 화려한 만찬이 차려져 있었다. 페이스트리와 쿠키가 담긴 여러 접시, 본차이나 세트, 양각으로 새긴 은제 찻잔 세트, 크리스털 와인 카라프, 이제 막 꺾어 온 꽃까지. 식탁에는 온갖 허세와 터무니없음이 펼쳐져 있었다. 마치 우리 기를 꺾으려고 무기를 장착해놓은 것처럼 보였다.

나와 눈이 마주친 라클란은 '이게 다 뭐야?' 하는 표정으로 한쪽 눈썹을 치켜올렸다.

"조금 지나치다는 거 알아요. 하지만 어쩔 수가 없었어요. 이런 물건들에 먼지만 쌓이게 두는 건 낭비라고 생각했거든요."

바네사는 우리를 식탁으로 데리고 가면서 설명했다. 식탁에서 바네사는 조금 긴장한 듯 웃더니 찻잔을 들어 손 안에서 돌렸다. 안이 비칠 정도로 투명한 도자기 찻잔의 가장자리는 새를 주제로 장식돼 있었다. 휘파람새나 참새나 찌르레기를 모티프로 만든 장식 같았지만 실제로는 전혀 다른 새를 모티프로 한 것인지도 몰랐다. 새에 관해서라면 나야 아는 것이 하나도 없으니 확실하게 단정할 수 있는 건 없었다.

"엄마가 가장 좋아했던 찻잔 세트예요. 엄마는 이걸 특별한 순간이 아니라 일상에서 늘 사용해야 한다고 했어요."

바네사가 갑자기 무언가 깨달았는지 눈썹을 꿈틀댔다.

"아, 지금이 특별한 순간이 아니라는 뜻은 절대 아니에요. 사실 이 세트는 반 이상이 깨져서 이제 없어요. 와인도 준비했는데, 좋아할지 모르겠네요. 어떤 음료가 좋은지 말해줘요."

바네사는 새처럼 빠르게 지저귀었고 나는 바네사의 재잘거림을 멈추게 하고 싶었다. 바네사가 조금은…… 미친 게 아닌가 하는 생각이 들기 시작했다.

"와인 마실게요."

내 말에 바네사는 눈에 띄게 안도했다.

"아, 좋아요. 나도 와인 마실래요."

라클란은 식탁 옆에 서서 멍하니 창문 밖을 내다보고 있었다. 이제야 우리 앞에 펼쳐진 호수를 제대로 볼 수 있었던 것이다. 비구름이 갈라지면서 마지막 자취를 감추려는 해가 구름 아래 있는 호수 표면으로 희미한 빛줄기를 쏘아 보내고 있었다. 호수는 타호시 관광 엽서에서 볼 수 있는 평온한 짙은 푸른색이 아니라 들쭉날쭉한 회철색으로 물들어 있어 훨씬 어둡고 불길하게 느껴졌다. 호수를 잘 알고 있는 나는 차갑고 강렬한 아름다움을 맞이할 준비가 되어 있었지만, 호수를 처음 보는 라클란은 호수에서 눈을 떼지 못했다. 라클란은 유람선이 떠 있고 선착장에는 낚시꾼이 있고 안전 요원들이 레게 음악을 트는 훨씬 작고 고루하고 온화한 호수를 상상했는지도 몰랐다.

"타호에 와본 적 있어요?"

여전히 찻잔을 손에 들고 있는 바네사가 물었다. 그 모습이 마치 작은 애완동물 같았다.

"이번이 처음이에요."

나는 식탁 앞에 앉아 바네사의 눈길을 피해 스콘을 집으며 대답했다.

"아, 정말요? 하긴, 시애틀에서 쉽게 올 수 있는 곳은 아니죠. 시애틀에서 온 것 맞죠?"

"정확히는 포틀랜드에요."

바네사는 포틀랜드나 시애틀이나 자신에게 주는 인상은 똑같다는 듯이 고개를 흔들었다.

"타호에는…… 대부분 여름에 와요. 겨울에 스키를 타러 오거나요. 지금은 1년 중에 가장 한산할 때예요. 하이킹을 하거나 산악자전거를 타는 게 아니라면, 정말로 할 일이 많지 않다고 말해줘야겠어요."

바네사는 이제 조금 긴장이 풀렸는지 조금 더 느린 귀족적인 말투로 변해갔고 사용하는 단어도 짓궂어졌다.

"여기서는 활기찬 활동을 기대하면 안 돼요. 식당에 관해 말해두자면, 여긴 버거와 호박 튀김의 땅이라고 소개할 수 있어요."

잔뜩 혐오스럽다는 표정을 짓는 바네사를 보면서 나는 캐비어와 24캐럿 황금 장식을 한 접시에 담은 본 브로스를 먹지 않는 곳에서 바네사가 어떻게 살아갈 수 있는지 의아해졌다. 어쩌면 저렇게 마른 이유가 그 때문일지도 모르겠다는 생각이 들었다.

"우리가 여기 온 건 바로 그런 한산함을 원했기 때문입니다."

라클란이 내 옆에 앉으면서 말했다.

"잠시 가르치는 일을 쉬면서 책을 쓰기로 했거든요. 글을 쓰는 동안 아름다운 경치를 바라볼 수 있고, 나를 귀찮게 하는 사람이 없는 작은 방이 지금 내가 생각하는 천국입니다."

라클란이 큰 소리로 웃었다.

"물론 애슐리는 예외죠. 애슐리는 전혀 귀찮지 않으니까요. 게다가 애시는 그 자체로 아름다운 경치니까요."

라클란의 느끼한 말에 바네사가 전혀 놀라지 않는다는 사실이 놀라웠다.

"지금이야 이렇게 말하고 있지만, 내일 아침 커피를 마시기 전에 정말로 그렇게 생각하는지 다시 한번 물어봐야겠어요."

라클란이 팔을 뻗어 내 손을 잡았고 나는 손가락으로 라클란의 아래 팔을 톡톡 두드렸다. 누가 봐도 우리는 행복한 연인이었다. 서로를 지탱해주는 안정된 관계를 맺고 있는 연인이었다. 우리는 지금까지 비슷한 역할을 맡았었기에 서로 대등한 관계를 맺어왔던 파트너가 갑자기 모범적인 남자 친구 행세를 하는 것이 조금은 위로가 되었다. 그것은 마치 인습에 얽매이지 않는 기이한 삶 속에서 한 줄기 평온한 인습을 느끼는 것만 같았다.

나는 라클란을 쳐다보았고, 웃고 있는 그를 보며 함께 웃었고, 잠깐 동안은 비록 사기를 치는 중이라고 해도 우리가 함께라는 사실에 기뻤고, 완벽한 팀워크를 발휘하고 있다는 사실에 의기양양해졌다. 라클란과 나를 이어주는 것은 이런 기묘한 애착이었지만, 두 사람 모두 그런 애착이 특별하다는 사실을 이해하고 있었다. 바네사는 서로를 향해 웃고 있는 우리를 물끄러미 바라보고 있었다. 우리 두 사람의 모습에서 바네사는 무엇을 보고 있을까?

"그러니까 마이클은 작가인 거네요!"

바네사가 우리 맞은편에 앉으면서 말했다.

"나도 책 읽는 거 사랑해요. 이제 막 《안나 카레니나》를 읽었어요. 어떤 글을 쓰세요?"

라클란과 나는 이런 대화를 아주 오랫동안 연습해왔다. 마이클은 자신이 쓴 글의 실제 목록을 제시할 수 있어야 하지만 바네사가 굳이 그 글들을 찾아 읽을 정도로 재미있거나 잘 알려진 글이어서는 안 됐다. 라클란은 자신의 포트폴리오를 만드는 내 노력을 비웃으면서 "그 여자가 뭘 읽는다면, 그건 옷에 붙은 상표뿐일걸. 진짜로 그 여자가 내가 쓴 글을 보여달라고 할 것 같아?"라고 했었다.

그리고 지금 라클란은 냅킨을 만지작거리며 얼굴을 찌푸리고 있었다.

"음, 여기저기 시를 조금 발표합니다. 지금은 소설을 쓰고 있고요. 약간 실험적인 작품이죠. 볼라뇨 작품처럼 감정에 충실한 리얼리즘을 구현하고 싶다고 할까요?"

라클란은 자신 있게 이야기를 이어나갔지만, 불과 이틀 전에 내가 말해주기 전까지는 볼라뇨라는 이름을 들어본 적도 없었다.

웃고 있는 바네사의 표정이 살짝 굳어졌다.

"오, 우아, 지금 무슨 말을 하는 건지 하나도 모르겠어요."

바네사는 다시 소매 끝부분을 만지작거리면서 튀어나온 실밥을 손톱으로 뜯어냈다. 어쩌면 라클란이 보인 허세가 실수일지도 모르겠다는 생각이 들었다. 지난 몇 년 동안 나는 부자들이 자신이 부자인 이유가 지적으로나 도덕적으로 우월하기 때문이라고 믿는다는 사실을 알았다. 그 거품을 터뜨리고 그들이 자신들이 생각하는 것만큼 똑똑하거나 특별하지 않을 수도 있음을 보여주려고 시도하다가는 곤경에 처하고 만다. 그저 적절한 경의를 표해 사슬의 최고 위치에 있는 그들의 자리를 인정해줌으로써 그들을 안심시키는 편이 더 나은 선택이다.

나는 바네사에게 몸을 기울였다.

"비밀 한 가지 알려줄까요? 나도 무슨 말인지 하나도 몰라요. 그런데도 1년 내내 그 책 이야기를 듣고 있어야 한다니까요."

내가 문학에 무지한 사람인 척해야 한다는 사실이 조금은 마음 아팠다.

내 말에 바네사는 웃었고, 다시 평온한 표정으로 돌아갔다.

“당신은 요가 강사죠? 그러니까, 딱 보면 알겠어요. 몸이…… 탄탄하니까요.”

사실, 내 몸이 특별히 탄탄하지는 않았다. 그저 그래야 한다고 생각하기 때문에 바네사가 그렇게 느끼는 것뿐이었다.

“음, 맞아요. 하지만 요가는 그저 몸의 균형을 잡게 해주는 수행법이 아니라 마음이 균형을 잡게 해주는 수행법이라고 생각해요.”

나는 자기 계발 웹 사이트에서 읽은 문장을 아무 생각 없이 읊었지만 바네사가 그 사실을 눈치챈 것 같지는 않았다.

“와, 정말 멋진 말이에요. 혹시 여기서 머무는 동안 개인 교습을 해줄 수 있어요? 당연히 강습비는 낼게요. 강습비는 얼마나 받으세요?”

바네사가 말을 마구 뱉어냈다. 부자들은 정말 주변에 있는 모든 사람을 매물로 생각하는 경향이 있었다. 나는 손을 저으며 그럴 수 없다고 했다.

“오, 아니에요. 바네사와 함께 요가를 하면 행복할 거예요. 정말로 나는, 함께 요가를 해주는 사람이 있으면 너무나 기뻐요.”

나는 다시 바네사에게 몸을 기울이며 음모를 꾸미는 사람처럼 속삭였다.

“사실 마이클과도 그렇게 만났어요. 내가 하는 강습에 참여했었거든요.”

“결국 나는 요가를 할 수 없는 사람이라는 걸 확인했을 뿐이지만요. 그래도 요가 강사와는 잘 지낼 수 있다는 걸 알았습니다.”

라클란은 차를 타고 오는 동안 연습했던 또 다른 대사를 읊었다.

바네사는 크게 웃었고, 라클란은 와인 병을 들어 바네사를 향해 흔들어 보였다. 바네사는 주위를 둘러보면서 중얼거렸다.

"어머, 와인 잔을 잊었네요."

"어머니께서 이 찻잔을 쓰라고 하셨잖아요. 안 그래요?"

라클란의 말에 바네사는 잠시 주저하다가 찻잔을 라클란에게 내밀었다. 라클란은 와인이 흘러넘쳐 바네사의 청바지를 적실 수도 있을 만큼 찻잔 가장자리까지 아슬아슬하게 와인을 따르고 또 따랐다. 바네사는 얌전하게 라클란이 멈출 때까지 기다렸다. 잔 받침을 들고 있는 바네사의 손이 바르르 떨렸고, 바네사의 눈은 점점 올라오는 와인의 표면에 고정되어 있었다. 나의 라클란이 깔끔하게 와인 병을 빙 돌려 세웠다. 찻잔 가장자리에서 1밀리미터쯤 되는 곳까지 와인을 채운 라클란은 바네사를 보고 웃으며 말했다.

"이제 각설탕을 타면 되나요?"

잠시 라클란을 쳐다보던 바네사는 놀랍게도 요염한 목소리로 웃으며 카메라 앞에서 잘 훈련된 모델처럼 머리카락을 완벽하게 뒤로 넘겼다.

"내가 와인에 각설탕을 두 조각씩 넣는 여자아이처럼 보여요?"

바네사는 마치 사진을 찍으려고 준비하는 사람처럼 가슴을 살짝 내밀고 조금 과장되게 눈을 크게 떴다. 'V 라이프를 살았던 결과구나.' 나는 생각했다. 바네사의 행동은 순간과 순간 사이에 놓인 공간을 고려하지 못한 채 순간과 순간을 연기하면서 살았던 시간의 결과였다.

라클란은 나를 힐끔 쳐다보더니 다시 바네사를 보았다. 라클란과 나는 바네사가 원하는 것이 무엇인지를 분명히 알았다. '좋아요'를 원하는 거였다. 우리에게는 클릭할 하트 이모티콘은 없었지만 바네사가 원하는 반응을 보여줄 방법은 있었다.

"두 조각쯤은 넣어도 될 것 같은데요. 최소한 말입니다."

라클란의 말에 바네사는 얼굴이 빨개졌다. 바네사의 목을 타고 너무나도 익숙한 홍조가 올라오는 모습에 나는 갑자기 아무 생각도 할 수 없었다. 어쩌면 그저 아이 같은 유치한 반응일 수도 있었고, 라클란의 얼굴에 나타난 늑대 같은 표정 때문이었을 수도 있지만 왜인지 갑자기 마음이 편치 않았다. 라클란은 저렇게 냉정한데 왜 나는 이렇게 불편한 걸까? 이 여자는 라클란의 적이 아니라 나의 적이었다. 그러니까 확신을 가지고 가차 없이 해내야 하는 건 라클란이 아니라 나여야 했다. 하지만 발개진 바네사는 베니를 떠오르게 했다. 바네사의 얼굴이 발개지는 모습은 가슴속에 풋사랑을 담고 나를 쳐다보던 베니를 생각나게 했다.

하지만 내 앞에 있는 여자는 베니가 아니었다. 나를 사랑하는 사람이 아니라 자기 자신을 사랑하는 사람이었다. 특권을 누리는 버릇없는 부잣집 아이였고, 나의 주머니를 독약으로 가득 채워 결국 나를 이곳으로 오게 만든 리블링 가족의 일원이었다. 그러니까 내가 지금 이곳에 있는 이유는 전적으로 바네사의 잘못이었다.

나는 밝게 웃으며 와인이 담긴 찻잔을 들어 단숨에 들이켰다.

17

o

관리인의 오두막은 양치식물에 둘러싸인 채 여전히 영지 끝 호수 위로 솟은 절벽에 서 있었다. 우리는 약간 술에 취한 바네사를 따라 어두운 길을 걸었고(물론 나는 눈 감고도 관리인의 오두막에 갈 수 있었지만) 오두막으로 들어간 뒤에는 불을 켜고 히터를 작동하는 방법을 알려주는 바네사를 얌전히 바라보았다. 알려주어야 할 모든 것을 알려준 바네사는 마치 우리가 초대하기를 기다리는 사람처럼 잠시 어색하게 거실에 서 있었다. 그리고 마침내 말했다.

"그럼 이제 쉬세요."

바네사가 나간 뒤 라클란은 오두막을 둘러보았다.

"관리인 숙소라고 하기에는 너무 화려한데?"

오두막은 좁았고 곰팡내가 약간 나기는 했지만 누군가가 피워둔(아마도 가사 도우미가 해놓았겠지만) 석조 난로 덕분에 한결 안락한 느낌이었다. 주방 탁자에는 장식용 사과가 담긴 그릇 옆에 와인 병이 있었고 난로 위 선반에는 이제 막 꺾어 온 꽃이 놓여 있었다. 사실 관리인의 오두막은 본채에서 쫓겨난 가구들을 수년 동안 보관해온 곳임이 분명한데도 누군가의 손길로 그 같은 사실을 감쪽같이 위장하고 있었다. 하지만 이제는 관리인의 오두막이 5대에 걸쳐 리블링 집안사람들이 모은 고가구를 보관하는 영화로운 보관소임을 분명히 알 수 있었다.

거실에는 1980년대에 제작한 수놓은 실크 안락의자가 크래프트맨 스티클리 의자 한 쌍과 함께 놓여 있었고, 펜실베이니아 더치 사이드보드와 아르 데코풍 시크리터리 데스크가 벽에 붙어 있었다. 주방에는 그곳에 있기에는 지나치게 큰 갈고리처럼 생긴 다리가 붙은 마호가니 식탁이 놓여 있었고, 식탁과 짝을 이루는 의자들은 벽 쪽에 포개져 있었다. 벽에는 먼지 쌓인 그림이, 책장에는 크리스털 그릇이 보관되어 있었고, 벽난로 옆에는 (조금 더 시누아즈리에 가까운) 거대한 도자기 항아리가 두 개 있었다. 하지만 이렇게 맥락 없이 모인 가구들을 보니 살짝 웃음이 나왔다. 오두막에 있는 물건들 가운데 부자연스러운 것은 하나도 없었다. 그저 모두 사랑과 관심이 필요한 사람들에게서 잊힌 물건들일 뿐이었다.

서로 반대편에 누워 맨발을 맞대고 공부를 하고 그림을 그렸던 안락의자, 델 정도로 뜨거운 설탕을 입 안에 쑤셔 넣으며 모노그램이 새겨진 은 포크로 마시멜로를 구워 먹던 오래된 웨지우드 스토브, 우리가 재떨이로 사용했고 지금도 그 흔적이 남아 있는 석류색 크리스털 그릇까지, 나는 오두막을 돌아다니며 가구들을 살펴보면서 내 마음속에 머물던 기억을 하나씩 꺼냈다.

이 오두막은 우리만의 작은 우주였다. 우리에게는 맞지 않는 바깥 우주에 둘러싸여 있던 우리에게 이 오두막은 꼭 맞는 적합한 우주였다. 아니, 적어도 나는 이곳이 나에게 맞는 우주라고 생각했었다. 베니의 아빠가 나를 끌어내 내가 이곳에 속하지 않았음을 정확하게 알려주기 전까지는 말이다.

나는 주방 식탁 앞에 앉아 나무 표면에 남아 있는 희미한 흔적을, 여러 동그란 자국들과 빛바랜 물 고리 흔적들을 손가락으로 문질렀다. 이 자국들은 식탁에서 마리화나를 피우면서 베니의 가족을 욕하며 마셨던 맥주 캔의 흔적일지도 몰랐다. 아이들은 정말 너무나 무심해서 영원히 상처가 남을 수 있다는 사실을 신경 쓰지 않는다.

라클란이 내 옆에 있는 의자에 털썩 앉더니 와인 병의 마개를 돌려 열었다. 라클란은 와인 상표를 보고 가격표를 들여다보았다. 7.99달러였다.

"음, 우리 때문에 와인 저장고에 다녀오는 수고는 하지 않은 게 분명하군."

"우리는 서민이니까. 아무래도 우리가 와인 맛을 모를 거라고 생각했겠지."

"당신만 서민이라고 생각하겠지. 나는 지주 계급이잖아, 안 그래? 당신은 나랑 함께 있다는 걸 행운으로 생각해야 해."

나는 와인 병을 들어 입에 대고 마셨다. 따뜻하고 달콤했지만 틀림없이 취기가 돌 것이다.

"어쨌거나 친절하려고 노력하기는 했잖아."

"그냥 친절한 것 이상이었지. 얼굴에 화장 봤지? 화장을 당신 때문에 한 건 아니란 걸 자기도 알지?"

라클란은 무언가를 생각하듯이 고개를 한쪽으로 기울였다.

"그런데 얼굴에서 화장을 싹 지우면 상당히 예쁠 것 같아. 분명히 그레이스 켈리처럼 우아한 귀족적인 금발 머리가 나올 것 같아."

라클란은 봉봉 캔디의 유혹을 뿌리칠 수 없어 한 입 깨물어보고 싶어 하는 사람 같은 표정을 지었고, 나는 그 표정이 마음에 들지 않았다. 나는 와인을 또 한 모금 마셨다.

"제발 우리 계획에만 집중해줘. 알았지?"

그래서 우리 계획이 뭐냐고?

시집과 요가 매트를 넣어 온 여행 가방에는 아주 작은 스파이 카메라가 열두 개 들어 있다. 크기는 나사못 머리 정도밖에는 되지 않지만 고해상도를 자랑하는 이 카메라만 있으면 스톤헤이븐 본채에서 수백 미터 떨어진 관리인의 오두막에서도 본채의 내부를 살펴볼 수 있다. 이런 스파이 카메라는 한때는 첨단을 걷는 비싼 장비였지만 이제는 49.99달러만 내면 인터넷에서 쉽게 구할 수 있다.

바네사의 움직임을 살피고 금고의 위치를 파악할 수 있도록 이 카메라들을 스톤헤이븐 곳곳에 은밀하게 설치할 예정이다. 비밀 금고는 바네사의 침실이나 서재, 또는 집무실에 있을 가능성이 컸다. 그러니 어떻게 하든지 그곳에 들어갈 구실을 찾아야 했다. 바네사와 친해진다면 일은 훨씬 수월하게 돌아갈 것이다.

현금이 아니라고 해도 사실 스톤헤이븐에는 값진 물건이 많았다. 응접실에 있는 괘종시계만 해도 엄마의 암 치료를 여섯 번은 할 수 있는 돈이 되어줄 터였다. 하지만 에프람이 함께 작업에 참여하지 않는 한 그런 골동품을 판매할 방법이 없었다. 그러니 금고에 있는 현금을 빼내는 편이 더 나았다. 현금은 운반하기도 쉽고 사용하기도 쉬운 표적이다.

일단 금고를 찾고 그 안에 든 내용물을 알아내고 보안장치를 다루는 법을 파악하면 관리인의 오두막에서 나와 한동안 숨어 지낼 것이다. 가까운 곳에서 몸을 웅크리고서 인터넷에 올린 우리 기록을 모두 지우고 바네사의 기억에서 우리가 사라질 때까지 다른 사람들이 관리인의 오두막을 이용하도록 내버려둘 것이다. 그렇게 6주쯤 흘러 크리스마스 휴가 기간이 되어 바네사가 동생을 만나러 가면 그때 스톤헤이븐으로 들어가 현금을 가지고 나올 것이다.

눈을 감고 오래전부터 내 마음속에서 그려왔던 친숙한 이미지를 떠올렸다. 어두운 금고 안에서 종이띠에 감싸인 채 미래를 약속하며 찬란하게 빛나고 있는 녹색 돈다발들을. 물론 우리가 성공하려면 수많은 운이 따라주어야 했다. 일단 금고의 비밀번호가 바뀌지 않았어야 했고, 현금이 그대로 들어 있어야 했다. 베니가 금고에 들어 있는 현금 이야기를 하면서 누구나 일곱 자리나 되는 액수의 현금을 집에 보관할 필요가 있다는 식으로 말했던 모습을 지금도 똑똑히 기억하고 있다. 윌리엄 리블링은 분명히 자신의 신경증을 아이들에게 물려주었을 것이다. 아이는 부모의 습관을 좋은 습관이건 나쁜 습관이건 간에 유전자를 통해 물려받는 존재니까.

금고를 열었을 때 현금 말고 또 무엇이 있을지 상상해보았다. 금화가 있을까? 샌프란시스코 오페라극장 앞에서 찍은 사진에서 주디스 리블링이 하고 있던 다이아몬드 목걸이가 들어 있을까? 그 목걸이는 엄마가 가지고 있던 다른 보석들과 함께 바네사가 물려받았을 것이다. 분명히 그 보석들은 현금과 함께 벨벳 상자에 담겨 금고에 들어 있을 것이다.

탐욕을 부려선 안 된다. 이번에도 내가 만든 규칙을 스스로 어길 셈이야?

식탁 앞에 앉아 와인을 마시면서 계획을 점검하던 라클란과 나는 와인이 다 떨어졌을 때쯤엔 조금은 취했고, 완전히 피곤해졌다. 정말로 샤워가 하고 싶어져서 나는 가방을 들고 침실로 향했다. 침실 문을 활짝 열고 문 앞에 선 뒤에야 나는 그 방으로는 들어갈 수 없음을 깨달았다.

그곳에 그 침대가 있었기 때문이다. 오랜 시간 광택을 내지 않아 칙칙해졌지만 여전히 한 국가의 군주에게나 어울릴 만한, 어쩌면 정말로 군주의 침실에 있었을 법한 거대한 기둥 네 개짜리 침대가 있었기 때문이다. 그 침대는 베니가 내 바지를 잡고 어색하게 종아리 밑으로 내리는 동안 내가 벽에 있는 그림에서 시선을 못 떼고 꼼짝 않고 있었던 곳이기도 했다. 베니가 옷을 벗기를 기다리면서 두렵기도 하지만 욕망과 함께 어우러져 도저히 무어라 이름 붙일 수 없는 널뛰는 감정을 느꼈던 곳이기도 했다.

불쌍한 베니. 불쌍한 나.

지금의 나를 보면 베니는 무슨 생각을 할까? 어쩌면 별다른 생각을 하지 않을지도 모른다. 어쩌면 나에 대해서는 어떠한 생각도 하지 않을지도 모른다. 풋사랑의 풋풋함이 사라지고 가족이 내가 실제로 어떤 사람인지를 알려준 뒤로는 나를 전혀 생각하지 않았을 수도 있었다.

라클란이 내 뒤로 다가왔다. 침실 안을 응시하는 내 목 뒤로 라클란의 숨결이 느껴졌다.

"왜, 기억이 새로워?"

"그래."

나는 짧게 대답했다. 왜냐면 지금 하는 현대적이고 교활하고 기만으로 점철된 어른의 사랑에는 왠지 이 오두막에서 잠깐 경험했던 순진하고 연약했던 첫사랑을 꾸짖는 것 같은 무언가가 있었기 때문이다. 삐쩍 마른 10대 소년의 손길에 파르르 떨던 어린 니나에게 지금의 나는 낯선 존재였다. 그랬다. 현재의 니나는 이 오두막에 단 한 번도 온 적이 없는 거였다.

라클란이 팔로 내 몸을 두르고 가슴을 끌어안아 나를 바짝 잡아당겼다.

"나는 베이비시터한테 순결을 잃었어. 에마 도노걸. 내가 열세 살이었고, 에마는 열여덟 살이었어."

라클란이 속삭였다.

"세상에, 그건 아동 성폭력이야."

"법적으로 따지자면, 그렇겠지. 하지만 나에게는 그때까지 경험했던 모든 걸 통틀어 최고로 멋진 일이었어. 그 뒤로는 에마 가슴만 생각하면 몽정을 했지. 에마 때문에 아주 오랫동안 연상한테 집착하기도 했고."

라클란의 아쉬운 목소리에 놀라 몸을 돌려 그의 얼굴을 쳐다보았다. 하지만 라클란은 슬프다기보다는 재미있다는 표정을 짓고 있었다. 내 표정을 보고 웃음을 터뜨린 라클란은 내 이마에 입을 맞추더니 머리 위에 턱을 올렸다.

"물론 연하도 사랑스러우니까, 걱정은 안 해도 돼."

그런 라클란을 보면서 처음으로 나는 라클란이 엄마와 무슨 일이 있었던 건지 궁금해졌다. 라클란과 우리 두 사람의 나이 차이는 똑같았다. 라클란은 나와 엄마와 똑같이 10년 차이가 났다. 게다가 엄마는 어린 남자들도 나이 든 남자들만큼 공정하게 유혹했을지도 몰랐다. 하지만 차마 라클란에게 물어볼 용기는 나지 않았다.

3년 전에 엄마를 발견한 사람이 라클란이었다. 함께 포커판에 가려고 엄마를 데리러 왔다가 세면대 모서리에 머리를 부딪친 채 바닥에 쓰러져 있는 엄마를 발견했다. 그날 라클란은 엄마의 머리를 꿰매러 병원에 갔다가 MRI를 비롯해 여러 검사를 하느라 병원에서 밤을 꼬박 새워야 했다. 두 사람은 사기극을 벌일 계획을 세웠지만(그게 무엇인지는 두 사람 모두 나에게는 절대 말해주지 않았다), 그 계획을 실행에 옮기기 전에 엄마가 암에 걸렸다.

라클란이 엄마에게서 내 전화번호를 받아 뉴욕으로 전화를 걸지 않았다면 나는 엄마가 암에 걸렸다는 사실을 몰랐을 것이다. 라클란은 누군지 알 수 없는 목소리로 거의 웅얼거리듯이 말했다.

"당신 엄마한테는 당신이 여기 와야 할 필요가 있을 것 같군요. 암이라네요. 하지만 당신을 부르지 않겠다고 고집을 부리고 있어요. 당신 인생을 방해하기 싫다고."

'내 인생이라니.' 그때 엄마가 라클란에게 뉴욕에서 내가 어떤 삶을 살고 있다고 말했는지는 모르겠고, 엄마가 그때도 여전히 나의 위대한 미래를 꿈꾸고 있었는지도 모르겠지만, 나의 뉴욕에서의 삶은 위대함과는 전혀 거리가 멀었다. 삼류 대학에서 예술사 학사 학위를 받고 졸업한 나는 여섯 자리나 되는 금액의 학자금 대출을 갚아야 했기에 경매소나 첼시 갤러리나 비영리 전시 공간에서 일할 수 있을지도 모른다는 기대를 품고 뉴욕으로 향했다. 하지만 그런 자리가 나는 일은 거의 없고, 난다고 해도 그런 자리는 부모가 박물관 운영진이라거나 가족의 친구가 유명한 예술가라거나 영향력 있는 스승 밑에서 배운 아이비리그 출신 같은, 갤러리와 직접 연이 닿아 있는 사람들에게만 기회가 생긴다는 사실을 깨닫는 데는 오랜 시간이 걸리지 않았다. 더 햄프턴스에서 내가 찾을 수 있었던 유일한 일자리는 고급 별장을 새롭게 단장하는 일을 전문으로 하는 실내 디자이너의 세 번째 비서 자리뿐이었다.

그때만 해도 나는 나의 어린 시절에서 가능한 한 멀리 벗어나겠다는 결심을 하고 있었다. 유행을 빠르게 반영하는 옷을 입었고 피부를 가꾸고 살을 뺐다. 내가 되고자 열망하는 여자처럼 보일 때까지 몸을 치장했다. 하지만 사실 라클란이 전화했을 때 나는 팔라펠(병아리콩 또는 누에콩을 갈아 둥글게 빚어 튀긴 요리-옮긴이)과 라면으로 연명하고 있었고, 플러싱에 있는 아파트에서 룸메이트 세 명과 함께 살고 있었다. 나는 커스텀 커튼을 만들 원단을 구하고 펜트하우스 창문으로 들어갈 이탈리아제 안락의자를 찾아서 뉴욕과 더 햄프턴스 거리를 헤맸다. 하지만 상사가 마실 벤티 사이즈 마키아토를 사들고 달리는 게 주 업무인 수천 명에 달하는 저임금·고스펙 여성 노동자 가운데 한 명일 뿐이었다. 실내 디자이너 밑에서 일하면서 나는 '본'이니 '상아'니 '무광 페인트'니 하는 용어를 유창하게 구사하게 되었다. 소더비 경매에 나온 물품 목록과 6,000만 달러짜리 그림과 황금으로 상감 세공을 한 14세기 시크리터리 데스크를 구입한 러시아 갑부들 이름을 외우고, 결국 협회 대표들, 헤지펀드로 살아가는 부인들, 러시아 억만장자인 집주인들의 "왠지 그게 아닌 것 같군"이라는 한마디에 곧바로 뜯겨 나갈 핸드 페인트 벽지를 힘들게 바르는 일꾼들을 지켜보는 날들을 보내야 했다.

나도 내가 하는 일에 장래성이 전혀 없음을 알고 있었다. 하지만 고객의 거대한 집 안에 홀로 있을 때면, 혼자서 그 아름다운 물건들과만 있을 때면 그 물건들이 모두 내 것인 양 행동할 수 있었다. 욕실에 걸린 에곤 실레의 그림을 똑바로 바라볼 수 있었고, 17세기에 나전칠기로 만든 카드 탁자를 손으로 만질 수 있었고, 건축 디자인 수업 시간에 공부한 바로 그 프랭크 로이드 라이트의 안락의자에 앉아볼 수도 있었다. 이 모든 것을 초월한 사물들, 오랜 세월 무심한 주인들을 견뎌낸 사물들, 디지털 시대의 덧없는 본질과 대비되는, 영원한 수수께끼와 아름다움을 품은 채 존재하는 사물들, 내가 존재하지 않게 된 뒤에도 이 세상에 머물 사물들과 짧은 시간이나마 함께 보낼 수 있다는 것이 행운이라고 생각했다.

엄마가 이제는 나의 미래에만 집중해야 할 시간이라고 말한 지 거의 10년이 지났다. 그사이 나는 간신히 1퍼센트로 살아가는 방법을, 나로서는 절대로 살아갈 수 없는 1퍼센트의 삶의 방식을 알게 되었다. 그건 마치 브로드웨이 극장 맨 앞줄에 앉아 무대 위에서 펼쳐지고 있는 연극에 동참하고 싶다는 마음을 간절히 품지만 결국에는 무대 위로 올라갈 계단이 나에게는 없음을 깨닫는 일과 같았다.

그래서 전화기 너머에서 누군지도 모르는 사람이 로스앤젤레스에 있는 엄마에게 내가 필요하다고 말했을 때 나는 곧바로 일을 그만두었다. 그날로 나는 검은색 싸구려 드레스를 모두 가방에 넣고 아파트 열쇠를 룸메이트에게 건네준 뒤 캘리포니아로 날아가는 비행기에 올랐다. 그때 나는 뉴욕을 떠나는 이유가 전적으로 엄마 때문이라고 생각했다. 엄마는 나의 전부이니 엄마를 돌봐야 할 책임은 당연히 나에게 있고, 그래서 떠나는 것으로 생각했다. 하지만 어쩌면 그때 나는 실패한 내 인생에서 달아났던 건지도 모르겠다.

비행기에서 내리자 양복 재킷을 한쪽 어깨에 걸치고서 얼음처럼 차가운 파란 눈을 부지런히 굴려 지나가는 사람들을 쳐다보던 남자의 눈길이 나를 발견하더니 그대로 멈추었다. 나를 보며 살며시 웃는 남자는 믿을 수 없을 정도로 잘생겼다. 그와 눈이 마주친 순간부터 내 심장은 점점 더 빠르게 뛰었고 희망도 조금쯤 느꼈다.

"엄마랑 똑같이 생겼네요."

라클란은 내가 들고 있던 여행 가방을 살며시 받아 들면서 말했다.

"엄마랑은 닮은 점이 하나도 없거든요."

그때까지만 해도 한때 가질 수 있으리라 확신했던 위대한 미래에 대한 희망을 완전히 떨쳐버리지 못했던 나는 그렇게 응수했다.

3년이 지난 지금, 스톤헤이븐의 오두막에 서 있으니 알 것 같았다. 나는 내가 생각했던 것보다 훨씬 엄마와 많이 닮았다는 사실을 말이다.

18

○

그리고 이제 계획에 착수했다.

다음 날 아침, 여전히 흐릿하고 어둑한 새벽에 나는 매트를 끌고 스톤헤이븐 본채가 보이는 잔디밭으로 나가 보란 듯이 요가를 하기 시작했다. 호수는 주변과 대조를 이루는 회색이었고 냉랭한 11월의 바람은 내 요가복을 뚫고 들어와 땀을 흘리고 있는데도 온몸이 부르르 떨렸다. 수년 동안 요가를 해왔지만 이렇게까지 무언가 증명할 게 있는 것처럼 열심히 해본 적은 처음이었다. 엉뚱한 시간에 엉뚱한 노력을 하고 있다는 사실에 내 몸은 내 뜻대로 움직이기를 주저했다. 하지만 야외로 나와 소나무 아래에서 요가를 한다는 사실에 왠지 깨끗하고 근본적인 활동을 하고 있다는 기분도 들었다. 청명한 공기에서는 자연의 냄새가 났고, 타호가 오아시스처럼 느껴졌던 어린 시절의 나로 다시금 돌아간 것만 같았다.

태양 경배, 반달, 와일드 싱, 측면 까마귀. 나는 요가 자세들을 하나씩 해나갔다. 발가락을 허벅지 가까이에 최대한 끌어모으고 두 손을 하늘 높이 치켜들었다. 오두막과 본채에서 지켜볼 눈을 상상하며 그 시선 속에서 힘이 솟아오름을 느꼈다. 대지의 여신이 된 듯한 기분을 느꼈다. 아니, 최소한 대지의 여신을 제대로 흉내 내고 있다는 기분이 들었다.

요가를 마친 뒤 매트를 접고 보너스로 현란하게 스트레칭을 하고 나서 나는 스톤헤이븐 본채 쪽으로 몸을 돌렸다. 바네사가 주방에서 정원으로 통하는 프렌치 문 앞에 서서 뿌연 유리창 사이로 나를 쳐다보고 있었다. 내가 쳐다보자 바네사는 훔쳐보고 있었다는 사실에 당황한 것처럼 재빨리 뒤로 물러났지만, 바네사가 사라지기 전에 나는 손을 흔들면서 본채 쪽으로 걸어갔다. 본채까지 몇 미터쯤 남았을 때 바네사가 어색하게 웃으면서 뒷문을 열었다. 바네사는 분홍색 실크 파자마에 보슬보슬한 캐시미어 카디건을 걸치고 있었고, 도자기 컵을 두 손으로 감싸 쥐고 있었다.

"잔디밭에서 요가를 해도 되는지 미리 물어봤어야 하는데 미안해요. 일출이 너무 아름다워서 어쩔 수가 없었어요."

얼굴을 타고 땀이 줄줄 흘러내렸다. 나는 수건으로 얼굴을 살짝 누르며 땀을 닦았다.

바네사는 찬 바람이 들어오지 않도록 한 손으로 카디건 앞자락을 단단히 거머쥐었다.

"정말 감동했어요. 나는 지금 막 일어났거든요."

"나는 일찍 일어나요. 하루 중에 새벽을 가장 좋아해요. 정말 조용하면서도 기운이 넘치는 시간이잖아요."

물론 거짓말이었다. 집에서는 기회가 있을 때마다 언제나 해가 중천에 뜬 뒤에야 침대에서 벗어났다. 하지만 지난밤에는 잠이 오지 않았다. 관리인의 오두막으로 돌아왔다는 사실이 마치 밀실 공포증을 불러온 것처럼 수많은 기억을 떠오르게 했다. 깜빡 잠이 들 때마다 이불 밑에서 나를 끌어당기려고 손을 뻗는 거대한 모습이 나타나 너무 놀라 잠에서 깼다.

몇 번을 잠에서 깬 뒤로는 어두운 방 안에 누워 라클란이 부드럽게 코 고는 소리를 들으며 나는 누구였고 무엇을 했는지, 애초에 왜 이곳으로 돌아왔는지 생각했다. 내가 치료비를 가지고 돌아갈 때까지 서서히 죽어가고 있을 엄마도 생각했다. 스팽글을 잔뜩 단 코발트색 칵테일 드레스를 입고서 얼굴이 빨개질 때까지 웃었던 엄마가 얼마나 아름다웠는지도 기억해냈다.

결국 새벽 4시에 자는 걸 포기하고 일어나 주방에서 노트북으로 요가 강습법을 공부했다.

그리고 지금, 내 앞에서 바네사가 커피를 홀짝이고 있었다. 어젯밤에 하고 있던 두툼한 화장을 지운 바네사는 창백하고 핼쑥했다.

누군가가 지우개로 지워버린 것 같은 바네사를 보면서 그녀의 아름다움이 또 다른 환상이었음을 깨달았다.

"내일은 나도 같이 해도…… 될까요?"

바네사가 말끝을 흐리며 물었다.

"물론이죠."

나는 바네사가 집 안으로 초대해주기를 기다렸지만 바네사의 입에서는 끝내 들어오라는 말이 나오지 않았다. 그래서 바네사가 들고 있는 커피잔을 가리키며 말했다.

"나도 한 잔 달라고 애원해도 될까요?"

내 말에 고개를 숙여 자기 손을 본 바네사는 자신이 무언가를 들고 있다는 사실에 깜짝 놀라는 것 같았다.

"커피, 말하는 거죠?"

"오두막에는 아직 없어서요."

나는 살짝 비난하듯 말했다.

"아침에 카페인이 없으면 공포에 질리거든요."

그건 사실이었다. 바네사에게는 진실과 거짓을 잔뜩 섞어 말하고 있었으니, 언제 진실과 거짓이 뒤섞여 분간할 수 없게 될지는 나도 알 수가 없었다. 바네사는 내가 하는 말을 도무지 이해하지 못했는지 그대로 문 앞에 서 있었다.

"오두막에 아직 커피가 없어요. 식료품을 사러 나갈 기회가 없었거든요."

"아! 물론이에요. 전혀 애원할 필요 없어요. 내가 챙겨 드렸어야 하는데."

바네사는 웃으며 문을 좀 더 활짝 열며 뒤로 물러섰다.

"주방에, 커피 끓여놨어요. 들어와요."

따뜻한 오두막과 달리 스톤헤이븐 본채는 윤기 나는 나무 바닥 밑에서 삐걱대고 씩씩거리며 열심히 일하고 있는 고대 용광로의 노력도 아무 소용 없이 너무 추웠다. 바네사를 따라 주방으로 들어가니 커피를 따뜻하게 데우고 있는 이탈리아제 커피 머신이 보였다.

"아직도 이 기계 쓰는 법을 잘 모르겠어요. 뉴욕에서 너무 오래 살아서인지 커피는 그저 식품 잡화점에서 사는 거라고 믿게 된 것 같아요."

나에게 줄 커피를 따르면서 바네사가 말했다.

하지만 나는 바네사 리블링이 식품 잡화점에서 커피를 사지 않는다는 걸 알고 있다. 바네사 리블링은 보통 그리니치 빌리지나 르 마레에 있는 아웃도어 카페에서 화려한 가니시를 올린 라테 아트를 마셨다(바네사의 커피 습관은 인스타그램 피드에 자세하게 올라와 있었다). 바네사가 식품 잡화점 이야기를 꺼낸 건 자신을 싸구려 커피를 사는 서민과 동일시하면 내가 자신을 더 좋아하리라고 생각해서인 듯싶었다. 바네사가 나와 똑같은 빈민인 척하지 않고 자신의 특권을 충분히 인정만 했어도 그녀가 이렇게까지 싫지는 않을 것 같았다.

'아니야, 웃어야 해.' 나는 내가 해야 할 일을 떠올렸다. 나는 스톤헤이븐에 접근해야 했고, 바네사가 나를 좋아하게 만들어야 했다. 하지만 여기에 서서 어색하게 서로 거짓말을 주고받고 있는 우리 사이에 (거짓이든 아니든) 어떤 관계가 형성되는 것은 불가능하리라는 기분이 들었다. 바네사가 마침내 침묵을 깰 때까지 우리는 서로 긴장한 채 웃으면서 얌전히 커피만 마셨다.

"마이클은 같이 요가 안 해요?"

"아, 이런, 전혀 안 해요. 이렇게 일찍 깨웠다가는 나를 죽이려 들걸요."

반은 진실이었다.

바네사는 마이클의 기분을 충분히 이해한다는 듯이 고개를 끄덕였다.

"앉아서…… 마실래요? 서재로 가는 게 좋겠어요. 거긴 여기보다 따뜻하거든요."

서재라니. 나는 너무 높이 쌓은 나머지 계속 미끄러져 내리던 디자인 잡지에 둘러싸여서 안락의자에 앉아 있던 리블링 부인의 모습이 아직도 눈에 선했다.

"좋아요! 아니면 마이클이 깨지 않도록 정말 조심해서 오두막으로 돌아가야 할 테니까요."

바네사가 우리 두 사람의 컵에 커피를 다시 채웠고, 우리는 서재로 걸어갔다. 상심한 듯한 무스, 재킷이 없는 커다란 책, 녹색 벨벳 안락의자. 서재는 내가 마지막으로 보았던 모습과 조금도 달라진 부분이 없었다. 그저 세월이 흘러 색이 조금 바랬을 뿐이었다. 바네사는 벨벳 털이 유난히 매끈하게 눌려 있는 안락의자 구석에 털썩 주저앉더니 담요로 다리를 덮었다. 나도 안락의자로 걸어가려고 했지만 난로 선반 위에 놓여 있는 사진 액자 앞에서 나도 모르게 멈춰 서고 말았다.

한 번도 보지 못했던 리블링 가족의 모습이었다. 바네사가 고등학교 졸업 가운과 모자를 쓰고 있는 것으로 보아 내가 베니를 만나기 1년 전에 찍은 사진임이 분명했다. 바네사의 양옆으로 리블링 부부가 서 있었다. 바네사의 엄마는 청순한 노란색 데이 드레스를 입고 실크 스카프를 매고 있었고, 바네사의 아빠는 맞춤 정장을 입고 정장과 어울리는 노란색 포켓 수건을 꽂고 있었다. 두 사람 모두 아이가 너무나도 자랑스러워 어쩔 줄 모르겠다는 듯이 진심으로 환하게 웃고 있었다. 너무 놀라운 모습이었다. 내 기억 속의 리블링 부부는 뾰족한 이를 드러내며 서로 매섭게 노려보는, 즐거움이라고는 조금도 모르는 악마 같은 사람들이었으니까.

베니는 버튼다운 셔츠와 폴카 도트 보타이를 매고 억지로 웃는 것이 분명한 얼굴로 아름다운 세 사람 옆에 어색하게 서 있었다. 나를 만났을 때보다 조금 더 어린 베니는 보송하고 통통한 볼과 얼굴보다 귀가 훨씬 커서 두드러져 보였다. 아직은 거인의 땅으로 들어갈 마지막 박차를 가하지 못해 아빠보다 훨씬 작은 베니는 그저 어린아이였음을, 나는 너무나도 놀라며 깨달았다. 우리는 그저 어린 아이들이었던 것이다. 내 마음속에서 서글픈 단조로 피아노가 연주되기 시작했다. 불쌍한 베니. 지금, 베니가 요양원에서 어떻게 지내고 있을지 궁금해지는 건 어쩔 수 없었다.

"가족이에요?"

내 질문에 바네사는 잠시 대답하지 못했다.

"네, 맞아요. 엄마, 아빠, 그리고 동생이에요."

지금 내가 작은 막대기로 개미 언덕을 찌르고 있다는 걸 충분히 알고 있었다. 그러니 그쯤에서 멈춰야 했다. 하지만 나는 멈출 수가 없었다.

"가족 이야기를 들려줘요."

나는 바네사의 맞은편 안락의자에 털썩 앉으면서 물었다.

"굉장히…… 가까워 보여요."

"그랬었죠."

사진에서 눈을 뗄 수가 없었다. 사실은 뚫어지게 쳐다보았다. 흘긋 바네사를 보았다. 바네사는 나를 지켜보고 있었다. 나도 모르게 얼굴이 빨개졌다. 베니에 관해 물어보고 싶었지만 이상한 목소리가 나올 것 같아서 그 충동은 꾹 눌러 참았다.

"그랬었다고요?"

"내가 열아홉 살 때 엄마가 돌아가셨어요. 익사였어요."

바네사는 빠르게 눈을 깜박이면서 창문 너머 호수를 보다가 다시 나를 보았다.

"아빠는 올해 초에 돌아가셨고요."

그 말을 마치고 바네사는 울기 시작했다.

나는 얼어붙었다.

오래전에 인터넷 검색을 하다가 "샌프란시스코 예술가들의 후원자 주디스 리블링, 보트 사고로 익사"라는 제목의 기사를 보았던 순간을 기억했다. 그 기사는 주디스 리블링의 죽음은 짧게 다루고 샌프란시스코 오페라, 드 영 박물관, 세이브 더 베이, 캘리포니아 정신건강협회(이 단체 이름을 읽을 때는 조금 마음이 아팠다) 같은 베니 엄마의 후원을 받던 단체 이름을 길게 나열하고 있었다. 나는 한동안 시장과 나란히 서서 빨간 머리카락을 휘날리며 환하게 웃는 자애로운 사회 자선 활동가와 내가 직접 스톤헤이븐에서 만난 비난을 퍼붓는 은둔자가 동일 인물이라는 사실을 받아들이기가 힘들었다. 기사를 닫으면서 나는 주디스 리블링이 당연히 받아야 할 벌을 받았다고 생각했다. 그건 베니가 조현병 진단을 받았다는 사실을 알기 전의 일이었다. 그때는 베니 엄마의 죽음이 남은 가족에게 끼칠 영향 따위는 생각할 여유가 없었다.

하지만 바네사가 우는 소리를 들으며 어쩌면 리블링가의 아이들은 정당하게 받아야 할 비극 이상을 경험했을지도 모른다는 생각이 들었다. 그러자 바네사가 인스타그램에 올린 베니 아빠의 죽어가는 손 사진이 생각났다. 그 사진을 보면서 나는 '웃기고 있네'라고 생각했었다. 바네사는 아빠의 죽음조차도 '내가 얼마나 슬픈지 봐줘요!'라며 사람들 시선을 끄는 데 이용한다고 생각했었다. 하지만 지금 옆에 앉아 울고 있는 모습을 보니 바네사가 얼마나 슬퍼하고 있는지 알 수 있었다. 부모는 모두 죽었고 동생은 요양원에 들어가 있었다. 내가 훨씬 나은 인간이었다면 가족을 모두 잃고 슬퍼하는 여자를 보면서 안쓰러워졌을 테고, 내가 세운 모든 계획을 철회했을 것이다.

하지만 나는 나은 인간이 아니었다. 나는 얄팍한 인간이었고, 복수심에 가득 차 있는 인간이었다. 나는 좋은 사람이 아니라 나쁜 사람이었다. 그러니 이 반갑지 않은 진정한 공감이라는 고통을 물리치려고 애쓰면서 그 대신에 금고를 떠올리려고 노력했다. 서재를 둘러보면서 금고가 여기에 있는지 고민했다. 책장에 꽂힌 책 뒤에 숨겨놓았을까? 저기 커다란 엉덩이와 풍성한 꼬리를 뽐내고 있는 리블링 조상들의 자랑스러운 명마를 그린 목가적인 유화 밑에 숨겨두었을까?

내 옆에서 바네사는 여전히 울음을 멈추지 않았다. 바네사가 아주 작은 소리로 "미안해요"라고 말했을 때는 어쩔 수 없이 팔을 뻗어 바네사의 손 위에 내 손을 포갤 수밖에 없었다. 제발 여기서 멈춰야 한다고 속으로 생각했지만, 내 가슴속 텅 빈 공간에는 내가 강도질을 하기로 마음먹은, 반쯤은 모르는 이 사람에 대한 연민이 가득 차오르고 있음을 느낄 수 있었다.

"아버지는 어떻게 돌아가셨어요?"

그 말밖에는 달리 물어볼 말이 떠오르지 않았다.

"암이었어요. 진행이 아주 빨랐어요."

이런 세상에. 암만은 아니기를 바랐다. 내가 바네사와 같은 처지에 있는 딸임을 상기시키고 나의 가장 끔찍한 악몽을 불러일으키며 바네사가 자신의 아빠가 죽기 전 몇 주간의 끔찍한 상황을 이야기하기 시작했을 때 나는 간신히 "정말 너무 끔찍하네요"라고 말할 수 있었을 뿐이다.

"그래서…… 지금은…… 너무 외로워요."

바네사는 숨이 막혀 제대로 말도 하지 못했다. 어째서 나에게 이런 이야기를 하는 걸까? 나는 바네사를 멈추고 싶었다. 그저 바네사를 미워하고 싶었다. 하지만 내 손 위로 바네사의 눈물이 떨어지고 있을 때 바네사를 미워하기란 쉽지 않았다.

"나는 상상도 하지 못하겠어요."

나는 가볍게 말하고 이제 더는 바네사가 이야기를 하지 않기를 바라며 살며시 바네사의 손 위에서 내 손을 치웠다. 하지만 내가 말을 할 때 바네사 표정에는 무언가가 있었다. 이 세상에서 유일하게 원하는 것은 자신의 감정을 이해해주는 것이라는 듯이, 제발 내 대답을 재고해달라는 듯이 나를 쳐다보고 있었다.

그리고 젠장, 당연히 나는 그 감정을 이해했다. 죽어가는 바네사 아빠의 손이 생각났고 주름진 우리 엄마의 손이 생각났다. 내가 엄마를 구하기 전에 암이 엄마를 데려가버린다면 우리 집을 집어삼킬 숨 막히는 적막함을 상상할 수 있었다. 엄마가 죽는다면 나는 영원히 외롭고도 외로운 혼자가 되고 마는 것이다. 바네사처럼 말이다. 그런 생각을 하니 눈앞이 흐려지고 입이 벌어졌다. 그리고 곧 나는 내가 엉뚱한 말을 하고 있음을 알아차렸다.

"저도 아빠가 돌아가셨어요. 그리고 엄마는…… 아프시고요."

바네사는 울음을 멈추더니 간절함을 과감하게 드러낸 얼굴로 나를 보았다.

"애슐리 아버지는 어떻게 돌아가셨어요?"

바네사의 질문에 나는 재빨리 답을 찾으려고 애썼다. 정답은 '아, 우리 아빠는 죽지 않았어요. 아빠가 나를 너무 많이 때려서 엄마가 총으로 쫓아버렸어요'였으니까. 하지만 그 대신 나는 함께 보드게임을 해주는 다정한 아빠를, 술에 취하면 나를 집어 던져 비명을 지르게 하는 아빠가 아니라 나를 웃게 해주는 아빠가 있는 대안 과거를 떠올렸다. 그리고 답을 말했다.

"심장마비였어요. 우린 아주 사이가 좋았어요."

순수하게 나를 사랑하고 강인한 팔로 나를 안아주는 상상 속 아빠를 생각하자 목이 멨다.

"오, 애슐리, 너무 속상해요."

바네사는 더는 울지 않았다. 그저 '어떤 느낌인지 정확히 알아요'라는 표정을 짓고 있었다. 그 표정을 보자 내가 바네사가 원하는 바로 그 지점에 정확히 도달했음을 깨달았고, 갑자기 배가 조이는 것 같았다. 바네사는 우리가 같은 아픔을 겪는 자매라고 생각했다.

하지만 나에게는 바네사와 같은 마음을 품을 여유가 없었다.

지금까지 이런 식으로 일을 해본 적은 없었다. 다른 사람의 인생에 깊숙이 들어가고 집을 방문하고 그들을 내 친구로 만드는 일 따위는 하지 않았다. 내 작업은 대부분 파티, 나이트클럽, 호텔 바처럼 어두운 곳에서, 만취라는 장막을 덮고 진행됐다. 사실은 혐오하는 사람을 좋아하는 척하는 데는 꽤 능숙해졌다. 표적이 새벽 4시에 핀란드산 보드카에 흠뻑 취해 있어서 역겨운 겉모습만을 볼 수 있을

때는 작업하기가 수월했다. 하지만 이건, 이건 정말 전혀 다른 작업이었다. 진심으로 나와 친해지기를 바라는 사람을 밀어내는 일이 정말로 가능할까? 손을 뻗으면 만질 수 있는 거리에서 커피잔 위로 얼굴을 내밀어 내 눈을 똑바로 바라보고 있는 사람을 거부할 수 있을까?

멀리 있을 때는 쉽게 평가할 수 있다. 사람들이 키보드 워리어가 되어 다른 이들의 행동 하나, 말 한마디에 비웃을 권리가 있다는 듯이 냉정하게 평가를 할 수 있는 이유는 모두 컴퓨터 화면이라는 안전한 차단막 뒤에서 거리를 두고 있기 때문이다. 화면 밖에서 우리는 우리 자신에 대해서는 좋은 기분을 느낄 수 있고, 우리의 결점이 타인의 결점보다 나쁘지 않음을 입증할 수 있고, 우리의 우월함 또한 도전을 받을 일이 없다. 비록 그런 자신감을 가지는 이유가 한정된 시야에 갇혀 있기 때문임이 밝혀진다고 해도 도덕적 우위를 점하고 있는 우리는 언제나 높은 곳에서 안락하게 사람들을 내려다볼 수 있다.

하지만 바로 앞에 있는 사람에 대해서는, 상처 입고 연약해진 사람에 대해서는 평가를 하기가 너무나도 어렵다.

바네사와 함께 10분쯤 대화를 나눈 뒤에는[엄마와 요가 경력, 치유력('이봐요. 나, 성스러운 니나예요!') 같은 내용으로 잔뜩 거짓말을 하고 난 뒤에는] 완전히 지쳐버려서 앞도 제대로 보이지 않았다. 이제 중요한 일을 처리할 시간이 됐다. 마침내 나는 샤워를 한다는 핑계를 대고 바네사를 따라 서재에서 나와 뒷문으로 향했다.

거의 주방에 도착했을 때 나는 갑자기 걸음을 멈추고 "어머, 서재에 요가 매트를 두고 왔어요"라고 소리치면서 바네사가 나를 붙잡기 전에 몸을 돌려 서재로 달려갔다.

서재로 돌아간 나는 레깅스 허리띠에 숨겨둔 주머니에서 연필 끝에 달린 지우개만 한 카메라를 꺼냈다. 방을 한 바퀴 둘러본 뒤 바네사와 대화를 하는 동안 눈여겨보았던 책장으로 다가갔다. 그곳이라면 카메라가 서재를 거의 비출 수 있을 것이다. 빛바랜 책 두 권(《나는 황제 클라우디우스다》와 《리처드 D. 와이코프의 주식 거래법》) 사이에 카메라를 넣고 살짝 뒤로 물러나 작업 상태를 확인했다. 주의 깊게 들여다보지 않는다면 카메라는 보일 리 없었다. 나는 바네사와 대화하는 동안 일부러 멀리 밀어두었던 요가 매트를 안락의자 밑에서 주워 들고 다시 복도로 나갔다.

황급히 뛰어서 바네사에게 가느라 숨이 찼고 얼굴이 빨개졌다. 바네사는 우리가 멈춰 섰던 바로 그 자리에서 나를 기다리고 있었다.

"찾았군요."

"안락의자 밑에 있었어요."

내 말에 바네사는 나를 뚫어지게 쳐다보았다. '알아챈 걸까?' 아니, 그럴 리 없었다. 그럴 만한 단서를 제공하지 않았다. 내 몸에서 솟구치는 아드레날린 덕분에 아사나 요가를 하던 시간보다 훨씬 더 살아 있는 것 같았고 활기차게 느껴졌다. '모두 잘될 거야. 그러려고 여기 온 거니까.'

바네사가 갑자기 나를 끌어당겨 꼭 안았을 때 바네사의 행동이 내가 해낸 작은 승리를 축하하는 의식이 아니라 내가 자신의 새로운 절친이 됐음을 알리는 의식임을 깨닫는 데는 시간이 조금 걸렸다.

"애슐리랑 친구가 되어서 정말 기뻐요."

바네사가 내 귀에 대고 속삭였다. 바네사는 우리를 친구라고 생각하는 거였다.

바네사의 품속에서 나는 니나였다가 애슐리가 되었다가 다시 니나가 되었다. 바람에 흩날리는 구름처럼 정해진 모양 없이 계속 바뀌었다. 이런 식으로 계속 바뀌다가는 결국 내가 누군지도 알 수 없게 될지 몰랐다.

"물론 친구죠."

애슐리는 바네사의 귀에 대고 속삭였다.

'나는 아직 당신이 미워.' 니나가 생각했다.

그러고 나서 애슐리와 니나, 우리 둘은 바네사를 안아주었다.

관리인의 오두막에서는 라클란이 페이스트리 부스러기를 주위에 흘려놓은 채 안락의자에 대자로 누워 노트북을 들여다보고 있었다. 내가 들어오는 소리에 라클란이 고개를 들었다.

"적어도 커피 한 잔은 챙겨 올 줄 알았는데."

"타호시에 가면 스타벅스가 있으니까, 거기서 드시죠."

나는 라클란 옆에 털썩 주저앉아 커피 탁자 위에 반쯤 남아 있는 스콘을 집어 들었다. 오래되어 묵은내가 나는 스콘이었지만 너무 배가 고파서 한 번에 먹어치웠다.

라클란은 키보드를 두드리면서 말했다.

"요가하는 거 봤어. 당신이 하는 요가, 나쁘지 않아. 정말로 요가 강사가 되는 게 어때? 이 일이 잘 안 되면 말이야."

"요가 강사가 얼마나 버는지는 알아?"

내 말에 라클란이 고개를 숙여 안경 너머로 나를 보았다.

"충분하지는 않겠지."

나는 한 번에 30달러를 받는 요가 수업으로 엄마의 암을 치료하려면 몇 번이나 강습을 해야 하는지 머릿속으로 계산해보았다.

"충분하지 않은 정도가 아니지."

"자, 이걸 봐봐."

라클란은 작업하고 있던 내용이 잘 보이도록 노트북을 내 쪽으로 돌리면서 말했다. 노트북에는 이제 막 내가 숨겨놓고 온 카메라가 작동하는 영상이 나오고 있었다. 뿌옇고 어두운 것이 화질은 좋지 않았다. 하지만 설치 각도는 훌륭해서 서재의 세 벽과 그 안의 공간을 모두 볼 수 있었다. 난로 옆에 무시무시한 박제 곰이 보였고 서재 구석에서 빛나고 있는 실내 난방기도 보였다. 여전히 실크 파자마 차림의 바네사가 서재로 들어오더니 안락의자에 털썩 몸을 기대는 모습도 보였다. 바네사는 베개를 베고 카디건 주머니에서 휴대전화를 꺼내 빠르게 손을 움직였다. 휴대전화 화면을 보지 않고도 바네사가 인스타그램 피드를 확인하고 있음을 알 것 같았다.

"하나 설치했네."

라클란은 조용히 말한 뒤 손을 뻗어 내 뺨을 동그랗게 모아 쥐었다.

"해낼 줄 알았어, 내 사랑."

나는 멍하니 휴대전화를 들여다보는 바네사를 보았다. 휴대전화 빛에 얼굴이 빛나고 있었다. 톡톡톡. 바네사가 휴대전화에 글자를 입력해 넣었다. 톡톡톡. 바네사는 온종일 인스타그램만 하는지 궁금했다. 다른 곳에 있는 다른 모든 사람의 삶이 자신의 삶과 어떻게 다른지 비교하고, 그것이 '좋아요'를 누를 가치가 있는지 평가하는 것으로 시간을 보내는지 궁금했다. 그건 정말 한심한 일이었다. 바로 전에 보고 왔던 연약하고 고뇌에 찬 바네사는 사라지고 다시 경멸하며 바라봐도 되는 허영심 많은 텅 빈 인간이 돌아왔다. 왠지 마음이 놓였다.

"바네사가 인터넷으로 애슐리를 찾아봤어. 내가 페이스북에 올려놓은 글을 인용하던데, 우리 충분히 조심한 거 맞지?"

라클란이 다시 노트북으로 고개를 돌렸다.

"찾아봐야 자기가 보고 싶은 것만 보게 될 거야. 바네사는 멍청한 데다 허영심도 강하잖아."

승리의 열기가 내 몸을 관통했고, 나는 너무 기뻤다. 허벅지 사이로 마른 땀이 요가복을 뚫고 새어 나왔다. 지금부터 2주일 안에 가져온 카메라를 필요한 곳에 모두 설치할 수 있을 것이다. 그때부터는 바네사를 유인할 덫을 훨씬 쉽게 설치할 수 있다.

연말쯤이면 우리는 로스앤젤레스로 돌아가 있을 것이다. 1월이면 엄마는 새로운 암 식이요법을 어느 정도는 진행했을 테고 어느 정도는 차도가 있을 것이다. 혹시라도, 정말로 운이 좋아서 금고에서 충분히 현금을 꺼내 갈 수만 있게 된다면 다시는 이런 일은 하지 않을 것이다. 생각만으로도 너무나 다행스러웠다. 빚도 모두 갚고 생활비도 조금 남긴 채로 이런 삶에서 완전히 벗어나서 전적으로 새로운 삶으로 곧장 들어갈 수 있다니. 어쨌거나 리블링 사람들은 나에게 최소한 그 정도는 해줘야 했다.

에코 파크의 집 앞을 지키고 있는 경찰들, 나를 체포하려고 내가 집으로 오기를 기다리고 있는 경찰들, 우편함에 쌓여 있는 청구서들, 손잡아줄 사람 없이 홀로 병원에 누워 죽어가고 있는 엄마 생각은 하지 않으려고 애썼다. 내 삶을 갈가리 찢어버린 끔찍하고도 부패한 집이 마법처럼 다시 모든 것을 한데 붙여서 치유해줄 장소가 되리라는 믿음을 굳건하게 유지하려고 애썼다.

라클란의 노트북 화면에서는 바네사가 여전히 자신의 작은 화면을 계속해서 손가락으로 내리고 있었다. 누군가의 삶이 화면 속의 화면으로 축소되는 것을 지켜보는 일은 너무나도 서글펐다. 불쾌한 혐오감이 배 속을 뒤틀어 고개를 돌릴 수밖에 없었다. '우리가 지금 저 여자한테 무슨 짓을 하려는 거지?' 내가 초대하지 않은 생각들이 내 머릿속에서 부글부글 끓어올랐다. '우리는 지금 당장 떠나야 해.' 이건 익숙한 느낌이었다. 기울어진 거울로 세상을 보고 있다는 불편한 느낌. 뒤를 돌아서 실제로 나의 모습을 본다면 몸서리가 쳐질 것이다.

나는 내가 하는 일을 잘하지만 잘한다고 해서 내가 늘 나의 일을 즐기는 것은 아니다. 거짓말을 엮어내는 능력, 새로운 신분으로 변신하는 능력, 휘젓고 속이는 능력. 맞다, 나는 그런 능력들이 만들어내는 아드레날린이 분비되는 상황을, 앙심을 품고 행동해야 하는 상황을 사랑한다. 하지만 나는 내 위장의 바닥에 머무는 느낌도 안다. 그 달콤하고도 끈적한 비밀은 희열뿐 아니라 역겨움도 함께 느끼게 한다. '내가 해낼 수 있을까? 꼭 해내야 할까? 이 일을 나는 어떻게 생각하는 거지? 사랑하는 걸까? 혹시 미워하는 건 아닐까?'

그래서 (성희롱과 진귀한 12만 달러짜리 피에르 잔느레 의자를 훔친 전과가 있는 코카인 중독 액션 영화 제작자였던) 라클란과 처음으로 사기 행각을 벌였을 때 나는 사흘 동안이나 앓아누웠다. 밤새 토했고, 너무나도 불안해서 잠도 못 잤다. 그건 마치 내 몸을 감염시킨 독소를 정화하는 의식 같았다. 나는 다시는 사기를 치지 않겠다고 결심했다. 하지만 한 달 뒤에 라클란이 또 다른 작업을 위해 나를 불렀을 때도 그 독소가 여전히 내 몸 안에 있는 것만 같았다. 강렬한 충동이, 정맥 속에서 나를 기절시킬 것만 같은 강렬한 진동이 느껴졌다. 그 독소는 언제나 내 혈액 속에 녹아 있는 것만 같았다.

◇◇◇

확실히 라클란은 그렇다고 믿었다. 우리가 함께한 첫 작업이 끝났을 때 라클란은 "당신은 정말 타고난 사기꾼이야. 당연히 그래야지. 그건 유전자 안에 새겨진 거니까"라고 말했었다. '그래, 이게 엄마가 제대로 사기를 쳤을 때 느끼는 감정이겠지.' 나는 그렇게 생각했다. 그러니까 그다지 나쁜 감정이 아닐 수도 있겠다고 생각했다. 평생을 엄마와는 다른 삶을 살겠다고 도망쳤지만 이제 그런 노력을 포기하고 엄마의 삶을 향해 달려갈 수 있다는 사실에 거의 안도감까지 느꼈었다.

하지만 정확히 말하면 사기 행각이 나를 찾아온 거지, 내가 사기 행각을 찾아간 것은 아니었다.

로스앤젤레스로 날아왔을 때 라클란은 공항에서 곧바로 엄마가 있는 병원으로 나를 데리고 갔다. 거의 1년 동안 보지 못했던 엄마의 모습은 너무나도 놀랍게 변해 있었다. 금발로 염색한 머리카락의 뿌리는 갈색이 그대로 드러나 있었고, 눈 밑에는 다크서클이 시커멓게 드리워져 있었고, 늘 붙이고 다니던 인조 속눈썹은 없었다. 수척해진 엄마의 피부는 늘어져 있었고 피부색은 누렇게 떠 있었다. 엄마의 아름다움은 유령처럼 엄마 옆에 머물고 있었지만, 내가 마지막으로 엄마를 보고 몇 달이 지나는 동안 엄마는 세상에서 엄마의 방식으로 살아나갈 수 있는 사람에서 세상에 의해 죽임을 당하고 있는 사람으로 완전히 변해버렸다.

"왜 말을 안 했어?"

엄마가 내 손을 잡았다. 엄마의 손에서 뼈들이 맞부딪치는 걸 느낄 수 있었다. 내 마음이 느끼는 고통은 너무나도 컸다.

"이런, 아가. 말할 것도 없었어. 한동안 기분이 안 좋았지만, 그렇게 안 좋은 건 또 아니었거든."

"이렇게 되기 전에 빨리 의사한테 갔어야지. 그랬으면 3기까지 진행되지는 않았을 거 아니야."

나는 울지 않으려고 눈을 깜빡이면서 말했다.

"내가 의사 싫어하는 거 알잖아."

말은 그렇게 했지만, 엄마가 의사를 싫어해서 병원에 가지 않은 건 아닐 것 같았다. 그보다는 보험을 거의 들지 못했기에 병원비가 걱정됐을 테고, 의사에게 무슨 말을 들을지 몰라 두려웠을 것이다. 엄마가 그토록 오랫동안 자신의 증상을 무시한 이유는 그 때문일 것이다.

나는 침대 맞은편에 서 있는 라클란이 이 상황을 정리해줄 수 있을지도 모른다는 듯이 라클란을 쳐다보았다. 나와 눈이 마주친 라클란은 내 눈을 피하지 않고 똑바로 보았다.

"그런데 엄마랑은 어떻게 알게 되신 거예요?"

"포커판에서요. 영리했어요, 당신 어머니는요."

나는 경계를 풀지 않은 채 라클란을 다시 주의 깊게 살펴보았다. 깔끔한 양복, 모든 것을 안다는 표정의 미소, 잘생긴 이리 같은 얼굴, 엄마가 훔치고 싶어 할 비싼 시계를.

"포커판에서요?"

포커판이라면 엄마가 늘 표적을 찾아 어슬렁거리는 곳이었다. 그렇다면 그는 엄마의 표적이었을까?

"엄마가 얼마나 오래 이런 상태였던 거예요? 왜 좀 더 일찍 연락하지 않았죠?"

내 말에 라클란은 미안하다는 듯이 웃으며 고개를 저었다.

"어머니 고집이 장난 아니니까요."

라클란은 이불을 끌어당겨 엄마의 다리를 덮어주었다.

"원하는 건 해야 하는 분이잖아요. 워낙 아닌 척하고 있어서 당신이 알고 있는 줄 알았어요."

엄마가 모든 힘을 끌어모아 라클란을 향해 환하게 웃었다. 하지만 엄마의 얼굴에 떠오른 허세를 느낄 수 있었다. 엄마의 눈가에 거미줄처럼 가늘게 뻗어 있는 주름 사이로 공포가 스며들고 있었다. 갑자기 엄마가 실제보다 훨씬 나이 들어 보였다. 엄마는 이미 너무 약해져 있고 암이 빠른 속도로 진행될 수 있다던 의사의 말이 생각났다.

"맞아요. 엄마는 아닌 척하는 데 선수죠."

엄마가 내 손을 잡은 손에 힘을 주었다.

"내가 여기 없는 것처럼 말하지 마. 그냥 조금 아픈 것뿐이지 뇌가 죽은 건 아니야. 아직은."

나는 엄마가 이런 식으로 웃는 게 싫었다.

라클란이 침대 맞은편에서 나를 지그시 쳐다보았다.

"알겠지만, 어머니가 당신 이야기를 많이 해줬어요."

"엄마는 당신 이야기는 전혀 안 했는데요."

나는 순진한 얼굴로 보조개가 생길 정도로 웃으며 나를 쳐다보는 엄마를 내려다보았다.

"엄마가 나에 대해 뭐라고 했는데요?"

라클란은 의자를 끌어와 앉으며 왼쪽 다리를 오른쪽 다리에 포갰다. 라클란에게는 시원한 물살을 헤치고 미끄러져 나가는 듯한 나른함이 있었다.

"멋진 대학에서 예술사 학위를 받았다고 했어요."

"멋진 대학은 아니었어요."

나는 날카롭게 쏘아붙였다.

라클란은 잠자는 아기를 부드럽게 어루만지는 아빠처럼 이불 위에 놓여 있는 엄마의 창백한 팔 안쪽 부분을 엄지손가락으로 쓰다듬었다. 나도 모르게 마음이 요동쳤다. 라클란의 손가락을 느끼는 팔이 엄마가 아니라 내 팔이었으면 하는 욕망이 일었다.

"그러니까 골동품에 관해서 많이 알겠죠. 게다가 몇 년간은 비싼 집들을 멋지게 꾸미는 일을 했고요. 그래서 이제는 부자들을 가까이에서 많이 보았겠죠. 억만장자들 말이에요. 헤지펀드 사람들을."

"그런 게 왜 궁금한데요?"

"당신 같은 사람들을 써먹을 수가 있거든요. 내가 하는 일에요. 나에게는 안목 있는 사람들이 필요해요."

평가하듯 나를 보는 라클란의 눈길에서 갑자기 모든 걸 이해할 수 있었다. 라클란도 엄마처럼 사기꾼이었다. 저 침착한 행동과 엄마에게 휘두르고 있는 보이지 않는 힘은 모두 그 때문이었다. '저 사람이 치는 사기는 어느 정도나 적법한 걸까?' 무슨 일을 하는지는 몰라도 능숙하게 그 일을 해내고 있는 것이 분명했다.

엄마가 침대에서 일어나려고 애쓰면서 라클란을 향해 손가락을 흔들었다.

"라클란, 그만해. 얘는 내버려둬."

"왜? 물어보는 것도 안 돼요? 당신이 딸 칭찬을 아주 많이 했잖아요."

"니나는 자기 일이 있어."

나를 보며 엄마가 환하게 웃었다.

"영리한 애야. 학위도 있고."

학위라는 단어가 우리 두 사람을 보호해줄 마법의 주문이라도 되는 것처럼 말하는 엄마를 보자 마음이 부서질 듯이 아팠다. 엄마가 상사의 두유 라테를 나르는 내 모습을, 우울하고 비좁은 내 아파트를, 억만장자의 화려한 비데를 닦고 있는 나를 보지 못했다는 사실이 다행스러웠다.

"여기 있는 동안 해야 할 일을 몇 가지 고려하는 중이긴 하지만, 아무튼 고마워요. 당신이 하는 일을 함께할 수는 없을 것 같네요."

나는 라클란에게 거짓말을 했다.

"내가 무슨 일을 하는지 어떻게 알고 그런 말을 하죠? 너무 주제넘은 것 같은데요."

라클란은 웃음으로 분노를 누그러뜨렸다. 라클란의 치아는 하얬지만, 이들이 한쪽으로 쏠려 있었다. 라클란의 이를 보자 아이였을 때 치과에 가지 못해 비뚤어진 내 이가 생각났고, 어쩌면 라클란과 나는 공통점이 많을 수도 있겠다는 생각이 들었다. 그래서인지 나도 모르게 라클란을 보고 웃었다. 라클란은 의자에서 일어나 엄마의 손을 토닥였다.

"가야겠어요."

"정말로 가는 건 아니지?"

갑자기 엄마가 눈을 동그랗게 뜨고 매달렸다.

"필요한 일이 있으면 언제라도 전화해요, 릴리 벨."

라클란은 엄마에게 몸을 숙여 조금만 힘을 줘도 부서져버릴 작고 소중한 물건이라도 대하는 양 엄마의 이마에 조심스럽게 입을 맞추었다. 나는 이 남자에게서 내 심장을 보호하려고 내 심장 주위에 강철 벽을 둘러치고 싶었다. 하지만 부드러운 그 입맞춤이 나의 방어벽을 살짝 무너뜨렸다.

라클란이 얼마나 오랫동안 엄마를 돌봤는지, 엄마를 돌보는 일이 그에게는 어떤 일이었는지 궁금했다. 엄마를 돌보는 일이 분명히 라클란에게 도움이 되는 부분이 있었을 텐데, 그것이 무엇인지는 알 수 없었다. 엄마는 이미 망가지고 파산했다. 엄마가 줄 수 있는 건 아무것도 없었다. 라클란은 진심으로 엄마를 좋아하는 것 같기도 했다.

"좋은 사람이야."

엄마가 나에게 속삭이며 내 손을 꼭 잡았다.

"속은 정말 부드러운 사람이야. 라클란이 없었으면 어떻게 했을까 몰라."

병실에서 나가면서 라클란은 전화번호를 적은 종이를 살며시 내 손에 쥐여주었고 내 귀에 대고 "마음이 바뀌면 연락해요"라고 속삭였다. 그때, 그 종이를 받아 들었던 건 어쩌면 엄마의 그 말 때문이었는지도 모르겠다. 그 종이를 버리지 않고 내 지갑에 넣은 건 분명히 엄마의 그 말 때문이었을 것이다.

내 가방 속에 두툼한 처방전과 화학 치료 일정을 적은 종이를 넣고 엄마와 함께 병원에서 나왔을 때도 내 지갑에는 라클란의 전화번호가 적힌 종이가 그대로 들어 있었다. 그날 나는 엄마와 함께 엄마가 사는 미드시티의 더러운 아파트로 갔다. 그곳에서 나는 처음으로 다섯 자리나 되는 액수의 혐오스러운 병원비 청구서를 받았고, 처음으로 화학요법을 받고 온 엄마가 피를 토하는 모습을 보았고, 머지않은 미래에 하루 종일 엄마를 돌봐야 하는 시간이 찾아오리라는 사실을 깨달았다. 그곳에서 나는 스무 곳이나 되는 갤러리, 박물관, 가구 상점에 이력서를 넣었지만, 모두 떨어졌다.

지난 몇 년 동안 엄마를 돌보지 못한 시간을 만회해야겠다고 결심했다. 하지만 이 과제를 해낼 방법이 전혀 없었다. 엄마에게는 사회 안전망이 전혀 없었다. 내가 엄마의 안전망이 되어주어야 했지만, 엄마에게 가장 필요한 것들을 나는 하나도 갖고 있지 못했다. 돈도, 직업도, 친구도, 전망도 없었다. 그저 빚과 결의만이 있을 뿐이었다.

어느 날, 가스비를 내려고 마지막 남은 50달러를 찾으러 은행에 갔을 때 지갑에 들어 있던 라클란의 전화번호를 발견했다. 두 손가락으로 종이를 꺼낸 나는 하얀색 고급 인쇄용지 위에 과감한 필체로 적은 라클란의 전화번호를 한참 쳐다보다가 전화를 걸었다. 신호가 울리는 동안 나는 라클란이 내 귀에 입술을 댔을 때 느꼈던 작은 욕망을 떠올렸다. 전화를 받은 라클란에게 내가 누구인지 말하자, 그는 내가 왜 전화했는지 분명히 안다는 듯이 조금도 주저하지 않고 대답했다.

"얼마나 지나야 현명해질지 궁금했어요."

나는 마음을 다잡았다.

"반드시 지켜야 하는 조건이 있어요. 아주 부자들만 노릴 거예요. 그런 일을 당해도 싼 사람들만."

내 말에 라클란이 피식 웃었다.

"그거야 당연하죠. 우리가 필요한 것만 챙길 거예요."

"바로 그거예요."

왠지 벌써 기분이 조금 나아졌다.

"그리고 엄마가 나아지면 난 곧바로 손 뗄 거예요."

라클란이 웃음소리가 들리는 것 같았다.

"그렇게 해요. 그건 그렇고, 인스타그램에 대해 잘 알아요?"

라클란이 물었다.

19

다음 날 아침에도 나는 같은 일정을 소화했다. 잔디밭 위에서 요가를 하며 바네사가 매트를 들고나오기를 기다렸다. 한 시간이나 계속한 아나사 요가 때문에 온몸의 근육이 피로를 호소했지만, 바네사는 보이지 않았다. 나는 스톤헤이븐 본채의 창문을 볼 수 있도록 코브라 자세를 하고 본채를 쳐다보았지만 커튼 뒤로 어떠한 움직임도 보이지 않았다. 오두막으로 돌아오면서 영지를 넓게 돌며 둘러봐도 생명체는 전혀 눈에 띄지 않았다. 주차장의 커다란 나무 문은 굳게 닫혀 있었고, 창문 밖으로는 불빛 하나 새어 나오지 않았다. 진입로에 낡은 세단 한 대가 서 있기는 했지만 세단 근처에서 한참을 서 있어도 세단을 몰고 온 사람은 보이지 않았다.

관리인의 오두막으로 돌아와 서재에 설치하고 온 카메라 화면을 들여다보았다. 조금 뒤에 화면에 나이 든 여자 하나가 나타났다. 머리카락을 하나로 질끈 묶은 그 여자는 앞치마 주머니에 깃털로 만든 구식 먼지떨이를 꽂고 있었다. 가사 도우미가 분명했다. 혹시 책 사이에 꽂아둔 카메라를 찾아내면 어쩌나 걱정이 되었지만, 가사 도우미는 책장은 거들떠보지도 않았다. 그저 커피 탁자에 있는 물건을 몇 개 옮기고 안락의자에 있는 베개를 매만지더니 서재에서 나갔다.

가사 도우미가 서재에서 나간 뒤 바네사가 두 번 서재에 들어왔지만 오래 머물지는 않았다. 길을 잃은 사람처럼 정처 없이 서성이는 듯 보였고, 아이가 낡은 봉제 인형을 손에 꼭 쥐고 있는 것처럼 휴대전화를 꼭 쥐고 있었다.

라클란이 다가와 내 뒤에서 노트북을 들여다보았다.

"저렇게 쓸모없는 인간이 다 있다니. 어떻게 저렇게 하는 일이 하나도 없지? 혹시 생각할 머리도 없는 거 아니야?"

라클란이 말하는 투가 왠지 마음에 들지 않았던 나는 이상하게도 바네사를 변호해주고 싶었다.

"우울해서 그런 거 아닐까?"

나는 몽유병에 걸린 사람처럼 걷고 있는 바네사를 유심히 쳐다보았다.

"내가 다시 가봐야겠어. 기분을 좀 띄워줄 필요가 있을 것 같아."

내 말에 라클란이 고개를 저었다.

"저 여자가 우리한테 오게 해야지. 너무 안달 난 것처럼 보이면 안 돼. 알았어? 힘을 쥔 쪽은 우리여야 해. 걱정하지 마. 분명히 우리를 찾아올 거야."

하지만 바네사는 오지 않았다. 잔디밭에서 요가를 하고 영지를 산책하고 1.5킬로미터 거리에 있는 잡화점에서 점심을 먹으며 바네사를 기다리는 초조한 날이 이틀 더 지나갔다. 라클란과 나는 글을 쓰느라 바쁜 것처럼 대부분의 시간을 오두막에 머물렀다. 라클란은 바네사가 갑자기 찾아올 경우를 대비해 거실 여기저기에 책과 종이를 늘어놓았지만 실제로 하는 일은 노트북 앞에 앉아서 완전히 몰입한 얼굴로 범죄 실화를 다룬 텔레비전 프로그램을 보는 것이었다. 소설을 잔뜩 가져온 나는 조지 엘리엇을 시작으로 빅토리아 시대 소설들을 섭렵할 생각이었지만 마음이 두개골 속에서 문자 그대로 녹아내리는 기분이 들기 전까지 몰입해서 소설을 읽을 수 있는 시간은 하루에 몇 시간밖에 없었다. 시간은 수도꼭지에서 새는 물처럼 너무나도 천천히 흘러갔고, 세 개의 방이 만드는 열기 속에서 온 세상과 떨어진 채 오래 버틸 수 있으리라는 자신이 점점 사라져 가고 있었다.

관리인의 오두막에서 지낸 지 5일째 되던 날, 나는 세이브 마트에서 식료품을 사려고 타호시로 갔다. 식료품을 사고도 한참을 시내에서 머물렀다. 번잡하고 부산한 시내는 완전히 죽어 있는 것 같은 스톤헤이븐에서 버틸 수 있게 해주는 해독제였다. 배는 고프지 않았지만 베이글을 사러 시드로 갔다.

시드는 지난 12년 동안 변한 것이 거의 없었다. 분필로 적은 손글씨 메뉴 위에서 깜빡이던 꼬마전구들은 펄럭이는 깃발들로 바뀌었고, 게시판에는 10대 베이비시터를 구한다는 광고와 잃어버린 개를 찾는다는 전단지가 붙어 있었다. 이제는 검은 머리칼이 하얗게 세고 배가 처졌지만, 여전히 머리를 하나로 묶은 매니저는 아직도 카페에 있었다. 매니저는 나를 알아보지 못했다. 당연히 그러리라고 생각했지만 매니저의 그런 반응은 나를 불안하게 만들었다. 나는 언제나 사람들 눈에 띄지 않는 사람이었는데도 그걸 이제야 발견한 것 같은 기분이 들었다.

나는 주문한 커피를 가지고 베니와 앉아 있곤 했던 해변의 피크닉 벤치로 갔다. 그곳에서 참을 수 없을 때까지 지난 12년간의 변화를 곱씹어보다가 쓰레기를 치우고 스톤헤이븐으로 돌아왔다.

오두막은 비어 있었고 추웠다. 어디에도 라클란의 흔적은 없었다. 코트도 운동화도 보이지 않았다. 잔디밭으로 나가 본채에서 흘러나오는 빛을 보면서 문을 두드릴까 고민했다. 하지만 마음속에서 무언가가 내가 본채로 다가가는 걸 말렸다. 나는 우울한 오두막으로 돌아와 털썩 주저앉았다. 너무나도 우울했고 쓸쓸했다.

몇 분 뒤 잔뜩 신이 난 라클란이 오두막으로 돌아왔다.

"우후, 저 여자는 정말 정신병이 있는 게 분명해."

라클란이 숨을 훅 내뱉었다.

"바네사가 우리한테 오게 해야 한다고 말한 사람은 당신이었던 거 같은데?"

내 목소리에는 심술이 묻어 있었다. 나는 소외되는 걸 싫어하는 게 분명했다. 아니면 나는 들어가지 못한 스톤헤이븐에 라클란이 들어간 게 마음에 들지 않는지도 몰랐다. 어쩌면 나에게는 애슐리라는 껍데기를 제대로 입고 내적 혼란이 없는 단순하고 좋은 사람이 되고 싶다는 열망이 있는지도 몰랐다. 그 생각은 흥미로웠다.

"그야 산책 나갔다가 그 여자를 만났겠지. 안 그래? 그 여자가 나를 초대했고. 일이 그렇게 진행된 거야."

라클란은 몸을 흔들어 재킷을 벗더니 안락의자 위에 툭 던졌다.

"카메라를 하나 더 숨겨놓고 왔어. 그 여자가 매처럼 지켜보고 있어서 더는 숨길 수가 없었어."

"어디에 숨겼는데?"

"실내 오락실?"

스톤헤이븐에 실내 오락실이 있었던가? 나는 모르는 사실이었다. 물론 스톤헤이븐처럼 큰 저택에는 여가를 보낼 특수한 공간도 있을 수 있겠지. 라클란이 숨겨놓고 온 카메라 화면을 켜자 당구대, 천을 덮은 의자, 바, 먼지 쌓인 스카치 디캔터, 골프 트로피가 놓여 있는 벽이 보였다. 가장 멀리 있는 벽에는 적어도 30개쯤 되는 고풍스러운 칼이 걸려 있었고, 난로 위에는 화려한 무늬를 새긴 권총 한 쌍을 넣은 액자가 당당하게 걸려 있었다.

"저게 어떻게 실내 오락실이야? 무기고지. 세상에, 저기서 뭘 하고 있었던 거야? 체커?"

내 말에 라클란이 얼굴을 찡그렸다.

"당신, 기분이 안 좋은 것 같네."

"둘이 뭘 한 거야?"

"그냥 가볍게 서로 희롱했지. 우리 가족의 성에 관한 이야기도 하고. 그 여자는 나를 좋아해."

"바네사는 우리 둘 다 좋아해. 하지만 그런 식의 희롱이 무슨 도움이 되는지 모르겠어. 이 속도로 가다간 연말까지 여기 있겠어."

"내가 미끼를 던져놨어. 그러니까 가만히 기다리고 있으면 돼. 분명히 덥석 물 거야."

라클란이 옳았다. 그다음 날 이른 오후에 오두막 현관 밖에서 달그락거리는 소리가 들렸다. 라클란과 나는 일순 얼어붙은 채 서로의 얼굴을 쳐다보았다. 라클란은 보고 있던 비디오를 재빨리 껐고 나는 숨을 길게 내쉬면서 재빨리 애슐리로 변신하려고 애썼다. 얼굴 한가득 미소를 띠고 현관문을 열자 하이킹 바지를 입고 공들여 화장을 하고 풍성하게 매만진 머리 위에 디자이너 선글라스를 올린 바네사가 서 있었다. 꼭 비타민 워터를 선전하는 모델 같은 모습의 바네사를 보자 머리에 꽂은 선글라스를 쳐서 떨어뜨리고 싶다는 충동이 일었다.

"어머, 바네사. 보고 싶었어요!"

나는 바네사를 끌어당겨 따뜻한 내 뺨을 차가운 바네사의 뺨에 댄 뒤 몸을 떼고 바네사를 쳐다보았다.

"아직도 요가를 하고 싶어요? 같이 할 수 있으면 정말 좋을 텐데. 아침마다 혼자 요가를 하고 있어요!"

내 말에 바네사의 얼굴이 빨개졌다.

"알아요. 감기에 걸렸어요. 하지만 이제는 꽤 나았어요."

"그럼 내일은 함께 할 수 있겠네요."

나는 몸을 문에 살짝 기댔다. 바네사는 배낭을 들고 있었다.

"어디 가는 길이에요?"

바네사의 눈길이 나를 지나쳐 아직도 종이에 둘러싸인 채 안락의자에 누워 있는 라클란을 향했다.

"비스타 포인트까지 하이킹하려고요. 혹시 같이 갈 건지 물어보려고 왔어요."

라클란이 노트북에서 고개를 들지 않자 바네사는 다시 나를 쳐다보았다.

"일기예보에서 곧 겨울 폭풍이 올 거라고 했거든요. 내일이나 모레 안에요. 그러니까 오늘이 마지막 기회일지 몰라요. 하이킹할 기회요."

"정말 근사한 생각이에요."

내가 라클란을 돌아보았다.

"자기야, 조금 쉴까?"

라클란은 내부에서 일어나는 지적 논쟁에 몰두하고 있던 심상이 일상으로 끌려 나온 것에 화가 난다는 듯이 잔뜩 인상을 쓰고 있었다. 라클란이 지금까지 〈크리미널 마인드〉를 보고 있었다는 걸 몰랐다면 나도 깜빡 속을 뻔했다.

"내가 지금 한참……."

라클란이 입을 뗐다.

바네사가 상당히 당혹스러운 표정을 지었다.

"아, 글을 쓰고 있죠. 미안해요. 방해할 생각은 아니었어요."

"아, 아니, 괜찮아요. 하이킹이라고요?"

라클란은 자세를 고쳐 똑바로 앉더니 크게 기지개를 켜 셔츠를 말려 올라가게 해서 탄탄한 배 근육을 살짝 드러내 보였다. 라클란은 우리 두 사람을 동시에 보면서 하이킹만큼 근사한 생각은 없다는 듯이 눈부시게 웃었다. 내가 라클란이 하이킹을 세금이나 로맨스 코미디 영화만큼이나 싫어한다는 걸 알고 있는데도 말이다.

"다리를 좀 펴는 것도 좋겠죠. 어차피 글도 잘 안 써지고요."

20분 뒤에 우리는 이제 막 출고해 공장 냄새가 가시지 않은 바네사의 메르세데스 SUV를 타고 달렸다. '빈방 있음' 네온사인이 깜박이는 세월에 바랜 모텔, 서브 샌드위치와 차가운 맥주를 판다고 광고하는 지붕널을 덮은 잡화점, 진입로에 보트를 세워둔 세모난 집들을 지나 호숫가를 따라 달렸다. 수백만 달러에 달하는 별장들이 모인 곳에서 멀어져 국유림을 향해 달렸다. 우리가 지나는 곳마다 바네사는 신이 나서 설명을 하느라 정신이 없었다.

"지금 가는 곳은 〈대부 2〉를 찍은 장소예요. 지금은 온통 콘도밖에 없지만요. 방금 지나온 곳에서 보트 봤어요? 거기가 프레도가 살해된 곳이에요."

"저기 진입로로 내려가면 체임버스 랜딩이 나와요. 1875년에 문을 연 유서 깊은 술집이 있는 부두예요. 지금은 체임버스 펀치 칵테일에 취해 있는 대학교 남자 동아리 애들이 주로 가는 곳이지만요."

"저기, 위에 작지만 멋진 스칸디나비아 저택 있죠? 꼭 노르웨이 피오르에서 튀어나온 것 같은 건물이요. 저기서 우리 증조할아버지가 저 집 주인이랑 피너클을 하셨대요. 대공황 때요."

바네사가 하는 이야기 가운데 몇 개는 10대 때 타호에서 살면서 들었던 기억이 있다. 장소들은 저마다 자신만의 전승을 갖기 마련이라지만 타호는 특히나 가장 배타적이었고 가장 화려했던 시절,

단순히 제값보다 훨씬 많은 돈을 들여 주말을 즐기러 온 샌프란시스코 테크놀로지 백만장자들이 모이는 곳이 아니었을 때의 기억에 매달리고 있었다.

숲이 빠른 속도로 뒤로 사라지는 창밖을 바라보면서 산에 있다는 사실이, 번잡하고 해로운 도시의 부산함에서, 욕망을 부추기는 도시의 광고판에서 벗어나 있다는 사실이 너무나 좋았다. 엄마를 이곳에 데리고 와서 병을 치료하면 어떨까? 이 신선한 공기가 엄마의 회복에 도움이 될지도 몰랐다. 어쩌면 엄마와 나는 도시 생활에서 벗어나는 게 좋을 수도 있었다.

그 순간 라클란과 내가 바네사의 돈을 가지고 이곳을 떠나고 나면 다시는 이곳으로 돌아올 수 없다는 사실을 기억해냈다.

라클란과 나는 바네사의 설명에 열심히 귀를 기울이면서 가이드에게 대답하는 단체 관광객처럼 짧게 추임새도 넣었다.

"이곳을 정말로 사랑하는군요."

마침내 라클란이 말했다.

라클란의 평가에 바네사는 놀란 것 같았다. 바네사는 새하얀 이로 광택이 흐르는 입술을 살짝 깨물더니 가죽 핸들을 꼭 잡고서 SUV를 급히 꺾었다.

"내가 이곳을 선택한 게 아니에요. 이곳이 나를 선택한 거죠. 나는 물려받았을 뿐이에요. 그러니까 사랑하고는 관계가 없어요. 명예와 관계가 있죠. 하지만, 맞아요. 이곳은 정말로 사랑스러운 곳이기는 해요."

바네사는 가속페달을 밟으며 커브를 돌더니 라디오를 켰다. 브리트니 스피어스의 노래가 흘러나왔다. 뒷좌석에 앉은 라클란이 신음했다.

"브리트니 안 좋아해요? 두 사람은 어떤 노래를 좋아해요?"

바네사가 긴장한 목소리로 나에게 물었다.

요가 강사는 어떤 노래를 좋아할까? 인도의 시타르 연주? 고래의 노래? 이런, 모두 너무 진부했다. 나는 대답을 하지 못하고 너무 뜸을 들였다. 바네사의 손이 채널을 바꿀 준비를 하면서 라디오 채널 스위치 위에서 맴돌았다.

"나는 클래식하고 재즈만 듣습니다."

내가 곤란해하고 있음을 눈치챈 라클란이 끼어들었다.

"아일랜드 성에서 자랐으니, 들을 게 그것밖에 없었죠. 레코드요? 하, CD 플레이어도 없었어요. 앨리스 할머니는 스트라빈스키와 친하셨습니다."

나는 겨우 웃음을 눌러 참았다. 라클란이 가짜 지식인 귀족 흉내를 내려다 너무 나가버린 거였다. 나는 라클란을 더 짜증 나게 하려고 바네사에게 몸을 기울여 음악 볼륨을 높이면서 속삭였다.

"마이클이 속물이라서 그래요. 그냥 '톱 40'이면 돼요."

라클란이 내 어깨를 세게 쳤다.

"예술 애호가라는 표현도 있잖아. 당신은 이해하죠, 바네사? 당신은 안목 있는 여자 같거든요."

"음, 고백하자면, 재즈에 관해서는 아무것도 몰라요."

라클란은 뒷좌석에 몸을 기대고 한 발을 콘솔 위에 걸쳤다. 새로 산 라클란의 신상 스니커즈는 시를 가르치는 시인이 신기에는 너무나도 새하얬고 너무나도 유행을 타는 디자인이었다. 라클란은 세부 사항은 전혀 신경 쓰지 않았다.

"꼭 재즈를 의미한 건 아니에요. 그냥 당신은 예술가 유형인 것 같아서요. 그런 분위기가 있어요. 아무래도 멋진 물건에 둘러싸여 있으니까 그런 거 아닐까요? 안목이 있다고 할까요?"

바네사의 얼굴이 빨개졌다. 라클란의 말에 기쁜 것이 분명했다. 그런 말도 안 되는 아첨을 믿다니, 정말 허영 덩어리 바보다.

"고마워요! 그 말이 맞아요. 하지만 그래도 난 브리트니를 좋아해요."

"안 돼!"

나는 라클란을 힐끔 쳐다보면서 말을 이었다.

"동료가 될 속물을 찾고 싶겠지만, 바네사는 내버려둬. 우린 채널 안 바꿀 거야. 그렇죠, 바네사?"

내가 바네사에게 손을 뻗어 내 것이라는 듯이 팔을 잡자 바네사는 나를 힐끔 쳐다보며 환하게 웃었다. 우리 두 사람이 자신을 놓고 싸우는 상황이 좋은 것이 틀림없었다. 우리가 바네사의 자아를 비행선만큼이나 크게 부풀려주었기에 자기만족에 빠진 바네사는 우리 위로 둥둥 떠올랐다.

라클란은 두 손을 위로 번쩍 들어 올렸다.

"머릿수에서 밀리니 포기해야겠군요."

하지만 음악 채널 논쟁은 어차피 아무 소용이 없는 거였다. 그 순간 바네사가 급하게 방향을 틀더니 주차장으로 들어가 오솔길 끝에 거칠게 차를 세웠다.

"여기예요."

바네사가 명랑한 목소리로 선언하듯 말했다.

SUV 밖으로 나온 우리는 바네사가 배낭에서 꺼내준 그래놀라 바와 물병을 받아 들고 오솔길로 들어섰다. 소나무 숲으로 이어지는 그 오솔길은 너비가 몇십 센티미터밖에 되지 않는 산길이었다. 우거진 나무 때문에 햇빛이 숲으로는 들어오지 않아 오솔길을 따라 올라갈수록 주변은 더 어두워졌고, 습한 이끼 냄새와 흙냄새가 났다. 이곳에서 들을 수 있는 소리라고는 나무 위를 스쳐 가는 바람 소리, 바람에 흔들린 고대 숲이 신음하며 삐걱거리는 소리, 우리 발밑에서 부서지는 소나무 낙엽 소리뿐이었다.

오솔길은 가팔라서 올라가기가 쉽지 않았다. 요가를 하느라 온 근육이 아픈 데다 높은 곳으로 올라가는 일은 익숙지 않아서 곧 괜히 왔다는 생각이 들었다. 라클란은 새로 산 신발이 더러워질까 봐 걱정되는지 모든 돌과 나뭇가지를 피해서 걷느라 아주 천천히 움직였다. 결국 몇 분 뒤부터는 아예 뒤처져버렸다. 바네사는 계속 내 옆에서 보조를 맞춰 걸었기에 자주 내 손과 바네사의 손이 부딪쳤다. 바네사의 손등에는 여기저기 울퉁불퉁하게 부풀어 오른 자국이 있었다.

정상까지 반쯤 남았을 때 타호호수가 선명하게 내려다보였다. 우리 앞에서 호수는 사방으로 뻗어 있었다. 잉크처럼 파란 호수 물이 이제 막 튕긴 하프처럼 잔잔하게 퍼져 나가고 있었다. 우리 위로는 이제 막 생겨난 적운이 높이 올라가고 있었고, 우리 밑으로는 잎이 무성한 소나무가 지평선까지 찬란한 녹색 대지를 이루고 있었다. 너무나도 익숙한 풍경에 잠시 놀랐지만, 곧 왜 그런 느낌이 드는지 깨달았다.

나는 베니와 함께 이곳에 온 적이 있었다. 베니와 나는 바로 이곳에서 꼼짝도 하지 않고 서서 발밑에 펼쳐진 파란 물결을 바라본 적이 있었다. 그때는 타호호수만큼이나 깊고 알 수 없는 세상이 우리 앞에 펼쳐져 있다는 기분이 들었었다. 그저 저 빈 공허 속으로 뛰어들어 망각 속으로 완전히 사라져버리면 좋겠다는 충동을 느꼈었다.

더는 걸을 수가 없었다. 말이 나오지 않았고 심장이 빠르게 뛰었다. 종아리가 쑤시듯 아팠다.

바네사가 나를 보았다.

"괜찮아요?"

"온몸으로 느끼고 있는 거예요. 잠시……."

나는 애슐리를 소환했다.

"명상을 하는 게 좋겠어요."

"여기서 명상을 한다고요?"

바네사가 흥미롭다는 듯이 나를 빤히 쳐다보았다.

"이곳이 바로 명상을 하기에는 딱 좋은 곳 같은데, 안 그래요?"

내가 능청스럽게 대답하자 바네사는 약간 긴장한 듯이 웃었다.

"명상을 할 수 있으면 좋겠지만, 너무 오랫동안 마음속이 부산했어요. 그러니까 나는 정말로 아무 생각 없이 고요해지고 싶지만, 초등학교에서 화산 만들기 실험을 잘못해서 사방으로 거품을 흩뿌리고 있는 어린아이처럼 내 머릿속은 너무나도 많은 생각들로 넘쳐 나요. 애슐리는 그럴 때 어떻게 해요? 그냥 생각 스위치를 꺼버리나요?"

"수행을 해요."

"아, 어떻게요?"

바네사는 기대에 찬 눈으로 더 많은 말이 나오기를 기다렸다.

세상에, 바네사는 집요했다. 하지만 나 역시 살면서 명상을 해본 적은 한 번도 없었다.

"그저……."

나는 가만히 눈을 감고서 마음을 비우고 있는 것처럼 보이려고 애썼다. 바네사가 소나무 낙엽을 밟으며 계속해서 움직이는 소리가 들렸다. 어쩌면 나를 방해하지 않으려고 잠시 멀리 떨어져 있으려는 건지도 몰랐다.

하지만 내가 눈을 떴을 때 바네사는 그 자리에 그대로 있었다. 전문가 같은 눈으로 나를 겨냥한 휴대전화 화면을 쳐다보고 있었다. 손으로 빛을 가려 결과물을 확인한 뒤에 무언가를 입력하기 시작했다. 그제야 바네사가 무엇을 하는지 깨달았다. 바네사는 인스타그램에 내 사진을 올리고 있는 거였다. 세상에, 절대로 일어나서는 안 될 일이었다!

"안 돼요!"

나는 먹이를 덮치는 뱀처럼 재빨리 바네사의 손에서 휴대전화를 낚아챘다. 인물 사진 모드로 찍은 사진 속에서 나는 눈을 감고 있었고 햇살이 부드럽게 내 얼굴 위에 드리워 있었다. 나는……, 평화로워 보였다. 바네사는 "새로운 나의 친구, 애슐리"라고 적고 있었다. 바네사가 이 문장을 어떻게 끝낼 생각이었는지 궁금해지는 건 어쩔 수 없었다. 나는 사진을 지우고 인스타그램을 닫았다. 그런 나를 바네사가 눈을 동그랗게 뜨고서 빤히 지켜보고 있었다.

"너무 까칠하게 굴어서 미안해요. 하지만…… 나는 프라이버시를 중요하게 생각하는 사람이에요. SNS가 당신에게 중요하다는 건 알아요. 하지만 내 사진을 온라인에 올릴 수는 없어요."

"정말 미안해요. 몰랐어요. 나는 그냥…… 애슐리 모습이 너무 근사해서……."

바네사는 떨고 있었다. 내가 상처를 입힌 것이다. 기분이 너무 안 좋았다.

하지만 휴대전화를 바네사에게 살며시 건네주는 나도 떨고 있었다. 정말 큰일 날 뻔했다.

"바네사는 몰랐으니까요. 이건 정말 내 잘못이에요. 미리 인터넷에 사진을 올리면 안 된다고 말했어야 했는데. 이 일로 속상해하지 않았으면 좋겠어요. 알았죠?"

바네사는 살짝 뒤로 물러났다. 정신없이 움직이는 눈은 내 얼굴을 피하고 있었다. 내가 바네사를 겁먹게 했거나, 더 심하게는 상처를 준 것이 분명했다.

"가서 마이클을 데려올게요. 길을 잃었는지도 모르겠어요."

"나는 여기서 기다릴게요."

바네사가 대답했다.

나는 오솔길을 되짚어 내려갔다. 400미터쯤 걸어가자 나무에 기대 신발을 들여다보고 있는 라클란이 보였다. 나 혼자 내려오는 모습을 보고 라클란이 얼굴을 찡그렸다.

"바네사는?"

"위에. 우리를 기다리고 있어."

라클란은 내 물병에 손을 뻗었다가 물병이 비어 있음을 깨닫고 또다시 얼굴을 찡그렸다.

"운동 능력을 뽐내야 하는 거 아니야, 애슐리?"

"적어도 나는 노력은 했어, 마이클."

"도대체 무슨 수다를 떤 거야? 소리 지르는 거 같던데."

라클란에게는 굳이 사진 이야기를 할 필요가 없을 것 같았다. 어쨌든 지웠으니까.

"아, 아무것도 아니야. 나한테 명상하는 법을 가르쳐달래."

내 말에 라클란이 콧방귀를 뀌었다.

"분명히 당신이 너무 많은 걸 하자고 했겠지. 이런 하이킹 같은 거 말이야. 하지만 이런 건 우리한테 도움이 안 돼. 바네사가 우리를 본채로 초대하도록 내가 나서야겠어. 약간 취하게 만든 뒤에 집을 구경시켜달라고 하는 거야. 집 전체를 말이야. 그때 카메라를 설치하는 거지. 그때는 우리 둘이 같이 있을 테니까 한 명이 바네사의 시선을 끌고 다른 한 명이 카메라를 설치하면 돼."

"좋아, 그렇게 해. 나는 빨리 돌아가야겠어."

"굳이 왜? 저 알팍한 거시기는 셀카나 열나게 찍고 있을 텐데."

나는 라클란을 밀었다. 의도했던 것보다 훨씬 세게 밀었다.

"그만해. 왜 그렇게 못되게 말해?"

라클란이 이상하다는 표정으로 나를 보았다.

"뭐야, 니나? 도대체 언제부터 그렇게 예의 바른 사람이 됐어? 사실 저 여자를 좋아하는 거 아니야? 내가 알기로는 불구대천지원수 아니었나? 일에 감정은 섞지 않을 거라며?"

라클란이 인상을 찌푸렸다.

"좋아하지 않아. 그냥 당신이 그런 말을 쓰는 게 싫을 뿐이야. 꼭 여성 혐오자 같잖아."

라클란이 몸을 기울여 내 몸에 밀착해 서더니 귀에 대고 속삭였다.

"내가 좋아하는 건 당신 거시기뿐이야."

라클란이 나에게 입을 맞추었다. 축축하고 차갑고 짭짜름한 입술이 느껴졌다.

"끔찍해."

나는 라클란을 밀어내면서 중얼거렸다.

라클란은 내 목에 코를 대더니 "거시기, 거시기, 거시기"라고 말하면서 내가 숨을 헐떡이면서 몸을 비틀 때까지 목의 신경을 잘근잘근 씹었다.

라클란 뒤로 우리를 향해 내려오는 바네사가 보였다. 우리를 본 바네사가 반대편 소나무 숲에서 멈췄다. 내가 보고 있는 걸 모르는 걸까? 쇄골 위에서 부지런히 움직이는 라클란의 입술과 셔츠 아래로 흘러내리는 땀을 느끼면서 나는 바네사를 보았다. 바네사는 예의 바르게 뒤로 물러났지만 시선은 우리에게 고정되어 있었다. 바네사의 시선이 점점 더 위로 올라왔고 마침내 내 눈과 마주쳤을 때 바네사는 얼어붙어버렸다.

우리 두 사람은 라클란이 땀에 젖은 셔츠 밑으로 손을 넣어 내 가슴을 움켜잡는 순간에도 기이하면서도 서로를 분명하게 이해하는 마음으로 똑바로 쳐다보고 있었다. 바네사는 박물관에서 전시물을 보는 관람객처럼 내 욕망을 재고 있었고, 나는 바네사가 드러내 보이는 날것 그대로의 욕망을 분명히 감지하고 있었다. 우리 두 사람 사이에 흐르는 감정은 기이하고도 은밀해서 라클란은 그곳에 존재하지 않는 것처럼 느껴졌다. 그 순간이 오롯이 우리 두 사람만의 시간인 것처럼 느껴졌다.

마침내 바네사가 눈을 끔뻑이더니 나무들 사이로 사라졌다.

나는 눈을 감고서 내 피부가 떨리고 내 맥박이 나무를 흔드는 바람의 속도에 맞춰 뛸 때까지 라클란에게 반응했다. 그리고 다시 눈을 떴을 때, 바네사는 바로 내 옆에 서 있었다. 나는 깜짝 놀라 황급히 라클란에게서 떨어졌다.

"어머, 바네사!"

나는 소리쳤다. 바네사의 얼굴에는 온통 짜증이 묻어 있었다. 바네사는 라클란을 보다가 다시 나를 보았고, 다시 라클란을 쳐다보았다. 그 모습을 보면서 깨달았다. '바네사는 우리가 자기를 신경 쓰지 않는 게 싫은 거야.'

라클란은 의기양양한 모습으로 한 손으로 자기 엉덩이를 쓸었다.

"와, 잘됐군요. 안 그래요? 다시 모두 모였잖아요. 사상자도 없었고요."

라클란이 말했다.

바네사는 나를 보았다.

"도대체 어떻게 된 거예요? 내가 있는 곳으로 온다고 했잖아요."

바네사의 목소리가 사뭇 날카로워서 놀랐다. 사진 때문에 아직 화가 나 있는 걸까? 아니면 질투가 나서? 도대체 라클란은 어느 정도까지 바네사랑 시시덕거린 거지? 나는 온순하게 사과를 하는 말투로 위협적인 느낌은 완전히 빼고 대답했다.

"미안해요. 다리에 쥐가 났어요."

바네사는 도저히 이해할 수 없다는 표정으로 고개를 갸우뚱했다.

"정말요? 놀랍네요. 애슐리는 요가 강사잖아요. 나는 거의 매일 안락의자에서 일어나지 않는 사람이고요."

"서로 쓰는 근육이 달라요."

"뭐, 난 완전히 지쳤습니다. 그보다 서둘러야 할 것 같은데요? 구름이 상당히 불길해 보이는군요."

라클란이 말했다.

"기온도 많이 떨어진 것 같아요. 너무 춥네요."

물론 요가 강사인 내가 그러면 안 된다는 걸 알지만, 어쩔 수가 없었다. 나는 내가 춥다는 걸 보여주려고 라클란의 팔을 잡아당겨 내 목에 둘렀다.

"내 체온을 좀 높여줘, 자기."

바네사가 내 행동을 평가하듯이 뚫어지게 쳐다보았다. 하지만 곧 바네사의 눈에 드리웠던 구름은 바람에 쫓겨 가듯 사라져버렸다.

"아, 애시. 여기…… 내 스웨트 셔츠를 입어요."

나는 라클란의 품에서 빠져나와 바네사의 스웨트 셔츠를 입었다. 스웨트 셔츠는 두툼했고 부드러웠고, 바네사의 체온 덕분에 따뜻했다. 비싼 로션 냄새와 라벤더 향까지, 셔츠에서는 바네사의 냄새도 났다. 내 몸에서 나는 바네사 냄새 때문에 혼란스러웠다. 우리 두 사람을 가르는 경계가 왠지 얇아진 것만 같았다. 셔츠를 받는 게 아니었다. 하지만 나는 바네사를 보면서 웃었다. 애슐리라면 그랬을 테니까.

"정말 친절해요, 바네사."

"별것 아니에요."

바네사의 얼굴에 보조개가 다시 돌아왔다. 우리 사이에 놓여 있던 예상치 못했던 틈이 덮어지는 것 같았다. 하지만 언덕을 내려오면서 나는 한 가지 사실을 더 깨달았다. 나에게 스웨트 셔츠를 줌으로써 바네사는 나와 라클란을 성공적으로 갈라놓았다는 사실을 말이다.

20

ㅇ

샤워를 막 끝냈을 때 비가 오기 시작했다. 작은 욕실 안에서 발가벗고 물에 젖은 채로 불길하게 지붕을 내리치는 빗소리를 들으며 서 있었다. 저녁을 먹으러 본채에 가고 싶지는 않았다. 그저 폭풍이 울부짖고 있는 동안 난로 앞에서 책을 읽고 싶었다. 하지만 내가 선택할 수 있는 문제가 아니었다. 이건 이곳에 도착한 이후로 줄곧 우리가 노리던 기회였다. (라클란의 말처럼 정말로 전혀 어렵지 않았다! 그저 하이킹을 끝내고 스톤헤이븐으로 돌아오는 길에 라클란이 "내일 본채에서 함께 저녁을 먹을 수 있을까요?"라고 묻기만 하면 되는 거였다. 계획했던 것처럼 완벽하게 해낼 수 있는 일이었다.)

하지만 왠지 불안했다. 왜 그런지는 알 수 없었다. 나는 거울을 가만히 들여다보면서 애슐리를 소환하려고 애썼다. 하지만 보이는 것이라고는 한꺼번에 너무나도 많은 역할을 하느라 지쳐버린 여자뿐이었다. 거뭇한 눈으로 물을 뚝뚝 떨어뜨리고 있는 거울 속 여자는 의무를 다하는 딸이자 한 남자의 파트너이자 연인이며, 스승이면서 장사꾼, 친구이면서 사기꾼의 역할을 해야 했다. 그 많은 역할 가운데 진정한 나는 어디에 있을까?

캐시미어 스웨터와 산뜻한 청바지를 입은 라클란이 욕실 안으로 얼굴을 들이밀었다. 나를 위아래로 훑어본 라클란은 "뭐 입고 갈 거야? 주머니가 많은 옷이 좋을 텐데. 거시기에 숨길 게 아니라면 말이야"라고 지껄였다.

"하나도 안 웃겨."

내가 대답했다.

주머니 가득 카메라를 넣고 작전 계획(라클란이 바네사와 시시덕거리고 내가 카메라를 숨긴다)을 모두 짰을 때쯤 폭풍은 한결 거세져 있었다. 오두막 문을 열고 나가려고 하는데 바람이 어찌나 세게 저항하던지 문이 부서지는 줄 알았다. 스톤헤이븐 본채에서 흘러나와 우리를 유혹하는 불빛을 향해 걷는 동안 빗줄기가 매섭게 얼굴을 때렸다. 현관까지 절반도 가기 전에 이미 내 몸은 흠뻑 젖어버렸다.

바네사는 우리에게 줄 마티니를 양손에 들고 있었다. 얼굴이 발그레한 것으로 보아 바네사는 이미 한 잔 마신 모양이었다. 나는 손으로 얼굴에 묻은 빗물을 닦으며 재빨리 마티니를 한 모금 가득 마셨다. 강한 마티니에서는 올리브 때문에 짠맛이 났다.

"우아, 독한 술이네요."

나는 기침을 했다.

바네사가 걱정스러운 표정으로 나를 보았다.

"다른 걸 만들어줄까요? 말차나 녹차 마실래요?"

"아, 아니에요. 맛있어요."

나는 바네사에게 웃어 보이고 또 한 모금 마셨다. 하지만 속으로는 자책했다. 애슐리가 마티니를 마시던가? 이런, 맙소사! 애슐리 역할을 하는 걸 잠깐 잊었다. 하지만 이제는 어쩔 수 없었다. 나는 마티니가 신경을 타고 내려가 긴장을 풀어주기를 바라며 다시 한 모금 듬뿍 마셨다.

식탁에 차려진 식기로 판단하건대 바네사가 생각한 저녁은 정식 만찬은 아닌 것 같았다. 바네사는 프랑스 스튜 같은 요리를 만들었고 주방에서는 마늘과 끓인 와인 냄새가 났다. 바네사는 조금도 쉬지 않고 말하면서 이 냄비 저 냄비를 살펴보며 능숙한 솜씨로 불의 세기를 조절하고 양념을 넣었다.

"진짜 코코뱅을 만들려면 늙은 수탉을 써야 해요. 하지만 여기 정육점은 형편없어요. 방목한 닭은 전혀 구할 수 없고, 사실 수탉도 없어요. 그래서 닭 가슴살로 만들었어요. 물론 와인은 반드시 보졸레나…… 부르고뉴 같은 프랑스 와인을 써야 해요. 네 시간쯤 삶는 게 좋다고 하는데, 나는 여섯 시간 정도 삶아야 한다고 생각해요. 오래 삶을수록 더 좋은 거, 맞죠? 하하하!"

그러니까 바네사는 요리를 할 수 있었다. 정말 놀라운 일이었다. 주방에서 노예처럼 일하면서 베니 엄마를 위해 주인이 먹지도 않을 요리를 만들던 루르드가 생각났다. 베니는 루르드에게 요리를 배웠을까?

라클란은 계속 바네사를 따라다니며 냄비를 들여다보고 만드는 방법을 자세하게 물어봤다. 나는 조용히 주방 의자에 앉아서 마티니를 홀짝였다. 시간이 흐를수록 점점 더 짜증이 났다. 내가 아는 한 라클란은 요리에 관해 아는 것이 전혀 없었다. 그런데도 얕은 지식을 심오한 지식처럼 늘어놓을 수 있다니, 라클란의 저 능력은 볼 때마다 놀라웠다. 이미 상당히 어지러웠던 나는 지방이 타는 냄새에 토할 것만 같았다.

바네사가 라클란에게 닭고기 껍질을 노릇노릇하게 만드는 기술을 설명하고 있을 때 마침내 내가 끼어들었다.

"그래도 스톤헤이븐을 모두 둘러볼 기회는 있겠죠? 여기, 나머지 부분도 보고 싶어요."

바네사는 손등으로 눈가에 붙은 머리카락을 치우더니 거의 텅 빈 내 잔을 흘낏 쳐다보았다.

"물론이에요. 일단 이걸 다 하고, 저녁도 먹은 뒤에요. 마티니는 벌써 다 마셨네요. 와인 줄까요? 와인 저장고에서 도멘 르루아를 찾아왔어요. 너무 오래 방치해서 맛이 변했을지도 모르겠지만요."

"도멘 르루아라고요? 끝내주는데요! 홍컴 홀에 있을 때 딱 한 번 마셔봤어요. 레스터 백작하고요. 레스터 백작 알아요? 몰라요? 음, 백작의 와인 저장고는 정말 끝내줍니다. 전설이죠."

튀어나올 것처럼 눈을 동그랗게 뜨고 라클란이 떠들어댔다. '백작이라니, 제발, 라클란!' 저렇게 속이 빤히 들여다보이게 거짓말을 하는데, 그 말에 속는다고? 나는 와인이라면 지금까지 주류점에서 10달러짜리 이상은 사본 적이 없었지만 라클란의 말이 어떤 의미인지 정확히 알고 있는 사람처럼 웃으며 고개를 끄덕였다. 바네사는 식탁으로 와인이 담긴 디캔터를 가져와 와인 잔에 따랐다. 라클란은 잔을 들어 빙그르 돌리더니 한 모금 마셨다.

"아아, 바네사. 우리가 이 귀한 걸 마셔도 되는지 모르겠습니다."

"당연히 되죠."

바네사는 라클란이 감동했다는 사실이 기쁜 모양이었다.

"친구와 함께 저녁을 먹을 때 좋은 와인을 마시지 않는다면 도대체 언제 마시겠어요. 두 사람이 없었다면 나 혼자 이걸 모두 마셔야 할 텐데, 그건 너무 창피할 것 같아요."

"반박할 수가 없네요. 좋습니다. 새로운 친구를 위하여!"

마이클이 와인 잔을 높이 들어 올렸다.

바네사는 살짝 눈물이 맺힌 얼굴로 라클란을 뚫어지게 쳐다보았다. 또다시 우리 앞에서 감정을 드러내려고 하는 걸까? 속이 메슥거리고 토할 것 같았다. 식욕은 이미 사라져버렸고 오두막으로 돌아가고만 싶었다. 지금은 애슐리로 버틸 힘이 없었다. 마티니를 너무 많이 마신 것이 분명했다.

와인 잔을 들어 올리는 것도 상당한 노력이 필요했다.

"그리고 바네사를 위하여! 가끔은 우주가 반드시 만나야 할 사람들을 만나게 해주는 거 같아요."

충분히 애슐리답게 공허한 문장을 읊조렸다. 촛불에 비친 눈을 정신없이 깜빡이면서 바네사가 나를 보며 웃었다.

"그럼 우주를 위해서도 건배해요. 뜻밖의 만남에 대해서도요. 와인, 마음에 들어요?"

와인을 잘 아는 건 아니었지만 나에게는 왠지 휘발유 같은 맛이 났다. 나는 웅얼거리듯 칭찬을 늘어놓고 내 앞에 있는 음식으로 눈을 돌렸다. 기름 속에서 헤엄치고 있는 닭고기, 기름진 육수를 빨아들여 가장자리가 분홍색으로 물든 으깬 감자, 빈혈기 가득한 노란색 아이올리 소스를 듬뿍 뿌려 축 늘어진 구운 아스파라거스가 보였다. 나는 감자를 조금 떠먹었다. 머리가 어지러웠고, 음식이 들어간 위장은 그 즉시 격렬하게 저항하기 시작했다.

이마에 송골송골 땀이 맺혔다. 여기가 도대체 언제 이렇게 더워졌지? 식탁 위에 걸린 전등 불빛이 고통스러울 정도로 밝게 느껴졌다. 잠시 바람을 쐬고 오려고 의자를 뒤로 미는 순간 내 소화기관이 경련을 일으켰다. 당장이라도 토할 것 같았다.

"화장실이 어디예요?"

간신히 물었다.

바네사가 나를 뚫어지게 쳐다보았다. 내 상태는 엉망일 게 뻔했다. 바네사는 자리에서 일어나 복도를 가리켰다. 나를 향해 뭐라고 말을 하기는 했는데 급하게 뛰어나오느라 바네사의 말을 듣지는 못했다. 식도를 타고 점심에 먹은 것들이 올라오기 직전에 화장실로 뛰어 들어갈 수 있었다. 점심에 내가 뭘 먹었더라? 아, 길가 상점에서 산 참치 서브 샌드위치. 가장자리가 딱딱하다는 걸 알았을 때 유통기한을 확인했어야 했다. 화장실이 뱅글뱅글 돌더니 어느 순간 차가운 대리석이 내 무릎에 닿았고, 세면대가 내 뺨을 스쳤다. 시큼한 악취가 식도를 완전히 막아버렸다.

나는 신물이 올라올 때까지 토하고 또 토했다.

조용히 문을 두드리는 소리가 들렸고, 곧 라클란이 화장실로 들어와 내 앞에 섰다. 라클란은 내 옆에 무릎을 꿇고 앉아서 머리카락을 얼굴에서 떼어내 가만히 붙잡아주었다.

"무슨 일이야?"

"낮에 참치 샌드위치 먹은 게 잘못됐나 봐."

나는 다시 변기로 얼굴을 돌렸다.

"이런, 상했었나 보네. 나는 칠면조를 먹은 게 다행이었군."

레버로 물을 내려야 하는 구식 변기였지만 레버까지 손을 뻗을 기운조차 없었다. 나는 대리석 바닥에 얼굴을 대고 누워 눈을 감고 웅얼거렸다.

"오늘은 못 하겠어. 계획을 취소하자."

라클란이 화장실 휴지를 뜯어서 내 이마를 토닥였다.

"좋아, 나 혼자 할 테니 그냥 나한테 카메라를 줘. 당신은 오두막으로 가. 나는 카메라를 숨기고 갈 테니까."

"내가 아픈데 혼자 가게 내버려두면 바네사가 이상하게 생각할 텐데? 나쁜 남자 친구니까 좋게 생각하지 않을걸?"

라클란은 휴지를 동그랗게 뭉쳐 휴지통에 던져 넣었다.

"아니, 나와 단둘이 남을 수 있어서 오히려 더 좋아할 거야. 그냥 나한테 같이 가지 않아도 된다고만 말해. 조금만 호들갑을 떨어 봐. 바네사의 저녁을 망치고 싶지 않다고 하면 되잖아. 당신은 사려 깊고 생각 깊은 애슐리니까, 안 그래?"

"좋아, 그렇게 해."

몸을 일으키자 어지러웠고, 열도 나는 것 같았다. 라클란이 나를 부축해 주방으로 돌아갔다. 바네사는 내가 너무 걱정되어 와인은 마실 생각조차 들지 않는다는 듯이 불안한 눈을 동그랗게 뜨고서 가득 찬 와인 잔을 앞에 둔 채로 자리에 앉아 있었다.

"애슐리가 몸이 안 좋네요. 오두막에 돌아가서 애슐리를 좀 눕혀야겠어요."

식탁 앞까지 가자 라클란은 내 허리를 감싸고 있던 손을 살며시 놓으며 어서 말하라는 듯이 내 등을 툭툭 쳤다. 하지만 지금 다시 입을 열면 식탁에 토할 것 같았다.

"아니야, 마이클. 당신은 여기 있어. 바네사가 준비한 훌륭한 음식을 낭비할 순 없잖아. 그건 부끄러운 일이야. 그래서는 안 돼."

나는 가까스로 말했다.

바네사가 황급히 고개를 저었다.

"아, 아니, 아니에요. 마이클, 괜찮으니까 애슐리를 돌봐줘요."

"난 괜찮아요."

숨을 제대로 쉴 수가 없었다. 나는 괜찮지 않았다.

"그냥 가서 좀 자면 돼요."

라클란이 잔뜩 이마를 찡그린 채 나를 쳐다보았다.

"뭐, 당신이 그렇게 말한다면 나는 남을게. 오래 있지는 않을 거야. 당신 말이 맞아. 이걸 모두 버리는 건 낭비야."

가능한 한 빨리 차가운 공기를 들이마시고 싶었던 나는 라클란이 말을 마치기도 전에 문을 향해 서둘러 걸어갔다. 바네사가 라클란의 말에 어떤 반응을 보였는지 알지 못한다. 라클란과 둘이 있을 수 있다는 사실이 기뻐서 웃었을까, 아니면 내가 걱정되어 얼굴을 찡그리고 있었을까? 지금은 그런 건 하나도 신경 쓰이지 않았다.

어둠 속으로 곧바로 뛰어들어 쏟아지는 비를 얼굴에 맞으면서 내 머릿속에 떠오른 건 이마를 짚어주는 엄마의 시원한 손이었다. 오두막으로 걸어가는 동안 나는 자꾸만 어둠 속에서 안심하려고 엄마를 찾던 어린아이로 변해갔다.

오두막에 들어오자마자 침대에 누웠지만 잠이 오지 않았다. 열 때문에 몸이 부들부들 떨렸고 입에서 나는 끔찍한 냄새를 없애려고 물을 마실 때마다 장이 뒤집혔다. 대여섯 번쯤 화장실로 달려가 토하고 온 뒤에는 내 마음속에서 무언가가 부서져버렸고, 나는 울기 시작했다. 완전히 탈진한 상태였고 공허했고 외로웠다. 어째서 여기에 온 걸까? 이불에 파묻혀 있던 휴대전화를 찾아서 땀으로 끈적해진 손으로 엄마에게 전화를 걸었다.

"엄마."

"우리 아가!"

엄마의 목소리가 따뜻한 목욕물처럼 들렸다. 라벤더 향과 소금을 넣어 내 머릿속에서 썩은 것들을 꺼내주고 있는 것 같았다.

"괜찮은 거니? 목소리가 왜 그래?"

"괜찮아."

내가 말했다.

"사실, 안 괜찮아."

나는 다시 말했다.

"왜 그래? 무슨 일이야?"

걱정 때문에 엄마의 목소리가 좀 더 또렷하고 분명해졌다.

"식중독."

잠시 아무 말도 들리지 않았고, 곧이어 살며시 기침하는 소리가 들렸다.

"아, 아가. 식중독이야? 그렇게 심각한 건 아니네. 진저에일을 좀 먹으렴."

"여긴 그런 거 없어."

나는 어린아이처럼 징징거렸다. 그러니까 엄마한테 너무나 불공평하게 행동하고 있는 거였다. 그러다가 문득 엄마는 '여기'가 어디인지 모른다는 사실이 생각났다. 다행히 엄마는 살짝 달래주는 듯한 소리를 내고는 더는 묻지 않았다.

"나는 괜찮아. 그냥 엄마 목소리가 듣고 싶어서 걸었어."

전화기 너머로 얼음이 유리잔 속에서 소용돌이치고 있는 것처럼 딸랑 울리는 소리가 났다.

"딸이 전화해서 좋네. 보고 싶어."

"혹시 경찰이 '또' 왔어?"

나는 주저하면서 묻기 힘든 질문을 했다.

"한 번. 문을 두드리길래 대답하지 않았더니 그냥 갔어. 유선전화로 전화가 왔지만 안 받았어."

열이 나고 어지러워서 머리가 빙글빙글 돌았다. '왜 나를 찾는 걸까? 내가 여기 있는 걸 알아내면 어떡하지? 다시 집에 갈 수는 있을까?' 아니, 당연히 집으로 돌아가야 했다. 갈 수밖에 없었다.

"몸은 괜찮아? 기분은 어때?"

엄마가 다시 기침을 했다. 옷소매로 입을 가렸는지 탁한 소리가 났다.

"좋아. 식욕은 없지만. 배에 또 가스가 차네. 온종일 피곤하고. 왜 있잖아, 힘들게 마라톤을 끝냈는데 정신을 차리고 보니까 또다시 마라톤 출발점에 와 있는 듯한 느낌, 뛰는 것 말고는 다른 걸 선택할 수 없는 상황에 놓인 듯한 느낌이야. 무슨 말인지 알지?"

또다시 위에서 경련이 일었지만 그 고통을 무시하려고 애썼다. 엄마의 커다란 고통 앞에서는 이런 고통쯤은 참는 것이 옳았다.

"아, 엄마. 내가 엄마 옆에 있어야 하는데."

"그런 말 하지 마. 지금은 널 돌봐야 할 때야, 알겠어? 호손 박사는 정말 친절한 사람이야. 추수감사절 지나고 곧바로 치료를 시작하재. 먼저 방사선치료부터 하고, 그다음에 새로운 치료법으로 치료할 거야. 하지만 안 하는 게 좋지 않을까 싶어……. 어떻게 해야 할지 잘 모르겠어."

"그게 무슨 소리야, 엄마? 왜 그런 소리를 해?"

"하지만 니나, 치료비를 생각해봐. 그 큰돈을 네가 어디서 마련하겠니? 아니, 너한테 질문을 하는 건 아니야. 물어봐야 네가 대답하지 않을 것도 알아. 하지만 여기 있는 고가구 상점에서 그 돈을 벌 수 없다는 건 뻔하잖아. 그렇다면…… 우리가 무슨 수로 그 치료비를 감당하겠어. 적어도 50만 달러는 들 텐데. 거기에 방사선치료랑 약값, 의사 왕진비, 간병인 비용, 입원비까지 있어야 해. 보험회사에 연락해봤는데 역시 가장 간단한 화학요법 말고는 보험금이 안 나올 거래. 새로운 치료법은 '너무 실험적'이라서 승인을 해줄 수가 없대."

다시 소매로 입을 가리고 기침하는 소리가 들렸다. 대화를 하는 것이 힘든지 엄마의 목소리는 훨씬 힘이 빠져 있었다.

"그냥 화학요법만 받는 게 좋을지도 몰라."

"안 돼. 화학요법은 이미 받았지만 효과가 없었잖아. 의사가 하라는 건 모두 해봐야지. 연말쯤이면 돈이 생길 거야. 어쩌면 더 빨리 생길지도 몰라. 그러니까 의사가 하라는 대로 해. 엄마는 그냥 치료를 시작하면 돼. 알았지?"

엄마는 잠시 말이 없었다.

"아가, 무슨 일을 하든 정말 조심해야 해. 정말로 조심, 또 조심해도 부족해. 항상 세 발자국은 앞서 있어야 한다고 했던 엄마 말, 늘 명심해야 해."

나는 엄마가 안심할 만한 말을 해주고 싶었지만 내 소화기관에서 벌어지고 있는 끔찍한 일 때문에 다른 일에는 신경을 쓸 수가 없었다. 나는 간신히 엄마에게 작별 인사를 하고 화장실로 뛰어갔다. 또 한 번 토하고 침대로 돌아온 나는 열에 취해 잠이 들었다.

꿈에서 나는 타호호수의 바닥에 있었다. 얼음처럼 차가운 물 속에서 희미한 빛이 보이는 수면으로 올라가려고 미친 듯이 발버둥을 쳤지만 수면은 점점 더 멀어지기만 했고 내 폐에는 점점 더 물이 차올랐다. 내 위로 헤엄치며 움직이는 무언가가 보였다. 파란 물을 가리며 내 위로 그림자를 드리우는 무언가가 있었다. 나는 도와달라고 소리치고 싶었지만, 곧 그들이 나를 구해주지 않으리라는 사실이 분명해졌다. 그들은 오히려 나를 수면으로 올라오지 못하게 막고 있었다. 마침내 깜짝 놀라 벌떡 일어났을 때는 온몸이 땀에 젖어 있었고 정신을 차릴 수가 없었다. 머리가 어지럽고 속이 메슥거렸지만 그래도 위장이 뒤틀리는 느낌은 사라졌다.

나는 가만히 누워서 오두막을 휘감으며 지나가는 폭풍 소리를 들었다. 비는 어느새 우박으로 바뀌어 유리창에 부딪히고 있었다. 어찌나 세게 부딪히는지 유리창이 깨질지도 모른다는 걱정이 들었다. 휴대전화를 들어 시간을 확인했다. 본채에서 나온 뒤로 세 시간이 흘렀다. 라클란은 어디에 있을까? 두 사람은 무얼 하고 있을까?

이 질문의 답은 쉽게 찾을 수 있다는 생각이 내 마음속을 스치고 지나갔다. 나는 침대에서 일어나 거실로 나가 라클란의 노트북을 집어 들고는 안락의자에 털썩 주저앉아 전원을 켰다.

다시 살아난 라클란의 노트북은 카메라 열한 개가 작동하고 있음을 나타내주었다. 아래층에 있는 집무실의 큰 책상에서 집무실을 비추는 카메라, 2층 입구에서 복도를 비추는 카메라, 서재를 구석구석 비추는 카메라들, 실내 오락실 위에서 당구대를 비추는 카메라, 현관과 나로서는 어딘지 알지 못하는 방들을 비추는 카메라들이 활동하고 있었다. 마지막 카메라는 큰 침실을 비추고 있었다.

집주인이 머무는 그 방을 전에는 본 적이 없었다. 그 방은 스톤헤이븐의 다른 모든 장소처럼 어두웠고 웅장했다. 침대 위로는 묵직한 다홍색 아마 천이 드리워져 있었고 벨벳으로 덮은 장중한 의자, 탱크만큼이나 큰 옷장이 보였다. 석조 벽난로 옆에는 황동으로 만든 그레이하운드들이 꼼짝도 하지 않고 매서운 눈으로 맞은편 침대를 노려보고 있었다. 왕족 흉내를 내고 싶던 퇴폐적인 러시아 부자들을 위해 설계된 침실임이 분명했다.

박물관을 방불케 하는 그 방에 어울리지 않는 것은 단 하나밖에 없었다. 방 한구석에 세 개씩 포개져 있는 열두 개쯤 되는 갈색 상자들. 상자 옆면을 확대해보았다. 검은 매직으로 깔끔하게 쓴 '드레스 코트: 셀린느, 발렌티노, 주름치마, 클러치, 미니 백, 가벼운 스웨터, Misc, 루부탱, 실크 블라우스' 같은 글씨가 보였다. 그 상자들을 보자 바네사가 가진 옷만으로도 부티크 숍을 하나 열 수 있을 정도여서 저 물건들을 온라인 상점에서 팔면 적지 않은 돈을 벌 수 있겠다는 것과 바네사가 몇 달이나 이곳에 머물고 있으면서도 짐을 풀지 않았다는 두 가지 생각이 한꺼번에 떠올랐다.

나는 라클란과 바네사가 화면에 나타나기를 기다리며 잠시 노트북을 쳐다보고 있었지만 두 사람은 끝내 화면에 나타나지 않았다. 주방에 있는 것이 분명했다. 스톤헤이븐의 나머지 공간은 무덤처럼 텅 비어 있었다. 도대체 라클란은 세 시간 동안 바네사와 무슨 이야기를 하고 있을까? 돈을 조금 더 들여서 오디오 기능이 있는 카메라를 샀더라면 좋았을 텐데. 그럼 보이지 않는 곳에서 어떤 일이 일어나고 있는지 소리로라도 알 수 있을 텐데.

안락의자에서 까무룩 잠이 들었다. 눈을 떠 내 앞에 서 있는 라클란을 발견할 때까지 몇 시간이나 잠들어 있었던 건지 알 수가 없었다. 라클란의 숨결에서 곰팡내와 달콤한 냄새가 동시에 났다. 와인 냄새도 났다.

"전부 설치했어. 카메라 전부."

몸을 약간 흔드는 것으로 보아 라클란은 취한 것이 분명했다.

"봤어. 그래, 잘 즐기고 왔어?"

"질투는 하지 마, 달링. 못생겨 보여."

라클란은 거실에 가득 들어찬 가구와 자꾸 부딪치면서 비틀거리며 침실로 걸어갔다.

나는 몸을 일으켜 앉았다. 노트북은 여전히 내 무릎 위에 있었다.

"카메라가 어떻게 작동하는지 확인 안 할 거야?"

"아침에. 피곤해 죽겠어."

라클란이 소리쳤다.

라클란은 계속 오두막에 있는 물건들과 부딪치고 고가구를 향해 욕을 하면서 마침내 침실로 들어가 침대 위에 엎어졌다. 곧 힘차고 요란하게 코 고는 소리가 들렸다. 밤이 깊어지고 추워지면서 오두막은 더욱 삐걱거리며 신음했다. 나는 다가오고 있는 폭풍을 생각했다.

라클란 때문에 깬 뒤로 잠이 오지 않았다. 결국 노트북을 열고 카메라 화면을 켰다. 큰 침실에서는 바네사가 무언가를 찾는 것처럼 움직이고 있었다. 화장실로 들어갔다가 다시 침실로 돌아와 침대 끝 쪽에 서서 한참 동안 침대를 바라보고 있었다. 바네사가 무엇을 보고 있는지는 알 수 없었다. 캐미솔에 속옷만 입고 있어서 갈비뼈까지 셀 수 있을 정도였다. 눈 밑에 붙인 아이 팩 때문에 바네사는 시체를 먹는다는 구울처럼 보였다. 마침내 침대에 누운 바네사는 침대 옆 협탁에서 휴대전화를 집어 들고 손가락을 움직이며 화면을 들여다보았다. 하지만 곧 마음을 바꿨는지 휴대전화를 내려놓고 전등불을 켜고 똑바로 누워 꼼짝도 하지 않고 천장을 바라보았다.

기둥이 네 개인 커다란 침대 위에 누운 바네사는 너무나도 작았다. 실제 크기로 만든 침대 위에 누운 인형처럼 보였다. 바네사는 자기보다 먼저 그곳에 누웠던 죽은 리블링 사람들을 느낄 수 있을까? 궁금했다. '바네사는 새 침대를 사야 해.' 나는 그런 생각을 하면서 바네사를 바라보고 있었다. 바네사의 가슴이 반복해서 천천히 올라왔다가 내려갔다. 가슴의 움직임은 점점 더 빨라졌고, 가끔은 이상하게도 너무나도 높이 솟아올랐다. 바네사가 두 손으로 얼굴을 가린 뒤에야 나는 바네사가 울고 있음을 알았다. 처음에는 약한 흐느낌이었지만 곧 내장이 조이고 온몸에 경련이 이는 것처럼 격렬하게 울기 시작했다. 저 어둠 속에는 자신밖에 없다고 믿는 것처럼 바네사의 금발 머리카락은 베개 위에 아무렇게나 흩어져 있었다. 저런 식으로 처절하게 절망을 드러내는 사람을 나는 본 적이 없었다.

그때 나는 혐오를 느꼈다. 바네사에게 혐오를 느낀 건 아니었다. 그때 내가 생각한 건 밖에서 관찰하는 내 모습이었다. 누군가가 자신의 SNS에 내 인생 이야기를 올리고 나를 관찰하고 있는 모습이었다. 그때 내가 본 모습은 한 여자의 가장 은밀한 순간을 몰래 훔쳐보고 있는 한심한 관음증 환자였다. 전혀 모르는 타인의 슬픔을 혐오를 키우는 연료로 사용하고 있는 정신의 흡혈귀였다.

어쩌다 나는 이렇게 어두운 그늘 속에 살면서 세상을 훔쳐보며 오직 목표와 표적만을 찾는 인간이 되고 말았을까? 어째서 나는 낙천적인 사람이 아니라 냉소적인 사람이 되고 말았을까? 어째서 주는 사람이 아니라 탈취하는 사람이 되고 말았을까? (그러니까 왜 나는 애슐리 같은 사람이 되지 못했을까?) 갑자기 내가 미워졌다. 내가 돼버린 작고 옹졸한 인간이 너무나도 미웠다. 리블링 사람들이 미운 것보다 나를 미워하는 마음이 훨씬 더 컸다.

'리블링 사람들은 너한테 그런 짓을 하면 안 됐어. 너는 너한테 이런 짓을 해서는 안 됐단 말이야!'

나는 카메라 화면을 껐다. 다시는 카메라를 들여다보지 않겠다고 다짐했다. 이 모든 일을 그저 끝내고만 싶었다. 그냥 엄마가 있는 에코 파크의 집으로 돌아가고 싶었다. 이런 일을 더는 하지 않을 수 있도록 여기서 충분히 많은 돈을 가지고 가고 싶었다. 이 소원은 반드시 이루고 싶었다. 그리고 더 많은 소원을 이루고 싶었다. 한때 내가 될 수 있을 거라고 믿었던 사람, 그 미래가 너무나도 밝았던 사람이 될 수 있도록 새롭게 시작할 수 있기를 바랐다.

카메라 화면을 끄기 직전에 바네사가 얼굴에서 손을 치웠다. 카메라 화면 위로, 다홍색 아마 천이 만드는 희미한 그늘이 드리운 바네사의 얼굴이 나타났다. 어두워서 바네사의 얼굴이 제대로 보이지는 않았지만 바네사의 얼굴에 떠오른 무언가가 내 시선을 화면에 머물게 했다. 0.5초도 안 되는 짧은 시간에 화면이 꺼지면서 사라져 버리고 말았지만, 그때 바네사가 울고 있지 않았던 것은 분명했다.

바네사는 웃고 있었다.

21

○

밤사이에 비는 눈으로 바뀌었다. 잠에서 깨어나 거실로 나가니 모든 창가에 15센티미터는 될 법한 눈이 쌓여 주변 풍경이 부드럽게 변해 있었다. 10센트짜리 동전만 한 눈송이가 조용히 내려와 쌓였다. 거대한 잔디밭도 친숙한 하얀 담요에 덮여 완전히 사라져버렸다.

몇 년이나 눈을 보지 못했던 나는 파자마 차림으로 현관에 나가 혀를 내밀었다. 차를 들고 어깨에 두툼한 이불을 두른 라클란이 내 뒤에 와서 섰다. 숙취로 초췌해진 라클란의 눈 밑 피부는 부어 있었고 주름져 있었다. 그 때문인지 오늘은 라클란이 제 나이로 보였다. 이제는 마흔이 다 돼가는 남자처럼 보였다. 그런 깨달음이 너무나도 놀라웠다.

“당신 때문에 찬 바람이 들어와.”

라클란은 내가 입고 있는 옷을 보았다.

“세상에, 니나. 이렇게 있다가는 얼어 죽을 거야.”

라클란은 나를 이불 속으로 끌어당기더니 따뜻한 몸으로 나를 폭 감싸 안았다. 라클란의 몸에서는 오래된 땀 냄새와 마구간 냄새가 섞인 것 같은 시큼한 냄새가 났다. 내가 물었다.

“우리, 눈에 갇힐 것 같아?”

“그러지 않길 바라야지.”

라클란은 이불을 단단히 여미면서 부르르 몸을 떨었다.

“더블린을 떠날 때 다시는 추운 데서 살지 않겠다고 맹세했어. 어렸을 때는 정말 늘 추웠어. 우리 부모는 집에 난방을 할 여유가 없어서 겨울이면 온 집이 얼어붙었지. 그 사람들이 아이 열한 명을 방 세 개에 나눠서 처박아둔 건 우리가 서로의 체온으로 살아남기를 바랐기 때문인지도 몰라.”

내리는 눈을 보면서 라클란은 침울한 표정을 지었다.

“그 추운 거실에서 숙제를 하려면 동상에 걸리지 않도록 장갑을 껴야 했어. 선생들은 늘 나한테 글씨가 엉망이라는 핀잔을 했고.”

나는 새하얀 눈을 보니 희망이 생기는 것 같다고 말하고 싶었다.

10대 때 보았던 광경을 또다시 보고 있으니 동화의 나라로 들어온 것 같다고 말하고 싶었다. 지금과 같은 상황이 아니라면 정말로 이 눈을 보면서 행복했을 것이라고 말하고 싶었다. 하지만 아무 말도 하지 않았다. 그저 라클란의 품에서 빠져나와 따뜻한 오두막으로 들어갔다.

"지금은 감상에 빠질 시간이 아니야. 시작해야지."

내가 말했다.

조금 뒤에 나는 하얀 들판을 지나 스톤헤이븐 본채로 걸어갔다. 이제 막 쌓인 눈 위에 부츠가 자국을 남겼고, 신발 자국 때문에 녹은 눈은 납작해진 잔디를 밖으로 드러냈다. 나는 스톤헤이븐 본채 뒷문으로 올라가 문을 두드렸다. 세 번째로 문을 두드리자 바네사가 나타났다. 바네사는 어리둥절한 표정으로 눈을 깜빡이며 나를 보았다. 바네사의 눈은 충혈되어 있었고 부어 있었다. 바네사는 간신히 웃어 보였다. 지난밤에 너무 많이 마신 것이 분명했다.

"벌써 나았어요? 정말 빨리 괜찮아졌네요."

바네사는 놀라움을 전혀 숨기지 못했다.

"빨리 지나갔어요. 가끔, 몸은 정말 신비하지 않아요? 살면서 내내 이해해보려고 노력을 해도, 언제나 계속해서 우리를 놀라게 하는 게 몸인 것 같아요."

"아."

바네사는 내 말의 의미를 곰곰이 생각해보는 듯이 인상을 썼다.

"왜 그런 거 같아요? 식중독이었을까요?"

"아래 있는 식당에서 참치 서브 샌드위치를 사 먹은 게 문제였던 거 같아요."

"아, 이런. 미리 물어봤으면 그 집 샌드위치는 먹지 말라고 말해 줄 수 있었을 텐데요. 거기 냉장고가 조금 의심스럽거든요."

바네사는 그래도 내가 똑바로 서 있을 수 있다는 것이 놀랍다는 얼굴로 물끄러미 나를 보았다.

"저녁을 먹는 내내 애슐리가 그리웠어요."

"나도 정말 함께하고 싶었어요. 바네사가 얼마나 애썼는지 아니까요. 나중에 꼭 다시 초대해줘요."

바네사는 내 뒤에 있는 오두막 쪽을 바라보았다. 우리와 함께 있는 시간과 만찬을 준비하는 데 들이는 노력의 가치를 비교해보는 것이 분명했다.

"물론이죠."

바네사가 대답했다.

"언제요?"

내 말에 바네사의 눈이 파르르 떨렸다. 갑자기 밀어붙이는 나에게 놀란 것이었다.

"내일, 요?"

"좋아요."

나는 발을 현관문 안으로 밀어 넣었다.

"잠깐 들어가서 몸 좀 녹일 수 있을까요? 부탁하고 싶은 것도 있고요."

스톤헤이븐의 주방은 잔혹한 범죄가 일어난 현장처럼 보였다. 조리대 위에는 요리를 하고 내팽개쳐둔 냄비들이 널려 있었고, 가스레인지 오염 방지판에는 스튜를 만들 때 튄 크림색 액체가 잔뜩 묻어 있었고, 와인 잔에는 와인이 말라붙어 있었다. 식탁에는 먹다 남은 음식이 그대로 놓여 있었다. 노란 지방이 둥둥 뜬 채로 걸쭉해진 스튜, 음식이 말라붙어버린 은 식기들, 립스틱 묻은 냅킨, 드레싱이 완전히 배어든 샐러드.

"어제 정말 재미있었나 봐요."

내 말에 바네사는 이런 난장판을 만들어놓은 사람은 자신이 아니라는 듯이 이상하다는 표정으로 머리카락을 쓸어 넘겼다.

"오늘 아침에 가사 도우미가 와서 치워주기로 했는데, 눈 때문에 못 왔나 봐요."

왠지 날씨가 이렇게 된 건 모두 가사 도우미 때문이라는 원망 섞인 말투였다. 바네사는 조리대에서 와인이 반쯤 남아 있는 잔을 싱크대 쪽으로 10센티미터 정도 들어 옮겼다. 그 정도가 바네사가 치울 수 있는 최선인 것 같았다.

"마이클한테 와서 설거지를 하라고 할게요. 주방 정리도 도와줄 거예요."

이 제안을 마이클이 얼마나 싫어할지 생각하니 정말 기분이 좋아졌다.

"아니, 그러지 마요. 제발요. 곧 눈이 멈출 거예요. 확실해요. 결국 제설기가 길을 뚫을 거예요."

바네사는 호수를 보려고 창문으로 고개를 돌렸다가 눈에 반사된 빛에 움찔하더니 의자에 털썩 앉았다.

"부탁할 게 있다고 했죠?"

나는 의자를 끌고 와 바네사 옆에 앉으면서 심호흡을 하고 다시 애슐리가 될 준비를 했다.

"음, 아마 마이클이 말하지 않았을 것 같아요. 그 사람은 자기 이야기를 하는 거 별로 안 좋아하거든요."

나는 바네사를 보면서 멋쩍은 듯이 웃었다.

"마이클이 나한테 청혼했어요. 이제 우리, 약혼한 사이예요."

바네사는 시간 지연 현상이 일어난 것처럼, 내 말을 알아듣지 못하고 잠시 아무 반응도 없이 가만히 있었다. 그러다가 갑자기 얼굴이 환해지더니 귀가 따가울 정도로 꺄악, 소리를 질렀다. 지나치게 과한 반응이라 마치 바네사가 바네사를 흉내 내고 있는 것만 같았다. 솔직히 말해서 우리가 약혼을 했다고 바네사가 이렇게까지 기뻐할 이유는 없었다.

"굉장해요! 너무 근사해요! 왜 마이클은 말하지 않았을까요? 너무 멋있어요!"

나에게 몸을 바짝 기울인 바네사에게서는 기분 나쁘고 축축한 아침의 숨결이 느껴졌다. 바네사는 너무나도 기쁜 듯이 두 손으로 가슴을 세게 움켜쥐었다. 정말로 너무 지나쳤다.

"모두 말해줘요. 언제, 어떻게 청혼했어요? 아! 반지 보여줘요!"

"우리가 온 첫날밤에, 오두막 계단에서 했어요. 호수 위로 뜬 보름달을 보려고 나와 있었는데 갑자기 무릎을 꿇더니……, 그다음은 말 안 해도 알죠?"

나는 천천히 벙어리장갑을 벗고 왼손을 바네사 앞으로 내밀었다. 내 왼손 약지에는 쿠션 커팅한 에메랄드가 가운데 박혀 있고 그 주위를 작은 다이아몬드들이 둘러싸고 있는 아르 데코풍 약혼반지가 끼워져 있었다. 에메랄드와 다이아몬드가 모두 진짜라면 적어도 10만 달러는 나갈 반지였다. 물론 이 반지는 가짜였다. 엄마가 오래전에 벨라지오호텔에서 술 취한 여자 손에서 슬쩍 빼 왔고, 이럴 때 요긴하게 써먹으려고 내 보석 상자 안에서 굴러다니게 내버려뒀던 반지였다.

바네사가 내 손을 덥석 잡더니 아기들이 하는 옹알이 같은 소리를 냈다.

“빈티지네요! 가보예요?”

“마이클의 할머니 반지예요.”

“앨리스의 반지군요.”

바네사가 에메랄드를 부드럽게 쓰다듬었다.

내가 앨리스가 누구인지를 깨닫는 데는 조금 시간이 걸렸다.

“맞아요, 앨리스 할머니. 이 반지가 정말 마음에 들어요. 너무 멋진 반지예요.”

반짝이는 반지를 감상하려고 손을 들자 반지가 내 손가락 관절에 부딪혔다.

“하지만 봐요. 너무 커서 자꾸 흘러내려요. 크기를 줄이기 전까지는 끼고 다니면 안 될 거 같아요. 게다가, 당신이라서 하는 말인데 이렇게 화려하고 비싼 반지를 끼는 게 조금 조심스럽기도 해요.”

나는 최선을 다해서 얼굴을 빨갛게 달구었다.

“솔직히 말해서 나는 상당히 절제하면서 살고 싶어요. 강습할 때 낄 수 있는 반지도 아니고요. 나한테 결정권이 있다면 이 반지는 기부하고 훨씬 작은 반지를 살 거예요.”

“아, 애슐리라면 분명히 그럴 거 같아요.”

바네사는 내가 하는 모든 말에 공감할 수 있다는 듯이 진지하게 고개를 끄덕였다. 이미 인스타그램에서 바네사 리블링이 낄 수 있는 반지 크기에는 제한이 없다는 걸 충분히 확인했는데도 말이다.

“그렇다고 이 반지를 그냥 오두막에 놓고 다닐 수는 없을 것 같아요. 내가 편집증이 있는 건 알지만, 오두막은 왠지 누구에게나 개방된 느낌이라서요.”

이 눈길을 뚫고서 강도가 오두막까지 온다는 생각은 분명히 터무니없고 바보 같았지만 바네사가 심각한 표정을 짓고 있는 것으로 보아 그럴 가능성이 있는지를 진지하게 고민하는 것 같았다. 괜히 바네사의 걱정만 키워서 보안 시스템을 강화하면 어쩌나 걱정이 될 정도였다.

"아무튼, 그래서 물어보는데, 혹시 안전 금고 같은 게 있나요?"

바네사가 잡고 있던 내 손을 놓았다.

"안전 금고요? 아, 물론 있어요."

"그럼 미안하지만, 이 반지를 우리가 떠나기 전까지 금고에 보관해주면 안 될까요?"

나는 바네사가 내 부탁에 대해 생각할 시간을 주지 않으려고 재빨리 반지를 빼서 바네사의 손바닥에 올려놓았다. 바네사는 장난감을 움켜잡는 아기처럼 본능적으로 반지를 받은 손을 오므렸다. 나는 주먹 쥔 바네사의 손에 내 손을 얹고 살짝 힘을 주어 고마움을 표시했다.

"내가 걱정할 필요가 없는 안전한 곳에 맡기면 정말로 안심이 될 것 같아요. 이렇게 귀한 물건은 한 번도 가져본 적이 없거든요. 당신은……."

나는 잠시 멈추었다가 말했다.

"음, 당신이라면 정말 믿을 수 있으니까요."

바네사는 자기가 들고 있는 것이 나에게는 가장 값진 물건이라는 듯이 조심스럽게 감싸 쥐고서 자기 손과 내 손을 내려다보았다.

"전적으로 이해해요."

다시 고개를 든 바네사의 눈은 놀랍게도 눈물에 덮여 있었다. '세상에, 또 우는 거야? 이번에는 왜 우는 거지?'

그러다 문득 바네사의 인스타그램에 올라왔던 약혼 소식이 기억났다. 그때 바네사는 손가락을 쳐다보면서 활짝 웃고 있었고 “여러분, 알려줄 소식이 있어요”라고 적었었다. 그 반지는 지금 바네사의 손가락에서 사라졌고 바네사의 파혼은 불쌍한 바네사가 겪은 긴 비극 목록에 추가되었다. ‘왜 파혼했을까?’ 궁금했다. 하지만 왜 궁금했을까? 어쩌면 그때 나는 애슐리였기 때문에 바네사의 개인사가 궁금했던 건지도 모르겠다. 아니면 내 안에 있는 인간성이 이 모든 상황에도 불구하고 바네사 안에 있는 인간성과 연결되기를 바랐기 때문인지도 모르겠다. 어쨌든 나는 묻지 않을 수 없었다.

“올해 초에 약혼했었죠?”

나는 부드러운 목소리로 물었다.

“어떻게 알았어요?”

바네사는 깜짝 놀란 것 같았다.

“인스타그램에서 봤어요.”

바네사의 입이 살짝 벌어졌다. 바네사의 생각이 내면을 향해 달려가고 있는 것 같았다. 마치 무언가 말을 하려면 준비를 해야 하는 것처럼 보였다. 자신이 얼마나 회복력이 강하고 자아 성찰을 잘하고 있는지 보여주는 영감 어린 말을 하려고 애쓰는 것만 같았다. 하지만 왜인지 그런 말은 바네사의 입에서 나오지 않았다. 그저 자기 손을 펴서 내 반지를 드러내 보였을 뿐이다. 바네사는 반지를 이리저리 굴려 빛을 잡았다. 자기 것도 아닌데 마치 자기 것인 양 반지를 다루는 모습이 조금은 이상하게 느껴졌다.

“내가 사는 방식이 마음에 들지 않는데요.”

빛나는 반지를 보면서 마침내 바네사가 말했다. 바네사의 목소리는 완전히 가라앉아 있었다.

“자기 엄마처럼 정계에 나갈 생각이라 내가 걸림돌이 된다고 생각한 거예요. 나 때문에 '여론'이 안 좋을 거라고요. 공직자의 아내가 전용기를 타고 돌아다니는 건 안 될 일이니까요. 특히나 지금 같은 때는요. 그 사람이 내 인생은 얄팍하대요. 그래서 파혼했어요."

바네사는 어깨를 으쓱했다.

"사실, 그 사람 말이 맞죠, 뭐."

바네사의 입에서 나온 말은 내가 기대했던 것과 달랐다. 내가 기대한 건 바람이나 약물 문제였다. 추악해서 경멸할 수 있는 그런 이야기들이었다. 게다가 바네사는 자기 자신에 관해 어느 정도는 제대로 인식하고 있었다. '얄팍이라고?' 그런 단어가 바네사의 입에서 나올 것이라고는 상상도 하지 못했다.

"약혼까지 하고서 그런 생각을 했단 말이에요?"

"아빠가 돌아가시고 2주 만에 파혼하자고 했어요."

나는 바네사가 무례한 취급을 당했다는 생각도 못 할 정도로 냉혈한은 아니었다. 나는 바네사에게로 몸을 기울였다.

"그 누구도 그렇게 힘든 시기에 그런 짓을 하면 안 되는 거예요. 위로하려고 하는 말이 아니라 정말로 그런 사람이랑 헤어진 건 장기적으로 봤을 때 총알을 피한 것과 같을 거예요."

정말로 그렇게 생각했다.

"그래서 뉴욕을 떠난 거예요?"

"맞아요. 그래서 여기에 온 거예요."

바네사는 엉망진창이 된 주방을 둘러보았다.

"사는 곳을 바꿔봐야겠다는 생각이 들었을 때 스톤헤이븐이 떠올랐어요. 그때는 여기가 정말 좋은 곳처럼 느껴졌거든요. 아빠가 나에게 남겨주신 곳이기도 했고, 내 생각에는…… 여기에 오면 평온해질 것 같았어요. 여기는 우리 가족이 살았던 곳이니까요. 분명히 생각지도 못한 기쁨을 느낄 거라고 생각했어요."

다시 나를 바라보는 바네사의 눈은 호수처럼 잔잔했고 차가웠다.

"그러니까 내가 이곳을 얼마나 미워했는지 그때는 잊고 있었던 거예요. 이곳에서는 우리 가족한테 끔찍한 일만 있었던 걸 말이에요."

단어들이 바네사의 입에서 얼음 조각처럼 차갑게 떨어져 내렸다.

"스톤헤이븐은 우리 가족에게 비극만 가져온 곳이에요. 엄마, 아빠, 동생 모두 여기에서 나쁜 일이 시작됐어요. 내 동생은 조현병을 앓고 있다고, 말했었나요? 여기서 병이 시작되었거든요. 엄마는 여기서 자살했고요."

새롭게 드러난 바네사 때문에 너무 놀라 나는 아무 말도 하지 못했다. 지금 내 앞에 있는 바네사는 서재에서 본 우울하고 애정에 굶주려 울던 사람이 아니었다. 모든 사람의 입맛을 맞추려고 애썼던 들뜬 여주인도 아니었다. 분노하고 비통해하고 있으며 자기 자신을 잘 아는 사람이었다. 그리고…… 바네사의 엄마가 자살했다고? 그것도 새로운 소식이었다.

"세상에, 몰랐어요."

내 말에 바네사는 무언가를 찾으려는듯이 호수처럼 잔잔한 녹색 눈에 호기심을 가득 담아 나를 뚫어지게 쳐다보았다. 이번에는 공감한다는 표정을 지으려고 노력할 필요가 전혀 없었다. 바네사는 다시 고개를 숙이면서 어깨를 으쓱했다.

"당연히 신문에는 안 실렸어요. 아빠가 막았으니까."

보트 사고. 신문 기사에서는 보트 사고라고 했었다. 보트에서 어떤 사고가 나야 중년 여자가 죽을 수 있는지 생각해본 적이 한 번도 없었다. "왜 자살을 한 거죠?"라고 묻고 싶었다. 하지만 애슐리라면 그런 질문은 해서도 안 됐고, 바네사도 대답해줄 리가 없었다.

"어머니가 많이 힘드셨나 봐요."

바네사에게 부드럽게 말하면서 나는 갑작스러운 의심에 고통스러워하며 서재 안락의자에 앉아 있던 성마른 상류층 여자를 떠올렸다. 그날, 나는 무엇을 보지 못했던 걸까?

"정말 미안해요. 무슨 말을 해야 할지 모르겠어요."

"애슐리가 왜요? 우리 엄마가 돌아가셨는데 왜 다른 사람이 미안해해요?"

바네사는 조금 신경질적으로 어깨를 흔들었다.

"나는 망할 바네사 리블링인걸요. 축복을 달고 태어난 바네사 리블링이에요. 하지만 당신들은 내가 아는 걸 몰라요. 나는 불만을 터뜨려도 안 되고 고통을 느껴도 안 돼요. 언제나 내가 가진 것에 감사해야 해요. 내가 얻은 행운 때문에 평생 속죄하면서 살아야 해요. 내가 무슨 일을 하건, 그게 내가 가진 모든 걸 내놓는 일이라고 해도 결코 충분하지 않다고 생각하는 사람들이 있어요. 그 사람들은 언제나 나를 미워해야 할 이유를 찾아내요."

바네사는 이리저리 돌려 빛을 받아 반짝이는 반지를 뚫어지게 쳐다보았다.

"어쩌면 그 사람들이 옳은지도 몰라요. 나는 태어날 때부터 결점이 있는 애였는지도 몰라요. 동정받을 가치가 없는 사람으로 태어났는지도 몰라요."

우리 두 사람이 처한 처지가 난감했지만, 그래도 바네사를 진심으로 동정하는 마음이 내 안에서 느껴졌다. 어쩌면 내가 바네사에게 내린 판결은 지나치게 가혹했을지도 모른다는 생각이 들었다. 나에게 닥친 재앙이 바네사 때문이라는 결론은 잘못된 것일지도 모른다는 생각이 들었다. 라클란과 나는 애초에 고르면 안 될 목표를 고른 건지도 몰랐다. 어쨌거나 바네사는 벌거벗고 있는 나를 침대에서 끌어낸 리블링이 아니니까. 나와 엄마를 이 마을에서 몰아낸 리블링이 아니니까. 바네사는 나의 존재를 거의 알지도 못했으니까. 부모의 잘못을 아이에게 지게 하는 건 너무나도 불공평한 일일지도 몰랐다.

바네사는 기대에 찬 눈으로 나를 바라보고 있었다. 비극 앞에서 애슐리답게 평온한 처방을 내려주기를, 마음을 어루만지는 말들을 해주기를 기다리고 있는 것 같았다. 하지만 그럴 수가 없었다. 내 입에서는 "모두 그만둬요"라는 말이 튀어나왔다. 평온한 애슐리의 목소리가 아니라 거친 목소리였다. 니나가 입을 연 것이다.

"이곳이 당신을 아프게 하는 거예요. 사람들 평가에 지친 거라고요. 그냥 모두 내버려두고 떠나요. 당신한테는 이 집이 필요 없어요. 스톤헤이븐에서 나가서, 어디든 짐을 질 필요가 없는 곳으로 가요. 카메라를 끄고 평화롭게 살아요. 제발 정신 차려요. 당신이 가치가 있는지 없는지를 다른 사람에게 묻지 마요. 도대체 왜 다른 사람들 생각을 신경 써요? 다른 사람들 생각 따위, 엿이나 먹으라고 해요."

"엿이나 먹으라고요?"

바네사의 얼굴에 희망이 스치고 지나갔고, 바네사의 눈에서 가능성이 떠올랐다. 그리고 두 눈이 천천히 올라와 내 눈과 마주쳤다.

"지금 농담하는 거죠?"

그제야 내가 가면이 벗겨질 정도로 위험한 경계까지 다가갔음을 깨달았다. 도대체 난 뭘 증명해 보이고 싶었던 걸까?

"맞아요. 농담이에요."

이제는 애슐리가 할 법한 온건하고도 진부한 처방전을 내놓아야 했다.

"내 생각에는 바네사가 정말로 힘든 한 해를 보낸 것 같아요. 그러니까 자신을 돌볼 시간이 필요해요. 괜찮으면 마음 챙김 수련법을 알려줄게요."

"마음 챙김 수련법이요? 그게 뭐예요?"

너무나도 놀라운 제안이라는 듯이 바네사는 나를 물끄러미 쳐다보았다.

"영혼을 맑게 해서 현재를 살게 해주는 수련법이죠."

너무나도 한심한 말이었다. 누가 나에게 이런 충고를 했다면 정말로 미워했을 것이다.

바네사가 손을 뒤로 뺐다. 자신이 했던 말을 후회하고 있는 게 분명했다.

"이미 현재를 살고 있는걸요."

바네사는 심드렁하게 말하더니 의자를 뒤로 뺐다.

"아무튼 이 반지는 금고에 넣고 올게요. 상자는 어딨어요?"

"상자요?"

그제야 내 실수를 깨달았다. 이런 반지를 맡기려면 당연히 벨벳 상자를 가져와야 했다.

"이런, 오두막에 두고 왔어요."

"아, 괜찮아요. 잠깐만 기다려줘요."

주방에서 나간 바네사가 어딘가로 걸어가는 소리가 들렸다. 어느 곳으로 움직이는지 소리를 들어보려고 했지만 스톤헤이븐이 바네사의 소리를 삼켜버렸다. 바네사가 2층으로 올라갔는지도 알 수 없었다. 마구 뛰는 심장을 부여잡고 정확한 곳에 카메라를 설치했기를 바라며 식탁 앞에 앉아 있었다. 스톤헤이븐에는 방이 마흔두 개 있었지만 우리가 설치한 카메라는 열두 개뿐이었다.

몇 분 뒤 주방으로 돌아온 바네사는 선 채로 말했다.

"됐어요."

나간 사이에 조금 진정이 된 것 같았다. 앞머리가 젖어 있는 것으로 보아 얼굴에 물을 끼얹고 온 게 분명했다.

나도 의자에서 일어났다.

"어떻게 감사해야 할지 모르겠어요."

"아, 아무것도 아니에요. 친구라면 당연히 해야죠. 그저 언제 돌려줘야 하는지만 말해줘요."

바네사의 목소리는 다시 숨소리가 섞인 고상한 말투로 돌아가 있었다.

나는 또 다른 바네사로 되돌리고 싶었다. 이 얄팍하고 깃털 같은 사기꾼 밑에 있는, 내가 잠시 살펴본 우울하고 상처 입은 부정적인 바네사를 다시 데려오고 싶었다. 나는 바네사의 손을 잡았다.

"정말로, 이곳에서 당신이 행복하지 않다는 사실이 너무 안타까워요. 당신은 정말 여길 떠나야 해요."

눈을 깜빡이며 나를 보던 바네사가 내 손에서 자기 손을 뺐다.

"아, 애슐리가 내 말을 오해했나 봐요. 여기는 와야 할 이유가 있어서 온 거예요. 난 내가 누군지 정확히 아는걸요."

바네사는 완벽하게 하얀 이 스물두 개를 드러내 보이며 웃었다.

오두막으로 들어와 머리에 내려앉은 눈을 털면서 식탁 앞에 앉아 있는 라클란에게 갔다. 라클란 앞에 노트북이 열려 있었고 화면에서는 카메라 영상이 실시간으로 흘러나오고 있었다. 나를 보자 라클란은 옆에 있던 의자에 다리를 올리더니 몸을 뒤로 기대며 씩 웃었다.

"빙고! 금고는 집무실 그림 뒤에 있어."

22

○

산속 대저택 식당에 어른 셋(금발 머리 여자, 검은 머리 연인)이 앉아 있었다. 스무 명이 함께 식사를 할 수 있게 만든 커다란 식탁에 외롭게 앉아 있는 세 명의 어른이었다.

정식 코스 요리에 맞게 제작한 식탁이었다. 황금 세공을 한 본차이나 접시가 한 가지씩 요리가 나올 때마다 제 역할을 하려고 러시아 마트료시카 인형처럼 겹겹이 쌓여 있었고, 모노그램을 새긴 은 포크와 나이프가 접시 한쪽 옆과 밑에 가지런히 놓여 있었다. 크리스털로 만든 가늘고 긴 유리잔과 그릇이 머리 위에 있는 샹들리에의 불빛을 반사하고 있었다. 식당은 장작을 피운 연기 냄새가 났고 사이드보드 위에는 장미가 놓여 있었다.

집주인인 금발 머리 여자는 이 만찬을 위해 모든 준비를 했다.

집주인은 녹색 눈을 돋보이게 하는 녹색 시폰 구찌 드레스를 입고 있었고, 손님 둘은 그 자리에는 어울리지 않는 평범한 청바지를 입고 있었다. 두 사람은 이렇게 거창한 식사를 하게 될지 몰랐다. 여러 사람이 요리를 들고 급하게 움직였고 유니폼을 입은 여자가 와인을 따랐고 음식을 조금이라도 흘리면 가사 도우미가 재빨리 다가와 깨끗하게 치웠다. 48시간 전에 이곳에서 저녁을 먹은 뒤로 분명히 무언가가 바뀌었지만, 어째서 금발 머리 집주인이 손님들에게 감동을 주기로 한 건지는 알 수 없었다.

대화는 정치나 가족, 돈 같은 민감한 주제를 성공적으로 피해 가면서 활기차고 우호적으로 진행됐다. 세 사람은 최근 방영한 텔레비전 프로그램이나 이혼한 유명인들, '완전식품 30일 다이어트' 같은 시대정신을 담은 친숙한 이야기들만 나누었다. 유니폼을 입은 여자가 와인을 따랐고 수프가 도착했다. 와인을 몇 차례 더 따랐을 때 샐러드가 나왔다. 세 사람 모두 살짝 취했지만, 자세히 살펴보면 검은 머리 연인은 금발 머리 집주인보다 훨씬 천천히 와인을 마셨고, 가끔 맞은편에 있는 연인과 눈을 마주쳤다가 재빨리 시선을 돌리곤 했다.

메인 요리인 윈터 시트러스를 뿌린 연어 요리가 막 식탁 위에 놓였을 때 갑자기 전화벨이 울렸다. 검은 머리 여자가 청바지 주머니에 손을 넣어 휴대전화를 꺼내더니 얼굴을 찌푸린 채 휴대전화 액정을 들여다보았다. 검은 머리 여자가 전화를 받는 동안 잠시 대화가 끊겼다. 검은 머리 여자는 소리 없이 "엄마예요"라고 말했고, 금발 머리 집주인과 검은 머리 남자는 이해한다는 듯이 고개를 끄덕였다. 의자에서 일어난 검은 머리 여자는 미안하다는 듯이 어깨를 움찔해 보이고는 전화기 너머에 있는 사람에게 말을 하면서 식당을 나갔다.

식당에 남은 두 사람은 어색하게 웃으며 서로를 쳐다보았다. 집주인은 완벽한 메인 요리를 내려다보았다. '기다려야겠지?' 금발 머리 여자가 생각하고 있을 때 검은 머리 남자가 포크를 들어 연어를 자르더니 배고파 죽겠다는 듯이 먹기 시작했다. 비로소 금발 머리 여자도 안심하고 포크를 집어 들었다. 검은 머리 여자의 연어는 접시 위에서 차갑게 굳어갔다.

식당에서 나온 검은 머리 여자는 춥고 어두운 복도를 빠른 속도로 걸어갔다. 식당에서 나는 소리와 움직임에서 멀어질수록 거대한 저택은 더 춥고 어두워지는 것만 같았다. 휴대전화에 대고 큰 소리로 말하던 여자는 충분히 먼 곳까지 걸어가자 휴대전화를 귀에서 떼고 더는 말을 하지 않았다. 당연히 전화는 오지 않았다. 그저 앱을 이용해 전화벨을 울린 것뿐이었다.

허락할 수 없다는 얼굴로 여자를 내려다보는 그 집의 죽은 조상들의 초상화가 즐비한 응접실로 들어간 검은 머리 여자는 거실을 지나 집무실로 들어갔다. 대저택 중심부를 이루는 둥근 탑 밑에 있어 둥근 집무실 벽에는 곡선인 벽에 맞게 짜 넣은 책장이 있었고, 각 책장 모퉁이에는 청자, 도자기로 만든 소, 지구본 램프, 장식용 괘종시계 같은 물건이 하나씩 놓여 있었다. 빛나는 마호가니 책상 위에는 고풍스러운 펜과 잉크, 수십 년 전에 찍은 엄마와 두 아이의 사진을 담은 은색 액자 말고는 아무것도 없었다.

검은 머리 여자는 책상으로 걸어가 책상 주위를 천천히 돌면서 집무실을 둘러보았다. 여자의 시선은 책상과 마주 보는 벽에 걸린 그림에서 멈추었다. 황야를 달리는 여우를 여러 마리의 개가 쫓아가는 영국식 사냥 모습을 그린 유화였다. 여자는 그림 앞으로 걸어가 그림을 자세히 살펴보았다. 그림은 벽에서 아주 살짝 떨어져 있었고 그림 틀의 금박 한쪽 부분이 아주 조금 벗겨져 있었다. 검은 머리 여자는 청바지 주머니에서 라텍스 장갑을 꺼내 손에 끼고 금박이 벗겨진 부분을 잡고서 살며시 그림을 잡아당겼다. 그림은 쉽게 위로 젖혀졌고, 그 밑으로 금고 문이 보였다.

여자는 잠시 바깥에서 나는 소리를 살폈다. 침묵을 뚫고 들어오는 바늘처럼 가끔씩 웃음소리가 들리기는 했지만 그것 말고는 아무 소리도 들리지 않았다. 검은 머리 여자는 금고를 뚫어지게 쳐다보았다. 텔레비전만 한 금고는 금고를 가린 그림과 크기가 거의 비슷했고 전자 잠금장치가 되어 있는 확실히 현대적인 물건이었다. 하지만 완전히 현대적인 물건이라고는 할 수 없었다. 분명히 최근에 다시 설치한 금고는 아니었다.

검은 머리 여자는 얼마 전에 인터넷에서 찾은 생일을 잠금장치 숫자판에 입력했다. 062889. 잠금장치가 풀리는 소리가 나기를 기다렸지만, 아무 소리도 들리지 않았다. 연달아 다른 숫자를 입력해 보았다. 061989. 280689. 198906. 아무 일도 일어나지 않았다. 여자는 은행 강도가 나오는 옛 영화 장면처럼 금고에 귀를 대고 소리를 들었다. 물론 잠금장치를 풀려면 어떤 소리가 들려야 하는지 알지 못했다. 점점 더 차오르는 절망에 초조해진 여자가 키패드를 손가락으로 두드렸다. 이제 비밀번호를 잘못 입력해 잠금장치가 완전히 잠길 때까지 기회는 다섯 번밖에 남지 않았다.

여자는 다시 마음을 다잡고 새로운 번호를 입력했다. 892806.

금고의 잠금장치가 신음하더니 둔탁한 금속성 소리를 내면서 철컥 풀렸다. 여자는 한결 느슨해진 금고 문을 열고 시커먼 내부를 들여다보았다.

비어 있었다. 금고는 텅 비어 있었다.

내 눈을 믿을 수가 없었다. 금고에는 내가 바네사에게 맡긴 가짜 약혼반지 말고는 아무것도 없었다. 바네사가 안전하게 보관하려고 작은 은 그릇에 넣어 놓은 약혼반지는 희미한 불빛 아래서는 비눗갑에 넣고 잊어버린 싸구려 보석처럼 보였다. 약혼반지 뒤에는 아무것도 없었다. 현금도 벨벳 상자에 담긴 보석도 귀금속으로 만든 주화도 보이지 않았다.

갑자기 어지러웠다. 이걸 보려고 그 모든 일을 했다니.

하지만 금고가 완전히 비어 있지는 않았다. 금고 깊숙한 곳에는 종이와 서류철이 쌓여 있었다. 서류철을 꺼내 펼쳤다. 노랗게 바랜 옛 서류들이 있었다. 계약서, 주택 관련 증서들, 국채, 출생증명서, 그 밖에 자질구레한 서류들. 내가 굳이 살펴볼 이유가 없는 종이들이었다. 스톤헤이븐의 역사를 담고 있기에 상속자들에게는 의미 있는 종이일 수도 있었지만 나에게는 전혀 쓸모없는 종잇조각일 뿐이었다.

서류철을 다시 제자리에 놓고 다른 종이를 꺼냈다. 그 종이들도 가치 있는 보물은 아니었다. 그저 옛 종이들일 뿐이었다.

하지만 아무것도 아님을 분명히 확인하려고 재빨리 종이를 살폈다. 그러다 한 편지에서 눈이 멈췄다. 미국 전역에서 아이들이 바인더에 끼고 다니는 3공 라인 종이에 손으로 쓴 편지였다. 볼펜으로 한 자 한 자 신중하게 눌러쓴 여자 글씨였다.

그 편지에는 내가 그냥 넘길 수 없는 무언가가 있었다. '이 종이, 알아. 이 글씨, 내가 아는 글씨체야.'

종이 뭉치에서 편지를 꺼내 스마트폰 플래시를 비췄다. '엉뚱한 생각이야.' 편지를 읽기 시작하면서 생각했다. 하지만 왠지 뱀 한 마리가 내 가슴을 칭칭 감고 조이는 것만 같았다.

2006년 10월 15일

윌리엄에게

내가 그곳을 떠났을 때 당신은 다 끝났다고 생각했겠죠. 하지만 그거 알아요? 내 마음이 바뀌었어요. 내가 입을 다물어주는 대가가 너무 적었다는 걸 깨달았어요. 당신이 6월에 나에게 줬던 것보다 나는 훨씬 많은 걸 받을 자격이 있어요.

나한테 당신이 바람피운 증거가 아주 많다는 거 알고 있죠? 우리가 함께 있는 사진, 영수증, 편지, 전화 기록, 모든 게 있어요. 이걸 다 갖고 싶으면 50만 달러를 보내요. 괜히 하는 말이 아니라는 거, 동봉한 사진을 보면 알 수 있을 거예요. 50만 달러를 보내지 않으면 그 자료들은 당신 아내한테 보낼게요. 당신 회사 투자자들한테도요. 신문에도 보내고 인터넷에도 올릴 거예요.

11월 1일까지 뱅크 오브 아메리카 계좌로 보내요.

당신은 니나와 나에게 그 정도는 해줘야 해요.

진심을 담아서

릴리가

내 가슴을 휘감고 있는 뱀이 더욱 힘을 주었고 나는 거의 숨을 쉴 수가 없었다. 집무실이 빙글빙글 돌기 시작했다.

내 머릿속에서 큰 소리로 종이 울렸다. 아니, 그건 내 머릿속에서 울리는 소리가 아니라 실제로 현실에서 괘종시계가 시간을 알리는 소리였다. 식당에서 나온 지 거의 8분이 흘렀다. 나는 다시 편지를 금고 속으로 밀어 넣어 종이 뭉치 사이에 숨기고 떨리는 손으로 금고 문을 잠갔다. 소리가 들려오는 쪽으로 어두운 복도를 따라 더듬거리며 걸으면서 내가 알게 된 나의 과거를 제대로 이해해보려고 했지만, 잘 되지 않았다. 모든 것이 말이 되지 않았다. 아니, 어쩌면 갑자기 모든 것이 말이 되는지도 몰랐다.

나의 엄마. 그때는 스팽글이 달린 파란색 드레스를 입었던 섹시한 금발 미녀. 윌리엄 리블링의 통통하고 축 처진 팔에 안겨 있는 엄마의 모습을 생각했다. 온몸이 부들부들 떨렸다.

엄마의 말을 들어봐야 했다. 엄마를 만나야 했다.

마침내 휘청거리며 식당으로 들어갔다. 갑자기 쏟아지는 빛과 난로의 열기에 정신이 아득해져서 급하게 눈을 깜빡였다. 두 사람의 시선이 나에게 향했고 나는 차분하고 안정적으로 웃는 표정을 지으려고 입꼬리를 올렸다. 하지만 라클란은 무언가 잘못됐음을 알아차린 것이 분명했다. 내 표정을 본 라클란은 거의 감지할 수 없을 정도로 미세하게 턱 근육을 조여 자신이 긴장했음을 알렸다.

바네사는 내 상태를 눈치채지 못했다.

"왔군요! 마이클이 방금 쓰고 있는 소설 이야기를 들려줬어요. 정말 읽고 싶어 죽겠어요. 혹시 살짝 구경할 수 있을까요?"

바네사는 보조개가 들어갈 정도로 환하게 웃으며 라클란을 보았지만 바로 반응하지 않는 라클란을 보고 무언가 잘못됐다고 생각했는지 다시 나를 쳐다보았다. 그리고 인상을 찡그렸다.

"잠깐만요, 애슐리, 괜찮아요?"

갑자기 연어 냄새가 콧속으로 훅 들어와 토할 것 같았다. 나를 따라온 차가운 바람 때문에 식탁에 놓인 촛불들이 날카로운 소리를 냈다. 바네사는 그 편지를 알고 있을까? 발가벗겨진 채 연약하게 서 있는 사슴처럼 나는 바네사를 물끄러미 쳐다보았다. 바네사는 혈통 좋은 애완동물처럼 단정하고도 정직한 커다란 눈으로 나를 바라보았다. 그때 나는 내가 애슐리임을 떠올렸다. 바네사가 아빠가 받은 편지를 발견했다고 해도 편지를 보낸 '릴리'와 지금 자기 앞에서 있는 여자를 연결 지어 생각할 이유가 없음을 깨달았다. 나는 애슐리라는 보호막을 뒤집어썼다. 나는 용기를 북돋워 겁을 떨쳐내며 그 순간 떠오른 말을 내뱉었다.

"엄마가 병원에 있대요. 가봐야겠어요. 지금 당장."

라클란은 길길이 날뛰었다. 거실을 뱅글뱅글 돌고 있는 라클란의 목에 핏대가 섰고 마구 긁고 있는 머리카락은 엉망으로 헝클어졌다.

"세상에, 니나? 텅 비어 있었다고? 그럼 모두 어디로 갔단 말이야? 어?"

"나도 모르지. 아마, 어딘가 다른 곳에 숨겼겠지. 다른 금고로 옮겼거나 은행에 넣었거나."

"장난해? 확실히 있을 거라며?"

"미안. 하지만 벌써 12년 전 일이야. 그동안 변화가 생긴 거야. 그럴 수도 있다는 거 알고 있었잖아."

"아니, 당신은 없을 수도 있다는 말은 안 했어. 분명히 있다고 했지. 한 건 크게 할 수 있는 기회라고 했잖아."

나는 라클란을 의자에 던져버리고 싶었다.

"적어도 비밀번호는 그대로였어. 그러니까 내가 금고를 열어볼 수 있었지."

라클란은 암울한 얼굴로 안락의자에 털썩 주저앉았다.

"자, 그럼 이제 어떻게 할 거야?"

"글쎄, 여기에 돈 되는 물건이 없는 것도 아니잖아. 사방에 수십만 달러는 될 물건들이 널렸어. 괘종시계만 해도 그래. 내가 가서 물건을 살펴보고 목록을 작성해볼게. 빈손으로 돌아가는 일은 없을 거야."

라클란의 표정에 짜증이 잔뜩 묻어났다.

"그러려면 번거로운 게 한두 가지가 아니야. 물건을 밖으로 빼낼 방법도 찾아야 하고 물건을 처리해줄 인간도 다시 찾아야 해. 게다가 그놈들이 자기 몫을 떼어 가면 남는 것도 거의 없어. 손쉽게 먹을 수 있는 큰 고기라고 했으면서 이제는 또다시 작은 감자나 먹어야 한다는 거야? 그리고 엄마한테 가야 한다니, 그런 말은 도대체 왜 한 거야?"

"그게 엄마가 전화한 가장 그럴싸한 이유라고 생각했으니까."

라클란이 내 말 을 믿을 리 없었다. 하지만 그렇다고 편지 이야기를 할 수도 없었다. 더구나 편지는 지금 여기서 우리가 하는 일과 전혀 상관이 없었다. 하지만 내 안에서 무언가가 바뀌고 있었다. 몇 년간 나를 감싼 채 그 안에서 허우적거리게 했던 도덕적 확실성이라는 웅덩이가 갑자기 말라버리고 텅 빈 벌판에 서서 내가 어디에 있는지 알 수 없어 당황하고 있는 것만 같았다.

나는 라클란 옆에 앉아 한 손으로 그의 다리를 잡았다. 라클란은 나를 쳐다보지도 않았다.

"정말로, 엄마가 걱정된단 말이야. 집에 가서 엄마를 보고 와도 된다고 약속했잖아. 그래서 캘리포니아에 머무는 거고. 기억나지?"

라클란은 대답하지 않았다.

"고작 며칠이야. 금방 다녀올게."

"바네사는 나도 당신과 같이 갈 거라고 생각할 거야. 나는 당신 약혼자니까. 그건 기억하지?"

"아니, 당신은 여기 남아서 플랜 B를 진행하면 돼. 분명히 당신이 여기 남아야 할 좋은 이유가 떠오를 거야. 내가 당신 글 쓰는 걸 방해하기 싫다고 말하면 되잖아. 우리 둘 다 가야 할 정도로 엄마가 위독한 건 아니라고 말하면 되지."

여전히 내리는 눈은 조용히 오두막을 덮고 있었다. 구식 온도 조절 장치가 째깍째깍 움직이다가 갑자기 멈추면서 모든 것을 태울

듯이 강렬한 열기를 내뿜었다. 라클란은 무서운 얼굴로 온도조절기를 노려보더니 스웨터를 머리끝까지 끌어 올렸다.

"맙소사, 니나. 여기서 나 혼자 뭘 하라는 거야? 난 벌써 미칠 지경이라고!"

나는 어깨를 으쓱했다.

"다 큰 어른이 왜 그래? 뭘 해야 할지 틀림없이 알 수 있을 거야."

23

다음 날 아침, 나는 로스앤젤레스로 출발했다. 눈 덮인 정상까지 가는 길은 너무 느렸다. 차바퀴는 앞으로 나아가려고 엄청나게 애를 써야 했고 앞 창문에는 질펀한 진흙탕이 사방에서 날아와 달라붙었다. 정상을 넘자 이번에는 완전히 젖은 계곡 길에서 수많은 차들과 함께 안개를 뚫고 나가야 했다. 겨울 농한기를 맞아 고요한 농지를 달리고 달려 계속 남쪽으로 내려가 마침내 부드러운 그늘을 만드는 포도나무가 가득한 언덕을 넘었다. 아홉 시간이나 걸린 여정이었지만 타호호수에서 눈을 깜빡이고 또 한 번 눈을 깜빡이니 로스앤젤레스의 집에 도착해 있는 것만 같았다.

집 안에서는 달짝지근하면서도 퀴퀴한 냄새가 났다. 엄마가 뿌린 향수가 완전히 사라지지 않아서 나는 냄새 같기도 했고, 사이드보드 위에서 짓물러가는 백합에서 나는 냄새인 것도 같았다. 집 안은 어두웠고 비틀린 나무 창살 사이로 축축한 밤바람이 스며들고 있었다. 불과 몇 주밖에 떠나 있지 않았지만 엄마의 상태가 급격하게 나빠질 수도 있을 만한 시간이라는 사실도 잘 알았다. 나는 숨을 쉴 수가 없었다. 엄마가 움직이지도 못하고 침대에 누워 있는 건 아닌지, 이미 너무나도 쪼그라들어 아주 멀리 가버린 것은 아닌지 두려웠다.

그때 주방에서 소리가 들리더니 문이 활짝 열리고 노란 불빛을 등지고 선 엄마가 보였다. 거실이 어두워서 엄마는 나를 발견하지 못한 모양이었다. 창백한 유령처럼 흰색 새틴 나이트가운을 입은 엄마가 천천히 내 쪽으로 걸어왔다.

"엄마."

갑자기 유령의 입에서 끔찍한 비명이 터져 나왔다. 유리가 바닥에 떨어져 박살 나는 소리가 들리고 머리 위에서 전등불이 깜빡이기 시작했다. 전등 스위치 옆에 얼어붙은 것처럼 서 있는 엄마의 발밑으로 반짝이는 유리 조각이 흩어져 있었다.

"세상에, 니나. 왜 그렇게 몰래 들어온 거야?"

엄마의 목소리는 내가 예상한 것보다 훨씬 날카로웠고 떨리고 있었다. 엄마는 발가락으로 유리 조각을 옆으로 밀어내면서 유리가 없는 바닥에 발을 디디려고 다리를 살짝 움직였다.

"엄마, 그냥 가만히 있어. 잘못하면 찔리겠어."

나는 주방으로 달려가 빗자루와 쓰레받기를 가지고 왔다. 내가 거실로 돌아왔을 때도 엄마는 꼼짝 않고 서서 잔뜩 긴장해서 떨고 있었다. 유리를 쓸어 담으며 나는 엄마를 힐끔 쳐다보았다. 창백한 엄마의 이마에는 땀이 맺혀 있었고 분명히 몇 주 전보다 말라 있었다. 림프종이 상당히 악화된 것 같았다. 진작 엄마의 의사에게 전화해 빨리 치료를 시작해달라고 부탁하지 않은 나 자신이 원망스러웠다. 엄마는 몇 주를 더 기다릴 수 없었다. 당장 방사선치료를 시작해야 했다.

집으로 돌아오자 텅 빈 금고가 무엇을 의미하는지 조금 더 분명하게 알 수 있었다. 그것은 엄마의 치료비를 단 한 푼도 가져오지 못한다는 뜻이었다. 애드벡스트릭스 1회 복용에 드는 비용 = 1만 5,000달러 = 델프트 꽃병 한 개의 암시장 판매가였다. 스톤헤이븐의 차가운 방에서 잊힌 보물들을 생각했다. 그곳으로 돌아가 다시 물건들을 점검해야 했다. 대형 괘종시계, 거실에 있는 의자 두 개, 은 식기들……. 유리 조각을 쓸어 담으면서 나는 머릿속으로 스톤헤이븐의 방으로 걸어 들어가 엄마의 목숨을 살릴 수 있는 비용을 가구 위에 붙이기 시작했다. 라클란과 나는 반드시 보물을 몇 개 들고나와 에프람 없이도 팔 수 있는 방법을 찾아내야 했다. 틀림없이 우리가 유리하게 이용할 수 있는 장물아비를 찾을 수 있을 것이다.

문제는 이번에는 훨씬 더 많이 가지고 나와야 한다는 것이었다. 지금까지와는 달리 위험 부담이 너무 컸다. 어떻게 그 많은 물건을 스톤헤이븐에서 가지고 나올 수 있을까? 어떻게 해야 잡히지 않고 무사히 빠져나올 수 있을까? '분명히 방법을 찾아낼 거야.' 우리는 해내야 했다. 그것 말고는 방법이 없었다.

내 표정에서 엄마의 수술비를 마련하지 못했다는 사실을 들킬까 봐 나는 얼굴을 들어 엄마를 마주 볼 수가 없었다.

엄마가 내 어깨를 잡아 바닥에서 일으켜 세웠다. 몸을 일으키고 나서야 내 바지가 엄마가 들고 있던 음료에 젖었음을 알았다. 엄마는 뭘 마시고 있었던 거지? 진 냄새가 났다.

"엄마, 술 마시면 안 돼. 아직 방사선치료 전이라고 해도 금주해야 해."

"왜, 술이 나를 죽이기라도 한데?"

엄마는 큰 소리로 웃었다. 하지만 파르르 떨리는 속눈썹이, 나이트가운을 굳게 여민 손이, 엄마도 술이 엄마를 죽일 수 있다는 사실을 잘 알고 있음을 똑똑히 보여주었다.

"더 빨리 죽을 수 있어."

"나한테 뭐라고 하지 마, 아가. 너무 외로웠단 말이야. 네가 없으니까 너무 조용해서 뭐든지 할 일이 필요했다고. 술을 마시면 시간이 정말 빨리 간단 말이야."

엄마는 나를 꼭 끌어안고서 차가운 뺨을 내 뺨에 댔다. 엄마에게서는 프림로즈 로션과 엄마가 약으로 마셨다는 진 냄새가 났다.

"돌아와서 정말 기뻐."

엄마는 살짝 뒤로 물러나더니 내 얼굴을 빤히 쳐다보았다.

"바깥 활동을 많이 하면서 보냈구나. 선크림도 안 바르고."

하지만 내가 어디에 있었는지는 정확히 물어보지 않았다. 엄마는 치밀하게 계산하고 있는 게 틀림없었다. 엄마는 내 뒤로 어두운 공간을 쳐다보았다.

"라클란이랑 함께 있는 거 맞지?"

"여기는 같이 안 왔어."

"그래도, 로스앤젤레스에는 있는 거지? 너랑 함께 온 거지?"

"아니."

"아."

엄마는 가구를 짚으며 거실을 향해 비틀거리면서 걸어갔다. 엄마가 비틀거리는 이유가 술에 취했기 때문인지, 몸이 약해졌기 때문인지는 알 수 없었다. 어쩌면 둘 다인지도 몰랐다. 전등을 켠 엄마는 안락의자에 털썩 주저앉았다. 쿠션이 살며시 한숨을 내뱉었고 안락의자의 스프링이 끼이익 소리를 내며 저항했다. 나는 그 옆에 앉아 몸을 기울여 아이처럼 엄마의 무릎에 머리를 대고 누웠다.

그제야 내가 얼마나 지쳐 있는지 깨달았다. 몇 주 만에 처음으로 내 자신으로 돌아간 것 같았다. 엄마가 내 머리를 어루만지며 엉킨 머리카락을 풀었다.

"우리 아가, 집에는 왜 온 거니?"

"엄마 보고 싶어서."

내가 속삭였다.

"엄마도 보고 싶었어."

엄마를 꼭 안아주고 싶었지만 부서질까 봐 무서워서 그럴 수가 없었다. 내가 베고 있는 엄마는 알맹이를 빼낸 달걀 껍데기처럼 연약했고 텅 빈 것 같았다. 나는 엄마의 손을 잡아 내 뺨에 댔다.

"근데 여기 와도 안전한 거 맞아? 널 봐서 좋지만 여기 있으면 안 되는 거 아니니? 경찰이 찾고 있잖아."

엄마에게 서둘러 오느라 경찰은 잊고 있었다. 하지만 지금 당장은 경찰이 중요하지 않은 것처럼, 그저 내 마음속 뒤편 어딘가에서 희미한 위험으로 고동치고 있는 것 같았다.

"엄마한테 내가 어디에 있었는지 말해야겠어. 나, 타호호수에 있었어."

말을 내뱉은 순간 엄마가 어떻게 바뀌었는지, 어떤 식으로 몸이 굳었는지, 어떤 식으로 갑자기 숨을 멈췄다가 가쁜 숨을 쉬기 시작했는지 알 수 있었다. 나는 몸을 일으켜서 엄마를 쳐다보았다. 엄마의 눈은 제대로 머물 곳을 찾지 못해 이리저리 흔들렸다. 엄마는 나와 눈이 마주치지 않으려고 최선을 다하고 있었다.

"엄마."

내 안에서는 조급함이 빠른 속도로 움직이며 튀어나오고 싶어 안달하고 있었지만 나는 애써 부드럽게 말했다.

"나, 리블링의 집에 있었어. 스톤헤이븐에서."

"누구네 집이라고?"

엄마는 눈을 깜박였다. 엄마는, 우리 엄마는 거짓말에 능숙한 사람이었다. 엄마를 모르는 사람이었다면 속아 넘어갔을지도 몰랐다. 하지만 나는 엄마를 잘 알았다.

"누군지 모르는 척하지 마. 엄마한테 물어볼 거 있으니까."

엄마는 유리잔을 찾는 것처럼 커피 탁자에 손을 뻗었지만 당연히 아무것도 없었다. 결국 다시 손을 거둔 엄마는 나이트가운 끈을 손에 감았다. 엄마는 나를 쳐다보지 않았다.

"엄마, 우리가 거기서 살 때 무슨 일이 있었는지 말해줘야 해. 엄마랑 윌리엄 리블링 사이 말이야."

엄마는 내 뒤에 있는 텔레비전 화면을 물끄러미 쳐다보았다. 엄마의 거친 숨소리 말고는 아무 소리도 들리지 않았다.

"엄마? 말해도 돼. 벌써 오래전 일이잖아. 절대 화내지 않을게."

물론 나는 이미 화가 나 있었다. 지난 10여 년 동안 내가 세상을 보는 눈을 결정지은 사건에 비밀이 있었다는 사실에 화가 났다. 엄마와 나는 가까운 사이라고, 세상에 맞서 유일하게 손을 맞잡고 의지할 수 있는 사람들이라고 생각했었는데, 사실은 그렇지 않았다는 사실에 화가 났다. 엄마는 나를 위한다는 명목으로 그동안 얼마나 많은 소설을 써왔을까?

나는 안락의자에 몸을 기대고 팔짱을 낀 채 엄마가 반응하기를 기다렸다.

엄마는 입을 굳게 다물고 텔레비전만 뚫어지게 쳐다보았다.

"좋아, 그럼 내가 말할게."

나는 점점 참을 수가 없었다.

"엄마는 우리가 타호에 살 때 윌리엄 리블링이랑 바람을 피웠어. 맞지?"

엄마가 재빨리 나를 쳐다보았다.

"그래."

엄마의 목소리는 거의 알아들을 수가 없었다.

"그러니까 학교에서 만난 거야? 학부모의 밤 때?"

엄마의 얼굴에서 재밌다는 표정이 살짝 떠올랐다. 내가 잘못 짚은 것이다. 학교 행사에 윌리엄 리블링이 올 리가 없었다. 학교는 주디스 리블링의 활동 영역이었으니까. 나는 다른 가설을 제시했다.

"아니다. 카지노에서 만났겠구나. VIP룸에서 만난 거야. 윌리엄 리블링이 도박을 하러 왔고 엄마가 음료를 가져다줄 때 만났어."

엄마가 빠른 속도로 눈을 깜빡이는 것으로 보아 맞게 추론한 것이 분명했다.

"니나, 제발. 하지 마. 그냥 덮어두면 안 될까? 그다지 중요한 일도 아니잖아."

"아니, 중요한 일이야."

나는 생각을 하면서 엄마를 쳐다보았다.

"그 사람한테 뭘 할 계획이었어?"

엄마는 천천히 고개를 가로젓더니 어떻게 하면 나에게 더 많이 숨길 수 있을지 고민하는 것이 분명한 얼굴로 나를 똑바로 보았다.

"명의를 도용할 생각이었어? 아니면 신용카드를 빼돌릴 생각이었어?"

엄마는 다시 고개를 저었다.

"좋아. 그럼 왜 그런 거야? 서로 무슨 거래가 있었어?"

"거래는 없었어."

엄마가 반항적으로 말했다.

"그냥 그 사람을 좋아했어."

나이트가운의 끈을 너무나도 팽팽하게 당겨서 엄마의 손이 새하얘졌다.

"웃기지 마. 나도 윌리엄 리블링을 만났었어, 엄마. 그 사람은 개자식이야. 엄마가 그런 남자를 좋아할 리 없어."

엄마가 나를 보며 빈정거리듯이 웃었다.

"뭐, 정확히는 우리가 낼 청구서 비용을 모두 해결해준 게 좋았던 거지만."

그해 봄에 더는 돈 문제로 고민하지 않았던 게 생각났다. 나는 폰드 두 락의 돈 많은 도박꾼들의 팁 덕분에 우리가 청구서 비용을 낼 수 있었다고 생각했다. 하지만 엄마의 말은 여전히 믿을 수가 없었다. 난방비 몇백 달러를 얻겠다고 그런 갑부를 속인다고?

"그리고 또 뭘 하려고 했어?"

엄마는 망설였다.

"엄마, 그 남자한테 사기를 치려고 했던 거 맞지?"

엄마의 눈에 사악한 장난기가 감도는 것으로 보아 엄마가 그 일을 말하고 싶어서 안달이 났다는 것을, 사실은 어느 정도 자신을 자랑스러워하고 있다는 것을 알 수 있었다. 엄마의 입꼬리가 살짝 올라갔다.

"가짜로 임신한 척하려고 했어. 아기를 지우고 나를 떨궈버리려면 돈을 줘야 하게끔 아기를 낳겠다고 협박하려고 했지."

나는 울고 싶었다. 너무나도 천박하고 비참한 계획이었다.

"하지만 어떻게? 임신 테스터기나 초음파 사진 같은 걸 보여줘야 했을 거 아냐?"

"카지노에서 함께 일하던 여자가 임신해서 돈이 필요했거든. 혹시 리블링이 임신 테스터기를 보자고 할까 봐 그 여자한테서 오줌을 좀 빌렸어. 그 여자가 나인 척하고 병원에 가서 초음파 사진도 찍으려고 했고. 일이 잘 끝나면 5,000달러 주기로 했지."

나는 '하려고 했다'라는 표현에 주목했다.

"그런데 하지 못한 거야?"

"상황이…… 바뀌었거든. 예기치 않게."

엄마는 한숨을 내쉬었다.

나는 그 무렵의 몇 달 동안 있었던 일을 떠올리려고 애썼고, 엄마가 목에 둘렀던 실크 스카프와 '추가 근무' 때문에 새벽에야 들어왔던 밤들과 엄마가 바꾼 머리카락 색을 떠올렸다. 그러다 갑자기 끔찍한 생각이 내 머리를 스쳤다.

"그때 엄마는 나와 베니 사이를 알고 있었어?"

엄마는 고개를 흔들었다.

"너희 둘 사이를 알기 전에 시작한 일이야. 너희 둘 사이는, 정말로 확실히는 알지 못했어. 네가 말해준 적이 없잖아. 너를 파악하는 게…… 쉽지는 않았으니까. 10대들 누구나 그렇듯이 너도 너만의 비밀이 있었잖아. 그날, 카페에서 베니를 봤을 때, 그렇지 않을까 의심은 했어. 너희 둘이 서로 쳐다보는 모습이 그랬거든. 하지만 정말 몰랐어. 그때……."

엄마는 입을 다물었다.

"리블링이 엄마한테 전화를 걸 때까지 몰랐다고? 우리를 마을에서 내쫓을 때까지 몰랐단 말이야?"

"그건 아니야."

엄마는 잠시 말을 멈추었다.

"스톤헤이븐에서 알았어……."

엄마의 눈이 다시 어두워졌고 먼 곳을 보는 것처럼 바뀌었다. '스톤헤이븐에서 알았다고? 어떻게?' 갑자기 모든 것이 선명하게 이해됐다. 소름이 끼쳤다. 그날, 베니의 아빠가 관리인의 오두막으로 들어와 우리를 발견한 날, 애초에 윌리엄 리블링은 그 오두막에 왜 왔을까? 루르드가 우리를 포기하고 주인에게 우리가 있는 곳을 알려줬을까? 아니면 그곳에서 은밀히 해야 할 일이 있었던 걸까?

"아, 그날 윌리엄 리블링이랑 있었구나? 스톤헤이븐에서? 맞지? 그 사람이 나랑 베니를 발견했을 때 엄마도 거기 있었던 거야."

엄마는 눈을 깜박였다. 엄마의 눈에 눈물이 가득 찼다.

"세상에, 엄마! 어떻게 그럴 수 있어?"

기분이 너무 나빴다. 윌리엄 리블링이 나에게 비난을 퍼붓는 동안 엄마는 오두막 옆 수풀에 숨어 있었다. "너는 아무것도 아니야"라고 소리치는 낯설고 강력한 남자 앞에서 벌거벗은 채 벌벌 떨었던 기억이 떠오르면서 갑자기 미친 듯이 엄마에게 화가 났다. 어째서 엄마는 오두막으로 뛰어 들어와 나를 지켜주지 않은 거지? 나는 안락의자에서 벌떡 일어나 커피 탁자 앞에서 정신없이 왔다 갔다 했다.

"어째서 그 남자를 말리지 않았어?"

내 질문에 대답하는 엄마의 목소리가 너무 작아서 거의 들리지 않았다.

"엄마는 부끄러웠어. 내가 그 사람이랑 같이 있는 걸 알리고 싶지 않았어."

엄마 말에 나는 우뚝 섰다.

"애초에 거기에 왜 있었는데?"

엄마는 또다시 입을 다물었다.

"엄마, 제발. 이제 스무고개는 그만하고 그냥 말해줘."

엄마는 고통스러운 표정으로 손을 감고 있는 나이트가운의 끈을 물끄러미 쳐다보았다. 엄마는 끈을 조였다가 풀었다. 다시 말을 시작했을 때 엄마는 한 단어 한 단어를 티스푼으로 정확히 재면서 말하는 것처럼 천천히 신중하게 말했다.

"그 사람 아내가 집을 비웠잖아."

그 사실은 나도 알고 있었으니까 고개를 끄덕였다.

"그래서 나를 오두막으로 데려간 거야. 그 사람이 나를 스톤헤이븐으로 데려간 건 그때가 처음이었는데, 본채로는 데려가지 않았어. 그날, 말할 생각이었거든. 내가 임신했다고. 혹시 나를 믿지 않을지도 모르니까 카지노 친구한테 받은 소변이랑 임신 테스터기를 가지고 갔어. 그런데 오두막 문을 열자마자…… 너희 소리가 들린 거야."

엄마의 목소리가 조금 갈라졌다.

"나는 밖으로 도망쳤어. 그 사람도 나를 따라올 거라고 생각했는데, 안 그랬어. 그래서 숨어서 기다린 거야. 하지만 아가, 맹세해. 난 그곳에 있는 게 넌지 몰랐어."

애원하는 눈으로 엄마는 나와 눈을 마주치려고 했다.

"그 사람이 밖으로 나와서 펄펄 뛸 때까지 전혀 몰랐어."

"나 때문에 화가 나서?"

엄마의 목이 위아래로 정신없이 움직였다.

"우리한테 화가 난 거야. 그 사람은…… 너와 베니가 같이 있는 건…… 우리가 짜고 자기들을 노린 것이라고 생각했어. 자기 가족을 노린 거라고. 그 사람은 편집증이 있었거든. 그래서 내가 임신했다는 말은 할 수가 없었던 거야."

엄마의 목소리는 단호했고 어딘지 모르게 나를 비난하고 있는 것처럼 들렸다. 그러니까 엄마는 내가 엄마의 사기 행각을 방해했다는 이유로 나를 원망하고 있었던 것이다.

"아무튼 그게 전부야. 그날로 끝났어. 그 사람이 날 차버렸으니까."

"그리고 우리가 타호를 떠나게 했지."

엄마는 대답하지 않았고 긴 침묵이 흘렀다.

"맞지, 엄마? 우리가 갑자기 떠난 건 그 사람이 우리를 타호 밖으로 쫓아냈기 때문이지? 나랑 베니를 떼어놓으려고."

내가 말하고 있으면서도 나는 그 말이 사실이 아님을 알았다. 내 말은 결코 사실일 수 없었다. 우리가 떠나던 날 우리를 마을에서 몰아내려고 리블링 집안이 한 일에 대해 자세히 말해주지 않았던 엄마의 신중함이 생각났다. 그러니까 엄마는 나를 보호하려던 게 아니었다. 엄마는 자기 자신을 보호하려던 것이었다.

엄마가 고개를 들어 나를 보았다. 엄마의 눈에는 눈물이 가득 차 있었다.

"우린 돈이 필요했어, 니나. 청구서가 계속 날아오고 있었잖아. 그 사람 없이는, 나는…… 그만한 돈을 마련할 수 없었어."

나는 안락의자에 털썩 주저앉았다. 내 밑에서 안락의자가 신음하면서 공중으로 먼지를 내뿜었다. 엄마가 보낸 편지가 생각났다. "내가 입을 다물어주는 대가가 너무 적었다는 걸 깨달았어요. 당신이 6월에 나에게 줬던 것보다 나는 훨씬 많은 걸 받을 자격이 있어요."

"엄마가 그 사람한테 협박 편지를 썼기 때문에 떠나야 했던 거야? 맙소사, 그 뒤로 베니가 나한테 말을 한마디도 걸지 않은 게 당연해!!"

"니나."

엄마는 안락의자 밑으로 사라져버리려는 사람처럼 온몸을 움츠렸다.

"베니 일은 미안해. 하지만 너랑 베니는…… 어차피 오래가지 못했을 거야."

"도대체 무슨 거래를 했어, 엄마? 그 사람한테 뭘 요구했냐고?"

나는 엄마에게 소리를 질렀다. 분명히 옆집 리사에게 내 소리가 들리겠지만 쏟아져 나오는 분노를 주체할 수가 없었다.

엄마의 눈에서 눈물이 떨어져 움푹 파인 뺨을 타고 주르르 흘러내렸다.

"그 사람이 바람피운 걸…… 그 사람 아내한테 말할 거라고 했어. 사진을 가지고 있었거든. 우리가……."

엄마는 말꼬리를 흐렸다.

"아무튼 돈을 주면 우리가 떠나주겠다고 했어. 네가 그 사람 아들을 만날 일도 없을 거라고 했고."

그날, 집으로 돌아와 짐을 실은 차 앞에서 사과하던 엄마를 생각했다. '하지만 엄마의 바람처럼은 되지 않았는걸.' 그건 거짓말이었다. 그러니까 우리가 타호를 떠나야 했던 이유는 우리가 자신들과는 어울리지 않는다고 생각한 리블링 가족의 심술 때문이 아니었다. 그저 우리가 가랑이 사이에 꼬리를 감추고 도망친 것뿐이었다. 엄마에게 바르게 살 능력이 없었기에, 엄마가 탐욕스러웠기에 도망친 것뿐이었다. 우리를 낙원에서 추방한 사람은 리블링 가족이 아니라 나의 엄마였다.

그들이 옳았다. 우리는 그 사람들과 전혀 어울리지 않는 사람이었다.

"그래서 얼마나 받았어, 엄마? 그 사람이 얼마나 줬어?"

"5만 달러."

엄마의 목소리는 거의 들리지 않았다.

5만 달러라니. 딸의 미래를 팔아버린 대가로 받기에는 너무나도 보잘것없는 액수였다. 타호호수에서 살면서 웨스트레이크아카데미의 포근한 품에서 진보 사상을 배우면서 살아갈 수 있었다면 지금 내 인생은 어떻게 바뀌었을까? 나를 실패자라고, 거부당한 사람이라고, 아무것도 아니라고 생각하게 된 그 시기를 피할 수 있었다면 지금 나는 어떤 사람이 되었을까?

"세상에, 엄마."

나는 두 손으로 머리를 감싼 채 한참 동안 앉아 있었다.

"그런 뒤에도 편지를 썼잖아. 몇 달 뒤에, 우리가 라스베이거스에 있을 때도 엄마는 편지를 썼잖아. 훨씬 더 많은 돈을 달라고 했잖아. 50만 달러를 보내라고 했잖아."

엄마는 너무나도 놀란 것 같았다.

"그걸 어떻게 알았어?"

"엄마가 그 사람한테 쓴 편지를 봤어. 그 편지, 아직도 스톤헤이븐의 금고에 있어."

"그걸 봤다고? 스톤헤이븐에서?"

엄마는 목에 담이 걸린 것처럼 탁한 소리를 냈다. 그제야 내가 이 모든 폭로의 와중에도 스톤헤이븐에 있다가 왔음을 아직 말하지 않았다는 사실을 깨달았다.

"잠깐만…… 니나……."

"그건 나중에 설명할게. 그런데 엄마……, 협박 편지를 또 보냈어?"

엄마는 천천히 고개를 돌려 나를 보았다. 엄마의 표정은 수족관 바닥에서 나를 쳐다보는 것처럼 얼이 빠지고 넋이 나가 보였다.

"보냈어. 답장은 못 받았고."

당연히 윌리엄 리블링은 엄마에게 반응하지 않았다. 지금도 나는 타호를 떠나온 뒤에 엄마와 함께 살았던 베이거스의 아파트를 생생하게 기억했다. 욕조는 고장 나고 주방에서는 곰팡내가 났던 그 작은 성냥갑 같은 집을 똑똑히 기억했다. 엄마에게 50만 달러가 생겼다면 엄마는 분명히 벨라지오에 있는 펜트하우스를 빌려 흥청망청 살면서 6개월 안에 가진 돈을 모두 써버렸을 것이다.

"그래서? 그냥 포기했다고?"

"그게…… 신문을 봤거든. 그 남자 아내 기사가 실린. 그 사람 아내가 죽었다는 기사를 봤어."

엄마는 나를 물끄러미 응시했다.

"그때 기회가 사라졌다는 걸 알았어. 그 남자가 안됐다는 생각도 들었고."

"그러니까 내가 유일하게 행복했던 곳에서 살지 못하게 해놓고도 그것 때문에 힘들었던 적은 없었던 거네."

내 입에서 쓸쓸한 목소리가 흘러나왔다.

"아, 우리 아가. 정말 미안해."

대화를 할수록 엄마는 삭제되어버리는 것 같았다. 엄마는 눈을 감고 자기 자신 속으로 사라져버렸다. 엄마의 감은 눈 밖으로 또다시 눈물이 흘러나와 얼굴을 타고 미끄러져 내리더니 턱에 아슬아슬하게 매달렸다. 나로서는 어쩔 수가 없었다. 결국 손을 뻗어 엄마의 턱에 매달린 눈물을 손가락으로 부드럽게 훔쳤다. 내 손가락 끝에 살며시 내려앉은 눈물방울은 거실을, 엄마와 나를 그 안에 담았다.

내 옷의 소매로 엄마의 턱을 아기의 턱을 닦듯이 부드럽게 닦아 주었다. 왜냐하면 엄마는 정말로 아기라는 걸, 나는 알고 있었으니까. 엄마는 언제나 아기였다. 자신을 돌볼 줄 모르고, 나를 돌볼 줄 모르고, 이 세상을 살아가는 방법을 제대로 배우지 못한 아기였다. 지평선 너머를 보지 못할 정도로 너무 작아서 자신의 행동이 어떤 결과를 낳을지 전혀 생각할 수 없는 아기였다.

실수는 영원히 지속되며 절대로 돌이킬 수 없다는 것. 그것이야말로 정말로 인생을 가장 끔찍하게 만드는 공포다. 아무리 뒤로 돌아가 다른 길로 다시 걷고 싶어도 절대로 과거로 돌아갈 수는 없다. 이미 다른 길은 인생에서 사라져버린다. 그래서 엄마는 다음번에는 훨씬 나은 곳에 도착하리라는 희망을 품고 결국에는 자신을 돌봐줄 존재라고는 딸밖에 없는, 암에 걸린 빈털터리 사기꾼이라는 지금의 자리를 향해 맹목적으로 박차를 가하며 앞으로 나아갈 수밖에 없었던 것이다.

엄마가 갑자기 눈을 떴다.

"스톤헤이븐의 금고!"

엄마는 마침내 내가 한 말을 이해한 것 같았다.

"금고를 열었구나!"

드디어 우리가 쓰고 있던 가면이 벗겨지고 있었다. 엄마는 지난 3년 동안 내가 무슨 일을 하고 다니는지 알고 있었던 것이다. 한 번도 몰랐던 적이 없었던 것이다. 엄마는 내가 헤이우드 웨이크필드 사이드보드 같은 고가구를 중고 판매하는 합법적인 일을 한다고 믿은 적이 단 한 번도 없었던 것이다. 이제는 나에게도 엄마에게도 모든 것이 분명해졌다. 나는 니나 로스였다. 릴리 로스의 딸이자 재능 있는 사기꾼. 나는 세상이 만들어낸 내가 되었다. 나도 엄마처럼 뒤로는 다시 돌아갈 수 없었다.

나는 엄마에게 몸을 기울이고 속삭였다.

"스톤헤이븐에 들어갔어. 바네사, 리블링의 첫째 딸, 베니의 누나 알지? 지금 그 사람이 거기 살아. 그 사람의 인생으로 걸어 들어간 거야. 그 사람이 문을 활짝 열고 나를 초대했어. 나는 스톤헤이븐에 들어가서 금고를 열었고."

엄마에게 그 말을 하는 내 가슴속에서는 해냈다는 벅찬 감정이 느껴졌다. 나는 엄마처럼 시시한 삼류 사기꾼이 아니라 엄마는 상상도 못 했던 대담한 일을 하는 사람임을 뽐내고 싶은 마음이 느껴졌다. 하지만 그 감정은 내 안에서 괴롭게 뒤틀렸다. 내가 그런 말을 하는 것은 복수심 때문이기도 하다는 사실을 알기 때문이었다. 내가 엄마가 결코 되지 않기를 소망했던 사람이 되어 있는 이유는 바로 엄마 때문임을, 엄마가 잘못했기 때문임을 알려주고 싶은 거였다.

내 말에 엄마가 어떤 표정을 짓기를 바랐는지는 나도 잘 몰랐지만 지금 엄마의 얼굴에 떠오른 표정을 기대하지는 않았다. 엄마는 호기심을 느끼는 것 같기도 하고 혼란스러운 것 같기도 한 표정을 짓고 있었다.

"금고에 뭐가 있었는데?"

'그러면 그렇지.' 뼛속까지 기회주의자인 엄마는 내가 금고에서 빼낸 것이 무엇인지 알고 싶어 했다.

"아무것도 없었어. 그냥 텅 비어 있었어."

"아아."

엄마는 벌떡 일어났다. 살짝 다리가 흔들렸지만 안락의자 팔걸이를 붙잡아 중심을 잡았다.

"라클란은, 라클란은 아직 거기 있지?"

"응."

"너도 돌아갈 거지?"

엄마의 말은 질문이 아닌 게 분명했다. 나는 잠시, 아주 짧고도 멋진 시간 동안 스톤헤이븐으로 돌아가지 않는 상상을 했다. 차를 타고 스톤헤이븐으로 돌아가 사기 행각을 마무리하는 대신 로스앤젤레스공항으로 달려가 비행기를 타고…… 그 누구도 모르는 곳으로 떠나는 상상을 했다. 은행 계좌에 남아 있는 돈을 엄마에게 주고 이번에는 엄마 혼자서 헤쳐 나가라고, 엄마의 암은 엄마 혼자 이겨내라고 말하고 떠나는 나를, 과거에서 벗어나 자유를 얻은 나를 상상했다.

엄마를 돌보는 일에서 벗어나면 나는 어떤 사람이 될 수 있을까? 적어도 지금의 나는 되고 싶지 않았다. 이 집을 떠나서, 로스앤젤레스를 떠나서 완전히 새롭게 시작할 수 있는 조용한 곳으로 가고 싶었다. 자연에 둘러싸여 있고 평온하며 인생을 충만하게 즐길 수 있는 곳. 애슐리의 집, 오리건주 퍼시픽 노스웨스트도 괜찮을 것 같았다. 그곳이라면 내가 정말로 애슐리가 될 수 있을 것 같았다(적어도 애슐리 복제품은 될 수 있을 것 같았다). 애슐리로 살아가는 것이 그렇게 나쁠 것 같지는 않았다.

'라클란은 어떻게 해야 할까?' 사실 어떻게 할지는 이미 알고 있었다. 이미 오래전부터 알고 있었다. 나에게는 더는 라클란이 필요 없었다. 나는 더는 라클란을 원하지 않았다. 라클란은 지금 바네사와 함께 있었다. 양심의 가책이 느껴졌다. '라클란이 계획을 취소하게 해야 해. 라클란이 스톤헤이븐에서 나와야 할 이유를 만들어서 바네사의 인생에서 떠나게 해야 해.'

◇◇◇◇◇

나는 내가 자신의 적임을 알지도 못하는 나의 적에게 평화의 올리브를 내밀어야 한다. 아니, 이제 바네사는 내 적이 아닌가? 지난 10일 동안 나에게 바네사는 새롭게 진화한 존재였다. 더는 내 분노를 모두 쏟아낼 수 있던 캐리커처가 아니라 내 어깨에 얼굴을 묻고 울던 사람이 되었다. 바네사에게도 단점은 있었다. 확실히 얄팍했고, 너무나도 맹목적인 특권을 누리고 있었고, 절제 없이 소비하는 죄를 짓고 있었다. 하지만 그렇다고 우리에게 당해야 할 만큼 결점이 있는 건 아니었다. 특히 내 인생의 모든 부분이 엉망이 된 이유가 한때 내가 믿었던 것과는 달리 전적으로 리블링 사람들 탓이 아님을 알게 된 지금, 바네사에게 그런 일을 겪게 할 수는 없었다.

하지만 나에게는 라클란에게 전화를 걸 기회도, 로스앤젤레스공항으로 달려갈 기회도 없었다. 초인종 소리가 그 모든 기회를 앗아가고 말았다.

엄마가 하얗게 질린 얼굴로 나를 보았다.

"대답하지 마."

엄마는 조용히 하라는 시늉을 했다.

"어서 도망쳐. 그냥 떠나. 여긴 내가 알아서 할 테니까."

"그냥 떠날 수는 없어."

보이지 않는 극에 이끌려 움직이는 자석처럼 현관을 향해 걸어가면서 나는 어떤 기분을 느꼈던 걸까? 마침내 내가 어떤 행동을 했는지 깨닫고 경찰을 만날 준비가 끝났다고 자각하고 있었을까? 아니면 이건 내가 택한 길이 아니라는 이상한 안도감을 느끼고 있었을까? 적어도 지금까지 달리고 있던 길에서 벗어날 수 있게 되었다는 사실에 안심했을까?

안 된다며 새된 비명을 지르는 엄마의 목소리를 들으며 힘껏 문을 열었다.

문밖에는 제복을 입은 경찰이 두 명 서 있었다. 경찰들은 손에 권총을 느슨하게 들고 있었지만 손가락은 언제라도 방아쇠를 당길 준비를 하고 있었다. 한 명은 콧수염이 있었고 한 명은 없었지만, 콧수염을 빼면 두 사람은 완전히 똑같아서 쌍둥이처럼 보일 정도였다. 두 사람 모두 내가 무슨 말을 하든 믿지 않겠다는 표정으로 나를 보았다.

"니나 로스?"

콧수염을 기른 경찰이 말했다.

갑자기 경찰들이 내가 가진 권리에 대해 읊기 시작하면서 한 명은 벨트에서 수갑을 꺼냈고 다른 한 명은 내 팔을 잡아 뒤로 돌린 것으로 보아 내가 경찰에게 그렇다고 대답한 게 분명했다. 경찰에게 항의하려고 했지만 내 입에서는 공포에 질려 공황 상태에 빠진 것 같은 전혀 나답지 않은 목소리가 튀어나왔다. 그때 거실에서 상처 입은 괴물이 울부짖는 것 같은 끔찍한 비명이 들렸다. 엄마였다. 현관에 있던 사람들 모두 일순 동작을 멈추었다.

나는 콧수염 난 경찰을 보았다.

"제발, 경찰관님, 엄마를 잠깐 볼 수 있게 해주세요. 엄마는 암 환자예요. 엄마를 돌봐줄 사람이 저밖에 없어요. 엄마랑 잠시 이야기만 할 수 있게 해주면 얌전히 따라갈게요."

경찰들은 서로 쳐다보면서 어깨를 으쓱했다. 콧수염 난 경찰이 내 팔을 놓고 거실로 들어가는 나를 따라왔다. 나는 엄마를 끌어안았다. 엄마는 비명을 지를 때 모든 것이 다 빠져나간 사람처럼 딱딱하게 굳어서 아무 소리도 내지 않았다. 나는 엄마의 얼굴을 어루만지며 진정시켰다.

"괜찮아, 엄마. 가능한 한 빨리 돌아올게. 라클란에게 전화해서 내가 어떻게 됐는지 말해줘. 알았지?"

내 품에서 엄마가 파르르 떨었다. 엄마의 호흡은 빠르고 불규칙했다.

"이건 잘못된 거야. 어떻게 이런 일이 일어나니? 우리는…… 너는 이럴 순 없어."

"나 두고 어딘가로 떠나면 안 돼, 알았지?"

나는 엄마의 이마에 입을 맞추고 그저 짧은 휴가를 가는 사람처럼 잘못될 일은 하나도 없다는 듯이 웃었다.

"사랑해, 엄마. 가능한 한 빨리 연락할게."

엄마 얼굴이 일그러졌다.

"우리 아가."

엄마가 숨도 제대로 쉬지 못하면서 나에게 사랑한다고 말하고 있을 때 콧수염 난 경찰이 내 팔을 잡고서 밖으로 나갔다. 수갑이 채워지고 차가운 금속이 내 손목에 닿았다. 내가 타기를 기다리며 경찰차 차 문이 살짝 열려 있었다.

남자 파자마를 입은 리사가 진입로에 서서 앞에서 벌어지고 있는 일을 너무나도 놀란 얼굴로 쳐다보고 있었다. 리사의 흰색 머리카락이 바람에 정신없이 날렸다. 리사는 충격을 많이 받은 것도 같았고, 어찌 보면 살짝 취한 것도 같았다. 어쩌면 두 가지 모두인지도 몰랐다. 맨발로 나온 리사가 조심스럽게 발을 내디뎌 우리 쪽으로 걸어왔다.

"니나? 괜찮아요? 무슨 일이에요?"

"이분들에게 물어봐요."

나는 콧수염 난 경찰을 향해 고갯짓했다.

“나도 왠지는 모르겠어요. 끔찍한 착오가 있는 게 분명해요.”

리사는 얼굴을 찡그리며 안전한 거리에 멈춰 섰다.

콧수염 난 경찰이 내 머리를 살며시 눌러 경찰차 안에 태웠다. 뒷좌석에 앉기 직전에 나는 가까스로 리사에게 소리쳤다.

“그냥…… 우리 엄마 좀 살펴봐줘요. 이제 곧 방사선치료를 해야 하거든요. 곧 돌아올게요. 약속해요.”

살아오면서 했던 모든 거짓말 가운데 이 거짓말만큼은 할 생각이 전혀 없었던 거짓말이었다.

4
PRETTY THINGS
바네사

24

○

첫째 주

내가 아내가 됐다!

나는 아내가 됐다. 하지만 처음에는 그 사실을 깨닫지 못했다. 머리는 깨질 것 같았고 입은 바짝 말랐고 목에서는 아직도 테킬라 맛이 났다. 어젯밤에 커튼을 치는 걸 깜박해서 아침 햇살이 너무나도 일찍 나를 깨워버렸다. 이제 막 내린 눈에 반사되는 아침 햇살은 너무나도 밝았다. 이런 상태로 깨어난 건 너무나도 오랜만이었다. 코펜하겐이 마지막이었을까, 마이애미가 마지막이었을까? 아무튼 그 때문에 잠시 내가 있는 곳이 어디인지 생각이 나지 않았다.

나는 스톤헤이븐에서 가장 커다란 스위트룸에 있는 벨벳 캐노피 침대에 누워 있었다. 한때 우리 부모님의 방이었고 조부모님의 방이었으며 증조부모님의 방이었고, 적어도 100여 년 동안 우리 조상의 부모님들이 사용했던 방에 누워 있었다. 그분들도 이런 식으로 깨어난 적이 있었을까? 여전히 취해 있어서 머리는 깨질 것처럼 아프고 전날의 기억은 사라진 채로 깨어난 적이 있을까?

아, 아니다. 기억이 모두 사라진 건 아니었다.

번쩍 눈을 떴다. 기억이 표면으로 올라오면서 어둠 속에서 놀랍도록 선명한 생명체들이 위로 헤엄쳐 올라왔다. 나는 옆으로 몸을 돌려 내가 옳게 기억하고 있는지 확인했다. 정말로 그가 있었다. 실오라기 하나 걸치지 않고 잠에서 완전히 깬 상태로 내가 이제 막 마시려는 따뜻한 라테라도 되는 것처럼 나를 바라보며 웃고 있는 그가 있었다.

내 남편. 마이클 오브라이언이다.

나는 아내가 되었다. 어쩌다가 그렇게 된 걸까?

"잘 잤어, 내 사랑?"

마이클의 목소리는 아직 잠겨 있었다.

"와이피?"

어젯밤에 내가 동의한 뒤에 우리가 서로를 부르기로 했던 애칭이 생각났고, 내가 마이클을 어떻게 부르겠다고 말했었는지도 기억이 났다.

"허비."

나는 조용히 속삭였다. 너무나도 낯선 단어였지만 솜털 이불을 덮은 것처럼 너무나도 포근하게 들렸다. 갑자기 웃음이 터져 나왔다. 지금까지 내가 한 모든 충동적인 일들 가운데 가장 거창한 충동적인 일이었으니, 이렇게 웃어대는 게 가장 적절한 반응임이 분명해 보였다.

이런, 너무 웃었더니 아팠다.

마이클이 손가락으로 내 눈썹을 어루만졌고, 나는 움찔했다.

"괜찮아? 어젯밤에는 정말 새로운 면을 봤어. 상상도 못 했던 모습이었어. 물론 불만이 있다는 건 아니야."

그건 정말 사실이었다. 어젯밤에 우리는 테킬라와 샴페인을 마셨고, 마이클이 나에게 결혼해달라고 말했고 우린 타운카를 불러 타고 주 경계를 넘어 소나무 숲 예배당이라는 허름한 곳에 가서 자정을 넘기기 전에 결혼했다. 우리는 보라색 나일론 조끼를 입은 주례사와 아기 양말을 뜨는 전문 증인 앞에서 결혼 서약을 했다. 그때, 우리가 정말로 많이 웃고 있었던 기억이 났다.

'나한테 결혼하자고 말하다니!'

아니, 우리가 서로한테 말했던가?

분명히 기억나지는 않았다.

심지어 어제 결혼식 사진을 찍었는지도 생각이 나지 않았다. SNS에 어제의 기록이 남아 있으리라고 생각하고 나는 손을 더듬어 휴대전화를 찾았다. 베개 밑에 뒀었나? 침대 옆에? (해시태그라는 편리한 도구가 없었다면 얼마나 많은 이름과 얼굴, 잊으면 안 되는 순간들을 잊고 살게 될까?) 순간 차에 타기 전에 마이클이 휴대전화는 스톤헤이븐에 두고 가라고 조용히 속삭였던 것이 기억났다. 마이클은 내 손에서 휴대전화를 빼내면서 말했다.

"결혼은 우리 둘만의 순간으로 남기고 싶어. 다른 사람은 없는 우리 둘만의 순간으로 말이야."

그 말을 듣는 순간 나는 살짝 공포를 느꼈다. 우리가 결혼하는 장면을 기록으로 남기지 않는다면, 내 SNS에 공식적으로 사진을 올리지 않는다면 그 일이 실제로 일어났다는 걸 어떻게 알 수 있지?

바닥을 내려다보자 내가 벗어놓은 옷이 보였다. 나는 청바지와 얼룩이 잔뜩 묻은 이지 스웨트 셔츠를 입고 결혼한 것이 분명했다. (사진을 찍지 않은 걸 다행으로 생각해야 할지도 모르겠다.) 이 방 한구석에 높이 쌓아놓은 상자에는 랄프 앤 루소 웨딩드레스가 있었는데도 그건 입지 않았다. 예배당 앞쪽으로 걸어갈 때는 사랑이 나를 온화하게 만들었다고 믿었다. 그 결혼식이 내가 꿈꾸던 결혼식이 아닌 것은 분명했다. (나는 언제나 머리 뒤에서 후광이 비치는 결혼식을 꿈꿨었다.)

하지만 그런 걸 신경 써야 할까?

"당신, 너무 조용한데?"

마이클이 몸을 뒤로 빼고 나를 보았다.

"우리가 아주 미친 짓을 했다는 건 알아. 하지만 후회는 안 해. 당신은 어때?"

나는 고개를 흔들었고, 갑자기 부끄러웠다.

"물론 아니야. 하지만 얘기를 해야 하는 거 아닐까? 이게 모두 뭘 의미하는 건지?"

"그건 우리가 이걸 원했다는 뜻이겠지. 정확히 무엇을 의미했는지는 차차 알게 될 거야."

내 옷을 벗겨버릴 것 같은 표정으로 나를 바라보는 마이클의 눈은 선명하고 파랬다. 그 너머가 모두 들여다보일 정도로 투명한 그 눈은 모든 감정을 숨김없이 드러내고 있었다. 마이클은 내 귀에 대고 내 뼛속 깊은 곳까지 떨리게 만드는 아일랜드 억양으로 자신이 쓴 시를 속삭였다.

"우리는 언제나 혼자일 테고, 이 지구상에서 우리는 언제나 너와 나로만 존재할 거야. 우리의 삶을 시작하기 위해서."

'그래, 누가 청혼했는지는 중요하지 않아.' 나는 생각했다. 어차피 결과는 같으니까. 이제 나는 다시는 혼자가 되지 않을 것이다. 서른 두 살인 나에게 남편이 생긴 것이다. 이제 곧 다시 새롭고도 완전한 가족이 생길 것이다. 이런 결혼을 상상해본 적은 없지만, 어쨌든 나는 여기에 와 있었다. 좋든 나쁘든 사랑을 한 것이다. 내가 터질지도 모른다는 생각이 들 때까지 갑자기 풀려난 비둘기처럼 내 안에서 무언가가 거칠게 퍼덕이고 있었다.

뉴욕 친구들이 생각났다. 그 친구들은 내가 학자이자 작가이며 시인인, 더구나 혈통 있는 아일랜드 귀족 가문의 후손인 남자와 결혼을 했다는 사실을 알면 뭐라고 말할까? 게다가 고작 18일(아니, 19일) 전에 만난 남자와 결혼을 했다면? 엄청나게 놀라겠지! (아, 사스키아는 분명히 기발한 댓글을 달아줄 거야.) 나는 누구보다도 빅터를 떠올렸다. 빅터에게 회심의 한 방을 먹였다는 생각에 너무 기뻤다. '나에게 얄팍하다고 했지? 뻔하다고 했지? 자, 보라고. 지금 내 모습을!'

밖에서는 다시 눈이 내리고 있었다. 창문으로 소나무 위에 쌓이는 눈이 보였다. 스톤헤이븐은 추웠고 조용했다. 지금 우리가 누워 있는 2층 벨벳 방만이 유일하게 따뜻하고 포근했다. 몇 주 전만 해도 이곳은 무덤이었다. 하지만 내 옆에 마이클이 누워 있는 지금은 새로운 인생이 시작되는 곳처럼 느껴졌다. 이곳에서도 나는 행복해질 수 있을 것 같았다. 나는 이미 행복했다!

마이클이 팔을 뻗어 나를 끌어당겼다. 털이 무성한 마이클의 가슴에 기댄 채 차분하게 뛰고 있는 그의 심장과 내 머리를 울리는 지끈거림이 속도를 맞출 때까지 조용히 기다렸다. 마이클은 내가 자신의 것인 양 내 머리를 두 손으로 감싸고 내 이마에 입을 맞추었다. 정말로 나는 마이클의 것이었다. 나는 정말로 마이클에게 속해 있었다.

"사랑해."

내가 말했다. 나는 정말로 마이클을 사랑했다.

나는 아내가 되었고, 넘치도록 기뻤다.

왼쪽 약지가 너무나도 무겁고 낯설게 느껴져 손을 높이 들어보았다. 멋진 에메랄드를 다이아몬드가 둘러싸고 있는 구식 약혼반지가 보였다. 5캐럿은 될 것 같은 에메랄드를 박은, 아르 데코풍으로 화려하게 만든 반지였다. 약지 위에서 반지는 밑으로 축 처졌다. 반지가 빛을 반사할 수 있도록 새끼손가락으로 밀어 올렸다. 지나치게 화려해서 나로서는 선택할 것 같지 않은 반지였지만, 그래도 예쁜 반지였다. 또다시 어젯밤의 기억이 희미하게 떠올랐다.

나와 마이클은 돈 훌리오 병을 들고서 비틀거리며 아빠의 서재로 들어갔고, 마이클이 제대로 몸을 가누지 못하며 내 뒤에 서 있는 동안 나는 금고 문을 열고 그곳에 넣어둔 반지를 꺼냈다. 마이클은 내 앞에 무릎을 꿇고 내 손가락에 반지를 끼워주었다. 아니, 어쩌면 무릎은 꿇지 않았는지도 모르겠다. 그저 내 눈을 보면서 내 손가락에 반지를 끼워주었을 수도 있다.

아니, 어쩌면 마이클에게는 물어보지도 않고 내가 직접 끼었는지도 모르겠다. 정말로 그럴 수도 있었다.

마이클이 내 손을 잡았다.

"기회가 되면 새 반지를 사줄게. 전혀 찜찜하지 않은 반지로. 샌프란시스코로 가서 하나 새로 맞추자. 당신이 원하는 만큼 큰 걸로 해줄게. 10캐럿이든, 20캐럿이든."

그 여자의 손에서 이 반지를 처음 보았을 때를 기억했다. 이 반지가 자신을 끌어올려줄 견인 줄이라도 되는 것처럼, 자신을 비루한 인생에서 벗어나게 해줄 동아줄이라도 되는 것처럼 꼭 쥐고 있던 여자의 손을 기억했다. 이 반지는 분명히 그 여자에게는 커다란 의미가 있었다. 하지만 이제는 내 것이었다. 리블링 집안의 기준으로는 상당히 소박한 반지였지만, 내가 원하는 것은 이 반지가 분명했다. 마망이라면 반지의 의미를 알고 인정해주었을 것이다.

"당신 집 유산이잖아. 이 반지, 마음에 들어. 그 여자가 먼저 가지고 있었다는 건 전혀 문제가 안 돼."

문득 마이클이 '찜찜하지 않은'이라는 표현을 썼다는 게 생각났다.

"혹시 이 반지를 볼 때마다 그 여자가…… 생각나는 거라면……."

나는 그 여자의 이름을 말할 수가 없었다. 솔직히 어떤 이름을 말해야 하는지도 판단이 서지 않았다.

마이클의 얼굴에 분노나 슬픔의 감정이 떠오를 것이라고 짐작했지만, 마이클의 표정은 읽을 수가 없었다. 어쩌면 화를 내는 것인지도 몰랐다. 체념일 수도 있었고, 어쩌면 그저 사랑인지도 몰랐다. 마이클은 고개를 숙여 나에게 키스했다. 아플 정도로 너무나도 강렬한 키스였다.

"전혀 아니야."

마이클이 속삭였다.

나는 아내가 되었다. 그래서 생각했다. '내가 이겼다!'

25

o

잠깐은 애슐리가 나에게 진심이라고 생각했었다. 그날 아침, 우리가 서재에 있을 때 그 여자의 눈에 분명히 나를 생각하는 진심이 담겨 있다고 믿었다. 우는 내 손을 잡아주는 애슐리의 마음은, 자기 아빠의 죽음을 이야기하면서 우는 애슐리의 마음은 진실하다고 믿었다. 안락의자에 앉아 그 여자를 붙잡고 치료사로 산다는 것이 어떤 의미인지 말해달라고 했을 때 그 여자는 내 눈을 똑바로 보면서 밤에 잘 자는 것이라고 했었다.

그 모든 게 가짜였고, 거짓이었다.

세상에, 그런 여자 때문에 주눅이 들다니. 그건 모두 그 무심함, 그 평온함, 그 침착함, 무엇보다도 스톤헤이븐에 주눅이 들지 않았던 자신감, 모든 것을 알고 있다는 듯이 웃으며 나를 보던 그 자신감 때문이었다.

엄마 아빠 이야기를 하면서 그 여자에게 기대 울면서 내가 느낀 건 당혹감이었다. 창문 앞에 서서 그 여자가 요가 매트를 들고 관리인의 오두막을 향해 걸어가는 모습을 지켜보면서 내가 느낀 감정은 내가 모든 것을 망쳐버렸다는 자책이었다. 왜냐하면 그 여자가 복도에서 나를 안기 전에 잠시 주저했다는 걸 아니까. 그래서 그 여자가 멀어져 갈 때 나는 엉망인 내 삶과 애정 결핍, 인스타그램에서 유명하다고 떠벌리는 모습에 질려서 그 여자가 나를 싫어하게 됐음이 분명하다고 생각했다.

그 여자가 나보다 훨씬 나은 사람이라고 믿어버렸다.

난 정말 바보였다.

서재에서 함께 있었던 날 이후로 며칠 동안은 관리인의 오두막에 마이클과 애슐리가 있다는 사실을 엄청나게 의식하면서도 오두막 문을 두드릴 자신이 전혀 없어서 그저 스톤헤이븐에서 나가지 않고 지냈다. 나는 내가 모든 것을 망쳤다고 생각했다. 자기혐오라는 커튼을 내리고 침대에 칩거했다. 가끔은 애슐리가 잔디밭에서 요가를 하는 모습이나 두 사람이 파카를 입고 서로에게 몸을 부딪치면서 산책하는 모습을 훔쳐보면서 함께 어울리고 싶다는 소망을 간절하게 품기도 했다.

절대로 나가지 말자고 다짐하는 동안 나가고 싶다는 소망은 너무나도 간절해져서 두드러기가 날 정도였다. 나는 두드러기가 까져서 피가 날 때까지 박박 긁어댔다.

'두 사람이 나를 만나러 온다면 그게 바로 두 사람이 나를 좋아한다는 증거야.' 나는 생각했다.

하지만 두 사람은 나를 만나러 오지 않았다.

두 사람이 오두막에서 지낸 지 나흘째 되던 날(애슐리와 내가 서재에 함께 있었던 뒤로 이틀째 되던 날) 나는 오전 내내 침대에 누워 하늘길을 따라 지나가는 해가 내 방에 만들어놓는 그림자의 움직임을 지켜보았다. 그러다가 맞은편에 있는 커다란 옷장 거울에 비치는 내 모습을 보게 되었다. 이제 곧 사라져버릴 것 같은 창백하고 허약한 기름진 머리의 유령처럼 보이는 내 모습에 무엇이든 부숴버리고 싶은 충동이 일었다. 결국 나는 일어나서 옷장 문을 거칠게 열어젖혔다. 그저 거울을 치워버리고 싶었기 때문이다.

그때 내 눈에 무언가가 보였다. 엄마의 스웨터였다! 엄마의 스웨터가 그곳에 있다는 사실을 잊고 있었다. 엄마의 아름다운 파스텔톤 캐시미어 스웨터들은 단정하게 개어져 차곡차곡 쌓여 있었다. (루르드는 자기만의 빨래 정리 방법이 있었고 우리는 모두 그 방식을 좋아했다.) 아빠는 스톤헤이븐의 옷장을 정리할 생각을 하지 않았고 나는 내 짐을 풀 생각을 전혀 하지 않았으니 엄마의 흔적이 옷장을 차지하고 있는 건 당연했다. 엄마의 스웨터를 만져보았다. 부드러웠고 얇았다. 엄마다운 선택이었다.

선반에서 연한 분홍색 앙골라 카디건을 꺼내 코에 대고 냄새를 맡았다. 기대했던 엄마의 향수 냄새는 나지 않았다. 곰팡내만 났다.

카디건을 펼치자 앞쪽에 나방이 만들어놓은 구멍과 목 주위의 얼룩이 보였다. 마망이라면 절대로 옷이 이렇게 되게 두지 않을 것이다. 절망스러웠다. 그러니까 이건 그냥 추레한 캐시미어 카디건일 뿐이었다. 들고 있던 카디건을 바닥에 내동댕이쳤다. 또 다른 스웨터(연한 파란색 스웨터로 처음 카디건과 상태가 다르지 않았다)도 움켜잡아 내동댕이쳤다. 또 다른 스웨터도 던져버렸다. 그때 딱딱하고 네모난 무언가가 함께 날아갔다.

나는 몸을 숙여 그 물건을 집어 들었다. 빨간 가죽에 가장자리는 금색 띠를 두른 두툼한 공책이었다.

일기장이었다. 엄마가 일기를 썼다는 사실을 나는 왜 몰랐을까? 첫 장을 넘겨 예비 신부 학교에서 엄마가 익힌 단정하고 균형 잡힌 필기체를 보는 순간 가슴이 마구 뛰었다. ("글씨체를 보면 교육받은 여자인지 아닌지 알 수 있어." 엄마는 그렇게 말했었다. 물론 그건 컴퓨터가 사람들의 글씨체를 망치기 전의 일이다.) 8월 12일에 처음 쓴 일기는 베니의 고등학교 2학년 진학을 위해 스톤헤이븐으로 오고 얼마 되지 않았을 때 적은 글이었다.

> 스톤헤이븐은 내 목을 조르는 짐이다. 윌리엄은 내가 이곳을 기회라고 생각하기를 원하지만, 아니다. 내가 느끼는 건 그저 짐이라는 것뿐이다. 하지만 우리는 베니를 위해 여기에 왔다. 솔직히 말해서 이제는 샌프란시스코 사람들이 우리를 바라보는 시선을 견딜 수가 없다. 우리 뒤에서 베니 문제를 놓고 이러니저러니 하는 사람들은 사실 우리가 겪는 고통을 고소해하고 있다. 그러니까 나는 아주 좋은 아내처럼 행동하고 웃을 거다. 내 안에서는 이 장소가 결국 나를 죽일 거라며 비명을 지르고 있어도 말이다.

재빨리 일기장을 넘겼다. 의무적으로 짧게 쓴 날도 있었지만 길게 횡설수설한 날도 있었다. 하지만 "아카데미로 전학한 뒤로 베니의 성적이 올라가고 있다. 하지만 여전히 유령 같은 그림을 그리는 것 말고는 관심을 가지는 게 없다. 혹시라도 베니가……"라거나 "윌리엄의 새 비서한테 메시지를 세 번이나 남겼지만 윌리엄은 전화가 없다. 그건 윌리엄이 그 비서에게 나를 따돌리라는 지시를 내렸거나 윌리엄이 고의로 내 전화를 피하는 걸 수도 있다. 내 전화를 피하는 이유는……"처럼 종이에 적어도 되는지 확신할 수 없다는 듯이 중간에 멈춘 날이 더 많았다.

나는 살짝 비틀거리면서 바닥에, 내가 던져놓은 엄마의 스웨터 위에 앉았다. 엄마가 나를 감싸고 있는 것처럼 느껴졌다. 엄마의 일기장을 읽으면 안 되는지도 몰랐다. 일기를 읽는 건 엄마의 신뢰를, 엄마의 프라이버시를 해치는 일인지도 몰랐다. 하지만 멈출 수가 없었다. 계속 일기장을 넘기다가 내 이름이 보이면 잠깐 멈춰 일기를 읽었다. "바네사는 프린스턴에서 잘하고 있는 것 같다. 물론 잘할 줄 알았다(이 문장은 마음에 들었다!). 방학이라 바네사가 집으로 왔다. 바네사가 와서 정말 기쁘지만 바네사는 불안정해 보였고 인정받으려고 애쓰는 것처럼 보인다. 엄마에게, 아빠에게, 세상에 인정받고 싶은 것이다(이 문장은 별로 마음에 들지 않았다). 바네사가 조금 더 자주 왔으면 좋겠지만 대학에 간 아이에게 바랄 일이 아니라는 걸 안다. 대학에 진학한 아이는 부모를 잊는 게 당연하니까(이 구절에서는 죄책감을 느꼈다!)"

하지만 일기장에 내 이야기는 많지 않았다. 베니와 아빠와 엄마에 관한 글이 대부분이었다.

베니가 니나 로스라는 아이와 어울려 다니기 시작했다. 니나라는 아이는 예의는 바르지만 이상한 데가 있고 분명히 질 좋은 아이라고 할 수는 없다. 엄마만 있는 듯하고(세상에, 카지노에서 칵테일을 나르는 일을 하다니) 아빠는 함께 살지 않는 것 같다(아마 아빠는 멕시코계가 아닐까 싶다). 꼭 콜로라도에서 마약을 하는 여자애처럼 입고 다녀서 걱정이 된다. 베니가 나쁜 친구나 사귀라고 우리 삶의 터전을 버리고 이곳에 온 게 아닌데. 도대체 하고많은 아이 가운데 굳이 그 애를 고른 이유를 이해할 수 없다. 어쩌면 나를 나무라고 싶어서, 내 걱정을 비웃고 싶어서 그 아이와 어울리는 건지도 모르겠다. 매일 오후가 되면 베니는 그 여자애와 함께 오두막에서 시간을 보낸다. 하지만 오두막으로 들어가 아이들이 뭘 하고 있는지 확인하기가 너무 두렵다. 굳이 윌리엄에게 말하고 싶지도 않다. 나쁜 일이 일어나면 윌리엄은 무조건 내 탓이라고 할 테니까. 베니가 실패하면 그건 내 잘못이지, 결코 베니의 잘못이 아니라고 할 테니까. 너무나도 불공평한 일이지만 그런 비난은 익숙하다. 우리 결혼 생활은 늘 그런 식으로 흘러갔으니까.

몇 페이지 뒤에는 이런 글이 있었다.

내 조울증을 치료해준다며 의사는 데파코트를 처방했다. 하지만 데파코트를 먹은 뒤로 살이 1.3킬로그램이나 쪄서 나머지 약은 그냥 버렸다. 어쨌거나 이 세상에서 나를 지워버리고 싶다는 충동이 일 때 말고는 대부분은 괜찮으니까. 아무튼 데파코트는 버리지 말고 가지고 있었어야 하는데. 그래야 베니에게 좋은 엄마가 되고 모범을 보일 수 있었을 텐데. 하지만 살이 찌면 우울해지는 건 마찬가지일 테니까, 테파코트를 먹는 건 너무 두려웠다. 그래서 요점이 뭐냐고? 윌리엄은 내가 테파코트를 먹고 있다고 믿는다는 거다. 내가 윌리엄에게 계속 괜찮다고 말하니까, 그 사람은 정말로 내가 괜찮은 줄 안다. 우리가 서로에게 얼마나 가식적으로 행동하는지는 신만이 아실 것이다.

며칠 뒤에는 이런 내용이 적혀 있었다.

며칠 전에 베니의 옷에서 마리화나 냄새가 나는 것 같았다. 그래서 베니가 학교에 간 사이에 베니의 방을 뒤졌고, 침대 밑에서 마리화나가 담긴 봉투를 찾았다. 베니를 어떻게 해야 할까? 도저히 모르겠다. 마리화나를 피우는 게 베니에게 좋을 리 없다. 의사들이 그렇다고 했다. 베니에게 마약을 피우게 하다니, 그 니나라는 아이를 죽여버리고 싶다(그 애가 아니라면 베니가 마약을 구할 수 있을 리가 없으니까!). 지금 베니는 마약을 할 때가 아니다. 마침내 훨씬 좋아지고 있는 이때, 마약을 할 수는 없었다. 베니에게 더는 니나를 만나지 말라고 했다. 베니는 내가 밉다고 했고, 요즘은 나와 한마디도 하지 않는다. 너무 마음이 아프다. 내가 이러는 이유를 지금 베니는 모르겠지만, 내 결정은 모두 그 아이의 건강을 위한 거니까 베니의 그런 행동도 충분히 참을 수 있다.

그 일기를 끝으로 3개월간의 공백이 있었고(엄마가 말리부의 온천으로 요양을 떠났기 때문일 것이다), 그 뒤로는 딱 두 번의 일기뿐이었다. 첫 번째는 아주 짧고도 끔찍한 일기였다.

베니가 이탈리아에서 돌아왔다. 베니의 상태는 아주 나빴고, 이제는 고칠 수 없을 거라는 생각이 들었다.

그리고 마지막으로 훨씬 끔찍하고 긴 일기가 있었다(이 일기는 정말로 읽지 말았어야 했다. 하지만 읽지 않을 수가 없었다).

내가 더는 삶을 견디는 것이 옳지 않다는 듯이 윌리엄이 바람을 피웠다는 걸 알게 됐다. 스톤헤이븐으로 윌리엄에게 편지가 왔고, 편지를 보낸 사람이 나도 아는 여자라는 걸 봉투를 보고 알았다. 당연히 그 여자가 편지를 보낸 건 처음이 아니었다. 그래서 나는 봉투를 열어봤고 50만 달러를 보내지 않으면 윌리엄을(우리를) 타블로이드 잡지에 폭로하겠다는 내용의 협박 편지를 읽었다. 그 여자는 두 사람이 벌거벗고 일을 치르고 있는 끔찍한 사진을 함께 보내왔다. 사진을 보는 순간 나는 싱크대로 뛰어가 토했다. 가장 끔찍한 건 내가 그 여자를 안다는 사실이었다. 그 여자는 봄에 베니와 어울렸던 끔찍한 여자애의 끔찍한 엄마였다. 릴리 로스. 윌리엄이 우리 재산을 흥청망청 낭비하는 카지노에서 칵테일을 나르던 여자. 이런 사기꾼한테 걸리다니, 윌리엄은 어떻게 이렇게 멍청할 수가 있을까? 그 마약쟁이 딸 때문에 베니는 아직도 바닥을 헤매고 있는데. 그 두 여자를, 그 모녀를 죽여버리고 싶다. 그 두 사람은 우리 가족을 망가뜨렸다. 도대체 어째서 그 여자들이 리블링 사람들에게 앙심을 품었을까?
윌리엄은 여기에 없으니까 이 사태를 수습해야 하는 건 나여야 한다. 하지만 윌리엄이 제멋대로 저지른 일 때문에 받은 협박 편지를 무마하려고 그 여자에게 돈을 줄 수는 없다. 그건 너무 창피한 일이다. 도대체 왜 이 모든 일을 했던 걸까? 여기에 와서 모든 게 다 잘되고 있는 척했는데, 사실은 모든 게 다 엉망이 되어버린 것이다. 그전보다 더 엉망이 되었다. 이 사진이 신문에 실리면 결국 나는 죽어야 할 거다. 웨스트코스트 사람들 모두가 날 비웃을 테고 이 나라 사람들 모두가 날 비웃을 테니까. 릴리 로스가 나를 끝내기 전에 내가 먼저 끝내는 편이 나을 것 같다. 내가 이곳에 와서 좋은 일은 하나도 안 했다는 사실을 신도 아실 테고, 바네사와 베니도 내가 없는 편이 훨씬 나을 테니까.

그 뒤로 일기장은 깨끗했다.

나는 숨을 쉴 수가 없었다. 일기장을 덮고 손에서 일기장을 놓았다. 손이 마구 떨렸다. '릴리 로스라니.' 샌프란시스코에서 만난 젊은 여자가 아니라 이곳에서 만난 칵테일 배달원이 아빠의 상대였다고? 그 사기꾼이 아빠의 여자였다고? 베니가 미친 듯이 빠졌었던 여자애의 엄마가 아빠의 상대였다고? 세상에, 게다가 협박 편지까지 보냈었단 말이야?

엄마가 미쳐버린 것도 당연했다. 사생활이 노출되는 상황을 엄마는 감당할 수 없었다. 엄마의 결혼 생활이 엉망이라는 걸 이 세상이 다 알게 되는 상황을, 싸구려 창녀에게 아빠를 빼앗겼다는 사실을 알게 되는 상황을 엄마가 감당할 수 있을 리가 없었다. 엄마가 늘 불안정했다는 것은 사실이다. 하지만 이 상황이, 릴리 로스의 협박이 엄마를 막다른 골목으로 밀어 넣은 것이다. 릴리 로스가 엄마를 주디버드 밖으로 밀어버린 것이다.

아빠의 말이 생각났다. "우리는 리블링이야. 그 누구도 우리 내면을 들여다봐서는 안 되고 우리 안에 무엇이 있는지 알아서는 안 돼.

바깥에는 우리가 약하다는 징후를 보이기만을 기다리는 늑대들이 우글거린다." 그러니까 그때 아빠는 벌써 늑대들을 만났던 것이다. 릴리와 니나 로스라는 늑대를.

카페에서 만났던 모녀의 얼굴을 떠올려보려고 했다. 하지만 두 사람의 얼굴은 내 기억 속에서 이미 희미해졌다. 그저 어둡고 음침했던 분위기의 딸과 싸구려 금발 머리 창녀 같았던 엄마였다는 기억밖에 없었다. 그런 여자들에게 끌렸다고? 어떻게 내 아빠와 내 동생이 그런 여자들한테 끌릴 수 있지? 어떻게 아무것도 아닌 여자들이 우리 가족을 그렇게 빠르고 효과적으로 망가뜨려버릴 수 있었던 거지?

나는 침대 옆에 떨어져 있는 일기장을 집어 들고 마지막 일기를 다시 펼쳤다. 그 일기를 읽고 또 읽었다. 12년간의 의문들에 마침내 답을 찾았다. 이제는 우리 가족의 모든 문제를 책임져야 할 희생양을 찾았다(그 두 여자 말이다!) 그 두 여자가 내 세상을 떠받치던 중심축을 부숴버린 것이다. (엄마가 자살한 것도, 동생이 조현병에 걸린 것도 전혀 내 잘못이 아니었다. 그 두 여자의 잘못이었다!)

릴리와 니나 로스. 엄마의 우아한 필기체로 쓰인 두 사람의 이름을 보니 내 안에서 맹렬한 분노가 솟구쳐 올랐다. 참기 힘든 너무나도 강렬한 감정이었다. 나는 펜을 들고 두 사람의 이름 위에 줄을 마구 그었다. 그래도 여전히 엄마의 일기장에 남아 있는 두 사람의 이름은 엄마를, 우리 가족을 조롱하는 것만 같았다. 나는 그 페이지를 찢어 둥근 공처럼 뭉친 다음 옷장에서 신발을 꺼내 신고는 종이가 짓이겨지고 신발 굽이 망가질 때까지 내리찍고 또 찍었다. 사방으로 흩어진 종잇조각을 모두 모아 서재로 가서 난로에 던져버렸다.

분노가 나를 움켜잡았지만 떠나보내고 싶지 않았다. 그날은 온종일 끓어오르는 파괴적인 분노를 마음에 품고서 스톤헤이븐을 돌아다니며 책을 바닥에 집어 던지고 와인을 싱크대에 집어 던져 깨뜨렸다. 성이 차지는 않았지만 정말로 부숴버리고 싶은 여자들 대신 우리 집 물건들을 부수며 하루를 보냈다. 부지런히 집 안을 돌아다니면 12년 전의 삶으로 돌아갈 수 있는 것처럼 온 방을 돌고 또 돌며 온 집 안을 돌아다녔다.

그러고는 쓰러져버렸다. 당연한 일이었다. 이 세상에는 좋은 감정과 나쁜 감정이 있는데, 분노는 당연히 나쁜 감정이었다. 나도 안다. 애슐리의 홈페이지에 이런 상황을 나타내는 문장이 있었던 것 같았다. 그래서 나는 애슐리의 홈페이지로 들어갔다. 그래, 맞아. 이거였어. 부처가 말하기를 "화를 낸다고 벌을 받지는 않을 것이다. 그러나 그 화가 너를 벌할 것이다." 너무나도 부끄러웠다. 애슐리가 오두막에서 나를 지켜보고 있을 것만 같았다. 내가 부족한 사람임을 알고 있을 것만 같았다.

나는 다시 벨벳 침대 시트 밑으로 들어가 고행의 의미로 자아 성찰을 위한 명언들을 읽었지만 그다지 도움이 되지는 않았다. 결국 수면제를 세 알 먹었고 그날 밤은 그대로 잠이 들었다.

다음 날 아침에 깨었을 때는 타호 호숫가에 여전히 정박해 있는 주디버드를 많이 생각했다는 것 말고는 대체적으로 평온한 하루를 보냈다. 그리고 여전히 마이클과 애슐리는 나를 찾아오지 않았다.

두 사람이 오두막에서 지낸 지 닷새째 되던 날 나는 내 침실에서 BMW가 조용히 정문으로 다가가는 모습을 지켜보았다. 애슐리가 바람에 머리카락을 날리며 BMW를 운전하고 있었다. 이곳에서 애슐리가 어디를 갈 수 있을까? 궁금했다. 잠시 뒤에 뒷문을 두드리는 소리가 들렸다. '마이클일까?' 나는 혈색이 돌 때까지 뺨을 두 손바닥으로 때린 뒤 감지 않은 머리카락을 하나로 묶고 뒷문으로 달려갔다.

마이클은 주머니에 손을 넣고 발끝을 들어 올린 채 서 있었다. 호수에서 불어오는 오후의 바람이 마이클의 머리카락을 들어 올려 마이클의 머리 뒤로 후광처럼 넓게 퍼뜨렸다.

"살아 있는지 생사를 확인하려고 왔어요. 괜찮은 겁니까?"

최면을 거는 것처럼 마이클의 파란 두 눈은 내 표정을 살폈고, 그의 두 눈썹은 걱정으로 일그러졌다.

나는 괜찮았다. 그 순간 괜찮아졌다. 마이클의 행동은 그가 나를 생각하고 있었다는 증거임이 분명했다. 더구나 애슐리가 떠날 때까지 기다렸다가 나를 찾아온 것이 분명하다는 증거였다.

"그냥, 조금, 감기 때문에 힘들었어요. 지금은 나아졌어요."

"아, 우리는 당신이 우리를 피하는 줄 알았어요. 특히 애슐리가 자기가 당신이 싫어하는 일을 한 게 아닌가 걱정했어요."

"어머, 전혀 아니에요."

안도가 내 가슴속에서 모락모락 피어올랐다. '쓸데없이 그 오랜 시간을 자책하며 보내다니!' 나는 왜 항상 이런 식일까?

"마음이 상한 건 아니겠죠? 애슐리 말이에요."

"전혀요. 그저 당신이 애슐리와 함께 요가를 하기로 한 것 같은데, 나오지 않아서 조금 놀란 것뿐이에요."

"내일은 할 거라고 전해주세요."

마이클이 재빨리 내 뒤를 보았다. 주방을 바라보던 마이클은 조금 긴장한 듯 웃었다.

"잠깐 들어가도 될까요? 애슐리는 마을에 식료품을 사러 갔고 나는 정말 잠시 쉬어야 할 것 같아서요."

"아, 그러세요. 잠시 들어와서 쉬어요. 차를 준비할게요."

나는 마이클을 데리고 주방 식탁으로 갔다.

마이클은 살짝 머뭇거리면서 어젯밤부터 치우지 않아 달걀이 말라붙은 접시를 내려다보았다.

"다른 방도 구경시켜주시죠. 여긴 아주 큰 집이잖아요. 모두 보고 싶다는 호기심이 생기네요."

마이클은 주방에서 시작해 여러 곳에 퍼져 있는 대여섯 개 문을 찬찬히 살펴보더니 무작위로 택한 듯이 가장 먼 방을 향해 걷기 시작했다. 내가 마이클의 뒤를 따라가는 동안 재빨리 그 방문을 활짝 연 마이클은 사레가 걸린 듯이 웃기 시작했다.

"와, 도대체 여기는 뭘 하는 곳입니까?"

"실내 오락실이에요."

나는 마이클을 따라 들어가 전등을 켰다. 사실 이 방은 나도 들어와본 적이 없었다. 같이 놀 사람이 없는데 실내 오락실에 들어올 이유가 없었다. 혼자서 카드를 하는 것보다 외롭고 처량한 일은 이 세상에 없었다. 당구대와 구석에서 먼지에 덮여 있는 순은 체스판을 보면서 한 게임 하자고 제안해야 하는지 고민하고 있을 때, 마이클은 이미 난로의 위쪽 벽에 금과 자개로 장식한 권총을 걸어놓은 곳으로 걸어가고 있었다.

마이클은 난로 앞에서 서서 권총을 자세히 들여다봤다.

"장전된 겁니까?"

"아니에요. 탄약은 벽장에 보관해뒀어요. 아마, 테디 루스벨트가 쓰던 권총이라고 알고 있어요. 아니면 프랭클린 델라노 루스벨트가 썼던 거든지요."

"아직 작동한다는 거죠?"

"아, 그럼요. 작은아버지가 그걸로 나무에 있는 다람쥐를 쏜 적이 있어요."

바로 그 작은아버지가 훗날 아빠에게 쿠데타를 일으켰다. 우리 가족은 작은아버지가 총을 휘두를 때 그럴 거라는 걸 짐작했어야 했다.

"그 일 때문에 동생이 정말 크게 화를 냈어요. 동생은 비건이었거든요."

말을 하고 나서 나는 곧바로 정정했다.

"아니, 비건이에요."

마이클은 권총에서 눈을 떼고 나를 쳐다보았다.

"동생이 있는지 몰랐습니다. 친한가요?"

"네. 하지만 자주 보지는 못해요. 시설에서 지내고 있거든요. 조현병 요양 시설에서."

"아."

마이클은 나중에 참고해야 할 내용이라도 되는 듯이 고개를 끄덕였다.

"힘들겠어요."

"많이요."

매서운 바람이 불어와 창문이 심하게 흔들렸다.

"불어라, 불어라, 너 겨울바람아 / 너는 배은망덕한 사람만큼이나 무정하구나."

마이클이 나를 보며 웃었다.

"이곳은 아일랜드의 집을 떠오르게 합니다. 우리 가족의 성은 바닷가에 있었어요. 벼랑 위로 바람이 어찌나 세게 부는지 성가퀴(성

위에 낮게 쌓은 담-옮긴이)에 서 있으면 정말로 바람에 휘감겨 밑으로 떨어져 죽을 수도 있었죠."

"가족은 지금 어디에 살아요?"

"여러 곳에서 살고 있습니다. 부모님은 내가 어렸을 때 자동차 사고로 돌아가셨어요. 그래서 형제자매들이 뿔뿔이 흩어져야 했죠. 유산 때문에 조금 추한 일도 있었고요."

마이클은 체스판에서 폰을 집어 손바닥 위에 올렸다.

"그래서 아일랜드를 떠난 겁니다. 돈 때문에 싸우는 게 지겨워서요. 내 이름 때문에 그 어떤 짐도 짊어지지 않아도 되는 곳에서 내 힘만으로 살아가기로 결정한 겁니다. 가난한 집에서 태어난 아이들을 가르친다는, 정말로 좋은 일을 하고 싶었으니까요. 당신은 내 말이 무슨 뜻인지 알 겁니다."

나는 조금 어지러워져서 당구대에 몸을 기댔다.

"네, 알아요."

"그래요. 당신을 알 거라고 생각했습니다."

마이클이 곁눈으로 나를 쳐다보았다.

"우리는 너무나도 닮았으니까요. 당신과 나, 안 그런가요?"

우리가 닮았다고? 나는 마이클의 말이 내 마음속에서 마구 굴러가도록 내버려두었고 그 기쁨을 만끽했다. (내 자신을 설명할 필요가 없어. 나를 이해하는 사람이 있으니까. 그런 사람이야말로 누구나 바라잖아!)

"가족의 성은 어디 있어요? 어렸을 때 가족이랑 아일랜드에 자주 갔어요. 아마 성도 100곳은 더 가봤을 거예요. 그러니까 내가 가본 곳일 수도 있잖아요."

"그럴 것 같지는 않군요."

마이클은 황급히 폰을 내려놓더니 난로 양옆에 걸어놓은 칼 진열대를 향해 걸어갔다. 칼 진열대 위에는 군대 문화에 집착했던 리블링의 조상들이 남겨놓고 간 칼이 적어도 서른 개는 있었다. 마이클은 그 가운데 한 개를 집어 들었다. 손잡이에 화려한 무늬를 새긴 묵직한 은칼이었다. 마이클은 칼을 높이 들어 올렸다가 나를 향해 겨누면서 "앙 가르드!"라고 외쳤다.

칼은 빠르게 공기를 가르며 나에게 날아와 내 가슴 바로 앞에서 아슬아슬하게 멈췄다. 나는 비명을 지르며 뒤로 재빨리 물러났다. 심장이 가슴 밖으로 튀어나올 것처럼 격렬하게 요동쳤다. 마이클이 놀라서 동그랗게 뜬 눈으로 나를 쳐다보았다. 마이클의 손에서 파르르 떨리던 칼은 바닥을 향해 축 늘어졌다.

"이런, 당신을 놀라게 할 마음은 전혀 없었어요. 예전에 펜싱을 했기 때문에. 미안해요. 미처 생각을 못 했어요."

마이클은 검을 진열대 위에 올려놓고 내 손목을 세게 잡았다. 부드럽게 내 맥박을 짚는 마이클의 손가락이 느껴졌다.

"정말 섬세한 사람이군요. 이렇게 민감하고 연약하다니. 얼굴에 감정이 그대로 드러나요."

"미안해요."

속삭이는 내 목소리는 거칠었다. 왜 사과를 한 걸까? 내 손목을 부드럽게 문지르는 마이클의 손끝이 예민하게 느껴졌다.

"미안해할 건 아무것도 없어요."

마이클이 낮은 목소리로 말했다. 그의 두 눈이 내 눈을 단단히 붙잡고 놓아주지 않았다.

"좋아요. 당신의 눈 속에서는 정말 많은 일이 일어나고 있군요. 애슐리는, 애시는……."

마이클은 말을 끝맺지 못하고 시선을 돌려 카펫을 물끄러미 바라보았다. 우리 사이에 놓인 공간에 위험한 전기가 흐르고 있는 것만 같았다. 플란넬 셔츠 사이로 발산되는 마이클의 열기를, 그가 내뿜고 있는 시큼한 땀 냄새를 느낄 수 있었다. 갑자기 마이클과 애슐리라는 어색한 조합이 어떻게 탄생한 것인지 궁금해졌다. 요가 강사와 대학교수라고? 미국 중산층과 아일랜드 귀족이 연인이라고? 너무나도 다른 두 사람의 관계는 어떻게 유지되고 있는 거지?

섹스 때문에 두 사람이 함께하는지도 몰랐다. 첫날, 두 사람이 차 안에서 나누던 강렬한 키스를 기억했다. 생각만으로도 얼굴이 빨개지는 격렬한 키스였다. 하지만 지금은 마이클의 손가락이 내 손목을 어루만지고 있었고, 애슐리에게 안겨 울었던 기억이 있었고, 창문을 부술 것처럼 흔들리는 바람이 있었다. 갑자기 모든 것이 아슬아슬해지고 혼란스러워졌다. 입이 바짝 마르고 텁텁해졌다. 배반의 맛이 느껴졌다.

소나무 숲 사이로 금속이 번쩍거렸다. 자동차가 진입로로 들어오고 있었다. BMW였다. 나는 붙잡혀 있던 손을 빼고 재빨리 뒤로 물러났다.

"애슐리가 왔어요! 가서 짐 내리는 거 도와야 하는 거, 맞죠?"

나는 문을 향해 뛰어갔다.

마이클은 잠시 주저했지만 결국 내 뒤를 따라 걸어왔다. 하지만 아주 느리게 걸었다. 마이클은 실내 오락실 벽면을 따라 걸으며 골프 대회 우승컵을, 보트 대회 트로피를 살펴봤고, 사진을 들어 한참을 쳐다보다가 내려놓았다. 내 심장은 정신없이 뛰고 있었지만, 마이클이 나처럼 죄의식을 느끼고 있는지, 우리가 잠시 이상한 기분에 휩싸였음을 인정하고 있는지는 알 수가 없었다.

잠깐 뒷문 앞에 서서 호수로 이어지는 눈 덮인 잔디밭을 바라보던 마이클은 "이제 바네사는 나에게 낯선 사람이 아닌 겁니다. 알겠죠?"라고 말했다. 그러고는 나를 보고 무심하게 씩 웃었다. 하지만 계단으로 내려가기 직전에 두 손가락으로 자기 눈을 가리켰다가 나를 가리키며 부드럽게 말했다.

"지켜볼 겁니다."

나를 지켜본다고? 왠지 위험한 말 같았다. 하지만 정말로 달콤한 말이기도 했다.

그날 밤에는 기쁨과 실망 사이를 계속 오가며 쉽게 잠들지 못했다. 마침내 잠이 들었을 때는 나는 아무리 애를 써도 땅에 내려앉지 못하고 바람에 날리는 거위 깃털이 되어버렸다. 어둠 속에서 나는 다시 깨어났고 똑바로 누워 나 자신을 미워했다. 나는 절대로 그런 여자는 되고 싶지 않았다. 그 사람에게는 여자 친구가 있었다. 그것도 내가 좋아하는 여자 친구가 있었다. 하지만 그에게 끌리고 있음을 부인할 수는 없었다. 이 감정을 무시하는 게 옳을까?

'사람의 가장 강함은 가장 약함과 동일한 것인지도 몰라. 사랑하고 싶은 욕구와 사랑받고 싶은 욕구 말이야.' 나는 생각했다.

해가 뜰 무렵, 나는 애슐리를 만나 이 이상한 상황에 균형을 찾기로 결심했다. 7시에 나는 요가복을 입고 창문 앞에 서서 애슐리가 나오기를 기다렸다. 하지만 밤새 내려간 기온 때문에 얇은 살얼음이 레이스처럼 잔디밭을 덮었고 애슐리는 밖으로 나오지 않았다.

아침 내내 집 안을 서성이면서 나는 오두막 문을 두드려야 할 이유를 궁리했다.

그리고 점심시간이 막 지났을 때 배낭을 메고 잔뜩 긴장한 채로 오두막 문을 두드렸다. 애슐리는 일주일 내내 나를 기다렸다는 듯이 너무나도 밝은 얼굴로 문을 활짝 열었다. (애슐리는 정말로 나를 기다린 게 분명했다. 그때는 그 이유를 전혀 다르게 짐작했지만 말이다.) 애슐리는 두 팔을 활짝 벌려 나를 끌어안았다.

"어머, 바네사. 보고 싶었어요!"

애슐리는 목소리까지 가르릉거리며 나를 반겼다. 나는 거실 안락의자에서 나를 보는 마이클의 시선을 강하게 의식하고 있었지만, 내 뺨에 닿은 애슐리의 따뜻한 뺨 때문에 내 맥박을 짚던 마이클의 손가락은 희미한 기억으로 사라져갔다. 나는 눈을 감고 안전한 애슐리의 품에 나를 맡겼다.

'애슐리에게 보상해줄 거야. 오늘, 내가 애슐리의 적이 아니라 친구라는 걸 증명해 보일 거야.' 나는 다짐했다. 그래야만 내가 나를 좋아할 수 있게 될 것 같았다. 나는 그런 일을 할 수 있는 사람이 되고 싶었다.

그때 진실을 알았다면 굳이 그런 노력을 하지 않았을 텐데.

하지만 그때는 몰랐기에 그 대신에 배낭을 높이 들어 올리면서 말했다.

"같이 하이킹하러 갈래요?"

호숫가를 따라 달려가면서 내가 에너지를 쏟은 사람은 애슐리였다. 내가 정신없이 늘어놓는 타호 전승에 열심히 귀를 기울여준 사람은 애슐리였고 브리트니 스피어스의 노래를 나와 함께 불러준 사람도 애슐리였다. (애슐리가 대중가요를 좋아한다는 사실이 너무 기뻤다!) 뒷좌석에서 애슐리의 음악 취향에 관해 불만을 터뜨리는 마이클은 우리를 따라온 부록 같았다. 그가 우리와 함께 간다고 결정했을 때는 정말 놀랐다. (정말 놀랐던 걸까? 마이클이 "지켜볼 겁니다"라고 했던 말을 떠올릴 때마다 온몸이 떨렸는데도?)

차를 주차장에 세울 때쯤에는 다시 균형이 맞춰진 것처럼 느껴졌다. 우리는 비스타 포인트를 향해 출발했다. 마이클은 뒤처져 걸어왔고 애슐리는 나와 속도를 맞춰 걸었다. 애슐리는 어딘지 모르게 다른 곳에 가 있는 듯한 표정을 짓고 있었고 조용히 노래를 흥얼거리기도 했다. 애슐리는 그곳이 너무 편해 보였다. 나보다도 더 편해 보였다. 바보같이 그 이유를 나는 애슐리가 운동을 하는 사람이라서 그렇다고 생각했다. 자기 몸을 편하게 쓸 줄 알고 이 세상에서 평화를 느낄 수 있는 사람이기에 그렇게 편안한 것이라고 생각했다. (정말로 어처구니없는 생각이었다!)

타호에 돌아온 뒤로 비스타 포인트에 간 건 그때가 처음이었다. 그곳은 베니와 나만의 장소였기에, 할머니 할아버지가 살아 있을 때 우리 가족이 여름휴가로 스톤헤이븐에 오면 우리는 비스타 포인트까지 하이킹을 했었다. 베니와 내가 하이킹을 특별히 좋아해서 그런 건 아니었다. 그것만이 서로에게 날을 세우고 경계하는 암사자처럼 엄마와 할머니가 대치하고 있는 끔찍한 집에서 도망칠 방법이었기 때문이다. 비스타 포인트에 올라가면 평평한 바위가 있었다. 호수가 내려다보이는 그곳에 가면 나는 비키니를 입고 누워서 워크맨으로 음악을 들었고 베니는 공책을 들고 앉아 그림을 그렸다.

해가 지평선 밑으로 거의 떨어질 때가 되어서야 우리는 마지못해 집으로 돌아가 정찬이 차려진 식당으로 들어갔다. 식당에서는 식사 시중을 들 제복 입은 하인들, 도자기 그릇에 담긴 비시스와즈가 우리를 기다리고 있었다. 저녁을 먹는 동안 아빠는 진토닉을 너무 많이 마셨고 조부모님은 얼굴을 찡그린 채 은 식기에 남은 물 자국을 노려보았다.

나는 동생과 하이킹하는 시간이 좋았다. 비스타 포인트에 올라가 조용히 아래에 펼쳐진 풍경을 보고 있을 때면 우리의 파장이 그 순간만큼은 일치해 같은 시간에 같은 경험을 하고 있다는 기분이 들었다. 그것은 쉽게 경험할 수 없는 순간이었고, 베니가 힘들어진 뒤로는 특히나 쉽게 찾아오지 않는 순간이 되어버렸다.

몇 년 전에 다녀간 뒤로도 비스타 포인트로 올라가는 길은 하나도 바뀌지 않았다. 쪼갠 나무 판에 희미한 노란색 페인트로 남은 거리를 적은 표지판도 그대로였다. 하지만 몇 년 사이에 내가 차지하는 공간이 더 넓어진 것처럼 소나무들은 더 가까이 붙어 있는 것처럼 보였고 바위는 더 작아진 것 같았다. 마이클과 애슐리가 함께 있으니 내가 더 커진 것만 같았다. 살아 있는 것만 같았다.

그런데 애슐리의 호흡이 점점 더 가빠지더니 다리에 힘이 빠지는 것 같았다. (이때 눈치를 채고 의심했어야 하는데, 그때는 애슐리의 친구가 되고 싶다는 마음이 너무 커서 눈치를 채지 못했다.) 정상 가까이에 있는 평지에 도착하자 애슐리는 걸음을 멈춰 서서 한 손으로 나무를 짚었다.

나도 멈춰 서서 애슐리를 기다렸다. 마이클은 완전히 보이지 않았다.

"괜찮아요?"

애슐리는 나무를 위아래로 쓰다듬으면서 나뭇가지를 올려다보았다. 차분하던 애슐리의 미소가 얼굴을 잔뜩 찌푸린 것처럼 끔찍하게 변했다.

"온몸으로 느끼고 있는 거예요. 잠시 명상을 하는 게 좋겠어요."

애슐리는 눈을 감고 나를 차단했다. 나는 주위를 둘러보면서 애슐리의 명상이 끝나기를 기다렸다. 유난히 불길해 보이는 구름 하나가 호수 맞은편에 있는 산 정상에 걸쳐 있었다. 호수 표면에 하얀 물보라를 일으키는 바람은 네바다 쪽 호숫가에 있는 카지노 지역을 향해 남쪽으로 불고 있었다.

얼마나 오래 서 있을 생각이지? 나도 같이 명상하기를 바라는 걸까? 가만히 있자니 좀이 쑤셨다. 나도 모르게 휴대전화를 꺼내 호수를 배경으로 서 있는 애슐리를 향해 카메라를 켰다. 애슐리의 뺨은 힘들여 언덕을 올라오느라 발개져 있었고 속눈썹이 파르르 떨리고 있었다. 정말 예뻤다. 사진을 찍고 필터를 몇 개 적용했다. 사진 밑에 "새로운 나의 친구, 애슐리"라고 적고 있을 때 갑자기 내 손에서 휴대전화가 사라졌다.

"안 돼요!"

애슐리가 내 앞에 서 있었다. 몹시 화가 난 얼굴로 내 휴대전화의 버튼을 누르고 있었다. (내 휴대전화 버튼을 말이다!)

"너무 까칠하게 굴어서 미안해요. 하지만…… 나는 프라이버시를 중요하게 생각하는 사람이에요. SNS가 당신에게 중요하다는 건 알아요. 하지만 내 사진을 온라인에 올릴 수는 없어요."

애슐리가 나에게 휴대전화를 돌려주었다. 애슐리 사진은 지워지고 없었다.

눈물이 쏟아질 것 같아서 재빨리 눈을 깜빡였다. 사진을 찍고 싶어 하지 않는 사람과 함께 있는 건 너무나도 오랜만이었다. 다른 사람의 피드에 사진이 올라가는 건 자신이 괜찮은 사람임을 입증하는 방법이었다. 자신이 직접 노력하지 않고도 이 세상에 자신의 위치를 알릴 수 있는 근사한 방법이었다. 하지만 애슐리에게는 아닌 것이 분명했다.

"미안해요."

나는 조용히 웅얼거렸다.

"바네사는 몰랐으니까요. 이건 정말 내 잘못이에요. 미리 인터넷에 사진을 올리면 안 된다고 말했어야 하는데. 이 일로 속상해하지 않았으면 좋겠어요. 알았죠?"

애슐리는 웃고 있었지만 아랫입술에 힘을 줘 입을 굳게 다물고 있었다. 내가 무례하게 군 것이 분명했다.

애슐리는 나에게서 몸을 돌리더니 언덕을 내려다보았다.

"가서 마이클을 데려올게요. 길을 잃었는지도 모르겠어요."

애슐리의 말에 고개를 끄덕이고 있었지만 내 마음은 며칠 전에 이미 내 인스타그램에 올린 애슐리의 요가 사진을 생각하고 있었다. '애슐리가 알고 화를 내기 전에 빨리 지워야겠다.'

"먼저 가요. 나는 1분쯤 있다가 따라갈게요."

내가 말했다.

애슐리가 보이지 않는 곳까지 갔을 때 나는 재빨리 휴대전화를 들고 인스타그램 앱을 켰다. 애슐리의 사진은 여전히 맨 위에 있었다. '좋아요' 1만 8,032개, 댓글 72개. 정말 멋진 사진이었다. 타호에 와서 찍은 사진 가운데 예술성으로는 어느 사진에도 뒤지지 않을 만한 사진이었다. 그냥 지워버리기에는 마음이 너무 아팠다. 정말 이 사진을 보고 애슐리를 알아보는 사람이 있을까? 나는 그저 내 팔로어들이 사진에 어떤 평가를 남겼는지만 보려고 재빨리 스크롤을 내렸다. *"너무 평온해 보여요."*, *"요가를 하는 이 근사한 분은 누구예요?"*, *"재미는 있어 보이지만, 패션 포스팅은 이제 안 할 거예요???"*, *"자연 사진은 이제 지겹네. 언팔해야지."*

그 페이지 가장 아래쪽에는 오랫동안 내 인스타그램을 팔로잉한 '미친베니'의 댓글이 있었다. 미친 베니라니, 하하. 분명히 농담이었지만 하나도 웃기지 않았다. 오손요양원에서 베니에게 휴대전화를 준 모양이었다. 베니의 편집증 증세가 충분히 완화됐을 때만 요양원은 베니에게 휴대전화를 쓸 수 있는 특권을 주었다. (편집증이 심할 때면 베니는 온종일 레딧 음모론에 파묻혀 그 뉴스 사이트에서 헤어나지 못했다.) 그러니 지금 휴대전화를 쓸 수 있다는 건 베니의 정신 상태가 꽤 괜찮다는 뜻이었다.

베니가 댓글을 달았다는 사실과 내가 끔찍한 실수를 저질렀다는 생각에 잠시 정신이 나가 있어서 베니가 사진 아래에 달아놓은 글을 완전히 이해하는 데는 조금 시간이 걸렸다. 그리고 마침내 베니의 글을 이해한 순간 내가 딛고 있던 산이 그대로 무너져 내리는 것만 같았다. 바위가 요란한 소리를 내면서 흔들리더니 아래에 있는 모든 것을 부숴버리려고 동시에 땅에서 튀어나와 아래로 굴러가기 시작했다.

뭐야, 누나? 왜 나만 빼고 니나 로스랑 함께 있는 거야?

동생이 남긴 글을 이해하려고 애쓰면서 아주 오랫동안 그 자리에 서 있었다. '니나 로스라고?' 또다시 그 이름이 나왔다. 처음에 나는 얼마 전에 엄마의 일기를 읽었기 때문에 베니가 적은 이름을 니나 로스라고 잘못 읽었다고 생각했다. 하지만 다시 읽어봐도 니나 로스라고 적은 것이 분명했다. 하지만 말이 되지 않았다. 베니가 다시 환각을 보는 것이 분명했다. 애슐리 스미스는 절대로 니나 로스가 될 수 없었으니까.

하지만 베니는 지금 휴대전화를 가지고 있다. 그것은 분명히 상태가 호전됐다는 뜻이다. 베니는 정신이 멀쩡할 때만 휴대전화를 쓸 수 있으니까.

니나 로스가 어떻게 생겼었더라? 나에게 니나 로스는 그날 카페에서 잠시 만났을 때의 모습만이 희미하게 남아 있을 뿐이었다. 니나 로스의 머리카락은…… 분홍색 아니었나? 통통한 편이었고. 여드름이 많이 난 고스족에 자존감이 낮은 아이 아니었나? 저 아래에서 나를 기다리고 있는 조화롭고 자신감 넘치는 여자가 니나 로스일 리 없었다. 하지만…… 내가 니나 로스를 마지막으로 본 것은 벌써 12년 전이었다. 이제는 식이요법만 제대로 하고 적절하게 꾸미기만 해도 외모를 쉽게 바꿀 수 있다(사스키아가 한 말이다).

하지만 니나 로스가 애슐리 스미스라고?

추위 때문에 곱은 손으로 베니의 전화번호를 눌렀다. 어찌나 심장이 빨리 뛰는지 몸 밖으로 튀어나올 것만 같았다.

베니는 전화벨이 한 번 울리자마자 받았다. 잔뜩 흥분한 베니는 숨도 제대로 쉬지 못했고 목소리가 잔뜩 갈라져서 말도 제대로 하지 못했다.

"도대체 어떻게 된 거야, 누나? 니나 로스라니! 세상에. 걔가 거기서 뭐 하고 있어? 내 얘기를 했어? 도대체 어떻게 돌아온 거래?"

"그 사람, 니나 로스 아니야. 우리 집에 온 손님이야. 애슐리라고 요가 강사고, 마이클이라는 남자 친구도 있어. 마이클은 작가야. 애슐리는 포틀랜드에 살고, 아빠가 치과 의사래."

내 말이 진실임을 믿게 하려고 나는 확신에 찬 목소리로 말했다.

"어쩌면 이름을 바꿨는지도 몰라. 그럴 수도 있잖아. 정말이야. 걔한테 직접 물어봐줘!"

"아니, 그 애가 아니라니까."

내 목소리가 조금 날카로워졌다.

"미안, 베니. 네가 잘못 기억하고 있는 것 같아. 오래전 일이잖아.

정말로 니나 로스의 생김새를 기억한다고?"

"당연하지. 아직도 그 애 사진을 가지고 있는걸. 누나가 내가 미쳤다고 생각할까 봐 두 번이나 확인했어. 그 애 사진을 보내줄 테니까, 누나가 한번 봐봐."

베니가 휴대전화를 조작하는 소리가 들렸다. 소매가 전화기에 스치는 소리가 들렸고 곧 문자메시지가 왔다는 알림음이 들렸다.

초창기 폰 카메라로 찍은 조잡한 사진이었다. 제대로 보이지 않는 희미한 사진이었지만 사진을 보는 순간 익숙해서 불편한 감정이 느껴졌다. 사진 속 배경은 관리인의 오두막이었다. 베니와 10대 여자아이가 금색 양단 안락의자 위에 나란히 앉아서 웃긴 사진을 찍으려는 듯이 얼굴을 바짝 맞대고 있었다. 어렸고 즐거웠으며 거리낌 없이 모든 것을 드러내고 있는 두 아이는 두 마리 강아지처럼 뒤엉켜 신나 하고 있었다.

여자아이의 검은 머리카락 끝부분은 색이 빠진 분홍색이었고 눈가에는 검은색 아이라이너가 진하게 칠해져 있었다. 피부에는 살짝 여드름이 나 있었고 살 때문에 턱선은 둥글었지만 내가 생각했던 것보다 뚱뚱하지는 않았다. 그리고 그 모든 표면 밑에는 무언가 다른 것이 있었다. 아직은 형태를 갖추지 못한 날것 그대로의 재료 밑에 언젠가 깎여 나올 조금 더 단단하고 현명한 여자가 들어 있었다.

베니가 옳았다. 사진 속에서 베니와 함께 누워 있는 여자아이는 애슐리였다. (아니, 애슐리가 니나인 걸까?) 세월이 흐르면서 애슐리는 정말 많이 바뀌었다. (예술적으로 말해서 엄청나게 향상되었다.) 하지만 웃을 때 올라가는 입꼬리, 황갈색 피부와 대비되는 커다란 검은 눈, 카메라를 쳐다보는 얼굴에 떠 있는 자신감은, 애슐리가 니나임을 분명히 말해주고 있었다.

그리고 애슐리 옆에는 아직 소년인 베니가 있었다. 눈은 맑았고 피부에 광기라는 우울한 그늘이 드리우기 전의 베니가 있었다. 불안해하지도 않고 의식도 선명한 베니를, 너무나도 행복한 베니를 언제 마지막으로 봤는지 기억도 나지 않았다.

세상에, 그 오랜 시간 동안 베니는 이 여자아이를 잊지 못했던 걸까? 베니가 내 인스타그램에 남긴 댓글이 생각났다. 베니는 "왜 니나 로스랑 함께 있는 거야?"라고 묻지 않았다. "왜 나만 빼고 니나 로스랑 함께 있는 거야?"라고 했다.

내 마음속에서 너무나도 많은 생각이 튀어나와 기절할 것만 같았다. '근데 저 여자는 왜 여기에 온 거지? 어째서 자신에 관해 거짓말을 한 거지? 나한테 뭘 원하는 거지? 내가 저 여자한테 무슨 말을 해야 해? 세상에, 니나가 여기 온 걸 베니가 알면 어떻게 되는 거지? 이 일이 베니에게 어떤 영향을 끼칠까?'

"그래, 네가 그렇게 착각할 수도 있을 것 같아. 분명히 닮은 것 같아. 하지만 니나가 아니야. 맹세해. 애슐리는 여기 처음 온 거랬어. 굳이 거짓말을 할 이유가 없잖아."

나는 천천히 말했다.

"누나가 친절하게 대하지 않을 것 같아서 거짓말한 거 아닐까? 우리 가족이 니나한테 끔찍하게 굴었잖아."

'아니, 그 반대야. 그 모녀가 우리한테 협박 편지를 보냈어, 베니. 니나의 엄마가 마망을 자살하게 했고, 니나는 너한테 마약을 하게 했어. 두 사람이 우리 가족을 완전히 파괴해버렸어.' 나는 그렇게 말하고 싶었다. 하지만 이미 모르는 일을 알게 하는 게 베니에게 도움이 될까? 그저 베니를 자극하기만 하는 것 아닐까? 베니의 광기를 촉발하는 자극이 무엇인지는 알지 못했지만 과거의 공포를 다시 불러오는 건 분명히 베니에게 도움이 되지 않을 것 같았다.

"저기, 나는 애슐리는 니나가 아니라고 99퍼센트 확신해. 전혀 말이 되지 않잖아. 하지만 너를 위해서 내가 한번 물어봐줄게."

나는 베니를 달래듯이 말했다.

"정말이지?"

베니는 어린아이가 간청하는 소리를 냈다. 가슴이 무너져 내리는 것만 같았다. 안전한 거품 속에 내 아기 동생을 집어넣고 예측할 수 없는 이 세상의 모든 악에서 보호해주고 싶었다.

해는 산 뒤로 넘어가 서쪽으로 사라져가고 있었고 그림자들이 물 조각들을 따라 아래로 흘러가고 있었다. 산봉우리를 넘는 바람이 너무 강해서 내 몸도 바람에 떠밀려 봉우리 너머로 넘어가버릴 것만 같았다.

"이제 가야 해, 베니. 내가 다시 전화할게, 알았지?"

"기다릴게."

잔뜩 쉰 목소리로 사뭇 들뜬 듯이 가쁜 숨을 내쉬는 베니의 목소리에서 이 일을 그저 지나쳐버리지 않으리라는 것을 알 수 있었다.

너무나도 혼란스러운 상태로 나는 산 밑으로 내려갔다. 내 생각이 착각임이 분명하다고 나를 이해시키려고 노력하면서 걸음을 옮겼다. 어쩌면 애슐리는 그저 도플갱어인지도 몰랐다. 애슐리가 이곳에 와 있는 이유는 그저 우연일 수도 있다고 생각하면서 밑으로 내려갔다. 아니면 니나와 오래전에 헤어진 쌍둥이일 수도 있었다! (말도 안 된다는 걸 알고 있지만, 그럴 가능성도 있지 않을까?) 아니면, 정말로 니나라면 스톤헤이븐을 전혀 모르는 척하는 데 타당한 이유가 있으리라 생각했다.

하지만 알고 있었다. 산 밑으로 내려가는 동안 우리 가족의 세계를 찢어버릴 준비를 하고 사진 속에서 의기양양하게 웃고 있는 여자아이의 얼굴 말고는 아무것도 보이지 않았다. '무슨 낯짝으로 감히 다시 여길 온 거지?' 나는 고작 한 시간 전에는 깔끔하게 넘을 수 있었던 바위와 나무뿌리에 계속 발이 걸렸고, 내 평정심은 완전히 사라져버렸다. 그리고 소나무 숲에 도착했을 때 바로 앞 빈터에 있는 마이클과 애슐리를 발견했다.

두 사람은 내가 다가가는 소리를 전혀 듣지 못했다. 두 사람은 서로 끌어안더니 그 자리에서 서로의 옷을 찢어버릴 것처럼 격렬하게 키스하기 시작했다.

나는 재빨리 걸음을 멈추고 소나무 뒤로 몸을 숨겼다.

마이클의 입술이 애슐리의 목을 타고 내려갔고, 애슐리의 쇄골을 물려는 듯이 마이클의 고개가 돌아갔다. 애슐리는 한 손으로 마이클의 목을 잡아 자신에게 끌어당겼고 다른 손으로는 땀에 전 마이클의 셔츠를 움켜잡았다. 그 모습을 보는 순간 내 속에서는 알 수 없는 감정이 휘몰아치기 시작했다. 질투……일까? 마이클의 몸이라는 유령이, 내 손목을 쓰다듬던 마이클의 손가락이 나에게 발가벗은 것 같은 기분을 느끼게 하고 사랑받고 싶다는 소망을 품게 한 것일까? (물론 그랬다. 그 감정은, 그 소망은 너무나도 강렬했다.)

갑자기 애슐리가 눈을 뜨고 나를 똑바로 보았다. 그때, 나는 분명히 알 수 있었다. 애슐리가 당황한 듯 얼굴을 붉히지도 않았고 마이클에게서 몸을 떼지도 않았기 때문이다. 애슐리는 내가 그곳에 있음을 알고 있었던 것이 분명했다. 애슐리는 남자 친구가 자신의 셔츠 밑으로 손을 집어넣고 있는 순간에도 차분하게 나와 눈을 마주치고 있었다. 애슐리는 자신이 얼마나 원하는지를 내가 보기를 바라는 것이었다. 나를 불편하게 만들고, 내가 질투하게 만들고 싶은 거였다. 그 순간, 나를 똑바로 보고 있는 애슐리의 눈에 잔혹한 어둠이 잠시 스쳐 지나갔다. 평온하고 침착한 요가 강사라는 거죽 위로 진짜 모습이 나타났다가 사라졌다.

마이클이 애슐리의 가슴을 감싸 쥐고 있을 때도 애슐리는 여전히 나를 똑바로 보고 있었다. 나는 숨을 쉴 수가 없었다. 그 순간, 거의 알아채기 힘들 정도로 애슐리의 입술이 살며시 움직였다. 나를 비웃는 웃음이었다. 자신이 지켜보고 있다고 경고하는 웃음이었다. 그 웃음을 보는 순간 나는 내가 틀릴 수가 없음을 알았다. 저 여자는 타호에 처음 온 것이 아니었다. 어쩌다 운 나쁘게 우리 집 앞에 이르른 것이 아니었다. 저 여자는 니나 로스였고, 내가 누구인지 정확하게 알고 있었다.

내가 누구인지 정확하게 알고 있을 뿐 아니라 나를 미워하는 여자였다. 내가 그녀를 미워하는 것만큼 나를 미워하는 여자였다.

'도대체 여기에 왜 온 거지?'

분노가 솟구쳐 올랐다. 엄마가 쓴 일기가 생각났다. "그 두 여자를, 그 모녀를 죽여버리고 싶다. 그 두 사람은 우리 가족을 망가뜨렸다." 내 앞에 있는 여자는 우리 가족을 파국에 이르게 한 책임이 있다. 그러니까 마망을 위해서, 베니를 위해서, 저 모녀가 공모해 파괴하려던 모든 리블링 사람들을 위해서 내가 저 여자에게 무엇이든 해야 했다.

마음을 다잡고 여자 앞으로 뛰어가 정체를 폭로하고 정의를 실현할 준비를 끝냈다. 내가 자기가 누군지 알고 있다고 하면 충격을 받을까? 굴욕을 느끼고 공포에 질릴지도 몰라! 나는 숨을 깊이 들이마시고 진짜 이름을 폭로할 준비를 끝냈다. '니나 로스, 이 망할 년아!'

하지만 애슐리는 다시 눈을 감았고 또다시 시간이 흘러갔다. 두 사람은 키스를 하고 또 했다. 저 여자는 내가 보고 있다는 걸 알아. 어쩜 저렇게 뻔뻔할 수가 있지? 도저히 참을 수가 없어서 두 사람에게 가까이 갔다. 바닥에 막대기가 떨어져 있었다. 나는 힘껏 막대기를 밟았다. 마이클이 놀라서 눈을 떴고 나와 눈이 마주쳤다. 마이클이 한 손으로 애슐리를(사실은 니나를) 밀어내면서 재빨리 뒤로 물러섰다.

그 여자는 눈을 깜빡였다. 손등으로 젖은 입술을 닦더니 나를 보며 웃었다. 또다시 친숙한 가면이 그 여자의 얼굴을 덮고 있었다.

"어머, 바네사!"

그 여자는 밝은 목소리로 달콤하게 재잘거렸다. 애슐리로 돌아온 것이다. 하지만 목소리에는 조롱이 담겨 있었다. 그리고 저 웃음. 너무나도 환하게 웃고 있어서 삐뚤빼뚤한 앞니가 그대로 드러났다. 어째서 나는 저런 여자를 진짜라고 생각했을까?

여자는 다리에 쥐가 났다고 횡설수설하며 사과를 했다. 하이킹을 할 때 쓰는 근육과 요가를 할 때 쓰는 근육이 달라서 그렇다고 했다. 너무나 미안하다고 했다. 그때 나는 생각했다. '이 거짓말쟁이. 아마 요가 강사도 아닐지 몰라. 도대체 넌 누구야? 나한테 원하는 게 뭐야?'

도무지 알 수가 없었다. 혹시 베니를 만나려고 왔을까? 그렇다면 왜 신분을 속였지? 혹시 여기에 두고 간 것이 있나? 가장 그럴듯한 가설은 저 여자의 엄마가 시작했던 일을 마무리하려고 왔다는 것이었다. 그러니까 돈을 가지러 온 것이다. 나를 협박하면 그 돈을 가져갈 수 있다고 생각한 것일까?

순간 유리한 고지를 차지한 건 나라는 사실을 깨달았다. 나는 저 여자의 정체를 알고 있지만 저 여자는 그 사실을 몰랐다. 그러니 나에게는 앞으로 해야 할 일을 생각할 여유가 있었다.

저 여자와 나를 번갈아 보고 있는 마이클은 무엇이 불안한지 잔뜩 인상을 쓰고 있었다. 우리 사이가 갑자기 변했음을 눈치챈 걸까?

"여기서 끝내는 건 좀 그렇지만, 난 완전히 지쳤습니다. 얼어 죽기 전에 내려가는 게 좋을 것 같은데요."

마이클이 말했다.

"너무 늦기도 했고요. 으으, 추워."

그 여자가 마이클 옆에 찰싹 달라붙었다. 그 여자는 마이클의 팔을 자기 어깨에 둘렀다. 나를 보는 마이클의 눈에는 과시하듯 행동하는 여자의 태도가 불편하다는 감정이 분명히 담겨 있었다. 마이클이 소리 없이 나에게 "미안해요"라고 말했다. 하지만 정말 미안한 건 나였다. 마이클은 아무것도 몰랐으니까.

갑자기 속이 불편해졌다. 저 여자가 마이클에게는 어떤 식으로 자신의 과거를 지어냈을지 궁금해졌다. 나한테 거짓말을 했다면 분명히 마이클에게도 거짓말을 했을 것이다. 마이클에게는 뭘 얻어내려는 걸까? 그 생각을 하는 순간, 답이 선명하게 떠올랐다. 다른 게 있을 리 없었다. 마이클은 부자였다. 그러니까 저 여자는 마이클의 돈을 노리는 게 분명했다.

엄마와 딸이 다를 리가 없었다. 내가 저 여자의 단기 목표라면 마이클은 장기 목표인 게 분명했다. 마이클의 삶에 무임승차할 계획임이 틀림없었다.

내 마음은 마이클을 향해 날아갔다. 이런 상황에서는 무서움을 느끼는 것이 당연했지만 오히려 나는 이상하게도 차분해졌다. 스톤헤이븐은 내 것이었다. 그러니 언제라도 저 여자를 내보낼 수 있었다. 나에게는 잃을 것이 거의 없었다. 내가 정말로 사랑하는 것은 거의 남아 있지 않았다. 하지만 마이클은? 섬세하고 사려 깊고 지적인 마이클은? 마이클은 저 여자가 얼마나 위험한지 알지 못한다. 내가 알려주어야 했다.

하지만 어떻게? 정면으로 맞섰다가는 역효과를 낼 수도 있었다. 나에게는 12년 전에 찍은 희미한 사진 말고는 증거도 없었다. 잘못했다가는 저 여자는 모든 것을 부정하고 나에게 화를 내면서 아무것도 잃지 않고 마이클을 데리고 훌쩍 떠나버릴 것이다. 그러면 나는 또다시 혼자가 되어 상처나 핥고 있어야 할 테지.

내가 원하는 건 저 여자의 엄마와 저 여자가 나에게서 빼앗아 간 모든 것을 나도 저 여자에게서 빼앗는 것이다. 가족, 안정, 행복, 멀쩡한 정신을 빼앗는 것이다.

그리고 사랑도.

그 순간 나는 내가 해야 할 일이 무엇인지 깨달았다. 나는 마이클을 저 여자에게서 구출해야 했다. 그리고 그 과정에서 마이클을 내 것으로 만들어야 했다.

분노라는 힘은 정말 가공할 정도로 맹목적이다. 일단 분노라는 강렬한 빛기둥 안으로 들어가면 더는 그 빛줄기를 볼 수 없다. 이성은 어둠 뒤로 사라져버린다. 분노가 마음을 지배할 때는 자신이 하는 일이 사실은 쩨쩨하고 옹졸하고 끔찍하고 잔혹할지라도 모두 정당하게 느껴진다.

실제로 분노는 내가 생생하게 살아 있다는 느낌이 들게 했다.

그날 밤, 나는 스톤헤이븐을 돌아다니면서 문이란 문은 다 잠갔다. 1층에 있는 커튼을 모두 내리고(엄청난 먼지와 죽은 거미가 쏟아져 내렸다), 실내 오락실에 있는 권총을 하나 꺼내 서랍에서 찾은 탄약을 장전하고 내 베개 밑에 놓았다.

정말로 나는 화가 난 것이지 두려운 것이 아니었다. 그리고 절대로 바보는 되지 않을 생각이었다.

26

그래서 두 사람을 저녁 식사에 초대했다. 이제는 우아한 여주인 역할을 할 시간이었다.

고기 칼로 닭고기를 한 번 내리칠 때마다 나는 도마 위에 그 여자의 목이 있고 칼은 단두대라고 상상했다. 감자 껍질을 벗길 때는 그 여자의 피부를 벗기는 상상을 했다. 거대한 스토브의 버너에 불을 붙일 때는 그 여자의 손을 불에 집어넣는 상상을 했다. 나는 하루 종일 요리를 했고 냄비 속에서 부글부글 끓는 스튜처럼 내 분노도 부글부글 끓어올랐다.

오후 5시가 되자 스톤헤이븐 위로 어둠이 내려앉았다. 바람은 잦아들었고 호수 위에 있는 모든 것이 평온해졌다. 호숫가에 내려앉은 기러기들이 다가올 폭풍에 항의하듯이 울어대고 있었다.

아빠의 바에서 마티니를 석 잔 만들었다. 차가운 진에 베르무트를 듬뿍 섞고 커다란 절인 올리브를 마티니 잔에 넣었다. 완벽한 마티니라기보다는 일부러 엉성하게 만든 마티니였다. 소금물과 술로 만든 이 음료는 내가 석 잔 가운데 한 잔에 넣을 또 다른 재료(안구 충혈 완화제 바이진)를 숨기는 역할을 할 것이다.

코코뱅은 거의 다 만들었고 샐러드는 냉장고에서 차가워지고 있었다. 감자가 익는 동안 마티니 한 잔을 다 마신 나는 나를 위해 마티니를 또 한 잔 만들었다. 창문을 맹렬하게 강타하는 비가 강렬한 시작을 알렸다. 깜짝 놀라 고개를 들자 재킷을 머리에 쓰고 스톤헤이븐을 향해 달려오는 애슐리와 마이클이 보였다.

나는 양손에 마티니를 들고 웃으면서 뒷문을 열었다. 잔뜩 젖어 당황한 두 사람이 재빨리 뒷문으로 들어왔다. 나는 이미 마티니 두 잔의 도움을 받고 있었다. 마티니에 들어 있는 진은 나에게서 모든 긴장을 풀어주었고, 내가 했던 그 모든 초현실적인 노력은 기분 좋게 흐릿해졌다. 그 덕분에 나는 마티니를, 즐겁게 이야기하는 손님들을, 마티니를 한 모금 마시고는 얼굴을 찡그리며 "우아, 정말 독한 술을 넣었네요"라고 말하는 애슐리를 자세하게 살펴볼 필요가 없어졌다.

"다른 걸 만들어줄까요? 말차나 녹차 마실래요?"

나는 애슐리를 걱정하는 것처럼 말했다. '이 가짜야.' 내 입술이 이를 드러내면서 부자연스럽게 벌어졌다.

"아, 아니에요. 맛있어요."

애슐리는 불안해 보였고, 나는 애슐리를 한 대 때리고 싶었다.

마이클은 스토브 주위를 어슬렁거리면서 냄비 뚜껑을 열고 음식 냄새를 맡았다.

"냄새가 끝내주는데요, 바네사. 우리는 빈손으로 왔는데 어쩌죠?"

마이클은 내가 음식을 모두 준비할 때까지 나를 따라다니면서 요리 방법을 묻기도 하고 조리대 위에 있는 얼룩진 요리책을 무심하게 들춰보기도 했다. 마이클은 식탁에서 조바심을 내며 앉아 있는 여자 친구보다는 나에게 더 많은 관심을 보였다. 마이클의 여자 친구는 젖은 머리를 뒤로 넘겨 하나로 묶더니 주방을 둘러보면서 빠른 속도로 마티니를 마셨다. 나는 평범한 접시로 식사 준비를 했고(그 여자에게 모노그램이 새겨진 특별한 리블링가의 식기를 제공할 수는 없었다) 애슐리는 그릇을 살펴보더니 포크를 똑바로 놓았다.

"오늘은 식당에서 먹지 않나요?"

그 여자가 물었다.

"그럼 분위기가 너무 딱딱할 거 같아서요."

"그건 그래요. 여기가 더 포근한 것 같아요. 그래도 스톤헤이븐을 모두 둘러볼 기회는 있겠죠?"

그 여자의 눈이 주방을 지나 어두운 복도로 날아갔다.

"여기, 나머지 부분도 보고 싶어요."

'당연히 그렇겠지.' 나는 생각했다. 그 여자가 탐욕스러운 손가락으로 우리 집 안의 유산을 쓰다듬는 모습을 상상하자 몸이 심하게 떨릴 것만 같았다. 내가 눈을 떼면 저 여자는 주머니에 은 식기를 넣을 생각일까? 절대로 그렇게는 못 하게 할 것이다.

"저녁 먹은 뒤에 둘러볼까요? 저녁은 거의 다 됐어요."

나는 조금 더 시간을 끌면서 감자를 으깨고 코코뱅에 소금을 넣고 저으면서 곁눈으로 한동안 그 여자를 관찰했다. 식탁에 음식을 놓고 있을 때 애슐리가 마티니를 다 마셨다.

세 사람 모두 식탁 앞에 둘러앉은 뒤, 내가 와인을 따랐다. 와인 저장고에서 먼지를 뒤집어쓰고 있던 도멘 르루아였다. 스모키와 레더 향을 품은, 세련된 사람들만이 그 진가를 음미할 수 있는(카지노에서 칵테일을 나르는 종업원의 딸은 그 진가를 알 수 없을 것 같은) 도전적인 와인이었다. 마이클이 나를 향해 잔을 들어 올렸다.

"새로운 친구를 위하여!"

와인 잔 너머로 마이클은 애슐리가 눈치챌 수밖에 없는 긴 시간 동안 나의 눈을 똑바로 보았다.

하지만 애슐리가 그 사실을 알아챈 것 같지는 않았다. 애슐리는 그저 팔을 뻗어 자기 와인 잔을 내 잔이 깨질 듯 세게 부딪쳤을 뿐이었다.

"가끔은 우주가 반드시 만나야 할 사람들을 만나게 해주는 거 같아요."

사기꾼이 천연덕스럽게 거짓말을 했다. 그 여자 얼굴에 침을 뱉어주고 싶었지만, 꾹 참고 다정하게 웃었다. 애슐리는 와인을 한 모금 마시더니 얼굴을 찌푸렸다. '그래, 그 맛을 알 리가 없지.'

음식을 먹는 동안 우리는 말이 없었다. 몇 수저 뜨지 않아 애슐리는 얼굴이 창백해졌다. 애슐리는 냅킨을 움켜잡고는 입을 꾹 눌렀다. 의자에서 벌떡 일어나는 모습을 나는 태연하게 쳐다보았다.

"화장실이 어디예요?"

애슐리가 물었다.

나는 주방 문을 가리켰다.

"복도 끝으로 가면 있어요. 오른쪽 세 번째 문이에요."

배에 손을 얹고 허리를 숙인 채 복도로 달려 나가면서 애슐리는 두 번 휘청거렸다.

나는 걱정하는 사람이 지어야 할 적절한 표정을 짓고서 마이클을 쳐다보았다.

"괜찮아야 할 텐데요. 음식 때문에 그런 게 아니어야 할 텐데요."

내 말에 잠시 이해할 수 없다는 표정으로 애슐리를 바라보던 마이클이 나를 돌아보았다.

"그럴 것 같지는 않아요. 나는 아무렇지도 않잖아요. 잠깐 가봐야겠어요."

마이클이 의자에서 일어나 복도로 나갔다.

혼자 남은 나는 와인을 한 잔 더 마시고 애슐리의 와인을 내 잔에 부었다. 고급 와인을 버릴 이유는 없으니까. 애슐리는 더는 알코올을 마실 수 없을 게 분명하니까. 몇 분 뒤에 두 사람이 다시 주방으로 돌아왔다. 창백한 얼굴로 부들부들 떨고 있는 애슐리의 이마에는 땀방울이 맺혀 있었다.

"나는 오두막으로 돌아가서 누워야겠어요."

애슐리는 제대로 말도 하지 못했다.

"뭐가 문제일까요?"

나는 마이클을 위해 냉장고에 넣어둔 둘세데레체 아이스크림만큼이나 부드럽고 달콤하게 물었다. 도대체 어떤 상태일지 궁금했다. 인터넷에서 본 대로라면 애슐리는 일곱 가지 부작용을 겪을 수 있었다. 지금 분명히 토하기는 했다. 그렇다면 졸리고 설사를 하고 심장박동이 느려지고 호흡을 하기 힘든 건? 애슐리의 마티니 잔에 넣은 바이진은 애슐리를 오두막으로 돌아가게 할 정도로는 아프게 할 테지만 혼수상태가 될 정도로는 아프게 하지는 않을 것이다. 그것은 확실했다. (물론 혼수상태로 만들어버릴까 생각하기는 했다.)

마이클이 그 여자를 부축하고 있었다. 또다시 배가 조여오는 것 같은 여자의 등을 감싸 안고 있었다. 마이클이 여자의 귀에 대고 무슨 말인가를 했고 여자는 고개를 저었다. 마이클이 나를 보았다.

"미안하지만, 우리는 돌아가야 할 것 같아요."

안 돼! 그건 계획에 없던 일이다. 마이클은 두고 애슐리 혼자 돌아가야 했다.

"하지만 이 음식들은…… 마이클, 혹시 갔다가 나중에라도 돌아올 수 있어요?"

내가 물었다. 애슐리가 고개를 저으며 가까스로 몸을 일으키더니 문가로 걸어가 걸어둔 코트를 내렸다.

"아니야, 마이클. 당신은 먹고 와. 바네사가 힘들게 준비한 훌륭한 음식을 버릴 순 없잖아. 나는 가서 좀 자야겠어."

마이클이 애슐리를 보고, 또 나를 보았다.

"뭐, 당신이 그렇게 말한다면 난 여기 남을게. 오래 있지는 않을 거야."

애슐리의 피부가 푸르스름해졌다. 애슐리는 마이클의 대답을 제대로 듣지도 않고 뒷문을 열어젖히고 밖으로 뛰어나갔다. 마이클과 나는 창문에서 오두막으로 돌아가는 애슐리를 지켜보았다. 우리 시야에서 완전히 사라지기도 전에 애슐리는 몸을 숙이고 철쭉 위에 토했다. 그 모습을 보고 혹시라도 마이클이 따라갈지 몰라 움찔했지만, 마이클이 움직이지 않는 것으로 보아 보지 못한 것 같았다.

하지만 보았는지도 몰랐다. 보았어도 신경을 쓰지 않는 것인지도 몰랐다.

아무튼, 그래서 우리는, 마이클과 나는, 둘만 남았다. 나는 마이클을 보면서 웃었고, 갑자기 거의 수줍음에 가까운 감정을 느꼈다. 나는 또 다른 와인을 잡으면서 코르크스쿠르를 집어 들었다.

"좋아요. 이제 그랜드 투어를 해볼까요?"

와인 잔을 들고 나를 따라오는 마이클에게 나는 스톤헤이븐의 방들을 보여주면서 스톤헤이븐의 역사에 관해, 리블링 집안에 내려오는 가문의 전승에 관해 두서없이 떠들었다.

"그러니까 스톤헤이븐은 1901년에 지었어요. 우리 고조할아버지가 1년 안에 완성하려고 일꾼을 200명이나 데려다가 지었대요. 그

때는 타호호수에서 가장 큰 집이었지만 고조할아버지 가족은 여름에만 이곳에서 지냈어요. 그래도 1년 내내 이곳을 관리할 사람들이 열한 명이나 상주했어요."

방에 들어갈 때마다 그 방이 마이클을 쾌활하게 환영해주기를 바라며 전등불을 켰지만 희미한 전등은 그늘진 구석을 비춰주지 못했다. 사실 나도 스톤헤이븐에 온 뒤로 들어가본 적이 없는 방이 많았고, 가사 도우미도 들어온 적이 없는 것 같았다. 사이드보드에 먼지가 두툼하게 쌓여 있었고, 오래된 육아실에서는 곰팡내가 났으며, 손님 방은 커튼에 더러운 얼룩이 잔뜩 묻어 있는 곳도 있었다.

하지만 마이클은 관리하고 있지 않은 스톤헤이븐의 상태에는 별다른 관심이 없어 보였다. 그저 자신이 보는 모든 것에 매혹된 것 같았고, 모든 걸 자세하게 알고 싶어 하는 것 같았다. 아무래도 그 이유는 자신도 가족의 유산을 관리해야 하는 사람이었기 때문인 듯했다. 복도를 걷는 동안 와인을 마시면서 마이클은 할머니의 루이 16세 시대 수공예 의자, 계단에 걸린 옛 거장의 정물화, 설화석고와 금으로 장식한 서재 시계처럼 우리 가문의 특별한 유산과 그 기원에 관해 자세하게 물었다. 모든 방에서 충분히 오래 머물면서 그림을 자세하게 들여다보았고 벽을 덮은 판을 만졌고 문 뒤와 벽장 안을 꼼꼼하게 살폈다. 가끔은 입을 닫고 뒤를 돌아보면 내가 방금 나온 방에서 여전히 나오지 않은 채 골동품을 살펴보는 모습을 볼 수 있었다.

나는 골동품에 관해서는 말하고 싶지 않았다.

내 침실은 가장 나중으로 미뤄두었다. 나는 나무로 만든 커다란 문 앞으로 마이클을 데리고 갔다.

"이거 보여요? 수퇘지랑 낫이 그려져 있는 문장이에요. 우리 가문이 독일에서 왔을 때 가져온 문장이죠."

어쨌거나 할머니는 그렇게 말했었다. 언제나 그 말이 완벽한 진실은 아니리라고 생각했지만 본래 신화란 자존심이 힘을 발휘할 때면 쉽게 진실이 되는 법이다.

마이클이 손가락으로 문장을 쓰다듬었다.

"이 집은 역사가 정말 많군요."

우리는 나란히 서서 문을 감상했다. 잠시 서 있는 그 시간에 우리 두 사람 사이에 흐르는 긴장이 너무나도 강렬해서 (문을 열고 들어가! 문 뒤에 침대가 있단 말이야!) 여러 고민을 하느라 조금은 어지럽기까지 했다. '지금 말해야 할까, 나중에 말하는 게 좋을까? 마이클이 놀라서 떠나지 않게 하면서도 그 여자와 나의 역사를 어떻게 알려야 할까?'

"음, 애슐리하고는 오래 사귀었어요?"

나도 모르게 묻고 있는 내 목소리가 들렸다.

곁눈으로 나를 보는 마이클은 놀란 것이 분명했다. '왜 하필 지금 애슐리 이야기를 하지?'라고 생각하는 표정이었다.

"오래냐고요? 아니요. 음, 한 6개월쯤 됐나? 8개월쯤 됐는지도 모르겠군요."

"애슐리에 관해 얼마나 많이 알아요?"

"이상한 질문이네요. 내 여자 친구에 관해 얼마나 알고 있냐고요?"

마이클은 얼굴을 찡그린 채 여전히 방문의 결을 따라 손가락을 움직이고 있었다.

"왜 그런 질문을 하는 겁니까?"

"그냥 호기심이에요."

그 말은 사실이었다. 호기심을 느끼는 건 어쩔 수 없었다. 애슐리, 그러니까 니나에 관해서라면 모든 것을 알고 싶었다. 그 오랜 세월 동안 그 여자는 어떻게 지냈을까? 언제, 무엇 때문에 애슐리 스미스라는 사람으로 변신한 것일까? 그 여자도 자기 엄마처럼 사기꾼일까? 그 여자의 엄마는 어떻게 됐을까? 릴리 로스는 지금도 여전히 사기를 치고 다닐까? 감옥에 들어간 적은 있을까? 아, 나는 정말로 릴리 로스가 고통받기를 원했다. 어쩌면 이미 고통을 받고 있는지도 몰랐다. 서재에서 애슐리가 울면서 했던 말대로라면 릴리 로스는 '아픈 게' 분명했다. 혹시 그것도 또 다른 거짓말일까? 그런 것 같지는 않았다. 말하는 방식이나 그 눈물을 생각해보면 그 말은 진짜인 것 같았다. (하지만 나는 너무나 잘 속는 사람인걸!)

"애슐리의 가족을 알아요? 애슐리가 어머니가 아프시다고 말하던데, 궁금하네요. 애슐리 어머니는 어디가 아프신 거예요?"

"그런 말을 했어요?"

마이클이 얼굴을 찌푸리며 말을 이었다.

"음, 솔직히 말해서 정확히는 몰라요. 무슨 만성질환이라고 들은 것 같은데."

그러니까 릴리 로스는 진짜로 아픈 것이다. 하지만 애슐리가 마이클에게도 거짓말을 했을지도 모른다.

"애슐리의 어머니는 만나봤어요?"

마이클은 여전히 문에서 시선을 떼지 않은 채 고개를 끄덕였다.

"아직은요. 너무 멀리 살아서 애슐리와 함께 가볼 수가 없었어요. 이번 크리스마스에는 가볼 생각입니다."

마이클은 문손잡이를 잡고 한쪽 눈썹을 추켜세웠다.

"그럼 들어가볼까요?"

마이클은 문을 밀어 열었고 잠시 가만히 서 있었다. 그 방은 거대한 동굴이었다. 활발하게 뛰고 있는 스톤헤이븐의 붉은 벨벳 심장이었다. 마호가니 패널로 덮은 벽은 문장으로 장식되어 있었고 내 키보다 더 큰 석조 난로가 위용을 뽐내고 있었다. 하지만 뭐니 뭐니 해도 가장 화려한 것은 왕족에게나 어울릴 장식을 새긴 벨벳 캐노피 침대였다. 방의 한 벽은 호수가 내려다보이는 큰 유리창들로 이루어져 있었다. 보통은 멋진 풍경을 선사하는 유리 벽이었지만 그 밤에, 마이클과 내 눈에 보인 풍경은 쏟아지는 비와 어둠뿐이었다.

마이클이 큰 소리로 웃었다.

"여기가 당신 방이라고요?"

"어떨 거라고 생각했는데요?"

마이클은 고개를 저었다.

"조금은 현대적이고 여성적인, 좀 더 당신다운……. 아니, 아니, 이건 바보 같은 생각이군요."

'그러니까 마이클이 내 침실을 상상했다는 얘기다!' 그것은 너무나도 달콤한 깨달음이었다.

"이 집에 그런 방은 없어요. 여기에는, 어디든 현대적인 건 없으니까."

마이클은 내 침실을 돌아다니며 책장 선반에 올려둔 값싼 장신구를 살펴보고 벽난로 선반에 있는 비너스와 헤파이스토스의 그림을 보고 한쪽 벽을 거의 차지하고 있는 호두나무 상감 세공 벽장을 열어보았다. 마이클은 상자가 쌓여 있는 벽으로 걸어가 고개를 기울여 상자에 붙인 라벨을 읽었다.

"아직 짐을 안 풀었네요?"

"왜 안 풀었는지 묻는 거예요? 그거야 여기서는 이런 물건들이 소용없으니까요. 굳이 꺼낼 이유가 없을 것 같아서요."

"아직까지는 여길 떠날 이유를 찾고 있는 것 같군요."

마이클이 고개를 젖혀 잔에 남은 와인을 모두 마셨다.

"아니면 여기서 살아야 하는 이유를 찾거나요."

"당신 말이 맞는지도 몰라요."

그때, 나는 갑자기 대담해졌다(어쩌면 살짝 취한 건지도 몰랐다).

"당신이 나에게 이유를 만들어줘 봐요."

"어떤 이유를 말입니까? 떠날 이유? 아니면 머물 이유? 일단 그것부터 분명히 해야겠죠."

마이클은 벽에서 물러나 거리낌 없이 침대에 앉았다. 지금 우리가 벌거벗고 누워 벨벳에 푹 싸여 있는 상상을 하는 건 아닐까, 궁금했다. (적어도 나는 그랬다.) 비가 우박으로 바뀌었다. 우박은 거침없이 지붕을 강타했고 바람에 흔들리는 나뭇가지들은 따뜻한 실내로 들어오려고 애쓰듯이 창문을 긁어댔다. 마이클은 눈을 감고 시를 읊었다. 너무나도 조용하고 부드러운 목소리여서 그 소리를 들으려면 고개를 길게 빼야 했다.

서풍아, 작은 비를 내릴 수 있게
언제 불어줄 거냐?
제기랄, 내 사랑이 내 품에 안겨 있고
우리는 다시 침대에 있구나.

마이클은 눈을 뜨고 침대 맞은편에 서 있는 내 눈을 똑바로 보았다. 또다시 그 시선이었다. 내 머릿속으로 곧바로 뚫고 들어오는 것 같은 시선. 마티니와 와인 때문에 빙글빙글 도는 것 같았지만 마이클의 시선은 내 착각이 아니었다. 우리 두 사람 사이에는 무거운 정적이 흘렀다. 마침내 내가 물었다.

"마이클이 쓴 시예요?"

마이클은 대답하지 않았다. 그저 침대를 빙 돌아 내 앞으로 걸어오면서 그 파란 눈으로 나를 지그시 바라보았다. 내 몸과 나를 둘러싼 공간의 경계가 희미해지고, 내 몸은 기대로 바르르 떨었다. 맞아, 이제 곧 나에게 키스할 거야. 하지만 마이클과 나의 공간이 상당히 좁아졌을 때 갑자기 마이클은 나에게서 시선을 거두고 내 뒤에 있는 문을 쳐다보았다. 마이클은 두 걸음을 더 걸어 나를 지나쳐 갔다. 내 몸을 떨게 했던 흥분은 사라지고 실망이라는 감정이 묵직하게 나를 쳤다. 그러니까 그 모든 것이 내 상상이었다고?

아니, 그렇지 않았다. 마이클이 내 옆을 아주 가까이에서 지나갔기에 그의 열기를 그대로 느낄 수 있었다. 맞다. 정말로 그의 열기를 느낄 수 있었다. 마이클은 자기 손을 내 손에 살며시 스치며 지나갔다. 마이클의 손가락 끝이 내 새끼손가락 끝에 닿았다. 마이클은 맞닿은 손가락을 충분히 오랫동안 떼지 않았다. 마이클은 한숨을 쉬었다. 심장이 무너져 내리는 한숨을 쉬었다. 인생이 꾸미는 음모가 답답해 내쉬는 한숨이었다. 그러고서 마이클은 걸어갔다.

이런 일을 그저 상상할 수는 없는 법이다. 당연히 상상이 아니었다. 이틀 전에 실내 오락실에서 마이클은 나에게 "지켜볼 겁니다"라고 했었다. (마이클이 나를 지켜보면 나에 관한 끔찍한 일들도 알게 되지 않을까? 도저히 나를 좋아할 수는 없게 만드는 사실들도 알게 되지 않을까? 어쩌면 그런 사실들을 알게 되더라도 나를 좋아해주지 않을까?)

그 순간, 나에게는 해야 할 일이 생겼다. 나는 사실을 밝히기로 결심했다.

"마이클, 해야 할 말이 있어요."

나는 말하기 시작했다. 하지만 마이클은 시계를 힐끔 쳐다봤고 나는 너무나도 소심하고 작은 소리로 말했다. 알코올 때문에 어지럽기까지 했다. 마이클은 내가 하는 말을 듣지 못한 채 문 앞으로 걸어가 문을 활짝 열었다. 그리고 슬픈 표정으로 웃으며 우아하게 허리를 숙였다.

"숙녀분 먼저."

나는 잠시 주저하다가 복도로 나갔다. 당혹스러움과 욕망과 알코올이 내 머릿속에서 빙글빙글 돌았다. 복도를 반쯤 지나 계단으로 걸어갔을 때에야 마이클이 뒤따라오지 않는다는 사실을 깨달았다. 내 방에서 뭘 하는 거지? 갑자기 희망이 돌아왔다. '나한테 남길 말이 있구나!'

하지만 곧 마이클이 층계참으로 걸어왔다.

"미안해요, 바네사. 시간이 너무 흘렀네요. 오두막으로 가서 애슐리가 괜찮은지 살펴봐야겠어요. 아니면 날 산 채로 잡아먹으려고 할 겁니다."

마이클은 재빨리 나를 지나 계단을 내려가더니 뒷문을 향해 걸어갔다. 또다시 기회를 놓친 나를 나무라면서 나도 마이클을 따라 빠른 속도로 걸었다. '바보. 겁쟁이!' 마이클은 인사도 하지 않고 재킷을 머리에 덮어쓰더니 어둠이 짙게 내린 정원으로 달려가버렸다. 마이클이 열어놓고 간 문으로 우박이 휘몰아쳐 들어왔다. 나는 그 문을 오랫동안 붙잡고서 그가 오두막을 향해 사라져가는 모습을 지켜보았다.

마이클이 떠나자 스톤헤이븐은 다시 외로운 섬이 되었고, 나는 그 섬에 고립되어버렸다. 남은 코코뱅을 쓰레기통에 비우고 우박이 녹은 물을 닦았다. 사용한 그릇은 가사 도우미가 아침에 와서 치울 것이다. 이런 자질구레한 일을 모두 끝낸 뒤에야 마이클이 나에게 남겼을지도 모를 흔적을 찾아 침실로 들어갈 수 있었다.

금지된 욕망을 재빨리 휘갈겨 쓴 은밀한 편지는 어디에도 없었다. 벨벳 침대 시트 위에도, 난로 선반 위에도 쪽지는 없었다. 화장실 거울에도 아이 펜슬로 급하게 쓴 전갈 같은 건 없었다. 하지만 침대를 보는 순간 내 심장은 살며시 딸꾹질을 했다. 내 베개 위에 분명히 아까까지는 없었던 움푹 팬 자국이 있었다.

마이클이 침대에 누워서 나와 함께 누워 있는 상상을 한 걸까?

나는 침대로 올라가 그 자국에 내 머리를 눕혔다. 깊게 숨을 들이마신 뒤 확신할 수 있었다! 내 침대에서는 마이클의 냄새가 났다. 스모키와 레몬 향이 섞여 있는 냄새. 마이클의 샴푸 냄새가 내 이불에 묻어 있었다.

나는 눈을 감았고, 너무 좋아서 몸을 들썩이며 크게 웃었다.

다음 날 아침, 눈을 뜨자 빛의 질이 달라져 있었다. 밤새 우박은 눈으로 바뀌어 있었고, 누군가 담요를 덮어놓은 것처럼 침묵이 스톤헤이븐을 감싸고 있었다. 얇은 잠옷 안으로 들어오는 바람이 너무 차가워서 침대에서 일어나 내리닫이창을 닫았다. 부드럽게 내리는 눈이 창문 밖으로 보이는 소나무 잎들에 섬세한 레이스를 달아놓았다. 균일하게 눈 덮인 잔디밭에서는 잔뜩 언 양치식물이 간간이 눈 위로 고개를 삐죽 내밀고 있었고 회색빛 타호호수는 죽은 듯이 고요했다. 숨을 쉬자 폐 속으로 시릴 정도로 차가운 공기가 밀려들어 왔다.

발밑 계단이 너무나도 위험하게 느껴졌다. 숙취가 지독했다. 주방은 여전히 난장판이었고 휴대전화에는 눈 때문에 가지 못한다는 가사 도우미의 문자메시지가 도착해 있었다. 커피를 가지고 서재로 들어가서 안락의자에 누워 앞으로 할 일을 고민했다.

그때 휴대전화에 문자메시지가 도착했다는 알림음이 울렸다.

"그래서? 물어봤어? 니나가 맞대?"

베니가 보낸 문자였다.

"물어볼 시간이 없었어."

내가 대답했다.

뒷문을 두드리는 소리에 안락의자에서 벌떡 일어났다. '마이클이야!' 주방으로 걸어가면서 유리문을 쳐다보았다. 놀랍게도 완전히 회복한 애슐리가 서 있었다.

"벌써 나았어요?"

나는 문을 살짝 열고 물었다.

"네, 괜찮아요. 왜 그랬는지는 모르겠지만, 지금은 나았어요."

애슐리의 얼굴빛은 평소와 같았고 머리도 깨끗하게 감은 상태였다. 빛이 났고 건강했으며 젊었다. 그 여자의 상태가 내 상태보다 훨씬 좋았다. 너무나도 불공평했다. 어째서 저렇게 빨리 회복할 수 있는 거지? 바이진을 조금 더 많이 넣었어야 했는데.

"식중독이었을까요?"

내 말에 애슐리는 어깨를 으쓱해 보이더니 눈을 살짝 치켜뜨며 속눈썹 사이로 나를 쳐다보았다. 혹시 나를 의심하는 걸까?

"음, 아무튼 회복됐다니 다행이에요. 저녁을 먹는 내내 애슐리가 그리웠어요."

아니, 전혀 그립지 않았어!

"마이클이 정말 근사한 시간을 보냈다고 하더라고요. 나도 함께 하지 못해서 너무 아쉬워요. 곧 다시 초대해줘요."

나는 오두막을 쳐다보았다. 마이클이 자기 맘대로 나에게 올 수 있을까? 아니, 그에게 돌아올 핑계를 만들어줘야 해. 그래야 내가 마이클과 함께 있을 수 있어.

"내일 먹어요."

내 말에 그 여자가 웃었다.

"잠시 들어가도 될까요?"

나는 잠깐 주저했다. 그 여자하고 단둘이 있어도 되는지 확신이 서지 않았다. 베개 밑에 숨겨둔 권총이 생각났다.

"가서 옷 갈아입고 올게요."

"오, 나 때문에 굳이 그럴 필요 없어요. 그냥 할 말이 좀 있어서 온 거니까요."

갑자기 내 몸에서 아드레날린이 솟구쳤다. 잠깐만. 혹시 진짜 정체를 고백하려는 걸까? 나는 문을 조금 더 넓게 열어 그 여자를 들어오게 했다. 뒷문 옆에서 애슐리는 발을 굴려 부츠에 묻은 눈을 털어내더니 재킷도 벗어 눈을 털었다. 애슐리의 시선이 여기저기 쌓여 있는 접시에, 빈 와인 병에 잠시 머물렀다.

"우아, 정말 재미있는 시간을 보냈나 봐요. 내가 나가고 나서 얼마나 마신 거예요? 마이클이 완전히 녹초가 돼서 돌아왔던데, 이제야 이유를 알겠네요."

지금 질투하는 거야? 당연히 그렇겠지.

"가사 도우미가 오늘 와서 치우기로 했는데, 눈 때문에 오지 못했어요. 이제부터 치우려고요."

나는 가까이 있는 와인 잔을 들어 싱크대로 가져갔다.

애슐리는 내가 이런 난장판을 스스로 치울 능력이 있을 리 없다는 표정을 지으며 살며시 웃었다.

"마이클한테 와서 설거지를 하라고 할게요. 주방 정리도 도와줄 거예요."

'오, 제발 그래 줘! 제발 우리 둘이 단둘이 있게 해줘!' 속으로는 그렇게 생각했지만 나는 그럴 필요는 없다는 듯이 고개를 저었다. 누군가가 펜치로 내 두개골을 벌려 뇌를 꺼내고 있는 것처럼 머리가 심하게 울렸다. 애슐리는 불안하지도 초조하지도 않은 것 같았다. 지금 고백을 하러 온 거 아닌가? 만약 고백을 한다면 그때도 이 여자를 미워해야 할까? 나는 의자에 털썩 주저앉아 한 손으로 관자놀이를 꾹 누르고 애슐리가 입을 열기를 기다렸다.

애슐리가 내 옆에 와서 앉았다. 무릎이 거의 닿을 정도로 가까이 앉았다. 애슐리가 마치 음모를 꾸미는 사람처럼 나에게 몸을 기울였고, 나는 애슐리의 입에서 "이제 솔직해지고 싶어요. 나는 애슐리 스미스가 아니에요"라는 말이 나오기를 기다렸다.

"음, 아마 마이클이 말하지 않았을 것 같아요. 그 사람은 자기 이야기를 하는 거 별로 안 좋아하거든요."

애슐리가 기묘한 표정으로 살짝 웃었다. 그 웃음을 보는 순간 애슐리가 하려는 고백이 내가 기대하는 고백이 아님을 직감했다.

"마이클이 나한테 청혼했어요. 이제 우리, 약혼한 사이에요."

애슐리의 말을 듣는 순간 눈앞이 캄캄해지면서 빨간 점이 이리저리 날아다녔다. 약혼을 했다고? 마이클이 어째서 그랬을까? 왜 이런 일이 일어난 거지? 도대체 왜 이 여자와 약혼을 한 거야? 내 반응을 기다리는 애슐리의 얼굴이 점점 굳어졌고, 그제야 내가 너무 늦게까지 아무런 반응도 하지 않았음을 깨달았다. 나는 입을 열고 아주 끔찍한 새된 소리를 내질렀다.

"굉장해요! 너무 근사해요!"

당연히 전혀 굉장하지 않았다.

내가 낸 새된 소리 때문에 내가 신이 나 있다고 생각했는지 애슐리는 두 사람의 이야기를 하고 또 했다. 두 사람이 이곳에 도착한 날 호수를 보러 나왔을 때 마이클이 관리인의 오두막 계단에서 무릎을 꿇고 청혼했다는 이야기, 마이클이 할머니 유산으로 받은 반지를 자신에게 끼워주었을 때 너무 기뻐서 울어버렸다는 이야기를 했다. 애슐리는 벙어리장갑을 벗고 다이아몬드에 둘러싸인 커다란 쿠션 커팅 에메랄드 반지를 보여주었다. 에메랄드색으로 보아 천연석은 아니었지만 충분히 예쁜 반지였다.

'제기랄.' 그러니까 너무 늦은 거였다. 이 여자가 벌써 마이클에게 사기를 친 것이다.

애슐리는 자신은 소박한 것이 좋다며, 재산을 과시하는 일은 너무 불편하다는 말을 늘어놓았다(그야말로 모두 헛소리였다!). 나는 멍하니 애슐리가 하는 말을 흘려들으며 그 여자의 손가락에 끼워져 있는 반지를 쳐다보면서 생각했다. 하지만 마이클은 약혼을 결심할 정도로 이 여자를 좋아하지는 않는걸. 당연히 좋아할 수가 없는걸. 두 사람은 공통점이 하나도 없으니까. 마이클은 나를 좋아해. 그런데 어떻게 약혼을 할 수가 있지? 내가 그런 생각을 하고 있을 때도 여자는 말을 멈추지 않았다. 반지가 너무 커서 손에서 빠질 것 같다, 크기를 줄여야 한다, 잃어버릴까 봐 끼고 다닐 수가 없다. 그러니까 바네사의 안전 금고에 넣어주면 안 될까? 잠깐, 지금 농담한 거지? 내 금고에 보관해달라고?

"내…… 금고에 말이에요?"

내가 되물었고 애슐리는 고개를 끄덕였다.

물론 스톤헤이븐에는 금고가 있었다. 서재에 아빠가 비상용 현금을 보관하던 금고가 있었다. 오래전에 아빠는 나를 서재로 부르더니 금고 문을 열고 가지런히 놓인 현금 다발을 보여주었다.

"컵케이크, 급하게 돈이 필요할 때는 여기를 열어봐. 늘 100만 달러가 있을 테니까. 비상시를 대비해서 말이야. 퍼시픽 하이츠에 있는 금고에도 100만 달러가 들어 있어."

아빠의 말을 들었을 때는 '내가 그렇게 큰돈이 필요할 일이 있을까? 도대체 나한테 무슨 문제가 생길 거라고 이런 말을 하지?'라고 생각했었다. 베니는 아빠의 금고가 자기 돼지 저금통이라도 되는 것처럼 필요할 때마다 돈을 빼 쓰고는 했었다.

물론 그 금고는 이제 텅 비어 있었다. 리블링의 다른 모든 돈처럼 금고의 돈도 이미 사라지고 없었다.

아, 내가 말하지 않았나? 나는 파산했다. 정말로 땡전 한 푼 없었다. 너무나도 궁핍했다. 정말로 사람은 겉모습에 속으면 안 된다. 아빠가 세상을 떠난 뒤에 신탁관리인들과 함께 장부를 조사하는 자리에서 아빠가 파산 직전이었다는 사실을 알고 정말 크나큰 충격을 받았다. 엄마가 죽기 전부터 아빠는 허리케인이 쓸어 간 텍사스 해변의 대형 카지노를 비롯해 여러 엉뚱한 곳에 큰돈을 투자한 것이 분명했다. 게다가 아빠에게는 도박 빚도 있었다. 아빠의 책상에서 찾은 장부대로라면 아빠는 매주 포커판에서 100만 달러를 잃었다.

장부를 보는 순간 난방용 관을 통해 들려오던 부모님의 목소리가 생각났고, 두 사람이 싸운 이유를 이해할 수 있었다. "당신 중독이 우리 가족을 모두 망치고 있는 거야. 여자, 카드, 또 뭘 숨기고 있는지 누가 알아."

베니와 내가 야금야금 꺼내 쓰던 신탁 기금은 이제 거의 텅 비었다. 베니는 사설 요양원에서 생활하느라, 나는 인스타그램에 올릴 화려한 생활을 하느라 계속 돈을 써야 했지만, 다시 보충할 방법이 우리에게는 없었다. 리블링 가문의 일원으로서 우리 둘이 보유하고 있는 자산은 얼마 되지 않았다. 리블링가의 사업체는 대공황 이후로 상황이 호전되지 못했고 빚은 눈덩이처럼 불어났으며, 리블링가가 소유한 주식은 계속 쪼개지고 갈라져 계열사마다 극히 소량의 주식만을 보유하고 있을 뿐이었다. 더구나 베니와 나는 우리가 원한다고 해도 그 주식을 팔 수 없었다.

그러니까 아빠가 죽은 뒤로 우리에게 남은 것은 퍼시픽 하이츠에 있는 집과 스톤헤이븐, 그리고 그 건물 안에 있는 물건들뿐이었다. 베니는 퍼시픽 하이츠의 집을 받았지만 생활비를 충당하느라 유산을 받은 즉시 팔려고 내놓았다. (이미 알고 있는 것처럼) 나는 스톤헤이븐을 물려받았다. 물론 스톤헤이븐은 적지 않은 유산이었다. 서류상으로도 상당히 큰 재산임이 분명했다. 단지 내가 생각했던 것보다는 훨씬 적을 뿐이었다.

더구나 스톤헤이븐을 유지하는 데는 너무나도 충격적인 비용이 들었다. 봄에 타호호수에 도착하자마자 나는 이곳을 유지하는 비용이 엄청나다는 사실을 깨달았다. 청소만 해도 온 힘을 다 쏟아부어야 하는 어마어마한 노동력이 필요했다. 집을 관리하는 일반적인 노동 말고도 스톤헤이븐은 식물도 관리해야 했고 겨울이면 눈도 치워야 했다. 오래된 석조 보트 창고도 수리해야 했고 지붕도 다시 얹어야 했고 썩고 있는 외부 목조 벽판도 갈아야 했다. 가스비와 전기료, 수도료도 거의 천문학적인 금액이 청구됐고, 재산세는 상상을 초월했다. 결국 스톤헤이븐을 유지하려면 해마다 수십만 달러를 마련해야 했다.

이제는 V 라이프를 지탱해주던 광고주도 모두 떠났으니 돈이 들어올 방법도 없었다.

물론 스톤헤이븐에 있는 예술품과 골동품을 팔 수는 있었다. 아니, 팔아야 하는 것이 분명했다! 하지만 경매시장으로 보내 처분할 물건 목록을 작성할 때마다 머뭇거리게 됐다. 그 물건들은, 이 집은, 나의 유산이었고 베니의 유산이었다. (스톤헤이븐과 스톤헤이븐의 물건들은 모두 지금은 거의 연락도 안 하지만 아빠의 형제자매들과 나의 사촌들의 유산이기도 했다. 그러니 나에게는 리블링의 유산을 지켜야 한다는 의무감도 있었다.) 그런 물건들을 경매장에 내놓거나 이 집을 팔아버린다면 그건 내 자신의 역사를 지우는 일이 되지 않을까?

내 역사를 지워버린다면 나에게는 무엇이 남을까?

그래서 관리인의 오두막을 세놓은 것이다. 한꺼번에 두 마리 토끼를 잡으려고. 수입도 얻고 외로움도 달래려고. 그 때문에 이곳에서 나는 일련의 사건들을 경험하게 됐고, 결국 스톤헤이븐의 주방에서 부글부글 끓는 속을 부여잡고 니나 로스의 약혼반지를 쳐다보고 있게 된 것이다.

어쨌든 금고 얘기가 나왔으니까 하는 말인데, 스톤헤이븐에 오자마자 내가 맨 먼저 한 일이 바로 금고 확인이었다. 내 기억 속에 남아 있던 차곡차곡 쌓인 현금은 그곳에 없었다. 당연히 있을 리가 없었다. 아빠가 말했던 비상금이란 건 아빠가 도박할 때 쓸 돈이었을 테니까. 릴리 로스가 아빠의 손에 칵테일을 쥐여주면서 협박 편지를 보낼 기회를 만들었던 카지노에서 아빠는 그 돈을 모두 날려버렸을 것이다. 아빠가 금고에 남긴 물건들은 모두 오래된 서류와 스톤헤이븐 관련 증서들뿐이었다. 엄마가 남긴 보석도 조금 들어 있었지만 그 보석들은 발견한 즉시 이미 갖고 있던 보석을 처분해달라고 했던 경매장으로 보내버렸다.

이 여자는 우리 금고에서 보물을 찾을 수 있으리라 생각하는 걸까? 그 금고 때문에 여기 온 걸까? 그렇다면 분명히 완전히 실망할 텐데? 애슐리가 금고를 열어보고 실망하는 모습을 상상하니 눈물이 날 정도로 웃음이 터질 것 같았다.

갑자기 손바닥이 묵직해졌다. 손을 내려다보자 애슐리가 이제 막 내려놓은 반지가 내 손 위에 있었다. 놀랍게도 내 손가락이 재빨리 주먹을 쥐어 반지를 숨겨버렸다.

"제발요. 당신이라면 정말 믿을 수 있으니까요."

나는 주먹 쥔 내 손을 보다가 다시 애슐리를 보았다. 피곤했고 당혹스러웠다. 스트레스가 너무 심하게 느껴졌다. 그리고 (세상에, 또다시 그러다니! 안 돼!) 나는 울기 시작했다. 우리를 위해 최선을 다했지만 모든 걸 망가뜨린 아빠 때문에 울었고, 잃어버린 모든 것을 생각하며 울었고, 무엇보다도 내가 아니라 하필이면 이 여자가 그와 결혼한다는 사실이 너무나도 불공평해서 울었다.

고개를 들자 나를 쳐다보고 있는 애슐리가 보였다. 저렇게 심각한 표정을 짓고 있는 건 정말로 내가 걱정되기 때문일까? 어쩌면 내 불행에 몰입해 대리 슬픔을 느끼고 있는지도 몰랐다. 그 여자는 잠시 무언가를 고민하는 것처럼 머뭇거리다가 손을 뻗어 자기 손을 내 손 위에 얹었다.

"올해 초에 약혼했었죠? 무슨 일이 있었던 거예요?"

애슐리의 목소리는 낮고 부드러웠다.

그러니까 이 여자는 내가 빅터 때문에 울었다고 생각하는 것이다. 나는 웃음을 터뜨릴 뻔했다.

"내가 약혼했던 건 어떻게 알았어요?"

"인스타그램에서 봤어요."

"아, 그렇군요."

나는 애슐리가 잡고 있던 손을 빼내 눈물을 닦았다. 지금 애슐리는 실수를 했다. 자기는 SNS를 하지 않는다고 말했었으니까. 하지만 사실은 오래전부터 나를 주시한 것이다. 얼마나 오랫동안 나를 관찰했을까? 무슨 목적으로? 그 여자가 내 인스타그램을 꼼꼼하게 보면서 내 삶을 상세하게 엿보았을 생각을 하니까 너무나 불쾌했다.

우리는 SNS 너머에는 우리가 볼 수 없는 사람들이 아무런 소리도 내지 않고 기척도 없이 우리 삶을 지켜보고 있음을 너무나도 쉽게 잊어버린다. 팔로어들이 아니라 그저 관찰자들이 있다는 사실을 말이다. 우리는 우리를 지켜보는 사람들 가운데 어떤 사람이 섞여 있는지, 그들이 우리를 관찰하는 이유가 무엇인지 절대로 알지 못한다.

"그래서 뉴욕에서 여기로 이사 온 거예요? 파혼을 해서?"

"맞아요. 그래서 여기에 온 거예요."

'안 돼! 나에 관해 말하지 마. 약한 모습을 보여주면 안 돼.' 속으로 다짐했지만, 이미 내 마음속에서는 균형이 무너져버린 것만 같았다. 내 입에서 속절없이 말이 쏟아져 나왔다.

"사는 곳을 바꿔봐야겠다는 생각이 들었을 때 스톤헤이븐이 떠올랐어요. 그때는 여기가 정말 좋은 곳처럼 느껴졌거든요. 아빠가 나에게 남겨주신 곳이기도 했고, 내 생각에는…… 여기에 오면 평온해질 것 같았어요. 여기는 우리 가족이 살았던 곳이니까요. 분명히 생각지도 못한 기쁨을 느낄 거라고 생각했어요. 그러니까 내가 이곳을 얼마나 미워했는지 그때는 잊고 있었던 거예요. 이곳에서는 우리 가족한테 끔찍한 일만 있었던 걸 말이에요. 우리 가족이 겪지 않아도 될 일들을 겪어야 했던 곳이라는 걸 잊고 있었어요."

분명히 지나치게 흥분하고 있었다. 그 때문에 너무나도 솔직하게 내 마음을 드러내고 있었지만, 어쩔 수가 없었다. 나는 나 자신을 통제할 수가 없었다. 나는 내 마음을 보여주고 싶고 이해받고 싶다는 충동에 휩싸여 있었다. 그 존재가 설사 적일지라도 말이다(아니, 적이기 때문에 특히 더 보여주고 싶다는 충동에 휩싸였다).

하지만 단지 그 이유 때문만은 아니었다. 나는 그 여자와 그 여자의 엄마가 우리 엄마에게 한 일을 그 여자가 알았으면 했다. 그 여자와 그 여자의 엄마가 우리 가족을 어떻게 파괴했는지 정확하게 알았으면 했다. 그 여자가 나에게 미안해했으면 했고, 그 때문에 자신을 미워하게 됐으면 했다.

"스톤헤이븐은 우리 가족에게 비극만 가져온 곳이에요. 엄마, 아빠, 동생, 모두 여기에서 나쁜 일이 시작됐어요. 내 동생은 조현병을 앓고 있다고, 말했었나요? 여기서 병이 시작되었거든요. 엄마는 여기서 자살했고요."

애슐리의 얼굴이 창백해졌다.

"세상에, 몰랐어요."

'그래, 몰랐겠지.' 나는 생각했다. (하지만 어떻게 모를 수가 있지?)

그 뒤로도 나는 멈추지 못하고 계속 말했다. 그 오랜 시간 나를 괴롭혔던 고통과 불안과 자기 의심을 쏟아냈다. 어째서 그 누구도 아닌 이 여자에게 이런 말을 하는 걸까? 그 이유는 알 수 없었지만 가면을 벗고 진정한 내 모습을 드러내는 그 시간이 좋았다. 너무 좋았다.

"나는 망할 바네사 리블링인걸요."

그렇게 말하는 내 목소리가 들렸다.

"나는 태어날 때부터 결점이 있는 아이였는지도 몰라요. 동정받을 가치가 없는 사람으로 태어났는지도 몰라요."

고개를 들었을 때 내 앞에 애슐리는 없었다. 몸을 똑바로 세우고 짙은 눈으로 나를 뚫어지게 바라보는 니나만 있었다. 분명히 니나의 입에서 역겨운 소리가, 냉정하게 계산된 소리가 나오리라고 생각했지만, 니나는 나에게 몸을 기울이더니 내가 한 번도 들어보지 못한 목소리로 말했다.

"제발 정신 차려요. 당신이 가치가 있는지 없는지를 다른 사람에게 묻지 마요. 도대체 왜 다른 사람들 생각을 신경 써요? 다른 사람들 생각 따위, 엿이나 먹으라고 해요."

니나의 말은 마치 내 머리에 얼음물을 한 바가지 쏟아부은 것처럼 충격적이어서, 나는 아무 말도 하지 못했다. 그 누구도, 심지어 베니조차도 그런 식으로 나에게 말을 하는 사람은 없었다. 정말로, 진심으로 하는 말일까? (이 여자의 말이 옳기는 한 걸까?)

"엿이나 먹으라고요?"

나는 멍하니 니나의 말을 따라 했다.

니나는 자세를 고쳐 앉더니 내 손바닥에 놓인 반지를 보면서 무언가를 계산하는 것 같았다. 다시 고개를 들었을 때 니나는 또다시 사라지고 애슐리가 돌아와 있었다. 애슐리는 애슐리처럼 살며시 웃으며 거짓 공감을 내보였고 평온에 관해 역겨운 말을 늘어놓기 시작했다. 마음 챙김 수련을 해야 한다느니, 자기 자신을 돌봐야 한다느니 하는 헛소리를 늘어놓기 시작했다. 갑자기 더는 참을 수가 없었다. 어떻게 자기가 나에게 자기 자신에게 집중해야 한다느니 평온해지라느니 하는 말을 할 수가 있지?

나는 벌떡 일어섰다.

"아무튼 이 반지는 금고에 넣고 올게요. 상자는 어딨어요?"

반지를 그 여자의 얼굴에 집어 던지면 안 된다고 나 자신을 타이르면서 말했다.

금고는 아빠 서재 벽에 걸린 그림 뒤에 있었다. 가발과 깃털 달린 모자를 쓴 엄숙한 귀족들과 개들이 공포에 질린 여우를 사냥하는 음침한 영국 풍경을 그린 그림 뒤에 있었다. 나는 그림을 위로 젖히고 금고 자물쇠에 베니의 생일을 입력하고 금고 문을 열었다.

내 손에서 애슐리의 약혼반지는 따뜻해져 있었다. 반지를 들어 올려 빛에 비춰 보았지만 스콘스 전등에서 나오는 빛은 반지를 번쩍이게 할 만큼 강렬하지 않았다. 나는 금고에 반지를 넣고 금고 문을 세게 닫았다. 왠지 조금 기분이 좋아졌다.

그 여자의 반지를 내가 가지고 있다. 그리고 이제 곧 그 여자의 약혼자도 내가 가질 것이다.

적과 함께 식사를 하는 또 다른 밤이 되었다.

하지만 이번 밤은 첫 번째 밤과 분명히 다를 것이다. 그 모든 가식을 끝내고 모든 걸 다 밝힐 때가 됐다. (정신을 차릴 때가 된 것이다.) 사기꾼이 자기 모습을 드러낼 수 있도록 나는 모든 수단을 동원하기로 결정했고, 리블링의 자부심을 듬뿍 담아 만찬을 차리기로 했다. 사우스 레이크 타호에서 여섯 가지 음식이 나오는 정찬을 제공해줄 출장 요리사를 고용했다. 내가 직접 니나 로스를 대접하거나 크리스털 식기에 묻은 립스틱 자국을 닦아내고 싶지는 않았기에 서빙과 청소를 해줄 사람도 고용했다.

나는 스톤헤이븐의 주인이었다. 오늘 내가 수행할 역할은 그것이었다. (이제 더는 나에게 결점이 있다거나 나는 가치가 없다는 따위의 말은 하지 않을 것이다!) 니나가 될 수 없는 모든 것을 보여줄 것이다. 아무리 신경 쓰지 않는 척해도 자신은 결코 리블링이 될 수 없다는 사실에 미친 듯이 질투하게 만들어줄 것이다. 디저트가 나올 때가 되면 마침내 그 여자의 정체를 폭로하고 마이클은 내 것이라고 선언해줄 것이다.

두 사람이 저녁을 먹으러 오기 전에 침실에 있는 상자를 열어 낮과 밤, 그리고 그사이의 모든 순간을 위해 구입한 파티 드레스, 프레리 드레스, 리조트 웨어, 클럽 웨어 같은 모든 드레스를 꺼냈다. 그 모든 드레스를 온 방에 펼쳐놓았다. 실크 드레스, 시폰 드레스, 리넨 드레스, 분홍색 드레스, 금색 드레스, 라임색 드레스, 무지개색 드레스가 침대에, 안락의자에, 카펫에 높이 쌓였다.

드레스들은 마치 창문을 활짝 열고 환기하는 것처럼 곰팡내 나는 침침한 방에 생기를 불어넣었다. 어째서 지금까지 이 옷들을 꺼내지 않았던 걸까? 보라보라섬의 해변에서 사진을 찍을 때 입은 크로셰 드레스, 플라자 아테네 호텔 스위트룸 발코니에서 아침을 먹을 때 입었던 가운, 허드슨 피어에서 입은 시프트 원피스. 모든 드레스가 나에게는 친구였다. 드레스마다 눈에 보일 것처럼 선명하고도 특별한 기억이 있었고, 내 인스타그램 피드에 기록된 특별한 날짜와 시간이 각인되어 있었다.

나는 포지타노 호텔에서 열린 구찌 디너쇼에 갈 때 입은 다리를 덮는 녹색 시폰 드레스를 꺼냈다. 그때 호텔까지 가는 보트 위에서 찍은 사진에는 '좋아요'가 2만 2,000개나 달렸었다! 거의 최고 기록이었다! 그게 고작 18개월 전에 있었던 일이라니. 왠지 전생에 있었던 일처럼 까마득하게 느껴졌다.

구찌 드레스를 입고 거울을 보았다. 그사이에 내 몸은 말라 있었고 몸에 뿌린 태닝 스프레이는 날아가고 없었다. 하지만 여전히 인플루언서인 여자가 거울 속에서 나를 쳐다보고 있었고, 그런 나를 본다는 사실이 행복했다. V 라이프를 즐기는 바네사, 패셔니스타이자 인생을 즐기는 사람, 좋은 인생을 살아가는 사람, *#축복받은사람*. 그 사람이 돌아왔다. 나는 다른 사람에게 내 가치를 물을 이유가 없는 사람이었다. 내 가치는 내가 가장 잘 알고 있으니까.

식사 시간은 어색하고 불편했다. 나는 너무 많이 마셨고 너무 큰 소리로 떠들었다. 접시에 담긴 음식을 포크로 찌르기만 하는 애슐리는 말이 없었다. 편안하게 있었던 사람은 편안하게 다리를 뻗고 의자에 앉아서 아일랜드에서의 어린 시절 이야기를 들려주고 나오는 음식을 열정적으로 먹어치우는 마이클뿐이었다.

애슐리와 마이클은 서로의 눈을 피하고 있었다. 아주 가끔, 눈이 마주치면 두 사람은 이해하기 힘든 눈길로 조금은 길게 서로를 쳐다보았다. 혹시 싸운 건 아닐까 하는 생각이 들 정도였다(그럴 수도 있다는 사실에 심장이 뛰었다!).

요리사가 와인 저장고에서 찾아온 프랑스 샴페인 마개를 땄다. 마이클과 나는 긴 플루트 잔에 샴페인을 받았지만 애슐리는 잔을 손으로 막아 샴페인을 따르지 못하게 했다. ("아직 식중독이 다 낫지 않았어요"라는 게 이유였다.)

전채 요리, 해산물, 샐러드, 토마토수프. 요리는 계속 나왔다. 식사를 시작한 지 한 시간이 지났지만 아직 메인 요리는 나오지 않았다. 그때까지도 나는 마이클과 단둘이 있을 방법을 찾고 있었고, 애슐리는 지금 이 시간이 견딜 수 없는 시련인 것처럼 계속 사이드보드 위에 있는 시계만 흘끔거렸다. 물론 너무 심하다는 건 알았지만 애슐리가 어떤 식기를 사용해야 하는지 몰라 당황하는 모습을 보면 정말 고소했다. 그에 반해 평온한 마이클은 형식 따위는 상관하지 않는 것 같았다. 부유한 집에서 자랐으니 당연한 반응이었다.

애슐리가 스톤헤이븐에서 나가면 사라진 은 식기는 없는지 살펴보는 게 좋을 것 같았다.

마침내 메인 요리가 나왔다. 블러드 오렌지와 함께 구운 자연산 연어 구이였다. 포크를 들고 위장이 새로 나온 음식과 싸울 준비를 하는 동안 잠시 침묵이 흘렀다.

그때 희미한 전화벨 소리가 그 침묵을 깨뜨렸다. 애슐리의 얼굴이 창백해지더니 포크를 떨어뜨렸다.

"아, 미안해요. 진동으로 해놓는 걸 깜빡했어요."

애슐리는 미안하다고 웅얼거리면서 청바지 뒷주머니에서 휴대전화를 꺼냈다. 그리고 휴대전화 화면에 뜬 발신자 이름을 보더니 놀라서 눈을 크게 떴다. 애슐리는 곧바로 자리에서 일어났다.

"정말 미안하지만, 이 전화는 꼭 받아야 해요."

휴대전화를 귀에 대고 식당 문을 향해 급하게 걸어가면서 애슐리는 심각한 표정으로 마이클에게 소리를 내지 않은 채 입 모양으로 "엄마야"라고 말했다.

'릴리로구나.' 갑자기 내 심장이 조금 빠르게 뛰었다.

애슐리는 식당에서 나갔고, 나는 마이클과 단둘이 남았다. 애슐리가 스톤헤이븐의 어둠 속으로 차츰 멀어지는 소리가 들렸다. 애슐리의 목소리도 점점 작아졌고, 마침내 전혀 들리지 않았다.

"무슨 일이에요? 어머니 전화예요?"

내가 물었다.

"잘은 모르겠군요."

시폰 드레스가 내 피부를 쓸며 바스락거리는 소리를 냈을 때에야 나는 내가 떨고 있음을 알았다. 애슐리가 돌아올 때까지 시간 여유가 어느 정도나 있을까?

마이클은 헛기침을 하더니 나를 보고 어색하게 웃었다.

"학교에서 내가 어떤 일을 하는지 말한 적 없죠? 학교에는 가난하지만 머리 좋고 호기심 많은 학생이 아주 많습니다."

마이클은 어린 학생들에게 지식을 전달하는 일이 얼마나 즐거운지 말하기 시작했다. 그저 침묵을 메우려고 길고 긴 독백을 시작했음이 분명했다.

"마이클, 그만해요."

내 말에 마이클은 입을 다물었다. 식기를 집어 들고 결의에 찬 얼굴로 음식을 내려다보았다. 마이클은 접시에 놓인 아스파라거스를 깔끔하게 자르기 시작했다. 챙, 챙, 챙, 챙. 칼과 접시가 부딪치는 소리가 났다.

"마이클."

내가 다시 마이클을 불렀다.

마이클은 마치 눈을 떼는 순간 접시에 있는 연어가 헤엄쳐 사라져버릴 거라고 믿는 사람처럼 강렬하게 연어를 노려보고 있었다.

"이런 대접을 받다니, 이렇게 멋진 음식은 몇 년간 못 먹었습니다. 포틀랜드에는 이런 정식의 진가를 인정하는 사람이 거의 없으니까요."

마이클은 잔뜩 경직된 목소리로 네모반듯하게 자른 연어를 집어 들면서 말했다. 나는 마이클이 내 목소리를 놓치는 일이 없도록 마이클 쪽으로 몸을 완전히 기울여서 말했다.

“이제 밀당은 하지 마요. 우리 사이에는 틀림없이 무언가 있어요. 안 그래요? 내가 미친 거 아니죠?”

마이클의 입으로 들어가려다가 멈춘 연어가 공중에서 파르르, 분홍색 몸을 떨었다. 마이클은 애슐리가 언제라도 뛰어 들어올지 모른다는 표정으로 식당 문을 바라보다가 마침내 고개를 돌려 나를 보았다. 마이클도 내 쪽으로 몸을 숙였다.

“미친 거 아니에요. 하지만 바네사……, 상황이 복잡해요.”

“당신 생각처럼 복잡하지는 않아요.”

“나는 약혼했어요. 미리 말하지 못해서 미안해요. 나는 내가 한 말은 지키는 사람입니다. 애슐리에게 나쁜 짓을 할 수는 없어요.”

마이클은 쓸쓸해 보였다.

마침내 내가 원했던 기회가 찾아온 것이다.

“하지만 애슐리는 당신이 생각하는 사람이 아니에요.”

마이클이 손을 뒤로 젖혔고 포크에 꽂혀 있던 연어 조각이 떨어졌다. 연어는 식탁에 부딪혀 분홍색 살을 마이클의 무릎에 흩트렸다. 마이클은 심란한 표정으로 냅킨을 집어 바지에 묻은 연어를 닦아냈다. 마이클의 얼굴에 당혹함과 불안감, 부정의 감정이 차례로 떠올랐다.

“당신이 무슨 말을 하는 건지 모르겠군요.”

마침내 마이클이 입을 열었다.

나는 애슐리가 숨기고 있는 추악한 이야기를 시작하려고 했다. 그 여자가 지난 12년간 어떻게 살아왔는지 이야기하려고 했다. 하지만 그럴 시간이 없었다. 복도에서 애슐리가 돌아오는 소리가 들렸다.

“마이클, 우리 이야기를 해야 해요. 우리 둘이서만요.”

내가 재빨리 속삭였다. 마이클이 내 말을 미처 이해하지 못했다는 표정으로 멍하니 나를 보고 있을 때 애슐리가 식당으로 들어왔다. 빨갛게 상기된 애슐리는 손가락 관절이 하얘질 정도로 세게 전화기를 쥐고 있었다.

마이클이 재빨리 일어났다.

"애시, 왜 그래? 무슨 일이야?"

애슐리는 이제 막 잠에서 깨어나 하고많은 장소 가운데 하필이면 이곳에 있는 이유를 도무지 모르겠다는 표정으로 식당 안을 둘러보았다.

"엄마가 병원에 있대요. 가봐야겠어요. 지금 당장."

애슐리가 말했다.

애슐리는 새벽에 떠났다. 나는 BMW가 스톤헤이븐 본채 앞을 지나 이제 막 내린 눈 속으로 미끄러져 들어가는 모습을 지켜보았다. 이걸로 된 걸까? 이렇게 모든 게 끝나버렸다고? 나는 거의…… 실망에 가까운 감정을 느꼈다. 내 마음 한편에서는 애슐리가 세운 계획이 무엇인지 알아내고 그 계획을 내가 망쳐버릴 수도 있었을지 알고 싶다는 바람이 있었다.

마이클은 어떻게 될까? 애슐리가 폭탄선언을 한 뒤, 두 사람은 디저트와 커피도 마시지 않고 냉장고에 있는 크렘 앙글레즈도 내버려둔 채 뒷일을 상의한다며 급히 관리인의 오두막으로 건너갔다. 그래서 두 사람 모두 떠나는 것인지 물어볼 기회가 없었다.

'애슐리와 함께 떠난다면 그 여자를 택한 거겠지. 하지만 남는다면 나를 택한 거야.' 그렇게 생각했다.

그리고 지금 현관에 서서 진입로 밖으로 사라지는 BMW를 지켜보고 있었다. BMW 앞 좌석에는 한 사람만이 타고 있었다. 애슐리 혼자서 떠나는 것이다.

내가 이겼다.

BMW는 소나무 숲으로 다가갔고, 소나무 숲에서 방향을 꺾어 완전히 사라졌다.

나는 2층 침실로 올라가 베개 밑에 감춰둔 권총을 꺼내 실내 오락실로 갔다. 난로 위 권총 받침대에 권총을 다시 올려놓는 동안 벽에 걸린 칼 위에서 전등 빛이 행복하게 춤을 추었다. 이제 장전한 권총 따위는 필요 없었다. (그 여자는 떠나버렸고, 내가 이겼으니까!)

휴대전화에서 문자메시지가 도착했다는 알림음이 울렸다. 베니가 보낸 문자였다.

날 애 취급하지 마. 니나였어, 아니었어?

그때 나는 승리에 취해 있었다. 그 여자는 이미 스톤헤이븐을 떠났으니 베니에게 솔직하게 말해도 될 것 같았다.

맞아. 그 여자였어. 하지만 지금은 없어. 그 여자는 나쁜 소식을 몰고 다녀, 베니. 그러니까 떠나버린 게 모두에게 좋은 일이야.

잠깐만, 이해가 안 돼. 떠났다고? 니나가 뭐라고 했어? 스톤헤이븐에 왜 왔대? 나를 보러 온 거 아니야?

몰라. 자기 정체를 끝내 안 밝혔거든. 하지만 이제 가버렸으니까 상관없지 뭐. 돌아오지 않을 거야.

갔어? 남자 친구랑?

남자 친구는 안 갔어. 아직 남아 있어.

그럼 아직 기회가 있는 거네.

기회라니? 무슨 기회??

나한테 기회가 있다고. 니나가 포틀랜드에 산다고 했지?

진정해, 베니. 그 여자가 어디로 갔는지는 나도 몰라. 하지만 그 여자는 이미 과거야. 우리 둘한테 좋을 게 하나도 없는 사람이란 말이야. 그 여자는 과거로 묻고 그냥 떠나가게 하는 게 맞아. 이 일 때문에 안달할 필요 없어. 제발 어렸을 때 알았던 믿을 수 없는 여자한테 집착하는 건 그만둬, 알았지? 너한테 좋을 게 없는 여자야. 또 연락할게. 사랑해.

곧바로 전화벨이 울렸다. 표시 창에 베니의 이름이 떴다. 나는 전화를 무시한 채 부츠를 꺼내 신고 파카를 입고 입술에 립글로스를 발랐다. 그런 다음 뒷문을 열고 밖으로 나갔다. 다시 눈이 내리고 있었다. 차가운 바람이 내 얼굴을 강하게 때렸다. 바람이 너무 기분 좋았다. 바람 덕분에 내 뺨이 발개지고 뽀얘지고 생기 있어 보일 테니까.

나는 눈 위에 발자국을 가지런하게 남기며 관리인의 오두막으로 걸어갔다. 내 앞에는 고요하고 짙은 호수가 펼쳐져 있었다. 기러기는 떠나갔고 묵직한 눈을 짊어진 소나무들은 몸을 부르르 떨어 걸어가는 내 위로 부드러운 눈송이를 살살 뿌려주었다.

마이클은 너무나도 빨리 오두막 문을 열었다. 왠지 나를 기다리고 있었던 것만 같았다.

"안 갔네요."

마이클이 눈을 깜빡이면서 나를 쳐다보았다.

"안 갔어요."

나는 손에 입김을 불면서 두 손을 맞대고 문질렀다.

"그 여자 이름은 니나 로스예요. 애슐리 스미스가 아니라요. 오래전에 타호에서 알게 된 여자인데, 거짓말쟁이에 사기꾼이에요. 당신 돈을 노리는 거예요. 여기엔 내 돈을 노리고 왔을 테고요. 그 여자 가족이 우리 가족을 망가뜨렸어요. 그 여자를 믿으면 안 돼요."

마이클은 내 뒤에 있는 호수를 쳐다보았다. 호수 위에서 무언가를 찾는 사람처럼 왼쪽으로, 오른쪽으로 정신없이 시선을 옮겼다. 그러고는 한숨을 쉬었다. 마이클은 팔을 뻗어 아플 정도로 힘껏 내 어깨를 잡았다.

"젠장."

내 머리 위쪽에서 정신없이 흔들리는 소나무 잎을 보며 마이클이 중얼거렸다.

그리고 나에게 키스를 했다.

폭풍은 분노하고 바람은 비명을 지르던 날, 나무들이 신음하며 휘청이고 스톤헤이븐 내부에 존재하는 모든 것이 뒤집히기 직전이었다. 이제 곧 마이클은 내가 자신의 약혼녀에 관해 알고 있는 모든 것을 알게 될 것이다. 이제 곧 마이클은 그 여자에게 전화를 걸어 파혼하자고 말하고 타호로 돌아오지 않아도 된다고 말할 것이다. (나는 여섯 칸 떨어진 방에서 마이클이 휴대전화에 대고 고함을 치는 소리를 들을 것이다.) 이제 곧 마이클은 관리인의 오두막에서 짐을 빼 스톤헤이븐으로 옮겨 올 것이다.

그리고 정말로 이제 곧 우리는 결혼을 하게 될 것이다.

27

○

둘째 주

나에게도 남편이 있다! 마이클이 내 시선을 의식하지 못하고 있을 때 그를 지켜보는 것이 좋았다. 선착장으로 이어지는 길에 쌓인 눈을 치울 때는 한 번 삽질할 때마다 우아하게 움직이는 그의 근육을 보는 것이 좋았다. 창가에 앉아 노트북을 뚫어지게 쳐다보며 글을 쓰는 마이클을 보는 것이 좋았다. 글을 쓸 때면 마이클은 겨울 햇빛을 받아 반짝이는 검은 머리카락을 귀 뒤로 무심하게 넘긴 채 옅은 파란색 눈동자를 노트북 화면에 고정하고 있었다. 마이클은 제인 오스틴의 소설에 나오는 인물처럼 세파에 시달린 거친 얼굴을 하고 있었다. (제인 오스틴이 아니라 브론테 소설에 나온 인물이었나? 영문학을 조금 공부해두는 게 좋을지도 모르겠다.)

어쨌든 나는 남편에게서 눈을 뗄 수가 없었다.

마이클은 벌써 스톤헤이븐을 장악한 사람처럼 보였다. 처음부터 자기 집이었던 것처럼 편안해 보였다. 신발 굽이 천 위에 자국을 남길 수도 있다는 걱정은 전혀 하지 않고 신발을 신은 채로 실크 안락 의자에 올라가 누웠고, 절대로 지워지지 않을 동그란 자국을 남길 거라는 걱정 없이 상감 새김을 한 마호가니 사이드 탁자 위에 맥주 캔을 올려놓았다. 베란다에 나가 담배를 피울 때도 스톤헤이븐에는 없는 재떨이 대신에 금색으로 'L' 자를 모노그램한 본차이나 접시에 담뱃재를 털었다.

캐서린 할머니였다면 그런 마이클을 보면서 경악했을 테지만 나는 정말 신이 났다. 마이클은 스톤헤이븐을 현실적인 공간으로 바꾸었고, 나로서는 할 수 없는 방식으로 이 공간을 지배했다.

이제 우리는 결혼한 지 11일째가 되었다. 수개월 동안 이곳에 갇혔다는 기분을 느끼며 살았던 내가 더는 떠나고 싶다는 생각이 들지 않았다. 우리는 따뜻한 열대지방으로 신혼여행을 갈 계획이었다. (보라보라섬도 좋고 엘레우테라섬도 좋을 것 같았다! 요즘엔 다들 어디로 가지? 너무 오랫동안 세상 소식을 모르고 살았다.) 하지만 눈이 너무 많이 내려서 결국 우리는 마티니를 마시며 서재 난로 앞에서 주로 시간을 보냈다. 이곳이 이렇게 포근한 곳인지는 정말 미처 몰랐다. 몇 년간 쉬지 않고 움직였다. 아마도 나로서는 그 정체를 알 수 없는 무언가를 찾아 움직였던 것 같은데, 이제는 찾은 것이 분명했다. 내가 찾아 헤매던 건 고요히 있어도 불안하지 않을 평온이었다.

내 머릿속에서 끊임없이 떠들어대던 심란한 목소리들, 내 마음을 들었다 놓았다 하는 기진맥진한 감정 기복은 완전히 사라져버렸다. 나는 정말로 이 순간을 살아가고 있는 것만 같았다. (훗, 사기꾼 애슐리가 알면 정말 뿌듯해하겠지!)

인스타그램은 완전히 끊었다. 결혼한 뒤로 단 한 번도 사진을 올리지 않았다. 마이클은 내가 SNS를 하는 걸 좋아하지 않았다. 마이클이 내 휴대전화를 감춰버렸지만, 아무 문제가 없었다. 이제 더는 실제로 전혀 모르는 사람들인 50만 명에게 인정받을 필요를 느끼지 못했다. 나에게 의미가 있는 사람은 이제 내 옆에 앉아 있는 사람뿐이었다. 이 사람의 의견만이 나에게는 중요했다. 솔직히 말해서 그 모든 걸 떠나보내자 너무나도 평온했다. 무의식적으로 나를 끌어당기는 그 공허한 네모 상자를 버리고, 나를 무대 위에 올려놓고 평가를 구하는 그 고단한 바람을 버리자 정말로 평온해졌다.

봤지? 이제 당신들은 더 이상 나에게 상처를 줄 수 없어. 이제 당신들 의견은 더 이상 필요치 않아.

"아일랜드로 가는 게 어떨까? 고모님들에게 당신을 소개해주고 싶어. 그때 성에도 가볼 수 있을 거야."

마이클이 말했다. 나는 마이클에게 그 성에 관해 이야기해달라고 했다. 고대 오브라이언 가문의 보금자리였고, 스톤헤이븐보다 더 으스스한 요새였을 그 성에 관해 듣고 싶었다. 하지만 마이클은 그 성이 "대단치 않은" 그저 성일 뿐이라고 했다.

"아일랜드에는 성이 수천 개는 있어. 사실상 모든 사람이 가족사에 성 하나쯤은 가지고 있다고."

마이클은 그렇게 말했지만 그 훌륭한 집이 마이클의 뼛속까지 깊이 스며들어 있다는 생각을 하지 않을 수가 없었다. 마이클이 스톤헤이븐에 겁을 먹지 않는 건 그 때문임이 분명했다.

그 밖에도 우리에게는 공통점이 아주 많았다. 나처럼 마이클의 부모님도 오래전에 돌아가셨다. 어느 날 밤에 마이클은 울면서 부모님이 시골길에서 애스턴 마틴을 타고 가다가 갑자기 나타난 양

때 때문에 사고를 당해 돌아가셨다고 했다. 마이클의 형제들은 알코올의존증으로 세상을 떠났거나 지금은 연락도 하지 않고 지낸다고 했다. 마이클도 나처럼 밤새 누군가가 자신을 풀어놓은 것처럼 패닉 상태에 빠져 일어날 때가 있다고 했다. 하룻밤 사이에 자신이 사라져버려도 이미 사랑하는 사람들은 거의 이 세상에 없기 때문에 그 누구도 자신이 사라졌다는 사실을 알지 못할 거라는 감정을 느낄 때가 있다고 했다.

하지만 나는 이제 더 이상 그런 감정을 느낄 이유가 없었다.

그리고 나처럼 마이클의 가족도 얼마 전에 많은 돈을 잃었고, 너무 많은 상속인과 너무 많은 유지 비용 때문에 안 그래도 줄어들고 있던 가족 영지가 점점 더 많이 사라지고 있다고 했다.

마이클은 나 역시 그와 같은 처지임을 아직 알지 못했다.

우리에게는 새로운 일상이 생겼다. 매일 아침 나는 늦잠을 잤고 마이클은 10시쯤에 커피를 가지고 와서 나를 깨웠다. 내가 잠에서 깨면 우리는 사랑을 나누었는데, 두 번 나눌 때도 있었다. 정오가 되면 마이클은 글을 썼고 나는 그림을 그렸다. 우리는 몇 시간이고 아무 말 없이 행복하게 앉아 있었다. 12월은 해가 빨리 지니 3~4시쯤에는 스노부츠를 신고 호숫가로 산책을 하러 갔다. 보트 창고와 눈 덮인 선착장을 지나면 나오는 벤치에 앉아서 고요한 호수를 보았다. 가끔은 가져간 따뜻한 차를 마시며 해가 산 뒤로 사라질 때까지 아무 말도 하지 않고(물론 우리가 서로 할 말이 없어서 입을 다물고 있었던 것은 아니다!) 행복하게 앉아 있을 때도 있었다.

스톤헤이븐으로 돌아오면 마이클은 다시 글을 썼고 나는 다시 그림을 그렸다. 식사를 준비하는 건 내 몫이었다. 나는 주방에서 찾은 옛날 프랑스 요리책을 뒤져 솔 뫼니에르, 뵈프 부르기뇽, 리오네이즈 샐러드처럼 맛있어 보이는 음식을 요리했다. 청바지가 꽉 끼기 시작했다. 뉴욕에서 살았던 옛날의 나라면 바지 치수가 바뀐 즉시 실내 자전거를 타면서 고행의 길을 걷기 시작했을 테지만, 이제는 전혀 신경이 쓰이지 않았다. 생로랑 가죽 바지가 맞지 않아도 전혀 문제가 되지 않았다. 어차피 그걸 입고 나갈 데도 없었으니까.

우리는 난롯가에 앉아서 칵테일을 마시며 사랑을 나눴고, 더 많은 칵테일을 마셨다. 밤이 되면 침대에 누워 내 노트북으로 영화를 봤다. 욕망과 알코올에 나른해진 날들이 계속해서 흘러갔고, 모든 것이 새로웠고 끈적했고 즐거웠다.

내 스케치북에는 타호호수 표면에 이는 바람을 닮은 주름을 박아 넣은 블라우스, 까마귀 날개처럼 어깨 부분이 나부끼는 우아한 얇은 리넨 드레스, 소나무 잎처럼 섬세한 가시를 수놓은 재킷 같은 옷 그림들이 서서히 채워졌다. 처음에는 주저하는 마음이 그대로 담긴 흐릿했던 내 그림이 시간이 지날수록 점점 대담해졌다. 간신히 외곽선만 가늘게 그렸던 그림은 점점 진한 선으로 바뀌었고, 파스텔로 상세하게 색까지 칠했다. 그림을 그리면 기분이 좋아진다는 사실을 거의 잊고 있었다. 고등학교 때 미술 시간 이후로는 지금까지 미술 연필을 손에 쥐어본 적도 없었다.

사실 고등학교 때는 그림을 잘 그렸다. 학교에서는 재능이 있다고 영재반에 들어가라고 권유하기도 했다. 하지만 부모님이 더는 못 하게 했다. 리블링은 예술 작품을 수집하는 사람들이지, 직접 예술을 하는 사람들은 아니었으니까. 더구나 나도 나에게 어느 정도 재능이 있다는 건 알았지만 예술가가 될 만큼 특출한 재능은 아니라는 것도 알았다. 리블링 사람들 가운데 예술사에 무언가를 남길 재능이 있는 사람이라면 베니였지 나는 아니었다. 나에게는 진정한 예술가가 될 수 있는 뛰어난 감각이 없었다. 내가 계속 그림을 그렸다면 관대한 친구들이나 사줄 풍경화를 그리는 아마추어 화가는 될 수 있었겠지만 박물관에 걸릴 그림을 그리는 진짜 화가는 될 수 없었을 것이다. 그래서 미술은 그냥 놓아버렸다.

그런데 마이클이 나의 재능을 발견해주었다. 마이클은 애슐리가 떠나고 얼마 되지 않은 어느 날 아침에 침대에서 말했다. "당신이 그걸 가지고 뭘 할지 모른다고 해도 당신에게는 예술가의 영혼이 있는 게 틀림없어." 그 말을 듣고 그저 웃고 말았지만, 마이클의 말은 내 곁에서 떠나지 않았다. 그날 늦게(그러니까 또다시 한가롭게 산에 갔다 온 날이었고, 내 주의를 빼앗을 휴대전화도 없어 점점 여유로운 삶이 따분해지기 시작했을 무렵) 나는 '못할 것도 없잖아?'라는 생각을 했다. 스톤헤이븐에서 나는 점점 줄어드는 내 금융자산을 점검하면서 어차피 돈이 없어서 하지도 못할 리모델링 계획이나 세우면서 하는 일 없이 빈둥거리고 있었을 뿐이고, SNS에서 '좋아요'를 받을 만한 일이나 궁리하고 있었을 뿐이니까 못할 것도 없겠다는 생각이 들었다.

그날 오후에 나는 먼지가 쌓인 채 서재 한쪽에 처박혀 있던 펜과 잉크를 가지고 나와 일광욕실로 들어갔고, 눈 덮인 잔디밭과 그 너머에 있는 호수를 마주 보고 앉았다. 하지만 펜을 들었을 때 내 마음속에서 떠오른 모습은 풍경이 아니라 드레스였다. 비대칭의 가슴라인과 이제 막 흩날려 쌓이기 시작하는 눈처럼 예쁘게 잡힌 주름이 가볍게 펄럭이는 도발적인 치마로 이루어진 부드러운 하얀 드레스였다.

내가 그린 그림을 보면서 생각에 잠겨 있을 때 목덜미에서 마이클의 숨결이 느껴졌다.

"아름다워."

몸을 숙여 그림을 자세히 들여다보면서 마이클이 말했다.

"전에 옷을 디자인해본 적 있어?"

"아니, 입어만 봤지, 디자인은 안 해봤어."

"그럼 이제 하면 되겠네."

마이클은 드레스의 가슴 라인을 단호하게 손가락으로 짚으면서 선언하듯이 말했다.

"뭐래? 나는 패션 디자이너는 될 수 없어."

내가 웃으면서 대답했다.

"왜 될 수 없는데? 할 수 있는 기반도 있고 확고한 취향도 있잖아. 자원도 있고, 분명히 재능도 있어. 도대체 누가 당신한테 그런 말을 한 거야?"

나는 마이클의 눈으로 다시 그림을 보려고 애썼다. 정말 나에게 위대한 예술가가 될 재능이 있을까? 그 오랜 시간 동안 그 누구도 있는지 몰라서 불꽃을 키울 생각조차 못 했던 불씨가 내 안에 있는 걸까?

"제발 정신 차려요. 당신이 가치가 있는지 없는지를 다른 사람에게 묻지 마요." 내 머릿속에서 익숙한 목소리가 들려왔다.

이제 사람들은 더는 시간을 들여 다른 사람을 깊이 들여다보지 않는다. 우리는 그저 분류하고 표지를 붙일 정도로만 시간을 들여 한 사람을 관찰하고 재빨리 빛나는 다른 존재를 향해 달려가버리는 피상적인 세상에서 살고 있다. 겉으로 드러난 모습이 아닌 내면의 모습을 충분히 들여다볼 만큼 시간을 내 사람을 상대하는 사람은 이제 거의 없다. 하지만 마이클은 그런 관찰을 하는 사람이었다!

어쩌면 나는 번데기에서 깨어나려고 하는지도 몰랐다. 이제 막 완전히 다른 사람으로 태어나려고 하는 것인지도 몰랐다. 어쩌면 리블링이라는 이름을 영원히 벗어버리고 오브라이언이라는 이름으로 새로 태어나고 있는지도 몰랐다.

이미 반을 왔는데 더 가지 않을 이유가 전혀 없었다.

28

셋째 주

마이클이 침울한 얼굴로 나를 깨웠다.

"며칠 포틀랜드에 다녀와야겠어."

나에게 커피를 건네면서 말했다.

나는 갑자기 벌떡 일어나는 바람에 침대 헤드 보드에 머리를 부딪쳤다. 침대에서는 섹스 냄새와 먼지 냄새가 났다. 머리 위 장식용 레드 벨벳 캐노피에는 거미와 파리 시체가 가득할 것이 분명했다. 매주 해야 하는 청소라는 의무를 조용히 방기하고 있음이 틀림없는 가사 도우미에게 지시해야 할 일이 또 하나 늘었다. 가끔은 스톤헤이븐이 자연 상태로 돌아가고 싶어 한다는 기분이 들었다. 핼러윈 테마파크에나 어울리는 유령의 집 같은 곳으로 말이다.

나는 마이클의 말을 제대로 알아듣지 못한 것처럼 얼굴을 찡그리면서 커피를 조금 마셨다. 하지만 결국에는 이런 일이 벌어지리라는 사실을 알고 있었다. 우리를 둘러싼 마법이 깨지고 결국 현실이 들이닥치리라는 사실을 알고 있었다. 마이클은 휴가차 타호에 왔었다. 이곳에서 사랑에 빠지고 결혼을 하고 영원히 머물게 되리라고는 꿈도 꾸지 못했을 것이다. 그러니 언젠가는 집으로 돌아가는 게 당연했다.

"가서 짐을 챙겨 오려고?"

내 말에 마이클이 고개를 끄덕이더니 침대로 올라와 내가 덮은 이불 위에 누웠다. 그러자 내가 덮은 이불이 마치 구속복처럼 느껴졌다.

"맞아. 그럴 거야. 그리고 행정실에 가을 학기에는 돌아가지 않을 거라는 말도 해야지."

마이클의 말에 나는 웃었다. 감귤과 초콜릿 향이 나는 커피가 내 혀 안쪽을 부드럽게 어루만졌다.

"아, 정말? 학교에서 뻔뻔하다고 하겠다."

"당신은 나랑 같이 가지 말고 여기 있는 게 더 나을 거야. 여기가 훨씬 넓고 조용하기도 하고……."

마이클은 내 목으로 코를 들이밀더니 그대로 고개를 들어 입 냄새가 심할 텐데도 내 입술 가장자리에 살며시 입을 맞추었다. 내가 깔깔대며 웃자 마이클은 고개를 들고 뒤로 물러났다.

"포틀랜드에 가는 이유는 또 있어. 그건 말하기가 조금 당혹스러운데……."

"뭔데 그래?"

"그 여자……랑 나는, 이건 정말, 내가 한 일 중에 최고로 바보 같은 일이었어. 나한테 세상 물정 모른다고 뭐라고 하겠지만, 나는 사람을 잘 믿는 편이야. 사실 이런 일이 일어나리라고는 생각도 해본 적이 없어서…… 어안이 벙벙해."

마이클은 불안한 얼굴로 내 이불만 만지작거렸다.

"좋아. 말할게. 내가, 그 여자한테 은행 계좌를 합치자고 했어. 여름에. 우리가 여기 오기 전에. 공용 카드도 쓰고. 두 사람 계좌와 연결된 계좌도 만들고. 그런데 그걸 모두 가져갔어. 카드도 한도대로 쓰고 현금도 모두 가져갔어. 그러니까 빨리 돌아가서 그 상황을 해결해야 해."

그 나쁜 년이. 지난달, 눈길로 사라질 때 나는 그 여자를 완전히 밀어낸 것이라고 생각했다. 이제는 재앙을 막았다고 믿었다. 하지만 너무 늦었었나 보다.

"아아, 자기야. 그래서 얼마나 가져갔는데?"

"많이."

마이클은 고개를 저었다.

"그 여자는, 당신 말이 맞았어. 지금도 믿을 수가 없어. 내가 어떻게 그런 바보짓을 했을까?"

"나도 마찬가지였는데 뭐."

나는 마이클의 손을 잡았다.

"한동안 나는 그 여자를 믿었는걸. 지금도 그 여자가 나한테서 뭘 가져가려고 한 건지 모르겠어. 그래도 난 가볍게 넘어간 거 같아."

마이클은 어깨를 으쓱하더니 내 손을 잡은 손에 힘을 주었다.

"모두 괜찮을 거야. 분명해. 그저 돌아가서 은행 사람들 좀 만나보고 필요하면 변호사를 만나려고 해. 당신이 그 여자의…… 정체에 관해…… 처음 말해주었을 때 이런 일을 처리하지 않다니, 나 정말 바보인가 봐. 하지만 내가 말을 하지 못한 건 당신한테……."

마이클은 말을 맺지 못했다. 목이 메는 것 같았다.

순간 마이클이 하려는 말이 무엇인지 알 수 있었다.

"돈이 필요하구나?"

"포틀랜드에 다녀올 정도만 있으면 돼. 다녀와서 갚아줄게."

어린 소년처럼 고개를 푹 숙이고 있는 마이클은 그런 부탁을 한다는 사실이 부끄러운 모양이었다.

나는 커피를 작은 은그릇이 놓여 있는 협탁 위에 내려놓았다. 은그릇 속에서 내 약혼반지가 반짝이고 있었다.

"그런 소리가 어딨어. 우리는 부부야. 당연히 함께 나누어야지."

마이클은 그 순간을 이겨내려는 듯이 굳게 눈을 감았다.

"우리 결혼 생활이 이런 식으로 시작하는 건 원치 않아. 부부는 동등하게 시작해야 하는 거잖아. 사실, 말은 안 했지만 아일랜드에 가족 신탁금이 있어. 옛날처럼 많지는 않지만 내 이름으로 수백만 달러는 들어 있어. 문제는 미국에서는 아일랜드에 있는 신탁을 인출하기가 쉽지 않다는 거야. 일단 신탁 전문 변호사를 만나서 서류를 준비하고, 우리가 아일랜드에 갔을 때, 그러니까 그래도 추위가 좀 누그러진 여름에 아일랜드에 가면 그때 거기 걸 모두 정리해서 미국 계좌로 옮겨 올 수 있을 거야."

마이클은 내가 덮고 있는 이불을 세게 당겨 판판하게 만들었다.

"이런 일들은 벌써 몇 년 전에 처리했어야 하는데, 돈을 중요하다고 생각해본 적이 없어서. 돈은 크게 신경 써본 적이 없거든. 나에게는 책, 펜, 커피……."

"그리고 나만 있으면 되니까?"

내 말에 마이클이 크게 웃었다.

"물론 그렇지. 당신만 있으면 되지. 하지만 이제는……."

마이클은 고개를 숙여 나에게 키스했다. 그것도 아주 정열적으로.

"당신을 위해 그 돈을 모두 쓰고 싶어."

"내가 아침에 전화해서 당신이 내 카드를 쓸 수 있게 해놓을게. 당신 계좌를 내 계좌랑 연결하려면 조금 시간이 걸릴 거야. 변호사한테 전화해서 서류를 준비해달라고 해야겠어."

"아아, 바네사. 그렇게 급하게 처리할 필요는 없어."

마이클이 재빨리 말했다.

"아니야, 당연히 급한 일이야."

"그건 내가 돌아온 뒤에 하는 게 좋겠어. 알았지? 일단 내 일부터 해결하고 그 뒤에 우리 미래를 설계해보자."

나는 약혼반지를 낀 손을 위로 올려 천천히 앞뒤로 움직였다. 나와 함께 한참 동안 반지를 바라보던 마이클이 자기 손으로 내 손을 감싸 쥐었다.

"왜 아무 말도 안 해? 물어보고 싶은 게 있으면 물어봐도 돼."

"포틀랜드에 가면 그 여자, 만날 거야?"

"그 여자?"

"애슐리. 니나라고 해야 하나?"

내 말에 마이클은 한 번도 보지 못했던 표정을 지으며 화를 냈다.

"농담이지? 내가 왜 그 여자를 만나야 해?"

마이클은 조금 세게 내 손을 잡았다가 놓았다.

"그리고 내가 아는 한, 애슐리라는 사람은 없었어. 우리 관계는 모두 가짜였다고. 그 여자는 거짓말쟁이에 사기꾼이야. 그 여자하고는 조금도 관련되고 싶지 않아. 그 여자 이름조차 듣기 싫다고. 그게 진짜 이름이든, 가짜 이름이든."

마이클의 관자놀이에서 가느다란 정맥이 툭 불거지더니 맹렬하게 뛰었다.

"게다가 친구들 말이 몇 주 전에 그 여자는 포틀랜드를 떠났다고 했어. 내 돈을 가지고 도망친 거야. 오래전에 이미 떠나버렸어."

나는 고개를 끄덕였다. 바깥에서 소나무들이 바스락거리며 흔들리는 소리가 들렸다. 이번 주 내내 따뜻한 날씨가 이어져서 첫눈이 꽤 많이 녹아 소나무 잎에는 얇은 얼음 막만 남았고 진입로는 진흙탕으로 바뀌었다. 이제 일주일밖에 남지 않은 크리스마스 휴가 때는 또 다른 눈 폭풍 소식이 있었다.

"그런데 또 하나 부탁할 게 있어."

마이클은 당혹스럽다는 듯이 눈을 감았다.

"그 여자가 떠날 때, 차를 가져가버렸잖아. 그래서……."

다음 날 오후에 마이클은 리노에 있는 자동차 대리점에서 구입한 은색 BMW SUV를 타고 떠났다. 그렇게 싼 장난감 같은 차를 사게 되리라고는 한 번도 생각해본 적이 없었는데 지금은 그 정도 금액을 쓴 것만으로도 돈을 물 쓰듯 썼다는 기분이 들었다. 혼자서 차를 타고 스톤헤이븐으로 돌아오면서 이제부터는 내 분수에 맞게 사는 법을 배워야 한다고 다짐했다. 그런 삶이, 마이클에게는 상관없겠지? 그렇겠지? 마이클에게 필요한 건 오직 책과 커피, 그리고 나뿐이니까.

마이클이 없는 집은 끔찍하게도 조용했다. 나는 텅 빈 방을 돌아다니며 마이클이 남기고 간 물건들을 한데 모았다. 얼굴을 파묻으면 음식 냄새와 담배 냄새가 나는 마이클의 스웨터, 침대 옆 플러그에 꽂아놓고 간 휴대전화 충전기, 그의 입술 자국이 남아 있는 물컵. 나는 연예인에게 빠져 정신을 못 차리는 10대 여자아이처럼 컵에 남은 입술 자국에 내 입술을 대고 꾹 눌렀다.

스톤헤이븐에서 가장 포근한 장소인 서재로 들어가 털썩 주저앉았다. 마이클이 떠나자 내 내면의 걱정들이, 자기부정의 감정들이 다시 밀려오기 시작했다(마이클은 어디로 간 거지? 그는 절대 아니라고 했지만 니나에게 간 것은 아닌지 걱정됐다). 스케치북을 꺼내 내가 그린 드레스들을 들여다보았다. 그 모든 그림이 이제는 너무나도 식상하고 지루해 보였다. 이 그림들이 진짜 대단하다고? 그저 나에게 상처를 주기 싫어서 마이클이 마음에도 없는 말을 한 건 아닐까?

스케치북을 내려놓고 휴대전화를 찾아 나섰다. 휴대전화는 응접실 사이드보드 서랍에 들어 있었다. 휴대전화를 손에 쥐니 도저히 참을 수가 없었다. 결혼하고 처음으로 인스타그램을 열었다. 이 세상은 내가 급하게 좌회전을 한 뒤에도 여전히 빠르게 직진하고 있는 것처럼 보였다. 마야와 트리니, 사스키아, 에반젤린은 주하이르 무라드 선 드레스를 입고서 두바이에서 낙타를 타고 있었다. 사스키아는 남근처럼 솟아 있는 부르즈 할리파 앞에서 찍은 표범 무늬 비키니를 입은 사진을 올렸다. 그 사진에는 끝도 없는 댓글(*"너무 아름다워요!"*, *"너무나 멋진 인생이에요!"*, *"끝내주는 몸매 좀 봐!"*, *"우아, 정말 핫하네요."*, *"나도 팔로우해줘요!"*)과 '좋아요' 12만 2,875개가 달려 있었다.

내 인스타그램은 팔로잉 수가 급격하게 줄어들어 있었다. 3년 만에 처음으로 팔로어 수가 30만 명이 되지 않았다. 내 팔로어들은 점점 인내심을 잃고 있었다. *"요, V. 도대체 요즘엔 어디에 있는 거예요?"*, *"SNS 금욕 생활을 하는 거예요?"*, *"우린 옷을 원한단 말이에요오오오!"* 그러니까 나는 이제 잊혀가는 과거가 되고 있었다.

그렇다고 내가 신경을 써야 할까? 나는 옛 친구들에게 질투를 느끼기를, 무언가 의미 있는 것을 잃어버렸다는 기분이 들기를 기다렸다. 하지만 그런 감정은 들지 않았다. 오히려 우월하다는 감정이 느껴졌다. 드디어 카메라를 끄고 평화롭게 사는 법을 배운 것이다. (또다시 그 여자 목소리가 들렸다! 아무리 맞는 말이라고 해도 그 여자 목소리를 계속 듣고 싶지는 않았다.)

나는 휴대전화를 다시 사이드보드 서랍에 넣었다. 하지만 조금 뒤에 다시 휴대전화를 꺼내 베니에게 전화를 걸었다.

한참 신호가 갔는데도 베니는 전화를 받지 않았다. 혹시 요양원에서 다시 휴대전화를 가져간 걸까? 하지만 결국 베니는 전화를 받았다. 베니의 목소리는 탁했고 묵직했다. 혹시 약을 더 늘렸나?

"베니, 해줄 말이 있어서 전화했어."

몇 주 동안 베니는 내 문자메시지에 답하지 않았다. 나한테 화가 나 있는 것이 분명했다. 내가 자신의 하나뿐인 진정한 사랑(세상에!)을 멀리 쫓아버렸다고 생각하는 것이다.

"니나 소식 있어?"

"아니, 제발, 베니. 잊어버려."

베니가 입을 쭉 내밀고 있는 모습이 눈에 선했다.

"좋아. 그건 그렇다고 쳐. 그럼 드디어 정신을 차리고 그 지옥에서 나오기로 한 거야? 스톤헤이븐은 완전히 불태워버리고?"

"그런 거 아냐. 나 결혼했어."

"뭐? 결혼을 했다고?"

그 뒤로 한참 말이 없던 베니가 마침내 입을 뗐다.

"이름이 뭐였더라? 빅터였나? 두 사람이 다시 만나는 건 몰랐네. 잘됐어."

"세상에, 그 사람 아니야. 마이클하고 결혼했어."

또다시 베니는 한참 말이 없다가 마침내 말했다.

"마이클이라니, 그게 누군데?"

"작가 말이야. 관리인의 오두막에 묵는다고 했던."

베니는 아무 대답이 없었다.

"아일랜드 사람이고 오래된 귀족 가문 출신이라고 했잖아."

여전히 베니는 아무 대답도 하지 않았다.

"뭐야, 베니? 애슐리……, 아니, 니나랑 같이 온 남자 말이야. 그 여자는 떠났고, 마이클만 남았어. 그리고 우리는…… 서로 사랑하게 됐어. 알아. 이상하게 들릴 거라는 거. 하지만 정말 행복해, 베니. 정말로 행복해. 너무 오랜만에 너무나도 행복해졌어. 그래서 너한테 말해야겠다고 생각했어."

베니에게서 너무나도 오랫동안 그 어떤 반응도 없어서 혹시 잠이 든 게 아닐까 싶을 정도였다.

"베니?"

내 안에서 갑자기 싱크홀이 열리더니 기나긴 침묵 속에서 점점 커져만 갔다.

"듣고 있어."

그때 나는 베니가 어떤 생각을 하는지 알았다. 베니는 내 동생이니까. 베니가 소리 없이 드러내고 있는 의심은 내가 그렇게도 외면하려고 했던 두려움을 표면으로 끌어올렸다.

"베니……?"

전화기 너머에서 이상한 소리가 들렸다. 목이 졸려 기침하는 소리 같기도 했고 웃는 것 같기도 한 소리였다.

"그러니까 전혀 모르는 남자랑 결혼을 했단 거네?"

"모르긴. 충분히 알아. 내 마음도 잘 알고."

"바네사, 누나는 멍청이야."

베니가 천천히 천천히 말했다.

베니가 그런 식으로 반응한 건 모두 병 때문이다. 베니의 삶을 갈가리 찢어버린 비관주의와 편집증, 옛 추억에 대한 향수 때문에 그렇게 반응하는 거라고, 그렇게 생각하려고 했다. 하지만 베니의 말에는 독이 스며 있어서 그 독이 내 행복 속으로 파고들어 내 행복을 파괴하려고 했다. "전혀 모르는 남자랑 결혼을 했단 거네?"

정말 그런 걸까? 마이클이 나에게 해준 이야기 말고 내가 그에 관해 아는 게 있었던가? 당연히 아는 것이 없었다. 마이클의 가족을 만난 적도 없었고 친구들도 만난 적이 없었다(그 여자 말고는!). 하지만 나를 알렸고 나를 알아준다는 이 기분은 정말 무시할 수 없었다. 마이클은 바네사 리블링이라는 이름과 대중에게 알려진 정교한 이미지가 아닌 진정한 나를 보아준 유일한 사람이었다. 내가 느끼는 이 감정이 주는 진정성이 확증되지 않은 마이클의 이야기를 그대로 믿게 했다.

하지만 하루 종일 베니의 목소리가 머릿속에서 사라지지 않았기에 결국 컴퓨터 앞에 앉아 내 남편을 검색하기 시작했다. 검색창에 '마이클 오브라이언'이라고 치자 컴퓨터는…… 아무것도 보여주지 않았다. 아니, 너무나도 많이 보여준 건지도 몰랐다. 치과 의사, 음악가, 영적 치료사, 재무 상담가, 광대까지, 세상에는 너무나도 많은 마이클 오브라이언이 있었다. 검색창에 더 많은 검색어(교사, 작가, 포틀랜드, 아일랜드)를 입력하자 링크드인에서 그를 찾아냈다. 마이클의 프로필에는 그가 근무했던 학교 이름, 그의 시가 게재된 개인 홈페이지, 흑백사진, 연락처 버튼이 전부였다. 우리가 만나기 전에 대충 찾아본 내용과 완전히 같았다. 더는 정보가 없었다.

이번에는 '오브라이언, 아일랜드, 아일랜드의 성'이라는 단어를 검색창에 입력했고, 오브라이언이라는 귀족 집안 소유의 성이 있음을 확인하고 안심했다. 정확히 말해서 오브라이언 가문 소유의 성은 열한 개였고, 그 가운데 어떤 성이 마이클 가문의 소유인지 꼭 집어서 특정하기는 어려웠다.

그것 말고 다른 정보는 없었다. 온라인에 마이클에 관한 정보가 더 있다고 해도 또 다른 마이크와 마이클과 오브라이언 들의 바다에 묻혀 익사해버렸다. 마이클에게는 페이스북도 인스타그램도 트위터도 없었다. 하지만 그건 이미 알고 있었다. 마이클은 이 세상에 자신의 인생을 드러내 보이는 데는 관심이 없다고 미리 경고했었다. 그 말이 어떤 의미인지 나는 알았다. 정말이다! (이제는 정말로 알게 됐다. 아주 조금일지라도 말이다.) 사생활을 지키고 싶다는 마음이 의심을 살 이유가 될 수는 없었다. 사생활이라는 건 옛날 사람들이 정말로 소중하게 여겼던 가치이기도 했으니까.

깜박이는 검색창을 뚫어지게 쳐다보고 있자니 왠지 모르게 불쾌하고 더러운 기분이 느껴졌다. 무언가 극도로 미약하고 허약해서 주의를 기울이지 않으면 쉽게 깨져버릴 것만 같은 것이 컴퓨터 화면에는 있었다. 그래서 집 앞에서 무언가 달그락거리는 소리가 들렸을 때는 오히려 거의 안도할 정도였다. 마이클이 내 이름을 부르는 소리가 들렸다. 일정보다 하루 먼저 돌아온 것이다. 인터넷 창을 끄고 컴퓨터 앞에서 물러났다. 벼랑 아래로 떨어지기 전에 구출된 것이다.

여기, 내 남편이 왔다! 마이클의 새 차 바깥에는 마분지 상자가 잔뜩 쌓여 있었고 나를 잡아당겨 자신의 품에 꽉 끌어안는 마이클의 몸에서는 배기가스 냄새와 길거리 음식 냄새가 물씬 풍겼다.

◇◇◇◇◇

"오리건은 어땠어?"

"고문이었지."

실의에 가득 찬 목소리였다.

"모든 걸 다 해결하려면 생각보다 시간이 더 걸릴 것 같아. 내 신용은 완전히 바닥났어. 그 여자가 모든 걸 가져가버렸어. 사실 어떻게 해야 할지도 잘 모르겠어."

"다시 시작하면 돼. 나랑 함께. 그러면 되는 거야. 우리 둘이 살아갈 돈 정도는 나한테 있어."

나는 조그맣게 웅얼거렸다. '한동안은 살 수 있어.' 속으로 생각했지만 그 생각을 입 밖으로 꺼내지는 않았다.

차분하고 느린 마이클의 숨소리와 일정하게 뛰는 마이클의 심장 박동 소리가 들렸다.

"너무 당혹스러워, 바네사. 이런 일을 겪게 해서 미안해."

"당신 잘못이 아니잖아. 다 그 여자 때문이야. 그 여자는 괴물이야."

마이클의 부드러운 플란넬 셔츠에 얼굴을 댄 채로 내가 말했다.

"당신이 내 인생을 구했어, 정말로. 당신이 그 여자가 사기꾼이라는 사실을 알려주지 않았다면 훨씬 더 나쁜 일이 벌어졌을 거야. 정말로 계속 속다가 결혼이라도 했으면 어쩔 뻔했어."

마이클은 부르르 몸을 떨고 내 고개를 들더니 얼굴을 물끄러미 바라보았다.

"당신은 내 구원자야. 여긴 천국 같아. 너무 돌아오고 싶었어."

봤지? 이런 사랑을 받고 있는데 내가 이 사람을 의심해야 할 이유가 있을까?

29

ㅇ

넷째 주

마이클은 점점 더 많은 시간을 노트북 앞에서 글을 쓰며 보냈다. 이제는 그가 좋아하는 큰 서재 안락의자에서 나와 같이 글을 쓰던 시간을 포기하고 아빠의 서재에 있는 책상에서 일했다.

"책상 의자에 앉는 게 허리에 좋을 것 같아."

마이클은 그렇게 말했다. (물론 이해한다. 나도 그러니까!) 마이클은 전기난로를 아빠 서재로 가져갔고 온기가 밖으로 빠져나가지 않도록 문을 닫고 일했다. 아빠 서재 앞을 지날 때면 마이클이 키보드를 두드리면서 문장을 중얼거리는 소리가 들렸다. 저녁을 먹을 때면 과하게 따뜻해진 서재에 자신을 대부분 남기고 온 사람처럼 집중하지 못했다. 그럴 때 내가 부르면 마이클은 정말 소스라치게 놀랐다.

"미안, 자기야. 글에 열중할 때는 이런 상태가 된다는 걸 미리 말했어야 하는데."

마이클은 식탁 위로 손을 뻗어 내 손을 꼭 잡았다.

"하지만 정말 좋은 일이야. 영감을 받고 있다는 뜻이니까. 당신이 나한테 영감을 주는 거야. 당신은 나의 뮤즈야."

오, 나는 언제나 누군가의 뮤즈가 되고 싶었다!

한번은 저녁에 아빠의 서재로 갔다. 어둠 속에서 마이클이 일하는 모습이 보였다. 화면 속으로 거의 파묻힐 것처럼 일에 열중해 있던 마이클은 스타킹 신은 발로 걸어 들어온 나를 인지하지 못했다. 내가 1미터 정도까지 가까이 다가갔을 때에야 마이클은 내 존재를 눈치채고 황급히 고개를 들었다. 노트북이 내뿜는 파란빛에 비친 마이클의 얼굴은 파랗게 질려 있었다. 마이클은 재빨리 노트북을 덮었다. 노트북 위에 손을 얹은 채 나를 쳐다보는 마이클은 얼굴을 잔뜩 찡그리고 있었다.

"이렇게 훔쳐보면 안 돼. 정말, 진지하게 하는 말이야."

나는 마이클의 다리 위에 걸터앉으면서 장난스럽게 노트북 뚜껑을 들어 올렸다.

"제발. 한 챕터만 보면 안 돼? 아니면 한 페이지라도? 한 구절만 볼게."

마이클은 자세를 바꿔 내가 그의 다리에서 미끄러져 내려와 똑바로 서게 했다. 어둠이 마이클을 가리고 있어서 표정을 제대로 볼 수는 없었지만 그는 화가 난 것이 분명했다.

"바네사, 농담 아니야. 지금 쓰고 있는 글을 누가 보면 너무 의식하게 돼서 전혀 쓸 수가 없어. 난 그 누구의 비평도 의견도 듣지 않고 진공상태에서 글을 써야 해."

"내 의견도 필요 없어?"

입을 삐죽거리고 싶지는 않았지만 어쩔 수가 없었다.

"당신 의견은 특히 안 돼."

"하지만 내가 당신이 쓴 글을 좋아하리라는 거 알잖아. 나, 당신 시를 사랑해."

"그래, 바로 그 말이야. 내가 어떤 글을 썼든 당신은 좋아할 거야. 그 말은 내가 당신 의견을 믿어도 되는지 확신이 서지 않을 거라는 뜻이야. 그럼 내 글이 잘 쓴 건지, 못 쓴 건지 알 수가 없게 되고, 상황은 훨씬 나빠질 거야."

"알았어, 알았어. 무슨 말인지 이해했어. 자기 혼자 일하도록 내버려둘게."

나는 재빨리 서재에서 나오려고 했지만 마이클이 내 손목을 붙잡았다.

"바네사, 자기라서 안 보여주는 게 아니잖아."

마이클이 달콤한 목소리로 말했다.

"하지만 그 여자는 당신 작품을 읽었잖아. 그 여자가 그렇게 말했다고."

내 목소리에 담긴 적의 때문에 나조차도 놀랄 정도였다.

내 손목을 잡고 있는 마이클의 손에 나를 아프게 할 정도로 힘이 세게 들어갔다. 내가 너무 지나치게 심술을 부리고 있는 것일까? 마이클은 내가 불평하고 질투한다고 생각하는 것일까? 내뱉은 말을 다시 주워 담고 싶었지만 이미 늦었다.

"도대체 왜 아직까지 그 여자 생각을 하는 거야? 바네사, 이제는 그냥 털어버려. 게다가 아니야. 그 여자는 내가 쓰는 글을 읽은 적이 없어. 더는 판단할 필요가 없는 옛 작품들을 본 거지, 새로 하는 작업을 본 건 아니야."

"알았어. 내가 한 말은 잊어버려."

나는 마이클에게서 손을 빼며 말했다.

"존재하지도 않는 사람을 질투할 이유가 없다는 거 잘 알잖아. 특히 그 여자는. 가치가 없는 일을 시간 들여 생각할 필요는 없어."

마이클의 목소리는 부드러웠다.

"생각 안 해."

거짓말이었다. 속상했다. 마이클은 나에게 빗장을 걸어 잠근 것이다. 그러면 안 되는 거 아닐까? 사랑에 빠진 초기 기간이라면? 서로에게 모든 걸 남김없이 드러내 보이는 게 당연한 기간이라면 그래야 하는 거 아닐까?

마이클은 바보가 아니었으니 내가 거짓말을 하고 있다는 걸 알았다. 내가 쿵쾅거리며 2층으로 올라가 8시밖에 안 됐는데 침대에 눕는 걸 보면 당연히 내가 얼마나 화가 났는지 알 수밖에 없었다. 나는 침대에 누워 마이클이 오기를 기다렸다. 하지만 마이클은 오지 않았다. 우리는 결혼 후 처음으로 방을 따로 썼다.

나는 차가운 이불보를 덮고 누워 부르르 떨었다. 처음으로 싸움을 했다. 내 잘못이었을까? 너무 날카로웠고 너무 내 마음대로 하려고 했던 것일까? 내가 모든 걸 망쳐버린 것일까? 사과하고 용서를 구해야 한다는 사실을 알았지만 오래되고 익숙한 관성이 나를 향해 내려왔다. 어두운 커튼이 내 침대 주위를 감싸며 흘러내렸고, 나는 일어날 힘조차 낼 수가 없었다. 그래서 벨벳 이불 속에 웅크리고 누워서 울다가 잠들었다.

다시 눈을 떴을 때는 칠흑처럼 어두웠다. 오래된 알람 시계가 희미하게 발산하는 숫자를 보고 12시가 되어가고 있음을 알았다. 바깥에서 부는 바람 소리가 더욱 거세게 들렸다. 울어서 부은 눈으로 침대에 누워 소나무가 신음하는 소리를, 창유리에 얼음이 부딪치는 소리를 들었다. 집 모퉁이를 휘돌아 가는 바람이 저 멀리 어둠 속을 달리는 기차처럼 높고도 희미한 기적 소리를 냈다.

그 모든 소리 밑에는 느리고 안정적인 사람의 숨소리가 깔려 있었다. 나는 옆으로 누워 마이클을 만지려고 더듬거렸지만, 침대에는 아무도 없었다. 그제야 나는 내 위에 드리운 그림자를, 방 건너편에서 조용히 나를 바라보고 있는 어둠 속 기이한 존재를 눈치챌 수 있었다. 침대에서 일어나 앉아 이불을 부여잡고 생각했다. '유령이야!'

물론 유령은 아니었다. 마이클이었다. 마이클은 두 손으로 노트북을 들고 천천히 침대 옆으로 걸어왔다.

"깜짝 놀랐네."

내가 말했다.

마이클은 내 옆에 앉더니 노트북을 펼쳤다. 노트북이 살아나면서 투명한 파란빛을 뿜어냈다.

"자, 화해의 선물."

마이클이 노트북을 내 앞으로 내밀었다. 나는 조심스럽게 노트북을 끌어당겼다.

"보여주기로 했구나."

"이성적이지 못했던 거 미안해. 애슐리한테 너무 심하게 데여서 그런 거니까 이해해줘."

"애슐리 아니고 니나야."

"맞아. 난 그 여자 이름조차 제대로 모르고 있다고."

마이클이 코를 찡그렸다.

"내가 다시 사람을 믿어보려고 힘들게 노력하고 있다는 거 알지? 하지만 내가 당신에게 숨기는 게 있다고 생각하게 만들고 싶지도 않아. 우리 사이에는 비밀이 있으면 안 돼. 당신은 그 여자가 아니라는 걸 끊임없이 상기하고 있어. 그래서……."

마이클은 바탕 화면에 있는 문서를 열었다.

"읽어봐. 그냥 발췌본이지만……, 의미는 충분히 이해할 수 있을 거야."

노트북은 내 손바닥 아래에서 살아 있는 것처럼 아주 따뜻했다.

"고마워."

왠지 눈물이 날 것만 같았다. 아니, 정말로 울었다고 하는 편이 옳은 표현일 것이다. 이로써 모든 것을 용서할 수 있었다.

스크롤을 내리며 글을 읽는 동안 마이클은 침대 옆에 서서 내 얼굴을 뚫어지게 쳐다보았다.

> 내 사랑—오내사랑내사랑. 내가 그녀를 쳐다볼 때마다 그 고양이 같은 얼굴에서는 녹색 눈이 움직이고 내 안에서는 단어들이(세상들이) 빙글빙글 돌아간다. 내 미인, 내 사랑, 내 구원자. 내 평생 정착하지 못하고 떠돌았지만 이제 그녀가 나를 정착하게 했네. 인생이 우리 주위를 회전하네. 공유하는 중심, 두 사람과 한 점. 그 안에 있고 그것은 없지만, 언제나 그것은 우리, 우리, 우리였다. 우리가 그 너머에서 필요한 건 없다.

마이클의 글은 이런 문장이 거듭되고 있었다. 마이클의 글에 대한 내 첫 반응은 실망이었다. 전혀 잘 쓴 글 같지 않았다. 마이클이 보여준 글은 밤마다 나에게 읊어주던 사랑스러운 시와는 전혀 달랐다. 내가 상상했던 메일러풍 걸작도 아니었다. 하지만 조금 시간이 흐르자 언제나 그렇듯이 내 판단을 다시 생각해보게 됐다. 마이클의 글은 조금은 기묘한지도 모르지만 그저 내 취향에 맞지 않을 뿐인지도 몰랐다. 게다가 내가, 감히 문학을 판단할 수 있을까? (그것도 포스트모더니즘 문학을? 포스트모더니즘 문학은 프린스턴에서 내가 낙제한 수많은 과목 가운데 하나였는데도?)

내 반응을 지켜보는 마이클이 느껴졌다. 마이클은 노트북 불빛에 비친 내 얼굴에서 일어나는 사소한 경련 하나까지 지켜보고 있었다. 그제야 나는 나에게 유일하게 중요한 사실을 깨달을 수 있었다. 그 사실을 깨닫자 이제 더는 마이클의 글쓰기 기술이 나에게 중요하지 않았다.

"이거, 나에 관한 글이야?"

내가 속삭였다.

마이클의 얼굴을 직접 볼 수는 없었지만 내 뺨에 닿는 그의 차가운 손이 느껴졌다.

"당연하지. 당신에 관한 글이야. 당신이 내 뮤즈잖아. 기억하지?"

"너무 감동적이야. 정말로."

하지만 내가 다음 페이지를 보려고 하자 마이클은 내 손에서 살며시 노트북을 빼앗더니 나를 나무랐다.

"나머지는 모두 다 쓴 뒤에 봐."

그날 밤, 꿈을 꾸는 동안에도 마이클의 글은 내 머릿속에서 사라지지 않았고 그다음 날 잠에서 깨었을 때도 내 머릿속에서 사라지지 않았다. "내 사랑—오내사랑내사랑." 나는 다시 살아났고! 침대에서 벌떡 일어나 마이클을 찾아 나섰다.

하지만 마이클은 스톤헤이븐 어디에도 없었다. 주방 커피포트 옆에 있는 쪽지를 발견했다. "가게에 가서 신문을 사 올게." 쪽지에는 그렇게 적혀 있었다. 주방 아일랜드 위에는 희미하게 우는 소리를 내는 마이클의 노트북이 있었다. 노트북 위에 손을 얹자 하드 드라이브가 부르르 떠는 진동이 느껴졌다. '안 돼! 마이클은 나를 믿고 있단 말이야.'

하지만 참을 수가 없었다. 나는 노트북을 열었다. 문서가 열려 있으면 그저 딱 한 페이지만 더 읽을 생각이었다. 그저 나에 대해 무슨 말을 더 써놓았는지만 확인하고 싶었다. 그 정도는 당연히 마이클의 신의를 저버린 게 아니니까.

하지만 노트북은 잠겨 있었다. 잠시 비밀번호 입력 창 위에 커서를 갖다 대고 자판을 두드릴 준비를 하던 나는 마이클의 비밀번호를 알아낼 단서가 전혀 없음을 깨달았다. 한 사람의 역사를 이루는 중요한 이름과 날짜와 숫자를 나로서는 아는 것이 없었다. 나는 마이클 어머니의 결혼 전 성도 알지 못했고, 마이클이 어렸을 때 길렀던 애완동물도 알지 못했다. 마이클이 좋아하는 동생의 생일조차 알지 못했다. 나에게 나의 남편은 여전히 수수께끼임을 깨닫고 나는 얼어붙은 듯이 그 자리에 서 있었다. (또다시 너무 충동적으로 결정을 내려버린 것일까? 내가 또 준비도 없이 그냥 뛰어들어버린 것일까? 밀려드는 자기 회의라는 감정에 나는 어쩔 줄 모르고 한참을 서 있었다.)

아니야. 숫자와 이름은 아무 의미 없어. 나는 그렇게 나 자신을 타일렀다. 숫자와 이름은 거짓된 안정감을, 입증할 수 있는 사실들이 사랑을 잃지 않게 해줄 대들보라는 믿음을 줄 뿐이다. 좋아했던 선생님의 이름, 어머니의 별자리, 첫 경험을 한 나이를 안다고 해서 언제나 한 사람의 옆에 머무는 것은 아니다. 우리의 정체성이라는 사다리를 형성하는 그 모든 덧없는 것들은 결국 어디로 우리를 이끌고 가는 거지? 그런 숫자와 이름에 엄청난 의미가 있는 것처럼 행동하지만 그런 것들은 우리의 마음 상태에 관해서는 단 한마디도 해주지 않는다.

지금, 마이클과 내가 정말로 소유하고 있는 것은 오직 믿음뿐이었다. 나는 마이클을 믿었다. 당연히 믿고 있다. 나는 믿어야 한다.

나는 노트북을 닫았다. '비밀번호를 알아도 안 볼 거야.' 그렇게 다짐했다. (아니, 비밀번호를 모르니까 못 보는 것이 당연한 걸까?)

30

○

다섯째 주

크리스마스 휴가는 스멀스멀 다가왔고 갑자기 일주일밖에 남지 않았다. 어느 날 아침에 눈을 떴을 때 마이클이 응접실에 세워둔 나무가 보였다. 아름답게 기울어진 소나무를 마이클은 캐서린 할머니가 한때 크리스마스트리에 장식했던 은과 금으로 된 장식품으로 꾸며놓았다. 어떻게 그럴 수 있었는지는 모르겠지만 마이클은 캐서린 할머니가 크리스마스트리를 놓았던 그 장소에 소나무를 가져다 놓았다. 현관에서 보이기 때문에 진입로로 들어오는 손님들이 첫눈에 볼 수 있는 창문 앞에 가져다 놓았다. 그 나무를 보니 갑자기 여섯 살로 되돌아간 것만 같았고 너무나도 두려워졌다.

나무를 보면서 과거의 환영을 보고 있을 때 마이클이 뒤에서 다가오더니 내 목에 팔을 둘렀다.

"지난주에 산책하러 나갔다가 저 나무를 봤어. '크리스마스트리로 딱이겠는데!' 하는 감이 오는 거야. 내가 이렇게 도끼를 잘 쓰는지 몰랐지?"

"나한테 도끼가 있어?"

"당연히 있지. 와, 한 번도 안 써봤어?"

마이클은 내가 응석받이 작은 공주님이라도 되는 양 사랑스럽다는 듯이 내 뺨에 입을 맞추더니 살짝 뒤로 물러서서 자기가 만든 작품을 감상했다. 눈을 가늘게 뜨고 나무를 쳐다보던 마이클의 얼굴에서 웃음기가 싹 사라졌다.

"이런, 젠장. 기울어졌잖아."

"아니야. 완벽해. 장식품은 어디에서 찾았어?"

"우리가 한 번도 들어가보지 않았던 2층 방 벽장에서 찾았어."

마이클은 내가 탐탁지 않아 한다는 사실을 느낀 것이 분명했다.

"괜찮아? 놀라게 해주고 싶었거든. 우리가 함께하는 첫 크리스마스니까 당연히 특별해야 한다고 생각했어."

마이클이 해낸 일들이 왜 짜증스러운지는 알 수 없었다. 나도 모르게 온 집 안을 헤집고 다닌다는 생각이 들어서일까? 나보다 스톤헤이븐을 훨씬 더 잘 아는 것 같아서? 하지만 그게 왜 문제가 되지? 마이클이 이곳을 편하게 느꼈으면 하지 않았나?

"아름다워. 하지만 미리 말하지 못한 게 있어. 우리, 크리스마스는 유키아에서 베니랑 함께 보낼 거야."

마이클은 소나무를 똑바로 세우는 상상을 하는 것처럼 머리를 살짝 옆으로 기울였다.

"크리스마스를 정신 병동에서 보내야 한다니, 조금 으스스한데? 안 그래?"

마이클은 트리 장식의 위치를 바꾸려고 손을 뻗었고, 마이클의 손에 맞은 트리 장식은 나무에서 떨어져 바닥에 부딪혀버렸다. 바닥 위로 황금색 유리 조각이 넓게 흩어졌고, 나도 마이클도 그 자리에서 얼어붙었다.

조금 뒤 정신을 차린 내가 허리를 구부려 유리 조각을 줍기 시작했다.

"그런 곳, 아니야. 멋진 곳이야. 게다가 아직 베니도 만나보지 못했잖아. 베니는 근사한 애야. 당신도 알게 될 거야. 괴짜이긴 하지만 멋진 애야."

얼굴이 화끈거렸고 가슴이 뒤틀리면서 조여오는 것만 같았다.

마이클이 내 어깨를 잡고 움직이지 못하게 하더니 내 손에서 유리 조각을 뺏어 들었다.

"다치겠어. 내가 할게."

윤이 나는 바닥에 꿇어앉아 손 옆면으로 유리 조각을 쓸어 모으고 있는 마이클을 보고 있으니 마망과 작은 도자기 새가 생각나고 마음이 아팠다.

"베니가 여기로 오는 건 어때?"

마이클이 물었다.

"베니는 여기 오지 않아. 여기 싫어한다고 했던 거, 기억하지? 게다가 베니가 나오려면 내가 가서 서류에 서명해야 해. 베니 혼자서는 나올 수 없어."

"맞아, 그랬지."

마이클은 웅크리고 앉은 채로 나를 올려다보았다.

"혹시 당신한테 무슨 일이 생기면 스톤헤이븐은 베니에게 상속되나?"

이상한 질문이었다.

"맞아. 내가 유언장에 적힌 상속인을 바꾸지 않는 한 베니가 상속할 거야."

"그렇군. 나는 그저……."

마이클은 얼굴을 찌푸렸다.

"베니가 이곳을 태워버리고 싶어 한다며. 그래서 묻는 거야. 베니가 정신이 온전한 건 아니잖아. 안 그래?"

"세상에, 그런 끔찍한 말이 어딨어. 그런 이야기라면 더 이상 하고 싶지 않아."

마이클은 고개를 끄덕였다. 무릎으로 기어가며 유리 조각을 벽

쪽으로 쓸어 모은 마이클은 유리 조각을 모두 줍더니 한동안 나에게 등을 보이고 앉아 있었다. 빠른 속도로 숨을 쉬고 있는 것으로 보아 화가 난 모양이었다. 내가 하면 안 되는 말을 한 걸까?

"베니는 내 유일한 가족이야. 그 애 없이 크리스마스를 보낼 수는 없어."

내가 부드럽게 말했다.

"이제는 나도 당신 가족이야."

마이클의 목소리는 상처받은 것 같았다. 내가 마이클에게 상처를 준 것이다. 이런 일에 대해서는 생각해본 적도 없었다. 결혼이라는 것이 나의 우선순위를 바꾸어 맨 위에는 배우자를 두고 부모님과 형제는 가운데 두고 내 필요는 맨 밑에 두어야 하는 일임을 상상해본 적도 없다. (그렇다면 아이는 어디에 두어야 할까? 나는 빨리 아기를 갖고 싶다는 말도 아직 마이클에게 하지 않았다. 마이클도 나처럼 아이를 원한다고 생각하는 게 나만의 착각이면 어떡하지?)

조금도 움직이지 못한 채 무슨 말이든 하려고 애썼지만 무슨 말을 해야 할지 알 수가 없었다. 마침내 똑바로 일어선 마이클이 황금색으로 반짝이는 유리 조각을 든 채 나를 똑바로 보았다. 마이클은 내 얼굴을 가득 메우고 있는 근심을 알아본 것 같았고, 나는 조금씩 바뀌는 그의 표정을 보고 마침내 그가 결정을 내렸음을 알 수 있었다. 마이클은 자신의 우선순위를 바꾼 것이 분명했다. 누그러진 표정으로 마이클이 나에게 손을 내밀었다.

"나는 당신이 행복하기를 바라. 베니에게 가는 게 행복하다면 그렇게 해. 그러면 돼."

그렇게 이야기는 끝난 것만 같았다. 선물도 차에 싣고 모든 준비를 마친 뒤에 유키아로 떠나기로 한 날까지는 그런 줄 알았다. 그날, 아침에 눈을 뜬 마이클은 아프다고 했다. 침대에 누워 이까지 덜덜 떨면서 온몸이 아프고 열이 난다고 했다.

"젠장. 어째서 독감에 걸린 걸까? 몇 주 동안 스톤헤이븐 밖으로 나간 적도 없는데."

내가 담요를 더 가져와 몸을 덮어줄 때 마이클이 중얼거렸다.

마침내 육아방에서 체온계를 찾아서(1970년대쯤에 나온 수은 체온계였다) 잰 마이클의 체온은 섭씨 38.8도였다. 마이클의 이마에는 땀도 송골송골 맺혔다. 하필 이때 아프다니, 마이클이 아프다는 사실에 화를 내는 건(좀 더 심하게 말해서 꾀병을 의심하는 건) 마이클에게는 불공평한 일이었지만, 유키아에서 나를 기다리고 있을 베니를 생각하면 정말 울고 싶었다.

열 때문에 눈을 파르르 떨며 이불을 덮어쓰는 마이클 옆에 서서 내가 중얼거렸다.

"지금은 갈 수 없겠어."

마이클은 눈을 뜨고 나를 똑바로 보았다.

"당신은 가. 당신은 가야 해."

"당신만 두고 갈 수는 없어."

마이클은 턱까지 담요를 끌어당겼다.

"나는 괜찮을 거야. 지금 당신이 가장 필요한 건 당신 동생이야. 아버님이 없는 첫 번째 크리스마스잖아, 안 그래? 그러니까 두 사람은 함께 있어야 해. 우리한테는 앞으로도 같이 있을 휴가가 많을 테니까, 괜찮아."

그 순간, 마이클이 너무나도 고마웠다. 마이클은 어떻게 하는 것이 옳은지 알았고, 내가 동생과 함께 있을 수 있도록 기꺼이 우리가 함께하는 첫 번째 휴가를 희생하기로 결정한 것이다. 그러니까 마이클은 내 마음을 이해해준 것이다. 그런 마이클을 위해 타이밍을 맞추지 못한 독감 따위는 모두 용서할 수 있었다.

"며칠 안에 돌아올게."

"마음껏 있다가 와. 어디 안 가고 기다릴 테니까."

오손요양원은 크리스마스 휴가를 위해 최선을 다했다. 직원들은 크리스마스 스웨터를 입고 있었고 접수처에서는 〈고요한 밤〉이 고요하게 흘러나오고 있었고 복도는 소나무 화환으로 장식되어 있었다(당연히 독성이 있는 포인세티아와 호랑가시나무 열매는 달지 않았다). 방마다 크리스마스트리가 있었고 잔디밭에는 거대한 메노라 촛대가 있었고 방문객을 위해 식당에 햄과 오리고기, 열여섯 개나 되는 파이를 준비해놓았다.

하지만 크리스마스이브에 내가 요양원에 도착했을 때 베니는 파티를 즐길 준비가 전혀 되어 있지 않았다. 우리가 마지막으로 통화를 한 뒤로 얼마 안 되어 베니는 상태가 다시 나빠져서 약도 늘려야 했고 휴대전화도 다시 빼앗겼다.

휴게실에서 베니를 찾았을 때 베니는 약에 취해 멍한 상태였다. 마구 흐트러진 빨간 머리 위에 산타 모자를 눌러쓰고 안락의자에 앉아서 〈스폰지밥〉 크리스마스 특별편을 보고 있었다.

베니의 정신과 의사(근엄해보이는 은발의 단정한 여자 의사였다)가 나를 한쪽으로 데려갔다.

"아마 무언가 자극이 있었던 것 같아요. 휴가가 베니를 자극한 건지도 모르겠어요. 요양원을 탈출하려던 걸 잡았어요. 간호사의 자동차 키를 훔쳐서 정문으로 나가려는 걸 막았지요. 베니가 오리건으로 가야 한다고 고함을 치더군요."

의사가 얼굴을 찡그렸다.

"지금껏 잘하고 있었는데 왜 그랬는지 모르겠어요. 이번에 오시면 사회 복귀 프로그램을 진행하는 게 좋겠다고 말씀드리려고 했었거든요."

오리건주라고? 망할 니나 로스. 도대체 왜 그 여자는 우리 곁을 영원히 떠나버리지 않는 걸까? 어째서 계속 우리 뒤를 쫓는 걸까?

나는 쿠션 안으로 완전히 들어가버리려는 듯이 안락의자에 푹 파묻혀 누워 있는 베니 옆으로 다가갔다. 그 자세로 딸기 요거트를 먹고 있어서 베니의 스웨터 여기저기에는 요거트가 잔뜩 떨어져 있었다. 고개를 숙여 흘끔 스웨터에 떨어진 요거트를 쳐다본 베니는 그 가운데 가장 큰 덩어리를 손가락으로 건져 올리더니 입에 넣고 빨았다. 그리고 다시 텔레비전으로 시선을 돌렸다.

나는 베니 옆에 앉으며 가져온 선물을 베니 발치에 내려놓았다.

"오리건주에 가려고 했다고? 베니, 이제 그만 잊어버려."

베니는 내 말을 무시하고 숟가락으로 텔레비전을 가리켰다.

"저거 진짜 재미있어."

느리게 나오는 베니의 목소리에는 웃음기가 전혀 없었다.

"진심으로 하는 말이야. 베니, 그 여자애는 독약이야."

내 말에 베니는 갑자기 정신을 차린 것 같았다. 베니는 벌떡 일어나 앉더니 머리를 맑게 하려는 듯이 고개를 마구 흔들었고, 나는 약물이 가리고 있는 베니의 광기를 얼핏 본 것만 같았다.

"니나는 내가 사랑한 유일한 여자야. 그리고 나를 사랑한 유일한 사람이고."

"나도 너 사랑해."

그것도 정말 많이 사랑했다. 도대체 왜 베니는 그걸 모를까?

"그런 말이 아니잖아."

베니는 화가 난 얼굴로 나를 쳐다보았다.

"세상에, 베니. 넌 그때 열여섯 살이었어. 그냥 아이였단 말이야. 넌 그 여자가 지금 어떤 사람이 됐는지도 모르잖아. 그 여자 엄마는……."

"우리 아빠랑 바람을 피웠고 아빠한테 협박 편지를 보냈지."

깜짝 놀라 베니를 쳐다보았다.

"그걸 알고 있었어?"

"당연히 알지. 편지가 왔을 때 나도 거기 있었으니까. 아빠가 누나한테는 말하지 말래서 안 한 것뿐이야. 게다가 누나가 그걸 알면 완전히 폭발해서 이 사회의 생산적인 일원이 되지 못하고 남은 인생을 분노하면서 살 거라는 걸 알았으니까."

베니는 몇 차례 눈을 깜빡이더니 요거트를 한 입 떠먹었다.

"하지만 니나는 그 애 엄마가 아니잖아. 생각해봐. 니나가 누나한테 무슨 일을 했는데? 그 애가 한 거라고는 그 누구도 나한테 관심을 가지지 않았을 때 내 친구가 되어준 것뿐이야. 그걸 엄마 아빠가 망쳐버린 거라고."

"생각해봐, 베니. 그 애는 너한테 약을 줬어. 그 때문에 네가 점점 망가지고 결국에는…… 여기에 와 있잖아."

베니는 하품을 했다.

"헛소리하지 마. 그 애는 내가 약을 주기 전까지는 담배도 피운 적이 없어."

갑자기 할 말이 생각나지 않았다. 그 애가 베니에게 마약을 준 게 아니라고? 엄마가 틀렸다고?

"잠깐만. 네가 그 애한테 마약을 줬다고? 하지만 마망은……."

베니는 고통스러운 듯 끙 하고 신음했다.

"엄마는 너무 엉망이어서 제대로 볼 수가 없었던 거야. 누나, 니나한테 비난을 퍼부을 이유는 전혀 없어. 그 애 엄마는 문제였지. 그건 맞아. 하지만 니나는 나한테 그 어떤 일도 하지 않았어. 내가 여기에 있는 건 엄마가 죽은 이유랑 같아. 우리 둘 다 머리에서 화학 균형을 깨뜨리는 망가진 유전자를 가지고 있잖아. 그러니까 그 누구의 잘못도 아니야."

그 누구의 잘못도 아니라고? 나는 무슨 말이든 하려고 입을 달싹거리며 니나 로스를 미워할 또 다른 이유를 찾으려고 애썼다. 내가 붙잡고 오던 실타래를 놓치고 내가 쫓아가던 길이 사라져 길을 잃은 것만 같았다. 그때, 니나는 뭘 하고 있었던 걸까? 우리가 되는 데 실패한 것 말고? ("이상한 데가 있고 분명히 질 좋은 아이라고 할 수는 없다." 마망은 일기에 그렇게 썼었다. 세상에.)

텔레비전에서 〈스폰지밥〉 친구들이 비명을 지르며 울부짖었다.

"하지만 그 여자가 자기 정체를 숨기고 애슐리 스미스라는 이름을 쓴 건 분명하잖아. 나쁜 짓을 할 생각이 아니라면 자기를 숨기고 올 필요가 없잖아. 게다가 그 여자가 마이클의 돈을 훔쳤다는 거 잊지 마."

베니가 한쪽 눈썹을 올렸다.

"확실해?"

"그게 무슨 뜻이야?"

갑자기 내 안에서 무언가가 기울어졌다. '베니는 편집증이야. 이 애는 미쳤어.' 하지만 전혀 미친 것 같지 않았다. 너무나도 멀쩡해 보였다.

"내가 하고 싶은 말은, 누나한테 사람을 보는 능력이 있다는 생각은 하지 않는다는 거야."

"이건 나하고는 상관없어. 네 건강이 문제지. 그 여자한테 집착하는 건 네 건강에 좋지 않아."

베니는 반쯤 남은 요거트 통에 숟가락을 꽂아 나에게 내밀었다.

"내 건강 이야기를 하니까 하는 말인데, 이제는 감독하는 사람이 없으면 포크를 쓸 수 없대. 스물아홉 살인데도 혼자서 음식 하나 잘라 먹을 수가 없는 거지."

나는 베니에게 팔을 둘렀다. 이런 모습이라고 해도 베니는 여전히 내가 보호해줘야 하는 서툴고 따뜻한 나의 아기 동생이었다.

"우리 함께 살까? 너랑 함께 살면 행복할 것 같아."

내가 그렇게 말하는 소리가 들렸다. 그래. 베니를 데리고 스톤헤이븐으로 돌아갈 수 있지 않을까? 어쩌면 그렇게 난해한 일이 아닐 수도 있었다. 언제나 혼자서는 베니를 감당할 수 없다고 생각했지만 이제는 마이클이 있었다. 우리가 함께 베니를 돌볼 수 있어. 마침내 다시 한 가족이 되는 거야!

"모르겠어."

베니는 어깨를 으쓱해 보이더니 다시 안락의자에 드러누워 약물 시스템 속으로 사라졌다.

"사실 요양원에 있는 것도 나쁘지 않아. 안전하기도 하고, 목소리도 안 들려."

"오, 베니."

무슨 말을 해야 할지 알 수 없었다. 베니는 내 어깨에 머리를 기댔다.

"망할 크리스마스. 축하해, 누나."

•〰〰〰•

이틀 뒤, 스톤헤이븐에 돌아왔을 때 마이클은 독감이 나아 있었지만 잔뜩 심술이 난 것 같았다. 주방은 엉망이었다. 크리스마스 휴가 동안 가사 도우미를 부르지 않기로 했고 마이클은 그사이에 주방에 있는 모든 냄비를 꺼내 사용한 모양이었다. 크리스마스트리에는 물을 주지 않아서 말라 죽은 소나무 잎이 온 집 안에 흩날리고 있었다. 나는 낙엽을 밟으며 남편을 찾아다녔다.

마이클은 스카프를 두르고 모자까지 쓴 채로 노트북을 들고 서재 난로 앞 커다란 가죽 의자 위에 웅크리고 있었다.

나는 마이클이 일어나 나를 안아주면서 그리웠다고 말하기를 기다렸다. 하지만 마이클은 내가 그곳에 있다는 사실을 알고도 화면에서 거의 눈을 떼지 않고 말했다.

"운전은 어땠어?"

내가 식료품점에라도 다녀온 것 같은 목소리였다.

"괜찮았어."

혹시 크리스마스 때 혼자 두었다고 화를 내는 걸까? 마이클의 행동을 이해할 수가 없었다. 나는 모직 모자를 가리키면서 말했다.

"그건 좀 지나치지 않아?"

마이클은 모자를 잊고 있었다는 듯이 손을 뻗어 모자를 만졌다.

"여기 완전히 얼어 죽을 것 같아. 정말로 여기 중앙난방인 거 맞아? 실내 온도를 26도까지 올렸는데도 너무 추운데."

다음 달 가스비를 생각하니 온몸이 움츠러드는 것 같았다.

"보일러가 60년은 됐으니까 그렇지. 스톤헤이븐은 2만 평방피트(1,800제곱미터)가 넘고."

화면에서 눈을 떼지 않은 채 마이클은 오만상을 찌푸렸다.

"그럼 보일러를 바꾸면 되겠네."

나는 웃었다.

"돈이 얼마나 드는지는 알고 하는 말이야?"

그제야 마이클은 고개를 들더니 믿을 수 없다는 표정으로 나를 보았다.

"진심이야? 당신이 난방비를 걱정한다고?"

마이클의 그런 말투는 지금껏 한 번도 들어본 적이 없었다. 나를 조롱하는 것 같은 비열한 말투였다. 바로 지금이 내가 끝도 없이 돈을 써도 되는 부자가 아님을 마이클에게 알려줄 시간임을 깨달았다. 하지만 솔직하기에는 내가 너무 화가 나 있었다.

"글쎄, 그 비용을 감당해야 할 사람은 당신이 아닐 것 같은데. 계속 일해. 스카프 두르고 모자도 쓰고. 담요라도 가져다줄까? 차나 뜨거운 물?"

마이클은 내 목소리에서 화가 났음을 감지한 게 분명했다. 그의 표정이 순간 부드럽게 바뀌었다. 마이클은 손을 뻗어 내 손을 잡아끌더니 나를 자기 무릎 위에 앉혔다.

"미안. 날씨가 나를 괴롭혀서 그래. 너무 춥고 울적해서 그랬어."

마이클은 나를 꼭 끌어안았다.

"크리스마스에 혼자 있는 건 정말 싫어. 당신이 너무 그리웠어. 당신이랑 같이 있지 못해서 심술이 났나 봐. 다시는 멀리 가면 안 돼. 알았지?"

마이클에게서는 양념 냄새와 비누 냄새가 났다. 내 손바닥으로 마이클의 체온이 느껴졌다. '맞아. 어느 부부나 불화는 있는 거야. 지금 우리는 우리만의 불화를 발견해가고 있는 것뿐이야. 그러니까 걱정할 것 없어.' 나는 그렇게 생각했다. 계속 화를 내고 있을 수도 있었지만, 결국 용서해달라는 마이클의 요구에 굴복하고 말았다.

"알았어. 안 갈게."

나는 마이클의 소매에 얼굴을 묻으며 말했다.

하지만 그것으로 끝이 아니었다. 그날 밤, 자동차에서 짐을 내리던 나는 내 차 옆에 서 있는 은색 BMW를 물끄러미 바라보았다. 충동적으로 구입한 이 엄청난 선물은 여전히 신차임을 뽐내고 있었다. 어째서 마이클에게 나는 그가 생각하는 것만큼 부자가 아님을 고백하지 못했을까? 마이클이 나를 그렇게까지는 사랑하지 않는다고 생각하기 때문일까? 내가 부자가 아니라면 그가 더는 나를 자신과 같다고 생각하지 않을 것 같아서? 아니면 아직도 나는 상속녀 바네사 리블링이 아니라면 아무것도 아닌 존재라고 믿고 있는 것일까?

나는 BMW 앞 좌석에 앉아 아직도 마이클의 여행 흔적을 간직하고 있는 가죽 시트의 냄새를 깊숙이 들이마셨다. 마이클은 콘솔에 열쇠를 그대로 놓고 내렸다. 아마도 빨리 출발할 수 있게 일부러 그대로 둔 것이거나 게을러서 챙기지 않은 것 같았다. 라디오를 틀자 놀랍게도 힙합 음악이 흘러나왔다. 대중음악을 혐오하는 내 남편의 차에 어떻게 힙합 음악 채널이 맞춰져 있는 거지? 켄드릭 라마처럼 유미주의자인 남편의 차에서? 분명히 자기는 재즈와 클래식 음악만 듣는다고 했는데?

내가 BMW의 GPS 조작 화면에 손을 뻗게 된 것은 이 작은 놀람이 남편에 관해 이해하고 싶다는 마음의 지도를 찾아 떠나는 음파 탐지기가 되어 내 마음을 자극했기 때문인지도 몰랐다.

나는 한쪽 눈으로는 스톤헤이븐의 정문을 쳐다보면서 재빨리 '즐겨찾기'에 기록된 주소를 훑어보았다. 마이클이 자주 가는 곳은 많지 않았다. 슈퍼마켓, 하드웨어 스토어같이 타호시에 있는 몇몇 장소가 대부분이었다. 내가 알고 싶은 건 마이클의 포틀랜드 주소였다. 자동차 대리점에서 나온 뒤 마이클이 가장 먼저 입력한 곳은 포틀랜드의 집일 것이다. 나는 방문한 곳 목록을 쭉 아래로 내렸다.

내비게이션 화면을 손으로 쭉 내리던 나는 일순 멈추었다. 마치 감전된 것처럼 손가락 끝에 둔탁한 충격이 느껴졌다. 내 남편이 새로 산 차를 몰고 달려간 곳은 오리건주가 아니었다.

로스앤젤레스였다.

31

여섯째 주

"로스앤젤레스에는 무슨 일로 갔었어?"

주방으로 들어오던 마이클이 그 자리에 멈춰 섰다. 마이클의 손에는 신문이 들려 있었고 머리에는 눈이 묻어 있었다. 매일같이 마이클은 마을로 내려가 결국에는 의자나 탁자 할 것 없이 반쯤 읽다 아무 데다 던져놓을 신문을 잡화점에서 잔뜩 사 왔다. 마이클이 들고 있는 신문 가운데 〈로스앤젤레스 타임스〉가 보였다.

마이클은 신문을 조심스럽게 아일랜드 위에 내려놓았다. 새로 가져온 신문 옆에는 어제 보고 남은 신문들과 지난밤에 해동해 먹은 피자 접시가 그대로 놓여 있었다. 우리는 둘 다 치우는 사람은 아니었고 가사 도우미는 이번 주에는 거의 오지 않을 예정이었다.

"로스앤젤레스라니?"

마이클은 외국 지명을 발음하는 것처럼 한 음절 한 음절을 똑똑하게 발음했다.

"왜 내가 로스앤젤레스에 갔다 왔다고 생각하는 거야?"

"자동차 내비게이션에서 목적지를 살펴봤거든. 가장 먼저 거기를 갔던데?"

마이클의 얼굴이 붉으락푸르락해졌다. 나를 가만히 응시하는 마이클의 입술은 잔뜩 굳어 있었고 턱은 완전히 경직되어 있었다.

"세상에, 바네사! 지금 날 감시하는 거야? 날 감시한 거냐고?"

마이클은 아일랜드를 돌아 내 앞에 서더니 권투 선수처럼 가슴을 불쑥 내밀었다.

"이제 우리 결혼한 지 한 달 됐어. 그런데 벌써 질투심에 사로잡힌 의부증 환자처럼 구는 거야? 이제 다음은 뭘 할 건데? 내 문자메시지와 이메일을 훔쳐볼 거야? 세상에, 당신 대체 뭐야?"

마이클은 나를 한 대 칠 것처럼 팔을 양옆으로 내린 채 주먹을 불끈 쥐고 부르르 떨고 있었다.

"마이클, 너무 무서워."

내 말에 마이클은 주먹 쥔 손을 내려다보더니 주먹을 풀었다. 주먹을 어찌나 세게 쥐었던지 마이클의 손바닥에 손톱자국이 깊게 남아 있었다.

"당신이 나를 무섭게 만들고 있잖아. 나는 우리가 특별하다고 생각했어, 바네사. 세상에, 우리 사이에 믿음은 어디 간 거야?"

"우린 정말 특별해."

내가 뭘 했다고 이러지? 나는 더듬거리며 사과했다.

"정말 맹세해. 자기를 감시한 거 아니야. 어쩌다가 본 것뿐이야. 그냥…… 이해할 수가 없어서, 당신이 포틀랜드에 간다고 했잖아. 그런데…… 내비게이션에 찍혀 있는 건 로스앤젤레스라서."

나는 울고 싶었다.

"포틀랜드에 갔었어."

마이클이 무겁게 숨을 내쉬었다.

"하지만 내비게이션에 포틀랜드 주소는……."

"그거야, 내가 우리 집은 내비게이션에 입력할 필요가 없으니까 그렇지. 우리 집 정도는 내비게이션 없이도 찾아갈 수 있다고."

마이클은 여전히 나를 내려다보고 있었고, 그의 분노 앞에서 나는 너무나도 작게 느껴졌다. 그리고 나는 생각했다. '이렇게 마이클을 화나게 하면 이 사람은 떠나버릴 거야. 그럼 또 나 혼자 남게 돼.'

"그건 알겠어."

내 목소리는 듣기 싫을 정도로 애처로웠다.

"하지만 여전히 왜 내비게이션에 로스앤젤레스 주소가 찍혀 있는지 모르겠는걸."

"세상에, 바네사. 나도, 모, 른, 다, 고."

마이클은 스툴에 털썩 주저앉더니 두 손으로 머리를 감쌌다. 나는 그저 무기력하게 서 있었다. 내가 모든 걸 망친 걸까? 주방에서는 우리가 거칠게 내뱉은 숨소리 말고는 아무 소리도 들리지 않았다. 그러다 갑자기, 마이클이 번쩍 고개를 들더니 웃었다. 내 손을 잡더니 나를 자기 무릎에 앉혔다.

"당신은 알겠어? 난 알겠어. 이 차가 본래 로스앤젤레스에서 온 거야. 안 그래? 리노로 오기 전에, 로스앤젤레스에 있었던 거지. 당신이 본 주소는 로스앤젤레스 BMW 대리점에서 입력했거나 여기로 오는 도중에 입력한 걸 거야."

"아. 그래, 말이 돼."

안도감이 물밀 듯이 밀려왔다.

마이클이 크게 웃었다.

"이 바보야, 도대체 뭘 생각한 거야? 내가 로스앤젤레스에 연인이라도 숨겨놨을까 봐? 내가 두 집 살림이라도 하고 있다고 생각한 거야?"

마이클은 내 뺨을 어루만지면서 황당하다는 듯이 고개를 저었다.

내가 무슨 생각을 했던 거냐고? 나는 마이클이 니나를 찾으러 로스앤젤레스에 갔다 왔다고 생각했다. 그가 잔뜩 가져온 짐은 포틀랜드에서 가져온 짐이 아니라는 생각을 했다. 그리고 그런 생각들이 뜻하는 건 무엇이었을까? 적어도 그가 말해준 사실 가운데 일부는 거짓이라는 것이다.

마이클이 내놓은 해석은 지나치게 작위적이었지만, 나는 그 설명을 믿는 쪽을 택했다. 나는 손을 들어 내 뺨을 어루만지고 있는 마이클의 손을 지그시 눌렀다.

"난 당신에 대해 너무 몰라. 우린 여전히 낯선 사람들이야."

"나의 바네사. 우리가 서로를 아끼는 마음을 생각하면, 우린 낯선 사람들이 아니야."

마이클이 내 고개를 들어 올려 눈을 똑바로 바라보았다.

"나는 당신에게 숨기는 게 하나도 없어, 내 사랑. 나는 활짝 펼쳐놓은 책이야. 맹세해. 걱정되는 게 있으면 그냥 나에게 물어봐. 내 뒤에서 캐고 다니지 말고. 알았지?"

"알았어."

나는 약속했다. 마이클의 목에 얼굴을 묻고 있으니 그곳이 이 세상에서 가장 안전한 곳처럼 느껴졌다. 마이클은 내 고개를 다시 들더니 키스를 하고, 나를 번쩍 안아 들고 침대로 갔다. 그것으로 좋았다. 이제 그 문제는 끝이 났다. 우리는 모두 안심하고 앞으로 나아갈 수 있었다.

모든 것이 좋았다. 모든 것이 좋았다. 모든 것이 더없이 좋았다. 우리는 마티니를 마셨고 저녁을 해 먹었고 1년의 마지막 날을 보낼 계획을 세웠다. 기분도 전환할 겸 한 해 마지막 날에는 외식을 하기로 했다. 많은 것이 바뀌고 있었다. 새로운 일상을 만들고 고치에서 벗어나 더 큰 세상을 마주하기로 했다. 우리는 살며시 웃었고, 더 크게 웃었고, 사랑을 했으며, 모든 것이 좋았다.

그렇게 생각했다.

새해 전날이 됐다. 나는 상자 속에서 잠자고 있는 알렉산더 왕의 레더디테일 모직 드레스를 꺼내 입고 무릎까지 오는 딱 달라붙는 부츠를 신었다. 지나치게 허세를 부릴 수는 없었다. 여기는 어쨌든 타호였으니까. 식당에 오는 사람들은 대부분 청바지 차림일 테니까.

마이클은 오리건에서 가져온 더플백에서 슈트를 꺼내 입었다. 놀랍게도 너무나도 현대적인 톰포드 슈트였다. 톰포드 슈트는 맞춤 정장처럼 마이클의 어깨와 가슴을 멋지게 감쌌다. 마이클은 벌채 노동자로 살아온 것이 아니라 정장을 입기 위해 태어난 사람처럼 능숙한 솜씨로 손목에서 커프스를 잡아 뺐다. 왠지 마이클에게서 완전히 새로운 모습을 보고 있는 것만 같았다. 그가 속해 있는 귀족적인 삶을 얼핏 엿본 것만 같았다. 학자인 내 남편에게 이렇게 멋진 패션 감각이 있다는 사실을 그 누가 알까? (고백하지만, 나는 그저 조금 즐거운 것뿐이었다.)

우리는 변장을 하는 사람들 같았다. 처음으로 사람들 앞에 나서기 위해 남편과 아내라는 역할을 해내기로 마음먹은 사람들 같았다. 마이클은 내 드레스의 지퍼를 올려주었고 나는 마이클의 넥타이를 매주었다. 우리는 서로가 너무나도 관습적이라며, 너무나도 가정적이라며 크게 웃었다. 나는 샴페인에 취해 있었고 행복에 취해 있었다. 엄마가 죽고 동생이 정신 요양원에 들어간 이후로 처음으로 스톤헤이븐이 꽉 차 있는 느낌이었다. 정말로 오랫동안 바라왔던 느낌이었다. 스톤헤이븐이 정말로 집처럼 느껴졌다.

우리는 호수 앞에 있는 식당을 예약했다. 라이브 음악을 연주하고 춤을 출 수 있는 곳이었다. 내가 BMW 조수석에 앉았다. 내비게이션에 식당 주소를 입력하려고 했을 때 목적지 기록이 완전히 삭제되어 있음을 깨달았다. 마이클이 라디오를 켜자 서라운드 사운드 스피커에서 부드러운 재즈가 흘러나왔다. 마이클은 손을 뻗어 내 손을 잡았고, BMW가 후진해 차고를 빠져나오는 동안 나는 멍하니 창문을 바라보았다.

목적지 기록이 사라졌다. 로스앤젤레스 주소가 없어져버린 것이다.

하지만 사실 완전히 사라져버린 것은 아니었다. 내가 기억하고 있었다. 이미 내 머릿속에 넣어두고 있었다. 어제 오후에는, 사랑을 나누고 마이클이 잠든 사이에 그 주소를 검색해봤다. 그렇기에 이미 그 주소가 BMW 대리점 주소가 아님을 알고 있었다. 그 주소는 이스트 로스앤젤레스 언덕에 있는 덩굴 덮인 아주 조그만 방갈로 주소였다.

신년 파티가 열리는 곳이 패밀리 레스토랑이라는 사실을 알고서 나는 왜 그렇게 안심한 것일까? 우리는 공동 식탁에 앉아 친절한 낯선 사람들에게, 와인에 취해 마이클과 나에 대한 호기심을 충분히 드러내는 낯선 사람들에게 둘러싸여 있었기에 마이클과 단둘이 이야기하는 상황을 피할 수 있었다. 아주 오랫동안 마이클과 베니 말고는 그 누구하고도 친밀한 대화를 하지 못했던지라 다른 사람들과 대화를 할 수 있다는 사실이 너무나도 기뻤다.

식사를 하는 내내 마이클은 내 어깨에 팔을 단단히 두른 채 그의 말에 귀 기울여주는 사람들이 있으면 우리가 이제 막 결혼했다는 사실을, 우리 두 사람이 첫눈에 사랑에 빠져서 휘몰아치는 열정을 주체하지 못하고 결국 자기가 내 발밑에 무릎을 꿇을 수밖에 없었다는 이야기를 자랑스럽게 늘어놓았다(우리의 사랑 이야기에서 니나가 한 역할은 조용히 쓰레기통에 처박아버리고 말이다). 작가답지 않게 마이클은 상투적인 이야기를 즐겼다. 내 손을 자랑스럽게 식탁 위에 올리고는 내 손가락에서 덜렁거리는 약혼반지를 사람들에게 보여주면서 자랑스럽게 선언했다.

"아일랜드에 있는 우리 집 영지에서 할머니가 물려주신 유품입니다."

모든 사람이 우리를 부러워한다는 사실에 얼굴이 빨개진 신부가 된다는 건 정말 기분 좋은 일이었다. 사람들의 환호는 내 마음 뒤편에 자리하고 있던 의심의 속삭임을 억눌렀다. 어쩌면 모든 것이 좋을지도 몰랐다. 어쩌면 아무 문제가 없는 일을 내 뒤틀린 뇌가 신호를 잘못 해석하고 있는 것인지도 몰랐다.

내 옆에 앉아 있던 팰로앨토에서 온 벤처 투자가의 아내가(나이가 지긋했던 그 부인은 화려한 다이아몬드 반지를 끼고 있었다) 내 손을 들어 반지를 자세히 살펴보더니 조금 기묘한 표정으로 웃었다. 그리고 내 손을 꼭 잡았다.

"결혼은 첫 몇 달이 가장 좋죠. 망각에 빠져 있을 때니까. 이 시간을 가능한 한 마음껏 즐겨요. 결국 눈을 가렸던 장막이 걷히면 결코 아름답지 못한 모습을 보게 될 테니까."

나는 깜짝 놀라 그 부인을 쳐다보았다. 어떻게 아는 거지? 물론 그 부인의 표정에는 낯선 이의 친절 말고는 다른 감정이 담겨 있지 않았다. 그러니까 내 두려움이 또다시 내 귀에 대고 속삭인 거였다.

그 목소리를 잠재우려고 나는 또다시 술을 마셨다.

음식은 훌륭했고 칵테일은 강렬했고 함께한 사람들은 즐거웠다. 완전히 흥분한 마이클은 종업원을 불러 세우더니 식탁에 있는 모든 사람에게 제임슨 레어스트 빈티지 리저브를 한 잔씩 돌렸고, 사람들은 모두 건배를 하며 우리 결혼을 축하해주었다. 마이클은 또 한 차례 모든 사람에게 술을 돌렸고 스윙 밴드에 맞춰 춤을 추었다(마이클이 뛰어난 댄서여서 나는 또 한 번 놀랐다).

시계가 자정을 알리기 직전에 종업원들이 무료로 프로세코 와인을 나누어 주었다. 알코올 때문에 숨이 차고 어지러워 호른 파트에서는 그저 정신을 놔버렸는데도 내 남편은 나를 더 점점 세게 돌리고 또 돌렸다. 나는 자지러지게 비명을 지르며 웃었다. 모두 다 좋은 거야! 시계가 12시를 알렸고 댄스 플로어에 있던 모든 사람이 환호했다. 마이클은 나를 세게 끌어안으며 키스했다.

"과거는 영원히 가버렸어! 이제 미래에게 인사해야지. 당신이 나의 미래야. 이제부터 영원히 말이야!"

싸구려 프로세코 와인과 비싼 위스키를 섞어 마셨기 때문인지, 격렬하게 춤을 추었기 때문인지는 모르겠지만 마이클이 나를 빙글빙글 돌리고 있을 때 왈칵 토할 것만 같았다.

"집에 가야겠어."

내가 조그맣게 중얼거렸다.

마이클이 나를 데리고 댄스 플로어에서 내려왔다.

"그래. 내가 계산할게."

종업원이 영수증을 가지고 왔고 마이클이 지갑을 꺼냈다.

"2,042달러라고? 와, 두 번째 잔은 돌리지 말았어야 했나 봐."

마이클은 조금도 문제 될 것이 없다는 듯이 호탕하게 웃었지만 주머니로 손을 넣다가 그대로 멈췄다.

"아, 잊고 있었어. 내 신용카드. 그거 정지시켰는데. 알잖아……, 그 여자 때문에."

"알아."

나는 이브닝 백을 들었다. 영수증에 사인을 하면서 그 터무니없는 숫자 때문에 위장이 조여왔고, 우리 재정 상태를 마이클에게 어떻게 말해야 할지 고민했다. 마이클은 자기는 돈에 전혀 관심이 없다고 말했지만, 점점 더 그 말이 사실이 아니라는 생각이 들었다. 우리는 빠른 시일 안에 아일랜드로 날아가 마이클이 받은 유산을 꺼내 쓸 방법을 모색해야 했다.

종업원에게 신용카드를 넘겨주고 있을 때 식당 저편에서 나를 쳐다보는 벤처 투자가의 아내가 보였다. 나와 눈이 마주치자 그 부인은 살짝 웃더니 고개를 돌렸다.

밖에는 눈이 내리고 있었다. 내가 신은 디자이너 슈즈로는 진흙탕을 걸을 수 없어서 나는 식당에서 기다리고 마이클이 차를 가져오기로 했다. 나는 식당 대기실에 앉아 창문 밖으로 눈 덮인 거리와 천천히 지나가는 자동차들을 지켜보고 있었다.

그때 누군가 내 뒤로 다가오는 소리가 들려 뒤를 돌아보았다. 벤처 투자가의 아내였다. 그 부인이 갑자기 내 손을 잡아 위로 치켜들었다. 부인과 나는 내 손가락 위에서 빛나는 약혼반지를 보았다.

"진짜가 아니에요."

부인은 조용히 말했다.

"이 반지 진짜가 아니라고요. 골동품이 아니에요. 잘 만들기는 했지만, 절대로 유품으로 남길 만한 반지가 아니에요."

나는 한참 동안 반지를 뚫어지게 바라보았다. 마이클은 정말 몰랐을까?

"확실해요?"

부인은 두 손으로 내 손을 꼭 잡았다.

"나쁜 소식을 전하는 사람은 되고 싶지 않아요. 하지만 내 말을 믿어요. 정말이니까."

창문 밖으로 BMW가 조용히 다가오는 모습이 보였다. 마이클이 차에서 내려 나에게 오기를 기다렸지만 그는 자동차 밖으로 나오지 않았다. 나는 내 배 속에서 거듭해서 묶였다가 풀리는 매듭이 사라지기를 바라며 꼼짝도 하지 않고 대기실에 서 있었다. 마이클이 경적을 울렸고, 날카로운 폭발음이 별 하나 없는 밤하늘로 세 번에 걸쳐 퍼져 나갔다.

그 소리에 부인이 움찔했다.

"꼭 혼전 계약서 작성해요."

그 말을 하고 부인은 재빨리 멀어져갔다. 나는 표정을 숨기려고 얼굴에 스카프를 두르고 스톤헤이븐까지의 긴 여정을 떠날 준비를 했다.

집으로 가는 길이 감옥으로 돌아가는 길처럼 느껴졌다.

32

○

일곱째 주

마이클은 며칠 동안 서재에서 전화기를 붙잡고 살았다. 서재 문을 닫아놓아서 나로서는 서재 앞을 지나가다 희미하게 새어 나오는 마이클의 음성만으로 대화 내용을 판단할 수밖에 없었다. 마이클은 니나와 니나가 가져간 돈을 찾으려고 변호사와 사설탐정, 오리건주 경찰들과 끊임없이 대화를 나누었다.

깨어 있는 동안 나는 서재 난로 앞에 앉아서 그림을 그리려고 했지만, 그 무엇도 그려지지 않았다. 나는 또다시 같은 상황에 빠져버렸다. 도대체 왜? 그런 상황은 사랑만 찾으면 벗어날 수 있는 것 아니었나? 그런데 이번에 내 마음속에서 끊임없이 떠드는 소리는 내가 가치 없는 사람이라고 자조하고 비관하는 목소리가 아니었다. 그 소리는 두렵다고 말하고 있었다. 그 희미한 소리는 '너 지금 무슨 짓을 한 거야?'라고 걱정하고 있었다.

그 어떠한 열의도 느껴지지 않았다. 그저 피곤하고 메스꺼웠다. 새해가 밝은 뒤로 단 한 장도 그릴 수 없었다. 온몸의 감각이 예리하게 살아 있는 것만 같아서 거북하게 움직이는 소화기관도, 눈꺼풀 뒤에서 속절없이 말라가는 눈동자도 모두 생생하게 느낄 수 있었다. 그림을 그리려고 연필을 들었을 때는 내 손바닥을 누르는 연필의 압력 때문에 아파서 견딜 수가 없을 정도였다.

결국 나는 그림 그리기를 포기하고 안락의자에 누워 담요를 덮고 몸을 웅크렸다. 잠옷에 피가 밸 정도로 팔에 난 두드러기를 심하게 긁었다. 하지만 통증은 느껴지지 않았다.

이런 상태의 나에게 마이클이 그 이야기를 꺼낸 것은 새해 넷째 날이 되었을 때였다. 마이클은 나를 위해 캐서린 할머니가 가장 아끼던 로즈 차이나 찻잔에 차를 타 왔다.

"내 사랑, 너무 힘들어 보여."

마이클은 찻잔을 커피 탁자에 내려놓고 내가 덮고 있는 담요를 끌어당겨 내 발을 덮어주었다.

"식당에 가서 치킨 누들 수프를 사다 줄까?"

나는 몸서리를 쳤다.

"나중에. 지금은 아무것도 먹고 싶지 않아."

"차를 좀 마셔봐. 우유와 꿀을 넣은 차를 마시면 어떤 병이든 낫는다고 아일랜드에서 앨리스 할머니는 늘 그렇게 말씀하셨어. 물론 할머니가 마실 차에는 위스키도 넣으셨지만 말이야. 그래서 할머니는 늘 기분이 좋으셨어."

마이클은 웃으면서 나에게 찻잔을 건넸지만, 나는 아일랜드에 있었다는 마이클의 할머니 이야기를 듣는 것이 지긋지긋했다. (또다시 내 마음속에서 의심의 목소리가 속삭였다. '실제로 존재하기는 했던 사람이야?') 차가 너무 뜨거워서 찻잔을 입에 대자마자 내려놓았다. 마이클은 탁자에 흐른 찻물을 손가락으로 훔쳐 청바지에 쓱 문질러 닦았다.

"할 말이 있는데, 기분은 좀 괜찮아?"

"무슨 말?"

마이클은 안락의자에 앉더니 내 다리에 손을 얹었다.

"음, 지금 사설탐정이랑 말을 해봤거든. 니나가 어디 있는지 단서를 찾았대. 아마도 훔쳐 간 내 돈으로 파리에서 흥청망청 지내고 있는 것 같아. 그 여자가 파리에 있는 한 내가 할 수 있는 일은 전혀 없어. 그러니까 그 여자를 미국으로 데려올 방법을 찾아야 해. 필요하다면 끌고 와야 할 거야. 그래야 고소할 수 있어. 변호사가 그런 일을 전문으로 하는 해결사를 고용하는 게 좋겠대."

"그런 일이라니, 어떤 일 말이야? 납치? 그냥 범죄자 송환을 신청하면 안 되는 거야?"

"그게 얼마나 오래 걸릴지 몰라서 그래? 까다롭고 복잡한 절차가 얼마나 많은지 알면서 하는 말이야? 게다가 그 여자가 한곳에 오래 머물 것 같아?"

마이클은 한숨을 내쉬었다.

"바네사, 그 여자는 도둑이야. 사기꾼이라고. 분명히 아주 오랫동안 신분을 속이고 부자들한테 접근해서 돈을 빼앗았을 거야. 그 여자는 내 돈을 빼앗았고, 당연히 당신 돈도 훔치려고 했을 거야. 애초에 나를 여기 데려온 게 그 때문이었을 거라고. 여기는 값진 물건들이 넘쳐 나잖아. 안 그래? 분명히 여길 떠나기 전에 무언가를 훔칠 계획이었을 거라고."

말이 되는 이야기였기에 나는 고개를 끄덕였다.

"바로 그거야. 그 여자는 자기가 한 일의 대가를 치러야 해. 그 말은 기절시켜서 전용기에 태워 데리고 와야 한다는 뜻이야."

"기절을 시킨다고? 어떻게? 술에 취하게 한다는 거야, 아니면 불법 진정제라도 쓰겠다는 거야?"

내 다리에 손을 올리고 있는 마이클은 손가락에 힘이 주었다 풀기를 반복했다. 타호에서 지낸 두 달 사이에 마이클의 머리카락은 길게 자라서 거의 어깨에 닿았다. 마이클은 길어진 머리카락을 귀 뒤로 넘기고 있었는데, 그렇게 매력적이라는 생각은 들지 않았다.

"솔직히 말해서 그 여자가 당하는 걸 보면 당신이 기뻐할 거라고 생각했는데? 어째서 당신이 망설이는지 모르겠어. 사실, 당신은 그 여자한테 독약도 먹였잖아."

물론 마이클이 옳았다. 니나의 술에 바이진을 탔었지. 오래전에. 그때는 복수를 하겠다는 마음이 너무나도 강렬했으니까. 하지만 그건 치명적이지는 않은 못된 장난이었을 뿐이다. 밤새 화장실에 들락날락하게 하는 복수였지, 영원히 지속되는 복수는 아니었다. (그리고 정확하게 말해서 독약도 아니었다!) 그리고 그 여자의 약혼자를 빼앗았지(그 여자의 반지도). 하지만 그건 사랑 때문이었으니 용서받을 수 있는 행위였다. 하지만 납치는 너무…… 폭력적이었다. 그건 불법이었다. 그 여자가 손목이 묶인 채 어디로 가는지도 모르는 상태로 비행기 안에서 정신을 차리는 모습을 상상해보았다. 만족스럽기는커녕 너무나도 불쾌한 기분이 들었다.

"그건 너무 복잡해 보여. 법적으로도 문제가 있을 것 같고. 돈도 많이 들 것 같아."

마이클이 내 다리를 위아래로 쓸었다.

"음. 사실, 내가 하고 싶은 말이 바로 그거야. 해결사랑 사설탐정이랑 변호사한테…… 비용을 지불해야 하거든."

문득 이 대화가 어느 방향으로 흘러갈지 알 수 있었다.

"당신, 돈이 필요하구나."

"잠깐만이야. 내 재정 상태가 해결될 때까지."

"얼마나?"

"열두 장."

"열두 장이라면 120달러만 내면 되는 거야?"

내 말에 마이클이 낄낄거렸다. '그래, 바로 이런 면이 당신 매력이지.'

"당연히 아니지, 내 사랑. 큰 걸로 열두 장, 12만 달러야."

나는 다시 찻잔을 집어 들었고 이번에는 혀를 데었다. 차는 너무 강했고 너무 달콤했다. 내 속에 꼬여 있는 매듭이 계속해서 비틀리고 또 비틀렸다.

"마이클, 그냥 잊어버리면 안 돼? 그 여자를 기절시켜 데려온다는 계획에 그 정도 돈을 쓴다는 건 끔찍한 일이야. 도대체 그 여자가 얼마나 가져갔기에 이러는 거야? 그 여자를 잡으려고 그만한 돈을 써야 한다는 건, 이해할 수가 없어."

마이클은 나를 뚫어지게 쳐다보았다.

"이건 원칙의 문제야. 그 여자는 합당한 벌을 받아야 해."

"하지만 그 여자 때문에 우리가 만났잖아. 그러니까 그걸로 됐다고 하고, 우리 삶을 살아가는 게 좋을 것 같아."

"우리가 그 여자를 멈추지 않으면 분명히 다른 사람을 목표로 삼을 거야. 그건 우리 잘못이야."

"그런 걸 막는 건 경찰이 해야 하지 않을까?"

마이클은 벌떡 일어나더니 빠른 속도로 서성이기 시작했다.

"경찰에는 전화했어. 경찰들 말이 자기들은 할 수 있는 일이 없대. 그 여자와 계좌를 함께 쓰기로 한 건 내 결정이니까, 어쩔 수 없다는 거야. 그 여자한테 정의를 알려줘야 하는 건 내 몫이야. 우리가 할 일이라고."

마이클은 부지깽이를 집어 들고 꺼져가는 불씨를 살리려는 듯이 난로 안을 쿡쿡 찔렀다.

"바네사, 이 문제로 당신과 싸우다니, 전혀 생각지도 못했어. 제발 가진 돈을 마음껏 써봐."

그러니까 지금 말해야 했다.

"사실, 나한테는 마음껏 쓸 만큼 돈이 없어."

마이클이 웃었다.

"하하, 아주 재미있는 농담이야."

"정말이야, 마이클. 난 돈이 많지 않아. 당신에게 돈을 줄 수가 없다고."

마이클은 꼼짝 않고 서서 부지깽이를 돌렸다. 난로에서 나오는 빛에 마이클의 얼굴이 그늘졌다.

"그러니까 유동자산이 없다는 뜻이지?"

"그 어떤 돈도 없다는 뜻이야."

나는 탁자 위에 찻잔을 내려놓았고, 찻잔에서 튄 차가 내 손목에 떨어지면서 빨간 자국을 남겼다. 나는 입을 앙다물고 통증이 사라지기를 기다렸다.

"나는 하우스 푸어야. 아빠가 돌아가실 때 우리 집은 거의 파산했어. 신탁자금도 남은 게 없어. 리블링그룹의 주식은 바닥을 치고 있고. 현금은 스톤헤이븐을 유지할 정도로만 있어. 당신도 이런 영지를 관리하려면 얼마가 드는지 잘 알잖아. 매년 수십만 달러가 필요해. 당신 가족이 왜 성을 팔았는지 기억 안 나?"

마이클은 나를 뚫어지게 쳐다보았다.

"농담이지? 안 그래? 아주 우스운 농담이야, 하하. 나를 화나게 하려고 하는 농담 맞지?"

"농담 아니야. 미리 말했어야 하는데, 적절한 기회를 잡지 못했던 것뿐이야. 미안해."

"하, 이제야 모두 설명이 되네. 그래서……."

마이클은 말을 끝내지 않았다. 도대체 무엇이 설명된다는 것일까? 마이클은 무언가를 생각하는 것 같았고, 계속해서 부지깽이로 바닥을 내리찍었다. 부지깽이가 바닥에 부딪칠 때마다 나무 위에는 찍힌 자국이 생겼고, 그때마다 나는 놀라서 움찔했다.

"좋아. 하지만 이 집이 있잖아. 이 집에 있는 물건들이 있고. 그건 값어치가 있잖아. 얼마나 되지? 100만 단위나 1,000만 단위는 될 거 아냐?"

"아마 그럴 거야."

"그럼 팔아."

지금 니나 로스에게 복수하겠다고 내 집을 팔라는 거야?

"언젠가는 팔 거야. 하지만 지금은 아니야. 그 여자 때문에 이 집을 팔 수는 없어."

나는 주저했고, 거듭 생각했지만, 결국 손을 내밀었다(오, 이건 너무 비열한 것 같아. 하지만 어쩔 수가 없는걸).

"이 반지를 파는 게 좋겠어. 이 반지, 얼마나 할 것 같아? 그래도 10만 단위는 되지 않을까?"

나는 조심스럽게 말했다.

마이클이 반지의 비밀을 알고 있는지 보려고 그의 표정을 살폈지만, 마이클의 표정을 읽을 수가 없었다. 마이클의 얼굴이 험악해졌다.

"할머니의 반지를 팔 수는 없어. 그건 유품이야."

"그럼 우리도 내 고조할아버지가 만드신 집을 팔 수 없어. 이 집도 유품이니까."

"이곳을 좋아하지도 않잖아."

"그렇게 단순한 문제가 아니야."

마이클은 무게를 재듯이 부지깽이를 고쳐 들었고 나는 익숙한 공포를 느꼈다. 도대체 마이클은 무슨 생각을 하고 있을까?

"어쨌거나 현금이 필요할 때가 올 거야, 바네사. 조만간 말이야."

"아일랜드에 당신 신탁이 있다고 했잖아. 이제는 그걸 꺼내 올 때가 된 것 같아."

마이클은 부지깽이를 난롯가에 떨어뜨리더니 서재 밖으로 걸어 나갔다.

"이 망할 집에서 나가야겠어. 머리를 식히고 와야겠어."

마이클이 무시무시한 목소리로 말했다. 조금 뒤 현관문이 세게 닫히는 소리가 들렸다. 나에게 치킨 누들 수프를 사다 주려고 나갔을까? 그런 것 같지는 않았다.

찻잔을 들어 차를 한 모금 마셨다. 차가 위장으로 내려가는 순간 내 배가 뒤틀린 것 같았다. 신물이 올라오고 있었다. 내 몸이 차를 뿜어내기 직전에 나는 서재 구석에 있는 쓰레기통으로 뛰어갈 수 있었다. 돋을새김한 송아지 가죽으로 만든 그 쓰레기통은 내가 게운 갈색 액체를 빠르게 흡수해 망가져버렸다. 또다시 토하기 전에 이 쓰레기통은 버려야겠다고 재빨리 생각했다.

바닥에 누워 얼굴을 차가운 보드에 댔다. "정신 차려요!" 익숙한 목소리가 또 속삭였다. 나는 니나의 마티니에 바이진을 짜 넣던 순간을 생각했다. 숲속에서 토하면서 니나는 얼마나 당혹스럽고 난감했을까? 이제 더는 만족스럽지 않았다. 사람은 자기가 한 만큼 되돌려받는 걸까? 어쩌면 니나와 나는 서로가 서로를 쫓는, 서로의 꼬리를 물고 또 물려는 쳇바퀴에 갇혔는지도 모른다는 생각이 들었다.

그리고 우리 둘 다 틀린 사람을 쫓고 있다는 기분을 떨쳐버릴 수가 없었다.

하루가 흘렀고, 이틀이 흘렀다. 돈 문제는 다시는 거론되지 않았다. 마이클이 니나에게 복수한다는 생각을 버리고 그저 우리 삶을 살아가주기를 바랐다. 하지만 나는 그 전보다 훨씬 더 세밀하게 마이클을 관찰하게 되었다. 마이클이 스톤헤이븐에서 돌아다니는 방식을, 소유욕을 드러내며 스톤헤이븐에 있는 물건들을 어루만지는 방식을 유심히 살펴보았다. 마이클은 한때는 내가 호기심이라고 여겼지만 지금은 혹시 물품 목록을 만들고 있는 게 아닌가 싶은 눈길로 주의 깊게 가구를 들여다보았다.

한번은 응접실의 루이 14세 시대 장식장 앞에 휴대전화를 들고 서 있는 마이클을 보았다. 그때 마이클은 분명히 사진을 찍고 있었다. 내 방 침실 옷장에는 엄마가 남긴 보석이 든 상자가 있었다. (상자 속에 특별히 비싼 보석은 없었다. 그저 엄마가 좋아했던 다이아몬드 귀걸이나 보석이 한 개 빠진 테니스 팔찌처럼 추억을 불러일으키는 싸구려 장신구가 들어 있을 뿐이었다.) 옷장 문을 열었을 때 나는 깜짝 놀랐다. 내가 편집증이 있거나, 아니면 보석 상자가 7센티미터 정도 옆으로 이동한 것이 분명했다.

하지만 우리가 싸운 뒤로 마이클은 정말로 달콤해졌다. 아침이면 차를 가져다주었고(차를 마시고 토한 뒤로는 내 마음에 의심의 싹이 터서 일단 한 모금 마셔서 바이진 맛이 나는지부터 살펴보는 것이 새로운 버릇이 되었다. 물론 차에 바이진이 섞여 있지는 않았다), 부탁을 하지 않아도 자발적으로 주방을 치웠고, 등이 아프다고 호소하면 마사지를 해주었다. 그리고 결국 나는 마이클이 옳다는 사실을 인정할 수밖에 없었다. 니나를 납치할 계획을 실행하든 청구서를 지불하든 어쨌든 우리에게는 돈이 필요했다. 그런데도 왜 물건 몇 개를 파는 걸 그렇게 거부한 걸까? 어쩌면 나는 그에게 화낼 이유를 찾고 있었는지도 몰랐다. 우리가 결혼하고 처음으로 진짜로 싸움을 했고, 싸움하게 된 원인이 나라는 사실이 두려웠기 때문인지도 몰랐다.

내 머릿속에서 떠들어대는 소리 때문에 잠들지 못하고 마이클의 코 고는 소리를 듣고 있을 때면 또 다른 무시무시한 생각이 떠올랐다. 혹시 내가 마이클을 원했던 이유는 그저 니나의 남자였기 때문이 아니었을까? 이제 그 남자가 내 남자가 되었으니 더는 흥미가 없어진 게 아닐까? 아니면 사랑이란 건 쉽게 붙잡히지 않을 때, 내 손에 닿지 않는 다이아몬드였을 때 가장 반짝이는 것일까? 일단 손에 쥐고 나면 반짝이던 빛은 사라지고 그저 차가운 돌로 변해버리는 것일까?

아니, 나는 이 사람을 사랑해. 마이클을 사랑한다고. 마이클을 사랑해야 해. 마이클을 사랑하는 게 아니라면, 지금까지 내가 한 일이 모두 뭐가 되겠어?

하지만 우리 사이에는 벽이 생겼고, 우리는 함께 살았지만 따로 생활했다. 나는 마이클이 잠자리에 들기 전에 침대에 누웠고, 아침에 일어났을 때 그가 보이지 않는다는 사실에 안도했다. 마이클은 거의 온종일 서재에 틀어박혀 있다가 밥을 먹을 때만 나왔고, 가끔은 산책도 했다. '도대체 마이클은 서재에서 무엇을 하는 걸까?'

무슨 일을 하고 있는지는 몰라도 그게 글을 쓰는 일이 아닌 건 분명했다. 오늘 아침에는 왠지 모를 감에 이끌려 검색창에 그가 썼다던 글을 입력해보았다.

> 내 사랑—오내사랑내사랑. 내가 그녀를 쳐다볼 때마다 그 고양이 같은 얼굴에서는 녹색 눈이 움직이고 내 안에서는 단어들이(세상들이) 빙글빙글 돌아간다.

검색 엔진이 돌아가는 동안 나는 눈을 감고 기도했다. '제발, 제발, 제발, 내가 틀렸으면!' 하지만 나는 틀리지 않았다. 검색창에 뜬 화면을 두 번 넘기자 결과가 나왔다. 미술 대학원에 다니는 체트나 치솜이라는 레즈비언이 《연인을 위한 체험 소설》이라는 문집에 발표한 글이었다. 마이클이 썼다고 했던 글은 남자가 쓴 글처럼 보이려고 이름과 동사를 조금 바꾸었지만 틀림없이 레즈비언 미술학도가 쓴 글이었다.

바보 같은 나. 내가 바보짓을 했다는 것을 깨달았지만, 여전히 마이클에게는 죄가 없다고 믿고 싶은 마음도 남아 있었다. 마이클은 나에게 자기 글을 보이기 싫어했어. 아직은 누구에게도 보여주고 싶지 않다고 했어. 내가 너무 몰아세우니까 그저 더는 귀찮아지지 않으려고 아무거나 보여준 거야. 어쩌면 마이클의 글은 이것보다 훨씬 좋을지도 몰라.

그때 마이클이 자신이 쓴 글이라고 했던 글귀가 기억났다. 결혼 첫날밤에 낭송해주었고, 내가 정말로 좋아했던 시였다.

우리는 언제나 혼자일 테고, 이 지구상에서 우리는 언제나 너와 나로만 존재할 거야. 우리의 삶을 시작하기 위해서.

이 시는 훨씬 쉽게 찾을 수 있었다. 파블로 네루다의 〈언제나(Always)〉라는 시였다. 사실은 너무나도 유명한 시였던 것이다. 분명히 고등학생 때인가 대학생 때 읽은 적이 있는 시였는데도 기억하지 못하다니, 정말 나는 바보였다.

과하게 익힌 스테이크와 구운 감자로 저녁을 먹으면서 나는 마이클에게 집필 활동은 어떻게 되고 있는지 물었다.

"아, 잘되고 있어. 일사천리로 써나가고 있다고."

마이클은 스테이크에 맹렬하게 소금을 뿌리며 말했다.

"언제 끝날 거 같아?"

"몇 년 걸리겠지. 창의력이라는 게 원하다고 마구 솟구치는 건 아니니까. 《호밀밭의 파수꾼》은 샐린저가 10년을 썼다잖아. 물론 내가 샐린저 같은 작가라는 뜻은 아니야. 하지만 누가 알아? 나도 그런 작가가 될지?"

마이클은 스테이크 조각을 입으로 가져가면서 웃었다. 긴 머리를 뒤로 넘겨 하나로 묶은 마이클의 관자놀이에서 벗겨지고 있는 헤어라인이 보였다.

나는 내 몫의 스테이크를 접시 가장자리로 밀어내면서 고기 지방이 유리 같은 작은 거품으로 응고되는 모습을 지켜보았다.

"우리가 결혼하던 날, 당신이 암송해주었던 시를 기억해. '우리는 언제나 혼자일 테고, 이 지구상에서 우리는 언제나 너와 나로만 존재할 거야. 우리의 삶을 시작하기 위해서'라는 시였어."

마이클이 기쁜 듯이 싱긋 웃었다.

"좋은 시네. 누가 썼는지는 몰라도, 그 시를 쓴 사람은 분명히 천재일 거야."

"네루다야. 맞지? 이 시는 네루다가 쓴 거야, 당신이 아니고."

마이클의 얼굴에 마음속으로 적절한 패를 찾아내느라 재빨리 카드를 뒤지는 사람 같은 표정이 스치고 지나갔다.

"네루다라고? 아니, 내가 쓴 거야. 네루다는 읽어본 적도 없어."

"하지만 난, 대학 다닐 때 읽어봤어."

마이클은 스테이크를 베어 물었고, 그의 턱을 타고 스테이크 육즙이 주르륵 흘러내렸다. 마이클은 냅킨을 집어 들더니 얼굴을 가리고 말했다.

"당신이 잘못 기억하고 있는 것 같은데."

"당신이 그 시를 쓰지 않았다고 해도 괜찮아. 그냥…… 진실을 말해주면 안 돼?"

마이클은 냅킨을 내려놓더니 옅은 푸른색 눈동자로 나를 뚫어버릴 것처럼 쳐다보았다. 어째서 저 눈을 깨끗하고 숨김없는 눈이라고 생각했을까? 지금은 저 눈이 마이클의 머릿속에 든 모든 것을 숨기는 완벽한 차단벽처럼 보였다.

"자기, 도대체 뭐가 잘못된 거야?"

마이클이 부드러운 소리로 말했다.

"이런 말은 하기 싫지만……, 당신한테 병적인 편집증이 있는 게 아닌가 걱정돼. 처음에는 니나, 두 번째는 차, 그리고 지금은 이거. 당신, 정말 도움을 받아야 하는 거 아니야? 정신과 의사한테 전화해볼까?"

"정신과 의사라고?"

"음."

마이클은 날뛰는 말을 진정시키려고 애쓰는 카우보이처럼 말을 이었다.

“당신은 가족력이 있잖아. 동생은 조현병이고. 어머니도 정신적으로 문제가 있었던 거, 맞지? 내 말은, 그러니까 한번 생각해보라는 거야. 그게 좋을 것 같아.”

나는 웃어야 할지 울어야 할지 알 수가 없어서 그저 멍하니 마이클을 바라보았다. 내가 어떻게 알 수 있을까? 내가 편집증인지 아닌지, 내 가족의 절반을 뒤흔든 정신 질환 증상이 나에게도 있는지를, 내가 어떻게 알 수 있지? 내가 미쳐간다고 해도 그걸 내가 알 방법이 있을까?

“아니, 나는 괜찮아.”

나는 단호하게 대답했다.

침실 화장실에 숨어서 타호 경찰서에 전화했다. 너무 지쳐서 전화받는 것도 지겹다는 목소리로 한 사람이 전화를 받더니 무슨 문제 때문에 전화를 걸었는지 물었다.

“남편이 사기꾼인 것 같아요.”

내 말에 그 남자가 웃었다.

“남편을 사기꾼이라고 말하는 아내들이 아주 많지요. 무엇 때문에 그런 말을 하시는 겁니까?”

“그 사람이 자신에 대해 하는 말이 모두 사실이 아닌 것 같아요. 자기가 작가라고 했는데 자기가 썼다는 작품이 모두 표절이었어요. 할머니 유품이라고 준 반지도 가짜였고요.”

계단을 올라오는 발소리가 들리는 것 같아 나는 목소리를 좀 더 낮추었다.

"그 사람은 거짓말을 했어요. 그 사람이 한 말이 모두 거짓말 같아요."

"남편분께 정부가 발행한 신분증이 있습니까?"

마이클에게 신분증이 있었는지 생각해보았다. 운전면허증은 있는 것 같던데. 본 적은 없지만 우리가 결혼하던 날 마이클은 운전면허증을 가져갔었던 것 같았다. 그리고 분명히 그날 밤 리노에서 서기가 준 결혼 허가증에는 '마이클 오브라이언'이라는 이름이 적혀 있었다. 나는 테킬라가 만들어낸 자욱한 안개를 헤치며 그날 밤의 기억을 더듬었다. 맞아, 마이클은 내 운전면허증과 함께 자기 운전면허증도 제출했어.

"네, 있어요. 하지만 운전면허증이에요. 그건 위조할 수 있죠?"

나는 내가 어떻게 소리를 내고 있는지 알았다. 그래서 경찰이 함께 있는 사람을 보면서 웃는 것처럼 큰 소리로 밝게 웃었을 때는 내 심장이 무너져 내리는 것만 같았다.

"혹시 이혼을 생각해보신 적은 없습니까?"

"선생님이 남편을 조사해보면 안 될까요? 그 사람이 말하는 사람이 맞는지 아닌지를 알려주시면 되잖아요. 그러라고 경찰이 있는 거 아니에요?"

내 말에 경찰이 헛기침을 했다.

"죄송하지만, 남편분이 특별히 법을 어겼다고 보기는 어려울 것 같습니다. 문제가 있는 사람이면 그냥 내쫓아버리세요."

경찰이 서류를 준비하는지 종이 넘기는 소리가 들렸다.

"부인 성함이 어떻게 되시죠? 우리 대화를 기록해두었다가 좀 더 큰 문제가 생겼을 때 접근 금지 명령을 신청하는 데 활용할 수 있습니다."

경찰의 말에 나는 순간적으로 '바네사 리블링'이라고 말할 뻔했다. 하지만 내 이름을 말했을 때 전화기 너머에서 들려올 반응이 무서워 아무 말도 하지 못했다. 내 이름을 말하는 순간 전화기 너머로 기묘한 침묵이 흐를 것이다. 어쩌면 키득키득 웃는 소리가 들릴지도 모른다. '리블링 사람이 또 한 명 실패했구먼. 그 가족은 정말 엉망이야.' 그 경찰은 그렇게 생각할지도 모른다. 나는 대답을 하지 않고 전화를 끊었다.

오손요양원에 있는 베니에게 전화를 걸었다. 베니의 목소리는 2주 전에 만나고 왔을 때보다 한결 나아져 있었다. 베니를 멍하게 만든 약의 장막 위로 올라와 있는 것만 같았다. 어쩌면 또다시 약을 거부하고 있는지도 몰랐다.

"결혼 생활은 어때? 사실 듣고 싶지는 않아. 조금 괜찮은 이야기를 전해줘."

"알았어. 너한테 정말 심각하게 묻고 싶은 문제가 있어서 전화했어. 그런데 괜찮은 이야기는 아니야."

"이런."

"너는 어떻게 알았어? 네가 정신적으로 병들었다는 거 말이야."

"난 몰랐지. 그걸 안 건 엄마 아빠랑 누나였잖아. 엄마랑 아빠가 나를 정신 병동으로 끌고 갔으니까. 사실 그때 나는 내가 아니라 그 두 사람이 미쳤다고 생각했는데 말이야."

"그럼 나도 조현병일 수 있겠네. 그럴 수 있는 거잖아."

베니는 한참 동안 말이 없었다. 다시 말을 하기 시작했을 때 베니는 몇 년간 들어보지 못한 단호하고도 분명한 말투로 말했다.

"누나는 미치지 않았어. 멍청이처럼 굴 때는 있지만, 분명히 미친 건 아니야."

"하지만 기분이 너무 극단적으로 변하는걸. 나이가 들수록 더 심해지는 것 같아. 마치 몸이 기울어진 채로 경기장을 아주 빠른 속도로 질주하고 있는 기분이 들어. 나를 전혀 통제하지 못하는 상태로 며칠이고 몇 주고 몇 달이고 엉망으로 엉켜 있는 생각 속에서 사는 거야. 그러다가 갑자기 쾅, 하고 부딪쳐버린 뒤에 훨훨 타버리는 거야. 그럼 거울 속에 비친 내 모습조차 보기 힘들어져."

"엄마처럼?"

베니가 조용히 물었다.

"그래, 엄마처럼."

베니는 또다시 한참 동안 아무 말이 없었다.

"엄마는 조울증이었어. 양극성 조울증. 조현병이 아니야. 내가 조현병을 좀 아는데, 누나는 조현병이 아니야. 머릿속에서 목소리가 들려?"

"아니."

"좋아. 정신과 의사를 만나봐. 적절하게 약도 먹고. 누나는 괜찮을 거야. 그래도 혹시 모르니까, 절대로 보트는 타지 말고. 알았지? 명심해."

"사랑해, 베니. 네가 없으면 나는 살아갈 수 없을 거야."

"좋아. 정정할게. 누나는 미쳤는지도 모르겠다."

다시 속이 메슥거렸다. 아침부터 저녁까지 목구멍 뒤쪽이 질식할 것처럼 조여왔다.

이 남자를, 내 남편을 내가 전혀 모른다는 사실이 점점 더 분명해졌다. 나는 내 집에 인질로 잡혀 있다는 기분이 들었다. 남편을 자극할지도 모른다는 두려움에 떨면서 그를 피해 조용히 돌아다니며 내 인생이 외로운 불확실성 속으로 들어가는 모습을 지켜보고 있어야 하는 걸까, 아니면 명확한 증거도 없는 상태로 남편에게 맞서 그를 화나게 하고 상황을 더욱 나쁘게 만들어야 할까?

지금까지의 경험으로 보면 마이클은 모든 질문에 단 한 가지 답을 내놓았다. 나를 가스라이팅하면서 자신이 사기꾼이 아니라 내가 제정신이 아닐 수도 있다는 질문을 내 스스로 하게 만들었다.

나는 그저 침대에 누워 영원히 일어나지 않고 싶었다. 하지만 그건 너무 위험할 것 같았다. 그건 왠지 포기하는 것만 같았다. 더구나 그 목소리(그 여자의 목소리)가 계속해서 나에게 "정신 차리라"고 말했다. 그래서 매일 아침 나는 일어났고, 웃었고, 그가 들려주는 아일랜드 이야기에 크게 웃어주었다. 내가 식욕이 전혀 없을 때도 그를 위해 고급 프랑스 요리를 해주었고 그가 밥을 먹을 때면 다가가서 어깨를 주물러주었다. 석양이 질 때면 그와 함께 선착장까지 산책을 했고, 보트 창고 근처에 있는 벤치에 앉아 말없이 서로 손을 잡고 앉아 있었다. 침대 위에서 마이클이 손을 뻗어 오면 나는 두 눈을 질끈 감고 내 신경을 마비시키려는 의심을 잠재우려고 노력하면서 육체적 감각에 몸을 맡겼다. 내가 모든 것이 괜찮은 척하면 정말로 마법처럼 모든 일이 괜찮아질지도 모른다고 생각했다.

물론 그럴 리가 없다는 것을 잘 알았다. 마법의 생각은 엄마를, 동생을, 그리고 아빠를 구하지 못했다. 그러니 나 또한 구해줄 리 없었다.

내 의식의 주변부에는 무언가 자꾸 나를 괴롭히는 것이 있었다. 하지만 그것이 무엇인지는 도무지 알 수가 없었다. 베니와 통화를 한 다음 날, 문득 달력을 보았고 그 순간 명확하게 이해할 수 있었다. 내가 왜 이렇게 메슥거리고 피곤한지, 어째서 내 가슴이 이렇게 민감해졌는지 알 수 있었다. 나는 임신을 했다.

물론 낙태를 할 수는 있었다. 지금 내 상태를 생각해보면 낙태를 하는 것이 현명한 결정임이 분명했다. 밖에 나갈 구실을 만들고 잠시 빠져나가 하루 안에 깔끔하게 마무리를 지으면 될 일이었다. 하지만 나는 사랑스러운 눈으로 나를 쳐다보는, 버터도 녹일 만큼의 달콤한 아기의 눈을 생각했다. 갑자기 내 안에서 아기를 보호해야 한다는 감정이 솟구쳐 올랐다. 나는 낙태는 절대로 할 수 없었다.

나는 잠을 잘 수가 없었다. 나지막하게 내뱉는 마이클의 코 고는 소리를 들으며 누워 있으니 침대의 벨벳 천 위에서 부지런히 집을 짜고 있는 거미들의 소리가, 끊임없이 창문을 두드리는 나무들의 소리가 들리는 것 같았다. 나는 이 남자의 아기를 가졌다. 이 남자가 내 아기의 아빠가 될 것이다. 이 남자는 내 인생에서 영원히 사라지지 않을 것이다. 나는 점점 더 이 남자에 관해 알지 못하게 되겠지. 한때 내가 사랑한다고 생각했던 남자는 사라져버렸고, 이제 곧 껍데기만 남은 텅 빈 존재가 되어버릴 것이다.

마이클 옆에 누워서 나는 생각했다. 쫓아내야 하는 게 아닐까? 여기는 내 집이지, 이 남자 집이 아니잖아. 정면으로 맞서기가 왜 이렇게 두려운 거지? 어째서 나는 주먹이 내 배를 향해 날아올 것처럼 몸을 웅크리고 배를 감싸고 있는 걸까?

'도대체 이 남자는 누구지?'

혼전 계약서는 없었다. 곧 아기가 태어날 것이다. 이 남자는 내가 가진 모든 것을 빼앗아 갈 것이다. 스톤헤이븐을 손에 넣을 것이다.

나와 함께 이 남자에게 맞서줄 사람은 아무도 없었다.

그때 문득 깨달았다. 이 모든 의문에 답을 줄 수 있는 사람이 한 명 있다는 것을.

내 생각이 너무나도 어처구니가 없어서 어둠 속에서 나는 큰 소리로 웃을 뻔했다. 절망은 절대로 하지 않을 것 같은 일도 하게 만든다. 한때는 절대로 상상할 수 없었던 일이 자신을 지탱해주는 희망이 되게 해준다.

어쩌면 내가 떠올린 생각은 헛된 술래잡기일지도 몰랐다. 그 여자는 정말로 파리 같은 곳에 있을지도 몰랐다. 하지만 내 마음 깊은 곳에서는 알고 있었다. 그때는 깨닫지 못했지만 내가 로스앤젤레스의 주소를 외우고 있는 이유는 그 사실을 알고 있었기 때문이다. 그 로스앤젤레스의 집에는, 그 주홍색 덩굴이 있는 집에는 특별한 것이 있었다. 나는 처음부터 그 집에 누가 살고 있는지 알았다. 나는 내가 가야 할 곳이 어디인지 알았다.

나는 니나 로스를 만나러 가야 한다.

5
PRETTY THINGS
니나

33

o

나는 늘 푹 자는 사람이었고, 내 신념대로 충분히 휴식을 취하는 사람이었다. 하지만 감옥은 나를 불면증 환자로 만들어버렸다. 끊임없이 경계를 서야 할 필요성, 내가 유죄임을 분명히 알고 있기에 느끼는 불안감 때문에 나는 완전히 자는 것도 아니고 완전히 깨어 있는 것도 아닌 끝없는 경계 상태에 빠져 있었다. 림보 속에서 끊임없이 떠돌고 있었다.

카운티 교도소의 불협화음은 귀가 먹먹할 정도였다. 적정 인원의 두 배가 넘는 여자들을 좁은 콘크리트 벽 안에 가두면 당연히 그럴 수밖에 없다. 우리는 공동 구역에서 생활했고 하루 종일 카드를 하고 책을 읽는 탁자에서 불과 몇 미터 떨어지지 않은 침상에서 잠을 잤다. 걸핏하면 막혀 넘치는 변기에서 소변을 보았고 한 줄로 서서 샤워하고 밥을 먹고 머리카락을 자르고 전화를 걸고 약을 먹었다. 감옥 안에서는 쉬지 않고 비명 소리가, 기도 소리가, 울음소리가, 웃음소리가, 저주 소리가 들려왔다.

이곳에서는 기다리는 일 말고는 달리 할 수 있는 일이 없었다.

나는 노란색 죄수복을 입고 벽에 걸린 시계의 바늘이 천천히 하루를 흘려보내는 모습을 지켜보면서 여자 휴게실 안을 서성거렸다. 내 식판 위에 출렁거리는 회색 '슬러지'를 먹는 데는 전혀 관심이 없었지만 그래도 식사 시간이 되기를 기다렸다. 그나마 덜 불쾌한 로맨스 소설을 집어 들 수 있는 도서관 카트가 지나가는 시간을 기다렸다. 조금은 어두워진 공간 속에서 위쪽 침상에 누워 같은 방을 쓰는 재소자들이 속삭이거나 코를 고는 소리를 들으며 잠이 들기를 바라는 소등 시간을 기다렸다.

감옥에서의 삶은 기다림의 연속이었다.

하지만 나는 무엇보다도 나를 도와주러 올 사람을 기다렸다.

보석 심사를 하기 전에 딱 한 번 만난 내 변호사는 온갖 근심이 가득해 보이는 국선 변호사로, 백발에 폭탄을 맞은 것 같은 파마머리였고 장애 교정 신발을 신고 있었다. 탁자를 사이에 두고 내 건너편에 앉은 변호사는 가지고 있던 수많은 서류철 가운데 하나를 꺼내더니 자주색 돋보기를 쓰고 서류를 들여다보았다.

"절도죄로 체포된 거네요. 장물로 가득 찬 창고를 빌렸고요. 경찰은 알렉세이 페트로프라는 사람이 도둑맞았다고 신고한 의자를 쫓다가 당신을 찾아냈어요. 그 사람이 용의자 사진에서 당신을 지목했고요."

그러니까 억만장자들은 귀찮아서 경찰에 신고하지 않는다는 내 가설은 틀렸다.

"보석 신청은 곧 할 수 있겠죠?"

"음, 좋아요. 내 생각에는, 인내심을 갖는 게 좋겠어요."

변호사는 한숨을 내쉬었다.

"아무래도 여기에 조금 더 있어야 할 것 같거든요. 판사가 요구하는 보석금이 엄청나요."

기소 인부 절차 심사를 하면서 판사는 내 보석금이 8만 달러라고 했다. 도저히 낼 수 없다는 점에서 나에게 8만 달러는 100만 달러와 다를 것이 없는 금액이었다. 판사의 말을 들으며 법정을 둘러봤을 때, 아는 얼굴은 단 한 사람도 없었다. 라클란도, 엄마도 법정에 오지 않았다. 법원에 맡길 예치금이 없었기에 두 사람에게 전화를 할 수가 없었으니, 두 사람 모두 보석 심사를 한다는 사실도 몰랐을지도 몰랐다. 사실 빗질도 제대로 하지 못하고 완전히 지친 상태로 노란색 죄수복에 싸여 죄의식 때문에 죽을 것만 같은 내 모습을 두 사람에게 보이지 않아도 된다는 점이 안심은 됐다.

내 국선 변호사는 안쓰러운 듯이 내 등을 한 번 토닥여주고는 곧바로 다른 피고인을 향해 달려갔다. 자신을 강간한 남자를 총으로 쏴 죽인 10대 임산부였다.

나는 감옥으로 돌아가 조금 더 기다릴 준비를 했다.

여러 날이 지났지만 그 누구도 나를 찾아오지 않았다. 라클란은 왜 오지 않을까? 이해할 수가 없었다. 내 보석금을 지불하고 나를 이곳에서 빼낼 수 있는 사람이 있다면 그건 라클란뿐이었다. 지금쯤이면 엄마가 라클란에게 연락해 나에게 무슨 일이 생겼는지 말하고 나를 찾아오게 했을 것이다. 하지만 일주일이 지나고, 2주가 지났는데도 라클란은 오지 않았다. 결국 라클란은 오지 않으리라는 생각이 들기 시작했다. 라클란이 경찰서 가까이 모습을 드러내 잡힐지도 모를 위험을 감수할 것 같지는 않았다. 어쩌면 내가 위기를 모면하려고 자신을 팔아치우려 한다고 생각하는지도 몰랐다.

하지만 상황은 그보다 더 나쁠 수도 있었다. 내가 타호호수를 떠나던 날 미친 듯이 화를 내던 라클란이 생각났다. 라클란은 우리 두 사람이 기껏 세운 모든 계획을 내가 망치고 있다고 했다. '애초에 경찰이 내가 로스앤젤레스로 돌아왔다는 사실을 어떻게 알았을까?' 내가 집에 들어간 순간 경찰이 왔다는 건 단순한 우연 같지 않았다. 내가 마을에 도착한 지 30분도 되지 않아 경찰이 왔다. 그건 누군가 경찰에게 알린 것이 분명했다.

내가 집에 왔다는 사실을 아는 사람은 두 명뿐이었다. 엄마와 라클란. (내 차가 진입로에 들어서는 걸 리사가 봤다면 세 명이지만.) 그 세 사람 가운데 경찰에 전화할 가능성이 가장 높은 사람은 누굴까?

당연히 라클란이었다. 내가 라클란에게 소용이 없을 뿐 아니라 위험해지기까지 했을 때 우리 관계는 끝난 거였다. 금고가 비었음을 알게 된 순간 내 운명을 결정된 거였다. 12월의 희미한 불빛을 받으며 반짝이는 레이저 와이어에 둘러싸인 교도소 운동장을 돌면서 생각했다. '그 남자는 나에게 충실했던 적이 한 번도 없어. 잘 알잖아. 난 그 사람이 결국에는 내버릴 패였어. 운이 좋아서 조금 더 오래 들고 있었던 것뿐이야.'

그렇다면 누가 나를 위해 와줄까? 엄마? 리사? 에코 파크에 버려져 있는 골동품 가게 건물주는 지금쯤이면 내 물건을 내다 버렸을까? 외부 세계와 연결된 끈이 완전히 잘려버린 것만 같았다. 딱딱한 플라스틱 매트리스 위에 누워 그 누구하고도 싸움이 붙지 않도록 내 몸을 숨기고 있는 동안 나는 처음으로 내가 얼마나 고립되어 있는지, 내 존재를 둘러싼 환경이 얼마나 보잘것없고 작은지를 절실하게 느끼고 있었다.

교도소에서 3주를 지냈을 때 마침내 누군가 면회를 왔다. 접이식 의자와 벗겨진 낡은 리놀륨 탁자, 망가진 장난감이 들어 있는 상자가 놓여 있고, 화려한 해변 풍경을 그린 벽으로 둘러싸인 면회실로 들어갔다. 그 방은 생명으로 가득 차 있었다. 아이들, 조부모들, 남자 친구들이 찾아와 있었다. 옷을 얼마 걸치지 않고 팔뚝에 문신을 잔뜩 새긴 사람도 있었고, 가장 좋은 옷을 입고 훈장을 달고 온 사람도 있었다. 나를 찾아온 사람을 찾는 데는 조금 시간이 걸렸다.

나를 만나러 온 사람은 엄마였다. 목과 엉덩이 부분이 넓게 벌어진 밝은 녹색 드레스를 입고 머리에는 실크 스카프를 두른 엄마는 면회실 뒤쪽에 혼자 앉아 있었다. 벌건 눈으로 벽을 뚫어지게 쳐다보고 있는 엄마는 주변 광기에 휩쓸리지 않으려고 단단히 각오한 사람처럼 보였다. 나를 본 엄마는 우는 듯한 소리를 내면서 둥지에서 떨어지는 작은 새를 받으려고 애쓰는 사람처럼 창백한 두 손을 앞으로 뻗으며 벌떡 일어났다.

"오, 아가. 오, 내 아가."

교도관이 차가운 눈으로 우리 쪽을 쳐다보았다. 포옹은 우리에게 허락된 규칙이 아니었다. 나는 엄마 맞은편에 앉아 손을 뻗어 엄마의 손을 잡았다.

"왜 이제야 왔어?"

내 말에 엄마가 빠른 속도로 눈을 깜빡였다.

"네가 어디에 있는지 알 수가 있어야지! 어떻게 너를 찾아야 하는지도 몰랐는걸. 내가 수감자 정보를 알아내려고 전화를 걸 때마다 사람이 아니라 자동 응답기로 넘어갔어. 지난주까지는 면회 정보 시스템에 네 이름이 올라오지도 않았는걸. 널 찾은 뒤에는 먼저 회원 가입부터 해야 했고, 그래서…… 엄마가 미안."

"아니야. 괜찮아, 엄마."

내 손에 잡혀 있는 엄마의 손은 너무나도 가늘고 뼈만 앙상해서 조금만 힘을 줘도 부서질 것 같았다. 스카프를 머리에 두른 건 방사선치료로 머리카락이 빠졌기 때문인 것 같았다. 스카프 아래로 보이는 엄마의 얼굴은 삐쩍 마르고 홀쭉해서 파란 눈이 훨씬 도드라져 보였다.

"기분은 어때? 방사선치료는 시작했어?"

엄마는 그만하라는 듯이 손바닥으로 얼굴을 가렸다.

"오, 아가. 치료 얘기는 하지 마, 제발. 내가 알아서 하고 있으니까. 호손 박사는 아주 낙관하고 있어."

"하지만 치료비는 어떻게 마련하고 있어?"

"내 말이 그 말이야, 니나. 그런 걱정 하지 않아도 넌 충분히 걱정할 게 많잖아. 그 걱정을 하다가 결국 여기에 오게 된 거잖아."

엄마는 손을 뻗어 내 턱을 손바닥으로 꾹 눌렀다.

"네 꼴이 말이 아니야."

"엄마!"

엄마의 눈은 언제라도 눈물을 쏟아낼 것처럼 젖어 있었다. 엄마는 코를 훌쩍이며 소매에서 뭉쳐진 티슈를 꺼냈다.

"네가 이러고 있는 걸 정말 볼 수가 없어. 모두 내 잘못이잖아. 내가 아프면 안 되는 거야. 보험이라도 제대로 들어놨어야 했는데. 나를 돌본다고 LA에 온다는 걸 어떻게든 말렸어야 했어."

"그건 엄마 잘못이 아니야."

"아니, 내 잘못이야. 그냥 3년 전에 죽게 내버려뒀어야 해."

"엄마, 그만."

나는 탁자 앞으로 몸을 기울였다.

"라클란한테서는 소식 없어?"

엄마는 고개를 저었다.

"전화해봤지만, 받지 않았어. 너희 둘을 만나게 하다니, 정말 끔찍한 실수였어. 이건 모두 라클란이 계획한 거 아니니? 맞지? 그런데 라클란은 빠져나가고 너만 잡혀서 이 고생이잖아."

엄마는 내가 라클란을 비난하는 일에 동참하기를 기다리며 내 얼굴을 뚫어지게 보았지만 지금 이곳에서 다른 사람을 비난하고 싶지는 않았다. 나는 내가 왜 여기 와 있는지 알았다. 더 나쁜 일을 하기 전에 붙잡힌 건 나에게 일어난 작은 기적이었다. 나는 바네사를 생각했다. 바네사의 금고에서 100만 달러를 훔칠 수 있었다면 어떻게 됐을까? 그날, 금고가 텅 빈 것을 보고 내가 느낀 감정은 이상하게도 안도감이었다.

"여기서 널 꺼내줄 보석금이 있다면 좋을 텐데."

엄마는 딸꾹질을 하기 시작했다.

"아직 은행에 1만 8,000달러쯤 남아 있어. 내가 몇 군데 전화해 볼게. 아니면 주말에 베이거스에 가서 돈을 좀 딸 수도 있을 거야."

엄마의 눈이 먼 곳을 보는 것처럼 커졌다. 나는 약해진 몸으로 카지노에서 이리저리 치이다가 화장실 대리석 바닥에서 죽어가는 엄마의 모습을 떠올렸다.

"세상에, 그러지 마. 여기 있는 거 괜찮아. 그렇게 나쁘지 않아."

나는 거짓말을 했다.

"남은 돈은 엄마 치료에 써. 엄마 치료가 더 중요하니까. 여기서 나가면 분명히 합법적으로 일할 방법을 찾을 거야. 인테리어 가게에서 일해도 되고 스타벅스에서 일해도 되지. 아무튼, 우린 잘해나갈 거야."

엄마가 손가락 끝으로 눈가를 꾹꾹 누르면서 나로서는 거의 알아듣기 힘든 작은 목소리로 속삭였다.

"나한테 이런 딸이 있어도 되는 건지 모르겠다."

"엄마. 엄마도 치료를 모두 받고 건강해지면 진짜 직업을 찾는 거야. 알았지? 제발 부탁이야. 책상 앞에 앉아서 정기적으로 돈을 받을 수 있는 직업을 찾아. 의료보험도 되고 연금도 받을 수 있는 곳으로."

엄마는 무슨 말인지 모르겠다는 듯이 눈을 껌뻑이면서 나를 보았다.

"리사한테 말해봐. 분명히 도와줄 거야."

면회 시간이 끝났음을 알리는 종소리가 울리기 시작했다. 교도관은 종소리가 다 울리기도 전에 재소자들에게 자리에서 일어나 벽에 붙어 한 줄로 서라고 고함을 질렀다. 나를 쳐다보는 엄마의 눈에 공포감이 가득 담겼다.

"곧 다시 올게."

의자에서 일어나 뒤로 걸어가는 나에게 엄마가 황급히 말했다. 엄마는 손바닥에 입술을 꾹 누르더니 분홍색 립스틱 자국의 손 키스를 보냈다.

"아니, 오지 마. 엄마가 여기 있는 거 보기 힘들어. 그냥, 빨리 건강해질 노력이나 해. 그게 나를 위해 엄마가 해야 할 가장 중요한 일이야. 내가 여기 있을 때 죽으면 안 돼, 알았지?"

나는 엄마가 우는 모습을 보지 않으려고 뒤로 돌아 벽으로 걸어갔다. 벽에 서 있는 여자들에게서 땀 냄새와 머릿기름 냄새, 시큼한 비누 냄새가 났다. 나에게서도 같은 냄새가 날 것이다. 나는 눈을 감고 사람 냄새를 따라 방으로 돌아왔다. 그저 앉아서 잊히지 않기만을 바라며 다음에 올 것을 기다리는 방으로 돌아왔다.

다시 기다리는 날이 시작됐다. 하지만 이제 더는 무엇을 기다려야

하는지 도무지 알 수가 없었다.

감옥에서 가질 수 있는 것이 하나 있다면, 그것은 바로 생각할 수 있는 시간이었다. 나는 비난에 관해 정말 많은 생각을 했다. 나는 내 자신을 가둔 이 세상의 벽을 건설한 건축가를 찾으려고 애쓰면서 전 생애를 보냈다. 예전에는 리블링 사람들을 비난했다. 나는 갖지 못한 그 많은 것을 가진 사람들, 나를 세상 밖으로 밀어낸 사람들을 미워하는 건 너무나도 쉬운 일이었다. 내 앞에서 닫힌 문 하나가 내 인생을 옆으로 틀어버린 유일한 이유인 것처럼 리블링 사람들을 미워했다. 하지만 이제는 더는 그런 식으로 생각하기가 힘들었다.

엄마를 비난할 수도 있었다. 그 모든 잘못된 결정에 나를 끌어들였고, 내가 올라가기를 바랐던 인생의 사다리를 오를 발판을 만들어주지 않았으니까. 자기 자신을 스스로 돌보지 못해 내가 엄마를 돌볼 수밖에 없게 만들었으니까.

라클란을 비난할 수도 있었다. 자기 범죄에 나를 끌어들였고 쓸모가 없어지자마자 나를 버렸으니까.

사회를 비난할 수도 있었다. 정부를 비난할 수도 있었고, 실패로 돌아간 자본주의를 비난할 수도 있었다. 사회가 만들어낸 모든 불평등이라는 실을 잡아당기면서 근원으로 돌아가 그곳에서 발견한 원죄를 원망하며 비난을 할 수도 있었다.

확실히 그 모든 이유가 조금씩 원인으로 작용해 지금의 나를 만들었을 것이다. 하지만 정말로 비난을 해야 할 원인을 찾으려고 할 때마다 내가 발견하는 건 단 하나였다. 바로 나 자신이었다.

공통분모는 나였다. 내 앞에 놓인 단 하나의 길이라는 건 없다는 걸 깨닫기 시작했다. 그 누구도 나를 위해 대신 결정을 내려주지는 않는다. 이제는 밖을 보며 원인을 찾을 것이 아니라 안을 보며 원인을 찾아야 할 때가 된 거다.

특히 정말로 환경에 짓눌려 그 어떠한 기회도 없이 마약이나 매춘에서, 학대와 절망에서 빠져나올 수 없는 여자들에게 둘러싸여 있어야 하는 감옥에 있으니 나는 생전 처음으로 내가 얼마나 운이 좋았는지 알 수 있었다. 나에게는 대학 학위도 있었고 건강한 몸도 있었다. 안정적인 환경에서 자랐거나 역할 모델이 있지는 않았지만 언제나 먹을 수 있는 음식이 있었고 쉴 수 있는 거처가 있었다. 그리고 언제나 나를 사랑해주는 엄마가 있었다. 지금 함께 감옥에 있는 사람들 가운데 그런 엄마를 가진 사람은 그다지 많지 않을 거다.

갑자기 나는 내가 해야 할 일이 비난이 아님을 깨달았다. 내가 느껴야 하는 감정은 비난이 아니라 창피함이었다. 내가 가진 것으로 더 많이 노력해보지 않았던 사실에 대한 창피함, 내가 걸어온 길만이 내가 택할 수 있었던 선택지인 척했던 사실에 대한 창피함을 느껴야 했다. 왜냐면 그건 사실이 아니었으니까. 그 길은 내가 선택한 길이었으니까. 내가 내 길을 만들어온 것이니까. 이 길이 나를 어딘가로 데려간다면, 그건 전적으로 내 잘못이었다.

이제 감옥에서 나간다면 나는 훨씬 나은 길을 걸을 것이라고, 그렇게 다짐했다.

엄마가 다녀가고 한 달쯤 지났을 때 또다시 면회실로 불려 갔다. 이제 곧 법정에 나가야 할 테니 국선 변호사가 왔으리라 생각했다. 하지만 면회실에 발을 들여놓는 순간, 나는 더는 앞으로 나가지 못했다. 면회실에는 바네사 리블링이 앉아 있었다.

창백하고 피곤해 보이는 바네사는 눈 밑 가득 다크서클이 내려와 있었고, 이상하게도 완전히 말라붙은 것 같으면서도 동시에 터질 듯이 부풀어 있었다. 바네사의 청바지는 허리가 조이는 것 같았고 스웨트 셔츠는 가슴 부분이 늘어져 있었다. 하지만 바네사임이 분명했다. 바네사의 눈은 주변을 돌아보지 않으려는 노력 때문에 부풀어 있었고, 바네사의 손은 가능한 한 누구의 눈에도 띄지 않고 싶다는 듯이 무릎 사이에 깊이 박혀 있었다.

놀랍게도 바네사를 본 순간 내 심장은 조금 경쾌하게 뛰기 시작했고, 왠지 모를 기쁨에 사로잡혔다. 아는 얼굴을 보고 싶다는 마음이 너무나도 간절했던 걸까? 내가 맞은편 의자에 앉자 바네사는 거의 소스라칠 정도로 놀랐다.

"안녕, 바네사. 만나서 기뻐요. 정말로요."

나는 살며시 웃으며 말했다.

"니나."

바네사는 살짝 까칠하게 대답했다.

바네사가 내 진짜 이름을 불렀다는 사실을 깨닫는 데는 조금 시간이 걸렸다. 여기에 왔다는 것은 내가 누구인지 알았다는 뜻일 테니, 당연한 일이었다. 하지만 어떻게 알게 됐을까? 라클란이 말했을까?

"내가 누군지 아는군요. 누가 말해줬어요?"

바네사는 한 손을 스웨트 셔츠 끝자락에 슬며시 넣어 감추었다.

"베니가 알아봤어요. 내 인스타그램 피드를 보고 당신이라고 했어요."

"똑똑한 베니."

바네사는 진실을 얼마나 알고 있을까? 바네사가 모르는 진실을 나는 어느 정도나 알려주고 싶은 걸까? 내가 엮은 거짓의 그물이 너무나도 버거워서 나는 어떻게 하면 그 매듭을 풀어낼 수 있을지 고민하면서 조용히 앉아 있었다.

그러다 문득 나를 보는 바네사의 시선을 느꼈다.

"말랐네요."

바네사가 말했다.

"여기 음식이 풍족하지는 않아서요."

바네사는 나를 위아래로 훑어보았다. 감지 않은 머리카락, 입고 있는 노란색 죄수복을 물끄러미 보았다.

"확실히 노란색은 당신에게 안 어울려요."

그 말에는 웃지 않을 수가 없었다.

"내가 여기 있는 건 어떻게 알았어요?"

"이야기가 길어요. 당신 집에 갔더니 아무도 없었어요. 하지만 이웃에 사는 여자분이랑 이야기를 나눌 수 있었어요. 그분 말이 당신이 여기 있다고 했어요."

바네사는 고개를 숙여 자기 손을 물끄러미 보았다.

"어머니 이야기도 들려줬어요. 정말 아프시다고. 정말…… 안됐어요."

나는 의자에 등을 기댔다.

"정말요? 안됐다고요?"

바네사는 어깨를 으쓱했다.

"솔직히 말해서 내 마음이 어떤지는 이제 모르겠어요. 내 엄마를 죽인 여자가 암이라면 인과응보라고 생각하는 게 맞을까요? 하지만 좋은 기분이 아닌 건 확실해요."

사실을 털어놓겠다던 나의 선한 의지는 내게 찾아왔던 것만큼이나 빠른 속도로 사라져버렸다. 서로를 비난하는 게 지금 우리가 하려는 일일까? 물론 그렇겠지. 묵은 원한을 풀 수 있는 첫 번째 기회는 코르크 마개와 함께 공중으로 날아가버렸다. 나는 더욱 깊은 원한 속으로 파고들면서 차갑게 말했다.

"당신 어머니는 자살한 걸로 아는데요."

"하지만 엄마가 자살하도록 등을 떠민 건 당신 어머니예요. 아빠한테 협박 편지를 보내지 않았다면, 엄마는 자살하지 않았을 거예요. 그 편지가 엄마를 무너뜨린 거예요."

이런 반론은 예상하지 못했다. 엄마가 보낸 편지 때문에 주디스 리블링이 극단적인 선택을 했다는 건 충분히 가능한 일이었다. 하지만 내가 그 짐을 나누어 질 생각은 없었다.

"정말로 확신해요? 우리 엄마가 나타나기 전까지는 당신 어머니가 완벽하게 괜찮았다고요?"

내 말에 바네사는 눈만 깜빡일 뿐 대답하지 않았다.

"비난하고 싶은 사람을 찾고 싶다면 당신 아버지를 비난해요. 바람을 피운 사람은 당신 아버지니까."

"아빠는 표적이었어요. 당신 어머니가 노린 표적."

"당신 아버지는 개자식이었어요. 나를 쓰레기 취급했고, 당신 동생이랑 억지로 갈라놓았다고요."

"아빠는 베니를 보호하려던 거였어요. 그리고 사실은 당신도요. 생각해봐요. 결국 조현병에 걸린 사람이랑 제대로 지낼 수 있었겠어요?"

"그때는 조현병 아니었어요."

우리는 의자를 달그락거리며 금방이라도 일어나 떠나버릴 것처럼 서로를 노려보았다. 마음속에 있던 말을 속 시원하게 털어놓았다는 사실은 너무나도 신났지만, 내가 뱉어낸 말들이 비열하고 불쾌하게 느껴지는 것도 사실이었다. 우리가 왜 부모의 잘못 때문에 이렇게 싸워야 하는 거지? 이제 그 사람들은 모두 죽었거나 죽어가고 있는데?

"그래서, 도대체 여긴 왜 온 거예요? 이런 내 모습을 보고 고소해하려고요?"

여전히 바네사를 쏘아보면서 물었다.

바네사는 재빨리 주위를 둘러보았다. 우리 탁자 옆에서는 앞니가 하나 사라진 매춘부가 할머니 무릎에 앉아 칭얼거리는 딸을 보며 울지 않으려고 애쓰고 있었다. 땋은 머리에 모아나 캐릭터가 그려진 티셔츠를 입은 아이와 두 여인을 바네사는 인류학적 호기심이 어린 눈으로 바라보았다.

"알겠지만, 이렇게 된 당신을 보면 기분이 좋을 줄 알았어요. 응당 받아야 할 벌은 받는 거니까. 하지만 기분이 좋지 않네요."

바네사는 다시 나를 쳐다보았다.

"당신 이웃 말이, 절도죄로 잡힌 거라고 하던데요."

"맞아요. 고가구를 훔쳤어요. 러시아 억만장자 집에서요."

바네사는 눈썹을 찡그렸다.

"우리 집에서 하려던 일도 그거였어요? 우리 집 가구를 훔쳐내는 거?"

나는 어깨를 으쓱했다.

"왜 여기에 왔는지 말해줘요. 그럼 우리가 하려던 계획을 알려줄게요."

"우리…… 라고요?"

바네사의 얼굴빛이 무지방 우윳빛처럼 바뀌었다.

"당신과 마이클, 두 사람이 함께…… 계획한 거라고요?"

나는 솔직하게 말해도 되는지 잠깐 망설였다. 라클란을 배신해도 될까? 하지만 라클란은 이미 나를 버렸는걸.

"그 사람 이름은 마이클이 아니에요. 질문에 대한 답이 됐나요?"

바네사는 고개를 끄덕였다. 바네사는 천천히 손을 탁자 위로 올리더니 손가락을 곧게 폈다. 그제야 나는 바네사의 손을 볼 수 있었다. 바네사의 왼손에는 에메랄드 약혼반지가 끼워져 있었다.

"아니, 그럴 리가 없어요."

"아니, 맞아요."

바네사가 마분지처럼 뻣뻣하게 말했다.

"더 재미있는 사실이 있어요. 나, 임신했어요."

나는 충격을 받아 아무 말도 할 수 없었다. 바네사와 나는 탁자 위에 펼쳐져 있는 창백한 바네사의 손을, 벗겨진 리놀륨 탁자와는 전혀 어울리지 않게 빛을 내뿜고 있는 엄마가 훔친 반지를 물끄러미 바라보았다.

"그 사람 진짜 이름이 뭐예요? 결혼 허가증에 거짓 이름을 적었으면, 그 결혼은 무효인 거 맞죠? 불법인 거죠?"

바네사의 말에 나는 한참 생각했다. 내가 라클란의 진짜 이름을 알고 있던가? 지금까지 그가 해왔던 그 모든 능숙한 거짓말을 생각해보면 나에게도 진짜 이름을 말하지 않았을 가능성이 컸다.

"나를 여기서 빼줘요. 그럼 그 사람의 진짜 이름을 찾을 수 있게 도와줄게요."

라클란의 아파트는 텅 빈 베이지색 상자 같았다. 웨스트할리우드의 대단지 주택가에 위치한 그곳은 치장 벽토를 쌓고 벽을 두툼하게 만들어 이웃집에서 나는 소음을 철저하게 차단한 곳이었다. 지난 3년 동안 이곳에 와본 것은 손에 꼽을 정도였다. 우리가 만날 때는 보통 라클란이 우리 집으로 왔다. 지금까지 나는 라클란이 내가 엄마와 함께 있을 수 있도록 배려해준 거라고 생각했지만, 지금은 의심이 들었다. 어쩌면 라클란은 나에게 숨길 것이 많아서 이곳에 데려오지 않은 건지도 몰랐다.

나는 체포될 당시에 입었던 옷으로 갈아입었다. 11월 아침에 스톤헤이븐을 떠날 때 입었던 옷이었다. 셔츠에서는 그날 뿌렸던 데오도란트 냄새가 났고, 바지에는 차 안에서 흘린 커피 자국이 남아 있었다. 그때는 딱 맞았던 옷이 지금은 헐렁했다. 왠지 낯선 사람의 옷을 입은 것 같았다. 감옥에 있는 두 달 동안 햇빛은 눈을 뜰 수 없을 정도로 밝아졌고 공기는 숨을 쉬기가 고통스러울 정도로 달콤해져 있었다.

안전을 위해 우리는 라클란의 아파트에서 조금 떨어진 길가에 바네사의 SUV를 세우고 아파트 단지까지는 걸어갔다. 내 뒤에서 반 발자국쯤 떨어져서 걷고 있는 바네사는 협죽도 숲 뒤에서 언제라도 라클란이 튀어나올지도 모른다는 듯이 계속 양옆을 두리번거렸다. 야자나무들이 바람에 부드럽게 흩날리면서 살갗에서 뽑힌 깃털처럼 커다란 잎사귀를 척척 떨어뜨렸다.

"라클란은 지금 당신이 어디 있는 줄 알아요?"

"동생을 보러 간다고 했어요."

"베니한테요? 음, 베니는 잘 있어요?"

바네사는 인도에서 눈을 떼지 않고 시커멓게 눌어붙어 있는 껌을 피해 조심스럽게 걸었다.

"좋았다 나빴다 해요. 잘하고 있었는데, 얼마 전에 문제가 좀 생겼어요."

바네사는 약간 주저하다가 말했다.

"당신이 돌아왔다는 말을 들었기 때문이에요. 당신을 꼭 봐야겠다고 생각한 거예요. 당신을 보겠다고 요양원에서 탈출하다가 잡혔어요. 포틀랜드로 가겠다고 말이에요."

포틀랜드라는 말이 묵직한 주먹이 되어 내 귀를 강타했지만 나는 애써 무시했다. 만나지도 못할 나를 찾겠다고 힘들게 애썼을 베니를 생각하니 심장이 뒤틀리는 것만 같았다. 불쌍한 베니.

"베니를 만나러 가야겠어요. 나중에요."

"정말이요?"

바네사는 믿기 힘들다는 표정으로 힐끔 나를 쳐다보았다.

"그럼요."

나를 만나고 싶어 하는 사람이 있다니, 생각만으로도 가벼워지는 기분이었다. 그 느낌은 내가 고대해야 하며, 내 미래에 매달려서 나를 앞으로 가게 해줄 동기인 것만 같았다. 진심으로 나를 보고 싶어 하는 사람이 있다니. 그 사람이 정신이 불안정한 어린 시절의 남자 친구라고 해도 그런 존재는 나에게 너무나도 소중했다.

나는 바네사를 데리고 좁은 자갈길과 높은 나무 담장이 있는 건물 뒤로 갔다. 나무 담장 위로 야자나무 사이 수천만 달러에 달하는 집들이 그들만의 무리를 이루고 서 있는 할리우드 힐스가 보였다. 그곳에는 여전히 벽에 리처드 프린스의 간호사를 걸어둔 알렉세이의 집이 있을 것이다. 그곳에 갔던 일이 벌써 전생의 일처럼 아득하게 느껴졌다.

라클란이 사는 아파트 단지에는 집마다 자전거를 세워두거나 플라스틱 의자나 시든 식물을 내놓은 작은 베란다가 있었다. 바네사는 나를 따라 건물 맨 끝에 있는 아파트까지 걸어갔다. 베란다는 텅 비어 있고 창문이 어두운 집이었다. 내가 가볍게 베란다 난간을 뛰어넘자 바네사가 놀란 듯이 입을 떡 벌렸다.

"올라와요."

"문제가 생기는 거 아닐까요?"

나는 사생활을 지키느라 블라인드를 굳게 내리고 사는 이웃집 창문을 훑어보았다. 낯선 사람이 자기 집을 들여다보는 걸 두려워하는 사람들은 밖을 내다보는 것도 잊는 법이다.

"보는 사람은 없어요."

바네사가 베란다 난간을 넘어왔다. 많이 힘들었는지 거칠게 숨을 내쉬었다.

"열쇠 있어요?"

바네사가 조용히 속삭였다.

"그런 거 필요 없어요."

나는 미닫이문의 손잡이를 들어 올리고 유리 부분을 어깨로 밀면서 잠금쇠가 풀릴 때까지 문을 흔들었다. 미닫이문이 소리 없이 열렸다.

바네사는 한 손으로 입을 가렸다.

"어떻게 그럴 수 있죠?"

나는 어깨를 으쓱했다.

"엄마가 아빠를 내쫓기 전에 아빠한테 배웠어요. 맨날 술에 취해서 열쇠를 잃어버리기 일쑤였거든요."

내 말에 바네사가 얼굴을 찡그렸다.

"아버지가 누구예요? 치과 의사는 아닌 거, 맞죠?"

"네, 맞아요. 주정뱅이에 도박꾼에 아내를 때리는 사람이었죠. 일곱 살 때 이후로는 못 봤어요. 죽었거나 감옥에 있겠죠. 정말로 그랬으면 좋겠어요."

바네사는 지금에서야 나를 처음 보는 사람처럼 내게서 눈을 떼지 못했다.

"그거 알아요? 솔직할 때 니나는 전혀 다른 사람이 되네요. 이쪽이 훨씬 더 좋은 것 같아요."

"재미있네요. 나는 애슐리가 더 마음에 드는데. 나처럼 냉소적인 인간이 아니잖아요. 훨씬 좋은 사람이죠."

"애슐리는 가짜예요. 정말로, 처음부터 알아차렸어야 했는데."

바네사가 콧방귀를 뀌었다.

"이 세상에 그렇게 침착한 사람은 없잖아요. 물론 SNS에야 있죠. 하지만 실제로 만나는 사람들 가운데 그런 사람은 없어요. 애슐리는 진짜라고 하기에는 너무 좋은 사람이었어요."

바네사와 나는 춥고 어두운 라클란의 집 거실로 들어가 커튼을 쳤다.

라클란의 아파트는 아주 수수한 독신 남자의 거주지였다. 가죽 안락의자와 의자, 커다란 텔레비전, 비싼 술이 가득 있는 바 카트, 벽에 걸어놓은 빈티지 영화 포스터. 그 누구의 집도 될 수 있는 특색 없는 집이었다. 사진을 넣은 액자도 없었고 시시한 장신구도 하나 없었고 어떤 취향을 가지고 있고 어떤 교육을 받았음을 알려주는 책장도 하나 없었다. 일부러 자신을 이 세상 표면에서 완전히 치워버리려는 것처럼, 완전히 모습을 감추려는 것처럼 라클란의 아파트는 텅 비어 있었다.

우리는 어둠 속에서도 볼 수 있도록 잠깐 눈이 적응할 시간을 주었다. 먼 곳에서 경적이 들려왔고, 열린 창문 한 곳에서 잔잔하게 힙합 음악이 흘러나왔다. 나는 천천히 원을 돌면서 익숙한 거실을 살펴보았다.

"뭘 찾고 있는 거예요?"

"쉿!"

나는 바네사의 입을 다물게 하고 눈을 감고 거실이 나에게 말을 걸기를 기다리며 귀를 기울였다. 하지만 바닥을 모두 덮고 있는 카펫이 거실에서 나는 소리를 모두 흡수해, 왠지 커다란 공동 속에 들어와 있는 것 같았다. 나는 라클란이 거실을 돌아다니는 모습을 상상했다. 카펫이 발소리를 흡수해주었을 테니 라클란은 그 어떠한 소리도 내지 않고 거실을 돌아다닐 수 있었을 것이다. 하지만 이 벽들 사이 어딘가에는 분명히 라클란의 진짜 모습이 각인되어 있을 것이다. 신중하게 건설해놓은 신기루 밑에 라클란의 본모습이 놓여 있을 것이다.

벽 쪽에 사이드보드가 놓여 있었다. 나는 사이드보드 앞으로 걸어가 문을 활짝 열고 그 안에 든 내용물을 뒤졌다. 오래된 전자 기기들, 사람의 심리에 관한 책들, 휴대전화가 가득 든 휴고 보스 신발 상자가 있었다. 그중 몇 개를 집어 들어 전원 버튼을 눌러보았다. 휴대전화는 거의 모두 죽어 있었지만 딱 한 대가 살아 있었다. 전원이 들어온 휴대전화를 이리저리 살펴보았다. 사진은 없었고 문자메시지도 모두 지워지고 없었다. 하지만 콜로라도주에 있는 누군가에게 계속해서 전화를 건 흔적이 남아 있었다.

나는 통화 버튼을 누르고 발신음 소리에 귀를 기울였다. 마침내 숨도 쉬지 못할 정도로 화가 난 여자가 전화를 받았다.

"브라이언! 감히 어떻게 전화를 걸 생각을……."

여자는 대뜸 고함부터 질렀다.

"미안하지만, 누구시죠?"

내가 물었다.

"브라이언의 전 여자 친구예요. 그러는 당신은 누구예요?"

"나도 브라이언의 전 여자 친구예요. 브라이언이 당신한테 무슨 짓을 했죠?"

그 순간, 어찌나 사납게 고함을 질러대는지 귀에서 휴대전화를 멀리 떨어뜨려야 할 정도였다.

"내 카드로 4만 3,000달러나 쓰고 내 허락 없이 내 이름으로 대출을 받고는 사라져버렸어요. 나한테 그런 짓을 했단 말이에요. 그 놈한테 말해요. 덴버로 오기만 하면 캐시가 모가지를 잘라버릴 거라고……. 아니, 아니다. 지금 당신 어디에요? 경찰에 신고하게 주소를 불러줘요."

나는 전화를 끊었다.

가까이에서 통화 내용을 듣고 있던 바네사의 눈이 공포에 질려 휘둥그레졌다.

"누구예요?"

"표적이었어요."

나는 상자 속에 쌓여 있는 휴대전화를 뚫어지게 쳐다보았다. 구역질이 나올 것 같았다. 그러니까 라클란이 몇 주씩 사라지곤 했을 때마다 이런 짓을 하고 다녔던 거다. 도대체 얼마나 많은 여자에게 사기를 친 것일까? 스무 명? 서른 명?

흘러내린 머리카락에 얼굴이 가려진 바네사가 휴대전화를 내려다보고 있었다. 왠지 울고 있는 것만 같았다.

"이런 짓을 하고 다니는지 알았어요?"

"아니요."

나는 신발 상자의 뚜껑을 닫고서 발가락으로 쓱 밀어버렸다.

"자, 계속 찾아봐요. 바네사는 주방을 살펴봐요. 나는 침실을 볼 테니까."

블라인드를 친 침실은 어두웠고, 먼지가 많았다. 옷장 서랍에는 셔츠와 치노 바지가 가지런히 놓여 있었고 옷장에는 디자이너 슈트와 광을 낸 가죽 신발이 가득 들어 있었다. 서랍과 선반을 샅샅이 뒤지고 신발 안도 살펴보았지만, 훔칠 수 있게 내가 돕지도 않았고 차고 나온 것을 단 한 번도 본 적 없는 값비싼 시계가 10여 개 담겨 있는 나무 상자 말고는 특별히 흥미로운 물건은 없었다. 옷장에 놓인 물건들을 살펴보면서 나는 라클란이 나 없이도 부지런히 많은 일을 했다는 사실을 깨달았다. 그런데 왜 굳이 나를 끌어들였을까?

바네사가 주방을 뒤지는 소리가 들렸다. 텅 빈 물건이 덜컹거리는 소리가 들렸고, 무언가 나무 같은 것이(판자일까?) 바닥으로 떨어지는 소리가 들렸다. 조금 뒤에 바네사가 기묘한 표정으로 맥칸 오트밀 상자를 들고 왔다.

"이것 좀 봐요."

상자에는 고무 밴드로 묶은 100달러짜리 지폐 뭉치가 여러 개 들어 있었다.

"캐비닛 밑을 막아놓은 판자를 빼니까, 이게 있었어요."

"어떻게 거길 볼 생각을 했어요?"

나는 상자를 물끄러미 쳐다보면서 말했다.

"〈크리미널 마인드〉 같은 범죄 시리즈를 보면 거기 많이 숨기던 걸요. 이거, 만 단위는 되는 것 같아요. 이런 상자가 여섯 개나 더 있어요.”

상자에 들어 있는 돈을 본 순간 내 몸에서는 아드레날린이 솟구쳤다. ‘엄마 치료비야!’ 나는 상자에서 시리얼 부스러기가 묻은 돈다발을 하나 꺼내 본능적으로 주머니에 넣으려고 했다. 돈다발이 주머니 속으로 들어가기 직전에 손을 멈추었다. 이제는 더는 이런 짓을 해서는 안 된다.

나는 돈을 다시 상자에 넣었다.

“당신이 가져요. 이제 더는 다른 사람 돈은 갖지 않을 거예요.”

바네사는 돈 상자가 방사성 물질이라도 되는 것처럼 황급히 침대 위에 내려놓았다.

“지금 나보고 마이클의 돈을 훔치라는 거예요?”

“맙소사, 바네사. 애초에 마이클의 돈도 아니에요. 이 돈이 어디서 왔는지 누가 알겠어요? 그러니까 그냥 가져요. 나한테 내준 보석금을 받았다고 생각해도 될 테고, 라클란이 이미 당신한테서 가져간 게 분명한 돈 대신 받는 거라고 생각해도 되고요. 그 사람한테 뭐든 사줬을 거 아니에요.”

“차를 사주기는 했어요.”

“신용카드도 쓸 수 있게 해줬죠?”

바네사가 고개를 끄덕였다.

“아아, 그럼 벌써 당신 계좌에 접근할 방법을 찾았을 거예요.”

바네사는 울 것 같은 표정을 지었다.

“그런 속임수에 넘어가다니, 믿을 수가 없어요. 당신들 두 사람은, 당신들은…… 나를 속였어요. 난 정말 바보예요.”

“아니에요. 당신은 우리가 당신에게 보이고 싶었던 모습을 정확히 본 거예요. 우리가 당신을 겨냥한 맞춤 쇼를 선보였으니까. 그러니까 믿어도 좋아요. 당신은 바보가 아니라 낙관주의자인 거예요."

나는 돈 상자를 들어 바네사에게 내밀었다.

"자, 이 돈을 가져요."

"아니, 갖고 싶지 않아요."

"좋아요. 그럼 자선단체에 기부해요. 하지만 절대로 라클란을 위해 남겨놓지는 마요."

바네사는 다시 상자를 들어 안을 살펴보았다. 상자를 흔들어보다가 손가락이 두 개 정도 들어갈 정도로 손을 상자 속으로 집어넣어 무언가를 꺼냈다. 조그만 노란색 서류 봉투였다. 나를 한 번 쳐다본 바네사는 봉투에 든 종이를 꺼냈다. 종이를 펼치자 세월이 흘러 너덜너덜해진 출생증명서가 보였다.

출생증명서에 적힌 이름이 접힌 주름 사이에 가려져 있어 잠깐 동안 알아볼 수가 없었다. 마침내 판독한 이름은 마이클 오브라이언이었다. 1980년 10월에 워싱턴 타코마에서 엘리자베스 오브라이언과 마이런 오브라이언의 아들로 태어났다. 서류 봉투에는 노란색 사회 보장 카드와 만기가 지난 미국 여권이 있었다. 이 모든 서류의 소유자는 마이클 오브라이언이었다.

그러니까 라클란은 진짜 이름을 사용한 것이다.

바네사의 얼굴이 창백해졌다.

"이런."

나는 출생증명서를 뚫어지게 쳐다보면서 산타바바라의 호텔 침대에 누워 라클란이 자신이 사용할 가짜 이름을 말하던 순간을 떠올렸다. "나는 마이클 오브라이언으로 할래." 라클란은 그렇게 말했었다. 애슐리라는 이름이 내 입에 익는 데는 오래 걸렸지만 마이클이라는 이름이 라클란의 입에 익는 데는 그다지 오래 걸리지 않았던 건 당연한 일이었다. 나에게서 바네사 이야기를 듣자마자 라클란은 바네사가 자신이 수년 동안 기다려왔던 큰 먹잇감임을 눈치챈 걸까? 이미 큰돈을 노리고 결혼할 계획을 세워놓았던 걸까? 이혼하면서 한몫 챙기려고 했던 걸까? 아니면 그보다 더 끔찍한 일을 계획했던 걸까?

"그러니까 아일랜드 사람도 아니었네요."

내가 중얼거렸다.

바네사는 출생증명서를 내려다보면서 지문을 남길지도 몰라 두려운 것처럼 종이 끝만 살짝 건드렸다.

"그 사람이 스톤헤이븐에서 나를 기다리고 있어요. 이혼소송을 하면 내 재산의 절반을 달라고 할 거예요."

바네사의 목소리가 점점 더 부드러워졌다.

"나는 그 남자의 아이를 가졌어요. 처음에는 낙태할까 생각했지만, 난 이 아이를 원해요. 하지만…… 마이클이 우리 인생에 있는 건 원치 않아요. 그러니까 내가 임신을 했다는 사실을 알기 전에 그를 쫓아버려야 해요. 임신한 걸 알면 절대로 그 사람을 내보낼 수 없어요."

"그냥 쫓아버려요."

바네사는 헝클어진 머리카락 사이로 나를 뚫어지게 쳐다보았다.

"쉽게 쫓아낼 수 있다고 생각해요?"

죄책감이 날카로운 이를 드러내 내 양심을 갉아대고 있었다. 마이클을 바네사에게 데려가서 그녀가 그를 상대하게 내버려둔 건 나였으니까.

"안 될 거예요."

바네사는 살짝 비틀거렸다.

"그래도 내 집에서 나를 쫓아내게 하지는 않을 거예요."

"돌아갈 거예요? 스톤헤이븐으로?"

바네사는 어깨를 으쓱했다.

"그럼 어디로 가겠어요? 거기가 내 집인데."

"어쨌든 혼자서는 가지 마요. 베니와 함께 가는 게 어때요? 둘이 함께 맞설 수 있잖아요."

"지금 베니 상태를 몰라서 그래요. 그 애한테 기댈 수는 없어요."

"세상에, 그냥, 잠깐만요. 바네사, 하루나 이틀 호텔에서 묵는 게 좋겠어요. '우리 집에서 나가'라고 말하는 것보다 훨씬 나은 계획을 생각해봐요."

사실 내가 해야 하는 말은 "경찰에 신고해요"라는 사실을 잘 알고 있었다. 하지만 바네사가 마이클을 경찰에 신고한다면 경찰은 마이클이 부자들을 상대로 범죄를 벌여왔다는 사실을 밝혀낼 테고 내가 공모자라는 사실도 밝혀낼 것이 분명했다. 이미 나는 알렉세이 절도 사건만으로도 충분히 곤경을 치르고 있었다. 그러니 경찰에 신고하자는 말은 할 수 없었다.

바네사는 터지면 팔이나 다리 한두 개쯤은 날려버릴 폭탄이기라도 한 것처럼 뻣뻣하게 두 팔을 펴서 오트밀 상자를 들어 올리더니 다시 주방으로 걸어갔다.

바네사가 돈을 들고 침실에서 나간 순간, 나는 돈을 바네사에게 주었다는 사실을 후회했다. 도대체 무슨 생각이었을까? 어쩌면 지금 나는 엄마의 사망 보증서에 서명을 한 걸지도 몰랐다. 게다가 남은 인생을 감옥에서 썩고 싶지 않다면 괜찮은 변호사도 고용해야 했다. 내 양심이라며 쓸데없이 부린 만용이 가져올 결과가 대체 뭐지? 깨끗한 양심이라는 게 정말로 그만한 가치가 있는 걸까?

이제는 너무 늦었다. 하지만 어딘가 다른 곳에 또 다른 돈다발을 숨겨놓지 않았을까? 나는 엎드려서 침대 밑을 들여다보았다. 먼지밖에 없었다. 천장을 보려고 똑바로 누워 생각했다.

이곳에 마지막으로 온 것은 6개월 전이었다. B급 래퍼의 손에서 수십만 달러는 될 법한 다이아몬드로 뒤덮인 손가락 블링을 빼내는 작업을 끝낸 뒤에 라클란은 나를 데리고 비벌리힐스에 있는 식당에서 밥을 먹었고, 에코 파크로 운전을 하기에는 술을 너무 마셔서 이곳으로 왔었다. 숙취 때문에 너무 힘든 상태로 눈을 떴을 때 라클란은 욕실에서 분주하게 움직이다가 살며시 욕실 문을 닫았다. 침실로 돌아온 라클란은 깨어 있는 나를 보더니 활짝 웃으면서 내 옆에 누웠다. 하지만 나에게 오기 전에 기존 표정을 숨기고 새로운 표정을 만들던 라클란을 분명히 기억했다.

그러니까 욕실에 분명히 무언가가 있었다.

나는 욕실 문을 열고 욕실 불을 켰다. 갑자기 밝아진 빛에 눈이 제대로 떠지지 않았다. 욕실에는 한 여자가 있었다. 누르스름한 얼굴에 머리카락이 마구 헝클어진 그 여자는 나를 뚫어지게 쳐다보고 있었다. 그 여자가 나라는 사실을 눈치채기까지는 조금 시간이 걸렸다. 세련되고 침착했던 니나 로스는 쪼그라들어 사라지고 없었다. 사실 니나 로스의 껍데기 속에 남아 있는 사람이 누구인지 확신이 서지 않았다. "이쪽이 훨씬 더 좋은 것 같아요." 바네사의 말이 생각났다. 도대체 어떻게 그럴 수가 있을까?

욕실 수납장에는 치약과 타이레놀, 덱스트로암페타민 한 병, 아주 비싼 면도기 한 세트 말고는 아무것도 없었다. 세면대 밑에는 화장실 휴지와 크리넥스, 커다란 배수구 세제가 한 통 있었다. 혹시 세면대 뒤쪽에 무언가 있을지도 몰라 세 가지 물건을 모두 밖으로 꺼냈다. 하지만 아무것도 없었다. 죽어 있는 좀 시체와 네모로 접은 빛바랜 데이지가 그려져 있는 콘택트 라이너 페이퍼뿐이었다. 그런데 라이너 페이퍼 가장자리가 여러 번 밀린 것처럼 이상하게 말려 있었다. 캐비닛 아래쪽을 톡톡 두드려보았다. 텅 빈 것 같은 소리가 들렸다. 손톱을 압축 판지 밑으로 집어넣자 손쉽게 바닥을 들어 올릴 수 있었다.

캐비닛 밑에는 평평한 셔츠 상자가 있었다. 상자 뚜껑을 열어 내용물을 확인하는 동안 내 심장은 미친 듯이 뛰었다.

찾았다!

바네사가 나를 에코 파크까지 데려다주었다. 로스앤젤레스 위로 밤이 내려앉았고 바네사의 SUV가 동쪽으로 향하는 미등의 강물에 합류했을 때는 러시아워가 한창이었다. 바네사의 SUV 안에서는 가죽 냄새와 시트러스 방향제 냄새가 났다. 8주 동안 플라스틱이나 금속 의자에만 앉아 있다가 몸이 깊숙이 들어가는 푹신한 쿠션에 앉자 그대로 파묻혀 질식할 것만 같았다. 침묵이 진한 수프처럼 차 안을 묵직하게 적시고 있었다. 내 생각만으로도 너무나 벅찼기에 바네사가 무슨 생각을 하는지 물어볼 겨를이 없었다.

바네사는 SUV를 천천히 우리 집 앞에 세웠다. 우리 엄마가 언제라도 집 밖으로 나올지 모른다고 생각하는 것인지, 긴장한 눈을 계속 깜빡였다. 하지만 집 안에는 전등 하나 켜져 있지 않았다. 어둡고 공허한 창문만이 거리를 내다보고 있었다.

차 문을 열고 나오기 전에 바네사에게 물었다.

"이제 스톤헤이븐으로 돌아갈 거예요?"

"샤토 마몽에 묵을 거예요. 오늘은 돌아가기에는 너무 늦었으니까요. 내일 아침에 떠나려고요."

나는 눈을 깜박였다. '내가 바네사와 함께 돌아가면 돼. 스톤헤이븐으로 돌아가서 내가 저지른 잘못을 수습해야 하는 거야.' 그렇게 생각했지만 내 입에서는 "가지 마요"라는 말밖에는 나오지 않았다. 가장 쉬운 방법을 택하라고 말한 것이다.

나를 바라보는 바네사의 이가 어둠 속에서 날카롭게 빛났다. 그 표정을 보는 순간 잠시 존재했던 우리의 짧은 휴전이 끝났음을 알 수 있었다.

"그저 무시해버리면 모든 게 해결된다는 식으로 말하지 마요. 정말, 진심으로 하는 말이에요. 나한테 이래라저래라 하는 당신은 누구죠?"

바네사의 숨결이 가쁘고 뜨거워졌다.

"아니, 정말로, 당신은 누구예요?"

내 앞에 있는 사람은 바네사였지만 그 순간 내 귀에 들린 목소리는 바네사 아빠의 목소리였다. "너는 누구냐?" 나도 모르게 버럭 화가 났다.

'나는 아무것도 아니지. 나는 시시한 존재야. 하지만 당신도 다르지 않아.'

"좋아요. 상관하지 않을 테니까, 혼자서 잘 해봐요."

자동차 문손잡이를 더듬어 찾으며 내뱉듯이 말했다.

"당신이 상관하지 않을 거라는 거 잘 알아요. 늘 그랬으니까. 당신은 당신밖에 모르는 사람이니까."

바네사는 쌀쌀맞게 대답했다. 그 뒤로도 나에게 더한 말을 한 것 같은데 이미 차에서 내려 바네사 리블링에게서, 스톤헤이븐에서 멀어져 엄마의 집으로, 내 집으로 가고 있었으니 나머지 말은 들리지 않았다.

내가 다육식물 화분 밑에 넣어둔 열쇠를 찾을 때까지 머물던 바네사의 SUV는 내가 집으로 들어갈 때쯤에는 주위에 어둠만을 남기고 떠나가버렸다.

집 안은 바뀐 것이 없었다. 하지만 한동안 아무도 살지 않은 것처럼 케케묵은 냄새가 났다. 텅 빈 집 안을 돌아다니며 엄마가 남긴 최근 흔적을 찾아보았다. 하지만 그 어떤 흔적도 없었다. 싱크대는 비어 있었고 커피포트도 깨끗하게 치워져 있었고 바닥에는 옷 한 벌 떨어져 있지 않았다. 황급히 옷장을 열어보았다. 커다란 짐 가방이 없었다. 뒷문으로 나가 우편함을 들여다보았다. 적어도 일주일치 우편물은 쌓여 있는 것 같았다.

이런, 세상에. 엄마는 병원에 입원한 것이 분명했다.

보석금을 내고 감옥에서 나올 때 교도관이 휴대전화를 돌려줬지만 전화는 먹통이었다. 엄마가 내 전화 요금을 내지 않았기 때문이다. 그래서 유선전화로 호손 박사에게 전화를 걸었다. 발신음이 멈추고 자동 응답기로 넘어갔다. 나는 응답기에 대고 제발 나에게 전화해달라고 애원했다.

3분 뒤에 유선전화가 울렸고 전화기 너머로 호손 박사의 목소리가 들렸다. 그릇 부딪치는 소리가 나는 것으로 보아 저녁을 먹고 있는 것 같았다.

"니나, 오랜만이군요."

호손 박사가 말했다. 감정이 드러나지 않는 목소리였지만 아픈 엄마를 두고 대체 어디에 가 있었던 거냐고 나를 비난하는 것처럼 들렸다.

"우리 엄마는 괜찮은가요?"

전화기 너머로 어린아이가 징징대는 소리가 희미하게 들렸고, 호손 박사가 조용히 하라고 했는지 멀어지는 발소리가 들렸다. 호손 박사는 한참 있다가 대답했다.

"어머니요? 글쎄, 일단 어머니를 검사해봐야 적절한 대답을 할 수 있겠군요."

"엄마를 왜 넣으신 거죠?"

또다시 전화기 너머에서 잠시 아무 말도 들리지 않았다.

"넣었다고요?"

"병원에 입원시킨 것 말이에요. 제가 몇 달 떠나 있었기 때문에 어떤 상황인지 잘 몰라요. 엄마가 상황을 말해주지 않았거든요. 방사선치료는 시작했나요? 그리고 그게 뭐더라?"

나는 잠깐 생각했다.

"'애드벡스트릭스'라고 했던가, 그 약도 먹고 있나요?"

'그런데 그 모든 치료비는 어디서 마련한 거지?' 나는 이상하다고 생각했다.

전화기 너머로 가볍게 기침하는 소리와 종이 넘기는 소리가 들렸다.

"어머니는 병원에 계시지 않아요, 니나. 적어도 내가 아는 한은 말이에요. 애드벡스트릭스도 복용하지 않고요. 지난 1년 동안 어머니 상태는 완화되었어요. 마지막 스캔 모두 깨끗했고요."

"완화되었다고요?"

"3월 정기검진 때 다시 찍어볼 생각이지만, 내 생각에는 예후가 좋을 것 같아요. 말했듯이 줄기세포 이식 치료는 성공률이 80퍼센트가 넘어요. 완벽하게 장담은 할 수 없지만 어머니는 괜찮을 거예요. 최근에 어머니와 이야기해본 적 있어요?"

들고 있던 전화기가 스르르, 내 손에서 미끄러져 내렸다. 차가운 무언가가 내 목을 타고 흘러내려 얼음 조각처럼 식도를 막아버렸다. 엄마는 건강했다. 전화기 너머에서 우렁찬 남자아이 목소리가 들렸다. “아빠!” 호손 박사가 전화기를 손으로 막고 아이를 달래는 소리가 들렸다. 떨리는 손으로 나는 전화기를 내려놓았다.

‘엄마는 건강해. 엄마가 나에게 거짓말을 한 거야.’

나는 빙글빙글 원을 돌면서 옷장에서 언제라도 엄마가 튀어나올 수 있다는 듯이 어두운 방갈로 안을 멍하니 둘러보았다. 떨리는 손으로 쓰러지지 않도록 벽을 짚었다. 그때 주방 구석에 놓여 있는 서류 보관함이 보였다. 급히 보관함 앞으로 뛰어가 서랍 손잡이를 잡아당겼다. 서랍은 한참 열리지 않으려고 버티다가 마침내 금속성 비명을 지르며 항복했다.

쌓여 있는 서류와 영수증을 하나씩 꺼내 바닥으로 던졌다. 바닥에는 분홍색, 노란색, 파란색 종이들이, 티슈처럼 얇은 인쇄용지와 검진표, 병원 청구서들이 차곡차곡 쌓였다. 모두 엄마가 정말로 끔찍하게 아프다는 증거들이었다. 엄마가 아프다는 사실을 나는 알았다. 줄기세포를 이식하고 몇 주 동안 입원해 있을 때 나도 병원에 있었으니까. 오랫동안 화학요법을 받을 때도 엄마와 함께 있었다. 엄마의 빗에서 금발 머리카락을 빼주었고 독성 화학물질이 엄마의 정맥 안으로 방울방울 떨어져 내릴 때 엄마의 손을 꼭 잡고 있었다. 엄마는 정말로 아팠고, 죽어가고 있었다.

하지만 이제 더는 죽어가고 있지 않았다.

서랍의 가장 뒤쪽에 있는 종이를 꺼내기 전까지, 나는 내가 무엇을 찾고 있는지도 몰랐다. 그 종이는 지난 10월에 호손 박사가 발급한 진단서였다. 이해할 수 없는 숫자와 의학 용어로 가득 찬 그 종이 위에는 '완화'라는 글자가 선명하게 적혀 있었다. 그 종이 바로 뒤에는 운명의 그날 병원을 나온 엄마가 내 앞에서 흔들었던 CT 촬영 결과지가 있었다. 거기 붙은 사진에는 틀림없이 엄마의 뇌와 목, 척추에 달라붙어 있는, 엄마의 부드러운 조직 속에 숨어 있는 익숙한 그림자가 있었다. 하지만 지금 다시 자세히 살펴보니 검사 연도에서 7자를 살살 문질러 흐릿하게 만들고 연필로 8이라고 고쳐 썼음을 알 수 있었다.

그러니까 엄마는 계속 아픈 척하려고 옛날 스캔 결과서를 나에게 보여준 거였다.

도대체 왜? 무엇 때문에?

스캔 결과지에서 눈을 떼지 못하고 있을 때 자물쇠가 열리는 소리가 났다. 현관문이 열리면서 갑자기 켜진 현관 등이 엄청난 빛을 쏟아냈다. 눈을 제대로 뜨지 못하고 나는 한참을 가만히 서 있었다. 현관으로 들어서던 엄마는 나를 보더니 그 자리에 얼어붙고 말았다. 엄마는 흰 바지에 밀랍 염색을 한 상의를 입고 한 손에 햇빛 차단용 모자를 들고 있었다.

"니나!"

엄마는 모자를 바닥에 떨어뜨리더니 두 팔을 활짝 펴고 나를 안으려고 걸어왔다.

"오, 내 아가. 보석금은 어떻게 내고 나온 거니?"

나는 씁쓸한 마음으로 엄마의 힘찬 발걸음과 태닝이 희미하게 남은 피부, 이제는 통통해진 뺨을 바라보았다. 스카프로 가리지 않은 엄마의 머리카락은 윤기가 흐르는 금발이었다. 나는 한 걸음 뒤로 물러섰다.

"어디 갔었어?"

내 말에 엄마도 더는 다가오지 않았다. 그제야 자신이 병들어 보이지 않는다는 사실을 깨달았는지 손을 올려 조심스럽게 머리카락을 매만졌다. 엄마의 얼굴에는 변명거리를 찾고 있음이 분명한 표정이 스쳐 지나갔다. 아픈 건 엄마가 아니라 나라는 생각이 들었다.

"사막에."

마침내 엄마가 말했다. 엄마의 입에서는 애교 섞인 부드러운 목소리가 흘러나왔고 엄마의 팔은 분명한 의도를 가지고 움직였다.

"사막에 갔다 왔어. 의사가 그게 좋을 거라고 해서. 건조한 공기를 쐬는 거 말이야."

엄마의 말을 듣는 순간 바늘이 심장을 찌르는 것처럼 날카로운 통증을 느꼈다. 그리고 비로소 깨달았다. 나는 엄마의 표적이었다.

"엄마, 그만. 엄마는 아프지 않아."

나는 CT 촬영 결과지를 내밀었다.

부드럽게 꺾인 엄마의 입술 사이로 공기가 빠른 속도로 들어갔다가 나왔다.

"아가. 그런 웃긴 말이 어디 있어. 내가 암인 거, 너도 알잖아."

하지만 엄마의 눈은 내가 들고 있는 종이를 뚫어지게 보았고, 파르르 떨리는 눈을 위로 들어 결국 내 눈과 마주쳤다.

"1년 동안 암은 없었어. 결과지를 꾸며서 아픈 척한 거야. 내가 이해할 수 없는 건 엄마가 왜 그런 거짓말을 했는지야."

내 입에서 금 간 꽃병처럼 갈라지고 텅 빈 목소리가 흘러나왔다.

엄마는 안락의자 끝에 털썩 주저앉더니 몸을 똑바로 지탱하려면 단단한 물체를 잡아야 한다는 듯이 손을 더듬거렸다. 엄마는 하얀 샌들과 대조를 이루는 조개껍데기 같은 연한 분홍색 발톱을 물끄러미 내려다보며 말했다.

"네가 뉴욕으로 돌아가려고 했잖아. 네가 나만 또 혼자 내버려두려고 했잖아. 나는 몰라서……."

엄마는 마스카라를 짙게 바른 속눈썹이 가리고 있는 빨갛게 충혈된 눈을 깜박이며 말했다.

"모르다니, 뭘?"

"어떻게 살아가야 하는지, 뭘 해야 하는지, 나는 모르는걸."

엄마는 아주 작은 목소리로 어린 소녀처럼 말했다. 갑자기 엄마가, 그리고 엄마가 그동안 해왔던 변명과 사과가 모두 너무나도 피곤해졌다.

"그냥 진실만 말해줘."

내가 말했다.

그래서 엄마는 진실을 말했다.

우리는 서로를 제대로 볼 수 없는 어두운 현관 밖에 나란히 앉았고, 엄마는 그동안 있었던 일을 처음부터 사실대로 말했다. 엄마는 4년 전에 벨에어호텔 포커판에서 라클란의 시계를 훔치려고 했고, 라클란은 처음부터 엄마의 의도를 알고 있었다. 엄마가 시계를 잡아채려고 했을 때 라클란은 엄마의 손목을 잡고 눈을 똑바로 보면서 말했다.

"이런 일보다는 더 나은 일을 할 수 있을 것 같은데, 안 그래요?"

하지만 엄마는 라클란이 없으면 더 나은 일을 할 수가 없었다. 이미 빠른 속도로 50대를 향해 가고 있었고, 바에 모인 남자들의 눈길은 그저 엄마의 몸을 스쳐 지나갈 뿐이었다. 남자들은 엄마보다 훨씬 젊고 예쁜 여자를 원했고, 엄마는 자신이 절망이라는 악취를 점점 더 진하게 풍기고 있음을 알았다. 그러나 라클란은 엄마가 자기 일에 합류한다는 사실을 기뻐하는 것처럼 보였다. 그는 엄마를 표적이 될 여자들에게 쉽게 접근할 수 있는 조력자로 활용했다. 사랑을 소중하게 생각하고 쉽게 속아서 신용카드와 은행 계좌 정보를 손쉽게 넘겨주는 여자들을 꾈 때 활용할 조력자로 말이다. (그러니까 라클란의 집에서 보았던 휴대전화들은 모두 그런 용도로 사용한 것이다.) 여자들은 같은 여자가 보증해주는 남자를 신뢰하기 마련이니까.

라클란을 만나고 처음 몇 년간은 엄마는 월세를 내고도 충분히 남는 돈을 벌 수 있었다.

하지만 어느 날, 엄마는 아프기 시작했다. 처음에는 저절로 낫기를 바라며 아프다는 사실을 무시했다. 그러다가 결국 쓰러졌고 암이라는 끔찍한 진단을 받았다. 엄마가 자신을 스스로 돌보지 못한다면 누가 엄마를 돌봐줄까? 엄마는 나를 부르면 내가 오리라는 것은 알았지만, 내가 병원비를 감당할 수 없다는 사실도 잘 알았다. 엄마는 바보가 아니었으니까 인테리어 회사에서 보조 비서 일을 하는 내 월급이 빤하다는 사실을 잘 알았다. 통화를 할 때마다 얼버무리는 내 말을 들으며 엄마는 내 재정 상태가 좋지 않음을 감지했다.

그래서 엄마는 똑똑하고 예쁘고 교활한 자기 딸을, 억만장자들에 관해 잘 알고 미술에 대한 지식이 있는 딸을 라클란에게 상납하기로 결정한 것이었다. 라클란이 내 쓰임새를 찾으면 분명히 나를 유혹해 적절한 사기꾼으로 만들 훈련을 시켜줄 테니까. 엄마의 제안에 라클란은 흥미를 느꼈고 기뻐하기까지 했다. 병원에서 우리가 처음 만났을 때는 나에게 조금 반하기까지 했다. 엄마는 라클란이 내 귀에 대고 속삭일 말까지 그에게 가르쳐주었다. "가진 걸 잃어 마땅한 사람 것만 가져올 거예요. 우리가 필요한 만큼만 말이에요. 절대로 탐욕은 부리지 않아요."

엄마의 생각은 옳았다. 나는 타고난 사기꾼이었다. 내 핏속에 그런 재능이 흘렀다.

"내 핏속에 그런 재능은 없어."

서서히 다가오는 밤의 축축함이 내 얼굴을 적시는 동안 나는 자갈로 덮은 어두운 진입로를 뚫어지게 바라보았다. 부릅뜬 두 눈이 너무 아팠다.

"그러니까 나에게 이런 삶을 살게 한 건 엄마가 나를 엄마처럼 만들고 싶었기 때문인 거네. 내가 엄마처럼 되어야만 엄마가 자신을 더 나은 사람이라고 생각할 수 있으니까."

내 말에 대답하는 엄마의 목소리는 너무 작아서 언덕 아래에 있는 고속도로를 달리는 차들의 소음 밑으로 거의 가라앉고 말았다.

"난 네가 나하고는 아주 멀리 떨어진 곳에서 웅장한 삶을 살기를 바랐어. 하지만 넌 그러지 못했잖아. 그럼 내가 어떻게 해야 해? 갚아야 할 청구서는 날아오는데 난 아팠어. 난 네 도움이 필요했고, 네가 사는 식으로는 나를 도울 수가 없는데?"

엄마는 병원비가 그렇게 많이 나올 줄은 몰랐다고 했다. 자신이 죽음에 가까이 다가가리라고는, 치솟는 병원비 때문에 내가 엄청난 위험을 감수하게 되리라고는 예상하지 못했다고 했다. 더구나 내가 라클란과 잠을 자리라고는 생각하지 못했다고 했다.

"물론 두 사람이 서로 끌리는 것 같기는 했지만 말이야."

엄마는 나를 슬쩍 훔쳐보면서 말했다. 엄마 말은 사실일까? 정말로 라클란이 나를 유혹한 건 엄마가 용인할 수 있었던 계획이 아닌 걸까? 라클란이 나의 연인이 됨으로써 나는 엄마에게 좀 더 가까이 있을 수 있었고 우리 사이에 모르는 사람이 끼어들 여지는 사라졌는데?

"물론 걱정이 되기는 했어."

엄마는 자신이 그토록 오랫동안 나를 탈출시키려고 노력했던 인생 속으로 나를 끌어들인다는 사실이 두려웠다고 했다. 그래서 더는 자신이 도움이 필요 없어지면 나를 놓아줄 거라고 다짐했다고 했다. 좀 더 지적이고 현명한 방식으로 살아가면서 깨끗한 삶을 살 수 있도록 동부 해안으로 떠나게 내버려두리라고 다짐했다고 했다.

하지만 10월의 어느 날, 암이 사라졌다는 검사 결과가 나오고 병원비를 거의 다 지불했을 때 엄마는 나를 그냥 보내줄 수는 없다는 사실을 깨달았다고 했다. 그날 밤, 침대에 누워 독성 물질이 마침내 자신의 핏속에서 사라졌음을 느끼며 엄마는 '꼭 지금이어야 할까?'라고 생각했단다. 암 치료가 끝나고 내가 떠나버리면 자신에게는 저금해둔 돈도, 새로운 일을 할 수 있는 기술도 없이 이미 지나가버린 화려했던 날들에 대한 기억만 남아 있을 뿐임을 자각했다고 했다.

그래서 엄마는 한 가지 계획을 세웠다. 마지막으로 내가 크게 한탕 할 수 있는 방법을 찾아냈다. 그 방법으로 자신의 곳간을 채우고 나면 나를 놓아주리라 다짐했다.

그러니까 타호를 목표로 정한 건 엄마였다. 엄마도 나처럼 수년 동안 리블링 가족을 관찰했다. 복수라는 씁쓸한 작은 냄비에 열을 가하면서 적절한 순간에 끓어오르기만을 기다리고 있었다. 신문에서 엄마는 윌리엄 리블링이 죽었다는 기사를 읽었고, 인터넷에서 바네사가 스톤헤이븐으로 돌아갔다는 사실을 알았다. 지난 12년 동안 엄마는 돈으로 가득 찬 금고, 비싼 고가구와 그림으로 가득 찬 스톤헤이븐을 생각하며 어떻게 하면 그곳으로 몰래 들어갈 수 있을지 궁리했다. 그리고 마침내 10여 년 동안 리블링에 대한 분노가 곪을 대로 곪아 언제라도 점화되기만을 기다리는 엄마의 딸이 최고의 기량을 발휘할 준비가 되었음을 알았다. 더구나 딸은 엄마보다 스톤헤이븐의 비밀을 더 많이 알고 있었다.

"금고에 돈이 있다는 걸 알고 있었다고?"

문득 엄마가 나와 함께 커피숍에 갔던 날이 생각났다. 베니와 바네사가 대화를 하고 있던 그 장소에 엄마가 있었음이 기억났다. 그 두 사람에게 무관심한 듯 딴짓을 하던 엄마가 사실은 귀를 쫑긋 세우며 대화를 엿듣고 있었던 거였다. 하지만…….

"내가 비밀번호를 안다는 건 어떻게 알았어?"

내 말에 엄마는 고개를 흔들었고, 엄마의 황금색 머리카락이 엄마의 턱을 따라 함께 흔들렸다.

"몰랐어. 하지만 넌 똑똑한 내 딸이잖아."

엄마는 자랑스러운 듯 살짝 웃었다.

"어떻게 하든지 방법을 찾아낼 거라고 믿었지. 게다가 네가 비밀번호를 알아내지 못하더라도 라클란이 금고를 부수고 돈을 꺼내 올 수 있을 거라고 생각했어."

엄마가 할 일은 그저 씨앗을 심는 것뿐이었다. 암이 재발했고 이제 곧 엄청난 돈이 필요할 거라는 협박만 하면 되는 거였다. 나머지는 라클란이 맡아 내가 그들 두 사람이 원하는 방향으로 움직이게만 하면 되는 거였다. (지금에서야 할리우드 스포츠 바에 있을 때 라클란이 신중하게 말을 고르며 내 생각을 이끌어갔다는 사실을 깨달았다. 그때 라클란은 "타호호수는 어떨까?"라고 말했었다.) 당연히 우리는 타호호수로 떠났고,

“하지만 경찰이 나를 찾고 있었잖아. 그래서 우리가 떠난 거잖아. 에프람이 잡힌 뒤에 나를 불어서.”

엄마는 한쪽 샌들을 벗더니 양쪽 손바닥으로 발가락을 천천히 문질렀다.

“경찰은 없었어, 그때는. 에프람은 예루살렘으로 돌아갔다고 들었어. 그 이야기는 나랑 라클란이 만들어낸 거야. 그래야 네가 결심을 할 테니까. 그래야 내가……,”

엄마는 그다음 말은 거의 반쯤은 다시 삼켜버릴 것 같은 목소리로 웅얼거렸다.

“치료를 받는 동안 네가 떠나 있을 테니까.”

“하지만 난 정말로 체포됐어. 세상에, 엄마. 형사 고발됐단 말이야. 이건 현실이라고.”

엄마가 무너진 건 그때였다. 이야기를 시작하고 처음으로 엄마에게서 목구멍이 막힌 것 같은 소리가 났다. 엄마를 돌아보자 잔주름이 가득한 엄마의 눈에 눈물이 맺혀 있었다.

“그건 계획에 없었어. 맹세해. 절대로 난 그런 계획은 세우지 않았다. 라클란이 나도 속인 거야. 그 녀석이 우리 둘을 망친 거라고.”

금고에 돈이 들어 있었다면 모든 것이 좋게 끝났을지도 몰랐다. 100만 달러를 나누어 갖고 지는 태양을 향해 걸어가면서 아무 거리낌 없이 작별했을지도 몰랐다. 물론 라클란은 또 다른 계획을 진행했을 수도 있었다. 마이클 오브라이언의 계획을. 하지만 라클란도 없이 빈손으로 로스앤젤레스로 돌아온 나를 본 엄마는 끔찍한 일이 벌어질 거라는 사실을 직감했다. 그 일은 엄마가 예상했던 것보다 훨씬 빠르게 일어났고. 경찰이 우리 집 문을 두드리고 내 손목에 수갑을 채웠으며, 나를 감옥으로 끌고 갔다.

경찰은 그때까지 장물을 보관하던 창고를 찾아내지 못했다. 하지만 그날 밤, 알렉세이 페트로프가 도난당한 물건이 있는 곳을 알려주는 익명의 전화를 받았고, 그곳에서 내 존재를 알게 되었다. 누가 그런 전화를 할 수 있을까? 라클란밖에 없었다.

나는 너무 화가 나서 한마디도 할 수 없었다. 그저 의자를 뒤로 젖혀 지붕널을 댄 방갈로 벽에 기댔다. 깨진 나무 조각이 내 티셔츠를 뚫고 들어와 피부를 찔렀지만, 나는 움직이지 않았다. 그저 잔혹한 배신감을 온몸으로 느낄 뿐이었다.

"엄마는 알았어야 해. 이런 일이 생길 걸 알았어야 한다고. 엄마는 라클란이 어떤 인간인지 알고 있었잖아. 라클란이 사기꾼이라는 걸 알았잖아. 그런 사람한테 어떻게 나를 갖다 바칠 생각을 해?"

나는 울지 않으려고 애썼다.

"엄마는 평생 나더러 엄마를 믿으라고, 이 세상에는 우리 둘밖에 없다고 했으면서, 어떻게 나한테 이런 일을 할 수 있어?"

엄마는 아무 말도 하지 않았다. 엄마는 내면의 감정을 통제할 수 없는 사람처럼 온몸을 부들부들 떨면서 말했다.

"할 수만 있다면 그 녀석을 내 손으로 죽여버릴 거야. 하지만 어디에 있는지 알 수가 없어. 내 전화를 받지 않아."

"아직 스톤헤이븐에 있어, 엄마. 바네사 리블링이랑 결혼했어. 이제는 바네사 리블링의 삶을 지옥으로 만들어서 이혼하고 그 여자 재산을 모두 차지해버릴 거야."

"오, 불쌍한 아이 같으니라고."

엄마의 목소리가 너무나도 이상했다. 우리 쪽으로 달려오던 자동차가 충분히 오랫동안 우리 얼굴에 헤드라이트를 비추었다. 나는 엄마의 얼굴을 쳐다보았고, 엄마의 입가에 맴도는 거짓을 보았다.

엄마는 묘하게 입술을 비틀어 웃고 있었다. 그러니까 바네사 리블링이 조금도 불쌍하지 않았던 것이다.

나는 급하게 일어나다가 몸의 중심을 잃고 현관 바닥에 엎어질 뻔했다.

“내 차 어딨어?”

내 말에 엄마가 무슨 소리냐는 표정을 지었다.

“팔았어. 네가 한참 동안 감옥에 있을 것 같아서…….”

“그럼 라클란의 차는? 내가 여기 올 때 타고 온 건?”

“그것도 팔았어. 돈을 내야 했으니까.”

징징거리듯 우는 목소리를 내며 엄마는 고개를 푹 숙였다.

“세상에, 엄마.”

나는 재빨리 현관문을 열었다. 현관문 바로 옆에 엄마의 혼다 열쇠가 있었다. 접시에서 열쇠를 재빨리 집어 가방에 넣었다.

몸을 돌리자 바로 뒤에 있는 엄마가 보였다. 엄마는 내 손목을 잡으며 앞을 막았다. 엄마의 손아귀 힘은 충격적일 정도로 세져 있었다. 아니, 애초에 힘이 없는 것처럼 속였을 수도 있었다.

“어디 가려고?”

“몰라. 일단 여기서 나갈 거야.”

“나를 버리고 갈 순 없어. 너 없이 내가 어떻게 살아?”

거실 불빛에 비친 엄마의 얼굴은 공포에 질려 완전히 피폐해져 있었다. 시커먼 마스카라가 엄마의 뺨을 타고 흘러내리고 있었다. 나는 고개를 숙여 엄마의 손을 내려다보았다. 베이비핑크 매니큐어를 바른 손톱과 태닝을 한 손이 은밀한 비밀을 속삭이고 있었다.

지난주에 엄마는 어디에 있었던 걸까? 누구와 함께 있었던 거지? 물론 나는 그 답을 알았다. 내가 감옥에 가고 리블링의 돈이 엄마의 수중에 들어오지 않을 거라는 사실이 분명해지자 엄마는 다시 필드로 나가 표적을 찾아낸 것이다. 사막에서 엄마는 어떤 이유를 대며 표적을 속였던 걸까? 그런 질문을 하고 있다는 사실 자체가 너무나도 피곤해졌다. 그리고 더는 그 질문에 답을 찾고 싶다는 생각도 없었다.

"엄마는 엄마가 늘 하던 대로 해. 하지만 이번에는, 엄마가 아무리 엄마의 삶을 망친다 해도 나는 도와주러 오지 않을 거야."

6
PRETTY THINGS
바네사

34

ㅇ

스톤헤이븐 안으로 들어서는 나를 그가 맞이했다. 두 눈을 돋보이게 해주는 파란색 캐시미어 터틀넥 셔츠를 입고 와인 잔을 손에 든 채 환하게 웃으며 나를 반겼다(그 셔츠는 내가 크리스마스 선물로 사준 거였다!). 그 사람은 우리 할아버지의 델프트 꽃병 옆에 서서 마치 내가 자기 집에 찾아온 손님인 양 나를 맞았다. (자기 집인 것처럼 말이다! 오, 세상에, 내가 무슨 일을 한 걸까? 마망, 아빠, 캐서린 할머니. 너무 죄송해요.)

이 사람이 바로 내 남편이었다. 마이클 오브라이언.

내가 고개를 흔들어 머리에 묻은 눈을 털면서 여행 가방을 옮기려고 애쓰자 마이클이 재빨리 뛰어와 와인 잔을 나에게 건네고는 가방을 잡았다. 얼떨결에 와인 잔을 받은 나는 진한 붉은색 액체를 내려다보면서 나도 모르게 불안한 마음이 들어 와인 잔 손잡이를 꽉 쥐었다.

"샤또 빠쁘 클레망이야. 와인 저장고에서 찾았어. 이런, 당신한테 키스를 안 했구나."

혼란스러운 내 표정을 보더니 마이클이 말했다.

마이클의 입술이 내 입술에 닿자 그의 열기가 내 피부에 묻은 눈송이를 녹이면서 차가운 물방울이 내 뺨을 타고 눈물처럼 흘러내렸다. 마이클은 내 몸에 팔을 둘러 부드러운 스웨터를 입은 자신의 가슴으로 나를 끌어당겼다. 스웨터 밑으로 규칙적으로 뛰는 마이클의 심장박동이 느껴졌다. 사타구니 쪽에서 반갑지 않은 통증이 느껴졌다. 내 자궁 속에서 자라고 있는 생명체가 마이클의 존재를 눈치채고 부들부들 떨고 있는 것이 분명했다. 내 의지와 달리 마이클의 품에서 평온함을 느끼는 나는 그저 모든 것을 잊고 그가 나를, 우리를 돌보게 내버려두고 싶었다.

로스앤젤레스에서 타호까지 차를 몰고 오는 그 긴 시간 동안 나는 범죄와 맞설 준비를 했다. 폭풍우를 뚫고 달려오면서 계속 다짐했다. '해낼 거야! 할 수 있어. 나는 강해! 나는 망할 바네사 리블링이야!' 하지만 집에 와서 내가 만난 건 나를 배려하는 곰 인형처럼 순한 남편이었다. 정신 차려! 전혀 해롭지 않은 남편이라는 것은 모두 환상이야! 하지만 정말로 그럴듯한 환상이기는 했다.

애초에 망할 바네사 리블링은 누구일까? 머리가 이상한 여자, 약골, 그 이름이 주는 무게 때문에 모든 것을 잃고도 그 뒤에 숨어 있는 사람 아니었나?

나는 마이클의 품에서 빠져나왔다.

"머리 잘랐네?"

"이 스타일을 더 좋아하지? 당신이 짧은 머리를 더 좋아했던 게 기억나서."

마이클이 한 손으로 머리카락을 헝클자 곱슬머리가 한쪽 눈을 덮었다. 그 상태로 마이클이 나를 보고 웃었고, 나도 모르게 마음속에서 욕구가 솟아올랐다. 마이클을 따라 주방으로 들어가자 장작이 타고 있는 난로와 닭고기인지 감자인지 모를 음식이 구워지고 있는 냄새가 났다. 주방이 주는 감각에 압도되어 나는 울고만 싶었다. 돌아오는 내내 다짐했던 확신은 내 부츠에서 녹아내리는 눈처럼 내 몸속에서 흘러내리고 있었다.

마이클은 와인을 한 잔 따르더니 나를 돌아보았다. 나는 옷을 벗지도 않고, 들고 있는 와인에 입을 대지도 않고 그저 주방 문 앞에 멍하니 서 있었다. 나를 보는 순간 마이클의 얼굴을 덮고 있던 웃음이 조각들로 나뉘어 떨어져 나갔다.

"당신, 왜 그래?"

밖에서는 빠른 속도로 눈이 쌓여 스톤헤이븐을 침묵의 장막 안에 가두고 있었다. 오늘 밤에는 눈이 90센티미터쯤 온다고 했다. 기상 캐스터는 이번 눈 폭풍이 올겨울 최대 규모로, 아주 많은 눈이 내릴 것이라고 했다. (정말 기가 막힌 모순이었다!) 나는 운 좋게 집에 도착했던 것이다. 그렇기에 고속도로를 통제하기 직전에 정상을 넘을 수 있었던 것이다.

난로는 창문까지 뿌옇게 만들어버릴 정도로 강한 열기를 내뿜고 있었지만 나는 얼어붙을 것처럼 추웠다.

경솔하게 손에서 수류탄을 놓치는 것처럼 내 입에서 그 말들이 쏟아져 나오려고 한다는 사실을 나는 말을 하기 직전에야 깨달았다. (안 돼. 너무 빨라! 아직 준비가 안 됐단 말이야!)

"당신은 누구야?"

마이클은 와인 잔을 식탁에 내려놓고 그게 무슨 말이냐는 듯이 살짝 눈썹을 찡그렸다.

"마이클 오브라이언이지."

"그건 당신 이름이잖아. 정말로 당신은 누구야?"

마이클은 곤혹스럽다는 듯이 윗입술을 일그러뜨리며 웃었다.

"또 이중성이 발현됐구나."

그 말에 나는 멈칫했다. '내가, 이중인격이라고?'

"그게 무슨 뜻이야?"

"당신의 생활은 모두 거짓으로 점철되어 있잖아. 속은 엉망진창이면서 사람들에게 과시하려고 거짓으로 꾸민 예쁜 모습만을 보일 뿐이지. 실제로는 존재하지 않는 인생을 팔아치운 거잖아. 그걸 거짓말이 아니라고 생각하는 거야?"

"나 때문에 다친 사람은 없어." (정말일까?)

마이클은 어깨를 으쓱하더니 스툴 위에 앉았다. 그러고는 대리석 조리대 위에 챙, 소리가 날 정도로 세게 와인 잔을 내려놓고 정확히 조리대 끝에서 멈출 때까지 와인 잔을 빙글빙글 돌렸다.

"그렇게 생각하고 싶다면 그렇게 해. 하지만 난 동의하지 않아. 당신은 있지도 않은 인물을 창조해서 50만 팔로어가 이룰 수도 없는 열망을 갖게 했고, 불안하게 만들어서 결국에는 끊임없이 모임이나 행사장을 쫓아다니게 했어. 자기, 당신은 강매쟁이야. 당신 같은 족속들은 다 그렇지만."

머릿속이 안개 낀 것처럼 둔탁하고 흐릿해졌다. 마이클이 너무나도 침착하다는 사실이 화가 났다. 마이클은 나를 혼란에 빠뜨리려고 하고 있었고, 분명히 성공하고 있었다.

'내가 무슨 말을 할 수 있을까?' 나는 마이클을 화나게 하고 싶지 않았다. 내가 마이클이 생각하는 것만큼 부자가 아니라는 사실을 말했을 때 마이클의 얼굴에 떠올랐던 무시무시한 표정과 부지깽이를 바닥에 내리치던 손을 기억했다. 주방에는 칼도 있었고 묵직한 주철로 만든 냄비도 있었고 불타는 장작처럼 위험한 물건이 가득했다. 나는 엄청난 싸움을 벌이고 싶지 않았다. 그저 그가 떠나기만을 원했다.

나는 다시 시도했다.

"내가, 생각해봤는데……. (부드럽게 말해야 해! 나는 부드럽고 불확실한 목소리를 내려고 노력했다. 사실 큰 노력 없이도 그런 목소리가 내 입에서 흘러나왔다.) 우리가 정말 잘 살 수 있을 거라고 생각해? 당신과 나 말이야. 함께 살 수 있을까?"

마이클은 여전히 와인 잔을 조리대 위에서 빙글빙글 돌리고 있었다. 술에 취한 듯이 비틀거리는 와인 잔은 언제라도 엎어져 와인을 쏟아낼 것처럼 위태로워 보였다. 재빨리 조리대로 달려가 와인 잔을 붙잡으려고 할 때 마이클이 손가락으로 와인 잔 손잡이를 쿡 찔러 멈추게 했다.

"왜? 당신은 행복하지 않다는 뜻이야? 그래?"

"그냥 생각해본 거야."

나는 주방 문 위에 걸린 시계를 힐끗 쳐다보았다. 아직 5시밖에 되지 않았는데 창문 밖으로 아무것도 보이지 않았다. 그저 어둠뿐이었다. 호수도, 내리는 눈도 보이지 않았다. 스톤헤이븐의 두툼한 돌벽은 폭풍이 내는 소리를 모두 삼켜버렸다. 주방은 너무나도 조용해 스토브의 점화용 불씨가 타는 소리까지 들릴 정도였다.

"나는 그냥 우리가 조금 떨어져 있는 게 좋지 않을까 생각했어. 우리 관계는 너무나도 갑작스럽게 시작됐잖아. 조금 급박한 상황에서. 그래서 우리가 서로를 잘……."

마이클이 내 말을 잘랐다.

"그냥 생각했단 말이지. 글쎄, 내 생각에는 당신은 늘 불행했던 것 같아. 안 그래? 그러니까 당신 문제는 나와는 상관없는 거야. 문제는 당신 머리지."

마이클이 자신의 관자놀이를 손가락으로 톡톡 두드렸다.

"당신은 정말로 내가 떠나는 걸 원하는 게 아니야. 그저 당신은 당신이 누군가와 함께 있을 자격이 없다고 생각하는 것뿐이야. 그러니까 나는 가지 않을 거야. 내가 가면 당신은 후회할 테니까. 나는 절대로 당신이 의심 때문에 우리 관계를 망치는 걸 두고 보지 않을 거야."

마이클은 조리대 위에 손을 얹고서 자기 손에 내 손을 얹을 수 있도록 손바닥을 위로 똑바로 폈다.

"모두 다 당신을 위해서야, 바네사. 내가 떠나면 당신은 정말 외로울 거야. 우리가 함께한 모든 걸 내팽개쳐버렸다는 이유로 자신을 미워하게 될 거라고. 나는 당신을 당신 그대로 볼 수 있는 유일한 사람이니까."

나는 얼어붙은 듯이 꼼짝도 하지 않고 서서 마이클의 말을 곱씹어보았다. 왜냐면 그의 말이 옳았으니까. 마이클은 나를 꿰뚫어 볼 수 있다. 언제나 그랬다. 나는 마이클이 내가 실패한 인간이라고 해도 나를 사랑한다고 믿었다(아니, 내가 실패한 인간이기에 나를 사랑한다고 믿었다). 하지만 이제는 그가 나에게서 본 것이 착취할 수 있는 나약한 인간이었음을 안다. 그래서 나는 내가 더 미웠다. '이 사람은 나를 사랑하지 않아. 왜냐면 나는 조금도 사랑스러운 인간이 아니니까. 이 사람은 그저 나를 속이려고 작정한 것뿐이야.'

하지만 마이클은 여전히 걱정이 가득한 투명한 파란 눈으로 나를 똑바로 보았다. 그리고 주방의 아일랜드에서 돌아 나와 내 앞에 섰다.

"내가 당신을 행복하게 만들어줄 수 있어, 바네사. 나한테 그렇게 할 수 있게만 해주면 돼. 그냥 나를 의심하는 걸 멈추기만 하면 된다니까."

마이클이 손을 뻗어 내 파카의 지퍼를 잡아당겼다. 나를 끌어안으려는 것 같았다. 그리고 잠깐 동안 그것이 가장 쉽고 안전한 길처럼 느껴졌다. 그저 그에게 몸을 기대고 그가 나를 행복하게 해줄 수 있게 내버려두는 것 말이다. 내 권리를 포기하고, 내 약함을 받아들인 채 그가 모든 것을 통제하도록 내버려두는 것 말이다.

마이클은 지금 내 안에서 자라고 있는 아기의 아빠였다. 나 혼자 아기를 기르는 것보다 마이클과 함께하는 편이 더 낫지 않을까? 그저 편리한 거짓말로 계속 나를 속여가면서 지내면 되는 것 아닐까? 마이클이 나에게서 빼앗아 가기를 기다리지 말고 그저 내가 먼저 주면 되는 게 아닐까? 어쨌거나 이 모든 게 나에게는 필요가 없으니까. 그냥 마이클에게 줘서 없애버리는 게 낫지 않을까?

하지만 나는 마이클의 가슴을 손으로 힘껏 밀쳤다.

그때 주방 저 끝에서 틀림없이 소리가 들렸다. 경첩이 열리지 않으려고 저항하는 소리, 바닥에 나무판이 긁히며 내는 신음 소리가 들렸다. 그리고 주방 문 하나가 벌컥 열렸다. 마이클과 나는 동시에 몸을 돌려 가장 먼 곳에 있는 문을 보았다. 실내 오락실로 통하는 문이었고, 단 한 번도 사용하지 않는 문이었다.

그곳에 니나가 서 있었다. 니나의 청바지는 무릎부터 아래까지 모두 젖어 있었고 니나의 뺨은 추위로 빨갛게 얼어 있었고 니나의 파카는 완전히 젖어 시커멓게 보였다. 니나는 사냥 방에서 가져온 결투용 권총을 들고 있었다. 그 총은 마이클과 내가 있는 쪽을 겨누고 있었는데, 니나의 표적이 나인지 마이클인지는 분명히 알 수 없었다.

내가 딛고 선 바닥은 무너져 내렸고, 내 무릎은 휘청거렸으며, 나는 생각했다. '드디어 끝이 났구나.'

"괜히 시간 낭비하지 마. 이미 알고 있어. 바네사는 당신에 대해 모든 걸 다 안다고."

니나가 마이클에게 말했다.

7
PRETTY THINGS
니나

35

ㅇ

괴물로 태어나는 사람은 없다. 안 그런가? 갓 태어난 아기에게는 좋은 사람이 될 수도 있고 나쁜 사람이 될 수도 있고 어중간한 사람이 될 수도 있는 잠재력이 있지 않을까? 그러다가 인생이, 환경이 이미 우리의 유전자에 새겨져 있던 성향에 영향을 끼치는 거다. 나쁜 행동이 보상을 받고 약점이 처벌받지 않을 때, 우리가 절대 달성할 수 없는 이상을 갈망하고 그 목표에 도달하지 못했을 때 점점 더 비통해하면서 괴물이 되어 가는 거다. 우리는 세상을 보고 세상 안에서 우리의 위치를 측정하면서 점점 한 위치에 갇히게 되는 거다.

그러는 동안 깨닫지도 못하는 사이에 우리는 괴물이 된다.

28년이나 산 뒤에 문득 정신을 차리고 아래를 내려다보니 한 손에 권총을 들고 있는 상황이 된 것도 바로 그 때문이다. 그런 순간이면 모든 것을 다시 처음으로 되돌려 새롭게 시도하고 전혀 다른 장소에 착륙할 수 있게 해줄 되감기 버튼은 어디에 있는 건지 정말로 궁금해진다.

주방 반대쪽에 바네사와 라클란이 서로 몇 미터쯤 떨어져서 똑같이 입을 크게 벌리고 있었다. 나는 라클란에게 말했다.

"이미 알고 있어. 바네사는 당신에 대해 모든 걸 다 안다고."

라클란이 나를 보았다가 바네사를 보았다. 처음으로 라클란의 얼굴에서 정말 놀란 듯한 표정을 보았다.

"도대체 어디에서 온 거야?"

"감옥에서."

라클란은 도무지 이해할 수 없다는 듯이 눈썹을 찡그렸다.

"아, 그래?"

"제발, 굳이 놀란 척하려고 애쓸 필요 없어."

라클란은 잠시 주저하다가 크게 웃었다.

"좋아. 정정당당하게 하자고. 그래, 어떻게 나왔지?"

"보석금을 주고 나왔지, 당연히."

라클란은 아직도 이해가 안 된다는 표정으로 잠시 생각했다.

"로즈가?"

"아니."

나는 권총으로 바네사를 가리켰다. 권총을 움직이는 건 생각보다 훨씬 어려웠다. 온통 황금으로 장식한 권총은 무게가 2킬로그램은 족히 나갔기에 미끄러지지 않도록 잡고 있는 것만도 버거웠다.

"바네사가 와서 꺼내줬어."

"에?"

라클란은 재빨리 고개를 돌려 바네사를 보았다.

"우아, 젠장. 진짜 그런 능력이 있는 줄은 몰랐네."

바네사에게 하는 말인지, 나에게 하는 말인지는 알 수가 없었다. 아무리 생각해도 우리 두 사람 모두에게 하는 말 같았다. 이제는 가짜임을 아는 라클란의 아일랜드 억양이 내 신경을 건드렸다.

라클란은(아니, 사실은 마이클이라고, 나는 생각했다) 바네사에게서 멀찌감치 물러났다. 이제 나는 결정을 해야 했다. 총구를 어디로 향해야 할까? 내가 여전히 우리의 본래 표적을 향해, 우리가 애초에 이곳에 온 표적이었던 특권을 누리는 공주님에게 총을 겨누고 있는 걸 보고 마이클의 얼굴에는 안도하는 표정이 뚜렷하게 떠올랐다.

마이클은 재빨리 눈을 움직여 나와 바네사를 번갈아 쳐다보더니 나를 똑바로 보면서 히죽거렸다. 마이클은 나의 동맹자로 재빨리 자신의 위치를 수정했고, 그가 다시 내 쪽에 붙었다는 사실에 나는 안도했다. 지금으로서는 그것만이 내가 기댈 수 있는 유일한 희망이었다.

나는 바네사를 겨누고 있는 총열을 내려다보았다. 바네사는 바들바들 떨면서 물음표가 가득 한 긴장한 눈으로 나를 똑바로 보았다. '당신은 누구냐고?' 나는 오랫동안 쌓인 리블링 사람들에 대한 미움을 표면으로 모두 끌어 올려 이글거리는 눈으로 바네사를 쏘아보았다. 내 강렬한 눈길에 공포에 질린 바네사는 습기를 머금은 녹색 물웅덩이가 되어 바닥에 퍼질 정도로 움츠러들고 또 움츠러들었다.

마이클 쪽으로 몸을 돌리자, 마이클이 가짜 미소를 한껏 지으며 나를 보고 있었다. 내 진짜 의도를 보여달라는 뜻이었다.

"바네사가 알아. 우리가 왜 여기 왔는지 다 안다고. 당신이 한껏 꾸민 모습이 진짜가 아니라는 걸 알아."

마이클은 바네사는 이곳에 없는 존재라는 듯이 그녀를 쳐다보지도 않았다.

"좋아. 말해봐, 니나. 도대체 뭘 노리는 거야? 어째서 굳이 여기로 돌아왔지? 왜 그냥 멕시코로 도망치지 않았어?"

"중급 절도범인 걸 그냥 인정하라고? 내가 얼마나 멀리 갈 수 있을 것 같은데? 그럴 순 없지. 난 돈이 필요해. 그것도 많이. 괜찮은 변호사를 사야 하니까. 모두 당신 덕분이야, 내 사랑. 너무 고마워."

"너무 나쁘게는 생각하지 마, 알았지?"

마이클은 팽팽하게 긴장한 표정으로 이를 너무나도 많이 드러내며 웃었다.

“악감정이 있어서 그런 건 아니야. 그냥 더 나은 기회를 만들려고 그런 거지. 당신은 너무 작게 생각하니까. 늘 너무 많이 가져갈까 봐 걱정하잖아. 이제 그런 방식은 나랑 안 맞아. 그러니까 당신이랑 내 동맹은 끝난 거야. 안 그래?”

바네사가 한 번에 한 걸음씩 뒤로 슬금슬금 물러났다. 손으로는 부지런히 주방 문손잡이를 찾고 있는 게 분명했다.

“저기 가서 앉아!”

나는 총을 흔들어 주방 반대쪽에 있는 식탁을 가리키면서 바네사에게 소리쳤다.

바네사는 순한 애완동물처럼 식탁 쪽으로 가서 앉았다.

“좋아, 이렇게 해. 당신이 바네사에게 빼앗은 걸 나한테도 줘. 안 그러면 경찰서에 갈 거야. 내가 당신을 신고하면, 분명히 당신은 유죄판결을 받을걸. 나보다는 당신이 훨씬 더 큰 물고기니까.”

“제발, 니나.”

마이클은 입고 있는 캐시미어 스웨터를 내려다보더니 보이지 않는 올을 잡아 뽑았다.

“당연히 그럴 거였어. 당신하고 함께할 생각이었다고. 하지만 가버린 건 당신이잖아. 이 하찮은 속임수로 모든 걸 망쳐버린 것도, 안 그래? 이 상황에서 내가 뭘 할 수 있겠어? 당신 말처럼 이제 이 여자도 안다며? 게다가 이 여자한테는 돈도 없단 말이야.”

“나, 돈 있어.”

바네사가 부드럽게 항의했다. 하나로 묶고 있던 머리카락이 빠져나와 바네사의 얼굴을 덮고 있어서 표정은 보이지 않았다. 바네사는 떠내려가지 않고 단단히 고정되어 있으려는 듯이 양 손바닥으로 탁자를 꽉 짚고 있었다.

마이클은 바네사를 한껏 무시하며 입을 앙다물고 말했다.

"이 커다란 집이 있겠지. 고가구도 있고. 하지만 그걸 돈이 있다고 말하면 안 되지."

"그럼 고가구를 가져가자. 팔 길이 있을 거야."

내가 마이클에게 말했다.

바네사는 고개를 흔들면서 머리카락 사이로 우리를 쳐다보았다.

"아니, 정말 있어. 현금으로. 아주 많이. 적어도 100만 달러는 될 거야. 보석도 있어. 엄마의 보석. 그건 100만 달러보다 더 나갈 거고. 그걸 줄게. 그러니까 그걸 가지고 그냥 떠나줘. 두 사람 모두."

마이클이 살짝 주저하다가 물었다.

"그게 어디 있는데?"

"금고에."

마이클이 두 손을 번쩍 들어 올렸다.

"내 사랑, 당신 정말 지독한 거짓말쟁이야."

"금고는 비어 있었어. 내가 이미 봤어."

내가 말했다.

바네사는 두 손이 하얘질 때까지 세게 식탁을 눌렀다. 바네사의 눈은 붉어져 있었고 촉촉하게 젖어 있었다.

"서재에 있는 금고 말고, 요트에 있는 금고."

"그 요트가 어디 있는데?"

마이클이 물었다.

"보트 창고에, 올라와 있어. 우리 엄마의 요트."

"요트에 금고를 두는 사람이 어디 있어?"

"요트에는 당연히 금고가 있어. 요트 타본 적 없어?"

바네사는 잔뜩 화가 난 사람처럼 어깨를 한껏 내밀면서 몸을 똑바로 세우고 앉았다.

"생트로페 크루즈 여행을 할 때 금고 아니면 귀중품을 도대체 어디에 보관할 거야?"

"타호는 생트로페가 아니잖아."

마이클은 자기를 도와달라는 듯이 나를 곁눈질했다.

"아무튼 우리 보트에는 금고가 있어. 아빠는 보트에 금고가 있다는 생각을 할 만큼 똑똑하지 않은 당신 같은 사람들을 감안해서 거기에 귀중품을 잔뜩 넣어놓았지."

바네사의 입에서 또다시 윌리엄 리블링의 목소리가 튀어나왔다. 갑자기 위장이 비비 꼬이는 것 같았다. 나는 바네사의 얼굴에서 눈동자가 불안하게 떨린다거나 호흡이 거칠어지는 것 같은 거짓말의 흔적을 찾아보았지만, 거짓말을 하고 있다는 징후는 어디에서도 나타나지 않았다. 갑자기 차분해지고 냉정해진 바네사는 내 눈을 피하지 않고 맞받아쳤다.

"어째서 은행 개인 금고를 이용하지 않은 거지?"

"아빠는 은행을 믿지 않았으니까."

바네사가 고개를 저으며 말했다.

나는 마이클을 보았다.

"뭐, 가서 확인해본다고 문제가 될 건 없겠지. 정말로 금고에 돈이 있다면, 고가구를 가져가는 것보다야 백번 낫잖아."

마이클은 호수에 정박해 있는 보트를 찾으려는 듯이 창문 밖으로 시선을 돌렸지만 당연히 칠흑 같은 어둠 속에서 휘몰아치는 눈 말고는 아무것도 보이지 않았다.

"이런 날씨에 밖으로 나가자고?"

"그래 봐야 눈이 오는 것뿐이야. 보트에 가서 현금을 갖게 되면 이곳을 떠나줘. 오늘 밤에."

바네사의 말에 마이클이 나를 돌아보았다. 나는 어깨를 으쓱했다. '안 될 게 뭐 있어?'

"좋아, 떠나주지."

마이클이 대답했다.

세 사람은 어둠 속에서 커다란 잔디밭을 지나 언덕 아래로 내려갔다. 이미 너무나도 높이 쌓인 눈이 부츠 속으로 들어와 양말을 적셨다. 뒤뚱거리고 비틀거리고 넘어지면서 눈 위에 장렬한 흔적을 남기며 우리 세 사람은 계속 걸었다. 본능적으로 보트 창고를 향해 가는 바네사가 나보다 몇 미터 앞서 걸었다.

너무나도 차가운 바람이 기분 좋게 느껴졌다. 차가운 공기가 내 두개골 속에서 계속 울리는 열띤 목소리를 잠재워주었다. 숨을 쉴 때면 아팠지만, 아프다는 사실은 내가 여전히 숨을 쉬고 있다는 증거였다.

마이클이 내 옆으로 다가왔다. 눈은 빠른 속도로 엄청나게 쏟아져 내리고 있었지만 폭풍은 잠잠해졌다. 너무나도 묵직한 침묵에 둘러싸여 있어서 이제 막 내린 눈을 녹이며 단단한 지면을 드러나게 만드는 발소리들을 한 걸음 한 걸음 뚜렷하게 들을 수 있었다.

마이클은 넘어지지 않으려고 내 팔을 잡으면서 내 쪽으로 몸을 기울여 속삭였다.

"이런 말 해서 미안하지만, 권총에는 총알이 없어."

권총을 손에 들고 걷기는 힘들어서 질퍽하게 젖은 청바지 허리춤에 끼워놓았다.

"아니, 장전돼 있어. 내가 확인했어."

마이클이 얼굴을 찡그렸다.

"허, 그건 또 언제 장전해둔 거야?"

마이클은 무릎까지 오는 눈 더미를 밟고는 욕을 했다.

"진짜 보트에 있을 것 같아? 우리를 속이려는 거 아니겠지?"

"우릴 어떻게 속여? 우리를 위협한다고 해도 한낱 새끼 고양이 같은걸? 게다가 우리는 둘이고 저쪽은 하나야. 우리한테 뭘 할 수 있겠어?"

"하지만 너무 기묘해. 진짜 끝내주는 거짓말쟁이라니까. 자기는 돈이 없다고 말했다고."

마이클은 한숨을 쉬었다.

눈 속으로 발이 푹 빠지며 신발이 벗겨졌다. 나는 눈에 박힌 신발을 잡아 빼 젖은 양말 위에 다시 신었다.

"당신 계획은 뭐였어? 나한테는 말해줄 수 있잖아."

내 말에 마이클은 얼굴을 찌푸렸다.

"당연히 이혼하려고 했지. 결혼 계약서 없이 결혼하는 단순 사기를 치려고 했어. 완전히 합법적인 결혼을 해서 말이야. 캘리포니아는 부부 공동 재산을 인정하는 주잖아. 이혼하면 저 여자가 가진 재산의 절반을 가져올 수는 없겠지만 그래도 몇백만 달러쯤은 건질 줄 알았지. 그런데 돈이 없다잖아. 자기가 가진 건 모두 저 망할 집하고 그 골동품들뿐이라는 거야. 그럼 이혼하는 게 훨씬 어려워질 거 아니야, 안 그래? 저 여자의 변호사들이 내가 스톤헤이븐의 열쇠를 가지고 가게 내버려두지는 않을 텐데. 그래서 생각했지. 좋은 남편 역할을 해주고 저 여자가 유언장을 고치게 하자. 모든 재산을 나에게 남기게 하자. 그 뒤에는 잠시 기다렸다가……."

마이클은 어깨를 으쓱했다.

"죽이려고 했구나."

내 목소리는 혐오를 숨기지 못했다.

마이클이 나를 곁눈으로 쳐다보았다.

"그런 식으로 반응하지 마. 세상에, 지금 당신이 하는 일이랑 뭐가 달라, 어? 총까지 흔들고 다니는 사람이 보일 반응은 아니지. 달링, 저 여자를 그대로 두고 갈 수는 없어. 우리가 떠나자마자 곧바로 경찰서로 달려갈걸?"

"나도 알아."

마이클은 내 말을 믿을 수 없다는 듯이 어깨를 으쓱해 보였다. 나는 절대로 살인을 할 수 없을 거라고 말하는 것 같았다. 순간 공포가 엄습하면서 필요하다면 살인까지 저지를 수 있는 냉혹한 마음이 없다는 것이 내가 세운 계획을 망치는 큰 구멍이 될지도 모른다는 생각이 들었다.

마이클은 눈썹에 달라붙은 눈송이를 털어내려고 손을 위로 올려 거칠게 얼굴을 문질렀다.

"젠장, 이 망할 눈이 왜 이렇게 많이 오는 거야?"

마이클은 발을 헛디뎌 고꾸라지려는 몸을 간신히 바로 세웠다.

"당연히 알겠지만, 그냥 쏘면 안 돼. 자살한 것처럼 보여야 해. 알았지? 다행히 저 여자 가족은 제정신이 아니었잖아. 엄마는 자살했지, 동생은 조현병이지. 그러니 큰 의문을 가지지는 않을 거야."

"당신도 나름대로 계획은 있었을 거 아냐. 어떻게 하려고 했어?"

"마티니에 진정제를 타서 정신을 잃으면 층계참에 매달려고 했지. 쾅! 스스로 목매달아 죽은 거지. 빌어먹을. 내가 안 해도 직접 하게 만들 수도 있을 것 같았어. 저 쓸모없는 미친 여자가 반쯤은 자살하게 만들 수 있었는데."

마이클은 신경질적으로 눈 더미를 발로 찼다.

“하지만 그 계획은 이제 물 건너갔어. 그러니까 다른 방법을 찾아야지. 사고가 나는 게 좋은데, 호수에 빠져서 익사하게 만들까?”

갑자기 우리 앞에 호수가 나타났다. 갑자기 우리 발밑에 거대한 검은 구멍이 불쑥 생겨났다. 바네사는 호숫가에 서 있었다. 두 손을 주머니에 넣고 서 있는 바네사의 얼굴은 어둠 속의 달처럼 창백하게 빛났다. 바네사의 머리카락은 녹은 눈으로 가득해서 얼굴 주위에 고드름이 맺히기 시작했다.

“저기야.”

바네사는 조금 떨어진 곳에 있는 석조 보트 창고를 손으로 가리켰다. 보트 창고는 눈에 파묻힌 나무 사이에 웅크리고 앉아서 우리를 기다리고 있었다.

마이클이 보트 창고 문 앞에 쌓인 눈 더미를 발로 차서 치웠고 우리 세 사람은 보트 창고 문을 열고(마이클이 움켜쥔 문짝은 쪼개져 버렸다) 폭풍이 미치지 못하는 창고 안으로 들어갔다. 창고 내부는 동굴처럼 습한 석조 성지였다. 발밑 선창으로는 호수 물이 부드럽게 들어왔다가 나갔고, 머리 위 처마에서는 바스락거리는 소리가 들렸다. 어둠 속에서 거대한 물체가 우리 위로 솟아올랐다. 겨울을 나는 동안 밧줄에 묶어놓은 요트 옆면으로 ‘주디버드’라는 은빛 글씨가 커다랗게 보였다.

마이클과 나는 이 기묘한 유령을 멍하니 올려다보았다. 갑자기 끔찍하게 삐걱거리는 소리가 석조 벽으로 울려 퍼졌고, 나는 재빨리 권총을 손에 쥐었다. 하지만 머리 위에서 스포트라이트가 켜지자 그 끔찍한 소리는 녹슨 수압 승강기가 요트를 천천히 호수로 내리는 소리임을 알 수 있었다.

바네사는 창고 끝에 서서 스위치를 누른 채 주디버드가 계속해서 밑으로 내려가다 마침내 호수 속으로 첨벙 들어가 부드럽게 출렁이는 모습을 지켜보았다.

"저건 어때, 어?"

나는 다시 권총을 꺼냈다. 내가 권총을 느슨하게 바네사에게 겨누고 있는 동안 바네사는 요트 뒤로 돌아가더니 놀랍게도 차분한 손으로 요트 뒤를 덮고 있는 보호 천을 벗겨 선창 옆으로 끌어 올렸다. 뺨에 묻은 먼지를 문질러 닦고서 바네사는 우리를 돌아보았다.

"이제 올라갈까?"

바네사의 말에 우리는 요트 위로 올라갔다.

요트치고는 큰 편이 아니었지만, 나무와 크롬으로 도배한 주디버드는 과거에는 분명 화려하고 멋진 요트였을 것이다. 지금의 몰골이 되어버린 건 오랜 세월 방치한 결과였다. 주디버드의 상층 갑판에는 찢어진 가죽 천에서 새어 나온 물질이 잔뜩 배어 있었고 브리지에는 노란 얼룩이 길게 묻어 있었다. 뱃머리에 있는 안전 바는 녹이 슬었고 오렌지색 구명보트는 하부 갑판 위에서 공기가 빠져 쪼그라들었고 나무 노는 고물에 흩어져 있었다.

'어두운 창고에서 요트를 썩게 내버려두는 사람들은 대체 어떤 사람들일까? 이런 타락한 낭비라니.' 또다시 익숙한 분노가 내 가슴속에서 똬리를 틀었고, 나는 그 분노를 붙잡았다. '이 분노를 이용해야 해.' 권총을 조금 더 높이 들어 올렸다. 더 이상 손에서 땀이 나지 않았다.

고물에서 몇 미터 떨어진 곳에 문이 하나 있었다. 바네사가 그 문을 열자 어둠 속으로 사라지는 계단이 보였다. 요트의 선실이었다. 열린 문 위로 곰팡내가, 오랜 세월 망각 속에서 내버려뒀던 물건들의 냄새가 피어올랐다.

"밑에는 침실이 두 개 있고 거실이랑 조리실이 있어. 오른쪽 침실에 금고가 있어. 화장대 위에 나무판이 있는데, 그걸 누르면 위로 열릴 거야."

마이클이 바네사를 보았다.

"비밀번호는?"

"엄마 생일, 092757."

마이클은 계단 밑을 한참 바라보았다.

"너무 어두운데. 전등은 있나?"

"전등 스위치가 있어. 계단 밑에."

마이클은 고개를 돌려 나를 보았다.

"내가 가서 보고 올 테니까, 당신은 이 여자를 지키고 있어."

마이클은 아래 문설주에 머리를 찧지 않도록 고개를 숙인 채 휴대전화를 높이 치켜들고 한 계단 내려갔다. 휴대전화에서 흘러나오는 희미한 파란색 불빛으로 어두운 통로를 비추었다. 잠시 주저하던 마이클은 다시 한 계단 밑으로 내려갔고(그에 맞춰 내 심장은 더욱 미친 듯이 뛰었다) 또 한 계단 내려가 완전히 문 안으로 들어갔다. 바로 그때 나는 마이클의 등을 힘껏 발로 찼다.

앞으로 고꾸라진 마이클은 계단 밑으로 굴러떨어졌다. 마구 흔들리는 휴대전화 불빛이 너무 놀라 눈이 휘둥그레진 마이클의 얼굴을 비추었다. 바네사가 재빨리 내 뒤로 뛰어와 문을 힘껏 닫고 문손잡이에 노를 끼웠다.

바네사와 나는 그저 가만히 서서 서로를 쳐다보면서 밑에서 들리는 소리에 귀를 기울였다.

저 밑에서 신음하는 소리가 들리더니 곧 분노에 찬 고함 소리가 들려왔다.

"이 나쁜 년들아!"

마이클의 목소리가 잦아들더니 절뚝거리며 계단을 올라오는 발소리가 들렸다. 굴러떨어지면서 다리를 다친 것 같았다. 곧 문을 두드리는 소리가 들렸다.

"당장 이 문 열어!"

마침내 마이클의 목소리에서 아일랜드 억양이 사라졌다.

나는 바네사를 쳐다보았다. 힘겹게 숨 쉬고 있는 바네사는 살갗이 다 벗겨질 정도로 거칠게 손등을 긁고 있었다.

"문이 열리지 않을까요?"

"열릴 것 같지는 않아요."

바네사는 자신이 없어 보였다.

이제야 총을 내려놓을 수 있다는 사실에 안도하며 나는 어깨를 흔들고 팔을 움직여 내 손에 다시 피가 돌게 했다.

"좋아요. 가요."

내가 바네사에게 말했다.

바네사는 보트 창고 벽에 있는 또 다른 스위치를 눌러서 보트 창고 끝에 있는 큰 문을 움직였다. 문은 위로 올라가면서 금속성의 날카로운 소리를 내질렀다. 문은 반쯤 올라가다가 더는 움직이지 않았다. 얼음 때문에 열리지 않는 것일 수도 있었고 너무 오랫동안 쓰지 않아 고장이 났을 수도 있었다. 너무 놀라 눈이 휘둥그레진 바네사를 보고 '이런, 이제 어떻게 해야 하지?'라는 생각을 하고 있을 때문이 크게 흔들리더니 다시 위로 올라가기 시작했다. 곧 문이 활짝 열리고, 보트 창고 밖으로 넓게 펼쳐진 호수가 보였다. 눈이 맹렬하게 내리고 있어서 1.5미터 앞도 제대로 보이지 않았다.

바네사가 조종석 서랍에서 열쇠를 꺼내 점화 장치에 꽂고 돌렸을 때 아무 일도 일어나지 않아서 우리는 또 한 번 경악했다. 하지만 다시 한번 열쇠를 돌리자 엔진이 살아나더니 포효하기 시작했다. 주디버드는 앞으로 나가려고 목줄을 팽팽하게 잡아당기는 강아지처럼 몸을 부르르 떨었다.

바네사는 주디버드의 전등을 껐다. 주디버드는 천천히 폭풍을 향해 전진했다.

마이클이 아래쪽 선실에서 우리에게 저주를 퍼부으며 이리저리 움직이면서 잠긴 문을 두드렸다. 문을 가로지르고 있는 노가 부서질 것처럼 흔들렸지만 굳건하게 버텼다. 마이클은 주먹으로 천장을 치기 시작했고 우리 발밑에서는 섬유 유리가 요란한 소리를 내면서 흔들렸다.

"괜찮아요?"

내가 바네사에게 물었다. 조종석에 앉아 매일 밤 요트를 몰고 호수로 나가는 사람처럼 능숙하게 눈 덮인 호수를 헤치고 나아가는 바네사는 기이할 정도로 말이 없었다.

"아, 그럼요. 괜찮아요! 완전히 괜찮아요!"

말은 그렇게 했지만 바네사는 차갑게 언 손이 새하얘질 정도로 핸들을 세게 움켜잡고 있었다. 핏기 없는 손등에 손톱으로 긁은 자국이 또렷하게 보였다.

"당신은 어때요? 아주 그럴듯했지만 주방에서는 토할 것처럼 보이던데요?"

"정말 토할 뻔했어요."

웃기려고 한 말도 아니었는데 바네사는 기분이 좋은지 크게 웃었다. 바네사의 마음이 현실을 차단해버렸기에 그렇게 웃을 수 있는 것인지, 아니면 지금 벌어지고 있는 일을 부정하고 있기에 그럴 수 있는 것인지 궁금했다. 마이클이 다시 한번 바네사 바로 밑에 있는 천장을 세게 쳤고, 바네사의 눈썹이 빠르게 위로 올라갔다가 내려왔다.

요트는 어둠을 뚫고 곧장 앞으로 달려갔다. 나는 한 치 앞도 보이지 않았기에 바네사가 목적지를 제대로 알고 있기만을 바랄 뿐이었다. 선착장을 완전히 벗어나 호수 중심으로 상당히 많이 왔을 때 나는 스톤헤이븐의 불빛을 보려고 몸을 돌렸다. 하지만 내리는 눈에 가려 호숫가는 전혀 보이지 않았다. 마치 지구를 벗어나 달 위에 있는 것만 같았다.

몇 분 뒤에 바네사가 요트를 세웠다. 얼마나 멀리 왔을까? 1킬로미터 정도? 나로서는 알 수 없었지만 충분히 멀리 온 것은 분명했다. 창고 밖으로 나온 그 짧은 시간에 어느새 주디버드 위로 눈이 두툼하게 쌓였다.

선실에 있는 마이클이 마침내 조용해져서 바네사가 엔진을 끄자 주디버드 위로 기이한 고요가 내려앉았다. 요트는 물결 위에서 출렁였고 바네사는 내 눈을 뚫어지게 보았고 모든 것이 지나칠 정도로 조용했다. 마치 폭풍 전야 같았다. 물론 진짜 폭풍은 이미 맹렬하게 우리를 감싸고 있었지만 말이다. 눈이 우리의 머리카락을 덮었고 우리의 눈썹에 내려앉았고 우리의 언 손 위에서 녹고 있었다.

앞으로 우리를 기다리고 있는 일이 무엇일지 짐작조차 되지 않았다.

"경찰에 신고해야 해요. 경찰이 잡아갈 거예요. 이미 어딘가에서는 체포 영장이 나와 있을지도 몰라요."

내가 바네사에게 말했다.

샤토 마몽의 객실 침대에 앉아 있는 내 심장은 너무나도 텅 비어 있었고 너무나도 심한 생채기가 나 있었다. 그 긴 하루를 보내고 나에게 남은 것은 단 한 가지 확신뿐이었다. 나는 내가 망쳐놓은 일을 수습할 의지가 있다는 것. 이 상황을 해결하려면 내 도움이 필요하다는 사실을 바네사가 깨닫지 못한다고 해도 나는 반드시 바네사를 돕는다는 것. 바네사를 돕다가 내가 다치는 한이 있더라도 바네사를 돕겠다는 것 말이다.

바네사는 쇄골 가운데 움푹 들어간 연약한 살을 보호하려는 듯이 호텔 목욕 가운의 목깃을 꼭 움켜잡고 있었다.

"이미 전화해봤어요. 비웃음만 당했고요."

"그때는 그랬겠죠. 하지만 지금은 내가 있잖아요. 내가 증언해줄게요."

바네사는 눈을 깜빡이며 나를 보았다.

"하지만 그렇게 되면 당신도 잡혀가는 거 아니에요? 공범으로?"

"아마도, 그렇겠죠."

나는 고개를 끄덕이며 침을 꿀꺽 삼켰다. 마이클과 함께 잡혀가면 이미 기소된 죄에 더 큰 죄가 추가되어 10년은 더 감옥에 있어야 할 것이다. 그것이 에코 파크에서 샤토 마몽까지 달려오면서 내가 한 생각이었다. 나는 내가 받아야 할 벌을 달게 받을 각오가 되어 있었다. 마침내 옳은 일을 할 준비를 마쳤다.

하지만 바네사는 고개를 저으며 내 제안을 물리쳤다.

"아니, 경찰은 안 돼요. 그런 위험을 감수할 수는 없어요. 사람들이 알아서는 안 돼요. 생각해봐요. 바네사 리블링이 사기꾼에게 당했다? 〈베니티 페어〉, 〈뉴욕〉 같은 잡지는 물론이고 블로그를 비롯해 온갖 매체에 실릴 거예요. 우리 가족사가 사람들 앞에 완전히 드러날 거예요. 그럼 난 완전히 망가지고 말겠죠. 게다가 내 아기는 어쩌고요? 그 애가 자라면 아빠가 어떤 사람인지 알게 될 거 아니에요. 아니, 그렇게 되게 놔둘 수 없어요. 내 아기는 자신이 오브라이언이라는 사실을 알아선 안 돼요. 내 아기는 철저하게 리블링으로 자랄 거예요."

바네사는 내 얼굴에 떠오른 당혹스러움을 알아챈 것이 분명했다. (혹시 그런 당혹감이 바네사가 걱정하는 반응인 걸까?) 바네사는 어깨를 으쓱하더니 몸을 조금 더 똑바로 세웠다.

"내가 물려줄 건 내 이름밖에 없으니까요."

"좋아요. 그럼 우리가 함께 가서 맞서는 거예요. 2 대 1이니까, 분명히 제 발로 떠날 수도 있어요."

바네사는 다시 고개를 저었다.

"당신도 말했잖아요. 우리가 정중하게 요청해도 그 사람은 떠나지 않을 거예요. 게다가 그 사람은 완전히 폭력적으로 변할 수도 있어요. 우리 삼촌 칼로 그 사람이 한 일을 보았다면, 그 사람 능력을 충분히 알 수 있었을 거예요."

바네사 목에 힘줄이 도드라졌다가 가라앉았다.

"게다가 정말로 떠난다고 해도 남은 인생을 그 사람에게서 도망치면서 살아야 할 거예요. 나에게 아기가 있다는 사실을 알게 될 테니까, 인터넷에 우리 흔적도 남기지 못할 테고요. 아기가 있다는 걸 알면 돌아와서 아기를 이용해 우리 걸 가져가려 할 거예요."

바네사는 한 손으로 배를 보호하듯이 감쌌다.

"당신도 내 말이 옳다는 걸 알 거예요. 나에게 힘을 발휘할 수 있다고 생각하는 한 그 사람을 멈출 방법은 없어요."

바네사가 나에게 몸을 기울였다. 눈을 깜빡이며 나를 보는 바네사의 숨결이 느껴졌다.

"아주 극단적인 방법이 필요해요. 우리를 건드리면 안 된다는 걸 분명히 보여줄 방법이요. 그 사람을 공포에 질리게 할 방법을 찾아야 해요."

객실 안에 침묵이 가득 퍼졌다. 호텔 야외 수영장에서 키득거리는 10대들의 목소리가 들려왔고 어디선가 돌에 부딪혀 와인 잔 깨지는 소리가 들렸다. 나는 방문 앞 탁자 위에 놓아둔 내 가방을 쳐다보았다. 종이가 가득 들어 있는 종이로 만든 도시락 가방이었다.

"나한테 방법이 있는 거 같아요."

내가 말했다.

나는 다시 권총을 들어 선실로 내려가는 문을 겨누었고 바네사는 조용히 문 앞으로 다가가 노를 빼 문을 활짝 열었다. 우리 두 사람 모두 얼굴을 찡그린 채 마이클이 재빨리 뛰어 올라오기를 기다렸다. 선실에 위험한 물건은 없었다. 적어도 바네사는 그렇게 기억했다. 하지만 사실 어떤 물건이든 무기가 될 수 있었다. 램프도 포크도, 심지어 커피 탁자조차도 마음만 먹으면 무기로 쓸 수 있었다.

하지만 마이클은 갑판 위로 뛰어나오지 않았다. 그저 어둠 속에서 눈을 깜빡이며 계단 맨 위에 앉아 우리를 올려다보았다.

마침내 천천히 일어선 마이클은 내 손에 든 권총을 쳐다보다가 지금 있는 곳이 어딘지를 가늠하려는 듯이 호수로 눈길을 돌렸다. 위로 올라오는 마이클의 발밑에서 갑판이 새된 비명을 내질렀다.

"그래서 이제 어떻게 하면 되지? 널빤지 위를 걸어가서 호수에 빠지면 되는 건가?"

마이클이 입을 앙다물고 말했다.

바네사와 나는 눈길을 주고받았다. 어젯밤, 호텔 침대에 나란히 앉아서 떨리는 목소리로 말하던 바네사가 생각났다. 바네사의 연약한 목소리는 그녀가 꾸미는 계획을 훨씬 온건하게 느끼게 했다. (특권층 상속녀라는 바네사의 겉모습 안에는 타고난 사기꾼이 숨어 있었다.) "먼저 당신이 그 사람 편이라고 생각하게 만들어야 해요. 그래야 경계를 풀 테니까요. 나는 그 사람이 집에서 나와 요트로 가게 할 방법을 생각해낼게요. 일단 호수로 나가면 힘을 못 쓸 거예요. 거기서는 우리가 주도할 수 있어요. 하지만 한 가지 분명히 해야 할 게 있어요. 그 사람이 우리가 자기를 죽일 능력이 있다고 믿게 해야 해요."

"그냥 쏘는 게 나을 것 같은데."

내가 말했다.

"그건 미친 짓이야."

마이클은 부들부들 떨면서 손에 입김을 불며 애원하듯 바네사를 보았다.

"그냥 가게 해줘. 당신한테 전혀 위협이 되지 않을 테니까."

그 말을 듣고 바네사가 조금 움직였고, 나는 서둘러 두 사람 사이에 끼어들었다.

"당신이 그럴 거라고 믿지 않아. 절대로."

내가 말했다.

"당신은, 정말……."

마이클이 나를 보며 이를 악물고 말했다.

"망할, 니나. 정말 크게 한 방 먹었어. 좋아, 알았다고. 당신이 이겼어. 그러니까 그냥 나를 스톤헤이븐에 데려다줘. 그럼 떠날 테니까. 그냥 우리 둘 다 이 미친 새는 만나지 않은 거야, 응? 이 미친 새의 무덤에는 와본 적이 없는 걸로 치자고."

"입 닥쳐!"

바네사가 마이클에게 고함을 질렀다. 숨소리가 점점 더 빨라지고 내 귀로 뜨거운 입김이 느껴지는 것으로 보아 바네사는 과호흡 상태에 도달한 것이 분명했다. '제발, 정신 차려요, 바네사!'

마이클은 그런 바네사를 무시하며 그녀를 향해 날벌레를 쫓듯이 손을 내저었다.

그에 반해 내가 아무 말도 하지 않고 있다는 사실을 기회로 받아들인 것 같았다. 어쨌거나 총을 들고 있는 건 나였으니까 마이클은 계속 바짝 마른 거친 목소리로 나에게 말했다.

"당신한테 이 여자는 필요 없어. 돈은 내가 숨겼으니까, 그걸 나누면 돼. 도대체 왜 이 여자 편을 드는 거야? 이 여자는 당신을 미워해. 당신도 이 여자를 미워하잖아!"

조금씩 나에게 가까이 다가오는 마이클의 목소리가 유혹하듯 부드러워졌다. (내가 알지 못하는 수많은 여자를 유혹해 이성을 잃게 만들고, 그 여자들이 스스로를 의심하게 만들고, 마침내 자기 자신에게 등을 돌리게 만드는 그 목소리를 내고 있는 거였다.)

"당신은 나를 사랑해. 나는 당신을 사랑하고."

감미로운 목소리에 반쯤 넋이 나간 채 얼어붙어 있던 나는 마이클의 마지막 말에 화들짝 정신을 차렸다.

"뭐, 사랑이라고? 아니, 그럴 리 없어. 그랬다면 나를 경찰에 팔아먹지도 않았겠지. 당신은 우리 엄마와 짜고 나를 속였어. 나는 그저 당신의 이익을 위해 이용한 표적일 뿐이야."

마이클이 크게 웃었다.

"좋아. 내가 졌어. 하지만 살인은 전혀 다른 이야기란 말이야, 내 사랑. 정말로 당신이 날 죽일 수 있다고 생각하는 거야?"

"당신을 죽일 수 있냐고?"

내가 되물었다.

마이클은 대답하지 않았다. 바람이 점점 거세졌다. 마이클은 눈을 가늘게 뜨고 나를 노려보았다. 마이클의 코에서 유령 같은 콧김이 뿜어져 나와 휘몰아치는 눈발 사이로 사라져갔다.

허리춤을 살며시 누르는 바네사의 손길이 느껴졌다. 물러나지 말라는 신호였다.

"아니, 마음만 먹으면 우리는 당신을 죽일 수 있어. 하지만 한 가지 제안을 하려고 해. 당신을 체임버스 랜딩 선착장에 내려줄 거야. 그곳에서 걸어가면 마을에 닿을 수 있어. 도로가 뚫리는 즉시 타호시를 떠나. 그리고 다시는 스톤헤이븐에 얼씬거리지 마. 다시는 바네사한테도 나한테도 접근하지 마. 그랬다가는 이 문서들을 경찰한테 넘길 거야."

바네사가 파카 안쪽 주머니에서 종이봉투를 꺼냈다. 마이클과 나 사이에 종이봉투를 불쑥 내민 바네사는 (그것 말고는 어떤 행동을 해야 할지 모르겠다는 듯이) 봉투를 손에서 놓았다. 종이봉투는 갑판 위로 떨어졌고, 그 안에 들어 있던 종이가 쏟아져 나왔다. 마이클의 집 욕실에서 찾은 서류들이었다.

여권, 운전면허증, 은행 서류 같은, 모두 10년쯤 전에 위조한 신분증이었다. 라클란 오말리라는 이름이 인쇄된 여권이 있었고 라클란 월시나 브라이언 월시라는 이름이 인쇄된 여권도 있었다. 남아프리카공화국 외에 여러 나라 출입국 도장이 찍힌 여권에는 마이클

켈리라는 이름이 적혀 있었고, 이안 버크, 이안 켈리, 브라이언 화이트라는 이름이 적힌 운전면허증도 있었다. 신분증을 발행한 주는 다 달랐지만 신분증에 붙은 사진 속 인물은 동일인이었다. 심지어 애리조나와 워싱턴에서 나로서는 모르는 이름으로 발급받은 결혼증명서도 두 장이나 있었다. 2002년 직인이 찍힌 텍사스대학교 학생증에는 브라이언 오말리라는 이름이 적혀 있었다. 학생증에 붙인 사진에서 마이클은 짧게 깎은 머리에 머슬티를 입고 있었다.

"이런 망할!"

허리를 숙여 서류를 살펴보던 마이클의 가슴이 크게 들썩였다.

"이것도 있어."

나는 재킷 주머니에서 작은 녹음기를 꺼냈다.

"보트까지 오는 동안 당신이 한 말을 모두 녹음했어. 바네사에게 정확히 무슨 짓을 하려고 했는지 모두 녹음했다고. 그러니까 얌전하게 굴어. 그러지 않으면 경찰한테 모두 넘길 테니까."

"지금 나를 협박하시겠다?"

마이클은 천천히 고개를 들어 나를 보았다.

"새로운 수법이네. 엄마한테 배운 건가?"

마이클은 유쾌한 듯 웃었지만 입술에는 힘이 잔뜩 들어가 있었고 눈을 이글이글 타올랐다.

벌써 눈이 쌓이고 있는 신분증 맨 위에는 오트밀 상자에서 찾은 마이클 오브라이언의 여권이 있었다. 마이클은 그 여권을 집어 들고 여권에 묻은 눈을 닦더니 생각에 잠긴 얼굴로 여권 사진을 바라보았다. 진짜 자신의 모습에서 마이클이 무엇을 보고 있을지 궁금했다.

그때 갑자기 마이클이 몸을 돌리더니 요트 난간으로 여권을 집어 던졌다.

나는 본능적으로 여권을 잡으려고 몸을 뻗었다. 내가 고개를 돌린 사이에 마이클은 재빨리 먹잇감을 덮치는 뱀처럼 몸을 일으켰고, 당황한 나는 몸의 중심을 잃고 말았다. 미끄러운 바닥 위에서 휘청거리며 손에서 총을 놓쳤다. 가까스로 넘어지지 않고 몸의 중심을 잡았을 때는 이미 마이클이 총을 집어 나를 겨누고 있었다.

마이클은 조금도 주저하지 않고 방아쇠를 당겼다.

거센 폭풍에 눈발이 회오리처럼 휘몰아치고 있었고 호수는 주디버드를 난폭하게 흔들어대고 있었고 방아쇠는 당겨졌다. 찰칵.

그리고 아무 일도 일어나지 않았다. 당연했다. 총에 총알을 장전하지 않았으니까. 그럴 이유가 없는데 굳이 위험을 무릅쓸 필요는 없었으니까. 우리는 실제로 마이클을 죽일 생각이 없었으니까.

마이클이 우스꽝스러운 표정을 지으며 총을 내려다보았다. 그는 다시 방아쇠를 당겼다. 찰칵. 마이클의 얼굴이 일그러졌다. 그는 공포에 질려 있었다.

마이클이 또다시 방아쇠를 당기는 순간 바네사가 힘껏 휘두른 구명보트의 노가 마이클의 옆머리를 강타했다.

"죽어!"

바네사가 고함을 질렀다. 마이클은 의식을 잃고 갑판에 쓰러졌다. 바네사가 다시 마이클의 머리를 내려쳤다. 두개골이 갈라지고 부서지는 소리가 났다. 바네사는 계속해서 고함을 지르며 노를 내려쳤다.

"죽어! 죽어!"

나는 바네사의 손에서 노를 빼앗아 집어 던지고 고함을 치지 못하도록 양팔로 바네사의 가슴을 꼭 끌어안았다. 바네사는 부들부들 떨면서 내 팔을 뿌리치고 앞으로 가려고 했다. 바네사의 몸은 완전히 젖어 있었다. 바네사의 몸을 적시고 있는 것이 녹은 눈이라고 생각했지만, 곧 그게 아니라는 사실을 깨달았다. 바네사는 온통 땀에 젖어 있었다.

마이클의 머리 아래에 있는 섬유 유리를 따라 피가 번져 나갔고, 마이클 밑에 있는 눈이 선홍색으로 물들어갔다. 바네사의 숨결이 다시 차분해지기까지는 억겁의 시간이 흐른 것만 같았다. 떨림을 멈춘 바네사는 잠잠해졌고, 나는 마침내 바네사를 놓아주었다. 바네사는 마이클에게 가까이 다가가 허리를 숙이고 바라보았다. 초점이 사라진 마이클의 투명한 눈이 바네사를 올려다보고 있었다.

"음, 이제 끝났네요."

바네사는 부드럽게 말했고, 나는 요트 난간으로 달려가 토했다.

뒷수습을 한 사람은 바네사였다. 충격적일 정도로 능숙하게 바네사는 마이클을 처리했다. 어떻게 이 모든 일을 알고 있는 거지? 바네사는 욕실 벽장에서 꺼내 온 목욕 가운으로 뻣뻣하게 굳어 있는 마이클의 몸을 감쌌고, 묵직한 요트 안내 책자를 여러 주머니에 꽂아 넣었다. 바네사는 마이클을 갑판의 뒤쪽이 아니라 옆쪽에서 떨어뜨려야 한다는 사실도 알고 있었다.

"뒤로 떨어뜨리면 모터에 걸릴 수도 있어요."

바네사는 덤덤하게 말했다.

처음에 마이클의 몸은 호수 위에 둥둥 떠 있었다. 하얀 실크 목욕 가운이 미라의 수의처럼 물 위에 넓게 펴졌고, 물 위에 떠 있는 몸 위로는 눈이 쌓였다. 하지만 곧 목욕 가운이 물을 모두 먹자 마이클의 몸은 갑자기 물 밑으로 쓱 사라져버렸다.

나는 난간 옆에 앉아 마이클이 가라앉는 모습을 지켜보았다. 얼굴 위로 내려앉으며 녹는 눈 때문에 얼굴에 감각이 없었다.

바네사는 청소용품 보관함에서 가져온 세제를 걸레에 묻혀 바닥을 닦았다. 피가 묻은 곳이 섬유 유리였기 때문에 핏자국이 남을 염려는 없었다. 바닥을 다 닦은 바네사는 걸레와 피 묻은 노, 마이클의 가짜 서류를 모두 호수에 던져버렸다. 모든 처리를 끝낸 바네사는 아무 말도 없이 요트에 시동을 걸었다. 천천히 한 바퀴를 돌아 방향을 바꾼 주디버드는 폭풍을 뚫고 다시 호숫가를 향해 달리기 시작했다.

한참을 달린 뒤에야 나는 뒤를 돌아 우리가 출발한 장소를 쳐다보았다. 끝없이 펼쳐진 푸른 물 위에 매끄럽고 시커먼 물체가 떠 있는 것 같았다. 어쩌면 통나무일 수도 있었다. 어쩌면 호수 깊은 곳에서 올라온 신비한 생명체일 수도 있었다. 어쩌면 익사한 남자일 수도 있었다.

하지만 그 물체는 곧 사라졌다.

나는 고개를 돌려 호숫가를 바라보았고 스톤헤이븐의 불빛이 나타나기를 기다렸다.

에필로그

○

15개월 뒤

스톤헤이븐에 이른 봄이 찾아왔다. 기온이 섭씨 15도까지 올라간 첫날, 우리는 스톤헤이븐의 모든 창문을 활짝 열어 겨울에 쌓인 곰팡이를 몰아냈다. 나무 그늘이 진 곳에는 아직도 마지막 얼음이 녹지 않고 남아 있었지만 집에서 가까운 화단에서는 봄을 알리는 크로커스들이 하늘 높이 고개를 내밀고 있었다. 잠들기 전에는 분명히 우중충한 갈색이었던 잔디밭도 하룻밤 사이에 밝은 녹색 잎이 솟아 있었다.

우리는 조심스럽게 집 안을 돌아다녔다. 우리 네 사람은 청명한 봄 햇살에 눈을 깜빡이며 여전히 어린 사슴처럼 잔뜩 겁을 먹고 있었다. 단 한 사람만이 아무 두려움 없이 온 집 안을 행복한 비명과 웃음과 실망에 찬 울부짖음으로 채웠을 뿐이다. 하지만 그 사람은 고작 7개월 된 아기였다.

그 아기의 이름은 주디스였지만 우리 세 사람은 데이지라고 불렀다. 그 아기의 엄마도, 사기꾼도, 망가진 외삼촌도 똑같이 그 아기를 사랑했다. 금발 머리, 발그레한 통통한 뺨, 투명한 파란 눈. 그 아기는 정말 인형 같았다. 물론 우리 가운데 그 누구도 입 밖으로 꺼내지 않는 특징도 그 아이에게는 있었다. 그 아기가 투명한 파란 눈으로 우리를 쳐다볼 때면 불편한 감정을 느낄 때도 있다는 것 말이다.

시간이 날 때마다 나는 스톤헤이븐의 마흔두 개 방에 차례로 들어가서 방에 있는 물건들 목록을 작성했다. 물론 이번에는 집주인의 허락을 받았다. 그림, 의자, 은수저, 도자기 시계. 모든 방에 있는 물건을 하나도 남김없이 특징을 적고 사진을 찍고 목록을 작성하고 기록했다. 벌써 네 번째 바인더를 작성하는 중이었다. 한참 목록을 작성하다가 문득 고개를 들어보면 카르투슈와 플뢰르 드 리스를 새긴 부르봉왕조 시대 꽃병의 기원과 역사를 알아보느라 점심을 먹는 것도 잊고 다섯 시간이나 일에 몰두했음을 깨달을 때도 있었다.

지금까지 6개월 동안 작업을 했고, 스톤헤이븐에 있는 마흔두 개 방 가운데 열여섯 개 방에서 물품을 목록으로 작성하고 분류를 마쳤다. 예술품과 골동품 기록 작업이 다 끝나면 어떻게 할 것인지 바네사와 구체적으로 상의해본 적은 없었지만 아직 결정을 내리기까지는 적어도 1년이라는 시간이 남아 있었다.

이 일은 바네사가 제안했다. 출소를 두 달 앞둔 어느 날 바네사가 나를 보러 왔다. 바네사의 출산일도 몇 주 남지 않은 때였다. 바네사의 몸은 면회실 플라스틱 의자가 불편할 정도로 부풀어 있었다. 바네사는 임신의 영향을 온몸으로 받는 임산부였다. 머리카락, 피부, 가슴, 배 할 것 없이 몸의 모든 부분이 생명으로 터질 것만 같았다. 그동안 패션을 쫓느라 굶주렸던 몸이 이번 기회에 보상을 받으려고 애쓰는 게 아닌가 하는 생각이 들 정도였다.

바네사는 내 눈을 제대로 쳐다보지도 못했다.

"당신이 와서 우리 집 물품을 정리하고 기록해줬으면 해요. 돈을 많이 줄 수는 없지만 숙식을 제공하고 조사 비용을 댈게요."

바네사는 비타민 보조제 덕분에 윤이 나는 손톱을 잘근잘근 깨물며 잔뜩 긴장한 얼굴로 미소를 지었다.

"지금 스톤헤이븐을 장기적으로 어떻게 처리해야 할지 고민하고 있어요. 어쩌면 엄마가 오래 후원했던 조직에 기증할지도 몰라요. 캘리포니아에 있는 정신건강협회 말이에요. 그 협회가 특별한 돌봄이 필요한 아이들을 위한 학교를 운영하고 싶어 하거든요. 알죠? 베니 같은 아이들요."

다시 신경질적으로 웃는 바네사를 보면서 나는 생각했다. '아, 바네사는 속죄를 할 생각이구나.'

"하지만 그러기까지는 시간이 조금 걸릴 텐데, 그동안 골동품을 많이 처리하려고 해요. 그러려면 팔아야 할 것, 가지고 있을 것, 기부할 것을 구별해줄 사람이 필요해요."

바네사는 잠시 입을 다물었다.

"내 생각에는 지난 몇십 년간 당신보다 우리 집에 있는 물건을 자세히 살펴본 사람은 없을 것 같아요."

처음에는 확신이 서지 않았다. 감옥에서 나가면 나는 동부 해안으로 돌아가 망가진 내 이력으로도 들어갈 수 있는 예술계 일자리를 찾아보려고 했다. 어쨌거나 내 추악한 역사에서, 서부 해안에서 멀리 떨어져 완전히 새롭게 시작하려고 했다. 바네사가 그런 제안을 한 건 내 입을 막으려는 의도인지도 몰랐다. 하지만 굳이 그래야 할 이유는 없을 것 같았다. 모든 것이 밝혀지면 우리 둘 다 잃어야 할 것이 너무 많았으니까.

아무리 생각해도 바네사의 제안은 일리가 있었다. 이제 우리는, 바네사와 나는 단단히 묶여 있었다. 아무리 내가 6,500킬로미터 떨어진 곳으로 옮겨 간다고 해도 그 결합이 끊어질 리는 없었다. 어쩌면 바네사는 내 인생에 합법성을 되찾아줄 가장 좋은 기회인지도 몰랐다. 게다가 솔직히 말해 스톤헤이븐을 자세히 관찰할 기회를 얻을 수 있다는 사실에 살짝 신이 나기도 했다. 그 오랜 시간 스톤헤이븐이 간직하고 있던 비밀을 알 수 있다는 사실에 말이다.

"내가 은 식기를 훔쳐 가지 않을 거라고 어떻게 장담해요? 내가 사기 전과범인 거 잊었어요?"

내 말에 깜짝 놀란 표정으로 나를 보던 바네사가 웃었다. 조금은 신경질적인 웃음이 번잡한 면회실의 소음을 뚫고 울려 퍼졌다.

"당신은 이미 사회에 진 빚을 다 갚았다고 생각해요."

재판을 받고 형을 살았고, 8개월 뒤에 나는 다시 스톤헤이븐으로 돌아왔다. 바네사가 나를 위해 고용해준 비싼 변호사 덕분에 나는 14개월 형을 선고받았다(나중에 알게 된 얘기로는 바네사는 마이클의 주방에서 찾은 돈으로 변호사를 고용했다고 했다). 내 절도죄는 중범죄가 아니라 경범죄로 처벌 수위가 낮아졌고, 감옥에서 모범적으로 생활했기에 데이지가 태어나고 6주가 지난 11월에는 스톤헤이븐으로 돌아올 수 있었다. 내가 애슐리로서 처음 스톤헤이븐의 문턱을 넘은 지 거의 1년이 지났을 때였다.

그때는 베니도 스톤헤이븐에서 조카를 기르는 누나를 돕고 있었다. 바네사는 마침내 베니를 오손요양원에서 데리고 나와 자신과 함께 살게 했다. 베니가 시설의 도움 없이도 제대로 살아갈 수 있는지 알아보는 '시범 생활' 기간이라 '혹시라도 큰일이 생기면 어떡하지?'라는 걱정과 실패할 수도 있다는 불길한 기운이 스톤헤이븐의 돌벽을 감싸고 있었지만, 아직까지는 아무 일 없이 상당히 잘 지내고 있었다.

바네사와 베니는 무척 신경을 쓰며 서로를 조심스럽게 대했다. 바네사는 베니가 정신을 놓지 않는지 살피며 동생의 주위를 떠나지 않았고, 동생이 그림을 그릴 수 있도록 공책과 멋진 펜을 사주었다. (이제 베니는 대부분 데이지를 그렸다.) 베니는 지난 10년 동안 벽을 기어가는 벌레만을 지켜보던 사람답게 무한한 인내심을 가지고 완벽한 외삼촌이 되어 몇 시간이고 쉬지 않고 데이지에게 그림책을 읽어주었다.

베니와 바네사는 행복해 보였고, 솔직히 말해서 그런 두 사람을 보는 나도 행복했다.

내가 스톤헤이븐으로 돌아온 날, 베니와 나는 호수로 산책을 나갔다. (관리인의 오두막을 지날 때는 우리 둘 다 살짝 경직되면서 이상한 기분을 느꼈다.) 우리는 호숫가에 앉아 지나가는 배들을 보았다. 동작이 굼뜨고 어딘가 멍한 베니는 내가 기억하던 그 베니가 아니었다. 하지만 곁눈으로 나를 보며 웃는 모습도, 당황했을 때 빨개지는 목덜미도 10대 때 내가 알았던 베니의 모습 그대로였다.

"여기서 볼 줄은 몰랐어. 다시는 이곳에 오지 않겠다고 한 것 같은데."

내가 말했다.

"나도 돌아올지 몰랐어. 하지만 우리 누나가 미치지 않으려면 누나보다는 덜 미친 사람이 여기 와 있는 게 좋겠다는 생각이 들었거든. 그렇다면 누가 적임자겠어?"

베니는 납작한 돌멩이를 하나 집어 들더니 호수를 향해 물수제비를 떴다. 돌멩이는 물 위에서 네 번을 튀긴 뒤에 가라앉았다. 베니는 나를 보며 어색하게 웃었다.

"그리고 누나가 너도 여기에 올 거라고 했거든."

베니의 미소에는 슬픔과 상실이 있었지만 희망도 있었다. 그 순간, 나는 바네사가 나를 이곳에 부른 또 다른 이유를 알 수 있었다. 그것은 스톤헤이븐에는 예술학 지식이 있는 큐레이터가 필요하다거나 바네사에게는 내 침묵이 필요하다는 것과는 비교도 할 수 없이 중요한 이유였다. 나는 동생을 낚을 미끼였다. 바네사의 가족을 다시 이어줄 접착제였다.

어쩌면 그 역할을 해주는 것이 나의 속죄 방법인지도 몰랐다. 정말로 그렇다고 해도, 나로서는 나쁘지 않은 속죄라고 생각했다.

"걱정할까 봐 말하는데, 너나 다른 거에 집착하면서 시간을 보내지는 않을 거야. 내가 망상에 빠져 있는 건 아니니까. 아니, 아니, 그렇긴 한데, 너한테 집착하는 식으로는 아니야. 너든, 다른 무엇이든, 나를 구원할 수 없다는 건 알아. 그저 나는 다시 친구가 됐음 좋겠다는 거야. 무슨 말인지 알겠어?"

"알아."

나는 베니가 그려주었던, 과감하게 칼을 휘둘러 용을 죽인 슈퍼히어로 니나를 떠올렸다. 어쩌면 이제야 나는 영웅의 임무를 완수했는지도 모르겠다는 생각이 들었다. 내가 물리쳐야 했던 용은 지금 호수 바닥을 떠돌아다니고 있는지도 모른다. 아니, 용은 나였고, 나는 나의 가장 나쁜 자아를 물리친 것인지도 모른다. 이제는 더 이상 죽여야 할 사악한 용이 없으니 비로소 칼을 내려놓고 쉴 수 있었다.

"미안해."

베니는 다시 돌멩이를 집어 들어 호수로 던졌다.

"아빠가 너를 모욕할 때 막아주지 않아서 미안해. 우리 부모님이 너를 비참하게 만드는데도 아무 일도 하지 않아서 미안해. 미안하다는 말을 이렇게 늦게 하는 거, 정말 미안해."

"아니야, 베니. 그건 괜찮아. 너도 아이였잖아. 나야말로 엄마가 너희 부모님에게 너무나도 끔찍한 일을 저지른 거 미안해."

"그건 네 잘못이 아니잖아."

"그럴지도 몰라. 하지만 네가 미안한 것보다 내가 미안한 게 훨씬 더 많은 건 사실이야."

내 말에 베니는 묘한 표정을 지었다. 베니가 그런 표정을 짓는 건 이번이 처음이 아니었다. 도대체 어디까지 알고 있는 건지 궁금했다. "베니는 마이클과 니나가 애초에 왜 여기에 온 건지 전혀 몰라요. 그저 마이클이 나를 속이려고 하다가 사라졌다고만 알아요. 마이클이 떠난 뒤에 내가 당신을 의심한 걸 사과하려고 당신을 찾아갔다고 알고요. 그 애는 그렇게 믿고 싶어 하니까, 나도 더는 말하지 않았어요." 내가 스톤헤이븐에 오기 전에 바네사는 그렇게 말했었다.

나는 손을 뻗어 베니의 손을 힘껏 잡았다. 베니의 긴 손가락은 아이 손처럼 부드러웠다. 베니도 웃으면서 내 손을 꼭 잡았다.

우리는 오랫동안 가만히 앉아 아무 말 없이 모터보트가 지나가는 모습을 지켜보았고, 나는 마침내 행복해질 수 있겠다는 생각을 했다.

그리고 정말로 행복했다. 물론 밤이면 본능적이고도 서늘한 무언가가 꿈속에서 솟아나 온통 땀에 젖은 채로 깨어날 때도 있었지만 말이다. 그럴 때면 요트의 이물 위로 휘몰아치던 눈발 때문에, 젖은 핏물과 얼음 위에서 미끄러지던 부츠 때문에, 호수 속으로 미끄러져 떨어지던 차갑고 묵직한 마이클의 몸 때문에 느껴야 했던 감각이 떠올랐다. 으스스한 어둠 속에서 맹렬했던 폭풍이 잠잠해지고 갑자기 시야가 맑아지면서 봉화처럼 어둠 속에서 빛나던 스톤헤이븐의 불빛을 보았을 때 느꼈던 기분이 떠올랐다.

마이클이 사라졌다는 사실을 눈치챈 사람은 없는 것 같았다. 하긴 누가 알 수 있을까? 애초에 어떤 사람이 사라졌다고 말할 수나 있을까? 라클란 오말리? 브라이언 웰시? 마이클 켈리? 이안 켈리? 아니면 내가 알지 못하는 전혀 다른 이름으로 불리던 사람? 마이클은 의도적으로 이 세상에 자신의 흔적을 거의 남기지 않았고, 그 사실은 우리에게 너무나도 큰 도움이 됐다.

마이클의 부재를 이상하게 생각할 유일한 사람이 있다면 그건 우리 엄마일 것이다. 하지만 내가 어두운 현관 앞에 엄마를 두고 온 그날 이후로 엄마의 소식은 알지 못했다. 방갈로 임대계약이 끝났을 때 엄마에게 30일 안에 다른 거주지를 찾으라는 문자메시지를 보낸 적은 있다. 내가 문자메시지를 보내자마자 엄마는 답장을 했다.

"언젠가는 나를 용서하게 될 거야. 결국 우리에게는 우리 두 사람밖에 없으니까."

하지만 그 말이 더는 진실처럼 들리지 않았다. 어쩌면 엄마가 지금까지 해왔던 사기 행각 가운데 가장 큰 사기는 나에게 이 세상에는 엄마와 나뿐이라고 믿게 한 걸지도 모른다는 생각이 들었다.

며칠 동안은 죄책감에 시달리기도 했다. 사회 밑바닥으로 떨어진 엄마가 판자촌에서 살면서 재발한 암 때문에 고생할지도 모른다는 생각에 마음이 아팠다. 하지만 나는 엄마를 잘 알았다. 엄마는 늘 방법을 찾아냈다. 내가 이제 더 이상 그 방법이 무엇인지 알고 싶지 않을 뿐이었다.

아, 바네사가 이제 육아 블로그를 운영한다는 거, 말했던가? 작년에 바네사의 인스타그램 팔로어는 25만 명이 됐고, 지금은 '데이지 두'라는 유기농 면제품 아동복 정보를 제공하는 사이트를 운영하고 있다. 스톤헤이븐 현관에는 환경친화적인 기저귀, 노르웨이 장인이 만든 아기 침대, 최고급 재료로 만든 이유식 같은 여러 상품이 담긴 상자가 계속 쌓였다. 새로운 SNS 스폰서들이 보내는 상자들이었다.

베니는 사진에서 자신의 소명을 찾았다. 스톤헤이븐 주위를 돌면서 엄마와 아기를 찍은 작품 사진을 인스타그램에 올려서 바네사의 열렬한 추종자들에게 환호를 받았다. 더러워진 기저귀, 한밤중의 보챔 모두 바네사에게는 자신이 충실한 삶을 살아가고 있고, 고귀한 일만큼이나 하찮은 일의 가치도 분명히 알고 있으며, 이미 아이가 부모는 이런 사람이라고 믿고 있는 사람이 되기 위해 노력하고 있음을 보여주는 소중한 일화가 되었다.

지난주에 바네사의 인스타그램에는 데이지가 정자 기증을 받아 낳은 아이라는 글이 올라왔다.

> 여러분, 나는 다른 사람이 나에게 가장 귀중한 것을 주기를 기다리는 것이 아니라 내가 주체가 되어 획득해야 한다는 걸 깨달았어요. 그래서 더는 다른 사람이 나에게 '너는 가치가 있다'고 말해주기를 기다리지 않았어요. 나는 엄마가 되고 싶었고, 지금 엄마가 되었어요. 내 자신을 규정하는 데 남자는 필요 없어요!

이 포스트에는 '좋아요'가 8만 2,098개 달렸고 댓글은 698개 달렸다. *힘내요!/바네사는 우리 모든 엄마에게 영감을 불러일으켜주었어요/#정말강한사람/세상에 나도 그런 생각을 했어요!/바네사, 사랑해요!*

바네사의 SNS만 보면 절대로 우리가 데이지의 아빠를 죽여서 호수에 밀어 넣었다는 사실을 눈치채지 못할 것이다. 어쩌면 바네사에게는 그런 공간이 필요한지도 모르겠다는 생각이 들었다. 실제로 살아가는 세상에서 잊히려고 자신이 살아가고 싶은 공간 속으로 뛰어드는 것 말이다.

바네사가 헛된 노력을 하는 것이라고 누가 감히 말할 수 있을까? 결국 우리는 누구나 자신만의 망상을 구축하고 그 안에서 살면서 우리가 내보이고 싶지 않은 일들은 편리하게도 그 속에 꼭꼭 숨겨두고 살지 않나? 그렇게 살아가는 이유는 우리가 정말로 미쳤기 때문일 수도 있고, 우리가 괴물이기 때문일 수도 있겠지만, 그저 현재 우리가 사는 세상이 꿈에서 보는 모습과 현실에서 보는 모습을 분리하기 어렵게 만들기 때문인지도 몰랐다.

아니면, 바네사가 너무나도 솔직하게 말한 것처럼 '그저 값을 치른 것'뿐인지도 모르지만 말이다.

우리가 마이클을 언급한 건 딱 한 번뿐이었다. 조금 지나치게 술을 마신 어느 밤이었다. 바네사와 나는 스톤헤이븐의 유지비를 충당하려고 팔아버린 여섯 점의 예술 작품을 그리워하면서(그 끔찍한 말 그림은 결국 존 찰턴의 그림으로 밝혀졌고 경매장에서 1만 8,000달러에 팔렸다) 모니터로 데이지의 침실을 지켜보고 있었다. 그때 갑자기 바네사가 손을 뻗어 내 다리를 잡았다.

"그 사람은 악마였어요."

바네사의 목소리는 단호했다.

"우리가 먼저 죽이지 않았으면 그 사람이 우리를 죽였을 거야. 당신도 알죠? 우리가 그런 일을 한 건 해야 했기 때문이에요. 우리는 할 수밖에 없었어요."

나는 바네사의 손을 내려다보았다. 엄마였기에 손톱을 짧게 깎았지만 여전히 깔끔하게 정리하고 빛나는 매니큐어를 바른 손이었다. 나는 말하고 싶었다. '하지만 총은 장전되어 있지 않았어요. 어쩌면 우린 다른 방법을 찾을 수 있었을지도 몰라요.'

"그래서 기분이…… 나빠요?"

내가 물었다.

"그럼요. 물론, 당연히, 나빠요."

깜빡이는 난롯불 때문에 바네사의 눈이 노랗게 보였다.

"하지만 기분이 좋기도 해요. 근데 그게 말이 되는 걸까요? 내 기분은 뭐랄까……, 자신감이랑 관계가 있는 것 같아요. 마침내 내가 내 본능을 믿을 수 있게 됐다고 할까요? 뭐, 정신과 의사가 처방해 준 약 때문일 수도 있겠지만요."

바네사는 광기 서린 들뜬 목소리로 웃었다. 예측하기 힘든 바네사의 모습이었다. 내가 스톤헤이븐으로 돌아온 뒤로는 거의 사라졌던 모습이었다.

바네사는 나에게 몸을 기울이더니 속삭였다.

"가끔은 그 사람 목소리가 들려요."

나는 몸을 돌려 바네사를 똑바로 보았고 바네사는 내 다리에 올렸던 손을 거두었다.

"물론 베니가 듣는 목소리랑은 달라요. 맹세해요! 그 목소리는, 그저 속삭임이에요. 내가 나를 의심해야 한다고 부추기는 거예요. 하지만 내가 무시하면 사라져버려요."

그 사람이 뭐라고 하는데요? 나는 묻고 싶었다. 나도 마이클의 목소리를 들을 때가 있었으니까. 마이클은 내가 꾸는 악몽을 뚫고 들어와 부드러운 아일랜드 억양으로 "나쁜 년, 창녀, 살인자, 넌 아무것도 아니야"라고 속삭인다. 하지만 바네사의 머릿속에 머물고 있는 어두운 존재를 굳이 알고 싶지는 않았다. 내 머릿속에 있는 존재를 감당하는 것만으로도 충분히 힘들었으니까.

어제는 3층에 있는 손님 방에서 작업을 시작했다. 먼지와 거미줄이 가득한 그 방에는 예술사적으로 의미 있는 작품은 거의 없었다. 하지만 장식장을 덮고 있던 먼지 쌓인 천을 들어 올렸을 때 유리 뒤에서 명랑하게 나를 쳐다보는 마이센 도자기 새들을 발견했다. 나는 화려하게 채색한 도자기 새들 가운데 몇 개를 집어 들어 깨끗이 닦고 잠시 감상했다. 그리고 이 명랑한 새들을 어둠 속에 내버려두는 건 안 될 일이라는 결론을 내렸다.

새를 모두 가지고 육아실로 내려가 데이지의 침대 가까이 있는 선반에 쭉 늘어놓았다. 흔들 침대에서 데이지를 안아 올려 등에 업고 데이지가 내가 든 장박새를 살펴볼 수 있게 해주었다. 물론 만질 수는 없도록 거리를 두었다.

바네사가 육아방으로 들어왔다. 바네사와 데이지는 정원에 나가 사진을 찍을 예정이었기 때문에 바네사는 머리를 하나로 올려 묶고 가슴골이 적당히 보일 정도로만 파인 선 드레스를 입고 있었다. 도자기 새를 보고 있는 우리를 발견한 바네사가 잠시 문 앞에서 움직이지 않았다.

"괜찮아요. 새를 가지고 놀게 해 줘요."

"안 돼요. 깰 거예요. 비싼 새들인데."

"알아요. 상관없어요."

바네사는 웃는 표정을 만들려는 듯이 입가에 힘을 주었다.

"데이지가 이곳에서 사는 걸 두려워하게 만들고 싶지는 않아요. 이곳은 데이지의 박물관이 아니라 집이었으면 해요."

바네사가 내 손에서 장박새를 빼내 데이지에게 주자 데이지는 통통한 손으로 새를 움켜잡았다.

가끔은 바네사와 진짜 친구가 될 수 있으리라는 생각을 할 때도 있었다. 하지만 우리 두 사람 사이에 놓인 이런 거대한 협곡이 친구가 될 만큼 충분히 좁혀질 수 있을지 의문이 들기도 했다. 우리 두 사람은 같은 것을 본다고 해도 결코 같은 방식으로는 생각할 수 없었다. 그 대상이 아기 장난감이든 예술 작품이든 아름다운 새든 역사적 유물이든 의미 없는 싸구려 장신구든 인생을 구할 수도 있는 가치 있는 물건이든 상관없었다. 우리가 아무리 좋은 의도를 가지고 있든(또는 나쁜 의도를 가지고 있든) 서로의 머릿속을 이해하기란 불가능했다.

지금도 그렇고 앞으로도 바네사를 잠 못 들게 하는 두려움은 나를 잠 못 들게 하는 두려움과는 다를 것이다. 하지만 우리는 같은 악몽을 공유하고 있었다. 우리 두 사람을 한데 묶을 수 있을 정도로 너무나도 큰 악몽을 공유하고 있었다. 아주 불안정할 때도 있지만 그 악몽은 우리 사이에 놓인 큰 협곡을 건널 수 있게 해주는 다리임이 분명했다.

바네사는 흔들의자에 앉아 데이지를 무릎 위에 앉히고 꼭 끌어안더니 드레스 자락으로 두 사람을 구름처럼 감쌌다. 욕심 많은 두 손으로 장박새를 들어 올린 데이지는 장박새의 부리를 장미 봉오리 같은 입에 넣고 쪽쪽 빨았다.

"이것 봐요. 우리 데이지한테 치발기가 생겼어요."

바네사가 즐거운 듯이 웃었다.

아기의 거친 숨소리에 맞춰 도자기와 이가 부딪치는 소리가 났다. 새 머리 위로 아빠처럼 기이한 분위기를 풍기는 데이지의 투명한 푸른 눈이 나를 똑바로 쳐다보았다. 데이지가 무슨 생각을 하고 있는지 분명히 알 수 있었다. 데이지는 "이건 내 거야!"라고 말하고 있었다.

바네사가 고개를 들어 나를 보더니 웃었다.

"베니는 어딨죠? 이런 모습은 정말 사진으로 남겨야 해요!"

감사의 글

먼저, 언제나 그렇지만 지난 13개월 동안 내가 정신을 잃지 않도록 지혜를 나누어 주고 조언을 아끼지 않은 나의 에이전트 수전 골롬에게 무한한 감사의 말을 전합니다.

이 책을 시작할 때 함께했던 편집자와 마무리할 때 함께한 편집자가 달랐습니다. 그 덕분에 두 편집자와 함께 일하는 엄청난 특권을 누렸다고 생각합니다. 네 권의 책을 함께 작업하는 동안 변함없이 저의 쓰기 능력을 믿어준 줄리 그라우, 감사합니다. 안드레아 워커의 통찰력과 조언 덕분에 이 소설은 빛날 수 있었습니다. 그보다 좋은 조언은 어디에서도 받을 수 없을 것입니다.

랜덤하우스의 모든 직원에게서 받은 지원을 언급할 때만큼 *#축복받은*이라는 해시태그를 적절하게 사용할 수 있는 순간이 또 있을까요? 아비데 바시라드, 제스 보닛, 마리아 브레켈, 리이 마천트, 미셸 재스민, 소피 버시보우, 지나 센트렐로, 바바라 필론, 에마 카루소, 모두 감사합니다. 저를 위해 열심히 노력해준 마케팅 팀 식구들도 감사합니다.

범죄 세계와 국제 골동품 절도 현황을 소개해준 범죄 실화 전문 작가 레이첼 몬로와 조지워싱턴대학교의 잭 스미스 교수, 감사합니다. 전문 의료 지식을 알려준 에드 아브라토브스키 박사에게도 감사의 말을 전합니다.

케시니 카시얍은 재능 있는 작가이자 환상적인 독자입니다. 케시니의 초반 피드백은 너무나도 귀중한 도움이 되었습니다.

그 어떤 작가도 진공 속에서 존재할 수는 없습니다. 작가 공동체 여러분이 제가 집중하고 계속 써나갈 수 있도록 도와주셨습니다. 매일 작업실로 출근해 카리나 초카노, 에리카 로스차일드, 조시 제투머, 알리사 레포넨, 애나벨 거위치, 진 다스트, 존 게리 같은 '스위트 8' 식구들을 만날 수 있다는 건 정말 행운입니다. 조만간 여러분을 위해 팝콘과 라크루아를 잔뜩 사 갈게요!

내가 버틸 수 있도록 버팀목이 되어주고 와인도 함께 마셔준 친구들이 없었다면 나는 난파선에 불과했을 겁니다. 내가 누구를 말하는 건지, 너희는 알 거라고 생각해. 내가 얼마나 사랑하는지도!

작가에게 필요한 최상의 홍보 팀이 되어준 팸과 딕과 조디(그러니까 나의 가족들!). 반즈앤노블에서 내 책을 사람들이 조금 더 잘 볼 수 있게 배치해주고 케플러에서는 내 책을 직접 판매까지 해준 것, 고마워! 너희 덕분에 마치 슈퍼스타가 된 기분이었어!

지난 20년 동안 나의 사랑이었고 내 창조력의 바탕이었던 그렉, 당신이 나에게 해준 그 모든 멋진 일은 절대로 모두 말로 나열할 수 없을 거야. 당신이 지지해주고 믿어주었기에 지금까지 해낼 수 있었어. 그리고 아직 엄마가 쓴 책을 한 권도 읽지는 않았지만 엄마가 이 세상 최고 작가라고 생각해주는 오든과 테오. 너희는 정말 상상도 하지 못할 방법으로 나를 도와주었어!

마지막으로 앞에서 언급한 분들 못지않게 중요한 북스타그램 여러분에게 너무나 고맙다고 말하고 싶습니다. 이 책을 쓰면서 알게 된 북스타그램 덕분에 SNS 세상도 정말 좋을 수 있음을 날마다 알아가게 되었고, 책에 대한 열정과 작가를 지지해주는 독자들 덕분에 끊임없이 영감을 받고 위로받았습니다. 제가 계속 글을 써나갈 수 있는 이유는 모두 여러분 같은 독자가 있기 때문입니다.

반짝이는 것은 위험하다

프리티 씽

제1판 1쇄 발행 | 2021년 4월 26일
제1판 2쇄 발행 | 2021년 5월 7일

지은이 | 자넬 브라운
옮긴이 | 김소정
펴낸이 | 윤성민
펴낸곳 | 한국경제신문 한경BP
책임편집 | 이혜영
교정교열 | 한지연
저작권 | 백상아
홍보 | 서은실 · 이여진 · 박도현
마케팅 | 배한일 · 김규형
디자인 | 지소영
본문디자인 | 디자인 현

주소 | 서울특별시 중구 청파로 463
기획출판팀 | 02-3604-590, 584
영업마케팅팀 | 02-3604-595, 583 FAX | 02-3604-599
H | http://bp.hankyung.com E | bp@hankyung.com
F | www.facebook.com/hankyungbp
등록 | 제 2-315(1967. 5. 15)

ISBN 978-89-475-4712-3 03840

마시멜로는 한국경제신문 출판사의 문학 브랜드입니다.
책값은 뒤표지에 있습니다.
잘못 만들어진 책은 구입처에서 바꿔드립니다.